W0225561

Nachtmuziek

Eveneens van Jojo Moyes:
Verboden vruchten
Passie en parelmoer
Zee van verlangen
Dicht bij jou
Nachtmuziek
De laatste liefdesbrief
Voor jou
Vier plus één
Portret van een vrouw
Een week in Parijs
Een leven na jou
Dans met mij
Jij en ik
Voor mij

Jojo Moyes

Nachtmuziek

De Fontein

Eerste druk oktober 2008
Tweede druk, eerste in deze uitvoering, juni 2018

Oorspronkelijke titel *Night Music*
Oorspronkelijke uitgever Hodder & Stoughton, a division of Hodder Headline
Copyright © 2008 by Jojo Moyes
The moral right of Jojo Moyes to be identified as the author of this work has been asserted by her in accordance with the Copyright, Designs and Patents Act 1988
Copyright © 2008, 2018 voor deze uitgave Uitgeverij De Fontein, Utrecht
Vertaling Annemarie Verbeek
Omslagontwerp Studio Jan de Boer, Utrecht
Omslagillustratie Getty Images/Uwe Krejci
Opmaak binnenwerk ZetSpiegel, Best
ISBN 978 90 261 4174 4
ISBN e-book 978 90 261 4175 1
NUR 302

MIX
Papier van verantwoorde herkomst
FSC® C014496
FSC www.fsc.org

www.uitgeverijdefontein.nl

Alle personen in dit boek zijn door de auteur bedacht. Enige gelijkenis met bestaande – overleden of nog in leven zijnde – personen berust op puur toeval.

Alle rechten voorbehouden. Niets uit deze uitgave mag worden verveelvoudigd en/of openbaar gemaakt door middel van druk, fotokopie, microfilm, elektronisch, door geluidsopname- of weergaveapparatuur, of op enige andere wijze, zonder voorafgaande schriftelijke toestemming van de uitgever.

Voor Charles

En voor iedereen die ooit overwogen heeft
zijn huis te laten verbouwen

It is a dragon that has devoured us all: these obscene, scaly houses, this insatiable struggle and desire to possess, to possess always and in spite of everything, this need to be an owner, lest one be owned.

– D. H. Lawrence

We hebben nooit echt thuisgehoord in het Spaanse Huis. Natuurlijk was het technisch gesproken wel ons bezit, maar bezit wil zeggen dat er sprake is van een zekere controle en niemand die ons – of het huis – kende, heeft ooit kunnen aannemen dat we enige controle hadden over wat daar gebeurde.

En wat er ook op die papieren mag hebben gestaan, het gaf ons nooit het gevoel dat het echt aan ons toebehoorde. Om te beginnen voelde het daarvoor al veel te vol aan. Je kon bijna de dromen van andere mensen erop geprojecteerd voelen, de golven jaloezie, of wantrouwen, of begeerte die door de muren sijpelden. De geschiedenis van het huis was niet onze geschiedenis. Er was niets – zelfs onze dromen niet – dat ons ermee verbond.

Toen ik klein was, dacht ik dat een huis gewoon een huis was. Een plek waarin we aten en speelden en ruziemaakten en sliepen, vier muren waartussen we ons gewoon met het leven bezighielden. Ik stond er nooit zo bij stil.

Veel later kwam ik erachter dat een huis zo veel meer kon zijn – dat het de bundeling van iemands verlangens kon zijn, een weergave van hoe ze zichzelf zagen, hoe ze zichzelf wilden zien, dat het mensen ertoe kon brengen om zich te gedragen op een manier die hen tot schande of schaamte bracht. Ik kwam erachter dat een huis – niet meer dan stenen, specie, hout, misschien een lapje grond – een obsessie kon zijn.

Zodra ik het huis uitga, ga ik iets huren.

1

Laura McCarthy deed haar achterdeur dicht, stapte over de slapende hond die genoeglijk op het grind lag te kwijlen en liep kordaat door de tuin naar het hek. Met een volgeladen dienblad op een arm balancerend, maakte ze het open, glipte behendig door de opening en liep het bos in naar de beek die, aangezien het eind zomer was, weer opgedroogd was.

Met twee stappen was ze de planken over die Matt er de vorige zomer als bruggetje had neergelegd. Het duurde niet lang meer voor het zou gaan regenen en dan zouden ze weer glad en gevaarlijk worden. Ze was het jaar daarvoor een paar keer op de planken uitgegleden en één keer was de hele inhoud van het blad in het water terechtgekomen, een feestmaal voor een of ander onzichtbaar wezen. Toen was ze aan de andere kant, waar de aarde vochtig was en aan haar schoenzolen kleefde, en liep naar de open plek.

Buiten de schaduw was de avondzon, die de vallei in een zacht, warm licht vol stuifmeel hulde, nog steeds warm. Ze zag een lijster in de verte en hoorde het typische, schrille geluid van spreeuwen toen ze in een wolk opstegen en verderop in een bosje neerstreken. Ze legde het deksel van een van de schalen recht en er steeg onbedoeld een volle tomaatachtige geur op die haar sneller in de richting van het huis deed lopen.

Het was niet altijd zo vervallen, zo schaamteloos somber geweest. Matts vader had hem verhalen verteld van jachtpartijen die zich op de gazons verzamelden, van zomeravonden waarop muziek uit witte feesttenten klonk en elegant geklede paren op de kalkstenen muurtjes zaten en punch dronken, hun gelach gedempt door het bos. Matt herinnerde zich een tijd waarin de stallen vol stonden met glanzende paarden waarvan sommige alleen maar gehouden werden ter wille van weekendgasten, en een botenhuis aan de rand van het meer voor degenen die zin hadden om te roeien. Er was een tijd geweest waarin hij haar die verhalen vaak vertelde – het was zijn manier geweest om het met haar ouderlijk huis overeen te laten komen, om de suggestie te wekken dat hun toekomst samen zoiets zou gaan worden als wat zij achtergelaten had. Misschien was het een manier om zich voor te stellen wat er mogelijk voor hen in het verschiet lag. Ze was dol op die verhalen. Ze wist precies hoe het huis eruit zou zien als zij haar zin kreeg – er was geen raam dat ze in gedachten niet had aangekleed, geen centimeter vloer die ze niet bedekt had. Ze wist hoe het meer eruitzag vanuit elke kamer die op het oosten lag.

Ze bleef bij de zijdeur staan en stak gewoontegetrouw haar hand in haar zak om de sleutel te pakken. Ooit was hij elke dag op slot gedaan, maar dat had nu weinig zin meer: iedereen in de omgeving wist dat er niets te halen viel. Het huis maakte een mistroostige indruk, met afbladderende verf alsof het niet eens meer kon opbrengen om nog bij zijn grootse verleden stil te staan. Beneden waren een paar ramen met kapotte ruiten dichtgetimmerd met verschillende stukken hout. Het weinige grind dat er lag, werd overwoekerd door netels die kwaadaardig langs haar schenen streken.

'Meneer Pottisworth, ik ben het... Laura.'

Ze wachtte tot ze boven een grom hoorde. Het was verstandig om de oude man op je komst voor te bereiden – er zat nog hagel in de bovendorpel van de keren dat ze het vergeten was. Gelukkig, had haar man opgemerkt, had die oude rotzak altijd slecht kunnen richten.

'Ik kom uw eten brengen.'

Ze wachtte tot ze een grom als antwoord hoorde en liep toen de trap op waar het hout onder haar voeten kraakte.

Ze was in goede conditie en hijgde nauwelijks na verscheidene steile trappen. Toch bleef ze heel even stilstaan voor ze de deur naar de ouderslaapkamer opendeed. Er ging iets door haar heen wat een zucht had kunnen zijn, of een zweem van berusting, voor ze haar hand op de deurknop legde.

Het raam stond gedeeltelijk open, maar de geur van een oudere, ongewassen man vloog heftig en zuur op haar af, met de bijbehorende, onderliggende geuren van met stof gevulde meubelen, kamfer en oude bijenwas. Er stond een oude buks tegen het bed, en de kleurentelevisie die ze twee jaar geleden voor hem gekocht hadden, stond op een tafeltje. Ouderdom en verwaarlozing konden de elegante afmetingen van de kamer en de manier waarop de sponningen van het erkerraam de lucht keurig in tweeën deelden niet verdoezelen. Maar de aandacht van de bezoeker kon nooit lang op de esthetische kwaliteiten ervan gericht blijven.

'Je bent te laat,' zei de persoon in het oude, gebeeldhouwde mahoniehouten bed.

'Een paar minuutjes maar,' zei ze, bewust opgewekt. Ze zette het blad op het nachtkastje naast hem en kwam overeind. 'Ik kon niet weg. Ik had mijn moeder aan de telefoon.'

'Wat had ze? Heb je niet gezegd dat ik hier lag te verhóngeren?'

Er kwam amper een hapering in Laura's glimlach. 'U kunt het geloven of niet, meneer Pottisworth, maar u bent niet altijd mijn enige onderwerp van gesprek.'

'Maar Matt wel, durf ik te wedden. Wat is hij nu weer aan het uitspoken? Ze belde zeker om te zeggen dat je beneden je stand getrouwd bent, hè?'

Laura keerde zich naar het blad. Als er een zekere stijfheid in haar rug optrad, dan ontging dat meneer Pottisworth volledig. 'Ik ben al achttien jaar getrouwd,' zei ze. 'Ik denk niet dat de keuze van mijn echtgenoot nog nieuws is.'

Er klonk een luide snuif. 'Wat is het? Ik durf te wedden dat het koud is.'

'Kipschotel met een aardappel uit de oven. En het is allesbehalve koud. Ik heb er een deksel op gedaan.'

'Ik durf te wedden dat het koud is. Het middageten was ook koud.'

'Het middageten was een salade.'

Een gevlekt hoofd met plukken grijs haar kwam onder de sprei vandaan. Twee ogen met oogleden als van een slang bleven op haar rusten en vernauwden zich tot spleetjes. 'Waarom draag jij zo'n strakke broek? Wil je iedereen laten zien wat je hebt?'

'Het is een spijkerbroek. Zo draagt iedereen ze.'

'Je probeert me oververhit te maken, dat is het. Je probeert me helemaal hoteldebotel van wellust te maken zodat je me kunt vermoorden met je achterbakse vrouwenstreken. Zwarte weduwe, zo noemen ze vrouwen als jij. Ik wéét het.'

Ze negeerde hem. 'Ik heb ook bruine saus meegenomen voor op de aardappel. Zal ik die op de rand van uw bord leggen?'

'Ik zie je knopjes.'

'Of hebt u liever geraspte kaas?'

'Door dat truitje heen. Ik kan je knopjes heel goed zien. Probeer je me te verleiden?'

'Meneer Pottisworth, als u hier niet mee ophoudt, dan breng ik u uw avondeten niet meer. Dus hou op met kijken naar mijn... mijn... knopjes. En wel onmiddellijk.'

'Dan moet je niet van die pikante doorschijnende behaatjes dragen. In mijn tijd droeg een fatsoenlijke vrouw een hemd. Een stevig katoenen hemd.' Hij hees zich tegen de kussens omhoog, de knoestige vingers trillend bij de herinnering. 'Toch kon je er nog lekker aanzitten.'

Laura McCarthy telde tot tien terwijl ze bewust met haar rug naar de oude man bleef staan. Ze keek steels naar haar T-shirt om te kijken hoeveel hij van haar beha kon zien. De week ervoor had hij tegen haar gezegd dat zijn ogen slechter werden.

'Je hebt die jongen van je met mijn middageten naar boven gestuurd. Die zegt amper iets tegen me.' De oude man was begonnen met eten. Er kwam een geluid in de kamer dat overeenkomsten vertoonde met een verstopte leiding die ineens begon door te lopen.

'Tja, tienerjongens hebben meestal niet zo veel te vertellen.'

'Onbeschoft, dat is ie. Dat moet je tegen hem zeggen.'

'Dat zal ik doen,' zei ze. Ze liep de kamer door om glazen en bekers op te ruimen en op het lege blad te zetten.

'Ik voel me eenzaam overdag. Sinds het middageten is alleen Byron langsgeweest en het enige waar hij over praat zijn die verrekte heggen en konijnen.'

'Ik heb u toch al gezegd dat u iemand van maatschappelijk werk kunt laten komen? Ze ruimen een beetje op, babbelen wat met u. Elke dag, als u dat zou willen.'

'Maatschappelijk werk.' Hij trok een gezicht en een dun straaltje jus liep langs zijn kin. 'Ik wil niet dat die lui hun neus in mijn zaken steken.'

'Dan niet.'

'Je hebt geen idee hoe zwaar het is om helemaal alleen te zijn...' begon hij en Laura's aandacht begon af te dwalen. Ze kon zijn litanie van ellende dromen: dat niemand begreep hoe zwaar het was als er niemand van je familie overgebleven was, om aan bed gekluisterd en hulpeloos te zijn, overgeleverd aan de genade van vreemden... Ze had alle variaties op het thema al zo dikwijls gehoord dat ze hem had kunnen citeren.

'... natuurlijk heb ik alleen Matt en jou, een oude man als ik. Ik heb niemand om mijn wereldse goederen aan na te laten... Je weet niet wat een pijn het doet om zo alleen te zijn.' Zijn stem klonk zachter en hij was bijna in tranen.

Ze verzachtte. 'Ik heb u toch al gezegd dat u niet alleen bent. Niet zolang wij naast u wonen.'

'Ik zal je mijn dankbaarheid tonen als ik er niet meer ben. Dat weet je toch, hè? Die meubelen in de schuur – dat is allemaal van jullie als ik er niet meer ben.'

'U moet niet zo praten, meneer Pottisworth.'

'En dat zal niet alles zijn, hoor, ik ben een man van mijn woord. En ik weet heel goed wat jullie al die jaren voor me gedaan hebben...' Hij gluurde naar het nachtkastje. 'Is dat mijn rijstpudding?'

'Het is een lekkere appelkruimeltaart.'

De oude man legde zijn mes en vork neer. 'Maar het is dinsdag.'

'Nou, ik heb appelkruimeltaart voor u gemaakt. De rijstpudding was op en ik had geen gelegenheid om naar de supermarkt te gaan.'

'Ik hou niet van appelkruimeltaart.'

'Wel waar.'

'Ik durf te wedden dat je die appels uit mijn boomgaard gepikt hebt.'

Laura haalde diep adem.

'Ik durf te wedden dat je lang niet zo braaf bent als je je wel voordoet. Ik durf te wedden dat je zou liegen voor iets wat je graag wil hebben.'

Haar stem kwam tussen haar opeengeklemde kaken door. 'Ik heb de appels in de supermarkt gekocht.'

'Maar je zei dat je helemaal geen tijd had om naar de supermarkt te gaan.'

'Ik heb ze drie dagen geleden gekocht.'

'Ik snap niet waarom je dan niet gelijk rijstpudding hebt gekocht. Ik weet niet wat die vent van je van je moet denken. Maar je houdt hem vast op andere manieren gelukkig...' Hij grijnsde wellustig zodat zijn tandvlees even zichtbaar werd onder zijn natte lippen en viel toen op de kipschotel aan.

Laura was klaar met de afwas toen hij thuiskwam, en stond gebogen over de strijkplank waar ze woest stomend en persend de kragen en manchetten van zijn overhemden tot overgave dwong.

'Alles goed, schat?' Matt McCarthy boog zich naar haar toe om haar een kus te geven en zag de blossen op de wangen en haar harde kaaklijn.

'Nee, het is helemaal niet goed. Ik heb het gehad.'

Hij trok zijn werkjasje uit waarvan de zakken doorhingen van meetlinten en het gereedschap, en gooide het over de rugleuning van een stoel. Hij was doodop en raakte geïrriteerd bij de gedachte dat hij moest gaan sussen.

'Meneer P. heeft naar haar privédelen gegluurd,' zei Anthony met een grijns vol leedvermaak. De voeten van hun zoon lagen op de salontafel terwijl hij tv-keek en zijn vader sloeg ze er met één hand af toen hij langsliep.

'Wat heeft hij gedaan?' Matts toon verhardde zich. 'Ik zal eens een hartig woordje gaan spreken met –'

Ze zette het strijkijzer met een klap neer. 'O, ga verdorie eens zitten. Je weet hoe hij is. Daar gaat het trouwens niet om, het gaat om de manier waarop hij me maar heen en weer laat lopen alsof ik zijn persoonlijke bediende ben. Ik heb er genoeg van. Echt.'

Toen ze besefte dat de oude man zou blijven aanhouden, was ze terug naar huis gegaan om rijstpudding uit blik te halen. Ze mopperde zachtjes terwijl ze door het bos terugliep naar het grote huis, met een gevouwen theedoek over de kom.

'Het is koud,' had hij gezegd toen hij er een vinger instak.

'Dat kan niet. Ik heb het tien minuten geleden opgewarmd.'

'Het is koud.'

'Nou ja, meneer Pottisworth, het valt ook niet mee om eten vanuit ons huis naar hier te krijgen zonder dat het ietsje afkoelt.'

Hij had een afkeurende pruillip getrokken. 'Ik wil het niet meer. Ik heb al geen trek meer.'

Zijn ogen vlogen weer naar haar en misschien merkte hij de zenuwtic in haar wang op. Ze vroeg zich heel even af of het mogelijk was om iemand te vermoorden met een dienblad en een dessertlepel. 'Zet daar maar neer. Ik eet het misschien straks nog wel.' Hij sloeg zijn magere armen over elkaar. 'Als ik wanhopig word, zeg maar.'

'Mam heeft gezegd dat ze maatschappelijk werk gaat bellen,' zei Anthony. 'Ze denkt dat zij hem misschien wel aankunnen.'

Matt, die net naast hem op de bank wilde gaan zitten, schrok. 'Doe niet zo gek. Dan stoppen ze hem in een tehuis.'

'Nou en? Dan moet iemand anders zijn gezeur aanhoren en zijn niet-bestaande doorligwonden controleren, zijn lakens wassen en hem twee maaltijden per dag brengen. Net goed!'

Matt stond ineens energiek op. 'Hij heeft verdomme geen cent. Dan zullen ze hem zijn huis laten opeten, hè? Gebruik je verstand, vrouw.'

Ze keek hem aan. Ze was een knappe vrouw van achter in de dertig, slank en lenig, maar nu was haar nijdige, rood aangelopen gezicht dat van een dwars kind. 'Het kan me niet schelen. Echt waar, Matt, ik heb er genoeg van.'

Hij deed snel een stap naar voren en sloeg zijn armen om haar heen. 'Kom op, meid. Het zal niet lang meer duren. Hij loopt op zijn laatste benen.'

'Negen jaar, Matt,' zei ze stijfjes tegen zijn borst. 'Ik loop al negen jaar achter hem aan. Toen we hier gingen wonen, zei je dat hij het eind van het jaar niet meer zou halen.'

'En denk eens aan al die prachtige hectares, de ommuurde tuin, de stallen... Denk eens aan de prachtige eetkamer die je gepland hebt. Denk eens aan ons, een gelukkig gezinnetje, in de deuropening...' Hij hield haar dit visioen voor zodat de wortels ervan opnieuw in haar fantasie konden postvatten. 'Kijk, die ouwe gek is aan het bed gekluisterd. Hij dondert zowat uit elkaar. Dat kan toch nooit meer lang duren? En wie heeft hij nou, afgezien van ons?' Hij drukte een kus op haar hoofd. 'Alles is geregeld voor de leningen en ik heb Sven de tekeningen zelfs al laten maken. Ik zal ze je straks laten zien, als je wil.'

'Kijk eens aan, mam. Als je het zo stelt, dan is het toch niet zo erg om je knopjes zo nu en dan te laten zien?' grinnikte Anthony en hij liet een kreet horen toen hij een gewassen T-shirt pijnlijk tegen zijn oor kreeg.

'Nog heel even,' zei Matt, zijn stem zwaar en intiem. 'Kom op, meid. Hou het nog even vol.' Hij voelde haar ontspannen en wist dat hij haar had.

Hij kneep in haar middel en liet zijn vingers een vorm van privécompensatie later die avond suggereren. Hij voelde hoe ze als reactie terugkneep en wou dat hij daarstraks niet omgereden was om bij de barmeid van de Long Whistle langs te gaan. Ik zou maar snel de pijp uitgaan, zei hij in stilte tegen Pottisworth. Ik weet niet of ik dit nog veel langer kan volhouden.

Even verderop aan de andere kant van het dal, in de ouderslaapkamer van het grote huis, grinnikte de oude man om een komische serie op televisie. Toen de aftiteling kwam, keek hij hoe laat het was en gooide zijn krant naar het voeteneinde van zijn bed.

Buiten riep een uil en in de verte blafte een vos, misschien om zijn territorium te bewaken. Dieren en mensen waren hetzelfde, dacht hij ironisch, als ze aanspraak op iets wilden maken. De vos, met zijn urinesporen en vechten, was niet ver verwijderd van Laura McCarthy met haar twee maaltijden per dag en haar gedoe met schone lakens en wat dies meer zij. Ze markeerden op de een of andere manier allemaal hun grondgebied.

Hij had zin in een stukje chocola. Met een lenigheid die zijn buren verbaasd zou hebben, stapte hij uit bed en liep op zijn blote voeten naar de kast waar hij zijn lekkernijen in bewaarde, de snoepjes en andere lekkere dingen die hij Byron voor hem liet kopen als hij naar de stad ging. Hij deed de deur open en zocht achter boeken en dossiers tot hij de gladde plastic verpakking vond. Zijn vingers sloten zich om iets wat als een KitKat aanvoelde en hij haalde hem tevoorschijn. Hij verheugde zich op de heerlijke smeltende chocola in zijn mond en vroeg zich af of het de moeite waard was om zijn gebit weer in te doen.

Eerst deed hij de kastdeur dicht. Het was geen goed idee om Laura iets te laten merken, vond hij. Het was beter als ze dacht dat hij hulpbehoevend was. Vrouwen als zij hadden graag het gevoel dat ze nodig waren. Hij grinnikte bij de gedachte aan hoe rood haar oren waren geworden toen hij een opmerking maakte over haar strakke spijkerbroek. Ze liet zich makkelijk op stang jagen. Het hoogtepunt van zijn dag. Morgen zou hij over paardrijden beginnen, over dat ze het vast deed omdat ze er opgewonden van raakte – daarmee kreeg hij haar altijd op de kast.

Er lag nog steeds een grijns op zijn gezicht toen hij naar het bed liep en het themanummer van een ander favoriet programma van hem hoorde. Hij keek op. Hij ging zo in de muziek op dat hij de kom rijstpudding niet zag die op de vloer stond te stollen waar hij hem eerder neergezet had. Hij trapte er met de hiel van zijn knokige oude voet in en gleed soepel over de planken.

Tenminste, dat was wat de patholoog-anatoom ervan maakte toen de laatste uren van het leven van Samuel Pottisworth tot in de kleinste details aan de rechtbank werden voorgelegd. De klap waarmee zijn hoofd in aanraking met de vloer was gekomen, moest zo hard zijn geweest dat hij twee verdiepingen lager gehoord zou zijn. Maar, zoals Matt McCarthy opmerkte, zo diep in de bossen waar alle geluiden gedempt werden, gebeurden de dingen onopgemerkt. Het was een plek waar bijna alles kon gebeuren.

2

'Eerst "alsjeblieft" zeggen.'

Theresa keek hem boos aan.

Matt ging verliggen. Hij keek haar strak aan. Haar mascara was uitgelopen, zodat ze er een beetje hoerig uitzag. Maar ja, Theresa was altijd een beetje hoerig, ook als ze haar chicste kleren aanhad. Het was een van de dingen die hij leuk aan haar vond. 'Eerst "alsjeblieft" zeggen.'

Ze deed haar ogen dicht, verwikkeld in een innerlijke strijd. 'Matt –'

'Eerst. "Alsjeblieft." Zeggen.' Hij verhief zich op zijn ellebogen zodat geen enkel deel van hem haar aanraakte, behalve misschien zijn voeten. 'Vooruit,' zei hij stilletjes. 'Je moet erom vragen.'

'Matt, ik –'

'Alsjeblieft.'

Theresa verhief haar heupen in een wanhopige poging om bij de zijne te komen, maar hij bleef buiten bereik. 'Zeg het.'

'O, jij –' Ze snakte naar adem toen hij zijn hoofd boog en met zijn lippen langs haar hals, haar sleutelbeen ging, zijn lichaam nog steeds tergend boven haar verheven. Ze raakte heerlijk snel opgewonden en was makkelijker dan de meesten in een hevige staat van opwinding te houden. Haar ogen gingen dicht en ze begon te kreunen. Hij proefde het zweet als een koel laagje op haar huid. Zo was ze nu al bijna drie kwartier. 'Matt...'

'Zeg het.' Zijn lippen gingen naar haar oor, en zijn stem werd een diep gerommel terwijl hij de geur van haar haar opsnoof en de aardsere geuren ertussen. Wat zou het gemakkelijk zijn om zich te laten gaan, om zich aan het gevoel over te geven. Maar het was lekkerder om nog iets van controle te houden.

'Zeg het.'

Theresa's ogen gingen halfopen en hij zag dat de strijd eruit verdwenen was. Haar lippen gingen van elkaar. 'Alsjeblieft,' fluisterde ze. Toen pakte ze hem beet en liet alle schijn van decorum varen: 'O – alsjeblieft. Alsjeblieft. Alsjeblieft.'

Drie kwartier. Matt keek op zijn horloge. Toen, in één vloeiende beweging, duwde hij zich achterover van het bed. 'Jezus, is het al zo laat?' Hij zocht op de vloer naar zijn spijkerbroek. 'Sorry, schat. Ik moet ergens zijn.'

Theresa's haar viel over haar gezicht. 'Wát? Je mag niet weg!'

'Waar zijn mijn laarzen? Ik had durven zweren dat ik ze hier ergens gelaten had.'

Ze keek vol ongeloof naar hem, haar huid nog rood. 'Matt! Je kunt me niet zo achterlaten!'

'Aha. Daar zijn ze.' Matt stapte in zijn werklaarzen en gaf haar een kusje op haar wang. 'Ik moet gaan. Je kunt je niet voorstellen hoe onbeleefd het zou zijn als ik te laat kwam.'

'Te laat? Te laat waarvoor? Matt!'

Die twee minuten hadden er nog wel bij gekund. Het was iets wat maar weinig mannen leken te begrijpen. Soms was het lekkerder om te wéten dat je iets kon krijgen dan het ook werkelijk te hebben. Matt grinnikte terwijl hij luchtig de trap af rende. De hele weg naar de voordeur kon hij haar horen vloeken.

De herdenkingsdienst van Samuel Frederick Pottisworth vond in de dorpskerk plaats op een middag die zo donker was met dreigende regenwolken dat het wel vroeg in de avond leek. Hij was de laatste van de Pottisworths geweest. En als gevolg daarvan, of wellicht omdat hij niet de meeste geliefde man was geweest, kwamen er maar weinig mensen. De familie McCarthy, de dokter, de wijkverpleegkundige en de notaris van meneer Pottisworth zaten in de voorste banken, misschien om de lange houten banken voller te laten lijken dan ze waren.

Een paar banken erachter, zijn traditionele positie indachtig, negeerde Byron Firth, met zijn honden bewegingloos aan zijn voeten, de veelbetekenende blikken en het gemompel van de oude vrouwen in de bank aan de andere kant van het gangpad. Hij was het gewend. Hij was gaan accepteren dat er steels gekeken en druk gefluisterd werd wanneer hij het lef had om in het dorp te verschijnen. Hij had al lang geleden geleerd om net te doen of zijn neus bloedde. Bovendien had hij dringendere zaken om bij stil te staan. Terwijl hij thuis de deur uitliep, had hij zijn zus aan de telefoon met haar vriend gehoord en hij had begrepen dat ze het erover had om met Lily ergens anders te gaan wonen. Hij kon de huur van hun huis niet in zijn eentje ophoesten, en er waren vast niet veel mensen die bij hem en zijn honden zouden willen intrekken. En nog belangrijker, nu de oude man dood was, zag het ernaar uit dat hij geen werk meer had. Zijn loon werd voorlopig doorbetaald, maar dat zou niet eeuwig duren. Hij keek regelmatig in de krant om te zien of er werklui gevraagd werden.

Een paar mensen waren gewoon voor de gelegenheid gekomen. Mevrouw Linnet, de plaatselijke werkster, zorgde ervoor dat ze nooit een goede begrafenis miste. Ze had er een ranglijst van op het punt van aankleding, keuze van psalmen en kwaliteit van de worstenbroodjes en hammen die helemaal terugging tot 1955. Ze had twee van de oude vrouwen bij wie ze poetste meegenomen. Hoewel ze meneer Pottisworth niet echt gekend hadden, zou het misschien wel een aardig uitstapje voor hen zijn, had ze tegen de dominee gezegd. Vooral omdat het er wel inzat dat de McCarthy's voor een behoorlijk buffet zouden zorgen, omdat mevrouw McCarthy wist hoe de dingen op de juiste manier gedaan moesten worden. Dat was met haar soort altijd zo.

En achterin zaten verder nog Asad en Henry, dicht bij elkaar terwijl ze veinsden dat ze in het psalmenboek lazen.

'Moet je ze eens zien, opgedirkt en wel op de voorste rij alsof ze familie waren,' fluisterde Henry.

'Als het hun verdriet maar verlicht,' zei Asad. Hij was een lange man die voorover moest buigen om ervoor te zorgen dat ze allebei de woorden konden zien. 'Ze ziet er vandaag heel mooi uit. Ik denk dat dat een nieuwe jas is.' De jas, van felrode wol en militaire snit, lichtte op binnen de sombere muren van het kerkje.

'Ze verwachten zeker binnenkort geld te krijgen. Ze vertelde me gisteren dat hij een aanbetaling op een van die flitsende nieuwe wagens met vierwielaandrijving heeft gedaan.'

'Ze verdient het. Al die jaren maar moeten klaarstaan voor die afschuwelijke man. Ik zou het niet gedaan hebben.' Asad schudde zijn hoofd. Zijn gelaatstrekken, die zijn Somalische afkomst verrieden, waren elegant en een beetje treurig. Hij slaagde er, volgens Henry, onder bijna alle omstandigheden in om een gelijkenis met een waardige man te tonen. Zelfs in zijn pyjama van Thomas de Trein.

'Over welke afschuwelijke man in het bijzonder heb je het?' mompelde Henry.

De psalm kwam ten einde. Met een geschuif van billen op de banken en de zachte plof van oude psalmbundels op hout, ging de kleine gemeente zitten voor het laatste deel van de dienst.

'Samuel Pottisworth,' zei de dominee, 'was... een man... die zijn hele leven trouw aan zichzelf is gebleven.' Hij leek te hakkelen. 'Hij was een van de meest... de *oudste* leden van onze gemeente.'

'McCarthy zat al jaren op dat huis te azen,' zei Henry stilletjes. 'Kijk hem daar eens met haar staan – zo onschuldig als wat.'

Asad keek hem vragend aan en liet zijn blik toen naar het stel gaan dat enkele rijen voor hen zat.

'Wist je dat hij nog geen halfuur voor hij hierheen kwam bij die Theresa van de pub was? Ted Garner kwam nog even winegums kopen voor ik de winkel sloot. Hij zei dat hij zijn bestelwagen voor haar huisje had zien staan.' Henry trok een gezicht.

'Misschien laat ze een klusje uitvoeren,' zei Asad optimistisch.

'Ik heb gehoord dat ze vaak een man binnen heeft.' Henry zette zijn leesbril recht.

'Misschien moesten haar leidingen doorgespoten worden.'

'En hij hoort heel goed te zijn in het inrammen van dingen...'

De twee mannen begonnen te giechelen en worstelden om hun gezicht in de plooi te krijgen toen de dominee van zijn aantekeningen opkeek, zijn wenkbrauwen vermoeid vragend opgetrokken. Vooruit, zei de uitdrukking op zijn gezicht. Help nou even mee.

Asad ging rechtop zitten. 'Niet dat wij zulke roddelaars zijn,' mompelde hij.

'Nee. Dat zei ik daarstraks nog tegen mevrouw Linnet toen ze hoofdpijntabletten kwam halen. Dat is al het tweede doosje dat het ouwe mensje in drie dagen wegwerkt. Nee, in onze winkel krijg je geen roddels te horen.'

Ook al was het een begrafenis, het kostte Matt McCarthy moeite om ervoor te zorgen dat de vereiste treurige uitdrukking op zijn gezicht lag. Hij wilde glimlachen. Hij wilde zingen. Eerder die ochtend had een van de dakdekkers twee keer aan hem gevraagd waar hij verdomme toch zo blij om was. 'Had je de juiste lottogetallen?' had hij gezegd.

'Zoiets ja,' had Matt geantwoord, en hij was voor de vijftiende keer met de opgerolde tekeningen in zijn hand verdwenen om naar de voorkant van het huis te kijken.

Het had niet beter kunnen uitpakken. Laura had het helemaal gehad met die oude bok en hij moest toegeven dat hij zich de avond tevoren echt zorgen had gemaakt. Als ze geweigerd had Pottisworth nog langer van maaltijden te voorzien, dan was hij de sigaar geweest. Het nieuws was zelfs zo geweldig geweest toen Laura hem belde, haar stem trillend en geschrokken, dat hij ervoor gezorgd had dat hij bij haar was toen de dokter kwam om de oude man dood te verklaren. Laura had zich aan hem vastgeklampt, met de gedachte dat hij teruggekomen was omdat hij haar die beproeving niet alleen wilde laten doorstaan, maar heel diep vanbinnen – niet dat hij dit ooit aan iemand zou toegeven – had hij niet geloofd dat die oude rotzak de geest had gegeven. En ook dat, als Matt te snel wegging, Pottisworth misschien weer zou opspringen en aankondigen dat hij wel zin had in een 'sudderlapje'.

De dienst was afgelopen. Het kleine groepje rouwenden stapte de donker wordende middag in en bleef bij elkaar staan. Een enkeling keek zo nu en dan om zich heen om te zien wat er nu zou gebeuren. Het was duidelijk dat niemand van plan was de oude man naar het kerkhof te begeleiden.

'Ik vind het heel netjes van mevrouw McCarthy en u om de begrafenis van meneer Pottisworth te regelen.' Mevrouw Linnet legde een vederlichte hand op Matts arm.

'Het was het minste wat we konden doen,' zei hij. 'Meneer P.

was als familie voor ons. Vooral voor mijn vrouw. Ik weet zeker dat ze hem zal missen.'

'Er zijn niet veel mensen die in hun latere jaren zo veel goedheid van hun buren kunnen verwachten,' zei mevrouw Linnet.

'En wie kan zeggen door wat een dergelijke grootmoedigheid ingegeven wordt? Hij heeft echt geboft.'

Asad Suleyman stond naast hem, een van de weinige mannen in het dorp die Matt het gevoel gaven dat hij klein was. Onder andere. Matt keek abrupt op bij zijn woorden, maar Asads gezicht was, zoals altijd, ondoorgrondelijk. 'Nou ja, jullie kennen Laura,' zei hij. 'Haar kant van de familie wil graag dat alles op de juiste manier gedaan wordt. Die staat op etiquette, hoor, mijn vrouw.'

'We vroegen ons af… meneer McCarthy… of u vandaag misschien nog op een andere manier om het verscheiden van meneer Pottisworth gaat treuren…' zei mevrouw Linnet vanonder de rand van haar vilten hoed. Achter haar stonden twee andere oudere vrouwen verwachtingsvol, met hun tasjes tegen hun borst geklemd, te wachten.

'Treu –? Natuurlijk. U bent allemaal welkom, dames. We willen die goeie ouwe meneer P. een waardig afscheid geven, nietwaar?'

'En u, meneer Suleyman? Moet u terug naar de winkel?'

'O nee.' Henry Ross was naast hem opgedoken. 'Op woensdag sluiten we vroeg. U had het voor ons niet beter gepland kunnen hebben, meneer McCarthy. We – eh – treuren dolgraag mee.'

'Volledig tot uw dienst,' straalde Asad.

Er was niets dat Matts dag kon bederven. 'Geweldig,' zei hij. 'Nou, allemaal mee naar ons huis, dan kunnen we een dronk op hem uitbrengen. Ik ga het de dominee even vertellen. Dames, als u bij mijn auto wacht, dan zal ik u een lift geven.'

Het huis dat Matt McCarthy gebouwd had – of gerenoveerd, met het geld van zijn vrouw – was ooit een veel kleiner koetshuis geweest, gelegen aan de rand van het bos, voordat de oprijlaan gescheiden werd van die naar het Spaanse Huis. Vanbuiten kwam het overeen met de bouwstijl van de omgeving, met zijn neo-Georgian gevel, hoge, elegante ramen en een voorgevel van vuursteen. Binnen was het moderner, met inbouwspots, een ruime, opengewerkte zitkamer voorzien van laminaat en een spelletjeskamer waarin Matt en zijn zoon een aantal jaren geleden voor het laatst samen gebiljart hadden.

Het zag uit op het open veld, en de twee huizen waren van elkaar gescheiden door bossen. Ze bevonden zich op tweeënhalve kilometer van het dorp Little Barton met zijn pub, school en winkel. Maar de lange, kronkelende oprijlaan, die ooit gemakkelijk toegang had geboden tot de dichtstbijzijnde hoofdweg, was nu een overwoekerd karrenspoor, vol groeven en kuilen van verwaarlozing. Matt en zijn vrouw hadden dan ook allebei een stevige wagen met vierwielaandrijving nodig om hun huis uit te kunnen zonder bang te hoeven zijn voor de onderkant van hun auto's. Matt reed de ergste halve kilometer wel eens om bezoek op te halen. Al twee keer was de uitlaat van een elegante, lage wagen gescheurd en Matt, die niet achterlijk was waar het zakenrelaties betrof, wilde een bespreking niet op een verontschuldigende toon beginnen.

Hij was een paar keer in de verleiding gekomen om de oprijlaan op te vullen met asfalt, maar Laura had hem ervan weten te overtuigen dat hij daarmee het lot zou tarten. 'Doe wat je wil als het huis eenmaal van ons is,' had ze gezegd. 'Het heeft geen zin om al dat geld uit te geven voor iemand anders.'

Nu stond de dranktafel vol met mooie wijnen – veel te veel, gezien het aantal mensen dat was komen opdagen, maar Matt McCarthy wilde voorkomen dat er gezegd zou worden dat hij een vrekkige gastheer was. En een beetje smering liet zakelijke contacten soepeler verlopen. Hij wist dat net zo goed als iedereen.

'Dus je hebt die ouwe begraven?'

'Iemand moest erop letten dat hij niet weer overeind zou komen.' Hij gaf Mike Todd, de plaatselijke makelaar, een groot glas rode wijn.

'Is Derek er al? Hij zal het me wel te koop willen laten zetten zodra de nalatenschap afgehandeld is. Ik moet je zeggen, het is dan wel een prachtig stuk grond, maar er zullen zakken met geld voor nodig zijn om die oude bouwval bewoonbaar te maken. De laatste keer dat ik er binnen was... was vier jaar geleden? En toen viel het al uit elkaar.'

'Het verkeert niet in geweldige staat, nee.'

'Wat staat er boven de poort? LAGE DOORGANG? Dat betekent toch uitkijken? Nou, daar hebben ze volgens mij gelijk in.'

Matt boog zich naar hem toe. 'Ik zou me er niet te veel op verheugen, Mike.'

'Weet jij iets wat ik niet weet?'

'Laten we het erop houden dat je dit huis misschien eerder in de verkoop hebt dan dat.'

Mike knikte. 'Zoiets vermoedde ik al. Tja... ik denk wel dat ik mijn courtage met jouw huis gemakkelijker verdien. Volgens mij zijn er wel wat meer potentiële kopers voor een huis als dit. Wist je dat ons gebied in een van de zondagskranten genoemd is als de volgende streek waar iedereen wil wonen?'

'Dan krijg je het nog druk. Je maakt er wel wat moois van voor me, hè?'

'Ik doe altijd mijn best voor je, Matt, dat weet je. We moeten later nog maar eens praten. Er is een vrouw die een bod heeft gedaan op die schuur achter de kerk die verbouwd moet worden. Er zal een hoop aan gedaan moeten worden en ik heb tegen haar gezegd dat ik er de juiste persoon voor wist. Ik had het idee dat we er misschien allebei iets aan zouden hebben.' Hij nam een flinke slok van zijn wijn en smakte. 'Bovendien, als je zin hebt om die ouwe bouwval op te knappen, dan heb je al het geld nodig dat je maar te pakken kunt krijgen.'

Het was verrassend hoeveel meer mensen er kwamen opdagen voor de begrafenisreceptie dan voor de dienst, peinsde Laura. De lucht was opgeklaard en ze kon de aardse geur van de bossen bijna ruiken. Ze was er eerder met de hond gaan wandelen, en al in september kon je de subtiele verandering in de lucht bespeuren die de nadering van de herfst aankondigde. Ze richtte haar aandacht weer op de vruchtentaart die op het werkblad voor haar stond, klaar om naar de zitkamer gebracht te worden. Als hun gasten er voor gingen zitten, dan zou ze wel eens tot diep in de avond gastvrouw kunnen lopen spelen. Dat was het probleem met kleine gemeenschappen. Ze leidden allemaal zo'n geïsoleerd leven dat ze de neiging hadden om elke gelegenheid aan te grijpen en die zo veel mogelijk uit te buiten. Als het zo doorging, moest ze de Neven nog vragen om de dorpswinkel voor haar open te doen.

'Alles goed, schoonheid?'

Matt sloeg zijn armen om haar middel. Hij was de afgelopen week zo lief geweest, vrolijk, ontspannen, attent. Hoe schuldig ze zich ook voelde om het toe te geven, het overlijden van meneer P. was een zegen geweest.

'Ik vroeg me af wanneer we ze eruit kunnen gooien,' murmelde hij.

'De oude dames moeten misschien zo wel naar huis gebracht worden. Mevrouw Linnet doet helemaal raar van haar derde gin en mevrouw Bellamy ligt boven op een stapel jassen te snurken.'

'Straks gaan ze nog proberen de Neven te versieren.'

Ze glimlachte en legde een taartschep op het blad. Toen draaide ze zich om zodat ze hem kon aankijken. Hij was nog net zo knap als de dag waarop ze hem ontmoette. Het verweren van zijn gezicht, de rimpels die zich vanuit zijn ooghoeken verspreidden, maakten hem alleen maar aantrekkelijker. Soms vond ze het vervelend; vandaag, vol wijn en opluchting, was ze er blij om. 'Alles wordt nu anders, hè?' zei ze.

'O ja.' Hij boog voorover om haar een kus te geven, en ze liet haar handen om hem heen glijden. Ze voelde zijn vertrouwde lichaam tegen zich aan, de strakheid van spieren die gevormd waren door zwaar werk. Ze bedacht dat ze hem waarschijnlijk nooit tegen zich aangehouden had zonder een zweem van verlangen te voelen. Ze kuste hem terug en voelde even iets geruststellend bezitterigs in de druk van zijn lippen op de hare. Dit waren de momenten die het allemaal de moeite waard maakten, die haar het gevoel gaven dat hij aan haar teruggegeven was. Dat alles in het verleden een vergissing geweest was.

'Ik onderbreek toch niets, hè?'

Matt keek op. 'Als je dat nu nog niet weet, Anthony, dan is al het geld dat we aan je biologielessen besteed hebben weggegooid geweest.'

Laura glipte uit de armen van haar man en pakte het blad met de taart. 'Je vader en ik hadden het over de toekomst,' zei ze, 'hoe goed die eruitziet.'

Er waren momenten, dacht Matt McCarthy, terwijl hij stiekem zijn kleren rechttrok, dat hij blij was dat hij met zijn vrouw getrouwd was. Hij keek haar na terwijl ze de zitkamer binnenliep, en somde haar pluspunten op: nog steeds smalle taille, goedgevormde benen, iets stijlvols in de manier waarop ze liep. Alles bij elkaar, geen verkeerd oud mens.

'Ga je niet uit?' vroeg hij aan zijn zoon. 'Ik dacht dat je allang weg zou zijn.' Het duurde even voor het tot hem doordrong dat Anthony niet zijn gebruikelijke samenzweerderige lachje op zijn gezicht had.

'Shane heeft me een lift terug van het voetballen gegeven.'

'Fijn voor je.'

'Ik heb je wagen bij Theresa Dillon voor zien staan.'

Matt aarzelde. 'En?'

'En – ik ben niet achterlijk, hoor. En mam ook niet, al doe je alsof ze dat wel is.'

Matts feeststemming verdween als sneeuw voor de zon. Hij deed zijn best om luchtig te klinken. 'Ik heb geen idee waar je het over hebt.'

'Ja, dat zal wel.'

'Beschuldig je me van iets?'

'Je zei tegen mam dat je rechtstreeks van de bouwmarkt gekomen was. Dat is tweeëntwintig kilometer de andere kant van de kerk op.'

Dat is het dus, dacht Matt. Zijn boosheid werd gedeeltelijk getemperd door trots dat zijn zoon geen sufferd was en dat hij niet bang voor zijn vader was. Dat hij kloten had gekregen. 'Luister, verrekte inspecteur Clouseau, ik ben bij Theresa langsgegaan omdat ze me had gebeld en me had gevraagd of ik haar snel een offerte kon geven voor het inzetten van een stel nieuwe ramen, ook al gaat het je geen bal aan.'

De jongen zei niets, maar keek naar hem op een manier die Matt duidelijk maakte dat hij hem niet geloofde. Hij had die bespottelijke wollen muts weer op, ver over zijn voorhoofd getrokken.

'Nadat ze me gebeld had, bedacht ik dat ik eigenlijk niets van de bouwmarkt nodig had dat ik niet morgen kan halen,' voegde hij eraan toe.

Anthony keek naar zijn voeten.

'Dacht je nou heus dat ik je moeder zo zou behandelen? Na alles wat ze voor dit gezin – en die oude man – heeft gedaan?' Hier had hij hem kunnen hebben – hij zag onzekerheid in zijn ogen. Matts reactie was instinctief – nooit toegeven, nooit uitleggen – en dat had hem al uit God weet hoeveel benarde situaties gered.

'Dat weet ik niet, hè?'

'Nee, dat weet je niet. Dus gebruik de volgende keer je verstand voor je je mond opendoet.' Nu had hij hem. 'Je hebt te veel tijd in het dorp doorgebracht. Ik heb al tegen je moeder gezegd dat we je ergens hadden moeten opvoeden waar het drukker was.' Hij tikte tegen zijn hoofd. 'Er gebeurt zo weinig in het leven van de mensen hier dat ze graag verhaaltjes verzinnen, hun fantasie met ze op de loop laten gaan. Goddomme – moet je jou horen! Je bent al net zo erg als die oude vrouwen.'

'Maar ik heb haar eerder met jou gezien, weet je nog?' zei Anthony kwaad.

'Dus nu mag ik niet eens meer met iemand flirten? Met een mooie vrouw praten? Zal ik onder het lopen naar de grond kijken zodat ik niemands blik opvang? Misschien kunnen we mevrouw Linnet vragen om een boerka voor me te breien.'

Anthony schudde zijn hoofd.

'Luister, jongen, je mag dan zestien zijn, maar je bent nog lang niet volwassen. Als je dacht dat je moeder liever zou hebben dat ik een schoothondje was, dan snap je nog niet veel van hoe een mens in elkaar zit. Waarom ga je niet wat nuttigers doen dan Miss Marple uithangen? En ga eens naar de kapper.'

Toen Anthony de keukendeur dichtsloeg, was zijn rug krom van verslagenheid.

De middag ging over in schemering en daarna in duisternis toen de dichtgeweven deken van de nacht neerdaalde, tot het huis, met de bomen en landerijen, gesmoord werd in het gelijkmatige zwart van het ware platteland. Achter de verlichte ramen van het huis van de McCarthy's toonden de rouwenden nog weinig tekenen van vertrek. Eerlijk gezegd hadden ze ook maar weinig tekenen van rouw getoond. Naarmate er meer drank in het systeem was gekomen, waren de verhalen over Samuel Pottisworth gestaag minder respectvol geworden totdat de grauwe wollen lange onderbroek die hij zelfs 's zomers had gedragen en de pikante voorstellen die hij de knappe jonge wijkverpleegster had gedaan de toon hadden gezet.

Niemand wist meer precies wiens idee het was geweest om het feest in het grote huis voort te zetten. Aangevuurd door een toenemende mate van vrolijkheid en een algehele lachbui, waren de openslaande deuren opengezet. Laura was achter haar man aan gelopen toen ze zag welke kant het verspreide groepje uit ging.

Het was ongewoon warm buiten en nog steeds klonk overal de roep van wilde dieren terwijl de lichtbundels van de zaklantaarns langs de bomen gleden. Het bos was vol leven met geluiden van voeten die van oevers glibberden, het geritsel van de eerste herfstbladeren op de grond en de gilletjes van de oudere dames terwijl ze zich een weg door het donker probeerden te banen.

'En hij zag er ook niet tegenop om avances te maken tegenover mijn vrouw,' zei Matt. 'Ouwe smeerlap. Kijk uit op die planken, meisjes.'

'Matt,' zei Laura terwijl ze langs hem liep, 'niet doen.'

'Ach, joh. Je gaat toch niet iedereen vertellen dat hij een engel was?' Hij knipoogde naar Mike Todd die zijn glas omhooghield alsof hij bang was dat hij wijn zou morsen. 'Iedereen hier weet toch hoe hij was, nietwaar, Mike?'

'Ik vind het niet juist,' zei ze.

'Om kwaad te spreken over de doden? Ik vertel alleen de waarheid. Toch, mensen? Het wordt toch met genegenheid gezegd?'

'Maar toch...'

Het huis doemde voor hen op, verlicht door maanlicht dat bleek weerkaatste vanaf het rimpelloze water van het meer. In het blauwe licht leek het gebouw spookachtig, minder solide dan overdag, terwijl het door de mist die van de grond opsteeg wel leek alsof het zweefde. De rode baksteen van de oostelijke muur maakte plaats voor gotische ramen terwijl de latere aanbouwen aan de noord- en zuidkant bekleed waren met het meer traditionele Norfolk-vuursteen. Boven het enorme erkerraam van de ouderslaapkamer dat uitzicht bood op het meer stonden twee kantelen. Het was indrukwekkend, maar niet mooi – het was een vreemd, tegenstrijdig gebouw dat wel wat overeenkomsten vertoonde met de vorige eigenaar. Maar het had mogelijkheden. Laura merkte dat ze een onwillekeurige huivering onderdrukte. Het Grote Huis. Het huis dat zij zou herscheppen, waar ze de rest van haar leven zou doorbrengen. Het huis dat haar ouders, iedereen, zou laten zien dat ze gelijk had gehad door met Matt te trouwen.

'Kijk toch eens,' klonk Matts stem, 'dat zou hij om zich heen hebben laten instorten.'

'Ik weet nog dat het van zijn ouders was,' zei mevrouw Linnet, die zich aan Asads arm vastklampte. 'Ze onderhielden het zo mooi. Hier en hier stonden stenen pauwen en er lagen boten op het meer, en langs die hele border hadden ze zulke mooie rozen. Van die echte die nog een geur hadden, niet zoals vandaag de dag.'

'Het moet wel iets bijzonders zijn geweest,' zei Asad.

'Dit huis zou weer mooi kunnen worden, in de juiste handen.'

'Het zou niets voor mij zijn. Zo midden tussen al die bossen.'

Laura keek naar haar man die diep in gedachten, met zijn hoofd in zijn nek, een eindje van de groep af stond. Zijn gezicht had iets sereens, dacht ze. Alsof er een langdurige spanning van hem afviel. Ze vroeg zich even af of die uitdrukking ook op haar gezicht te zien was, en kwam tot de conclusie dat dat waarschijnlijk niet zo was.

'Trouwens, Matt.' Het was Derek Wendell, de notaris, die op zachte toon sprak. 'Zou ik je even kunnen spreken?'

'Heb ik jullie wel eens verteld over die keer dat hij het terrein van veertien hectare zou gaan verkopen? Dat land bij die oude schuur?' Mike ging naast hem staan en zijn stem bulderde theatraal in het donker. 'Kreeg een goed bod, ver boven de vraagprijs. Alles was in orde gemaakt en toen ontmoette hij de koper bij de notaris.' Hij zweeg even voor het dramatische effect. 'Een rámp.'

'Ga verder, Mike.' Laura was giechelig. Ze had de hele middag gedronken, wat ongewoon voor haar was. Meestal hield ze zich in – het was geen pretje om met een kater wakker te worden.

'Hij ontdekte dat de koper uit Frankrijk kwam. Of, tenminste, zijn ouders dan – de arme man woonde hier al twintig jaar. En dat deed de deur dicht. "Ik ga mijn land niet verkopen aan een verrekte vredestichter. Geen enkele Fransoos krijgt mijn voorouderlijk huis in zijn klamme klauwen..." De ironie was dat geen enkele Pottisworth ooit in die ellendige oorlog gediend had. Ze slaagden er allemaal in zich te laten afkeuren of op de administratie terecht te komen.'

'Ik geloof niet dat ik hem ooit iets aardigs over iemand heb horen zeggen,' zei Matt terwijl hij naar het huis staarde.

'Over mevrouw McCarthy toch wel? Na alles wat ze voor hem gedaan heeft...'

'Nee, hoor,' zei Matt. 'Zelfs over Laura niet. Voorzover ik weet niet.' Hij ging op een van de lange, lage muurtjes zitten die om het huis liepen, onderbroken door treden die leidden naar wat de oprijlaan was geweest. Hij zat er met een ontspannen bezittersair, zoals iemand doet wanneer er een foto van hem of haar gemaakt gaat worden.

'Matt.' Derek Wendell boog zich nu naar zijn schouder toe. 'Ik moet je echt even spreken.'

Laura zag de uitdrukking op Matts gezicht. Zelfs in haar wazige, benevelde toestand herkende ze er iets in wat haar ontnuchterde.

'Het testament zeker, hè? Kunnen we het niet later over de bijzonderheden hebben?' Matt gaf hem een klap op zijn rug. 'Je blijft altijd maar met je werk bezig, hè, Derek?'

'Ik heb dit huis al dertig jaar niet meer gezien,' verkondigde mevrouw Linnet vanachter hen. 'De laatste keer was de begrafenis van de oude meneer. Ze hadden twee zwarte paarden die de kist trokken – ik ging er een aaien en toen beet hij me.' Ze stak haar hand uit en tuurde ernaar. 'Kijk, hier zit het litteken.'

Mensen praatten nu door elkaar heen, meer geïnteresseerd in vertellen dan in luisteren.

'Ik herinner me die begrafenis,' zei Matt. 'Ik stond aan het begin van de oprijlaan met mijn ouwe heer. Hij wilde niet voorbij de poort gaan, en bleef daar maar staan terwijl de stoet voorbijtrok. Ik herinner me dat hij huilde, zelfs na alles wat er gebeurd was. Tien jaar nadat ze hem op straat gezet hadden, zodat hij geen huis meer had, niets meer, moest hij nog om die oude man huilen.'

Laura stond roerloos toe te kijken toen Derek, die heel dicht bij Matt was gaan staan in een poging om zijn aandacht te trekken, even naar haar keek. Ineens wist ze wat hij tegen haar man zou gaan zeggen. De wereld viel van haar weg, als de partjes van een sinaasappel. Ze knipperde hard met haar ogen terwijl ze zich ervan probeerde te overtuigen dat wat ze gezien had door het beperkte licht of haar eigen dronkenschap kwam. Maar toen Derek zich naar Matt toeboog en iets in zijn oor fluisterde, en afgaande op de verharde gelaatstrekken van haar man en het 'Wat? Wát?' dat de geurige avond doorsneed, wist ze dat de oude man inderdaad trouw aan zichzelf was gebleven, zoals de dominee had gezegd. Tot in de dood.

3

Het viel niet mee om viool te spelen en tegelijkertijd te huilen. Door de manier waarop ze haar hoofd hield, hoopten de tranen zich op in het holletje tussen traanbuis en neus en biggelden vervolgens over haar gezicht of, nog erger, op de viool waar ze snel weggeveegd moesten worden omdat ze het hout zouden vlekken of zelfs doen kromtrekken.

Isabel onderbrak haar spel om de grote witte zakdoek te pakken en de druppeltjes van het glanzende hout te vegen. Huilen en spelen. Je moest het een van het ander gescheiden houden. Maar alleen wanneer ze speelde kon ze uiting geven aan haar gevoelens. Het was het enige moment waarop ze zich niet dapper hoefde voor te doen, geen mama, schoondochter, efficiënte werkgeefster of, God verhoede, 'stoïcijnse jonge weduwe' hoefde te zijn.

'Mam.' Kitty was haar nu al een paar minuten aan het roepen. Ze had geprobeerd zich voor de stem van haar dochter af te schermen omdat ze geen zin had om de laatste paar noten van Mahlers Vijfde op te geven, niet echt klaar om naar beneden te gaan en weer in het echte leven te stappen. Maar Kitty's roep werd steeds krachtiger en dringender. 'Mam!'

Ze kon niet goed spelen als ze zich niet kon concentreren. Ze nam de viool vanonder haar kin, veegde haar ogen droog en riep naar beneden terwijl ze haar best deed een luchtige toon aan te slaan: 'Wat is er?'

'Meneer Cartwright is er.'

Cartwright... Cartwright... Ze legde haar instrument in zijn koffer, deed de deur van de zolderkamer open en liep langzaam naar beneden. Ze herinnerde zich de naam niet, al was het mogelijk dat ze hem kende. Ze had nooit zo veel namen van mensen hoeven kennen voordat Laurent overleed. 'Ik kom,' riep ze.

Cartwright. *Meneer* Cartwright. Een zakelijke naam. Niet een van de buren. Niet een van Laurents vrienden die nog wel eens langskwamen, geschokt alsof ze het nog maar net gehoord hadden en getroost moesten worden, daar op haar bank, alsof zij degene was die nu voor de gevoelens van iedereen moest zorgen.

Niet een van haar vriendinnen, van wie er een paar met haar in contact waren gebleven sinds ze het orkest vaarwel had moeten zeggen.

Cartwright. Ze gluurde in de zitkamer en zag met een vaag gevoel van opluchting dat de man die op de bank zat, gekleed in een donkergrijs pak en stropdas, een bekende was. Hij was op de begrafenis geweest. Ze probeerde haar gedachten te ordenen en wierp een blik in de richting van de keuken, waar Kitty thee aan het zetten was. 'Kan Mary dat niet doen?'

'Het is haar vrije middag. Dat heb ik al eerder gezegd.'

'O.' Ze vergat momenteel voortdurend dingen. Haar dochter bracht de thee naar meneer Cartwright die worstelde om van de lage bank omhoog te komen en met uitgestoken hand rechtop ging staan. Met zijn glimmende schoenen en stijve voorkomen was hij niet op zijn plaats in de milde chaos van de kamer. Die zag ze ineens door de ogen van een bezoeker. Er lagen stapels boeken en tijdschriften op de tafels. Op de armleuning van de bank had iemand een Halloweenmasker en een slordige stapel wasgoed neergelegd. Een van haar slipjes gleed langzaam langs de rugleuning naar de kussens.

'Mevrouw Delancey, ik hoop dat ik niet op een ongelegen moment gekomen ben...'

'Nee, nee.' Ze maakte een verzoenend handgebaar. 'Wat leuk u te zien. Ik was even... boven.'

Kitty ging in de rooddamasten stoel zitten en vouwde haar benen onder zich. De stof van de zitting was zo dun geworden dat de grijze vulling eruit piepte – en ze zag hoe Kitty stiekem probeerde iets ervan terug te duwen.

'Meneer Cartwright is gekomen om over geld te praten,' zei ze. 'Je thee staat naast je, mam.'

'O, natuurlijk. Dank je.' Accountant? Financieel adviseur? Advocaat? Laurent had dat soort mensen altijd te woord gestaan. 'Is er iets wat u me moet laten tekenen?'

Meneer Cartwright boog voorover, wat niet meeviel omdat zijn achterste zich zeker vijftien centimeter lager bevond dan zijn knieën. 'Niet echt. Eerlijk gezegd... zou het misschien een goed idee zijn om dit gesprek... ergens anders te voeren.' Hij keek veelbetekenend naar Thierry en vervolgens naar Kitty.

Thierry zette met een nors gezicht de televisie uit.

'Je mag wel tv-kijken in Mary's kamer, schat. Ik weet zeker dat ze dat niet erg vindt.'

'De afstandsbediening is kapot,' zei Kitty.

'Nou... misschien...'

Maar Thierry was al weg.

'Ik blijf hier,' zei Kitty kalm. 'Soms is het gemakkelijker om dingen te onthouden als je met zijn tweeën bent.'

'Mijn dochter is... heel efficiënt voor haar leeftijd.'

Meneer Cartwright leek niet erg op zijn gemak, maar realiseerde zich duidelijk dat hij zich erbij moest neerleggen. 'Ik probeer u nu al een paar weken te bereiken,' begon hij. 'Ik vond dat u een volledig beeld van uw financiële situatie moest hebben, nu het... eh... stof is gaan liggen.' Hij moest blozen om zijn woordkeuze. Hij had zijn aktetas op zijn schoot liggen en nadat hij de klep omhoog had gedaan op een manier die leek aan te geven dat dit wel eens het plezierigste moment van zijn werkdag kon worden, haalde hij stapels papieren tevoorschijn en legde ze in keurige rechthoeken op de salontafel. Hij stopte toen hij bij de Stapel kwam.

'Mam doet geen post,' zei Kitty, bij wijze van uitleg. 'We wachten tot de stapel zo hoog is dat ze zich er een breuk aan tilt.'

'Ik doe de post wél, Kitty. Ik... loop alleen een beetje achter.' Isabel glimlachte opgelaten naar meneer Cartwright, die zijn afschuw bij het zien van de wankelende stapel ongeopende enveloppen niet kon verbloemen.

'Dat is vast de reden dat u geen reactie van ons ontvangen hebt,' voegde Kitty eraan toe.

'Het zou misschien wel... verstandig kunnen zijn om ernaar te kijken,' zei hij voorzichtig. 'Er zitten misschien wel rekeningen tussen.'

'O, dat zit wel goed,' zei Kitty. 'Ik maak alles open wat rood is, vul de cheques in en mam ondertekent ze.'

Isabel zag zijn afkeuring. Ze had het op de gezichten van andere moeders gezien als ze zei dat het kindermeisje voor het eten zorgde. Of dat ze niet wist hoe de klasgenootjes van haar kinderen heetten. Het was duidelijk af te lezen geweest van de gezichten van degenen die na Laurents overlijden op bezoek kwamen wanneer ze de puinhoop in huis zagen. Ze had het zelfs zo nu en dan bij Mary gezien als Isabel in bed lag te jammeren in plaats van haar te helpen de kinderen naar school te krijgen. Dat stadium, waarin ze zich half krankzinnig voelde, waarin ze hem zag in gezichten die voorbijkwamen, waarin ze tekeerging tegen God omdat Hij hem haar ontnomen had, was voorbij. Maar de weg die bij het verdriet vandaan leidde, was niet gemakkelijker.

Meneer Cartwright pakte een pen en deed zijn aktetas dicht. 'Wat ik te zeggen heb, is geen goed nieuws.'

Isabel wilde half en half lachen. Mijn man is dood, dacht ze. Mijn zoon verkeert nog in shock en wil niet praten. Mijn dochter is in negen maanden tijd twintig jaar ouder geworden en weigert toe te geven dat er überhaupt iets aan de hand is. Ik heb moeten opgeven wat ik dolgraag deed, datgene waarvan ik gezworen had dat ik het nooit zou doen, en jij denkt dat je slecht nieuws voor me hebt?

'Nu er wat tijd verstreken is en de – eh – juridische kant van de zaak uitgezocht is, heb ik een goed overzicht gekregen van Laurents zaken, en het ziet ernaar uit dat hij niet zo... solide... was als hij misschien leek.'

'Solide?'

'Ik vrees dat hij u niet zo verzorgd achtergelaten heeft als u wellicht verwacht had.'

Dat is geen ramp, wilde ze zeggen. Geld is nooit belangrijk voor me geweest. 'We hebben het huis. En zijn levensverzekering. Zo erg kan het nu ook weer niet zijn.'

Meneer Cartwright keek naar het papier in zijn hand. 'Hier is een samenvatting,' zei hij. 'Bovenaan staan zijn activa en aan de andere kant een lijst van wat meneer Delancey aan schulden had toen hij... overleed.'

'Doodging,' verbeterde ze hem. 'Ik heb een hekel aan dat woord,' mompelde ze terwijl ze Kitty's verwijtende blik opving. 'Hij – hij is dood. Mijn man is dood.' Er mocht niets verzacht worden. Het moest zo kaal, zo hard klinken als het was.

Meneer Cartwright bleef zwijgend zitten terwijl Isabel de brok in haar keel wegslikte.

Ze pakte blozend het papier. 'Het spijt me,' zei ze afwezig. 'Ik ben niet zo goed in getallen. Zou u ze me willen uitleggen?'

'Eenvoudig gezegd, mevrouw Delancey, heeft uw man hoge leningen afgesloten met dit huis als onderpand om uw levensstijl te kunnen blijven bekostigen. Hij rekende erop dat de waarde van het pand zou blijven stijgen. Nu kan dat zo zijn, en dan zou u er niet slecht voorstaan. Het grootste probleem is dat, toen hij de hypotheek verhoogde, hij zijn levensverzekering niet meeverhoogd heeft om het nieuwe bedrag te dekken. Hij heeft een van zijn polissen zelfs laten uitbetalen.'

'De nieuwe baan,' zei ze vaag. 'Hij zei dat de nieuwe baan vette bonussen zou opleveren. Ik begreep het niet echt. Ik heb nooit echt begrepen wat hij deed.' Ze glimlachte verontschuldigend. 'Iets met... opkomende markten?'

Hij keek naar haar alsof het allemaal voor zich moest spreken.

'Ik weet niet... Kunt u me vertellen wat dit alles voor ons inhoudt?'

'Het huis is niet afbetaald. De hoogte van de uitkering van de levensverzekering betekent dat minder dan de helft van het bedrag gedekt is, zodat er aanzienlijke hypothecaire verplichtingen uitstaan, verplichtingen waarvan ik me afvraag of u er wel aan kunt voldoen. Tot nu toe werden ze betaald van uw gezamenlijke rekeningen en spaarrekening, maar ik vrees dat er heel weinig van over is. U zult een deel van het pensioen van uw man ontvangen en misschien zijn er nog wat uitkeringen, maar u moet een andere manier vinden om aan uw resterende hypotheekverplichtingen te voldoen als u het huis wilt behouden.'

Het was als het krassen van een kraai, een lelijk, doordringend geluid. Op een gegeven moment hoorde ze zijn woorden niet langer, maar alleen jargon. Verzekering. Verplichtingen. Financiële beslissingen. Al die dingen waartoe ze zich het minst in staat voelde. Ze dacht dat ze wel eens hoofdpijn zou kunnen krijgen.

Ze haalde diep adem. 'In dat geval, meneer Cartwright, wat kan ik doen?'

'Doen?'

'Zijn investeringen? Zijn spaargeld? Er moet toch iets zijn wat ik kan verkopen om de hypotheek af te betalen.' Ze wist niet zeker of ze het woord 'hypotheek' ooit eerder gebruikt had. Ik heb nooit gedaan alsof ik hier ooit iets van begrepen heb, voer ze tegen Laurent uit. Dat was jouw werk.

'Ik moet u vertellen, mevrouw Delancey, dat de heer Delancey in de maanden voor zijn dood grote sommen heeft uitgegeven. Hij heeft bijna alle rekeningen leeggehaald en ook nog eens zijn levensverzekeringspolis verzilverd. Het geld dat overblijft, zal naar de schulden op zijn creditcards en zijn – eh – achterstallige alimentatie voor zijn ex-vrouw gaan. Zoals u weet, hoeft u als zijn echtgenote geen successierechten over de erfenis te betalen, maar ik wil voorstellen dat u uw uitgaven in de tussentijd tot een minimum beperkt.'

'Waaraan heeft hij het uitgegeven?' vroeg Kitty.

'Ik vrees dat u zijn afschriften zult moeten doornemen om daar enig idee van te krijgen. De meeste controlestrookjes in zijn chequeboek waren leeg.'

Isabel probeerde zich te herinneren wat ze die afgelopen maanden gedaan hadden. Maar, net zoals in de eerste weken na zijn dood was gebeurd, had de tijd haar geheugen vervaagd. Haar jaren met Laurent waren een amorfe, verschuivende reeks herinneringen geworden. Ze hadden een heerlijk leven gehad, dacht ze weemoedig. Lange vakanties in Zuid-Frankrijk, een paar keer in de week uit eten. Ze had nooit gevraagd waar het geld vandaan kwam.

'Betekent dat geen schoolgeld? Geen kindermeisje?'

Ze was bijna vergeten dat Kitty erbij zat. Nu zag ze dat haar dochter aantekeningen zat te maken.

Meneer Cartwright wendde zich opgelucht tot Kitty, alsof ze zijn taal sprak. 'Dat zou wel raadzaam zijn, ja.'

'En u zegt dus eigenlijk dat we het huis zullen kwijtraken.'

'Ik begrijp dat je... mevrouw Delancey geen... regelmatig inkomen meer heeft. Het wordt misschien wat gemakkelijker om de eindjes aan elkaar te knopen als jullie naar een goedkopere wijk verhuizen, jullie huishoudelijke uitgaven beperken.'

'Weg uit dit huis?' vroeg Isabel ontzet. 'Maar het was Laurents huis. Hier hebben we onze kinderen grootgebracht. Hij is in elk vertrek. We kunnen hier niet weg.'

Kitty trok het vastberaden gezicht dat ze als klein kind al had aangenomen wanneer ze zich bezeerd had en haar uiterste best deed om niet te huilen.

'Kitty, schat, ga maar naar boven. Maak je geen zorgen. Ik los het wel op.'

Kitty aarzelde maar even en liep toen de kamer uit, haar schouders verdacht recht. Meneer Cartwright keek haar met een ongelukkig gezicht na, alsof hij verantwoordelijk voor haar pijn was.

Isabel wachtte tot de deur dicht was. 'Er moet toch iets zijn wat we kunnen doen,' zei ze op dringende toon. 'U hebt verstand van geld. Er moet toch iets zijn wat ik kan doen om de kinderen in de buurt van hun vader te houden. Ze hielden van hem. Ze zagen hem waarschijnlijk vaker dan mij, omdat ik zo veel weg was voor mijn werk. Ik kan hun dit niet aandoen, meneer Cartwright.'

Hij was roze aangelopen. Hij staarde naar de papieren en schoof er een beetje mee.

'Weet u zeker dat hij geen geld of iets dergelijks in Frankrijk had?' vroeg ze.

'Ik vrees dat hij daar alleen maar schulden had. Blijkbaar is hij bijna een jaar voor zijn dood gestopt met zijn ex-vrouw te betalen. Ik ben er vrijwel van overtuigd dat wat we hier hebben een kloppend overzicht is.'

Ze herinnerde zich dat Laurent zich over de alimentatie beklaagde. Ze hadden geen kinderen gehad, mopperde hij dan. Hij begreep niet waarom *die vrouw* zichzelf niet kon onderhouden.

'Luister, mevrouw Delancey, ik zie echt geen enkele manier om uw schulden op orde te krijgen. Ook als u het kindermeisje opzegt en de kinderen van hun privéschool haalt, blijft u nog met aanzienlijke hypothecaire verplichtingen zitten.'

'Dan verkoop ik iets,' zei ze. 'Misschien had hij waardevolle kunst. Misschien staan er wel een paar eerste edities in de boekenkast.' Haar blik bleef rusten op de rommelige verzameling oude pockets en ze gaf in stilte toe dat dit niet waarschijnlijk was. 'Ik kan hun dit niet aandoen. Ze hebben al genoeg te verstouwen gehad.'

'U zou niet weer aan het werk willen?'

Je moest eens weten, dacht ze. 'Ik denk dat de kinderen voorlopig... één ouder...' ze schraapte haar keel '... bij zich moeten hebben. En wat ik met het orkest verdien, is nooit genoeg geweest voor onze gezinsuitgaven.'

Meneer Cartwright mompelde iets terwijl hij van voren naar achter en omgekeerd door de papieren bladerde. 'Er is één mogelijkheid,' zei hij.

'Ik wíst dat u iets zou bedenken,' zei ze gretig.

Hij ging met zijn vinger langs zijn lijstje. 'Misschien zou u iets kunnen verkopen.'

'Ja?'

'Ik vrees dat er niets financieels is dat u te gelde zou kunnen maken. Maar als ik het goed begrepen heb, is het meest waardevolle dat u buiten uw huis bezit... uw viool.'

'Wat?'

Hij had zijn rekenmachine gepakt en toetste vlot cijfers in. 'Ik heb begrepen dat het een Guarneri is? U hebt hem voor een bedrag van zes cijfers verzekerd. Als u hem voor een dergelijk bedrag verkoopt, zou u niet voldoende hebben voor het schoolgeld, maar zou u wel het huis kunnen houden.' Hij hield haar de rekenmachine voor. 'Ik hou wel rekening met commissie, maar u zou toch uw hypotheek kunnen aflossen en een klein beetje overhouden. Het zou een verstandige zet zijn.'

'Mijn viool verkopen?'

'Het is een hoop geld. In een tijd waarin u het nodig hebt.'

Toen hij weg was, liep Isabel naar boven en ging op haar bed liggen. Ze staarde naar het plafond en dacht aan al die nachten dat ze Laurent boven op zich had gevoeld, aan de avonden die ze lezend en zomaar wat kletsend doorgebracht hadden, zonder zich ervan bewust te zijn dat zoiets gewoons en huiselijks een luxe zou kunnen worden. Ze dacht aan de nachten waarin ze aan weerszijden van hun pasgeboren baby's hadden gelegen en vol verwondering naar hen en naar elkaar hadden gekeken.

Ze liet haar hand over de zijden sprei gaan. Zulk sensueel genot leek nu zinloos. De sprei zelf, met de warme rode kleuren en het ingewikkelde borduurwerk, was uitgesproken seksueel, alsof hij de spot dreef met haar eenzame staat. Ze sloeg haar armen om zich heen en deed haar best om het opkruipende verdriet te verdringen, het gevoel van amputatie dat haar elke keer overviel wanneer ze alleen in het enorme bed lag.

Ze kon door de muur het gedempte geluid van de televisie horen en stelde zich voor hoe haar zoon ervoor hing, waarschijnlijk opgaand in een computerspelletje. Ze had een tijdlang gehoopt dat een van haar kinderen belangstelling voor muziek zou krijgen, maar net als hun vader hadden ze weinig talent en nog minder zin. Misschien is dat maar goed, peinsde ze. Misschien was er in dit gezin maar plaats voor één persoon die haar droom kon najagen. Laurent heeft me verwend. Hij heeft mij de gelukkige laten zijn.

Ze hoorde Mary thuiskomen, en een kort gesprek tussen Kitty en haar. Toen, in de wetenschap dat ze zich niet langer de luxe van het blijven liggen kon veroorloven, stond ze op, trok het beddengoed recht en liep langzaam de trap af. Ze zag Kitty in kleermakerszit aan de salontafel zitten. Voor haar lag de Stapel die verdeeld was in aparte, kleinere hoopjes bruine of handgeschreven enveloppen, onderverdeeld in geadresseerden.

'Mary is naar de supermarkt.' Haar dochter legde weer een envelop neer. 'Ik vond dat we maar eens een paar van deze moesten openmaken.'

'Laat mij dat maar doen. Je hoeft me niet te helpen, schat.' Isabel bleef even staan om haar dochter een aai over haar bol te geven.

'Het is makkelijker als we het samen doen.'

Er klonk geen rancune in haar stem door, alleen die praktische toon die Isabel een mengeling van schuldgevoel en dankbaarheid bezorgde. Laurent had Kitty zijn '*vieille femme*' genoemd. Nu, realiseerde Isabel zich, had haar dochter, op de prille leeftijd van vijftien jaar, die rol automatisch op zich genomen.

'Dan zet ik even thee voor ons,' zei ze.

Mary was al bij hen sinds Kitty een baby was. Isabel dacht wel eens dat het kindermeisje haar kinderen beter kende dan zijzelf. Mary's kalme efficiëntie had hen de afgelopen paar maanden bij elkaar gehouden. Haar evenwichtigheid had een draad van normaliteit geweven door wat surrealistisch geworden was. Isabel wist niet wat ze zonder haar moest beginnen. De gedachte aan koken en strijken, bedden verschonen en het scala van andere dingen die Mary elke dag deed, vervulde haar van wanhoop.

Ik moet sterk zijn, zei ze bij zichzelf. Er zijn wel ergere dingen dan dit. Over een jaar lachen we misschien weer.

Toen ze terugkwam met twee bekers drukte ze een kus op het hoofd van haar dochter, vol dankbaarheid voor haar aanwezigheid. Kitty glimlachte vaag en wapperde toen met iets in haar richting. 'We moeten deze snel betalen.' Ze gaf Isabel een aanmaning van het gasbedrijf. 'Ze dreigen ons af te sluiten. Er staat onderaan dat we telefonisch kunnen betalen als je een kaart hebt.'

Op de creditcardafschrijving die Isabel zojuist opengemaakt had, stond dat ze de afgelopen twee maanden in gebreke was gebleven bij het voldoen van het minimale bedrag. Er stond een bedrag dat in haar ogen grotesk was, boven op het toch al enorme uitstaande totaal. Isabel schoof hem onder de stapel. Er was geen geld. Dat had meneer Cartwright immers gezegd. 'Ik los het wel op,' verzekerde ze haar dochter. Ze zou de rekeningen betalen. Het geld vinden. Het zou allemaal goed komen. Wat moet ik doen? vroeg ze zich af. Als ik het een doe, breek ik misschien hun hart. Als ik het ander doe, breek ik zeker het mijne.

'Deze herken ik niet.' Kitty gooide haar een dikke, witte envelop toe met een steil, elegant handschrift op de voorkant.

'Leg die maar terzijde, schat. Waarschijnlijk van iemand van de Franse familie die het net heeft gehoord.'

'Nee, hij is geadresseerd aan pap. En er staat "persoonlijk" op.'

'Leg hem dan maar bij de getypte. Gooi me maar alles toe wat dringend is. Laat het andere voorlopig maar even. Ik heb er vandaag de energie niet voor.' Ze was zo moe. Ze leek de hele tijd wel moe. Ze stelde zich voor wat een opluchting het zou zijn om zich in de vermoeide kussens van de bank te laten zakken en haar ogen dicht te doen.

'Het komt toch wel goed, hè mam?'
Isabel schoot overeind. 'O, natuurlijk.' Ze kon overtuigend klinken als ze wilde. Ze was net bezig haar gezichtsspieren tot een bemoedigende glimlach te dwingen toen ze stilhield bij het papier dat voor haar lag, met Laurents handtekening onderaan. Er zweefde een beeld van hem voor haar ogen terwijl hij zijn handtekening zette, die nonchalante zwierigheid in inkt, de manier waarop hij maar zelden naar het papier keek terwijl hij schreef. Ik zal zijn handen nooit meer zien, dacht ze. Die vierkante vingers, de schelpkleurige nagels. Ik zal ze nooit meer op me voelen. Ik zal nooit meer voelen hoe ze me vasthouden. Negen maanden later kende ze deze momenten nog steeds: het gevoel van verlies overviel haar zonder zachtheid, zonder waarschuwing. Verdriet had niets zachts. Het kwam op je af als een onverwacht hoge golf op de boulevard, die je overspoelde, die je dreigde mee te sleuren. Hoe konden die handen eenvoudigweg zijn opgehouden te bestaan?
'Mam, je moet dit eens bekijken.'
Ze moest al haar reserves aanspreken om zich op Kitty te kunnen concentreren. Haar hoofd voelde vreemd aan, alsof ze haar gezicht tot niets kon plooien dat ook maar in de buurt van nietszeggendheid kwam.
'Leg alle rekeningen maar aan de kant, lieverd.' Laurent, gilde ze inwendig, hoe kon je ons in de steek laten? 'Weet je wat, zullen we dit morgen afmaken? Ik geloof... dat ik behoefte heb aan een glas wijn.' Ze hoorde de trilling in haar stem.
'Nee. Je moet hiernaar kijken.' Kitty wilde haar een volgende brief toe gooien.
Nog meer officiële dingen te ondertekenen, beslissingen te nemen. Hoe moet ik deze keuze maken? Waarom moeten we alles opofferen? 'Niet nu, Kitty.' Ze hield met moeite haar stem in bedwang.
'Maar kijk nou eens. Hier.' De getikte brief werd in haar handen geduwd. 'Ik weet niet of dit een grap is, maar hier staat dat iemand je een huis heeft nagelaten.'

'Is dit allemaal niet... een beetje dramatisch?'
Fionnuala had pauze genomen van de repetities van de City

Symphonia. Ze zaten in de bistro waar ze al honderden keer geluncht hadden, zo dicht bij de gehoorzaal dat ze konden horen hoe een bas gestemd en opnieuw gestemd werd, een paar experimentele noten van een hobo. Isabel voelde zich het ene moment heerlijk thuis en het volgende voelde ze een steek van verlies, ditmaal om haar oude leven, haar oude zelf. Een jaar geleden was ik nog onschuldig, dacht ze, onberoerd door echte pijn. Ze was nu ongemakkelijk jaloers op haar vriendin die er op los kletste, zonder ook maar een moment te beseffen hoe diep Isabel gezonken was. Ik zou daar moeten zitten, klagend over de dirigent, met mijn halve hoofd nog bij het adagio, dacht ze.

'Vind je niet dat je het risico loopt dat je het kind met het badwater weggooit?' Fionnuala nam een slokje van haar wijn. 'God, wat is dat lekker.'

Isabel schudde haar hoofd. 'Het zal beter voor de kinderen zijn. Prachtig landhuis, goede staatsscholen, een klein dorp. Je weet hoe afschuwelijk de parken in Londen zijn – Mary zei altijd dat ze eerst een halfuur bezig was glasscherven op te rapen voordat ze konden spelen.'

'Ik vraag me alleen af waarom je er niet eerst heen zou gaan, de tijd ervoor nemen.'

'We hébben geen tijd, Fi. We hebben geen geld. En bovendien heb ik het gezien, jaren geleden toen ik klein was. Ik herinner me dat mijn ouders me er mee naartoe namen voor een tuinfeest. Het was een schitterend huis, zoals ik het me herinner.' Ze had zichzelf bijna overtuigd.

'Maar Norfolk? Het is niet eens dat mooie stuk bij het strand. En het is zo'n grote stap. Je kent er helemaal niemand. Je bent nooit zo dol geweest op het platteland. Je bent niet bepaald een type voor rubberlaarzen, hè?' Ze stak een sigaret op. 'Vat dit alsjeblieft niet verkeerd op, maar je kunt een beetje… impulsief zijn, Isabel. Je zou terug moeten komen en zien of je kunt rondkomen. Ik weet zeker dat ze bereid zijn extra optredens voor je te vinden. Je speelt verdorie eerste viool. Of je zou kunnen lesgeven.'

Isabel trok een wenkbrauw op.

'Oké, lesgeven was misschien niet je sterkste punt. Maar het lijkt een erg extreme stap… Wat vinden de kinderen ervan?'

'O, die vinden het wel goed,' zei ze automatisch.

'Maar dit is ons huis. Dit is het huis van pápa,' had Kitty gezegd. 'Je hebt tegen me gezegd dat je het zou oplossen.'

Isabel verbaasde zich over haar eigen beheersing. Laurent zou het me vergeven, zei ze bij zichzelf. Hij zou nooit van me verlangd hebben dat ik boven op al het andere ook nog eens afscheid zou nemen van de viool die hij me gegeven heeft. 'Waarom neem jij alle beslissingen? We zijn met zijn drieën over in dit gezin, hoor.' Kitty's gezicht zag rood van een geconstateerd onrecht. 'Waarom kunnen we het nieuwe huis niet verkopen? Dat moet een hoop waard zijn.'

'Omdat… als ik er successierechten over betaald heb, er nog te veel schulden over zouden zijn, snap je? Het is veel minder waard dan ons huis en bovendien is alles wat we op dit huis verdienen van ons, niet voor de belastingdienst.' Ze ging zachter praten. 'Ik verwacht niet van je dat je het begrijpt, Kitty, maar je vader… heeft geen geld voor ons achtergelaten. Minder dan geen geld. We moeten dit huis verkopen om te kunnen overleven. Het zal best meevallen. Je kunt altijd terugkomen om je vriendinnen op te zoeken. En het nieuwe huis is groot – ze kunnen komen logeren. Alle vakanties, als je wil.'

Thierry's gezicht had niets verraden van wat hij dacht.

'We hebben gewoon het geld niet, lieverds,' had ze gezegd om ze weer naar zich terug te halen. 'We moeten verhuizen.'

'Toch vind ik dat je een vergissing begaat,' zei Fionnuala nu terwijl ze een stukje brood in olijfolie doopte en dat vervolgens over haar lege bord haalde. 'Je bent nog steeds overstuur en dit is niet het moment om zo'n enorme ommezwaai te maken.'

Ze had aan Mary's gezicht gezien dat die er net zo over dacht. Maar Isabel moest dit nu doen. Als ze het niet deed, dan zou ze misschien overstag gaan. Het huis bood haar een pragmatische oplossing. Het was de enig mogelijke manier om iets van haar leven te redden, om niet voortdurend te blijven stilstaan bij het verlies van het zijne. Op haar fantasievollere momenten had ze zichzelf voorgehouden dat Laurent haar het nieuwe huis gestuurd had, dat hij het had gedaan als boetedoening voor zijn schulden. En kinderen pasten zich makkelijk aan, hield ze zichzelf dagelijks voor. Je hoefde maar te denken aan de kinderen van wie de ouders vluchteling of diplomaat waren of die in het leger zaten. Die verhuisden voortdurend. Bovendien zou het misschien voor die twee van haar wel makkelijker zijn om niet voortdurend aan hun oude leven herinnerd te worden. Misschien zou het zelfs voor haar wel gemakkelijker zijn.

'Ik heb begrepen dat het huis gemoderniseerd moet worden,' had de notaris gezegd.

Ze was hem persoonlijk gaan opzoeken, omdat ze niet kon geloven dat het geen grap was. 'Mijn oudoom woonde erin, dus zo erg kan het niet zijn,' had ze geantwoord.

'Ik vrees dat ik niet meer weet dan de bijzonderheden in de akte,' zei hij, 'maar gefeliciteerd. Ik heb begrepen dat het een van de belangrijkere huizen in de streek is.' Ze was zijn enige overlevende familie, en ze had een huis geërfd via de onzichtbare draad van een overlijden zonder achterlating van een testament.

'Het heeft je een eeuwigheid gekost om eerste violist te worden. En je bent verdomde goed,' zei Fionnuala. 'Bovendien zul je daar in de rimboe nooit iemand anders ontmoeten.'

'En waarom denk je dat ik dat zou willen?'

'Nu nog niet natuurlijk. Maar na verloop van tijd – hoor eens, ik wil niet –'

'Nee,' zei Isabel resoluut. 'Voor mij was er alleen Laurent. Er zal nooit iemand kunnen komen die...' Haar stem stierf weg. En toen: 'Het is een nieuwe start,' zei ze gedecideerd tegen Fionnuala. 'Dit huis is een nieuw begin.'

'Ja, ik neem aan dat dat belangrijk is,' zei Fionnuala. Ze legde haar hand op die van Isabel en kneep erin. 'Ach, verdorie, ik moet terug. Sorry, Isabel, maar Burton dirigeert en je weet wat een ellendeling dat is als je te laat komt.'

Toen Isabel haar portemonnee wilde pakken, zei Fionnuala: 'Nee, nee, ik trakteer. Ik voel me een rijke patser omdat we morgen filmmuziek doen. Vier uur rondhangen voor veertig minuten spelen. Ik heb laatst het tarief per noot uitgerekend – echt te gek.' Ze legde wat geld boven op de rekening. 'Maak maar een lekker braadstuk voor me als ik langskom. Schiet zelf een patrijs. Verras me met je nieuwverworven plattelandskneepjes.' Ze boog zich over de tafel om haar vriendin te omhelzen. Toen kwam ze overeind en bestudeerde Isabels gezicht. 'Wanneer denk je weer te gaan spelen?'

'Ik weet het niet,' zei Isabel. 'Als de kinderen... weer gelukkig zijn. Het is maar een paar uur met de trein. Niet bepaald de Hebriden.'

'Nou, schiet in ieder geval op. We missen je. Ik mis je. De man die jouw plaats ingenomen heeft, is hopeloos. Hij leidt met zijn hoofd gebogen en verwacht dan van ons dat we hem volgen. We staren allemaal naar hem alsof hij ons door middel van gebarentaal laat zien wat hij gaat doen.'

Ze sloeg haar armen weer om Isabel heen. 'O, Isabel, ik weet zeker dat het allemaal goed komt, met je nieuwe huis en alles. Sorry dat ik daarstraks zo kritisch was. Ik weet zeker dat je doet wat het beste is.'

Dat doe ik ook, dacht Isabel, terwijl haar vriendin met haar vioolkist onder haar arm door de dubbele deuren verdween.

Het beste voor iedereen.

Soms geloofde ze het bijna zelf.

4

Henry gaf Asad achter de toonbank een por en wees op zijn horloge. Het had mevrouw Linnet bijna drieëntwintig minuten gekost om een doos theezakjes te kopen. Het was een nieuw persoonlijk record. 'Kan ik u helpen, mevrouw Linnet?' vroeg hij.

Ze onderbrak haar monoloog. Die was, in willekeurige volgorde, gegaan over camerabewaking, granieten keukenbladen, het onwillige been van haar buurvrouw en een vrouw bij wie ze ooit gewerkt had, wier onvruchtbaarheid ze toeschreef aan het dragen van panty's in bed. 'Ik weet niet hoe het zit met die theezakjes voor hard water. Moet je hard water hebben om ze te gebruiken? Ik weet dat we kalk hebben. Dat zit allemaal in mijn ketel.'

'Kalk? Dat zal wel zwaar zijn,' zei Asad.

'Wel goed voor de bovenarmen,' zei Henry, die zijn best deed om niet te lachen.

Het doffe geroffel van de regen op het dak werd heviger en ze schrokken alle drie toen er boven hun hoofd een donderslag klonk.

'Ik wilde net een kop thee zetten – ook een voor u, mevrouw Linnet, dan kunt u zelf oordelen over onze antikalktheezakjes.' Henry knipoogde naar Asad en liep naar het achterste deel van de winkel. 'Als u niet te veel haast hebt tenminste.'

Het was die middag stil geweest. De stortregen en schoolvakantie hadden samengezworen om iedereen weg te houden behalve de klanten die echt omhoogzaten. Andere plaatselijke winkeliers mopperden over de binnendruppelende clientèle, over voormalige vaste klanten die nu weggelokt werden door supermarktaanbiedingen en de belofte van thuisbezorging. De eigenaars van Suleyman en Ross, onbezwaard met schulden en met als buffer een pensioen dat ze opgebouwd hadden in de jaren dat ze in de City werkten, zagen dergelijke middagen als een gelegenheid voor een wat ontspannener gesprek met hun klanten. Ze hadden de winkel niet overgenomen met het doel om geld te verdienen, maar de lage prijzen, hun bijzondere assortiment en de persoonlijke aandacht die ze boden, hadden hen blijvend verzekerd van de trouw van hun clientèle. En beschermden hen wellicht tegen de vooroordelen van degenen die in eerste instantie wat minder verwelkomend zouden hebben gestaan tegenover de mannen die nu diplomatiek – en tegen alle bewijzen in – bekendstonden als de Neven.

De winkelruit was beslagen zodat de genadeloze hoosbui aan het zicht onttrokken werd. Asad zette de radio aan en ze werden omgeven door melodieuze jazz. Mevrouw Linnet slaakte een gilletje van plezier en wapperde met haar vingers. 'Ooo!' riep ze uit. 'Ik luister graag naar Dizzy, maar mijn Kenneth vindt moderne jazz vreselijk.' Ze dempte haar stem samenzweerderig. 'Hij vindt het te... isotoon. Jullie soort mensen is er natuurlijk voor gemaakt, hè?'

Asad was te beleefd om zijn stilte langer dan een ogenblik te rekken. 'Mijn soort mensen?'

Ze knikte. 'Donkere mensen,' hakkelde ze. 'Jullie... jullie hebben ritme. Dat zit – nou ja – in de genen.'

Asad dacht hier even over na. 'Dat zou verklaren, mevrouw Linnet, waarom ik me op een dag als deze nauwelijks kan inhouden.'

Deirdre Linnet wendde zich met zichtbare opluchting naar de deur.

Een bekende stem instrueerde honden om te blijven en Byron Firth stapte binnen terwijl hij regendruppels uit zijn haar schudde.

'Goeiemiddag, Byron.' Asad glimlachte.

'Ik heb een kaart nodig,' zei de nieuwkomer tegen hem.

'Ze liggen in die hoek,' antwoordde Asad. 'Was het voor iemand in het bijzonder?'

'Lily,' zei hij stilletjes. 'Mijn nichtje. Ze is jarig.' Hij leek een te grote verschijning voor de winkel, hoewel hij niet zo lang was als Asad, en duidelijk niet op zijn gemak met zichzelf, alsof hij zich eeuwig onzichtbaar probeerde te maken. Misschien werkt hij daarom in de bossen, dacht Asad. Permanent aan het zicht onttrokken.

'Goeiemiddag, meneer Firth,' zei Henry die met de thee binnenkwam en zijn blik over Byrons druipende oliejas en zijn modderige laarzen liet gaan. 'Ik zie dat u in contact bent geweest met de natuur. En ik geloof dat we rustig kunnen stellen dat de natuur vandaag als overwinnaar uit de bus gekomen is.'

'Waar zijn de handgemaakte kaarten, Henry?' Asad tuurde langs de schappen. 'Daar hadden we er toch nog wat van?'

'We hebben er geen meer met leeftijden,' zei Henry. 'De vier en de vijf vliegen namelijk de deur uit en je blijft met de elf zitten.'

'Aha. Hier heb ik ze.' Asad stak hem een roze kaart toe die versierd was met glittertjes. 'Aan de andere kant van het dorp zat een vrouw die ze maakte. Dit is de laatste en de envelop is een beetje gevouwen dus die kun je met vijftig pence korting krijgen, als je hem wilt hebben.'

'Bedankt.' Byron gaf hem zijn geld en wachtte terwijl Asad de kaart in een bruin papieren zakje deed. Met een knik naar de winkeliers stopte hij hem in zijn jas en ging weg. Door de beslagen ruit was nog net de extase van de honden te zien toen hun baasje zich bukte om ze te begroeten.

Mevrouw Linnet had met ongewone intensiteit etiketten staan bestuderen. 'Is die man weg?' vroeg ze overbodig.

'De heer Firth heeft het gebouw verlaten, ja,' zei Henry.

'Ik vind dat jullie dat soort mensen niet zouden moeten bedienen. Ik krijg wat van die man.'

'Dat zou je wel willen,' murmelde Henry.

'Ik geloof niet dat het verre verleden van de heer Firth ook maar iets te maken heeft met of we hem een verjaardagskaart voor zijn nichtje verkopen of niet,' zei Asad. 'Hij heeft ons altijd vriendelijk geleken, al is hij een beetje stilletjes. Mevrouw Linnet, ik weet zeker dat u als goede christenvrouw bekend bent met de begrippen "boetedoening" en "vergiffenis".'

'Ik ben bang dat het van kwaad tot erger zal gaan. Het nieuws zal de ronde doen,' zei ze geheimzinnig terwijl ze tegen haar neus tikte. 'We zullen een magneet worden voor allerlei ongewenste lieden. Straks komen er nog pedologen.'

Henry zette grote ogen op. 'De hemel verhoede dat.'

Het belletje kondigde opnieuw het opengaan van de winkeldeur aan. Er kwam een meisje binnen, een tiener, niet ouder dan een jaar of vijftien, zestien. Ze was nat, maar ze droeg geen jas en had geen paraplu bij zich. Ze zag er een beetje verkreukeld uit, alsof ze een lange reis achter de rug had. 'Neem me niet kwalijk dat ik stoor,' zei ze terwijl ze haar haar uit haar ogen streek, 'maar weet u misschien ook waar...' ze keek even op een papiertje '... het Spaanse Huis is?'

Er volgde een korte stilte.

'Dat weet ik zeker, kind,' zei mevrouw Linnet. 'Je bent er niet ver vandaan.' Ze was duidelijk haar eerdere beproevingen vergeten. 'Mag ik vragen wat je er hoopt aan te treffen?'

Het meisje keek nietszeggend.

'De oude meneer Pottisworth is onlangs overleden,' legde mevrouw Linnet uit. 'Er woont nu niemand meer. Als je hier bent voor de begrafenis, vrees ik dat je te laat bent.'

'O, maar dat weet ik,' zei het meisje. 'Wij gaan er wonen.'

'Waar?' Henry verscheen in de deuropening naar het achterkamertje.

'Het Spaanse Huis. Deze jongedame gaat in het Spaanse Huis wonen.' Mevrouw Linnet kon zich bijna niet inhouden, gezien het belangwekkende van het nieuws. Ze stak haar hand uit. 'In dat geval worden we bijna buren, kind. Ik ben Deirdre Linnet...' Ze tuurde door de beslagen ruit. 'Ik neem aan dat je niet alleen bent?'

'Mijn moeder zit in de auto met mijn broer. Ik kan trouwens maar beter gaan, want de verhuiswagen staat op ons te wachten. Eh... waar zei u ook alweer dat het was?'

Asad wees naar de weg. 'Sla tegenover de borden naar de varkenshouderij linksaf, op het kruispunt rechtsaf en volg het weggetje helemaal tot aan een bord met "LAGE DOORGANG!".'

'"Wees op uw hoede,"' voegden Henry en mevrouw Linnet er behulpzaam in koor aan toe.

'We zijn tot vijf uur open,' zei Asad, 'voor het geval jullie iets nodig hebben. En rij voorzichtig over het weggetje. Het is nogal... onafgemaakt.'

Het meisje krabbelde op haar papiertje. 'Varkenshouderij links, kruispunt rechts, weggetje volgen. Dank u wel,' zei ze.

'Tot ziens,' zei Henry die mevrouw Linnet een mok thee aanreikte.

Ze keken haar na terwijl ze naar buiten liep. Vervolgens, na een korte, amper fatsoenlijke pauze, haastten ze zich naar het raam en veegden een kijkgat in de condens. Ze zagen door het gat hoe het meisje weer op de passagiersstoel van een grote, geblutste Citroën stapte. Erachter werd het straatje bijna geblokkeerd door de verhuiswagen waarvan de ruitenwissers met enige regelmaat drie potige mannen in de cabine onthulden.

'Nou, wat zeggen jullie daarvan?' zei Henry. 'Jonge mensen in het grote huis.'

'Ze is misschien wel jong,' zei mevrouw Linnet afkeurend, 'maar dat is nog geen excuus voor de staat van die schoenen.'

'Schoenen zijn misschien wel de minste van haar zorgen,' zei Henry. 'Ik vraag me af hoe de buren hen zullen verwelkomen.'

Kitty zweeg terwijl haar moeder zich een weg over het karrenspoor baande. Zo nu en dan keek ze in de achteruitkijkspiegel naar de verhuiswagen die vervaarlijk schommelend achter hen aan reed en murmelde zachtjes een smeekbede.

'Weet je zeker dat dit de goede weg is?' vroeg Isabel voor de vierde keer aan Kitty. 'Ik herinner me dit pad niet.'

'Op het kruispunt rechts. Ik heb het zelfs opgeschreven.'

De auto vloog omhoog en kwam krakend op de voorbumper terecht toen hij opnieuw door een met water gevulde kuil reed. Kitty hoorde de wielen rondtollen omdat ze geen grip hadden en de motor gierend protesteren voor ze weer vooruitgingen. Om hen heen doemden de naaldbomen op die het beetje middaglicht dat er was tegenhielden.

'Ik kan niet geloven dat het hier is. We zullen een tractor nodig hebben om eruit te komen.'

Kitty was in haar hart blij dat het zo'n verschrikkelijke weg was. Misschien zou haar moeder eindelijk anders gaan denken over die stomme verhuizing. Ze had zich wekenlang vastgeklampt aan de ijdele hoop dat Isabel zou toegeven dat het een vergissing was geweest en tot de conclusie zou komen dat ze zo met hun financiën konden goochelen dat ze toch in hun huis konden blijven. Maar nee. Ze had Kitty halverwege het schooljaar afscheid van haar school en haar vriendinnen laten nemen om Joost mocht weten waar naartoe te gaan. En het maakte niet uit wat mam zei over contact houden met iedereen – zij wist dat, als ze er eenmaal niet meer was om sms'jes en roddels mee uit te wisselen, ze niet langer voor hen zou bestaan. Zelfs als ze om de paar weken terugging, zou ze alleen aan de zijlijn blijven, alle insidergrapjes missen, achter de trend van het moment aanlopen.

De ruitenwissers zwaaiden met een korte hapering en een licht gekraak heen en weer alsof elke beweging moeite kostte. Vandaag een jaar geleden was ik gelukkig, dacht ze. Ze had haar dagboek van vorig jaar bewaard en alles wat ze gedaan had nagekeken, dus ze wist dat dit waar was. Soms kwelde ze zichzelf ermee: 'Pap kwam me van school halen. Na het eten gingen we schaken en ik won. *Neighbours* was hartstikke goed.' Ze vroeg zich wel eens af waar ze over precies een jaar zou zijn. Het was moeilijk te geloven dat ze misschien terug in Londen zouden zijn. Nog moeilijker te geloven dat ze misschien gelukkig zouden zijn.

Thierry, die achterin zat, tilde zijn koptelefoon even op. 'We zijn er bijna, T.,' zei ze.

'O, kom op, Dolores, je weet dat je het kunt.'

Kitty kromp ineen. Het was zo gênant dat haar moeder de auto bij naam noemde.

Ineens kwamen ze uit de bomen op een grote open plek. 'Daar is een bord,' wees Kitty.

'"LAGE DOORGANG!"' las Isabel. 'Mmm… "Wees op uw hoede."'

'Dat is het,' zei Kitty en er klonk opluchting in haar stem door. 'Daar hadden ze het in de winkel over.'

Isabel tuurde door het over de voorruit neergutsende water. Er stond links een keurig, uit twee verdiepingen bestaand huis van vuursteen, dat in de verste verte niet op het huis op de foto leek. De auto kroop vooruit, langs een met bomen omgeven bocht, en daar was het dan. Een huis van rode baksteen, drie verdiepingen hoog, de muren half bedekt met klimop, het dak voorzien van uit de toon vallende kantelen. Hoge ramen keken uit op een voortuin die zo overwoekerd was dat je alleen aan de buxushaag kon zien waar hij ooit geëindigd was en waar de wildernis begon. Het huis was een mengelmoes van stijlen, alsof degene die ermee begonnen was zich was gaan vervelen of een foto van iets anders had gezien dat ze mooi vonden en het huis overeenkomstig aangepast hadden. Een vuurstenen muur ging over in kantelen, Georgian ramen leunden tegen gotische bogen.

De Citroën reed de oprijlaan op en bleef voor de voordeur staan.

'Nou,' zei Isabel, 'dit is het, jongens.'

Kitty vond het er koud en klam en niet-uitnodigend uitzien. Ze dacht met weemoed aan hun huis in Maida Vale, met zijn gezellige kamers, de geur van eten dat op stond, van specerijen en parfum, en het troostende gemurmel van de televisie. Het is een bouwval, zei ze bijna, maar ze hield zich in. Ze wilde de gevoelens van haar moeder niet kwetsen. 'Het ziet er niet erg Spaans uit.'

'Als ik me juist herinner, hoorde het Moors te zijn. En daar is het meer! In mijn herinnering was het niet zo groot. Kijk!' Isabel had een grote envelop uit het dashboardkastje getrokken. Ze neusde erin en haalde er een sleutel met een papier uit. Naast de auto was een enorme magnolia vroeg tot leven gekomen en de lichte bloemen gloeiden als lantaarns in het schemerlicht.

'Volgens de notaris hebben we vierentwintig hectare verkocht om de successierechten te betalen en nog eens acht om geld op onze bankrekening te zetten. Dan blijven er nog tweeënhalf aan de linkerkant daar over...' Het begon snel donker te worden zodat er voorbij de bomen niet veel meer te zien was. '... en tot aan de voorkant van het huis. Dus we hebben het volledige uitzicht, de bossen en het meer. Moet je je eens voorstellen! We bezitten bijna net zo veel land als we kunnen zien.'

Fijn, dacht Kitty. Een modderige vijver met een griezelbos. Heb je de laatste tijd nog horrorfilms gezien?

'Weet je, als oma nog geleefd had, dan zou het naar haar zijn gegaan. Hij was haar broer. Kun je je haar in een huis als dit voorstellen? Na dat kleine flatje van haar?'

Kitty dacht dat ze zich niemand in een huis als dit kon voorstellen.

'Dat water. O... het is een sprookje. Papa zou het meer geweldig hebben gevonden – hij had kunnen gaan vissen...' Isabels stem stierf weg.

'Mam, hij heeft van zijn leven nooit gevist,' zei Kitty, die de vuilniszak bij haar voeten oppakte. 'Laten we maar uitstappen. De verhuizers zijn er.'

Thierry wees naar de bomen.

'Goed idee, schat. Ga jij maar een verkenningsrondje maken.' Kitty merkte dat haar moeder blij was dat Thierry überhaupt belangstelling had getoond. 'En jij, lieverd? Wil jij ook op verkenning gaan?'

'Ik help je wel de boel op orde te krijgen,' zei Kitty. 'Thierry, trek je jas aan, en verdwaal niet in het bos.' Het slaan van autoportieren weerklonk door de kleine vallei toen ze over het natte grind naar de voordeur liepen.

De geur trof hen als eerste, de koude, bedompte lucht van langdurige verwaarlozing, een subtiele zweem van verborgen schimmel, vochtplekken en rotting. Kitty, met een reistas aan haar schouder, liet de stank met een mengeling van afkeer, fascinatie en ongeloof diep in haar neus doordringen.

Dit was erger dan ze zich ooit had kunnen voorstellen. Op de vloer van de hal lag gescheurd linoleum, waarvan sommige stukken zo afgesleten waren dat een onbestemd oppervlak eronder te zien was. Door een openstaande deur kon ze een voorkamer zien waarvan de muren behangen waren met een patroon dat eruitzag alsof het uit de victoriaanse tijd stamde, en een wankel, geschilderd dressoir van het soort dat je in een keuken in de jaren vijftig aantrof. Twee ruiten waren blijkbaar kapot en de ramen dichtgetimmerd, zodat maar de helft van het daglicht binnendrong. Aan het plafond hing een draadje zonder fitting, laat staan een peertje.

Het zag er niet uit als een huis waarin iemand redelijkerwijs kon wonen. Het zag er niet uit als een huis dat ooit bewoond was geweest. Nu zal ze het inzien, dacht Kitty. Ze moet ons wel weer naar huis brengen. We kunnen hier met geen mogelijkheid blijven.

Maar Isabel gebaarde naar haar dochter. 'Laten we boven eens gaan kijken,' zei ze. 'Dan zoeken we de keuken op en zetten we een kop thee.'

De twee bovenverdiepingen waren amper geruststellender. Een aantal slaapkamers leek al jaren afgesloten te zijn. De kilte van onbruik hing in de lucht, en hier en daar hing het behang er in flarden bij. Slechts twee slaapkamers leken vaag bewoonbaar: de ouderslaapkamer, nicotinegeel, waar nog steeds een bed, een televisie en twee kasten met naar tabak ruikende kleren in stonden; en een kleinere kamer ernaast, die in de jaren zeventig was ingericht, misschien twintig of dertig jaar recenter dan de andere vertrekken. De badkamer zat vol barsten en kalkaanslag, en er kwam sputterend een viezig goedje uit de kranen. De vloer van de overloop kraakte en sporen van keutels wezen op de aanwezigheid van muizen.

Ze móét het toch zien, dacht Kitty terwijl haar moeder en zij elke nieuwe gruwel onder ogen zagen. Ze moet toch zien dat dit onmogelijk is. Kennelijk niet. Zo nu en dan mompelde Isabel iets als 'Een paar aardige kleedjes...' alsof ze in zichzelf praatte.

Kitty telde misschien drie roestige radiatoren in het hele huis. En op de overloop op de bovenste verdieping ontbrak een stuk plafond zodat er een skeletachtige constructie van balken en pleisterwerk te zien was waardoor trage, maar ononderbroken druppels plasjes vormden op de bodem van een strategisch geplaatste zinken teil.

Het was de keuken die Kitty bijna in tranen deed uitbarsten. Als een keuken het hart van een huis moest zijn, dan maakte deze duidelijk dat het huis ongewenst en onbemind was. Het was een lang, rechthoekig vertrek met aan één kant smerige ramen. Het lag een paar stenen treden lager dan de begane grond, het was er donker en het rook er naar oud vet. Er stond een oud fornuis naast de gootsteen, waarvan de branders dof, grijs en plakkerig waren van een niet te identificeren combinatie van substanties. Aan de andere kant van het vertrek stond een vrijstaand elektrisch fornuis, niet zo smerig, maar met dezelfde tekenen van verwaarlozing. Er stonden een paar kastjes in de stijl van de jaren vijftig, maar op de planken langs de muren bevond zich een samengeraapt assortiment van kookspullen en dozen met eten die onder het stof, muizenkeutels en zo nu en dan het versteende lijk van een pissebed zaten.

'Dit is mooi, zeg,' zei Isabel terwijl ze met haar vingers over de oude grenen tafel midden in het vertrek ging. 'We hebben nooit een echt grote keukentafel gehad, hè, schat?'

Boven hen liepen de verhuizers te bonken en met meubilair te sjouwen. Kitty keek naar haar moeder alsof ze gek geworden was. Het huis was als iets uit een oorlogsgebied, dacht Kitty, en toch kletste haar moeder maar door over grenen tafels.

'En kijk,' zei Isabel die naast de gootsteen stond toen er een kraan sputterend tot leven kwam. 'Het water uit de koude kraan is helder. Het smaakt vast fantastisch. Zeggen ze niet dat water op het platteland beter is? Ik weet zeker dat ik het ergens gelezen heb.'

Kitty was te erg over haar toeren om de zweem van hysterie in haar stem te horen.

'Mevrouw Delancey?' De grootste verhuizer was binnengekomen. 'We hebben de eerste spullen in de voorkamer gezet, maar het is behoorlijk vochtig. Ik wilde eerst even met u overleggen voor we verdergaan.'

Isabel keek hem niet-begrijpend aan. 'Hoezo overleggen?'

De man stak zijn handen in zijn zakken.

'Nou, het is... het verkeert niet in de beste... ik wist niet of u uw spullen misschien wil laten opslaan. Ergens anders wil gaan slapen. Tot de boel een beetje aan kant is.'

Kitty had hem wel kunnen zoenen. Eindelijk liet iemand zijn verstand spreken.

'Het vocht is niet goed voor al dat antiek.'

'O, ze overleven het al een paar honderd jaar. Een beetje vocht kunnen ze ook nog wel hebben,' zei Isabel onverschillig. 'Er is hier niets waar we niet uitkomen. Met een paar heteluchtkanonnen krijgen we de boel wel warm.'

De man keek even naar Kitty. Ze bespeurde een zweem van medelijden in zijn ogen. 'Zoals u wilt,' zei hij.

Kitty stelde zich voor hoe hij en de anderen twijfelden aan de verstandelijk vermogens van dat gekke mens dat haar gezin in een lekkende bouwval liet wonen terwijl ze de loftrompet stak over een grenen tafel. Ze dacht aan hun oude huis: gezellig, centraal verwarmd, met een bank met dikke kussens en een enorme plasma-tv.

'Nou, waar is het keukenspul? We moesten maar eens gaan schoonmaken,' zei ze.

'Keukenspul?'

'Schoonmaakmiddelen. En eten. Ik had voor we weggingen twee dozen bij de voordeur gezet zodat we er klaar voor zouden zijn.'

Er volgde een korte stilte.

'Waren die voor ons?'

Langzaam draaide Kitty zich naar haar toe.

'O, verdikkie – ik dacht dat er afval in zat. Ik heb ze bij de vuilnisbakken gezet.'

Wat gingen ze dan eten? wilde Kitty gillen. Hoe moesten ze vandaag dan doorkomen? Dacht ze ooit wel eens aan iets anders dan die verdomde muzíék?

Waarom overkomt mij dit nou weer? Kitty wendde zich af zodat haar moeder niet kon zien hoe erg ze haar op dat moment haatte. Ze had tranen in haar ogen van frustratie, maar ze onderdrukte de neiging om ze weg te vegen. Ze wilde niet dat haar moeder het zag. Ze wou dat ze een moeder had die voorbereid was en de handen uit haar mouwen stak. Waarom kon haar moeder niet een tikkeltje praktisch zijn? Ze werd overspoeld door verdriet om haar vader, om Mary, die dit huis gezien zouden hebben voor wat het was – een enorme, bespottelijke vergissing – en tegen Isabel gezegd zouden hebben dat er gewoonweg geen sprake van kon zijn. Ze moesten naar huis terug.

Nu waren er geen volwassenen. Alleen zij.

'Ik ga wel spullen uit die winkel halen,' zei ze. 'Met de auto.'

Ze wachtte half en half tot haar moeder zou protesteren dat ze haar absoluut geen toestemming gaf om achter het stuur te kruipen. Of misschien zou vragen hoe ze het dacht te kunnen. Maar Isabel was in gedachten verzonken, en Kitty liep weg terwijl ze even met haar handpalm over haar ogen ging.

Isabel draaide zich om toen haar dochter met grote stappen de keuken uit beende, haar ongenoegen duidelijk hoorbaar in elke voetstap. Ze hoorde de deur dichtslaan en het geluid van de auto die gestart werd. Toen wendde ze zich naar het raam, deed haar ogen dicht en hield ze lange tijd gesloten.

Het was gestopt met regenen, maar de wolken hingen nog steeds laag en zagen er dreigend uit alsof ze nog niet goed wisten of ze een adempauze zouden inlassen. Het kostte Kitty bijna twintig minuten om tot aan het begin van het weggetje te komen. Haar vader had haar alleen korte afstandjes op vakantie, over akkers van vrienden of over een privéweg naar een strand laten rijden. Nu slipte en gromde de auto over de kuilen. Ze klampte zich aan het stuur vast en bad dat de wielen niet vast zouden komen te zitten terwijl ze alleen in dat afschuwelijke bos was. Ze moest steeds denken aan de griezelfilms die ze gezien had en zag zichzelf tussen de bomen door hollen, op de hielen gezeten door schimmige monsters.

Toen ze aan het begin van het straatje kwam, liet ze de auto staan en liep de laatste vijf minuten het dorp in.

'Hé, hallo.' De lange, donkere man glimlachte toen ze de deur opendeed. 'En, hebben jullie het kunnen vinden?'

'O ja, we hebben het zeker gevonden.' Kitty kon de toon van berusting niet uit haar stem weren. Ze pakte een boodschappenmandje en liep het winkeltje door, dankbaar voor de warmte en de geur van brood en fruit die in de lucht hing.

'Misschien niet helemaal wat je verwachtte?'

Ze wist niet of ze zich aan zijn vraag ergerde, de aanname dat hij het heus wel wist, maar hij had iets zo vriendelijks dat ze eerlijk antwoordde. 'Het is afschuwelijk,' zei ze doodongelukkig. 'Zo afschuwelijk. Ik kan niet geloven dat iemand er ook echt gewoond heeft.'

Hij knikte meelevend. 'Op dagen als deze ziet alles er altijd erger uit. Met beter licht zul je zien dat het wel meevalt. Dat vinden de meesten van ons. Geef maar.' Hij nam het mandje van haar aan. 'Ga lekker zitten. Ik zal Henry vragen om een kop thee voor je te maken.'

'O nee, dank u wel.' Ze zag ineens krantenkoppen voor zich over verdwenen meisjes en vroeg zich af wat zijn motieven waren. Ze wist niets van deze mensen. Ze zou er in Londen nooit over gepeinsd hebben om van een winkelier eten of drinken aan te nemen. 'Ik kan – ik kan maar beter –'

'Hé, hallo.' De andere man, Henry, kwam vanuit het kamertje achter de winkel. 'Hoe gaat het ermee? Is er iets waarmee we jullie kunnen helpen? We kunnen spullen bestellen, hoor, als je ze niet op de schappen ziet staan. Alles. Waadpakken, waterdicht spul... Ik heb gehoord dat je die misschien wel nodig hebt waar jullie zitten.' Hij sprak op vriendelijke toon en dempte zijn stem, ook al waren ze maar met zijn drieën in de winkel. 'We hebben ook goede muizenvallen. Je doodt die beestjes niet, je lokt ze alleen maar in de val. Dan kun je ze een paar kilometer verderop brengen en in het wild weer loslaten.' Hij trok zijn neus op. 'Ik zie het een beetje als een vakantie voor ze. Rondreis voor knaagdieren.'

Kitty keek op naar de eerste man die was begonnen haar mandje vol te stoppen met kaarsen en lucifers. Ze dacht aan de terugrit over dat pad. Ze dacht aan de hand van haar vader die het stuur rechttrok. Op de heenweg had ze een paar keer gedacht dat ze in huilen zou uitbarsten.

'Het eerste mandje krijg je van ons,' zei Henry. 'Een cadeautje voor het nieuwe huis, hè, Asad? Maar als je het aanneemt, stem je in met de wettelijke verplichting om minstens drie keer in de week langs te komen en ons alles te vertellen...' Hij knipoogde.

Zijn vriend, Asad, keek over zijn schouder. 'En naar Henry te luisteren als hij je vertelt wat hier voor nieuws doorgaat.'

'Wat ben je toch wreed.'

Kitty ging zitten en er verscheen een flauwe glimlach op haar gezicht, waarschijnlijk voor het eerst die dag. 'Eerlijk gezegd heb ik heel veel zin in thee,' zei ze.

'Wat romantisch allemaal,' zei Henry terwijl ze de winkel sloten. 'Overleden echtgenoot, armoede, violen... wel wat interessanter dan die laatste lui die in het dorp zijn komen wonen, de Allensons.'

'Iedereen heeft verliesverwerkers nodig, Henry.'

'O, dat weet ik.' Henry draaide de sleutel twee keer om en voelde nog een keer aan de deurknop of de deur goed dicht zat. 'Je vraagt je toch wel af wat er daar met ze gaat gebeuren. Vooral met McCarthy die zo de pest in heeft.'

'Je wilt toch niet beweren...'

'O, ik denk niet dat hij iets zou doen, maar alleen dat ze daar wel aardig geïsoleerd zullen zitten. Het is een groot, oud huis ergens in de rimboe.'

'Daarom ben ik zo blij met ons huisje.'

'En centrale verwarming.'

'En jou.'

Ze keken op naar de top van de heuvel waar een gebogen rij grillige pijnbomen langs de horizon marcheerden naar het bos waarin

Kitty verdwenen was. Asad stak zijn arm uit en Henry haakte in. Terwijl de twee straatlantaarns van Little Barton aanfloepten, gingen ze op weg naar hun huis.

Op bepaalde momenten van het jaar, wanneer de loofbomen hun bladeren kwijt waren en alleen de naaldbomen aangekleed bleven, was het net mogelijk om vanuit het huis van de McCarthy's het Spaanse Huis te zien. Matt hield een glas whisky in zijn hand en staarde naar het licht dat uit een van de ramen op de bovenverdieping scheen.

'Kom toch naar bed.'

Laura bewonderde de gespierde rug van haar man, het prachtige mechanisme van zijn schouderspieren terwijl hij het glas naar zijn lippen bracht. Matt werd nooit ouder; hij droeg nog steeds dezelfde kleren als toen ze elkaar net ontmoet hadden. Zo nu en dan, geconfronteerd met haar eigen zwangerschapsstriemen en de zwaartekrachtwerking op haar boezem, irriteerde het haar. Nu voelde ze een vage flikkering van verwachting, het gevoel dat ze maar bofte. 'Vooruit, je staat daar nu al een eeuwigheid.' Ze trok het bandje van haar nachtpon van haar schouder zodat het verleidelijk naar haar borst viel.

Het was nu al een paar weken geleden. Ze werd altijd een beetje ongerust als het zo lang duurde. 'Matt?'

'Wat gaan ze ermee doen?' mompelde hij, bijna bij zichzelf.

Zijn sombere stemming weigerde resoluut over te gaan en ze voelde een mengeling van wanhoop en irritatie om zijn kennelijke vastbeslotenheid om het huis hun leven te laten beïnvloeden. 'Je moet je er niet zo druk over maken. Er kan nog steeds van alles gebeuren.'

'Er ís al van alles gebeurd,' zei Matt zuur. 'Die ouwe rotzak heeft het aan vreemden nagelaten. Ze komen verdomme niet eens van hier.'

'Matt, ik ben er net zo boos over als jij. Ik heb tenslotte degene die al het werk erin gestopt heeft. Maar ik ga het me niet voor de rest van mijn leven laten deprimeren.'

'Hij heeft ons erin geluisd. Hij heeft ons jarenlang achter hem aan laten rennen. Hij zit ons daarboven, of waar hij ook zit, vast uit te lachen. Net zoals die ouwe Pottisworth pa uitlachte.'

'O nee, niet dat weer.' De verleidelijke stemming verdween als sneeuw voor de zon. Als hij nog langer zo doorging, zou ze veel te kwaad zijn om te vrijen.

Matt scheen haar niet gehoord te hebben. 'Hij moet al maandenlang geweten hebben wat hij ging doen – al jaren. Hij en die nieuwe mensen hebben het vast onderling bekokstoofd.'

'Hij wist het niet. Niemand wist het. Hij was alleen zo stom om geen testament te maken, zodat zij het als zijn laatste overlevende nabestaanden hebben gekregen. Dat is alles.'

'Hij heeft het ze vast al jaren geleden verteld. Ze hebben gewoon zitten wachten, zonder iets te doen, tot hij dood neerviel. Hij heeft ze misschien zelfs wel verteld over die idioten van hiernaast die maar achter hem aanliepen. Wat zullen ze gelachen hebben!'

Het was zo'n dunne scheidslijn tussen verlangen en woede. Alsof de zenuwuiteinden voor alles klaar waren. 'Weet je?' zei ze nijdig. 'Hij zit je daarboven vast uit te lachen omdat je als een mokkend kind je tijd voor het raam staat te verdoen. Als het je zo dwarszit, waarom gaan we dan morgen niet langs om te horen wat ze van plan zijn?'

'Ik wil ze niet zien,' zei hij koppig.

'Doe niet zo gek. We zullen toch een keer moeten. Ze zijn onze naaste buren.'

Hij zei niets.

Stoot hem niet af, zei Laura bij zichzelf. Je kunt je niet veroorloven om hem een excuus te geven. 'Luister,' zei ze, 'misschien krijg je wel te horen dat ze het niet willen, nu ze hebben gezien hoeveel eraan gedaan moet worden. Ze hebben de landbouwgrond verkocht – als je hun een aanbod zou doen... Nou, mijn ouders zouden ons best meer geld willen lenen.' Ze sloeg het dek aan zijn kant open. 'Kom, schat... We hebben het grootste deel van het land en de gebouwen voor een goede prijs gekregen. Laten we het van de zonnige kant bekijken. Dat is toch ook al iets?'

Matt zette zijn glas neer. Hij liep met zware tred naar de badkamer, waar hij even bleef staan om over zijn schouder te schreeuwen: 'Wat heb je verdomme aan het land zonder het huis?'

5

Isabel had het ijskoud. Ze kon zich niet herinneren dat ze het ooit eerder zo koud had gehad. Op de een of andere manier was de kou van het huis in haar botten gedrongen. Wat ze ook deed, hoeveel extra lagen kleding ze ook aantrok, ze kreeg het niet warm. Ten slotte was ze rillend in de duisternis opgestaan en had haar kleren voor overdag over haar pyjama aangetrokken. Toen had ze haar lange, wollen jas op het bed gelegd, samen met wat ze kon vinden van de kleren van de kinderen, en daarover een chenille sprei die ze in een kast hadden gevonden. Ze waren met zijn drieën in één bed terechtgekomen. Uitgeput na het uitpakken van hun spullen en uitvissen welke kamers bewoonbaar waren, had Isabel vergeten om de verwarming in de ouderslaapkamer aan te doen. Dus toen ze kort na tienen naar boven waren gegaan, konden ze zich niet overgeven aan een welverdiende rust, maar werden ze begroet met tocht uit onzichtbare kieren, klamme lakens en het regelmatige gedrup van regenwater in de zinken teil op de overloop.

Bij elkaar kruipen had de beste manier geleken om warm te blijven. Tenminste, dat was wat ze tegen elkaar gezegd hadden. Isabel, met de slapende lichamen van haar kinderen aan weerszijden van haar, had geweten dat ze primaire moederlijke troost nodig hadden, een van de weinige dingen die ze doeltreffend kon geven door er eenvoudigweg te zijn. Wat heb ik gedaan? Ze luisterde naar de ruiten die in de sponningen rammelden, het onbekende gekraak en gekreun van het huis, het gescharrel van niet nader te definiëren dieren onder het dak. Buiten was het onnatuurlijk stil, zonder de geruststellende onderbreking van auto's die langsreden of van voetstappen op het trottoir. De watervlakte en de bomen dempten elk geluid. De duisternis was drukkend, zonder onderbroken te worden door naburige gebouwen of kunstlicht. Het voelde oeroud aan en ze was blij dat ze haar kinderen dicht bij zich had. Ze aaide teder over hun gezicht, zich bewust van de extra vrijheid die hun slaap haar bood. Toen voelde ze aan de andere kant van Thierry's hoofd of haar vioolkist nog naast haar lag.

'Wat heb ik gedaan?' fluisterde ze. Haar stem klonk onnatuurlijk, leeg. Ze probeerde zich Laurent voor te stellen, zijn geruststellende woorden te horen, en toen hij weigerde te komen, vervloekte ze zichzelf omdat ze hierheen verhuisd was en begon te huilen.

Precies zoals haar was verteld, leek alles de volgende ochtend beter. Toen ze wakker werd, bleek ze alleen in bed te liggen. Het was een onbewolkte dag, met het soort vroege voorjaarslicht dat zelfs van de meest vervallen omgeving nog iets moois maakt. Buiten waren mussen druk aan het kwetteren in de heggen, wat ze zo nu en dan onderbraken door tot boven het raam te vliegen en vervolgens weer te gaan zitten. Ze kon beneden de radio horen, en een zoemend geluid dat haar duidelijk maakte dat Thierry met een op afstand bedienbaar voertuig over de weergalmende vloeren aan het racen was. Haar eerste heldere gedachte was: dit huis is net als wij. Het heeft met verlies te maken gehad, het is achtergelaten. Nu zal het voor ons zorgen en wij zullen het nieuw leven inblazen.

Bij die gedachte sprong ze uit bed, worstelde zich door de beproeving van een wasbeurt met koud water omdat noch Kitty noch zij het antieke en doolhofachtige warmwatersysteem de baas was geworden en trok dezelfde kleren aan die ze die nacht en de dag ervoor gedragen had. Ze had de kartonnen doos met haar garderobe nog niet kunnen vinden. Ze liep langzaam de trap af terwijl ze de talloze problemen van hun nieuwe huis bekeek die haar de avond tevoren niet opgevallen waren: gescheurd pleisterwerk, rotte raamsponningen, hier en daar een vloerplank die ontbrak... Zo ging het maar door. Alles op zijn tijd, hield ze zichzelf voor toen het haar naar de keel dreigde te vliegen. Wij zijn hier en we zijn samen. Dat is wat telt. Er waren een paar muzieknoten in haar hoofd geslopen: Dvořáks ouverture van zijn symfonie *Uit de Nieuwe Wereld*. Het leek toepasselijk, een goed teken.

De muziek hield op toen ze bij de keuken kwam. 'Kitty!' riep ze uit.

Haar dochter was al enige tijd aan het werk. De planken waren opgeruimd en hoewel de verf nog steeds gebarsten en dof was, glommen ze, vrij van stof en rommel. De vloer was verscheidene tinten lichter dan hij was geweest, en de tuin was door de schone ruiten te zien. In de gootsteen vol warm sop lag een grote stapel kookspullen te weken terwijl er op het elektrische fornuis een pan met water aan de kook begon te komen. Kitty zette het eten dat ze hadden op de planken. De radio stond te murmelen op het werkblad en er stond een beker thee op tafel. Isabel was dolblij toen ze het herboren vertrek zag, maar ze voelde zich tegelijkertijd ontzet en schuldig dat haar dochter daarvoor verantwoordelijk had moeten zijn.

'Dit is een koelruimte,' zei Kitty terwijl ze naar een zijdeur wees. 'Ik dacht dat we daar het spul zouden kunnen bewaren dat in de koeling moet totdat we een aansluiting voor de koelkast hebben.'

'Kan de stekker niet gewoon in het stopcontact?'

'Ja natuurlijk, alleen is er geen stopcontact – zoals ik al heb gezegd. Ik heb overal gekeken. O, en ik heb er een muizenval neergezet. Daar gaan ze niet dood aan, en als we er eenmaal een paar gevangen hebben, moeten we een eindje met ze gaan rijden.'

Isabel huiverde.

'Tenzij Thierry ze als huisdier wil houden,' bood Kitty aan.

Haar broer keek hoopvol op.

'Nee,' zei Isabel.

'Ik krijg de grill niet aan de praat, maar er zijn cornflakes en we hebben brood en boter. De twee mannen die in de dorpswinkel werken maken het brood zelf. Het is best lekker.'

'Zelfgemaakt brood. Wat heerlijk.' Isabel kreeg een brok in haar keel. Laurent, je zou zo trots op haar zijn, dacht ze.

'Er is alleen maar jam om erop te doen, hoor.'

'Jam is perfect,' zei Isabel. 'Kitty, dat grote fornuis ziet er nu prachtig uit. Misschien krijgen we het vandaag aan de praat. Volgens mij is het de bedoeling dat zulke fornuizen het hele huis verwarmen.' Het idee van warmte wekte een soort honger in haar op.

'Thierry heeft het daarstraks al geprobeerd,' zei Kitty, 'maar hij heeft er een heel doosje lucifers aan gespendeerd en er gebeurde niks. O, en de telefoon doet het. We hadden een verkeerd nummer.'

Isabel nam haar nieuwe keuken in ogenschouw. 'Een telefoon! Kitty, je bent een tovenaar.'

'Het is maar een telefoon. Maak je niet te blij.' Kitty dook weg voor de omhelzing van haar moeder, maar ze glimlachte wel.

Twee uur later was de stemming in het huis minder optimistisch. De boiler vertikte het om aan te gaan, zodat ze met het vooruitzicht zaten van nog een dag zonder verwarming en warm water. Het grote fornuis wilde niet aan en de vergeelde handleiding die ze in de bestekla gevonden hadden, was onbegrijpelijk alsof de tekeningen voor een volkomen ander systeem gemaakt waren. Thierry had hout voor de open haard gesprokkeld, maar vochtige blokken op het rooster gelegd, die begonnen te roken en roet door de hele salon verspreidden. 'Misschien is de schoorsteen verstopt.' Kitty hoestte – en er viel een in staat van ontbinding verkerende duif op het hout. Ze gilden allemaal en Kitty barstte in huilen uit.

'Je had eerst in de schoorsteen moeten kijken, sukkel,' gilde ze naar Thierry.

'Ik denk dat hij al dood was,' zei Isabel.

'Dat weet je niet. Misschien heeft hij hem wel vermoord.'

Thierry stak zijn middelvinger naar zijn zus op.

'Hoe kon je nou zo stom zijn om nat hout te gebruiken?' snauwde ze. 'En je hebt modder door het hele huis gelopen.'

Thierry keek naar zijn sportschoenen die onder de plakkerige aarde zaten.

'Ik geloof niet dat het echt –' begon Isabel.

'Dat zou je nooit gedaan hebben als Mary hier geweest was,' viel Kitty haar in de rede.

Thierry negeerde Isabels uitgestoken hand terwijl hij de kamer uitstormde. Ze riep hem na, maar het enige antwoord was het dichtslaan van de voordeur. 'Schat, moest je nu zo gemeen zijn?' zei Isabel. *Als Mary hier geweest was...* De woorden smeulden binnen in haar.

'O, dit rothuis is hopeloos. Alles is hopeloos,' zei Kitty en ze liep stampend langs haar moeder naar de keuken. De vrolijke huisvrouw was verdwenen.

Isabel stond midden in de rokerige kamer en bracht haar handen naar haar gezicht. Ze had in haar oude leven nooit iets met ruzies te maken gehad. Mary had allerlei manieren gehad om hen af te leiden of om hen ervan te overtuigen dat ze zich tegenover elkaar moesten gedragen. Maakten ze meer ruzie, nu ze alleen haar hadden? Of kwam het omdat ze tegen het dagelijkse bekvechten en schelden afgeschermd was geweest?

'Thierry? Kitty?' Ze ging in de grote hal staan om hen te roepen. Ze had geen flauw idee wat ze tegen hen zou zeggen als ze kwamen.

Enige tijd later, toen ze aarzelend terugging naar de keuken, zag ze Kitty gebogen over de tafel zitten, met een tijdschrift en een kop thee voor zich. Ze keek op en er lag een uitdagende en tegelijkertijd schuldige blik in haar ogen. Ze had een roetveeg op haar wang. 'Het was niet mijn bedoeling om zo tegen hem tekeer te gaan,' zei ze.

'Dat weet ik, lieverd.'

'Hij is nog steeds van streek over pap en zo.'

'Wij allemaal. Thierry heeft... zijn eigen manier om het te tonen.'

'Dit huis is echt onmogelijk, mam. Dat moet je toch ook inzien. Er is geen water, helemaal niets. We kunnen ons niet warm en schoon houden. Thierry begint maandag op zijn nieuwe school – hoe ga je zijn kleren wassen?'

Isabel probeerde een gezicht te trekken alsof ze er al over nagedacht had. 'We gaan naar de wasserette. Tot de wasmachine aangesloten is.'

'Wasserette? Mam, heb je het dorp gezíén?'

Isabel liet zich moeizaam op een stoel zakken. 'Nou, dan rij ik gewoon naar de volgende stad. Er moet toch ergens een wasserette zijn.'

'Mensen gaan niet meer naar wasserettes. Ze hebben wasmachines.'

'Dan was ik zijn spullen op de hand en blaas ik ze droog met een föhn.'

'Kunnen we niet naar huis?' smeekte Kitty. 'We vinden het geld wel ergens. Ik kan een jaar vrij van school nemen en werken. Ik weet zeker dat ik iets kan doen. We redden het wel.'

Isabel voelde zich hopeloos tekortschieten.

'Ik zal heel erg meehelpen. En Thierry ook. Zelfs arm zijn thuis is beter dan dit. Het is afschuwelijk. Het is – het is iets waar een zwerver in zou wonen.'

'Het spijt me, schat, maar dat gaat niet. Het huis in Maida Vale is verkocht. En hoe eerder je dit als onze nieuwe huis gaat zien, hoe gemakkelijker het voor iedereen zal zijn. Kijk over de problemen heen naar de schoonheid ervan. Stel je voor hoe het zou kunnen worden. Luister,' zei ze op verzoenende toon. 'Iedereen kent startproblemen als ze in iets nieuws gaan wonen. Weet je wat – ik ga een loodgieter bellen en dan gaan we het warmwatersysteem aanpakken. En dan bellen we een schoorsteenveger. Voor je het weet zijn we vergeten dat we ons ooit zo ongelukkig hebben gevoeld.' Het was een plan. 'De telefoon doet het, dus ik zal het meteen doen.'

Met een bemoedigende glimlach stapte Isabel resoluut de keuken uit, niet goed wetend of ze wegliep om een start te maken of om te ontkomen aan de verpletterende teleurstelling op het gezicht van haar dochter.

Het gewatteerde oosterse jasje van haar moeder lichtte misplaatst op in het trieste, vervallen huis. Kitty legde haar tijdschrift neer, liet haar hoofd in haar handen rusten en keek of ze dode punten in haar haar had. Toen dat begon te vervelen, vroeg ze zich af waarop ze verder nog in de keuken kon aanvallen. Mam was helemaal uit haar bol gegaan toen ze zag hoe geweldig en praktisch en handig ze was. Ze wist niet dat Kitty zichzelf bezighield omdat dat het enige was wat voorkwam dat ze in huilen uitbarstte. Terwijl ze bezig was, kon ze net doen alsof dit een avontuur was. Ze kon het verschil zien dat ze in hun omgeving aangebracht had. Ze kon, in de woorden van haar mentor op school, de touwtjes in handen nemen. Zodra ze stopte, dacht ze aan pap, of aan hun huis in Londen, of aan Mary die hen had geknuffeld en gehuild toen ze wegging, alsof ze haar eigen kinderen waren. En dat alles maakte dat ze tegen mam wilde schreeuwen, omdat zij als enige overgebleven was om tegen te schreeuwen. Behalve dan dat ze niet tegen haar mochten schreeuwen omdat ze nog steeds in de rouw was. En ze was kwetsbaar, zelf een beetje als een kind, had Mary gezegd. 'Je ziet dat vaak bij mensen die een talent hebben,' had ze op een avond tegen Kitty gezegd. 'Ze hoeven nooit volwassen te worden. Al hun energie gaat naar datgene waarvan ze houden.' Kitty had nooit kunnen achterhalen of ze dit nu als kritiek bedoelde of niet.

Mary had gelijk gehad, en toen Kitty klein was, had ze zo'n hekel aan de Guarneri gehad dat ze hem regelmatig verstopte en met schuldige fascinatie keek hoe haar moeder, wit van angst, door het huis rende om hem te zoeken. Hun leven werd geregeerd door dat instrument. Ze hadden mam niet mogen storen terwijl ze aan het oefenen was of de televisie te hard aanzetten of mam zich schuldig laten voelen over de keren dat ze weg moest om concerten te geven. Ze had het niet erg mogen vinden dat mam nooit buiten spelletjes deed of haar dingen hielp maken met lijm en verknipte dozen omdat ze haar handen moest beschermen. Kitty's meest blijvende herinnering aan haar kindertijd was dat ze aan de andere kant van de deur van de studeerkamer zat te luisteren naar haar moeder die speelde, alsof haar dat dichterbij bracht.

Ze wist dat ze bijna enig kind was gebleven omdat mam niet wist of ze de behoeften van twee kinderen wel kon combineren met haar muziekcarrière. En zelfs nadat Thierry onverwacht was gearriveerd, was ze nog steeds niet op schoolavonden of bij volleybalwedstrijden verschenen omdat ze had moeten optreden. Ze zouden het wel begrijpen als ze ouder waren, had haar vader gezegd, als ze het geluk hadden om dat ene te ontdekken waarin ze heel goed waren.

Mary was naar zo veel evenementen met hem gegaan dat de meeste mensen aannamen dat ze getrouwd waren.

Kitty voelde een opwelling van kinderlijke aversie. Ik haat dit huis, dacht ze. Ik haat het omdat pap en Mary hier niet zijn, en omdat ik niet eens mezelf kan zijn.

De loodgieter had beloofd de volgende ochtend te komen, maar had gewaarschuwd dat zijn komst berekend zou worden als een noodoproep. Hij had diep gezucht toen ze hem vertelde dat ze niet wist wat het probleem was en uitlegde dat het huis al een tijdje niet meer bewoond was. 'Ik garandeer niks,' bleef hij maar zeggen, 'niet met die oude systemen. Hij kan wel verstopt zijn.' Ze had verontschuldigend gedaan en was daarna om die reden woest op zichzelf geworden.

De schoorsteenveger was vriendelijker geweest, had gefloten toen ze hem het adres doorgaf en opgemerkt dat de laatste keer dat hij die schoorstenen geveegd had, bijna vijftien jaar geleden was. 'Die oude man was een vrek,' zei hij. 'Voor zover ik weet heeft hij jarenlang in één kamer gewoond. Hij heeft de rest gewoon om zich heen laten instorten.'

Het was een beetje... afgeleefd, had Isabel beaamd. Ze bedankte hem overvloedig toen hij zei dat hij later die middag langs zou komen. 'Ik neem meteen een paar zakken houtblokken mee, als u wilt. Ik doe een hoop huizen hier in de buurt.'

Het vooruitzicht van een haardvuur vrolijkte haar op. Ze legde de hoorn op de haak en verbaasde zich erover hoe klein en iel haar meubelen in dit huis leken, zelfs met zo veel afgesloten kamers.

Ze probeerde manieren te bedenken om de sombere salon op te vrolijken. Het haardvuur zou natuurlijk helpen, maar ze moesten één kamer hebben die huiselijk aanvoelde, ook al betekende dat dat er andere leeg zouden blijven. De zuidkant van het huis leek iets minder vochtig en onbewoonbaar. Ze begon dingen te pakken, een kleed, twee schilderijen, een tafeltje en een vaas en zette ze in de kamer neer om hem er warmer en levendiger te laten uitzien. De kleden bedekten de vloerplanken niet helemaal, maar ze braken wel het grote, stoffige oppervlak en lagen over de ergste kwastgaten. De schilderijen verdoezelden gaatjes in de muren en een strategisch geplaatste fauteuil benam het zicht op optrekkend vocht boven de lambrisering. Ze schudde de gordijnen en hoestte van het stof dat er in wolken uitkwam. Toen bekeek ze het resultaat van haar inspanningen. Het was niet bepaald Maida Vale, maar het was een begin.

Buiten kwam Thierry, een klein, eenzaam figuurtje, met zijn groene trui fel afstekend tegen het grijs en bruin van het landschap, uit het bos bij het meer. Hij hield een lange stok in zijn hand waarmee hij zo nu en dan door de planten zwaaide. Hij hield zijn hoofd gebogen en zijn adem vormde wolkjes in de lucht. Terwijl ze keek, haalde hij een paar keer zijn mouw over zijn ogen.

Haar kleine triomfen leken ineens goedkoop en onbelangrijk. Ze herinnerde zich iets wat een cellist tegen haar gezegd had toen ze zwanger was van Kitty: zolang een van je kinderen ongelukkig was, kon je niet gelukkig zijn. Ik moet harder mijn best doen, zei Isabel bij zichzelf. Ik moet hier een thuis van maken, een plek die niet beheerst wordt door wat er niet meer is. Ik ben alles wat ze hebben.

De schoorsteenveger, meneer Granger, kwam op het tijdstip dat hij toegezegd had, zoog maar heel kort op zijn kiezen en veegde drie schoorstenen, met een minimum aan gedoe en troep, gezien de hoeveelheid roet die hij eruit haalde. Hij vertelde Thierry met een knipoog dat schoorstenen 'net neusgaten' waren. 'Ze moeten regelmatig schoongemaakt worden.' Hij benadrukte dit door flink in zijn zakdoek te snuiten en het zwarte resultaat te laten zien – een demonstratie waarvan Kitty ineenkromp en Thierry moest glimlachen.

Later die middag, toen de vroege schemering over het land kwam gekropen en de kinderen bezig waren met meneer Granger die hun leerde een wat hij 'echt vuur' noemde te maken, slenterde Isabel naar boven. De avond tevoren had ze gezien dat een deur van de overloop op de bovenste verdieping naar het platte dak leidde dat eindigde met de kantelen. Ze had de enorme ring met sleutels die beneden in de keuken hing meegenomen om hem open te maken.

Ze was van plan geweest om er maar enkele ogenblikken te blijven staan, om vanaf haar verheven positie te genieten van het uitzicht, het ijzige blauw en warme oranjeroze van een zonsondergang in het vroege voorjaar die in het meer weerspiegeld werd. De buitenkant van het huis was minder triest en imposanter dan de binnenkant.

Ze stond er nog maar een paar seconden toen ze zich realiseerde wat ze nodig had. Ze glipte weer naar binnen, nam haar viool uit zijn kist en ging ermee naar buiten. Ze ging dicht bij de kantelen staan en hield hem onder haar kin, zonder dat ze wist wat ze zou gaan spelen tot ze begon. Ze zat ineens in het eerste deel van het Concerto in B-mineur van Elgar.

Ooit had ze een hekel aan dit stuk gehad, had het overdreven sentimenteel gevonden. Ze waren het er bij de Symphonia over eens geweest dat het hopeloos lang en ouderwets was, maar nu sprak het haar onverwacht aan, eiste het om gespeeld te worden. En ze ging er helemaal in op. Het is bijna een jaar geleden sinds je overleed, zei ze tegen Laurent. Ik zal hierheen komen en voor je spelen. Een requiem voor de dingen die wij allebei verloren hebben.

De noten gingen hun eigen leven leiden, werden diep en gepassioneerd, en ze hoorde ze over het kille land weergalmen, gedragen op de zachte, stille lucht, op de vleugels van de watervogels. Ze maakte maar weinig fouten en trok zich niets aan van degene die ze maakte. Ze had geen partituur, geen instructies nodig: het concert, dat ze in jaren niet had gespeeld, bereikte haar vingers door een of andere vreemde osmose. Tegen de tijd dat ze aan het schrijnende derde deel toekwam, was ze van de wereld, zich van niets anders bewust dan haar gevoelens die door de strijkstok en in de snaren trilden. *Laurent.* Ze hoorde zijn stem in de melodische thema's, gaf zich over aan de puur technische uitdaging. *Laurent.* Ditmaal waren er geen tranen omdat alle emotie in haar besloten lag – het verdriet, de woede en frustratie werden vertaald in geluid, erdoor verlost en getroost.

De hemel werd donkerder, de lucht frisser. De noten verhieven zich hemelwaarts, spreidden zich uit en vlogen, als vogels, als hoop, als herinneringen. Laurent, zei ze tegen hem. *Laurent, Laurent...* Totdat spraak en zelfs de gedachte overstemd werden door geluid.

Asad sjouwde het krat met fruit door de deur en Henry haastte zich vanachter de kassa om hem voor hem open te houden. 'Ik had mevrouw Linnet aan de lijn,' zei hij. 'Ze vertelde me dat die nieuwe vrouw haar muziek keihard heeft aanstaan en dat je het tot halverwege de vallei kunt horen. Ze zei dat het haar *Favorieten uit de Oorlog* op de radio overstemde en dat het klonk als een zak gewurgde katten en dat, als ze het elke avond ging doen, ze haar bij de milieu-inspectie ging aangeven.' Hij grinnikte. 'Ze klonk niet blij.'

Asad zette het krat neer bij de fruitplank. 'Het is geen opname. Ze is twee keer gestopt. Ik stond te luisteren terwijl ze het fruit uitlaadden. Als je naar buiten stapt, kun je het horen.'

'Is ze nog steeds bezig?'

Asad wenkte hem. 'Je kunt het net horen.'

De twee mannen gingen naar buiten. Het was donker aan het worden en ze stonden als enige twee in de dorpsstraat. De ramen van de huisjes die aan de weg grensden wierpen lange rechthoeken licht. Hier en daar bewogen gordijnen terwijl ze dichtgetrokken werden.

Henry schudde zijn hoofd. 'Ik hoor niets,' zei hij.

'Wacht even,' zei Asad. 'Misschien is de wind van richting veranderd. Luister...' Zijn ogen keken strak in die van Henry. 'Hoor je het?'

Henry bleef doodstil staan, alsof dat een vereiste was om beter te kunnen horen. Toen de verre klanken van een viool hoorbaar werden, verspreidde een glimlach zich over zijn gezicht. De twee mannen genoten van het genoegen van iets onverwachts op een plek waar dat zeldzaam was.

Er speelde een glimlachje om Asads lippen terwijl hij wellicht teruggevoerd werd naar een plek ver weg van de kilte van een Engels dorp.

'Denk je dat ze het themanummer van *Cats* kent?' zei Henry, toen de muziek wegstierf. 'Ik zou het heerlijk vinden als ze het voor mij zou willen spelen. We zouden kunnen vragen of ze ook op feestjes speelt.'

De vuilniszakken stonden bij elkaar onder een es, een schril contrast met het uitbottende groen en de dauwachtige frisheid van het leven eromheen. Matt, die ze halverwege het karrenspoor zag staan, remde en zette zijn bestelwagen stil terwijl hij de illegale storters vervloekte. Hij stapte uit, liep naar de zakken en gooide ze achterin. Het werd hier steeds erger, dacht hij zuur, als mensen liever een kilometer over een bospad omreden dan dat ze naar de vuilstortplaats gingen om van hun troep af te komen. Het leek een passend einde van zijn dag, die problemen omvatte op beide bouwplaatsen waar hij opzichter was. Een timmerman had bijna zijn duim afgesneden en zou waarschijnlijk wekenlang uit de roulatie zijn. Verder had hij een lang, zeurderig telefoontje gekregen van Theresa die had geklaagd dat het bijna zes weken geleden was sinds ze het samen 'gezellig' hadden gehad. Die was langzaam van begrip, zeg. Dit kon nog wel eens vervelend gaan worden.

Hij was stil blijven staan om zijn handen aan een vod af te vegen toen hij het hoorde: een langgerekte noot die door de vallei weerklonk, een beetje als het geluid van een wild dier of een vogel, zij het niet van hier uit de buurt. Hij stond stil en spitste zijn oren om te bevestigen wat ze hadden opgevangen. Toen werd de muziek duidelijk. Klassiek spul.

Matt was in een te slecht humeur om erdoor gegrepen te worden. Harde muziek uit het grote huis. 'Dat kan er verdomme ook nog wel bij,' mopperde hij terwijl hij weer instapte. Hij legde zijn vingers om de contactsleutel en wierp een boze blik op het silhouet van het huis in de verte, dat net zichtbaar was achter de bomen. Het vertrouwde gevoel van afkeer dat het silhouet tegenwoordig in hem wekte kwam weer naar boven.

In plaats van te starten bleef hij zitten. En luisterde.

'Daar is het lont, zie je wel? Daar moet hij aangestoken worden. Je doet dat raampje hier open en houdt er een lucifer schuin bij... Zo werkt het mijne tenminste. Die van jullie ziet er niet anders uit.'

Meneer Granger was net bezig in het inwendige van het grote fornuis te turen toen ze de klop op de deur hoorden. Isabel, die opgehouden was met spelen toen de kinderen haar vertelden wat hij aan het doen was, ergerde zich dat ze net gestoord werden op het moment dat de geheimen van het beest onthuld zouden worden.

'Verwacht u bezoek?'

Isabel veegde haar handen aan haar broek af. 'Ik ken hier niemand.' Ze riep naar boven: 'Kitty? Thierry? Kunnen jullie even opendoen? Meneer Granger, kunt u me nog eens vertellen wat het ook alweer betekent als de vlam geel gaat branden?'

Er klonk gebonk boven en Isabel hoorde de voordeur opengaan, gevolgd door voetstappen die de krakende trap afkwamen.

'Er is niks aan de hand met de trek,' zei meneer Granger. 'Ik heb mijn hoofd erin gestoken, en je ziet bijna daglicht. Daar zou u geen probleem mee moeten hebben.'

De keukendeur ging open en een man in werkkleding, met verscheidene pennen die uit de zak van een verschoten kaki jasje staken, kwam binnen. De kinderen kwamen achter hem aan.

'Alles goed, Matt?' zei meneer Granger. 'Niks voor jou om te stoppen voor het donker wordt. Kom je met je nieuwe buurvrouw kennismaken? D'r liggen hier wel wat klussen voor je, maat.'

Er was een korte aarzeling voordat de man glimlachte en zijn hand uitstak. Isabel schudde hem en verbaasde zich over de ruwheid van zijn handpalm. 'Hallo,' zei ze, een beetje minder op haar hoede. 'Isabel Delancey. Dit zijn mijn kinderen, Kitty en Thierry.'

'Matt McCarthy,' zei hij. Hij wist duidelijk dat hij aantrekkelijk was. De uitdrukking 'alfaman' kwam bij haar op. Ze kon niet bedenken waar ze hem gehoord had.

'Ik heb ze geleerd om een behoorlijk vuur te stoken.'

'We gaan er nu nog een in de slaapkamer maken,' zei Kitty opgewekt.

'O, laten we er een in elke kamer maken, schat.' Isabel wierp haar een doosje lucifers toe. 'Laten we het huis eens even helemaal opwarmen.'

'Wacht even. Jullie moeten er wel voor zorgen dat jullie voldoende hout hebben. In dit tempo zit je vanavond al zonder.' Meneer Granger gniffelde. 'Meer gewend aan centrale verwarming, snap je, Matt. Ik heb een paar pyromaantjes gecreëerd.'

'Zijn jullie niet van hier, dan?'

Matt McCarthy keek haar onderzoekend aan en Isabel vroeg zich af of ze roet op haar gezicht had. Ze onderdrukte de neiging om erover te wrijven. 'Nee,' zei ze glimlachend om haar verlegenheid te verbergen. 'We komen uit Londen. We zijn nogal hopeloos in dingen als echte haardvuren. Meneer Granger heeft een handje toegestoken.'

'Ik kijk even naar dit oude fornuis,' zei meneer Granger. 'Dat moeten we aan de praat krijgen. Ik heb gehoord dat ze voor overmorgen nog vorst voorspellen. Ze bevriezen nog in dit tochtige, oude huis.'

'Dat fornuis is in jaren niet gebruikt,' zei Matt McCarthy. Er klonk iets vaag verdedigends in zijn stem door.

'Toch lijkt er niks mis mee te zijn.'

'Hebt u de olie bijgevuld?'

‘Olie?’ vroeg Isabel.

‘Olie?’ herhaalde Matt. ‘Brandstof?’

‘Moet er olie bij?’

Meneer Granger lachte. ‘U had me niet verteld dat u de olie niet bijgevuld had. Geen wonder. Waar dacht u dan dat ze op liep? Op frisse lucht?’

‘Ik weet het niet. Ik heb er nooit eerder een gehad. Hout? Kolen? Ik heb er niet bij stilgestaan,’ bekende Isabel.

Meneer Granger gaf haar een klap op haar rug zodat ze ineenkromp. ‘Dat zult u moeten bestellen. Crittendens is het snelst – zeg maar dat er haast bij is. Ze zullen de boel over een dag of twee komen vullen. De anderen laten je een week wachten.’

‘Wat laat ik vullen?’ zei ze, en ze wou dat ze niet zo achterlijk klonk.

‘De tank.’ Het was de eerste keer dat Matt McCarthy echt glimlachte. Maar er lag iets niet helemaal vriendelijks in die glimlach. Het drong net tot haar door toen hij opnieuw begon te praten, ditmaal op warmere toon. ‘Die staat achter het huis bij de schuur. Uw man moet wel kijken of er geen gaten in zitten, hoor – hij is nogal roestig.’

‘Dank u,’ zei ze stijfjes. ‘We zijn maar met ons drieën.’

‘Ik zie een dame met haar kinderen niet graag zonder warm water zitten. Dat is niet goed. Jullie hebben vanavond in ieder geval jullie vuur.’ Meneer Granger veegde zijn handen af en zette zijn pet op, klaar om weg te gaan.

‘Ik ben u heel dankbaar,’ zei Isabel terwijl ze in haar tas naar haar portemonnee grabbelde.

‘O, laat dat maar even zitten. Kom me aan het eind van de week maar opzoeken als jullie een beetje aan kant zijn,’ zei meneer Granger. ‘Ik moet toch in de buurt zijn, dus ik kom vrijdagochtend even langs. Om te zien hoe het gaat. En ik zal een aanhangwagen met hout meenemen als ik hem jullie oprijlaan op krijg. Hoe meer warmte je in dit huis hebt, hoe beter – dan kan de boel een beetje opdrogen.’ Hij gebaarde uit het raam naar de bomen. ‘Ik denk dat jullie voor volgend jaar wel goed zitten, hè? Matt.’ Hij knikte en ging toen de trap op, gevolgd door Kitty en Thierry.

Toen hij eenmaal weg was, leek het buitensporig stil in de keuken. Zich bewust van de beroerde staat van de keuken en haar eigen onverzorgdheid, voelde Isabel zich onbeholpen, zoals ze nu dikwijls bij mannen had. Het was alsof Laurent een laagje van haar huid had meegenomen. 'Nou, we zijn dus buren,' zei ze, terwijl ze zich onder controle probeerde te krijgen. 'Uw huis is natuurlijk het huis waar we langsreden op weg hiernaartoe. Wilt u misschien een kop thee? Ik zou u wel iets sterkers willen aanbieden, maar ik vrees dat we nog steeds niet op orde zijn.'

Matt McCarthy schudde zijn hoofd.

'Het is nogal een rommeltje.' Isabel praatte te snel, zoals ze vaak deed bij mensen die buitengewoon zelfverzekerd leken. 'We gaan het stukje bij beetje aanpakken. Zoals u waarschijnlijk al merkt, zijn we niet het meest praktische gezin... Ik heb nog een hoop te leren.' Ze streek een lange lok haar uit haar gezicht. Ze had een zweem radeloosheid in haar eigen stem gehoord.

Hij keek haar strak aan. 'Het zal vast wel goed komen,' zei hij.

Laura was net klaar met het reorganiseren van de vrieskist in de garage. Ze veegde haar handen aan haar spijkerbroek af en liep naar de bestelwagen. Toen Matt uitstapte, verraste hij haar met een volle kus op de lippen. 'Hoi,' zei ze. 'Heb je een fijne dag gehad?'

'Niet echt,' zei hij, 'maar het wordt al beter.'

God, wat was het heerlijk om hem te zien glimlachen. Laura pakte hem bij zijn riem en trok hem naar zich toe. 'Misschien kan ik het nog beter maken,' zei ze en toen: 'Biefstuk voor het eten. Met mijn speciale pepersaus.'

Zijn waardering kwam in de vorm van een zwaar gemurmel dat lekker tegen haar huid vibreerde.

Hij deed het portier dicht, sloeg een arm om haar schouders en liep met haar naar de achterdeur. Ze pakte zijn hand en liet hem op haar sleutelbeen rusten, erop gebrand om het moment te rekken. 'Je hebt twee cheques van die Pinkertonklus ontvangen. Ik heb ze naar de bank gebracht. Heb je eerder die muziek gehoord? Anthony dacht dat het een vos was die in een val terechtgekomen was.'

'Ik heb het gehoord. Ik ben trouwens bij onze nieuwe buren langs geweest.' Laura struikelde over de oude hond die een protesterend gejank liet horen. 'O, Bernie... Ben je er naartoe gegaan?'

'Het leek me geen kwaad te kunnen om kennis te maken. We zijn tenslotte buren.'

Ze wachtte op het vernietigende commentaar, het verbitterde krullen van zijn lip. Maar er kwam niets. Zelfs het noemen van het grote huis leek hem niet te storen. O, laat het allemaal anders gaan, bad Laura. Laat het hem asjeblieft accepteren. Laat hem alsjeblieft weer vrolijk worden.

'Nou, dat was een goed idee van je. Ik zal later deze week eens langsgaan.' Ze deed haar best om haar bezorgdheid te verbergen. 'Ik moet zeggen, Matt. Het is heerlijk je weer eens te zien lachen. Echt heerlijk.'

Haar man boog zich voorover en gaf haar een kus op haar neus. Zijn lippen waren koud op haar huid. 'Ik heb eens zitten denken,' zei hij.

6

Er waren niet veel mensen van haar generatie die konden zeggen dat ze getrouwd waren met de eerste man op wie ze verliefd werden, maar op het moment dat Isabel Hayden Laurent Antoine Delancey ontmoette, wist ze dat ze niet verder zou kijken. Die conclusie, die halverwege een uitvoering van *Romance voor Viool en Orkest* van Bruch in haar hoofd opkwam, verraste haar. Ze had nooit ook maar de minste romantische belangstelling gehad voor de bleke, ernstige jongemannen die haar op het conservatorium omringd hadden. Ze was al tot de conclusie gekomen dat ze waarschijnlijk nooit zou trouwen, omdat het haar te veel van de muziek zou afleiden. Terwijl ze zich door de solo worstelde, dacht ze aan de ernstige, verfrommelde man die haar de avond tevoren in Les Halles mee uit eten had genomen – een echt restaurant, geen cafetaria. Hij had tegen haar gezegd dat hij nog nooit zo ontroerd was geweest door muziek als toen ze als straatmuzikant op het metrostation Clignancourt stond. Ze realiseerde zich dat de mythische Ware, over wie haar vriendinnen kletsten, misschien echt bestond en dat die op het vreemdste moment en op de meest onverwachte manier tevoorschijn kon komen.

Er waren natuurlijk wel hindernissen geweest, zoals bij alle liefdesverhalen: een voormalige echtgenote, een 'neurotische' actrice van wie hij nog niet netjes gescheiden was. Haar ouders hadden bezwaren: ze was op haar twintigste te jong, te impulsief – en dat vonden ook haar muziekleraren, die bang waren dat ze een volmaakt talent zou verkwanselen aan huishoudelijke taken. Zelfs de dominee had gezegd dat het leeftijdsverschil van twaalf jaar en de culturele kloof tussen de Fransen en de Engelsen – hij had toespelingen gemaakt op de mogelijkheid van maîtresses en het belang van deodorant – zou kunnen leiden tot het mislukken van het huwelijk.

Laurent was dit alles met een Gallisch schouderophalen en een passie voor het meisje met het warrige, glanzende, lange haar tegemoet getreden. En Isabel merkte, in tegenstelling tot veel van haar leeftijdsgenoten, dat het huwelijk niet leidde tot teleurstelling, cynisme of compromissen. Laurent hield van haar. Hij hield van haar als ze boven haar ontbijt in slaap viel omdat ze de hele nacht opgebleven was om te proberen de laatste noten van een sonate te perfectioneren. Hij hield van haar als de maaltijd die ze voor hem klaargemaakt had weer eens aangebrand en flauw was. Hij hield van haar als ze arm in arm over Primrose Hill wandelden en ze hem stukken muziek probeerde voor te zingen waar ze dol op was en de delen voor grote trom en tuba met wilde armgebaren invulde. Hij hield van haar als ze hem om drie uur 's nachts wakker maakte omdat ze hem zo graag in zich wilde voelen en zijn smaak op haar lippen wilde proeven. Hij gaf haar de Guarneri en liet hem op het kussen van het hotel achter waar ze zich een weekend hadden laten gaan. Hij moest lachen omdat ze zo schrok dat ze naar adem snakte. Hij hield van haar.

Ze kwam er na hun wittebroodsweken tot haar schrik achter dat ze zwanger was, want ze wist niet of ze er wel klaar voor was om een ander mens in hun romantische idylle toe te laten. Laurent had opgebiecht dat hij tijdens zijn eerste huwelijk steeds kinderen had gewild en overweldigd door de hartstocht die ze voor hem voelde, besloot ze hem dit geschenk te geven.

Het was een gemakkelijke zwangerschap geweest en ze had, verbijsterd over de intense liefde die ze voor Kitty voelde toen ze er eenmaal was, geprobeerd zich uitsluitend aan het moederschap te wijden. Het leek niet minder dan de baby verdiende. Maar ze was er hopeloos in geweest, was er nooit in geslaagd om zich die geheimzinnige 'routines' eigen te maken waarover de wijkverpleegster het steeds had. Ze liep altijd achter met de stapels vuile hemdjes en zag geen kans om zich over te geven aan de spelletjes waaraan andere moeders zich zo gemakkelijk aanpasten. Het was de enige keer dat Laurent en zij ruzie kregen. Ze was geprikkeld en voelde zich geslachtofferd alsof ze te veel van zichzelf opofferde, en gaf hem er de schuld van.

'Weet je, ik zou mijn vrouw nu wel eens terug willen krijgen,' had hij met Parijse hoogdravendheid gezegd, op een avond nadat ze tegen hem tekeer was gegaan over de vuile vaat, haar gebrek aan vrijheid, haar uitputting, haar gebrek aan belangstelling voor seks. Ze had de babyfoon naar zijn hoofd gegooid. De volgende ochtend, toen ze geconfronteerd werd met de put in de muur, had ze geweten dat er iets moest veranderen.

Laurent had haar in zijn armen genomen. 'Ik denk niet minder over je als je behoefte hebt aan je muziek. Het was sowieso al een van de eerste dingen waardoor ik van je ging houden.' En nadat ze een paar keer gecontroleerd had of hij het meende, of hij het haar niet zou gaan verwijten, vonden ze Mary. En Isabel had een rechtvaardiging voor het achterlaten van haar mooie kind gevonden door zichzelf voor te houden dat iedereen gelukkiger was.

Bovendien was Kitty zo'n lieve baby geweest. Als ze ongelukkig met Mary was geweest, of niet geschikt om bij iemand anders dan haar moeder te zijn, zou ze dan niet een mindere blije baby zijn geweest? Minder rustig en tevreden? Er was natuurlijk een prijs; een van de dingen die ze het snelst leerde over het moederschap was dat die altijd betaald moest worden. Kitty holde het eerst naar Mary als ze zich bezeerd had, ook al was Isabel in de kamer. En dan was er de manier waarop Laurent met kennis van zaken met hun dochter over haar vriendinnetjes praatte of over de speciale schoolavond die ze bijgewoond hadden. Het zat ook in het vreselijke schuldgevoel dat haar teisterde als ze in een hotelkamer zat op honderden kilometers van haar dochter van wie ze wist dat ze ziek was of in de klaagbriefjes die ze in haar koffer vond: 'Mama, ik hou van je, ik mis je als je weg bent.' Ze miste haar gezin ook, en werd gekweld door wroeging. Maar Laurent en Mary boden haar de vrijheid om zichzelf te zijn, om datgene te doen wat ze graag deed. En hoe ouder ze werd, hoe meer moeders ze ontmoette, hoe meer Isabel erkende dat ze een van de weinige gelukkigen was die door het huwelijk en het moederschap niet beroofd was van haar creativiteit. Of, wat nog belangrijker was, van haar passie.

Het was niet altijd gemakkelijk. Laurent hield nog altijd van haar impulsiviteit, gaf toe aan haar wildere momenten – de keer dat ze de kinderen van school haalde om een ballonvaart te gaan maken of toen ze de borden weggooide omdat de kleur haar irriteerde en vergat nieuwe te kopen –, maar hij kon danig uit zijn humeur raken als hij het gevoel had dat hij bij haar niet op de eerste plaats kwam. Ze leerde de waarschuwingstekens herkennen als hij vond dat ze te veel in haar muziek opging. Dan raakte hij geïrriteerd en zei dat hij de aanwezigheid van zijn vrouw zo nu en dan op prijs zou stellen. Hij had het door als ze in haar hoofd aan het repeteren was, ook al deed ze net alsof ze het had over wat Kitty die dag had gedaan. Ze was verstandig genoeg om hem altijd te geven wat hij nodig had en om de juiste vragen te stellen over zijn baan bij de investeringsbank, al begreep ze de antwoorden niet helemaal. Laurents werk was een mysterie voor haar. Ze begreep alleen dat hij genoeg verdiende om alles te betalen en hen zo nu en dan mee op vakantie te nemen, waarbij ze dan de viool thuisliet en zich twee of drie weken aan haar gezin wijdde.

De grootste crisis had zich aangediend toen ze merkte dat ze zwanger was van Thierry. Zes jaar na de geboorte van Kitty had ze naar het blauwe stipje gestaard dat ze, ondanks het bewijs, niet verwacht had te zien en was in paniek geraakt over wat haar te wachten stond. Ze kon nu geen baby krijgen: ze had net haar positie als eerste violist bij de City Symphonia veiliggesteld en er waren in het voorjaar tournees gepland naar Wenen en Florence. Ze had bewezen dat ze niet geschikt was voor het fulltime moederschap, zelfs niet met een gemakkelijk kind als Kitty.

Ze had verscheidene keren overwogen om het Laurent niet te vertellen.

Hij had gereageerd zoals ze had vermoed, met vreugde en vervolgens met afschuw toen ze hem vertelde wat ze overwoog. 'Waarom?' wilde hij weten. 'Je hebt Mary en mij toch om je te helpen? Kitty wil dolgraag een broertje of zusje – ze heeft ons er al zo vaak om gesmeekt.'

'We hadden het afgesproken, Laurent,' zei ze. 'We hadden afgesproken om geen kinderen meer te nemen. Ik kan er geen twee aan.'

'Je hoeft er niet eens één aan te kunnen,' had hij tegengeworpen, 'en dat heb ik nooit erg gevonden. Maar je kunt mij – ons – dit kind niet ontzeggen omdat het niet uitkomt met je rooster.' Ze zag aan zijn gezicht dat ze moest toegeven. Hij vroeg al zo weinig.

Ze biechtte nooit haar duistere gedachten op die ze had bij elke zwangerschapsmijlpaal en toen de bevalling een datum in haar agenda werd die steeds dichterbij kwam. En hij had gelijk gehad: toen Thierry geboren werd, zijn armpjes uitgeslagen als protest tegen zijn geboorte, misschien tegen zijn ongewenste bestaan, hield ze met dezelfde intense hartstocht van hem als ze van Kitty hield. En was bijzonder opgelucht toen ze drie maanden later weer aan het werk kon.

Isabel deed haar das om en liep met grote stappen over het pad naar het bos, terwijl het met druppels overladen fluitenkruid en hoge gras zich om haar laarzen wikkelden. Het was de eerste keer in weken dat ze alleen was. Ze had de kinderen twee uur eerder naar school gebracht. Thierry was voor haar kus weggedoken en was met zijn uniform stijf om zijn schouders weggeschuifeld terwijl Kitty met haar gebruikelijke vastberadenheid wegstapte.

Ze had ernaar uitgekeken om weer eens alleen te zijn – God wist hoe ze ernaar verlangd had om eens wat tijd voor zichzelf te hebben. Toch miste ze hen. Zonder het lawaai en gedoe van de kinderen had het huis te triest, te overweldigend geleken en binnen een uur had ze beseft dat, als ze niet iets ging doen, ze in melancholie zou wegzinken. Ze moest er niet aan denken om de overgebleven dozen uit te pakken en voelde zich niet sterk genoeg om de sisyfusarbeid van het schoonmaken van het huis aan te gaan, dus was ze een wandeling gaan maken. Tenslotte was er niets waar een wandeling niet goed voor was, had Mary vaak genoeg tegen haar gezegd.

Ze had besloten om dwars door het bos naar de dorpswinkel te lopen. Zoiets simpels als melk en iets voor het avondeten kopen zou haar een doel geven. Ze zou een stoofschotel maken of een kip grillen voor als de kinderen thuiskwamen.

Op de een of andere manier was het minder traumatisch om aan Laurent te denken als ze buiten was. Een jaar na zijn dood merkte ze dat er nu momenten waren dat ze aan hem kon denken in relatie tot de dingen waarvan ze gehouden had in plaats van wat ze kwijtgeraakt was. Het verdriet ging nooit weg, was haar verteld, maar het zou gemakkelijker worden om mee om te gaan.

Ze stak haar handen in haar zakken en snoof de scherpe geur van nieuw groen op, keek naar de opkomende planten onder de bomen en probeerde te raden waar ooit een bloembed gelegen kon hebben. Misschien leg ik een tuin voor hem aan, dacht ze. Maar ze wist dat dit onwaarschijnlijk was: spitten, harken en snoeien met een heggenschaar zou een te grote aanslag op haar handen betekenen. Tuinieren stond al lang op de onofficiële lijst van dingen die violisten niet mochten doen.

Ze was aan de rand van het bos gekomen en liep erlangs, met het meer links van haar, en probeerde zich te herinneren waar ze een opening had gezien. Ze vond hem en dook erdoorheen. Aan de andere kant was het terrein nog rommeliger dan rond het huis. Ze draaide zich even om: de grote hoop donkerrode stenen en ramen in verschillende stijlen gaven haar geen gevoel van warmte of welkom. Nog niet van haar. Nog geen thuis.

Zo moet je niet denken, sprak ze zichzelf bestraffend toe. Het wordt ons huis als wij dat ervan maken. Ze hadden nu warm water, zij het tegen een exorbitante prijs, en een vaag naar metaal ruikende warmte in sommige kamers. De loodgieter had gezegd dat de radiatoren ontlucht moesten worden, maar hij was zo neerbuigend geweest dat ze hem niet gevraagd had wat dat betekende. Aangezien er een enorme barst in het bad zat, moesten ze zich in een zinken teil wassen, een situatie waartegen Kitty elke ochtend bitter protesteerde.

Ze bleef staan om een uit de kluiten gewassen zwam te bestuderen die vanuit een rotte boomstam uitwaaierde en keek toen op naar de bewolkte lucht die te zien was door het kantwerk van twijgjes en takken. De lucht was klam en ze blies in haar das, genietend van de warmte die op haar huid teruggekaatst werd. Het bos rook naar mos, vochtig hout en gezonde rotting, zo anders dan het griezelige vocht van het huis, waarover ze zich dikwijls afvroeg wat er om hen heen aan het wegrotten was.

Er knapte een twijgje en ze bleef stokstijf staan, terwijl er beelden van krankzinnige bijlmoordenaars door haar grootsteedse hoofd tolden. Ze hield haar adem in en draaide zich langzaam om naar waar het geluid vandaan gekomen was.

Op zo'n zes meter afstand keek een enorme hertenbok haar aan, zijn kop geheven met het mosachtige gewei dat op de kale takken achter hem leek. Er kwamen smalle wolken damp uit zijn neusgaten en hij knipperde een paar maal met zijn ogen.

Isabel was te gebiologeerd om bang te zijn. Ze keek het dier strak aan, verbaasd dat dergelijke wezens nog steeds in het wild konden bestaan, dat er in hun volgebouwde, overbevolkte land nog steeds plek was voor zo'n enorm beest om vrij rond te dwalen. 'O.' Misschien verbrak dat geluidje de betovering, want het hert sprong het open veld in en was verdwenen.

Isabel keek hem na. Er kwam een flard muziek in haar op: *De Transformatie van Acteon in een Hert.* Het dier minderde vaart en aarzelde terwijl haar hoofd zich vulde met de fanfare van arpeggio's waarmee de symfonie begon, een symbool van de jongemannen die voor de jacht waren gekomen terwijl het zachte, op de fluit gespeelde adagio verhaalde over kabbelende beken en briesjes.

Plotseling werd de stilte verbroken door een geweerschot. Het hert ging ervandoor, uitglijdend over de kleverige modder. Er klonk nog een schot en Isabel, die in eerste instantie achter een boom was gesprongen, rende nu het open veld in achter het dier aan terwijl ze probeerde te bepalen waar de schoten vandaan kwamen.

'Hou op!' schreeuwde ze en haar das gleed van haar mond. 'Wie je ook bent! Hou op met schieten!' Haar hart ging als een bezetene tekeer. Ze probeerde te rennen, maar de aarde bleef in grote hompen aan haar laarzen kleven.

'Stop!' gilde ze, in de hoop dat de onzichtbare schutter haar zou horen. Ze probeerde met de neus van haar ene laars de modder van de andere te duwen. Het hert bleek ontsnapt te zijn, maar zij wachtte nog met bonkend hart op het volgende schot.

Het was op dat moment dat ze de man over de akker op zich af zag stappen, blijkbaar ongehinderd door de modder. Ze zag zijn geweer dat nu in de kromming van zijn elleboog rustte en waarvan de loop naar beneden wees.

Ze trok aan haar das zodat haar mond vrij was.

‘Waar bent u in vredesnaam mee bezig?’ Door de schrik klonk ze strenger dan ze van plan was geweest.

De man ging langzamer lopen toen hij dichterbij kwam, zijn gezicht een beetje verhit alsof hij niet verwacht had onderbroken te worden. Hij was waarschijnlijk niet veel ouder dan zij, maar zijn lengte verleende hem autoriteit en zijn donkere haar was ruw afgeknipt. Zijn gezicht had de winterkleur van iemand die zijn tijd buitenshuis doorbracht en de contouren waren door de wind tot scherpe vlakken geslepen.

‘Ik ben aan het jagen. Wat dacht u dan?’ Hij leek geschokt haar daar aan te treffen.

Het was Isabel gelukt om haar voeten te bevrijden, maar de adrenaline stroomde nog door haar heen. ‘Hoe durft u? Wat bent u – een stroper?’

‘Stroper? Ha!’

‘Ik bel de politie.’

‘En wat zegt u dan? Dat ik mijn best deed om de herten bij de nieuwe oogst vandaan te jagen?’

‘Ik zal ze vertellen dat u zich illegaal op mijn land bevindt.’

‘Dit is uw land niet.’ Hij had een lichtrollende r.

‘Waarom denkt u dat?’

‘Het is van Matt McCarthy. Helemaal tot aan die bomen. En ik heb zijn toestemming om het te vrijwaren van alles wat ik maar wil.’

Terwijl hij sprak, had Isabel het idee dat hij veelbetekenend naar zijn geweer keek. ‘Is dat een dreigement?’ zei ze.

Hij volgde haar blik en keek haar toen fronsend aan. ‘Een *dreigement*?’

‘Ik wil geen wapens zo dicht bij mijn huis.’

‘Ik richtte het helemaal niet in de buurt van het huis.’

‘Mijn zoon komt hier wel eens. U had hem wel kunnen raken.’

De man deed zijn mond open, schudde vervolgens zijn hoofd, draaide zich met een ruk om en stak met gebogen schouders de akker weer over. Zijn afscheidswoorden kwamen naar haar toe gezweefd: ‘Dan zult u hem moeten leren waar de grenzen liggen, hè?’

Terwijl ze hem nakeek, dacht ze aan het laatste deel van de symfonie van Von Dittersdorf. De hertenbok was eigenlijk een jonge prins die in het verkeerde deel van het bos terechtgekomen was en vervolgens verscheurd werd door zijn eigen honden.

Asad controleerde de eieren, haalde er één of twee uit elke doos en vulde ze aan met andere. De biologische eieren van verderop langs de weg waren prima, maar ze hadden de neiging onder de... biologische troep te zitten, wat niet altijd even goed viel bij dames met een gevoelige aard. Hij hield de vuile in zijn hand en stond op het punt ze af te wassen toen de vrouw binnenkwam.

Ze bleef een ogenblik in de deuropening staan terwijl ze om zich heen keek, alsof ze iets zocht. Ze droeg een lange, blauwe fluwelen jas waarvan de zoom zwaar onder de modder zat. Een familiegelijkenis maakte Asad duidelijk wie ze was.

'Mevrouw Delancey? Wilt u me verontschuldigen terwijl ik deze neerleg?'

Ze zette grote ogen op toen ze haar naam hoorde.

'Er komen hier niet veel toevallige passanten,' legde hij uit en hij veegde zijn handen af terwijl hij zich weer naar haar toe keerde. 'En u lijkt sterk op uw dochter.'

'O. Kitty. Ja, natuurlijk.'

Hij aarzelde. 'Gaat het wel? U kijkt een beetje... geschrokken.'

Ze bracht een hand naar haar gezicht. Mooie, blanke handen, zag hij. Lange, witte vingers. Ze trilde. 'Zeg eens,' zei ze, 'hebben veel mensen hier een geweer?'

'Een geweer?'

'Ik ben zojuist bedreigd... nou ja, misschien niet bedreigd, maar geconfronteerd met een man die met een geweer liep te zwaaien op wat ik dacht dat privéterrein was.'

'Dat is inderdaad schrikken... ja.'

'Ik voel me een beetje van mijn stuk gebracht. Ik ben het niet gewend om mensen met geweren tegen te komen. Ik geloof zelfs niet dat ik ooit een geweer van dichtbij heb gezíén.'

'Hoe zag hij eruit?'

Ze beschreef hem.

'Klinkt als Byron, de opzichter van meneer Pottisworth. Hij doet nu het een en ander voor Matt. Ik geloof dat hij alleen maar een luchtbuks gebruikt.'

'Matt McCarthy.' De vrouw leek dit te overpeinzen en zakte toen een beetje in.

'Ik wilde net thee gaan zetten,' zei hij. 'Ik geloof dat warme, zoete thee goed is tegen de schrik. Ik zal me even voorstellen. Mijn naam is Asad Suleyman.'

Ze wierp hem een trieste, lieve glimlach toe die alle mogelijke dankbaarheid voor zijn aanbod uitdrukte. Ze was niet conventioneel knap, dacht Asad, maar ze was ongetwijfeld mooi. En haar haar, dat van de meeste mensen keurig geknipt en gekleurd was, was buitengewoon.

'Het moet hem wel zijn geweest, en dat is geruststellend. Toch vind ik het een akelige gedachte dat iemand met een geweer zo dicht bij ons ronddwaalt. En het is lastig,' zei ze. 'Ik weet niet waar mijn land ophoudt en dat van meneer McCarthy begint.'

Darjeeling. Ze zag eruit als een Darjeeling-vrouw. Asad gaf haar een beker thee en hield zijn hoofd schuin. 'Hebt u er niet aan gedacht om uw notaris om de akte te laten vragen?'

'Zouden ze die mij laten zien?'

'Dat geloof ik wel, ja.'

'O, dank u wel. Ik ben hopeloos in het beoordelen van dat soort dingen. Ik heb niet veel ervaring met... land.'

Ze zaten in genoeglijke stilte van hun thee te drinken. Asad wierp haar steelse blikken toe om de bijzonderheden te registreren die Henry later van hem zou willen horen. Tamelijk exotisch gekleed – tussen de rustige groene en bruine schakeringen die men in deze streek droeg. Die bleke, slanke handen. Hij kon ze zich gemakkelijk op een betoverend instrument voorstellen. De lange, nogal warrige bos donkerblond haar was slordig achterover gestreken en vastgebonden – het tegenovergestelde van het glanzende, steile haar van haar dochter. Ogen die naar opzij dwaalden, de omlaag hangende ooghoeken mogelijk een teken van haar recente verdriet.

'Dit is niet wat ik verwacht had,' merkte ze op.

'Nee?'

'Uw winkel. Hij is prachtig. U hebt de dingen die ik zou willen eten. Parmaham! Zoete aardappelen... Ik dacht dat dorpswinkels een en al kratten met fruit en plakken synthetische kaas waren, gerund door dikke dames van middelbare leeftijd. Geen lange…' Ze voelde zich ineens ongemakkelijk.

'Zwarte mannen,' maakte hij voor haar af. 'Ik kom trouwens uit Somalië.'

'Hoe bent u dan hier terechtgekomen?' Ze bloosde, omdat ze zich misschien realiseerde dat haar vraag als opdringerig opgevat zou kunnen worden. 'Het spijt me, ik heb de laatste tijd weinig gesprekken gevoerd.'

'Dat geeft niets. Ik ben hier in de jaren zestig gekomen. Ik ontmoette Henry, mijn partner, en toen we het ons konden veroorloven, besloten we aan de grote stad te ontsnappen. Het is rustig leven… beter voor mijn gezondheid. Ik heb astma,' legde hij uit.

'Het is hier zeker rustig.'

'En redt u het wel, mevrouw Delancey? In het grote huis?'

Hij stak zijn hand onder de toonbank en haalde een trommel met koekjes tevoorschijn die hij openmaakte en haar voorhield. Ze nam er eentje.

'Isabel. Langzaam maar zeker. Warm water en verwarming zijn een luxe. We moeten nog een heleboel laten doen. Ik heb wat geld opzijgelegd, maar ik had geen idee van de omvang van wat we op ons genomen hebben. Wat ík op me heb genomen,' verbeterde ze zichzelf. 'De laatste keer dat ik hier op bezoek kwam, was het heel anders.'

Toen wilde hij iets zeggen, haar waarschuwen dat haar aanwezigheid misschien andere mensen dan alleen een opzichter geschokt had, dat het misschien niet alleen mannen met geweren waren voor wie ze op haar hoede moest zijn. Ze leek zo kwetsbaar dat hij de moed niet had om het nog zwaarder voor haar te maken. Er was tenslotte niets dat hij met zekerheid kon zeggen.

'U bent hier altijd welkom, mevrouw Delancey – Isabel,' zei hij. 'Wanneer je maar zin hebt om langs te komen, drink ik graag een kopje thee met je. Met jou en je gezin. We willen je het gevoel geven dat je welkom bent.'

'Het is je niet opgevallen.'

Matt sloeg zijn ogen op van zijn bier en keek in Theresa's schuine, groene ogen. Ze was zo dichtbij dat hij haar parfum kon ruiken, zelfs boven de tabak en het bier uit. 'Wat opgevallen?'

‘Dat er iets anders aan me is.’ Ze leunde achterover met haar handen op de bar en haar gelakte nagels voor hem uitgespreid. Achter haar stonden twee jongemannen in een trainingspak bij het gokapparaat kreten te slaken.
‘Heb je je nagels laten doen?’
Haar ogen flitsten. ‘Nee!’
Ze droeg die beha met het paarse kant. Hij ving er een glimp van op als het boven haar lage decolleté uitstak terwijl ze zich bewoog. ‘Probeer nog eens,’ beval ze.
Hij liet zijn blik over haar lichaam dwalen, zoals ze wel geweten had dat hij zou doen. ‘Zó grondig hoef je nu ook weer niet te kijken,’ zei ze quasi-beledigd.
‘En als ik dat nou wil?’ zei hij zachtjes.
‘Blijf proberen,’ zei ze een beetje geprikkeld, maar hij wist dat hij haar uit haar evenwicht had gebracht. Theresa liet zich zo gemakkelijk kennen en zo was ze altijd al geweest.
‘Je bent afgevallen.’
‘Slijmbal.’
‘Nieuwe lippenstift?’
‘Nee.’
Hij nam een flinke slok van zijn bier. ‘Ik weet het niet. Ik ben niet zo goed in spelletjes.’
Ze keken elkaar aan. O nee? zeiden de hare, en hij herinnerde zich hoe ze vorige week had aangevoeld, onder hem kronkelend in de slaapkamer van haar huisje met de lage balken. Hij kreeg een erectie en keek op zijn horloge. Hij had tegen Laura gezegd dat ze hem om halfacht thuis kon verwachten.
‘Matt.’
Hij draaide zich met een ruk om en zag Byron die op de kruk naast hem ging zitten. ‘Alles goed? Wil je een biertje?’
Byron knikte en Matt gebaarde naar Theresa. ‘Een Stella, alsjeblieft.’
‘Geef je het op?’ zei ze pruilend.
‘Mag een man niet rustig van zijn biertje genieten?’ Matt had zich naar Byron toegekeerd. ‘Goed dan. Ik geef het op. Ik weet al niet meer wat de vraag was.’
‘Mijn haar,’ legde ze uit terwijl ze een hand van de tap haalde.

'Ik heb een coupe soleil. Twee kleuren. Kijk.' Ze boog haar hoofd terwijl ze het glas over de toog schoof en liet haar haar uitwaaieren om het te laten zien.

'Mooi,' zei Matt afwezig, en toen ze met grote stappen wegliep, rolde hij samenzweerderig met zijn ogen naar Byron over het onbegrijpelijke gedrag van vrouwen. 'Alles goed?'

Byron nam een slok van zijn bier. 'Gaat wel. Ik heb de lager gelegen weiden besproeid. Ik maakte me zorgen over de kwaliteit van de grond, maar het ziet er niet beroerd uit. Misschien is het goed geweest dat het al die tijd braak heeft gelegen.'

'Fijn. Mij zegt het niets, vriend, maar Laura zal wel blij zijn.'

'Er zitten herten in de kom tussen het ruiterpad en het kleine bosje. Ik heb vandaag een bok gezien en gisteren een paar reeën. Ik heb ze voorlopig met een paar schoten weggejaagd, maar ze zullen wel terugkomen.'

'Daar zitten we niet op te wachten. Straks eten ze alle aanplant op. Hou ze in de gaten.'

'Je nieuwe buurvrouw kwam schreeuwend naar me toe omdat ik ze wegjoeg.'

'O ja?'

'Ze beschuldigde me er praktisch van dat ik op haar schoot.' Byron leek niet op zijn gemak. 'Ik weet niet of ze het zal opblazen. Ik had haar moeten vertellen dat het maar een luchtbuks was.'

Matt barstte in lachen uit. 'O, geweldig, die stadslui! Wil ze alle Bambies redden? O, dat is een bak, zeg.'

Theresa schoof weer achter de bar.

'De volgende keer dat je haar ziet,' vervolgde Matt, 'zeg je maar dat we een natuurreservaatje voor haar zullen inrichten. Ze mag alle konijntjes en hertjes van dat land hebben die ze maar wil. We zullen er zelfs nog wat vogels bij stoppen – een paar kraaien en spreeuwen bijvoorbeeld – die ze dan kan voeren. Dan kan ze een echte Sneeuwwitje worden.'

Byron glimlachte ongemakkelijk, alsof spot niet iets natuurlijks voor hem was.

'Weet je wat, we zullen het er later nog eens over hebben of je misschien op een wat permanentere basis voor me kunt werken… Ik neem aan dat er het komende jaar aardig wat te doen valt op het land van Pottisworth en ik kan wel een paar extra handen gebruiken. Jij bent twee keer zo groot als mijn zoon. Ik weet dat het niet veel met bosbouw te maken heeft, maar wat vind je ervan?'

Byron kleurde en Matt nam aan dat de jongere man zich drukker had gemaakt over zijn gebrek aan werk dan hij had laten merken. Dat, en zijn voorgeschiedenis, kon in Matts voordeel werken – hij zou vast niet al te veel loon vragen. Pottisworth had hem waarschijnlijk maar een schijntje kunnen betalen.

'Dat… zou mooi zijn,' antwoordde hij.

Matt ving Theresa's blik op en knipoogde roekeloos. Hij zou Laura bellen en zeggen dat het wel een latertje kon worden. Het zou zonde zijn om de avond te verspillen. Hij was tenslotte in een heel goed humeur.

7

'Zoals u kunt zien, moet het wel hier en daar wat opgeknapt worden, maar eigenlijk betaalt u voor de mogelijkheden die het heeft. Zoals u weet, begint deze wijk heel populair te worden.' Nicholas Trent glimlachte bemoedigend naar de jonge vrouw naast hem die naar de scheur stond te kijken die vanaf de hoek van de raamsponning als een bliksemschicht omhoogliep. 'Het zou nieuw pleisterwerk kunnen zijn,' zei hij terwijl hij haar blik volgde. 'Dat wil soms behoorlijk krimpen. Een behanger weet daar wel raad mee.'

Ze tuurde naar de details en mompelde iets tegen haar partner. Toen zei ze: 'Waar is de derde slaapkamer? We hebben er nog maar twee gezien.'

'De derde slaapkamer.' Nicholas trok een deur open en zocht naar het lichtknopje.

'Is dat een slaapkamer?' vroeg de man vol ongeloof. 'Er zitten geen ramen in.'

Daarop had Nicholas niets te zeggen. Vroeger zou het beschreven zijn als een grote kast.

'Het is wel erg klein,' zei de vrouw.

'Het is inderdaad wat aan de krappe kant,' beaamde hij. De slecht verlichte ruimte kon niet meer dan twee bij anderhalf zijn geweest. 'Eerlijk gezegd, mevrouw Bloom, zijn er maar weinig voorbeelden van dit soort woningen met een derde kamer. De meeste hebben maar twee slaapkamers. Ik meen dat de bofferds die een derde slaapkamer hebben die meestal gebruiken als studeer- of computerkamer, waar daglicht niet zo'n rol speelt. Zullen we eens in de keuken gaan kijken?'

Het kostte hem twintig minuten om hun de rest van het flatje te laten zien, hoe klein het ook was. En elk van die twintig minuten hoorde Nicholas Trent zichzelf de beperkte voordelen aanprijzen terwijl zijn innerlijke stem tegensprak wat hij zei. Dit is een weerzinwekkende flat, wilde hij tegen hen zeggen. Hij ligt aan een doorgaande weg, boven een metrolijn, onder een aanvliegroute met aan weerszijden van de straat een drugspand. Waarschijnlijk is hij aan het verzakken, de kamers waar geen structuurbehang tegen de muren zit, hebben last van optrekkend vocht, en er is geen oorspronkelijk kenmerk in overgebleven. Het is lelijk, slecht ontworpen, waardeloos verbouwd en nog geen derde van de vraagprijs waard.

En toch had het weinig zin. Hij wist dat het stel uiteindelijk een bod zou uitbrengen en dat het heel waarschijnlijk niet zo ver onder de vraagprijs zou liggen dat onderhandeling onmogelijk zou zijn. Zo ging het op het moment. Onroerend goed dat vijf jaar geleden voor een grijpstuiver weggegaan zou zijn, werd nu gekocht door mensen die zichzelf er blijmoedig voor in schulden staken waar hij duizelig van werd.

Herinneren jullie je de laatste beurskrach niet meer? wilde hij vragen. Weet je niet wat een hypotheek op een huis als dit je kan aandoen? Zien jullie niet dat jullie op het punt staan jullie leven te verknallen?

'Zijn er nog meer mensen die het willen bezichtigen?' De jongeman was dichter bij hem gaan staan.

'Vanmiddag nog twee,' zei hij vlotjes. Dat was het geijkte antwoord.

'We nemen nog contact op.' De jongeman stak zijn hand uit.

Nicholas schudde hem met een zeldzaam soort dankbaarheid. Er waren tegenwoordig niet veel mensen meer die een hand gaven, vooral niet aan makelaars. 'Maakt u zich geen zorgen,' zei hij. 'Als deze eerder weg is, weet ik zeker dat we iets beters voor u zullen kunnen vinden.' Hij zag dat de jongeman hem niet geloofde. Hij zag even de rimpel in diens voorhoofd terwijl hij probeerde te bedenken of dit deel uitmaakte van een verkooptruc, van een of andere verborgen agenda. Dat doet de vastgoedhandel met je, dacht Nicholas triest. Die maakt argwanende sukkels van ons allemaal. 'Ik bedoel... u moet natuurlijk helemaal zelf beslissen.'

'We nemen nog contact op,' zei de jongeman opnieuw. Nicholas hield de deur voor hen open en keek hen na, terwijl ze met gebogen hoofd wegliepen alsof ze zich hun nieuwe leven er al in voorstelden.

'Je vrouw heeft gebeld,' zei Charlotte, haar mond vol met iets wat muesli kon zijn geweest. 'Sorry, ex-vrouw,' voegde ze er opgewekt aan toe terwijl ze hem een papier toestak. 'Ik zeg het niet graag. Het klinkt op de een of andere manier niet goed.'

Het klonk inderdaad niet goed. Het was niet het woord dat je verwachtte op jezelf te zullen toepassen. Ex-echtgenoot. Mislukte echtgenoot. Mislukt mens. Nicholas nam het aan en propte het in zijn broekzak.

Het kantoor gonsde van de bedrijvigheid. Derek, hoofd koopwoningen, zat over zijn bureau gebogen met één hand in de lucht terwijl hij praatte. Paul, de andere verkoper van koopwoningen, was bezig nieuwe instructies op hun verkoopbord te schrijven. Een vrouw van middelbare leeftijd die met de verhuuragent praatte, snufte zo nu en dan in een zakdoek. De glazen deur ging achter hem dicht en dempte het geraas van het verkeer in de drukke hoofdstraat.

'O, en ene Mike en nog wat heeft gebeld – hij wilde je mee uit eten vragen. Hij zei dat hij en jij elkaar al heel lang kenden. Ik vertelde hem over je vrouw, omdat hij het niet wist en hij zei dat het hem speet dat te horen.'

Nicholas ging achter zijn bureau zitten. 'Mevrouw Barr bellen,' stond er op een gele Post-it. 'Niet tevreden met nieuwe taxatie.'

'Mike en nog wat.'

'Hij zegt dat hij in Norfolk woont. Het is daar mooi.'

'Waar in Norfolk?'

'Weet ik niet. Overal wel, denk ik.'

Kopers hebben zich teruggetrokken uit Drew House vlak voor passeren akte. Dringend de heer Hennessy bellen.

Hij deed zijn ogen dicht.

Kevin Tyrrell wil nieuwe afspraak kijkers voor 46 Arbour Row. Wil niet gestoord worden tijdens voetbalwedstrijd.

Hij moest dus de potentiële kopers met wie hij die avond een afspraak had gemaakt alle vier afbellen. Ze zouden dat niet leuk vinden. Maar we konden Kevins voetbalavond toch niet verstoren?

'Hij zei dat hij op je bruiloft was. Dat klonk behoorlijk chic, Nick. Je hebt ons nooit verteld dat je op Doddington Manor getrouwd bent.'

'Nicholas,' zei hij. 'Mijn naam is Nicholas.'

'Nicholas. Ik wist niet dat de familie van je vrouw zo welgesteld was. Sorry, ex-vrouw. Je bent een man met geheimen. Straks vertel je ons nog dat je op Eaton Square woont.' Haar hatelijke lach werd onderbroken door de telefoon.

Eaton Square. Hij had ooit overwogen er in het begin van de jaren tachtig iets te kopen vóór de laatste hausse op de huizenmarkt, toen het in Londen nog wemelde van de opknapwoningen die door tientallen jaren van verhuur uitgewoond waren. Woningen die rijp waren voor renovatie, voor het opbouwen van een projectontwikkelingsmaatschappij. Hij herinnerde hem zich nog goed, van alle flats die hij ooit bekeken had met het oog op projectontwikkeling, omdat deze een eigen balzaal had gehad. Een appartement op Eaton Square met een eigen balzaal. Hij had het niet gedaan, omdat hij van mening was dat hij er niet genoeg winst op zou maken.

Hij werd achtervolgd door de huizen die hij niet had gekocht, onzekere winsten waarvoor hij niet genoeg moed had gehad om ze binnen te halen.

Hij zuchtte. Tijd om mevrouw Barr te bellen. *Die niet blij was.*

'Nick.'

Derek leunde over zijn bureau, dus legde hij de hoorn terug op de haak. Die man had geen idee van persoonlijke ruimte. Hij boog zich altijd zo dicht naar je toe dat je niet alleen kon ruiken wat hij het laatst gegeten had, maar ook wat voor merk wasmiddel hij gebruikte. Nicholas dwong zijn gezicht in een uitdrukking van nietszeggende ontvankelijkheid. 'Derek.'

'Dat was het hoofdkantoor. We halen de targets niet. We lopen tweehonderdtachtigduizend achter op Palmers Green in courtage. Dat is niet goed.'

'Neem me niet kwalijk, Derek, maar ik heb sinds het begin van de week de verkoop van vier woningen gesloten.' Nicholas deed zijn best om afgemeten te klinken. 'Ik zou zeggen dat dit toch een prestatie van formaat is.'

'Met een markt als deze zou een blinde doofstomme met één been de verkoop van die woningen nog gesloten hebben. Woningen gaan als warme broodjes over de toonbank, Nick. Ze hebben vleugels. We moeten meer naar buiten treden, betere woningen verkopen, onze marges verhogen. En we moeten meer verkopen. Jij bent de grote makelaar hier. Wanneer ga je je eens als zodanig gedragen?'

'Derek, je weet net zo goed als ik dat meer dan veertig procent van de woningen in ons gebied van de gemeente is geweest. Die halen niet dezelfde prijzen of marges.'

'En wie krijgt de overgebleven zestig procent? Jacksons. Tredwell Morrison. HomeSearch. Díé. We moeten een hap uit hun marktaandeel halen, Nick, die woningen voor onszelf opeisen. We willen dat de borden van Harrington Estates door de hele stad als paddenstoelen uit de grond schieten.'

Derek vouwde zijn handen achter zijn hoofd zodat er twee vochtplekken zichtbaar werden. Hij slenterde door het kantoor, met zijn armen nog achter zijn hoofd. Net een vechtlustige baviaan, dacht Nicholas. Toen liep hij terug en steunde met beide handpalmen op zijn bureau. 'Wat voor afspraken heb jij voor vanmiddag?'

Nicholas klapte zijn bureauagenda open. 'Nou, ik heb nog een paar telefoontjes te plegen, maar mijn bezichtigingen van Arbour Row zijn uitgesteld.'

'Ja. Dat zei Charlotte al. Weet je wat, Nick? Je zou de straat eens op moeten gaan, een beetje zaken binnenhalen.'

'Ik begrijp het niet.'

Derek tastte achter zich en haalde een stapel glimmende papieren tevoorschijn. 'Wil je vanmiddag wat folders voor ons bezorgen? In de betere straten. Laurel Avenue, Arnold Road en bij de school, aan die kant. Ik heb deze vanochtend laten drukken. Eens kijken of we wat van die markt kunnen binnenhalen.' Hij legde ze met een klap op het bureau van Nicholas.

Nicholas zag vanuit zijn ooghoek dat Paul stiekem in zijn telefoon zat te lachen. 'Je wilt dat ik folders bij mensen in de bus stop.'

'Nou ja, Paul en Gary zitten hartstikke vol. En jij zei dat je geen afspraken had. Het heeft geen zin om een joch van een werkervaringsproject dat werk te laten doen als hij toch de helft in een vuilnisbak gooit en 'm smeert naar de snookerhal. Nee, Nick,' zei hij terwijl hij de oudere man een klap op zijn rug verkocht, 'jij bent grondig. Ik kan erop vertrouwen dat jij dit werk goed doet.'

Hij liep terug naar zijn bureau, zijn armen weer in de lucht gestoken, alsof hij een overwinning behaald had. 'Bovendien zal het je goed doen om er een paar pondjes af te lopen. Wie weet, bedank je me straks nog.'

Als die kwestie van het folderen niet gespeeld had, dacht Nicholas achteraf, was er weinig kans geweest dat hij de uitnodiging van Mike Todd om die zaterdag te komen eten aangenomen zou hebben. Zijn sociale leven was tot bijna nul gereduceerd sinds Diana weg was, deels omdat hij minder uitnodigingen kreeg – zij was altijd meer een gezelschapsmens geweest –, maar vooral omdat hij zijn nieuwe omstandigheden niet wilde uitleggen aan mensen die hij in zijn vorige leven gekend had. Hij was die blik van ontzetting en medelijden gaan herkennen zodra het tot hen doordrong hoe diep hij gezonken was. In de ogen van de vrouwen lag een soort medeleven, een blik naar zijn dunner wordende haarlijn; in die van de mannen onbehagen, een nauw verholen ongeduld om door te lopen, alsof wat hem was overkomen besmettelijk zou kunnen zijn.

Vier jaar na het debacle wist hij dat hij er anders uitzag; ze herinnerden zich het dure maatpak, het duurste model Audi, de vlotte charme. Het staal. Nu zagen ze een man van middelbare leeftijd, zijn haar grijzend van de stress, een teint die niet langer gebruind was van reisjes naar Genève en de Malediven, die werkte als onderhandelaar voor een onbetekenende makelaar in een verlopen deel van Londen.

'Ga je nou nog naar dat etentje?' vroeg Charlotte toen hij opgehangen had. 'Het zal je goed doen om er eens even uit te zijn.' Er zat chocola aan de zijkant van haar kin. Hij besloot er niets van te zeggen.

Daar ging hij dus weer, klaar om de hele ellende opnieuw door te maken. Een etentje zou hem geen kans geven om vragen over zijn leven te ontwijken, geen muziek, geen scherm met bewegende beelden waar hij zogenaamd in verdiept zou kunnen zijn. Halverwege de snelweg vroeg hij zich af waarom hij er in vredesnaam mee ingestemd had om te komen.

Toen dacht hij aan donderdagmiddag, dwalend door de met rommel bezaaide straten, het troosteloze geklepper van brievenbussen, het argwanende rukje aan grauwe vitrages, het woedende geblaf van honden in de verte terwijl hij de folders door de brievenbus duwde. De regen die zijn ooit mooie wollen pak doordrenkte. Het deprimerende besef dat dit, op zijn negenenveertigste, was wat er van zijn leven was geworden. Een ononderbroken, eenzame aaneenschakeling van teleurstelling en vernedering.

Mike was een prima vent. Hij was nooit zo succesvol geweest dat hij een pijnlijke herinnering zou zijn aan wat Nicholas was kwijtgeraakt. En hij had Diana maar één keer ontmoet. Dat scheelde ook. Nicholas zette de oude Volkswagen knarsend in een hogere versnelling terwijl hij probeerde niet te denken aan de naadloze overgang van zijn oude automaat, en stuurde de auto weer naar de middelste baan.

Er was wel iets voor nodig geweest, had zijn accountant achteraf gezegd, om zo spectaculair onderuit te gaan terwijl de rest van de markt in de lift zat. Zijn ingewikkelde business van hypotheken, ontwikkelingsprojecten en huurpanden was als een kaartenhuis ingestort. Hij had een vrijstaand huis met acht slaapkamers in Highgate gekocht, waarvoor hij een niet-terugvorderbare borgsom had gestort om het pand veilig te stellen tegen de andere projectontwikkelaars die eromheen cirkelden. Toen was de verkoop van zijn gerenoveerde huis in Chelsea niet doorgegaan en was hij gedwongen geweest om de rest van de aanbetaling te lenen. Twee andere troetelprojecten werden een fiasco, net toen hij de koop van het huis in Highgate moest sluiten en hij had een lening moeten afsluiten met als onderpand twee panden die hij al in eigendom had. Hij dacht nog wel eens terug aan de avonden die hij in zijn kantoor doorbracht, rekenend en nog eens rekenend, aflossingsvrije hypotheken afzettend tegen bankleningen. De overwaarde ging op aan stijgende rentekosten – de zaak was volledig aan het inzakken. En het was ongelooflijk hoe snel dat wat aangevoeld had als een ondoordringbaar fort van vastgoedbelangen zo'n financiële chaos was geworden.

Het had hun hun eigen huis gekost. Diana was net klaar met de inrichting van de kinderkamer voor kinderen die ze niet hadden gekregen. Hij herinnerde zich hoe ze haar gouden hoofd verhief terwijl hij haar uitlegde hoe diep ze in de problemen zaten, en haar prachtige kristallen stem die zei: 'Hier heb ik niet om gevraagd, Nicholas. Ik heb niet gevraagd om een faillissement.' Als hij aandachtig genoeg geluisterd had, zou hij toen het afscheid al in haar stem hebben gehoord.

Alles bij elkaar genomen, had hij het best goed gedaan. Hij had ternauwernood een faillissement weten te voorkomen, en had eindelijk, na vier jaar, de laatste van de grote schulden afgelost. Op sommige dagen kon hij zichzelf voorhouden dat hij weer omhoog aan het klauteren was. Het was een verrassing geweest om een bankafschrift te ontvangen met een zwarte kolom aan de rechterkant, in plaats van een rode. Maar hij was de slagroom op de taart kwijt: de huizen, de auto's, de levensstijl. Het respect. Hij was Diana kwijt. Mensen kwamen wel ergere dingen te boven. Dat hield hij zichzelf voortdurend voor.

Het verkeer was minder druk geworden en dat gaf de overgang aan van forensenland naar het platteland. Nicholas zette de radio harder, zonder zich te ergeren aan de ruis die veroorzaakt werd door de afgebroken antenne.

Hij was nu zo dichtbij dat hij de naam van het dorp op borden zag verschijnen. Hij was al jaren niet meer bij Mike Todd thuis geweest. Hij herinnerde zich een weekend in iets wat groot was en veel balken had, het huis van een kleine landeigenaar, had Mike vol trots gezegd. Hogere plafonds. Dat voorkwam niet dat Nicholas verschillende malen zijn hoofd stootte.

Hij was net voorbij het eerste bord dat Little Barton aangaf toen het zeurderige gevoel hoge nood werd. Hij moest een tankstation zien te vinden, maar het platteland was nu ruig en hij wist niet eens of er wel een pub was. Hij reed nog eens drie kilometer en toen wist hij dat hij het niet langer kon ophouden. Hij sloeg linksaf een smal weggetje in. Als hij geen wc kon vinden, dan kon hij in ieder geval de afzondering opzoeken.

Hij had vrijwel onmiddellijk spijt van zijn beslissing. Hij kon niet riskeren stil te gaan staan voor het geval er een tegenligger aankwam en er was geen plek om te passeren. Hij was gedwongen om door te rijden, hobbelend over kuilen, tot hij eindelijk, diep in het bos, een plek vond waar hij halt kon houden. Hij sprong uit de auto en liet de motor draaien.

Er is geen grotere opluchting dan je behoefte doen na eindeloos gewacht te moeten hebben. Nicholas stapte bij de boomstam vandaan, keek of hij niet op zijn schoenen had gespetterd, en stapte weer in. Hij moest verder over het karrenspoor omdat er geen duidelijke plek was om te keren. Hij vloekte en reed door terwijl hij de ophanging van de auto probeerde te beschermen tegen de ergste kuilen. Hij zei bij zichzelf dat er toch snel een einde aan moest komen. Alle wegen eindigden ergens.

De auto maakte een onheilspellend krakend geluid toen de onderkant van het chassis in een groef kwam. De volgende keer, zei hij bij zichzelf, vergeet ik mijn manieren en word ik net als die onbehouwen bestelwagenchauffeurs die doen waar ze zin in hebben. 'Dan pies ik in de berm,' zei hij hardop, en hij vroeg zich af of dit een teken van een nieuwe bevrijding was of dat hij een grens overgestoken was en tegen zichzelf begon te praten.

Het karrenspoor splitste zich, liep door naar links en hij kon net het silhouet van een koetshuis met witte gevel onderscheiden. En toen zijn auto naar rechts hobbelde, zag hij door de bomen twee misplaatste kantelen en een vreemd majestueuze gevel van vuursteen en rode baksteen. Hij remde, liet de motor stationair draaien en bleef een ogenblik staren. Hij keek niet alleen naar het huis dat, zoals hij onmiddellijk zag, een architectonische ramp was. Waarschijnlijk een uitspatting uit het eind van de negentiende eeuw, een slecht bedacht imposant gebouw dat al snel de weg naar een architectonische prullenbak had gevonden. Maar de locatie! Het huis was omgeven door bossen en keek uit over water. De overwoekerde gazons en onverzorgde heggen konden niet verhullen dat het landschap esthetisch onweerstaanbaar moest zijn geweest, de klassieke setting magnifiek.

Het meer, waarin de zachte grijze luchten weerspiegeld werden, was spookachtig stil en de zachte glooiing van de oevers zorgde voor een smalle groene strook voor het bos begon. Prachtige, eeuwenoude bossen van eiken en naaldbomen, de toppen van de bomen die de verre horizon van de verderop gelegen vallei raakten, de kleuren die vervaagden tot een impressionistisch waas. Het slaagde erin tegelijkertijd imposant en intiem te zijn, wild, maar toch met een zweem van formaliteit, ver genoeg van de weg om volkomen afzondering te garanderen, maar met een behoorlijke oprijlaan...

Hij zette de motor af, stapte uit en luisterde naar het geklapwiek van Canadese ganzen in de verte, het zachte gemurmel van de wind in de bomen. Dit was de spectaculairste locatie die hij in jaren had gezien. En het huis was al tientallen jaren onaangeroerd. Het zat er niet in dat het beschermd was, dacht hij. Er was geen symmetrie, geen duidelijke verwijzingen naar een historisch verleden. Het was een wirwar van stijlen, een Anglo-Moorse prul, waarvan de leeftijd alleen af te lezen viel aan de duidelijke staat van verwaarlozing.

Hij liep er dichter naartoe, zijn auto vergetend, en verwachtte half en half het woedende geblaf van een hond of de kreet van een nijdige bewoner. Maar het huis was verlaten en zijn nadering bleef onopgemerkt, behalve door de mussen en kraaien. Er stond geen auto op de oprijlaan die op de aanwezigheid van een bewoner kon duiden, dus gluurde hij door een raam. Het ontbreken van meubelen duidde op een lange afwezigheid. Alleen de velden vertoonden tekenen van menselijke activiteit; ze waren zorgvuldig geploegd en de heggen waren keurig afgetopt.

Achteraf wist hij niet hoe hij erbij gekomen was. De afgelopen paar jaar was hij voorzichtig geweest, helemaal niet geneigd om risico's te nemen. Hij voelde aan de deur en toen die zonder meer openging, gehoorzaamde Nicholas Trent niet aan de regels van het gezonde verstand. Hij riep niet eens. Hij liep de hal in. De lichtfittingen waren kenmerkend voor de jaren dertig en het bureau dat door een deur te zien was, was van tien jaar later. Hij liep een vertrek binnen dat een salon moest zijn geweest en dat recent nog bewoond was – er stond een fauteuil van Ikea – maar de algehele indruk was die van verwaarlozing. De aangename afmetingen van de kamers werden tenietgedaan door gaten in het pleisterwerk, plinten die ontbraken, de overheersende geur van vocht. De hoge plafonds werden ontsierd door bruine vlekken die zich over de eens witte oppervlakken verspreid hadden. In sommige ramen zaten geen ruiten en het houtwerk was rot. Waar zou je beginnen? vroeg Nicholas zich af en hij moest bijna lachen om het bespottelijke van die vraag. Er waren geen huizen als dit meer. Ze waren jaren geleden gesloopt of verbouwd door projectontwikkelaars als hijzelf. Hij ging zachtjes de trap op en liep naar een openstaande deur. Die leidde naar de ouderslaapkamer, een ruime kamer die uitkeek op het meer, met een enorm erkerraam met uitzicht over zo'n beetje het hele terrein. Hij liep er dichter naartoe en slaakte een lange, lome zucht van genoegen. Hij probeerde de vage geur van sigarettenrook te negeren.

Nicholas Trent was geen fantasievolle man – hij had elke neiging tot weemoed verloren toen hij zijn vrouw verloor. Terwijl hij over het meer en het bos stond uit te kijken en de onverwachte stilte van het huis hoorde, kon hij toch niet om het idee heen dat hij om een reden hierheen gestuurd was.

Op dat moment zag hij de koffer waar een wirwar van kleren uit hing. Een pocket en een borstel. Iemand sliep hier. Die kleine huiselijke dingetjes verbraken de betovering. Ik sta in iemands slaapkamer, dacht hij. Nicholas, die zich ineens een indringer voelde, draaide zich om, liep vlug de kamer uit, rende de trap af en was binnen enkele seconden het huis uit. Hij draaide zich pas om toen hij bij zijn auto kwam en probeerde het beeld in zijn geheugen vast te leggen.

Nicholas Trent zag namelijk geen halfvervallen huis. Hij zag een wijk van twaalf villa's met vijf slaapkamers van uitzonderlijk hoge kwaliteit, discreet aan het water gelegen. Hij zag een appartementengebouw van een met prijzen bekroond modern ontwerp, een landelijk toevluchtsoord voor de middenklasse, waarvoor in *Country Life* geadverteerd werd. Voor het eerst in vijf jaar zag Nicholas Trent zijn toekomst.

'Vertel me eens wat meer over het Spaanse Huis.' Het viel niet mee om nonchalant te klinken, maar hij had geen keus. Er was niemand die meer in aanmerking kwam om op de hoogte te zijn van de stand van zaken met dat landgoed dan Mike Todd: hij verkocht al bijna dertig jaar huizen in de Bartons.

Mike gaf hem een glas cognac. Ze zaten voor het haardvuur met hun benen uitgestrekt. Mikes vrouw, een buitengewoon tevreden type dat erop stond dat 'de mannen' hun gemak ervan namen terwijl zij de keuken opruimde, was verdwenen. Nicholas had zich niet langer kunnen inhouden.

Mike keek hem vorsend aan. 'Het Spaanse Huis, hè? Wat wil je ermee?'

'Ik nam vanmiddag een verkeerde afslag en kwam op dat ellendige karrenspoor terecht. Ik vroeg me af van wie het was. Een vreemd ogend gebouw.'

'Een belediging voor het oog, bedoel je. Het is een puinhoop.' Mike nam een flinke slok van zijn cognac en liet de drank door het glas walsen.

Hij pretendeerde veel van alcohol te weten en had zich een groot deel van de maaltijd waarderend uitgelaten over de wijnen die Nicholas geen van alle bijzonder vond. Nicholas maakte zich zorgen dat hij nu een preek zou gaan afsteken over cognac. Hij was vergeten dat Mike nogal een zeur kon zijn. 'Beschermd?'

'Die bonk stenen? Nee, ze hebben het over het hoofd gezien toen ze alle andere huizen in de buurt op de lijst van monumentenzorg zetten, omdat het zo diep in de bossen ligt. Maar er wordt al jaren bitter weinig aan gedaan.' Hij snoof. 'Er zit trouwens wel een interessant verhaal achter dat huis. Het was al god weet hoe lang in het bezit van de Pottisworths. Ze waren een belangrijke familie in deze streek, meer geïnteresseerd in het buitenleven dan in het leven binnen – van die jagers- en visserstypes. En de oude Samuel Pottisworth deed er vijftig jaar niets aan. Hij had het aan Matt McCarthy, een oude vriend van me, beloofd. Zijn vrouw en hij hebben jaren voor die ouwe gezorgd. Maar het is nagelaten aan zijn laatste overlevende familielid. Blijkbaar een weduwe.'

'Gepensioneerd?' Als ze oud was, dacht Nicholas hoopvol, zat ze misschien helemaal niet te wachten op een huis als dit.

'O nee. Ergens in de dertig, geloof ik. Twee kinderen. Ze zijn er een tijdje geleden ingetrokken.'

'Er wóónt daar iemand?'

Mike gniffelde. 'Joost mag weten hoe – het hele pand dondert zowat in elkaar. Matt is er aardig pissig om. Ik denk dat hij het zelf had willen opknappen. Zijn vader heeft er jaren gewerkt. Er was kwaad bloed tussen zijn familie en de Pottisworths. Ik denk dat het zijn manier was om de rekening te vereffenen. Je weet wel, iets *Upstairs, Downstairs*-achtigs.'

'En... wat is ze van plan ermee te doen?'

'Wie zal het zeggen? Ze is niet zo'n plattelandstype. Ik heb gehoord dat ze een beetje...' hij dempte zijn stem alsof hij bang was gehoord te worden, '... "excentriek" is. Een muziektype. Je weet wel.'

Nicholas knikte, ook al wist hij het niet.

'En uit Londen – over een vuurdoop gesproken.'

Mike hield zijn cognacglas tegen het licht. Wat hij zag, stemde hem kennelijk tevreden. 'Ja, dat huis is een schoolvoorbeeld van een bodemloze put. Je kunt er een ton ingooien en dan raakt het geld de muren nog niet. Toch was die arme, ouwe Matt diep teleurgesteld toen het naar een ander ging. Het kan je fataal worden als je te emotioneel betrokken raakt bij een stuk onroerend goed. Hij maakte de fout dat hij het persoonlijk opvatte. Ik heb tegen hem gezegd, makelaarsadvies: "Er is altijd weer een ander pand." Dat weet jij beter dan de meesten, hè, Nicholas? Hoe is het trouwens met de Londense markt?'

'Je hebt absoluut gelijk. Er is altijd weer een ander pand,' echode Nicholas terwijl zijn elegante handen zich om het glas sloten. Maar hij was vol van het Spaanse Huis.

8

De mengeling van acht verschillende parfums in haar centraal verwarmde woonkamer was misselijkmakend. Laura zette een raam op een kier, ook al was de temperatuur buiten nog verre van lenteachtig. Om haar heen zaten of hingen zeven andere vrouwen op stoelen, sommigen met hun kousenvoeten onder zich gestopt, anderen met koffiekopjes op hun schoot balancerend.

'Ik kan me niet voorstellen dat zij de enige was die het niet wist. Op de peuterspeelzaal wist bijna iedereen het.'

'Hij was niet bepaald discreet, hè? Geraldine zag hem op het personeelsparkeerterrein met haar zoenen. En het is nota bene een christelijke school – ze is niet bepaald reclame voor het zesde gebod.' De magere hals van Annette Timothy werd langer naarmate haar stem steeg.

'Ik denk dat je het zevende bedoelt.' Michelle Jones pookte het vuur altijd graag op. 'Het zesde is moord.'

'Als een directeur van een christelijke school het goede voorbeeld niet kan geven, dan weet ik niet wie wel,' vervolgde Annette. 'Joost mag weten wat er van die arme Bridget terecht moet komen. Ze is er kapot van. Al moet ik eerlijk zeggen dat, als ze nu en dan eens wat lippenstift opgedaan had, hij misschien niet was vreemdgegaan...'

'Ze is na haar laatste zwangerschap ontzettend aangekomen.'

Laura luisterde niet langer. Een sterk moreel gevoel – en misschien een zweem zelfbelang – betekende dat ze maar zelden deelnam aan dergelijke gesprekken, of het overzicht van plaatselijke schandalen dat in de Bartons voor conversatie doorging. Ze liet een geoefend oog door haar onberispelijke kamer gaan; ze genoot nu eenmaal van een kamer die op de juiste manier ingericht was. De pioenen stonden prachtig in de Chinese vaas. Die was uit de bibliotheek van haar ouders gekomen, waar ze hem nog op de schouw kon zien staan. Ze had besloten geen lelies te kiezen: hun geur zou te overweldigend zijn geweest.

Matt merkte dat soort dingen nooit op, alleen als ze iets vergeten had te doen – haar momenten van muiterij, zoals ze ze stiekem noemde. Als hij drie keer achter elkaar te laat thuiskwam, zorgde ze ervoor dat hij geen schone sokken had. Of ze nam zijn favoriete televisieprogramma niet op. Genoeg om hem, als hij de volgende ochtend naar zijn werk ging, zijn hoofd te laten schudden en mompelen dat hij niet wist waar het met de wereld naartoe moest. Zo zou het zijn als je mij niet had, zei ze dan in stilte tegen hem. Je wereld zoals je die kent en graag ziet, zou als een kaartenhuis instorten.

'Hoe laat zei je dat ze zou komen, Laura?'

Laura keerde met moeite terug naar de kamer. Hazels koffie was bijna op, zag ze, en ze stond op om nog meer te zetten. 'Tussen tien en halfelf.'

'Het is nu bijna elf uur,' zei Annette verwijtend.

'Misschien is ze verdwaald.' Michelle grijnsde.

'Vanaf de andere kant van het weggetje? Dat dacht ik niet.' Annette liet in haar stem doorschemeren wat ze dacht. 'Niet erg beleefd, hè?'

Laura had niet eens geweten of ze eigenlijk wel zou komen.

'Op de koffie?' had Isabel Delancey gezegd toen Laura twee dagen ervoor bij haar op de stoep stond.

'We zijn gewoon met een paar buren. Er zijn er nogal wat met kinderen. Het is onze manier om u welkom te heten.'

Het was vreemd om iemand anders in het huis van meneer Pottisworth, hún huis, te zien, maar Laura was niet in staat geweest om haar blik af te wenden van de peignoir van de vrouw. Het was bijna halftien op een doordeweekse dag en mevrouw Delancey droeg een geelzijden mannenochtendjas, haar haar wild om haar gezicht alsof ze het al weken niet meer geborsteld had. Het kon zijn dat ze gehuild had, of misschien waren haar ogen dik van de slaap.

'Dank u,' zei ze na een ogenblik. 'Dat is heel – vriendelijk. Wat moet ik doen?'

Laura zag achter haar een droogrek met vochtige, gekreukte kleren. Alle kledingstukken hadden een rozige tint, alsof ze aangestoken waren door een ondeugende rode sok. 'Doen?'

'Bij de koffie. Wilt u dat ik speel?'

Laura knipperde met haar ogen. 'Spelen? Nee, u komt gewoon. Het is allemaal heel ontspannen, heel informeel. Het is een manier om ons aan u voor te stellen. We zitten hier tenslotte behoorlijk geïsoleerd.'

De vrouw keek naar de vervallen bijgebouwen naast het huis, het lege meer, en Laura had ineens het vermoeden dat het haar zo wel beviel. 'Dank u,' zei ze na een tijdje. 'Wat vriendelijk van u om aan me te denken.'

Laura had haar niet willen uitnodigen. Hoewel ze haar gevoelens voor Matt verborg – ze vond het zinloos om te blijven stilstaan bij dingen die je toch niet kon veranderen – voelde ze net zo'n weerzin tegenover de nieuwe eigenaar van het huis als hij. Dat de vrouw uit Londen kwam en kennelijk niets wist van de streek of het land en er ook geen belangstelling voor had, had het nog erger gemaakt. Maar Matt wilde ineens dat de twee vrouwen bevriend met elkaar zouden raken. 'Ga eens wat met haar ondernemen. Sluit vriendschap met haar,' drong hij aan.

'Misschien mogen we elkaar niet eens. Volgens de Neven is ze een beetje... anders.'

'Ze lijkt me heel aardig. Ze heeft kinderen. Dat hebben jullie gemeen. Wat is er gebeurd met *noblesse oblige*?'

'Ik snap het niet, Matt,' had ze geprotesteerd. 'Tot vorige week was je faliekant tegen haar en nu wil je dat we vriendinnen worden.'

'Vertrouw me maar, Laura,' had hij gezegd. En toen hij glimlachend op haar neerkeek, zag ze de pret in zijn ogen. 'Het komt allemaal goed.'

Vertrouw me maar, dacht ze, terwijl ze opnieuw koffie in het filter deed. Hoe vaak had ze dat niet gehoord?

'Denk je dat ze enig idee heeft waar ze aan begint? Michelle, geef me nog eens zo'n heerlijk koekje. Nee, die met chocola. Dank je.'

'Het verkeert in een abominabele staat. Nou, Laura weet er alles van – Laura, jij zei toch dat het in een abominabele staat verkeerde?'

'Ja,' zei Laura terwijl ze een blad op de salontafel zette en een leeg kopje pakte.

'Ik weet niet eens wat je ermee aan zou moeten. Het is zo'n ráár huis. En zo afgezonderd helemaal in die bossen. Jij kunt tenminste de weg nog zien vanuit jouw huis, Laura.'

'Misschien heeft ze geld. Ik denk dat het voordeel van een project als dat is dat er bijna niets is dat de moeite van het redden waard is. Je kunt gewoon tekeergaan. Een glazen aanbouw eraan zetten of zoiets.'

'Ik zou eerst de bijgebouwen slopen. Ze staan toch op het punt van instorten. Dat kan niet veilig zijn met kinderen.'

Laura wist wat er zou komen nog voor Polly Keyes haar mond opendeed. 'Vind je het niet erg, Laura? Al dat werk dat je aan die afschuwelijke oude man hebt gehad en dan niet eens het huis krijgen. Ik vind het heel grootmoedig van je om haar hier uit te nodigen.'

Ze had zich hierop voorbereid. 'O nee, hoor,' loog ze. 'Ik ben er nooit zo vreselijk dol op geweest. Het was Matt die grootse ideeën had. Je kent hem en zijn projecten. Hij zag het als een leeg doek. Iemand suiker?'

Annette zette haar kopje op haar schotel. 'Je bent dapper. Toen ik de pastorie kwijtraakte, heb ik een weeklang lopen brullen. Ik kende elke centimeter van dat huis. Ik had er jaren op gewacht. Het kwam neer op gesloten biedingen en de makelaar vertelde ons dat de oude eigenaren voor de Durfords hadden gekozen, al hadden we meer geboden. Wat konden we doen? Natuurlijk zijn we nu heel gelukkig in ons huis. Vooral nu de aanbouw klaar is.'

Polly snoof. 'Ik vond het heel gemeen van meneer Pottisworth om jullie niets na te laten. Je bent zo goed voor hem geweest.'

Laura wou dat ze van onderwerp veranderden. 'Hij heeft ons wel wat dingetjes nagelaten, hoor, wat meubelen. Hij heeft ons eeuwen geleden verteld dat ze voor ons zouden zijn. Ze staan nog in de garage. Ik geloof dat Matt ze eerst wil behandelen tegen houtworm voor we er iets mee doen.' Ze dacht aan het wrakkige oude bureau waar nu diplomatiek een deken over hing. Matt wilde het niet hebben en zij vond het lelijk, maar hij had gezegd dat hij per se niet wilde dat die vrouw ook maar iets zou krijgen waarop ze geen recht had.

'Matt gaat er later heen om haar te helpen bepalen wat er gedaan moet worden. Hij kent het huis immers beter dan wie ook.'

'Nou, gezien de omstandigheden zijn jullie allebei bijzonder grootmoedig om zo vriendelijk voor haar te zijn. O – o, stil eens! Was dat de bel?' zei Polly opgewonden.

'Probeer niet te veel over jullie echtgenoten te praten, meisjes. Volgens de Neven is ze nog niet zo lang weduwe...' vertelde Annette hun. Toen kwam er een gedachte bij haar op. 'Jij mag wel over de jouwe praten, Nancy. Je zegt toch nooit iets aardigs over hem.'

Isabel Delancey stapte de te warme kamer binnen en voelde het gewicht van acht paar ogen zwaar op zich rusten. In die ogen zag ze dat ze wisten dat ze weduwe was, haar kleding excentriek vonden en het feit dat ze zo laat was afkeurden. Ze verwonderde zich erover dat je je in een fractie van een seconde stilte zo beoordeeld kunt voelen. Toen gleden de ogen naar haar voeten. Haar donkerrode suède laarzen zaten onder een dikke laag modder.

'O!' riep ze uit toen ze de voetafdrukken achter zich zag. 'O, sorry.' Ze bukte zich en wilde ze uittrekken, maar een koor van stemmen greep in.

'O, maakt u zich niet druk.'

'Daar hebben we stofzuigers voor.'

'U zou eens moeten zien wat mijn kinderen binnenlopen.'

Overgehaald om haar laarzen niet uit te trekken ook al hadden de meeste anderen ze wel uit, werd Isabel naar een lege stoel gebracht en uitgenodigd te gaan zitten. Ze glimlachte aarzelend, want ze wist nu al dat dit een vergissing was en wou dat ze gezegd had dat ze al een afspraak had.

'Koffie?' Laura McCarthy glimlachte.

'Graag,' zei ze zachtjes. 'Zwart alstublieft. Geen suiker.'

'We vroegen ons af of u wel zou komen.' Dat werd gezegd door een lange vrouw met vroegtijdig grijs haar en een lange hals. Het klonk een beetje beschuldigend.

'Ik was aan het oefenen. Ik vrees dat ik vaak de tijd vergeet. Neem me niet kwalijk,' zei ze tegen Laura.

'Aan het oefenen?' De vrouw met de lange hals boog voorover.

'Viool.'

'Wat leuk. Mijn Sarah vindt het zo fijn om te spelen. Haar lerares zegt dat we erover moeten denken om haar toelatingsexamen te laten doen. Hebt u al lang les, mevrouw Delancey?'

'Ik eh... Eerlijk gezegd doe ik het voor mijn beroep.'

'O. Leuk,' zei een kleinere vrouw. 'Deborah wil zo graag les. Mag ik misschien uw nummer?'

'Ik geef geen les. Ik heb bij het City Symphonia gespeeld.'

Het idee dat ze een beroep zou kunnen hebben gehad, leek de vrouwen met stomheid te slaan.

'En u hebt kinderen?'

'Twee.' God, wat was het warm. 'Een meisje en een jongen.'

'En uw man?' Twee vrouwen trokken een boos gezicht om die vraag.

'Hij is vorig jaar verongelukt. Een auto-ongeluk.'

'O, wat erg,' zei de vrouw. 'Wat verschrikkelijk voor u.' Er klonk meelevend gemompel door de hele kamer.

'Het is wel dapper van u, hoor, om helemaal hier een nieuw leven op te bouwen.'

'Het is een prima streek voor kinderen,' zei iemand geruststellend. 'De school is erg goed.'

'En wat vinden ze van de verhuizing? Het is een groot huis om in rond te dwalen, er moet zo veel aan gebeuren... en zonder...'

Dit was het punt waarop ze verwachtten dat ze een beetje zou instorten. Als ze hun toevertrouwde hoe afschuwelijk en vervallen het huis was, hoe ongelukkig haar kinderen waren, dat ze niet alleen achtervolgd werd door de afwezigheid van haar man, maar ook door de roekeloosheid van haar eigen daden, zouden die scherpe blikken misschien verzachten. De vrouwen zouden meeleven en haar geruststellen. Iets in Isabel stond dat niet toe.

'Het gaat goed met ze,' zei ze. 'We wennen snel.' Aan haar toon was te horen dat dit geen onderwerp was waarover ze wilde uitweiden.

Er viel een korte stilte.

'Ja,' zei de vrouw met het grijze haar. 'Mooi. Nou, in ieder geval welkom in het dorp.'

Toen Isabel haar kopje naar haar lippen bracht, zag ze iets vreemds in de uitdrukking op het gezicht van Laura McCarthy. Het verdween en ze beantwoordde Isabels glimlach met een nog bredere.

Byron Firth hief de hamer en liet hem hard neerkomen zodat de klap door hem heen trilde toen het hout in de grond drong. Hij had er tot dusver tweeëntwintig gedaan, klaar voor het prikkeldraad dat de grens aangaf van het land van Matt McCarthy. Met een machine zou het in een tiende van de tijd zijn gedaan, maar Matt wilde er geen huren. Hij betaalde Byron een weekloon en had geen zin om nog meer te betalen. Byron zou doorgaan tot de klus geklaard was. Je kon in de harde aarde nog steeds de kou van de winter voelen en Byron wist dat zijn schouders die avond zouden vastzitten en pijn zouden doen. Dat het er, met de vriend van zijn zus als permanente logé, bovendien niet in zat dat hij in bad zou kunnen.

Ze zou over vier weken vertrekken, had ze tegen hem gezegd. Lily en zij zouden bij Jason gaan wonen aan de andere kant van het dorp. 'Je wist dat we niet voor altijd konden blijven,' zei ze verontschuldigend. 'Vooral met Lily's borst en die vochtige muren. In ieder geval ben je weer aan het werk. Je vindt wel iets anders om te huren.'

'Maak je maar geen zorgen, ik red me wel,' had hij tegen haar gezegd. Wat hij niet vertelde was dat de huur van elk huisje dat hij tot dusver had gezien twee keer zoveel was als wat Matt hem betaalde. Bij de ene flat die hij zich misschien had kunnen veroorloven, waren geen honden toegestaan en Meg kon elk moment werpen. De man van de afdeling Huisvesting was bijna in lachen uitgebarsten toen hij geprobeerd had zich er in te schrijven. Blijkbaar werkten ze met een puntensysteem en als gezonde, ongehuwde man zonder uitkering had hij daar ongeveer net zo veel aan als het doorbladeren van de vastgoedsectie van *Country Life*.

'Ik zou wel willen zeggen: ga met ons mee. Maar ik denk dat Jason graag wil dat we in ons eentje opnieuw beginnen...'

‘Maak je niet druk, Jan. Hij heeft gelijk. Jullie moeten proberen een gezinnetje te worden.’ Hij sloeg zijn arm om de schouders van zijn zus. Hij moest er niet aan denken hoe erg hij zijn nichtje en de heerlijke chaos van hun leven samen zou missen. ‘Het zal goed voor Lily zijn om een vader om zich heen te hebben.’

‘En het gaat nu wel weer met jou… toch? Nu alles… nou ja, je hebt een schone lei.’

Hij zuchtte. ‘Ik kan heus wel voor mezelf zorgen.’

‘Dat weet ik. Ik voel me alleen… verantwoordelijk.’

‘Je bent nooit verantwoordelijk geweest.’ Hij keek haar aan, maar geen van beiden sprak uit wat er tussen hen hing.

‘Nou, kom dan op zondag mee-eten. Ik zal elke week een behoorlijk stuk vlees op tafel zetten. Goed?’

Bam! Met toegeknepen ogen tegen de zon bracht hij de hamer weer neer en liet de paal in de aarde dringen. Hij had erover gedacht om naar een andere streek te verhuizen, ergens waar de huren niet zo snel omhooggingen. Maar de advertenties in de boerenbladen vroegen om bevoegde landopzichters, mensen die op een landbouwhogeschool hadden gezeten. Hij kon niet wedijveren met dat soort mensen, zeker niet met zijn verleden. Bovendien begreep hij het land hier, had nog steeds een aantal contacten. En een baan bij Matt McCarthy was beter dan niets.

Byron hief de hamer en terwijl hij hem op de paal wilde laten neerkomen, zag hij vanuit zijn ooghoek een beweging rechts van hem. Er stond een jongen bij de heg. Hij werd erdoor afgeleid en Byron sloeg op zijn duim. Terwijl de pijn door zijn hand schoot, slaakte hij een vloek. De honden sprongen jankend op en toen Byron opkeek, met zijn pijnlijke duim tussen zijn knieën geklemd, was de jongen verdwenen.

Isabel liep altijd met geheven hoofd, haar bijna overdreven kaarsrechte houding was haar manier om het jarenlange buigen van haar kin op haar viool te compenseren. Vandaag hield ze haar hoofd gebogen terwijl ze door het met mos begroeide struikgewas over het bospad naar huis stapte. Wat had haar bezield om naar zo’n visite te gaan? Waarom had ze net gedaan alsof die vrouwen en zij elkaar iets te vertellen hadden? De rest van de ochtend had in het teken gestaan van pijnlijk geforceerde gesprekken. Laura had nog meer over Isabels kinderen gevraagd, maar toen ze bekende dat ze hun kindermeisje ontzettend miste en dat ze niet kon koken, en nee, dat ze geen aanleg voor het huishouden had, hadden ze teleurgesteld geleken. En Isabel was steeds rebelser geworden, in plaats van dat ze zich geïntimideerd voelde en haar mond hield. Ze merkte weinig tactvol op dat ze het huishouden onbevredigend vond, en zag hun mond openvallen alsof ze had gezegd dat haar favoriete gerecht mensenvlees was. 'O, nou ja,' had een vrouw gezegd terwijl ze een hand op haar arm legde, 'nu je gestopt bent met werken, zul je je kinderen echt leren kénnen.'

Isabel trok met een ruk de deur open die ze vergeten had op slot te doen. Ze rende de trap op en haalde haar viool tevoorschijn. Toen liep ze terug naar de keuken, het enige vertrek waar het een beetje warm was, en sloeg een muziekbundel open. Met haar blik op de noten voor zich begon ze te spelen, de noten krassend en kwaad terwijl de strijkstok weinig gracieus over de snaren schraapte. Ze vergat de vochtige keuken, de was die aan het droogrek hing, de vuile ontbijtspullen. Ze vergat de vrouwen aan de andere kant van het bospad en hun nauw verholen afkeer, het ondoorgrondelijke gezicht van Laura McCarthy. Ze richtte zich op de muziek tot ze er volledig in opging, rekte de noten tot haar lichaam zich ontspande. Na een paar pagina's kwam Isabel eindelijk tot rust.

Nadat er enige tijd verstreken was, ze had geen idee hoeveel, stopte ze. Ze trok haar schouders naar achter, liet haar nek eerst naar links en toen naar rechts rollen om de pezen op te rekken en slaakte een diepe, lange zucht. Toen er iemand achter haar in zijn handen klapte, schrok ze en draaide zich met een ruk om.

Matt McCarthy liep naar haar toe. 'Sorry,' zei hij. 'Maar u had de deur opengelaten en ik wilde niet storen.'

Isabel voelde zich kwetsbaar, alsof ze betrapt was op het doen van iets wat niet mocht. Haar vrije hand ging naar haar hals. 'Meneer McCarthy.'

'Matt.' Hij knikte in de richting van haar instrument. 'U legt er uw hele ziel en zaligheid in, hè?'

Ze legde hem voorzichtig op een stoel. 'Het is gewoon... wat ik doe,' zei ze.

'Ik heb de cijfers waar u om gevraagd hebt. Ik dacht dat we ze misschien even konden doornemen als u vijf minuten hebt.'

Het was nog steeds koud buiten en zo kil binnen dat Isabel haar jas aangehouden had, maar Matt McCarthy droeg alleen een grijs katoenen T-shirt. Alles aan zijn voorkomen wees erop dat hij geen last had van de temperatuur. Het krachtige silhouet van zijn bovenlichaam deed haar aan Laurent denken, en ze was even in de war. 'Ik zal even thee zetten,' zei ze.

'Doet uw koelkast het nog niet?' Hij trok een stoel bij de keukentafel vandaan en knikte in de richting van het apparaat dat daar nog stond, onaangesloten en overbodig, aan de andere kant van de keuken.

'Er zijn geen stopcontacten.'

Ze duwde het schuifraam omhoog en haalde een van de flessen melk naar binnen die op de vensterbank stonden.

'Ja, ik denk dat dit vertrek sinds de jaren dertig niet meer gemoderniseerd is.'

Terwijl ze thee zette, haalde Matt een blocnote en rekenmachine tevoorschijn en neuriede terwijl hij met het stompje van een potlood de reeks getallen langsging. Toen ze zat, schoof hij haar de blocnote toe. 'Oké – dit moet er in eerste instantie gebeuren, zoals ik het zie. Het dak moet gerepareerd worden. Er moet eigenlijk een heel nieuw dak op, maar tot die tijd moet het huis waterdicht gemaakt worden. Inclusief materiaal zal het opknappen ervan in de richting komen van dit...' Hij tikte op het blocnote. 'Binnen zal het wat ingewikkelder worden. Er moet door het hele huis een vochtwerende stuclaag komen en de vloeren van de salon en de eetkamer moeten eruit omdat er droogrot onder kan zitten. Minstens acht ramen moeten vervangen worden en van de rest moeten de rotte plekken eruit gehaald en opgevuld worden. En dan is er nog het elektra. Veiligheidshalve zou er hele nieuwe bedrading in moeten.'

Isabel staarde naar de getallen.

'U hebt ook nog een paar structurele problemen. Het is mogelijk dat er beweging in de achtergevel zit. Als dat zo is, moet die gestut worden, al kunnen we ook een paar bomen bij de achtermuur weghalen en het een paar maanden aanzien, kijken of dat helpt. Dat kost u zo'n...' Hij zoog op zijn tanden. Toen glimlachte hij geruststellend. 'Weet u wat, laten we het daar voorlopig niet over hebben.' Matts stem begon weg te sterven. Dit kon niet waar zijn. Isabel gebruikte al haar wilskracht om de decimale komma's van plaats te laten verwisselen. 'Er staat hier niets over het warme water en de centrale verwarming. We hebben een bruikbaar bad nodig.'

Matt leunde achterover. 'Ach ja, het warmwatersysteem. Het *pièce de résistance.* U hebt waarschijnlijk al geraden dat de hele boel eruit gesloopt moet worden. Het keukenfornuis is niet krachtig genoeg om op lange termijn te zorgen voor uw verwarming en warm water. U hebt een nieuwe ketel en radiatoren nodig en de helft van de leidingen is gesprongen. Ik ben bang dat het een enorme klus is in een huis als dit. Niet iets wat je halfslachtig kunt doen.' Isabels hoofd tolde. Het warmwatersysteem alleen al zou bijna al het geld opslorpen dat ze overhad van de verkoop van Maida Vale.

'U kunt natuurlijk nog andere offertes opvragen,' zei Matt, die zich blijkbaar bewust was van haar bezorgdheid. 'U kunt dan prijzen vergelijken, en ik voel me niet gegriefd, hoor. Ik heb nog andere klussen liggen.' Hij haalde zijn handen door zijn haar. 'Ik denk alleen niet dat het een stuk goedkoper zal worden dan bij mij.'

'Nee,' zei ze zwakjes. 'Ik zou trouwens niet weten waar ik andere mensen vandaan zou kunnen halen die deze dingen kunnen doen. Dus... laten we de dringende zaken eerst doen en ons later met de rest bezighouden. We kunnen nog wel een poosje zonder behoorlijke verwarming.'

Matt wierp haar een half glimlachje toe. 'Mevrouw Delancey, dit zijn allemaal dringende zaken. Ik ben nog niet eens begonnen aan het opnieuw stuken, de vervanging van het hout, de nieuwe plafonds, schilderen en behangen...' Hij schudde zijn hoofd. 'Er is nauwelijks een vertrek in het huis dat niet helemaal ondersteboven gehaald moet worden.'

Ze bleven enkele minuten zwijgend zitten terwijl Isabel van de schrik van het bedrag probeerde te bekomen.

'Dat is schrikken, hè?' zei Matt na een tijdje.

Isabel ademde langzaam uit. 'Mijn man handelde dit soort dingen altijd af,' zei ze zachtjes. Ze stelde zich voor hoe Laurent naast haar zat en de lijst met getallen doornam, vragen stelde. Hij zou wel weten hoe hij dit had moeten aanpakken.

'Het zou ook een enorm project zijn als hij er wel was,' zei Matt. 'Ik kan niet zeggen hoeveel van dit soort klussen we al gedaan hebben. Als je een huis koopt dat zo verwaarloosd is, dan houdt het nooit op. Zoiets als het schilderen van de Forth-brug, zeg ik altijd.'

Isabel deed haar ogen dicht en weer open. Zo nu en dan had ze het gevoel dat ze in het leven van iemand anders was beland.

'Ik moet u waarschuwen. Dit huis is een ramp. U moet er serieus over nadenken hoeveel geld u bereid bent erin te stoppen.' Hij had zijn ogen tot spleetjes geknepen alsof hij haar iets vertelde wat pijnlijk was. 'Ik bedoel, ik weet niet wat uw financiële omstandigheden zijn,' vervolgde hij, 'maar u moet ook denken aan hoeveel energie u bereid bent erin te steken. Ik kan u tot op zekere hoogte ontlasten, maar u zult er toch nauw bij betrokken moeten zijn. En als u niet zo'n praktisch type bent...'

Ze zou kunnen weggaan, dacht Isabel. Ze zou het Spaanse Huis kunnen verkopen en dan konden ze weg. Hoe erg zou het zijn om in een flatje in Londen te wonen? Zou het erg zijn als ze niet zo mooi zouden kunnen wonen als ze gewend waren?

De toppen van de bomen zwaaiden zachtjes heen en weer in de grijze lucht. Ze zag ineens Thierry voor zich die zich een weg door de tuin baande, een stok zwaaiend in zijn hand. Haar viool lag op de stoel naast haar, glanzend en duur in de armzalige keuken, haar enige band met haar oude leven.

'Nee,' zei ze. 'Ik kan niet met de kinderen van hot naar haar blijven gaan. Hun leven is al zo veranderd. We moeten hier iets van maken.'

Matt haalde zijn schouders op.

Isabel begon vastberadener te klinken. 'We gaan de meest dringende zaken doen. Het huis heeft al zo lang overleefd – het zal nu niet ineens om ons heen instorten, hè?' Ze glimlachte dapper.

Zijn gezicht was zo uitdrukkingloos dat het lastig was om te zien wat hij dacht.

'U moet het zelf weten,' zei hij terwijl hij met zijn potlood op de tafel tikte. 'Ik zal bezuinigen waar ik kan.'

Hij liep nog eens twintig minuten met zijn meetlint in de aanslag en aantekeningen makend door het huis. Isabel probeerde verder te gaan met oefenen in de keuken, maar zijn aanwezigheid maakte het lastig om zich te concentreren. Het geluid van zijn voetstappen en zijn gefluit maakten haar vreemd verlegen en ze speelde haperend en grillig. Ten slotte ging ze het trapje op naar de begane grond en zag hem in de schoorsteen van de eetkamer turen.

'Ik zal een ladder op moeten om daar eens in te kijken,' zei hij. 'Het zou wel eens kunnen dat een van de schoorstenen ingezakt is. Dat is niet erg,' zei hij, 'het is geen grote klus. We kappen hem gewoon uit. Ik zal er niets voor in rekening brengen.'

'Nou, dat is heel vriendelijk. Dank u,' zei Isabel.

'Goed,' zei hij. 'Dan ga ik maar eens wat materialen halen.' Hij knikte naar het raam. 'Hoe is het vanochtend bij ons gegaan?'

Isabel was vergeten dat Laura de vrouw van Matt was. 'O...' zei ze terwijl ze haar handen achter haar rug wrong. 'O... het was heel vriendelijk van Laura om me uit te nodigen.' Ze realiseerde zich te laat dat ze nagelaten had om iets van enthousiasme in haar stem te leggen.

'Huisvrouwenrechtspraak, hè?'

Isabel bloosde. 'Het... ik denk niet dat ik was wat ze verwacht hadden.'

'Trekt u zich maar niks van die lui aan. Hebben de hele dag niks anders te doen dan kletsen over elkaars kussens en gordijnen. Stelletje gordijngluurders. Ik zeg wel eens tegen Laura dat ze te veel tijd met hen doorbrengt.' Hij was bij de deur aangekomen. 'Laat u zich door al die dingen niet uit het veld slaan. Ik sta morgenochtend vroeg weer op de stoep. Als u de spullen uit de eetkamer kunt halen, dan beginnen we daar met de vloer. Kijken wat eronder zit.'

'Dank u,' zei Isabel. Ze voelde zich onverklaarbaar dankbaar. Ze had zijn aanwezigheid in het begin zenuwslopend gevonden. Nu werd ze erdoor gerustgesteld.

'Hé,' zei hij en hij zwaaide naar haar terwijl hij de trap afliep, 'waar heb je anders buren voor?'

Er was geen plek op aarde eenzamer dan een leeg tweepersoonsbed. Het maanlicht viel in schuine banen op het plafond terwijl

Isabel luisterde naar de ruiten die zachtjes in hun sponningen rammelden, naar de roep van wilde dieren in de verte. Ze joegen haar geen angst meer aan, maar ze verlichtten ook niet het gevoel dat ze de enige op de hele wereld was die wakker was.

Eerder die avond, toen ze net in bed was gestapt, had ze gehuil gehoord. Ze was weer opgestaan, had haar ochtendjas aangetrokken en was naar Thierry's kamer gesneld. Hij had het dekbed over zijn hoofd getrokken en wilde ondanks haar smeekbeden niet tevoorschijn komen. 'Praat tegen me, schat,' had ze gefluisterd. 'Praat alsjeblieft tegen me.' Dat deed hij niet. Maar ja, hij hoefde ook niet. Ze had haar hand op hem gelegd en het gedempte schokken van zijn snikken gehoord tot zijn tranen de hare werden. Uiteindelijk was ze naast hem gaan liggen en had haar lichaam om het zijne gekruld. Toen hij eindelijk sliep, had ze het dekbed van zijn gezicht gehaald, hem een kus op zijn wang gegeven en was bijna met tegenzin de wankele trap naar haar eigen kamer opgegaan.

Ze stond nu op haar blote voeten in haar kamer en voelde de ruwe vloerplanken tegen haar voetzolen terwijl ze naar het vreemd verlichte landschap buiten staarde. De bomen in de verte waren een donkerpaarse afgrond geworden. De schaduwen, de muren en pilaren rond het huis verschoven in het halflicht. Iets donkers en snels rende een pad over en verdween in de duisternis. Ineens zag ze hem; hij kwam op haar afgestapt met zijn colbertje over zijn schouder. Toen was hij weg, een spookachtige speling van haar fantasie.

'Laurent,' fluisterde ze en ze trok haar ochtendjas strak om zich heen terwijl ze in het koude bed stapte. 'Kom terug.'

Ze probeerde zich voor te stellen hoe hij naast haar in bed stapte, het matras dat een beetje indeukte onder zijn gewicht, het kraken van de veren, het troostende gewicht van zijn arm over haar middel. Haar eigen handen op de zijde van haar ochtendjas waren te klein, te fijn. Er was geen gewicht, geen betekenis achter haar aanraking. Ze voelde de lege ruimte van linnengoed naast zich, het koude kussen. Ze hoorde de stilte van de kamer zonder de ademhaling van iemand anders. Ze stelde zich Matt voor, aan de andere kant van het pad, zijn sterke lichaam tegen dat van zijn vrouw, zijn armen om haar heen, Laura die glimlachte in haar halfslaap. Ze zag alle andere stellen die ademden, tegen elkaar fluisterden, hun handen verstrengeld, huid op huid. Niemand zal de mijne ooit meer aanraken, dacht ze. Niemand zal meer van me genieten zoals hij dat deed. En ze werd overspoeld door een golf van verlangen die zo sterk was dat ze dacht dat ze zou stikken.

'Laurent,' fluisterde ze in het donker terwijl de tranen uit haar gesloten ogen drupten, en ze begon tegen de zijde te bewegen. 'Laurent,' huilde ze terwijl haar handen muziek probeerden te toveren uit een lichaam dat weigerde te luisteren.

Ergens beneden riep Byron Elsie, zijn terriër, bij zich toen hij haar opgewonden in het struikgewas hoorde scharrelen. Hij hief zijn zaklantaarn, liet het licht voor zijn voeten heen en weer zwaaien en keek naar de schaduwen van diertjes die het donkere bos in schoten. De jongens in de pub hadden hem verteld dat stropers in dit deel van het bos vallen hadden uitgezet en hoewel hij wist dat zijn hondje te slim was om erin te lopen, wilde hij ze leeghalen voor een ander het deed. Je vergat nooit de eerste keer dat je een vos of een das zag die dagenlang in een val had gezeten en zijn eigen poot had geprobeerd door te bijten om zich te bevrijden. Bovendien was het beter om buiten te zijn met zijn honden dan in een leeg huis te zitten tobben over zijn toekomst.

Zijn telefoon ging en hij haalde hem uit zijn zak terwijl hij Elsie terugfloot. Ze ging half op zijn laars zitten.

'Byron.'

'Ja?'

Matt nam niet meer de moeite om zijn naam te zeggen. Het was alsof hij vond dat Byron zijn bezit was, zelfs op dit tijdstip. 'Ben je klaar met die palen?'

Byron rolde met zijn nek. 'Ja.'

'Goed. Morgen moet je me helpen de vloerplanken van de eetkamer in het Spaanse Huis los te halen.'

Byron dacht een ogenblik na. 'De eetkamer? Dat is toch het enige goede vertrek in het huis?' Het was een grapje onder de plaatselijke bevolking geweest – het enige behoorlijke vertrek van Pottisworth was de kamer die hij al tientallen jaren niet meer gebruikte.

Er viel een korte stilte. 'Wie zegt dat?'

'Nou, steeds als ik binnen was –'

'Wie is hier de aannemer, Byron? Jij of ik? Weet jij zo veel van droogrot en bruine rot? Heb je dat geleerd toen je in de bak zat?'

'Nee.'

'Ik zie je daar om halfnegen. En de volgende keer dat ik je mening over bouwwerkzaamheden wil horen, dan vraag ik er wel om.'

De ruimte voor de smalle lichtbundel van zijn zaklantaarn was pikzwart, het terrein ondoorgrondelijk. 'Jij bent de baas,' zei Byron.

Hij klapte zijn telefoon dicht, stak hem diep in zijn zak en sjokte vermoeid de wildernis in.

9

Kitty ging in de zinken teil zitten, trok haar knieën op tot aan haar borst en legde haar nek op de handdoek die ze opgevouwen achter zich had gelegd. De handdoek raakte doorweekt, maar het was de enige manier waarop je je kon ontspannen in een zinken bad zonder dat je hoofd eraf rolde. Dat, en je knieën optrekken zodat je kuiten niet over de rand hingen waardoor je bloedsomloop werd afgekneld. Ze had het elektrische kacheltje vlakbij staan zodat, wanneer het water afkoelde, wat het heel snel deed, ze niet nog eens twintig minuten zat te rillen als het tijd was om eruit te gaan. Haar moeder beweerde dat Kitty zich zou elektrocuteren, maar gezien de staat van het huis, liep ze hier net zo veel risico als ergens anders.

Ze hoorde buiten een auto, en besloot dat het tijd was om te beginnen aan het moeizame proces van het bad leegmaken dat ze natuurlijk weer te vol had laten lopen. Ze bedacht dat ze een afvoerputje nooit meer als een vanzelfsprekendheid zou zien. De hele slopende eentonigheid van eindeloos emmers in de teil laten zakken tot hij leeg genoeg was om hem te kunnen optillen maakte dat je hem überhaupt niet wilde laten vollopen. Ze hoorde Matts stem beneden terwijl ze een handdoek om zich heen sloeg. Hij zei iets over het ontbijt, dat mam koffie moest zetten en lachte om een grapje dat ze niet gehoord had.

De meeste mensen klaagden over verbouwingen. Kitty herinnerde zich de moeders op haar oude school die klaagden over het stof en het vuil, de kosten en de rommel. Ze spraken erover alsof het een beproeving was die nu eenmaal moest worden ondergaan. Als een operatie.

Ze waren nu bijna tien dagen bezig, en ondanks de chaos, het feit dat ze niet in een rechte lijn naar beneden kon lopen zonder uit te kijken voor ontbrekende vloerdelen of een gesprek kon voeren zonder onderbroken te worden door het krakende geluid van planken die van steunbalken losgetrokken werden of van getimmer, genoot ze ervan. Het was fijn om andere mensen in huis te hebben en niet alleen zij en mam die altijd ergens anders was met haar gedachten en Thierry die überhaupt nooit meer iets zei.

Matt McCarthy kletste altijd met haar alsof ze ouder was dan ze was, en ze herkende zijn zoon van school. Ze vond het lastig om een vertrek binnen te gaan waar Anthony was, omdat ze om de een of andere reden om zijn aanwezigheid moest blozen en niet goed wist wat ze moest zeggen. Ze wou dat een van haar vriendinnen er was zodat ze konden zeggen of hij nu echt een stuk was, of dat ze het zich verbeeldde.

Toen Matt en zijn zoon die eerste ochtend kwamen, schaamde ze zich dat Anthony zag hoe het huis eruitzag, dat hij wel moest denken dat ze altijd zo gewoond hadden. Ze wilde zeggen: 'Vroeger woonden we in een normaal huis, weet je. Met een koelkast.' Mam stopte het spul dat koel bewaard moest worden nu in mandjes die ze aan het metselwerk buiten de keukenramen hing zodat de vossen er niet bij konden. Hun fruit hing in oranje netjes om ze te beschermen tegen muizen en Kitty vond het ergens wel leuk omdat hun huis er vanbuiten een beetje uitzag als een peperkoekhuis, iets uit een sprookje. Aan de andere kant vond ze het ook vernederend. Wie had zijn eten nu buiten hangen? Ze was als de dood dat Anthony iets op school zou zeggen en dat iedereen haar zou uitlachen, maar tot dusver had hij niets gezegd.

Vorige week had Matt, toen hij ontdekte dat ze op dezelfde school zaten, een keer gezegd: 'Waarom neem je Kitty niet een keer mee uit, joh? Je zou naar de stad kunnen gaan, haar een beetje wegwijs maken.' Zomaar. Alsof het niets was. Anthony had zijn schouders opgehaald alsof hij het misschien wel zou doen, maar zij had niet geweten of hij dat gedaan had omdat hij het wel wilde of om zijn vader een plezier te doen. 'Ik durf te wedden dat je het leven hier een beetje saai vindt na Londen,' zei Matt toen ze hem een beker thee bracht – alsof ze altijd in clubs had rondgehangen en zo. Ze had durven zweren dat Anthony zijn wenkbrauwen had opgetrokken en daar moest ze ook weer om blozen.

Byron, die alleen de eerste twee dagen was gekomen en daarna weer buiten aan het werk was gegaan, zei amper iets. Hij had onbeholpen geleken in het huis, alsof hij meer geschikt was voor buiten. Hij was langer dan Matt en best knap, maar hij keek nooit iemand recht aan. 'Byron is onze grote prater, hè, maat?' grapte Matt, maar Byron glimlachte alsof hij het niet grappig vond.

Mam was het grootste deel van de tijd nogal gestrest. Ze vond het niet prettig dat de radio van de bouwvakkers altijd maar aanstond. Ze had niets met popmuziek en pap had altijd gezegd dat het een vorm van vervuiling was om muziek op de achtergrond te laten murmelen, maar ze leek niet te durven vragen of ze hem wilden uitzetten. Ze was gedwongen uit de ouderslaapkamer weg te gaan omdat die ingrijpend moest worden verbouwd en was naar de bergruimte verhuisd. Daarom ging ze het dak op om te spelen – de enige plek, zei ze, waar ze stilte kon vinden. Als Kitty naar buiten ging en boven de viool hoorde en beneden de radio van Matt McCarthy, dan klonk het als een wedstrijd.

Thierry scheen er niets van te merken. Hij bracht het grootste deel van de tijd die hij niet op school zat in de bossen door, en mam had gezegd dat ze hem maar met rust moest laten. Kitty had hem bij zijn kraag gevat om te vragen wat hij daar dan deed, maar hij had alleen zijn schouders opgehaald. Kitty begreep nu voor het eerst waarom mam en pap schouderophalen zo irritant vonden.

Op de verdieping boven haar ontvouwde Matt McCarthy de bouwtekeningen die Sven anderhalf jaar daarvoor gemaakt had en hield ze tegen het licht dat door het raam op de overloop naar binnen viel. Hij probeerde te beslissen welke onderdelen van hun zorgvuldig bedachte renovaties hij binnen de wet kon doen. Sommige dingen, zoals de uitbouw aan de achterkant, waren nog niet mogelijk. Andere, zoals het verplaatsen van de badkamer, de ouderslaapkamer en de nieuwe ramen op de bovenste verdiepingen konden beschouwd worden als onderdeel van doodgewoon reparatiewerk. Het had weinig zin om iets in de keuken te doen tot hij wist of ze een vergunning zouden krijgen voor de uitbouw, maar er was voor die tijd nog genoeg basiswerk te verrichten. Eerlijk gezegd, dacht Matt, kon je rustig stellen dat er nog maandenlang opknapwerk te doen was. Tegen aanzienlijke kosten.

Hij snoof de vertrouwde geuren van het oude huis op, ineens dankbaar voor de wending die de gebeurtenissen genomen hadden. Het was een genoegen om hier te werken. Binnen de muren van het oude huis had hij het gevoel dat hij de controle teruggekregen had over zijn leven en over iets wat hem afgenomen was.

Hij rolde de tekeningen op en stopte ze voorzichtig in de kartonnen koker, deed het deksel erop en was bezig ze in zijn tas te steken toen Byron boven aan de trap verscheen. Voor een man van zijn lengte verplaatste hij zich stilletjes – te stilletjes naar Matts zin.

'Nou,' zei Byron. 'Waar beginnen we vandaag?'

'Goeie vraag. En er zijn wel een miljoen antwoorden mogelijk.'

'Hoe gaat het met het huis?' Asad was met een zachte doek in zijn lange, zwarte vingers appels aan het oppoetsen. Kitty zat op het krat bij de vrieskist en dronk van haar thee. 'Ik heb gezien dat meneer McCarthy er bijna elke dag is.'

'En zijn zoon. En Byron, maar die komt niet elke dag.'

'Wordt het al beter? Is het al comfortabeler?'

'Dat zou ik niet direct zeggen.' Kitty snoof – Henry had olijfbrood gebakken en het rook heerlijk. Ze hoopte half en half dat ze haar een sneetje zouden aanbieden. 'Ze hebben er wel een hoop uit gesloopt.'

'Ik heb gehoord dat er niet veel is dat de moeite van het bewaren waard is.' Henry kwam binnen en legde twee broden voorzichtig in de broodmand. 'Zitten er nog originele elementen in?'

Kitty trok een gezicht. 'Ik zou het niet weten. Ik denk dat spinnen het belangrijkste element zijn. Ik vond er gisteravond een in mijn sokkenlade. Hij was zo groot dat ik dacht dat hij op zoek was naar een paar sokken om aan te trekken.'

Asad hield zijn hoofd schuin. 'En hoe gaat het met je moeder?' Hij zei het op een manier alsof er iets mis met haar kon zijn.

'Het gaat wel. Ze maakt zich zorgen over wat het allemaal gaat kosten. Ze zegt dat het veel duurder is dan ze gedacht had.'

'Matt McCarthy zal het niet voor een koopje doen,' zei Henry en hij snoof.

'Mam zegt dat hij de helft uit de goedheid van zijn hart doet.'

Henry en Asad keken elkaar even aan. 'Matt McCarthy?'

'Ze zegt dat we boffen met zulke goede buren en dat we behoorlijk in de penarie zouden zitten als dit in Londen was gebeurd. Hij doet alles om de kosten zo laag mogelijk te houden.' Ze ging wat dichter bij het brood staan. Het was een eeuwigheid geleden sinds ze ontbeten had.

'Wil je er een? Je mag het de volgende keer wel betalen, als je wil.' Asad gebaarde naar het brood.

'Echt? Ik zal morgen geld meenemen. Ik zie er zo tegenop om helemaal terug te gaan om mijn portemonnee te halen. En van mam mag ik niet meer met de auto.'

Asad schudde zijn hoofd alsof het niets uitmaakte. 'Zeg, Kitty, heeft Matt... iets gezegd over de geschiedenis van het huis?'

Kitty was te druk bezig haar duim in het brood steken om te zien hoe Henry naar zijn vriend keek. 'Nee,' zei ze afwezig. Waarom was geschiedenis toch zo'n obsessie voor de mensen hier?

'Nee, natuurlijk niet,' zei Asad. 'Ik zal even een zak voor je pakken.'

Byron zwierf al bijna een halfuur door het bos toen hij ontdekte waar Elsie naar liep te kijken. Ze was uit haar doen sinds Meg, zijn collieteefje, de week ervoor een nest had gekregen en hij had haar voortdurende gejank daaraan toegeschreven. Nadat hij de bijl in de jonge es had gezet en de omgevallen stam op een stapel andere stammen had gegooid, ving hij een blauwe flits op en zag wat de hond steeds zag.

De jongen volgde hem al een paar dagen. Terwijl Byron voor de fazantenkuikens zorgde, het schrikdraad aanlegde, of zoals nu het bos tussen Matts huis en het Spaanse Huis aan het uitdunnen was, had hij gemerkt dat hij een kleine, bleke schaduw had. De jongen observeerde hem vijftien, twintig seconden achtereen, half verscholen achter bomen of bosjes, en verdween zodra het er op leek dat Byron zijn richting zou uitkomen.

Hij had zich algauw gerealiseerd wie hij moest zijn. Hij keerde zich weer naar de stomp en boorde er een paar gaten in met zijn draadloze elektrische schroevendraaier zodat hij later gif in de wortels kon gieten. Die jonge essen bleven maar terugkomen. 'Heb je zin om me een handje te helpen?' vroeg hij zachtjes, zonder zich om te draaien.

Het bleef stil.

Byron boorde nog zes gaten. Hij voelde de ogen van de jongen op zich gericht. 'Het geeft niet, hoor. Ik heb ook vaak geen zin om te praten.'

Hij bleef voor zich uit kijken, en na een ogenblik hoorde hij lichte voetstappen achter zich. 'Ik zou de hond maar niet aaien. Ze komt wel naar je toe zodra ze dat wil. Als je wil helpen, pak dan maar wat van die kleinere takken. Kijk uit, hoor,' zei hij toen de jongen zich bukte en een bundel in zijn armen nam.

Byron sleepte drie van de jonge boompjes naar de akker. Hij was van plan geweest om ze later op te halen en de dikkere in stukken te hakken en te laten drogen voor haardhout. Maar het had weinig zin om hout te hakken als hij niet wist waar hij zou gaan wonen.

Hij dacht aan de vloerdelen die ze uit het Spaanse Huis hadden gehaald en naast de grote schuur hadden opgestapeld. De meeste waren droog geweest, voorzover hij kon zien, maar hij wist wel beter dan Matts daden in twijfel te trekken.

'Leg daar maar neer,' zei hij terwijl hij naar de stapel wees. De jongen sleepte een boompje door het gras aan de rand van de akker en liet het met een kreun vallen.

'Wil je nog meer helpen?' De ogen van de jongen, onder de donkere wimpers, stonden plechtig. Hij knikte.

'Hoe heet je?' De jongen keek naar zijn voeten. Elsie snuffelde aan zijn sportschoenen en hij keek even naar Byron alsof hij wilde weten of het goed was en bukte zich toen om haar kop te aaien. Elsie rolde op haar rug en onthulde schaamteloos haar roze buik. 'Thierry,' zei hij, zo zachtjes dat Byron hem amper kon verstaan.

'Hou je van honden, Thierry?' Hij liet zijn stem zacht, terloops, klinken.

De jongen knikte verlegen. Elsie grijnsde ondersteboven naar hem met haar tong uit haar bek.

Byron had hem een paar keer in het huis gezien, een schaduw

zelfs in zijn eigen huis, terwijl hij gebiologeerd naar een computerspelletje zat te kijken. Hij wist eigenlijk niet waarom hij iets gezegd had. Hij was een man die de voorkeur gaf aan zijn eigen gezelschap.

'Help me dan maar met nog een paar van die boompjes en als ik klaar ben, vragen we aan je moeder of je mee mag om naar onze pasgeboren hondjes te kijken. Zou je dat leuk vinden?'

De glimlach van het kind overviel hem en hij keerde zich weer naar de omgehakte bomen, nu al onzeker over wat hij had voorgesteld. Onzeker of hij wel verantwoordelijk wilde zijn voor iemands geluk.

'Vrolijk als de nieuwe, nieuwe dag.' Dat waren Thierry's laatste vloeiende woorden geweest. Zijn stem had zelfverzekerd en doordringend geklonken en bij de laatste regel van het gedicht had hij geglimlacht. Hij had er een prijs mee gewonnen en het tijdens de klassenavond aan de ouders voorgedragen. Isabel, zowaar een keer vrij van de verplichtingen van het orkest, had enthousiast op haar plastic stoel zitten applaudisseren en zich zo nu en dan afgevraagd waarom de stoel naast haar leeg bleef. Laurent had haar bezworen dat hij op tijd zou zijn. Ze ergerde zich niet aan zijn afwezigheid, zoals andere vrouwen van wie de echtgenoot niet kwam opdagen, maar had zich in plaats daarvan een beetje superieur gevoeld omdat zíj eindelijk eens de ouder was die erbij was.

'Hij was goed, hè?' fluisterde Mary, die aan de andere kant van haar zat. Een moeder die voor haar zat, draaide zich om en grijnsde.

'Perfect,' zei Isabel stralend. 'Echt perfect.'

Ze had Thierry's blik opgevangen toen hij het podium afliep. Hij had heel even naar haar gezwaaid en zijn best gedaan om de trots op zijn gezicht niet al te zeer te tonen. Ze had zich afgevraagd of ze zou opstaan om hem achter het gordijn op te zoeken, maar uit respect voor de andere opvoerenden – en uit ervaring wetend hoe erg het stoorde als mensen zich zomaar een weg uit het publiek wurmden – was ze blijven zitten. Ze had spijt gekregen van die beslissing. Ze wou dat ze bij hem was geweest voordat de politie achter het podium verscheen, zodat ze hem nog een laatste keer het gedicht had kunnen horen herhalen dat hij wel duizend keer had geoefend. Zijn mooie, zorgeloze achtjarige stem vol schooljongensgemopper en *Star Wars* en vragen om snoepjes en de dagen aftellend tot zijn beste vriendje kwam slapen. Die stem die zei dat hij van haar hield, stiekem, zodat zijn vriendjes het niet konden horen. 'Vrolijk als de nieuwe, nieuwe dag.' Die stem. In plaats van die paar verpletterende woorden van de sombere politieman. Ja, had ze gezegd terwijl ze zich aan Thierry's schouder vastklampte, haar fysieke zelf al begrijpend wat haar geest nog niet kon bevatten. *Ja, ze was mevrouw Delancey. Wat bedoelde hij met een ongeval?*

'Sorry, ik heb het niet goed gehoord.' Isabel stond midden in de keuken met de man die Thierry naar huis had gebracht, zijn handen groen, zijn trui onder de boomschors. Hij herhaalde wat hij had gezegd. 'Wil je mijn zoon naar je huis meenemen om naar een paar puppy's te kijken?'

'Mijn teefje heeft vorige week geworpen. Thierry wilde ze wel zien.' Hij sprak het uit als 'Terry'.

'Je puppy's.'

Byrons gezicht werd strak toen hij de achterliggende vraag hoorde in wat ze zei. 'Mijn zus en haar dochter zijn er ook,' zei hij stijfjes.

Isabel bloosde. 'Het was niet mijn bedoeling om –'

'De jongen heeft me geholpen. Ik dacht dat hij het wel leuk zou vinden om kennis te maken met mijn nichtje en de hondjes.' Zijn stem verhardde zich.

'Hallo, Byron. Ben je klaar?' Matt verscheen achter haar en liet haar schrikken. Hij was een van die mannen die iets uitstraalde wat verderging dan hun fysiek.

Byron had zijn kaken op elkaar geklemd. 'Ik heb er zo'n veertig jonge boompjes uitgehaald, voornamelijk essen. Je moet maar even kijken voor ik er nog meer uithaal.' Hij gebaarde naar zijn hond die de keuken uitliep. 'Ik zei net tegen mevrouw Delancey dat haar zoon naar onze nieuwe hondjes mocht komen kijken. Dat kunnen we misschien maar beter vergeten.'

Ze zag dat hij woedend was. Ze hadden elkaar gedurende de twee dagen dat hij aan het huis had gewerkt nauwelijks gesproken. Hij had een keer bij wijze van groet geknikt en zij, denkend aan het voorval met het geweer, had zich te verlegen gevoeld om er weer over te beginnen.

Thierry keek zijn moeder smekend aan.

'Nou ja, van mij mag het,' zei ze onzeker. Ze deed een stap opzij om Matt de keuken binnen te laten.

'Je zoon is veilig bij Byron, hoor. Naar iemands puppy's gaan kijken betekent in de grote stad iets anders.' Hij schoot in de lach. 'Je moet voortaan wel uitkijken hoe je dat soort dingen verwoordt, Byron.'

'Ik heb geen ogenblik gedacht –' Isabel hield haar hand tegen haar hals. 'Byron, ik wilde helemaal niet suggereren –'

'Het is goed,' zei Byron en hij liep met gebogen hoofd weg. 'Laat die hondjes maar even zitten. Ik moet verder. Tot morgen, Matt.'

Thierry trok aan zijn moeders mouw, maar Byron was al weg. Hij staarde even naar de plek waar de man had gestaan, wierp zijn moeder een blik vol woedende teleurstelling toe en rende de keuken uit. Ze hoorde zijn voetstappen helemaal tot aan de deur die met een klap werd dichtgeslagen.

'Luister maar niet te veel naar wat er over Byron gezegd wordt, hoor,' zei Matt met een twinkeling in zijn ogen. 'Het is een beste man.'

Isabel had amper de tijd om hierbij stil te staan. Ze haastte zich langs hem, nam de treden met twee tegelijk en stormde net op tijd de voordeur uit om Byron met grote stappen naar de verderop gelegen heg te zien lopen. 'Byron!' gilde ze. En toen hij zich niet omdraaide, riep ze weer: 'Wacht! Wacht even!'

Ze was buiten adem tegen de tijd dat ze hem ingehaald had. 'Het spijt me,' zei ze terwijl haar hakken in de natte klei wegzakten. 'Heus. Het spijt me als ik je beledigd heb.'

Hij had eerder een berustende dan een kwade uitdrukking op zijn gezicht. 'Laat Thierry alsjeblieft meegaan.' Ze liet haar handen langs haar zij zakken. 'Hij heeft een moeilijke tijd gehad... hij praat niet veel. Eigenlijk helemaal niet. Maar ik weet hoe graag hij je hondjes wil zien.'

Byrons terriër was naar de rand van de tuin gelopen en wachtte verwachtingsvol op hem.

'Ik ga hem wel even halen,' zei ze, zijn zwijgen als toestemming opvattend. 'Als je vijf minuten wacht, dan weet ik wel waar ik hem kan vinden. Er zijn maar een paar plekken waar hij geneigd is naartoe te gaan.'

'Dat hoeft niet.' Byron knikte in de richting van de verderop gelegen heg, waar een blauwe trui door de taxus schemerde. 'Hij volgde me toch al naar huis.'

Laura McCarthy schilderde de zesde testkleur op een strook van haar slaapkamermuur en deed een stap achteruit. Het maakte niet uit wat voor combinatie van lichte kleuren ze gebruikte, het stond gewoon niet. Geen van de kleuren stond mooi. Geen enkele van de stalen die ze meegenomen had voor nieuwe gordijnen, geen enkele van haar klassieke combinaties. Ze had besloten om de slaapkamer van Matt en haar een opfrisbeurt te geven om haar gedachten te verzetten die bij het verlies van het Spaanse Huis bleven hangen. Op de een of andere manier was het plezier uit het werk verdwenen. De muren waren gewoon hun oude muren en de gordijnen zouden niet het enorme erkerraam omlijsten van de ouderslaapkamer van het Spaanse Huis dat uitkeek over het water.

Ze had haar zinnen op dat huis gezet. Ze had het niet tegen Matt gezegd, omdat ze zijn teleurstelling niet wilde versterken, maar ze had het gevoel dat het haar ontnomen was, alsof er een kraker in haar ouderlijk huis was getrokken. Ze was niet zo melodramatisch ingesteld, maar het was bijna als het verlies van een kind. Tegenover de andere vrouwen doen alsof het haar niets kon schelen, had bovenmenselijke inspanning gekost. Ze had plannen gemaakt voor elke centimeter van dat huis, zag duidelijk voor zich hoe elk vertrek het best kon worden opgeknapt. Het zou prachtig zijn geworden. Maar het was niet zozeer het huis waar ze om treurde. Het was het vooruitzicht van wat het had kunnen worden, hoe ze als gezin binnen de muren ervan hadden kunnen worden.

Laura zuchtte en drukte het deksel weer op het blikje. Haar ogen waren gericht op de lapjesmuur terwijl ze luisterde naar het geluid van het getimmer in de verte dat aangaf dat Matt aan het werk was. Hij was al een paar weken vrolijk, maar ook een beetje afwezig alsof hij met zijn gedachten permanent bij iets anders was. Die ochtend had hij haar een cheque van die vrouw van Delancey gegeven. 'Die kun je maar beter snel verzilveren voordat het geld op is,' had hij opgewekt gezegd. Ze hoopte dat zijn opgewektheid veroorzaakt werd door dit vooruitzicht en niet door iets anders.

De vrouw was zo typisch, zo kwetsbaar. Ze had duidelijk geen idee van wonen op het platteland of het renoveren van een huis. Ze was niet eens goed in praten met mensen. Ze had in die vreemde kleren als een vis op het droge in Laura's voorkamer gestaan. Laura voelde zich wel ontspannen toen ze zag hoe erg de vrouw zich had vergist, maar ze dacht ook heel vaak aan hoe het voor haar moest zijn, met twee kinderen die ze in haar eentje in dat huis moest grootbrengen. Ze had een verloren indruk gemaakt, maar toch ook vreemd fel, alsof ze om het minste of geringste tegen hen had kunnen uitvaren. De Neven zeiden dat ze een frisse wind was, maar ze zeiden over iedereen aardige dingen, al vermoedde ze wel eens dat ze het niet altijd meenden. Steeds als ze in de winkel kwam, keek Asad haar aan met die donkere, halfgeloken ogen die suggereerden dat hij alles van Matt wist, wat haar een onbehaaglijk gevoel gaf. Hij glimlachte dan op een manier die vriendelijk en tegelijkertijd vol medelijden was. Misschien zag hij haar zoals zij zich op die koffieochtend ten opzichte van Isabel Delancey had gevoeld. Matt had erop aangedrongen dat ze bij haar op bezoek zou gaan, maar was daar nu mee gestopt. Misschien had hij gemerkt wat een tegenzin ze voelde. Laura had het gemakkelijker gevonden om op een afstand te blijven. Bedrog lag niet in haar aard. Als mevrouw Delancey haar naar haar mening over het huis had gevraagd, wat zou ze dan in hemelsnaam gezegd hebben?

Ze hoorde gekraak en een gesmoorde klap vanuit het Spaanse Huis komen en vroeg zich af wat Matt aan het doen was. Hij zegt dat het uiteindelijk van ons wordt, dacht ze. Dat is het enige wat ik moet onthouden. Die vrouw is niet geschikt om daar te wonen. En alle middelen zijn toegestaan in de liefde, in oorlogstijd en als het gaat om bezit.

Laura McCarthy trok een gordijn recht. Ze had nog een hoop strijkgoed liggen en Ruby, de werkster, kreeg de vouwen nooit in Matts overhemden zoals hij ze wilde.

10

Terwijl het voorjaar overging in de vroege zomer, nam Isabels dag een bepaalde routine aan – niet het soort dat ze ooit had verwacht, maar er was nog maar weinig in haar leven nu dat in de verste verte leek op wat ze had kunnen voorzien. Elke ochtend stuurde ze de kinderen het weggetje op naar de schoolbus. Na een verkwikkende kop koffie maakte ze de bedden op, viste verdwaalde sokken op, sjouwde een wasmand mee naar de nieuwe wasmachine en daarna, als het goed weer was, hing ze de was aan de lijn. Ze ruimde de ontbijtspullen op, beantwoordde de post, probeerde te bedenken wat ze voor het avondeten zou klaarmaken en veegde of stofzuigde het eindeloze spoor van voetstappen weg dat het huis in- en uitliep.

Ze zette de eerste van hun eindeloze koppen thee voor Matt en wie van de mannen hij ook meegenomen had en probeerde antwoorden te bedenken op de vele vragen waar ze tot op dat moment nog nooit over had nagedacht: waar wilde ze de nieuwe lichtschakelaars? Wat voor soort lampenfittingen? Hoe breed moest deze opening? Ze bedacht dat ze zich van haar leven nog nooit zo verveeld had en werd zich steeds meer bewust van de inspanningen die Mary zich getroost had terwijl zij opging in haar muziek. En al die tijd wachtte ze ongeduldig op een stil moment waarop ze kon spelen, een tijd waarin ze haar hoofd kon leegmaken en stilstaan bij het feit dat ze meer was dan de huissloof die ze nu was geworden.

Ze vermoedde dat haar kinderen wel blij waren met deze nieuwe ouder. Ze kon nu een aantal gerechten redelijk goed klaarmaken, had de oostkant van het huis aangepast zodat de kamers die niet in plastic of steigers gehuld waren, iets huiselijks hadden. Ze hielp zo veel mogelijk met het huiswerk. Ze was er de hele tijd.

Wat ze niet wisten, was dat ze zich mateloos ergerde aan het feit dat het werk nooit af was. Ze had iets nog niet gepoetst of het was alweer vuil. Ze vond kleren, ook als die nauwelijks gedragen waren, gekreukt in lades terug, waarop ze tegen Kitty en Thierry uitvoer en vervolgens zichzelf haatte om haar gekijf. Op een keer toen ze zich zo stierlijk verveelde bij het ophangen van weer een lijnvol met was dat ze er bijna gek van werd, had ze zich eenvoudigweg omgedraaid, had de mand laten vallen en was rechtstreeks het meer ingelopen. Ze was alleen even gestopt om haar schoenen uit te trekken. Het water was zo schokkend koud dat het haar de adem benomen had, en ze had moeten lachen van pure vreugde omdat ze weer iets voelde. Matt had samen met zijn zoon op de steiger gestaan en ze hadden allebei vol verbazing naar haar staan kijken.

'Is dit jouw manier om me duidelijk te maken dat ik moet opschieten met de badkamer?' had hij gegrapt en ze had klappertandend geknikt.

Ze vroeg zich wel eens af wat Laurent zou zeggen als hij haar met rubberhandschoenen aan een pan zou zien schrobben waarin ze iets had laten aanbakken. Of wanneer hij haar vloekend achter een roestige grasmaaier zag lopen in een vergeefse poging om orde in de tuin te scheppen. Zo nu en dan zag ze hem met een geamuseerd lachje op een meubelstuk zitten: *'Alors, chérie! Mais qu'est-ce que c'est?'* Dit alles was niet te vergelijken met de groeiende lijst problemen die uit Matts werk voortkwamen. Het leek wel alsof hij steeds als ze hem tegenkwam met het uiteinde van zijn balpen in een stuk rottend hout stond te porren, of een roestend goedje tussen duim en wijsvinger wreef. Het huis verkeerde in een nog slechtere staat dan ze had gedacht.

Elke dag bracht een nieuwe vervelende verrassing met zich mee: houtworm in steunbalken, lekkende leidingen, een stuk van het dak dat vervangen moest worden. Matt legde haar het probleem dan met tegenzin voor, waarna hij er geruststellend aan toevoegde: 'Maak je geen zorgen, we bedenken wel iets.' Hij deed het voorkomen alsof elk probleem overkomelijk was en had iets kalms en capabels over zich dat magnetiserend werkte. Er was weinig, vertelde hij haar troostend, dat hij niet eerder gezien had, laat staan iets wat niet verholpen kon worden. Tot dusver had ze bijna de helft van haar spaargeld uitgegeven aan materialen. Het hout, de elektrische bedrading, gipsplaten en leisteen lagen in keurige stapels in de bijgebouwen, naast overvolle stortplaatsen, alsof het huis een bouwwinkel was.

Hij had haar gewaarschuwd dat ze er maanden zouden zijn. 'We zullen proberen jullie niet voor de voeten te lopen,' zei hij. Na een week wist ze al dat dit niet mogelijk zou zijn. Overal hing stof, dat niet alleen in elk oppervlak drong maar ook in elke kier en plooi van hun lichaam. Kitty's ogen waren rood en Isabel nieste onophoudelijk. Al het eten moest afgedekt worden en nu en dan liep Isabel een kamer binnen waarvan de vloer ontbrak of waaruit een deur weggehaald was. 'Het betekent in ieder geval dat er iets gebeurt, mam,' zei Kitty die zich verrassend weinig aantrok van de chaos, 'en uiteindelijk zal het een echt huis zijn.'

Isabel probeerde dat idee in gedachten te houden wanneer ze haar blik liet dwalen over de rommelige bouwplaats die ze bewoonden. Ze probeerde zich niet af te vragen wanneer het geld zou opraken.

Isabel zat met een enorme doos reçu's en bankafschriften op de bank, met haar benen onder zich gevouwen. Zo nu en dan fronste ze haar voorhoofd, hield twee papieren omhoog alsof ze ze vergeleek en gooide ze vervolgens ten einde raad neer. Kitty, die met haar huiswerk worstelde, probeerde haar te negeren. Thierry zat in de leunstoel, vastgeklonken aan een computerspel, en alleen zijn duimen bewogen. Meneer Granger was beneden bezig een van de rookkanalen van een nieuwe bekleding te voorzien. Boven waren Matt, Byron en Anthony iets groots aan het doen – dat nam Kitty tenminste aan: het boren deed de rest van het huis op zijn grondvesten trillen en de stofwolken bleven naar beneden zweven, als de sinistere adem van een duivels wezen. En al die tijd regende het en hingen de wolken laag en grauw als een extra deprimerende laag over het toch al sombere huis. Het water drupte met een melancholiek, onregelmatig ritme in emmers in de hal en een van de slaapkamers.

'O!' riep Isabel, die de doos van zich vandaan schoof. 'Ik kan geen rij getallen meer zien! Hoe je vader hier toch dag in, dag uit mee bezig kon zijn, is me een raadsel.'

'Ik wou dat hij me met mijn wiskunde kon helpen,' zei Kitty triest. 'Ik snap er helemaal niks van.'

Isabel rekte zich uit, liep naar haar toe en gluurde over haar schouder. 'O schat, het spijt me, maar ik heb ook geen flauw idee. Je vader was echt de slimmerik.'

Terwijl ze hierbij stilstonden, gleed Thierry uit zijn stoel en liep naar het raam. Hij begon met zijn vuisten tegen de gordijnen te stompen zodat de stofwolken opstegen.

'Niet doen, T.,' zei Kitty geïrriteerd.

Thierry stompte nog harder en liet expres grote poederwolken de lucht in stuiven.

Kitty trok een boos gezicht. 'Mam!' protesteerde ze.

En toen Isabel niets deed: 'Mam! Kijk hem nou toch eens!'

Zijn moeder liep naar hem toe, aaide hem met een bleke hand over zijn hoofd en zei terwijl ze naar het rode fluweel keek: 'Wat zijn ze afschuwelijk, hè? Misschien moet ik ze eens goed schudden om het ergste eruit te krijgen.'

'O nee, niet nu –' begon Kitty, maar het was al te laat. Haar moeder schudde stevig aan de gordijnen zodat er grote stofwolken door de kamer dreven en Thierry begon te hoesten.

'Rustig maar,' zei Isabel terwijl ze ze heen en weer zwaaide, 'ik stofzuig straks wel.'

'Je bent niet te geloven –' Kitty snakte naar adem toen de zware gordijnroe uit het pleisterwerk raakte en op de vloer terechtkwam, met een flink stuk muur er nog aan. Haar moeder bedekte haar hoofd met haar handen toen er brokken stucwerk naar beneden kwamen en de gordijnen bollend om haar heen neerdaalden. Na een ontzette stilte waarin Kitty naar de grote gaten boven het raam keek waar je de bakstenen doorheen kon zien, begon Isabel te giechelen.

'O mam... wat heb je gedaan?' Kitty kwam naar haar toe om de schade op te nemen.

Isabel schudde het stof uit haar haar. 'Ze waren afschuwelijk.'

'Ja, maar het waren tenminste gordijnen. Nu hebben we niets.'

Haar moeder kon zo irritant zijn. Ze liep nu naar de cd-speler. 'Het kan me niets schelen, Kitty. In het grote geheel zijn het alleen maar gordijnen. Ik word de hele dag overladen met stomme gordijnen en rekeningen en huishoudelijke dingen. Ik heb er genoeg van. Laten we eens wat muziek draaien.'

Boven was het gebonk opgehouden. O nee, mompelde Kitty in stilte. Nu alsjeblieft niet. Niet terwijl Anthony hier is. 'Mam, ik moet mijn huiswerk maken.'

'En je moet ook plezier maken. Ik zal je straks met je huiswerk proberen te helpen. Kom op, Thierry, maak eens een gordijn los. Ik weet waarvoor we ze kunnen gebruiken.'

Haar moeder liep bij de stereo vandaan en Kitty hoorde de eerste noten van *Carmen* van Bizet. O nee, dacht ze. Nee, niet doen. Maar Isabel zat op haar hurken bij Thierry en trok een van de gordijnen om haar middel.

'Toe, mam...' zei Kitty. Na een paar noten ging haar moeder al helemaal in de muziek op. Ze wervelde rond in haar nieuwe rode outfit en zwiepte hem om haar schouders toen de aria zijn onstuimige hoogtepunt bereikte. Thierry raapte het andere gordijn op en deed haar na terwijl zijn mond de woorden vormde die hij niet langer hardop zei. Kitty liep geërgerd naar de andere kant van de kamer om de muziek uit te zetten, maar zag hoe haar moeder glimlachte toen ze Thierry zag dansen, en wist dat er geen redden meer aan was. Ze bleef met haar armen over elkaar geslagen staan terwijl zij al mimend om elkaar heen zwierden en ze hoopte dat het niet te lang zou duren en dat niemand naar beneden zou komen.

Natuurlijk kwam Anthony. Byron kwam als eerste met een lading afvalhout op zijn schouder naar de trap. Anthony bleef in de deuropening staan, met zijn wollen muts diep over zijn ogen getrokken, en tuurde door de kamer met een hamer in zijn hand. Kitty ving zijn blik op en onderdrukte de neiging om zich onder de bank te begraven. Het was het meest gênante wat haar ooit overkomen was. Tot haar moeder hem zag en met de kreet 'Hé! Anthony!' een gordijn naar hem toewierp. 'Stierengevecht!' riep ze en Thierry bracht zijn vingers naar zijn hoofd.

Kitty kwam tot de conclusie dat ze gewoonweg dood wilde. Stierengevecht was het spelletje dat ze met hun vader hadden gedaan:

hij zwaaide met een handdoek, Thierry en zij vielen aan en hij deed een stap opzij. Haar moeder kon geen stierengevecht doen. Het klopte niet. En Anthony zou iedereen op school vertellen dat ze gek waren.

Maar hij liet zijn hamer vallen, ving het gordijn op en begon er meteen mee te zwaaien om Thierry uit te dagen. Thierry, misschien opgezweept door de aanwezigheid van een andere jongen, werd steeds stieriger. Naarmate de muziek in toonhoogte en vuur toenam, stormde hij door de woonkamer zodat kleden en tafeltjes her en der vlogen en Anthony een paar keer op de bank moest springen. Haar moeder stond in de hoek bij de stereo, slap van het lachen. Thierry loeide en schraapte met zijn voet over de grond. En Anthony grinnikte terwijl hij zijn gordijn met een zwierige zwaai opzij zwiepte. '*Olé!*' schreeuwde hij en ineens schreeuwde Kitty mee. En voor het eerst in eeuwen, te midden van het lawaai en het geschreeuw en iedereen die lachte, was ze gelukkig – echt gelukkig. Haar moeder had het andere gordijn weer gepakt en zwaaide het op de maat van de muziek mee. Kitty probeerde het van haar af te pakken en ze hadden allebei plezier met het getouwtrek om dat stuk vergane rode stof. Toen er een klap van boven klonk die hard genoeg was om de verdieping onder hen te laten trillen, stopte alles. De cd sprong op herhalen en Isabel liep erheen om hem uit te zetten. 'Wat was dat in godsnaam?' zei ze, en er kwam nog een, wat minder harde, klap, gevolgd door een gesmoorde uitroep.

Het gordijn zakte rond Kitty's voeten terwijl iedereen naar de trap rende en op de overloop bleef staan. Daar kwamen wolken kalk uit de deur van de ouderslaapkamer gestoven en Matt kwam tevoorschijn, hoestend en in zijn ogen wrijvend. 'Jezus. Dat is maar net goed gegaan,' zei hij. 'Een paar minuten eerder en hij had wel op Anthony terecht kunnen komen.'

Anthony staarde de kamer in. Ook hij was geschrokken en zag grauw – omdat hij wit wegtrok toen hij zag wat er gebeurd was of omdat hij onder het stof zat. Isabel legde haar hand over haar mond en neus en ging naar binnen, ondanks Matts waarschuwing. Kitty liep achter haar aan.

Het plafond was weg. Waar ooit een glad gepleisterd plafond had gezeten, zat nu een gat waar van alles uitstak en waardoor je het plafond van de lege zolderkamer erboven kon zien. Midden in de kamer lag een enorme stapel hout en pleisterwerk, waar de balken uitstaken. Daar stond het bed van mam, dacht Kitty. Dat had ze allemaal op zich kunnen krijgen.

'Ik haalde de fitting weg om het elektra te controleren,' zei Matt, 'en het hele zaakje ging *wam*, steunbalken en al. We hadden allemaal geraakt kunnen worden. Iedereen had geraakt kunnen worden.'

Het gezicht van meneer Granger zag rood van het hollen. 'Godzijdank zijn jullie allemaal ongedeerd,' zei hij. 'Ik dacht dat het hele huis zou instorten. Mijn ouwe rikketik gaat er nog van tekeer.'

'Zijn we veilig?' vroeg Isabel.

'Wat?' zei Matt.

'Is dat het – alleen maar rotte vloerbalken? Komt er niets anders naar beneden?' Haar ogen boorden zich in die van hem.

Matt zei niets.

'Ik heb nog nooit een vloerbalk zo naar beneden zien komen,' zei de oude man.

'Dat is het toch, hè?' drong Isabel aan. 'De rest is in orde. Het was alleen die kamer.' Kitty zag dat ze haar viool vasthield. Die had ze natuurlijk gepakt toen ze dacht dat het huis instortte.

Er viel een korte stilte. Zeg iets, dwong ze Matt in gedachten. Zeg het nu.

'Het zou goed moeten zijn,' zei Anthony vanachter haar. 'Ik begrijp het niet. Alle andere vloeren boven zijn goed. Ik heb ze zelf gecontroleerd. Het was alleen deze ene.'

'Ja, Anthony, maar jij hebt niet voldoende ervaring om dat met zekerheid te kunnen zeggen,' zei Matt.

'Ik weet zeker –'

'Ga je nu al met garanties lopen zwaaien, joh? Jij weet voor honderd procent zeker dat dit huis zo solide als wat is?' Hij keek zijn zoon aan alsof hij hem tartte om iets anders te beweren.

'Wat bedoel je, Matt?'

Het bleef even stil.

'Ik kan niets anders beloven, Isabel.' Hij schudde zijn hoofd. 'Ik heb je verteld wat ik van dit huis denk. Ik kan je geen zekerheid verschaffen.'

Kitty wilde net naar beneden gaan toen ze de explosie hoorde. Een luide knal weergalmde tegen de muren.

'Wat is dat in godsnaam –' Isabel brak haar zin af.

Het was alsof alle lucht uit het huis gezogen werd. Matt, zijn haar wit van de kalk, rende naar de trap. Kitty en haar moeder vlogen achter hem aan. O, god, dacht ze. Dit huis wordt onze dood nog.

Ze botste tegen Matt op die in de deuropening was blijven staan. Midden in de keuken hield Byron een geweer tegen zijn schouder. Op enkele meters afstand, even buiten de achterdeur, lag een dode rat.

'Godallemachtig, man,' zei Anthony die de keuken binnenkwam. 'Wat ben jij nou aan het doen?'

De ingewanden van de rat lagen felrood over de gebarsten tegel verspreid. Byron leek ook geschrokken. 'Ik kwam alleen naar binnen om de sleutels van de auto te halen en daar zat ie, zo brutaal als wat.'

'Gatsie,' fluisterde Thierry, die ineens opleefde.

Kitty staarde naar het dier, aan de ene kant vol walging en aan de andere vol medelijden. De hand van haar moeder omklemde haar arm. Ze verhief zich tot haar volle lengte. 'Hoe háál je het in je hoofd om met een geweer mijn huis binnen te komen? Ben je gek of zo?' Ze klonk schor.

'Ik heb hem niet meegenomen,' zei Byron. 'Hij is van Pottisworth.'

Isabel bleef stokstijf staan. 'Wat?'

'Hij bewaarde hem boven in die kast. Al jaren.' Byron gebaarde naar de bovenkant van de voorraadkast. 'Ik dacht dat u dat wel wist.'

'Maar waarom schoot je ermee?'

'Dat is een rat. Wat wou u dan – hem vriendelijk verzoeken om weg te gaan? Ratten horen niet in een keuken thuis.'

'Je bent een maniak!' zei Isabel terwijl ze zich langs Kitty drong en hem begon te duwen. 'Mijn huis uit!'

'Mam!' Kitty pakte haar beet. Haar moeder trilde.

'Rustig aan, Isabel,' zei Matt. 'Laten we allemaal even kalmeren.'

'Vertel het hem,' eiste ze. 'Hij werkt voor je. Vertel hem dat je geen geweer kunt afvuren in iemands huis!'

Matts hand lag op haar schouder. 'Strikt gezien zat hij niet helemaal binnen. Maar ja, je hebt wel gelijk. Byron, joh, dat was wel een beetje extreem.'

Byron wreef over zijn achterhoofd. 'Het spijt me. Het leek me gewoon niet veilig, met jonge kinderen in de buurt. Er zijn nooit eerder ratten in dit huis geweest. Nooit. Ik dacht dat als ik het nou even snel...'

'Het was veiliger om een geweer in mijn huis te laten afgaan?'

'Hij zat niet in de keuken,' zei Byron. 'Hij zat in de deuropening.'

Isabel staarde met een wit weggetrokken gezicht naar het dode beest.

'Maak je geen zorgen, mevrouw. Niks aan het handje,' zei meneer Granger sussend. 'Ik ruim 'm wel voor u op. Hé, jongen, geef me eens een stukkie krant. Nou, mevrouw Delancey, ga 'ns effe zitten en neem een kopje thee. U bent behoorlijk geschrokken. Je hoeft je in dit huis nooit te vervelen, hè?'

'Inzakkende vloeren, ratten, geweren? Wat is dit voor een oord?' zei Isabel, tegen niemand in het bijzonder. 'Wat heb ik in godsnaam gedaan?' En terwijl Kitty nog nahijgend van het dansen bleef staan, draaide haar moeder zich om en liep langzaam de keuken uit, alsof er niemand was, met haar viool tegen haar borst geklemd.

Die avond was de muziek die over het water weerklonk uitzinnig, met niets van de gebruikelijke weemoedige schoonheid, maar met hoekige, nijdige noten.

Kitty lag op haar bed en wist dat ze moest opstaan om met haar moeder te gaan praten, maar ze kon zich niet druk maken om Byron of zijn stomme rat. Ze bleef maar denken aan Anthony en zijn rode gordijn, de manier waarop hij naar haar gegrijnsd had, alsof hij haar familie helemaal niet geschift vond. Kitty was voor het eerst bijna blij dat ze hier was.

Henry en Asad bleven onderweg naar huis staan toen de laatste nijdige noot had geklonken.

'PMS,' zei Henry veelbetekenend.

'Ik dacht dat je zei dat ze bij het CSO – het City Symphonia Orchestra – had gezeten,' zei Asad.

Aan de andere kant van het karrenspoor legde Laura McCarthy de laatste hand aan de afwas. 'Die herrie,' zei ze terwijl ze haar handen aan een theedoek afdroogde, 'ik word er stapelgek van. Ik begrijp niet waarom de bossen dat geluid niet dempen, zoals ze bij alles doen.'

'Je had haar eerder moeten horen,' zei Matt, die al de hele avond vrolijk was, zelfs toen ze hem vertelde dat haar auto twee nieuwe banden nodig had. 'Ik heb nog nooit zoiets gezien. Jij wel, Ant?'

Anthony, die tv-keek, maakte een nietszeggend geluid.

'Wat bedoel je?' zei Laura.

Matt trok een blikje bier open. 'Zo zot als een deur, die daar. Met Kerstmis zitten we er, Laura. Let op mijn woorden. Met Kerstmis op zijn laatst.'

11

Er waren niet veel landschappen mooier dan het platteland van Norfolk in het voorjaar, vond Nicholas terwijl hij de laatste paar kilometer naar Little Barton aflegde en langs de vuurstenen huisjes en de skeletachtige naaldbomen reed die alleen wat groen boven in hun spichtige stammen hadden bungelen.

Toegegeven, als je eenmaal de grimmige omgeving van het noordoosten van Londen achter je had gelaten, leek bijna alles groen en schilderachtig. Vandaag, naarmate de reservoirs, industriegebieden en troosteloze rijen hoogspanningsmasten die de grenzen van de stad aangaven steeds verder oplosten, kreeg de weelderige groei van de heggen en het nieuwverworven groen van de bermen iets bijna ondraaglijk pikants. De symboliek ontging Nicholas Trent niet.

De bank was bereid gebleken om hem tot op zekere hoogte te steunen en wilde gedetailleerde plannen zien. 'Fijn je te zien,' had Richard Winters gezegd terwijl hij hem een klap op zijn rug had gegeven. 'Het ware talent verloochent zich niet, hè?'

Hij had zich vele malen voorgehouden dat de vrouw misschien niet eens wilde verkopen. Dat er genoeg andere plekken waren waar zijn plannen net zo goed gerealiseerd konden worden. Maar als hij zijn ogen dichtdeed, zag hij het Spaanse Huis en de landerijen. Hij zag de prachtige vallei, omringd door een natuur zo perfect dat bijna niet voor te stellen was dat het niet uit een plaatjesboek kwam.

En hoewel hij wist dat hij er sneller bovenop zou komen met een kleiner project op een verlaten industrieterreintje in de stad, was hij voor de derde keer in één maand tijd vanuit Londen richting

Little Barton gereisd. Zodat hij opnieuw per ongeluk op de plek kon terechtkomen die hem bezighield, die zich liet zien in de fantastische, technicolor vastgoedbrochures van zijn dromen.

Op het werk had hij niets verteld. Hij verscheen elke dag op het makelaarskantoor, punctueel en beleefd, en onderwierp zich aan dezelfde gestreste klanten, dezelfde onbegrijpelijke veranderingen van gedachten, dezelfde transacties die niet doorgingen en doelen die niet gehaald werden. Derek was steeds chagrijniger geworden – hij was gepasseerd voor de promotie tot rayonmanager – en Nicholas wist dat het laten rondbrengen van folders en halen van koffie zijn manier was om zich op iemand af te reageren. Hij vond het niet erg meer. Eerlijk gezegd genoot hij ervan om van kantoor met zijn onbenullige irritaties en hartstochtelijke jaloezieën weg te zijn, zodat hij zich kon overgeven aan zijn gedachten. Zijn hoofd gonsde van de ideeën.

'Waar ben jíj nou zo vrolijk over?' vroeg Charlotte, alsof ze zich stoorde aan zijn blijdschap.

Twaalf energiezuinige woningen met zonnepanelen en thermische verwarming, wilde hij antwoorden. Vijf luxevilla's, elk op een halve hectare grond. Een buitengewoon luxueus appartementengebouw, elk appartement voorzien van een glazen gevel die een spectaculair uitzicht op het meer bood. Zo veel mogelijkheden, zo veel potentieel dat allemaal van één ding afhing: de weduwe overhalen het te verkopen.

Ik ben altijd een vlotte prater geweest, hield Nicholas zich voor, terwijl hij vaart minderde toen hij het bord naar Little Barton zag. Er is een tijd geweest dat ik ijsblokjes aan eskimo's kon verkopen. Er is geen enkele reden waarom me dit niet zou lukken. Ik moet alleen het juiste bod uitbrengen. Wees iets te gretig en ze zijn ervan overtuigd dat ze een potentiële goudmijn in handen hebben. Bied te laag en ze zijn zo beledigd dat ze het je voor geen goud meer willen verkopen.

Het had geen zin om al zijn hoop op één pand te vestigen, dacht hij, wat een geweldige kans het ook bood. Hij wist beter dan wie ook dat dit de weg was die naar de ondergang leidde. Hij stopte in het dorp terwijl hij al redenerend met zichzelf zijn enthousiasme in toom probeerde te houden. Hij zou vandaag niet naar het huis gaan. Hij zou proberen er meer over te weten te komen, misschien wat rondrijden, in de etalages van wat makelaarskantoren kijken. Het was tenslotte een gebied dat in opkomst was. Wankele oude schuren werden bewoonbaar gemaakt, arbeidershuisjes verbouwd om te voldoen aan de stijgende vraag. Hij zou alle andere mogelijkheden onderzoeken en zich niet door zijn hart laten leiden. Hij wilde geen hoop bij zichzelf wekken en wanneer die de bodem werd ingeslagen, weer over de kater zien heen te komen.

Dat viel niet mee.

Nicholas Trent bleef enkele minuten in de stille straat zitten. Eindelijk stapte hij uit.

'Wat die man doet, is immoreel.'

'Dat kun je niet zeggen, Asad. Je hebt geen bewijs.'

'Bewijs.' Asad snoof terwijl hij paprika's op het groenterek uitstalde. Rood, geel, groen, in onberispelijke volgorde. 'Het is duidelijk te zien dat hij het huis van binnenuit aan het slopen is. Je hoeft het maar met mevrouw McCarthy over zijn werk te hebben en ze krijgt zo'n kleur.' Hij stak een rode paprika omhoog. 'Ze weet verduiveld goed wat hij doet. Het is vast iets wat ze samen bekokstoofd hebben.'

'Het feit dat mevrouw McCarthy zich schaamt, bewijst helemaal niets. Ze voelt zich misschien nog opgelaten over het huis vanwege al het werk dat ze in de oude meneer heeft gestopt zonder dat ze er iets voor teruggekregen heeft.' Henry schudde zijn hoofd. 'Eerlijk gezegd zijn er allerlei redenen waarom Laura McCarthy zich opgelaten zou kunnen voelen wanneer ze het met mensen over haar man heeft, en je weet net zo goed als ik wat die redenen kunnen zijn.'

'Ik weet wat ik weet. En jij weet het ook. Die man is mevrouw Delancey aan het bestelen. En hij doet het met een glimlach op zijn gezicht alsof hij de barmhartige Samaritaan uithangt.'

Het zonlicht stroomde door de ramen van het winkeltje naar binnen en viel op de emmers met bloemen die buiten in het briesje vrolijk heen en weer wiegden – voorbodes van warmere maanden die voor hen lagen. De pioenen en fresia's die door de smetteloze etalageruit te zien waren en de potten met hyacinten die de vensterbanken opvrolijkten, waren in tegenspraak met de sfeer van naderend onheil binnen. Henry keek naar Asad terwijl hij overeind kwam en luisterde of hij piepend ademhaalde. Het hooikoortsseizoen kwam eraan, en de astma van Asad werd in deze tijd van het jaar altijd erger. 'Het lijkt me,' zei hij, 'een goed idee als je je er niet al te druk over maakt.'

'Het lijkt mij,' zei Asad veelbetekenend, 'dat het tijd is dat iemand Matt McCarthy eens de waarheid zegt.'

De deur ging open en een man kwam onder het getinkel van de bel de winkel binnen. Van middelbare leeftijd, middenklasse, mooi pak, dacht Henry. Een reiziger op doorreis. 'Kan ik u helpen?' vroeg hij.

'Eh... nog niet, dank u.' Hij liep naar de delicatessenvitrine. 'Ik wilde lunchen.'

'Daar kunnen we u zeker mee helpen,' verzekerde Henry hem. 'Zegt u het maar wanneer u zover bent.' Hij liep bij de man vandaan en ging terug naar Asad die, nadat hij het groenterek vervolmaakt had, begonnen was de planken opnieuw in te delen.

'De vis in blik,' fluisterde Henry, 'hoeft echt niet op alfabetische volgorde.'

Asad zorgde ervoor dat hij zijn stem gedempt hield toen hij antwoordde. 'Het zit me dwars, Henry. Het zit me echt dwars.'

'We hebben er niets mee te maken. En witte krab hoort naast de sardientjes.'

'Kitty komt hier iedere dag vertellen dat hij deze muur heeft weggehaald of dat plafond is ingestort. Mevrouw Delancey komt hier wit van de geldzorgen binnen.'

'Iedereen die wel eens heeft laten verbouwen weet dat het rommel geeft en een hoop geld kost. Je weet toch nog wel hoe het was toen wij een nieuwe keuken namen?'

'Dat huis stond er al vijftig jaar zonder dat er iets aan gedaan was.'

'Precies,' mompelde Henry. 'En daarom moet het nu waarschijnlijk flink aangepakt worden.'

'Ze weet helemaal niets van verbouwen. Ze weet waarschijnlijk van niets anders dan muziek. Ze is nog steeds de dood van haar man aan het verwerken. Hij maakt misbruik van de situatie.' Zijn stem was luider geworden van frustratie.

'Maar we weten helemaal niets van wat er mis is met het huis.

Zoals je al zei, er is vijftig jaar niet naar omgekeken. Wie zal zeggen wat Matt McCarthy allemaal heeft aangetroffen?'

Asad knarsetandde. 'Elke andere aannemer, Henry, elk ander dan die man, en ik zou graag aannemen dat er zo veel aan het huis moet worden gedaan.' Hij zette een blikje sardientjes op de plank.

De klant tuurde in de broodmand.

'Zeg me eens iets vanuit je hart. Zeg me eens dat je niet denkt dat Matt McCarthy dit doet om het huis te bemachtigen. Zeg me eens dat dit niet een vorm van wraak is.'

Henry staarde naar zijn voeten.

'Nou?'

'Dat kan ik niet zeggen. Ik vertrouw hem net zo min als jij, maar we hebben er niets mee te maken. En er kan niets goeds van komen als we ons ermee gaan bemoeien.'

Ze hielden abrupt op met praten toen de klant bij Asads elleboog verscheen. Hij wierp hun een hoffelijke glimlach toe. 'Het spijt dat ik u moet onderbreken, maar zou ik misschien een van de volkoren bolletjes mogen met van die geitenkaas?'

Henry schoot terug achter de toonbank. 'Maar natuurlijk. Zal ik er ook wat trostomaten bij doen? Ze zijn op het moment zo lekker.'

Nicholas Trent liep het winkeltje uit met een bruinpapieren zak. Ondanks zijn eerdere trek was hij zijn eetlust kwijt. Hij gooide de zak op de passagiersstoel en reed de straat door, met gonzend hoofd en zijn maag samengeknepen van opwinding, op zoek naar het overwoekerde weggetje langs de varkensfokkerij dat naar het Spaanse Huis leidde.

'Een Lentelied.' Een aantrekkelijke potpourri van fresia's, hyacinten en narcissen, verkrijgbaar in wit, lichtpaars of lichtblauw. Beschikbaar als boeket, een arrangement of, voor een beetje extra, een arrangement in een glazen vaas. Prijzen begonnen vanaf iets meer dan dertig pond, zonder bezorgkosten. Laura had het op internet opgezocht. Voorjaarsbloemen om je op te vrolijken. Bloemen om bedankt te zeggen. Of ik denk aan je. Of zelfs ik hou van je.

Bloemen die zij niet gekregen had.

Bloemen die de maand ervoor van Matts creditcard afgeschreven waren.

Natuurlijk had ze het afschrift niet gezien – Matt liet al lang geen afschriften van zijn creditcards meer slingeren, daarvoor was hij veel te sluw, en ze wist dat hij zijn werkpasje gebruikte voor alles wat zij niet mocht zien. Maar ze had zijn zakken leeggehaald voor ze zijn werkbroek in de wasmachine stopte en het verkreukelde bonnetje was er uitgevallen, samen met een paar schroeven en een handjevol kleingeld. Ze wist dat het zijn kaartnummer was, zoals ze alles wist wat er van hem te weten viel.

Wat ze níét wist, was wie de bloemen gekregen had.

Laura McCarthy liep het pad op terwijl de hond voor haar uit holde, en ze liet de tranen over haar wangen stromen. Ze kon niet geloven dat hij het weer gedaan had. Na alles wat hij tegen haar gezegd had, na alles wat hij beloofd had. Ze had gedacht dat ze dit achter zich hadden liggen. Ze was dat gespannen, zenuwachtige gevoel kwijtgeraakt dat ze niet helemaal genoeg voor hem was, dat haar gebrek aan iets ondefinieerbaars betekende dat ze altijd op haar hoede moest zijn. Ze beschouwde niet langer elke vrouw als een potentiële bedreiging.

Sufferd.

Laura snoot haar neus en zag niets van de prachtige heggen in de knop, de narcissen en boshyacinten die er in hun volle glorie stonden. Haar maag was één grote knoop, haar hoofd tolde van woede en beschuldiging. Ze zag alleen maar Matts gezicht die een of andere vrouw geil in de... Nee! Ze wist al lang dat deze weg alleen maar tot waanzin leidde. Ze hoorde haar moeder die haar waarschuwde dat, als ze een dergelijk 'ongepast' huwelijk aanging, ze het aan zichzelf te wijten had als het fout liep. Ze zag zichzelf, beleefd een oogje dichtknijpend voor de slippertjes van haar man tot hij te oud was om ze te begaan. 'Val dood, Matt,' schreeuwde ze in de wind en ze voelde zich een beetje suf dat haar opvoeding en manieren het gebruik van aardsere taal verboden.

Wat moest ze doen? Wat kón ze doen, terwijl hij wist dat hij alle kaarten in handen had? Hoe kon hij haar dit aandoen terwijl ze zo veel van hem hield, in hun hele leven samen niets anders gedaan had dan van hem houden?

Inwendig had ze wel vermoed dat er iets gaande was. Hij was te vrolijk geweest, te afstandelijk tegen haar. Hij wilde al bijna drie weken niet meer met haar vrijen, en bij Matt was er weinig twijfel over wat dat betekende, ondanks zijn tegenwerpingen dat hij moe was of laat opbleef omdat er een film was 'die hij per se moest zien'.

'O, god...' Laura ging op een boomstronk zitten en liet haar tranen de vrije loop. Ze was een sterke vrouw, maar vandaag was ze onderuitgehaald door dat papiertje. Haar huwelijk was een wassen neus. Wat hij ook zei – dat het niets met haar te maken had, dat hij gewoon zo in elkaar stak. Het deed er niet toe of hij het ontkende. Ze hield van hem, en het schoot niet op.

'Neem me niet kwalijk, maar gaat het?'

Laura keek met een ruk op. Een man in een pak stond op zo'n vijftig meter bij haar vandaan, zijn auto een eindje terug met stationair draaiende motor en het portier aan de bestuurderskant open. Hij boog naar opzij alsof hij haar beter wilde bekijken zonder te dichtbij te komen. Bernie ging aan zijn voeten zitten alsof Laura niets met hem te maken had.

Laura, die zich doodschaamde, veegde verwoed over haar gezicht. 'O. Lieve hemel.' Ze stond snel op en het schaamrood steeg naar haar kaken. 'Ik zal uit de weg gaan.' Ze vond het vreselijk dat iemand haar in deze toestand zag. Er kwamen zo weinig mensen in de bossen dat ze er nooit bij stilgestaan had dat ze wel eens niet alleen zou kunnen zijn.

Terwijl ze in haar zakken zocht, hoorde ze hem dichterbij komen. Hij stak haar een zakdoek toe. 'Alstublieft,' zei hij. 'Neem deze maar.'

Ze nam hem met tegenzin aan en drukte hem tegen haar gezicht. Niemand gebruikte meer linnen zakdoeken, dacht ze afwezig. Ze voelde zich een beetje gerustgesteld, alsof er geen kwaad kon schuilen in iemand die er een bij zich had. 'Het spijt me verschrikkelijk,' zei ze terwijl ze probeerde op te houden met sidderen. 'U treft me op een slecht moment.'

'Is er... iets wat ik kan doen?'

Ze moest half en half lachen. Het idee, alsof er nu nog iets aan te doen zou zijn. 'O... Nee,' zei ze.

Hij wachtte terwijl ze haar gezicht afdroogde. Huilen was haar zo vreemd.

'Ik wist niet of u me wel kon horen. Ik wist niet of u een van die dingen...' Hij maakte een gebaar van koptelefoons. 'Dat hebben mensen die hun hond uitlaten vaak, weet u.'

'Nee...' Ze keek om zich heen naar Bernie, wilde de zakdoek teruggeven en realiseerde zich hoe nat die was. 'Het spijt me. Ik denk niet dat u hem graag terug wil.'

'O, dat...' Hij wuifde met zijn hand alsof het volkomen onbelangrijk was.

Ze pakte de hond bij zijn halsband en bleef een ogenblik met haar hoofd gebogen staan, niet wetend wat ze moest zeggen.

'Dan laat ik u maar met rust,' zei hij, al had hij zo te zien geen zin om weg te gaan, 'als u zeker weet dat het weer gaat.'

'Ja hoor, prima. Dank u wel.'

Ineens herinnerde ze zich waar ze waren. 'U weet toch wel dat dit een privéweg is, hè? Bent u naar iemand op zoek?'

Nu was het zijn beurt om verlegen te kijken.

'Ach,' zei hij. 'Een privéweg. Dan moet ik een verkeerde afslag genomen hebben. Het is verrassend makkelijk om in bossen te verdwalen.'

'Deze weg loopt dood. Waar bent u op weg naartoe?'

Hij leek terughoudend. Hij wees naar zijn auto. 'Eigenlijk gewoon een aardig plekje om mijn lunch op te eten. Ik woon in de stad, dus ik vind elk plekje mooi.' Zijn glimlach was zo verontschuldigend, zo oprecht, dat Laura ontspande.

Ze nam het mooie, maar tamelijk oude pak en de treurige, vriendelijke ogen in zich op. Ze werd overvallen door een soort kalme roekeloosheid. Waar zou zij zich druk om maken? Wat deed het er allemaal toe, gezien Matts gedrag?

'Ik weet een mooie plek aan de andere kant van het meer waar u uw lunch kunt opeten,' zei ze. 'Als u uw auto hier in de berm parkeert, dan breng ik u erheen. Het is maar een paar minuten lopen door het bos.'

Niet ver daarvandaan, in de verstikkende gevangenis van haar geschiedenisles, zat Kitty over haar ontdekking te piekeren. Ze had geprobeerd om eerlijk te zijn, zoals Mary haar had geleerd, maar hoe ze er ook naar keek, de boodschap was maar voor één uitleg vatbaar.

'Dag, mevrouw Delancey, met Cartwright. Ik vroeg me af of u nog hebt nagedacht over ons gesprek. Ik ben opnieuw gebeld door meneer Frobisher die nog steeds belangstelling heeft voor uw Ge – Guar – uw instrument. Ik weet niet of u mijn voorgaande berichten hebt ontvangen, maar ik denk toch dat het de moeite waard is om in overweging te nemen. Zoals we besproken hebben, zou het bedrag dat hij biedt uw financiële situatie aanzienlijk verbeteren. Het is meer dan het dubbele van wat uw man ervoor heeft betaald...'

Uw financiële situatie aanzienlijk verbeteren. Kitty herinnerde zich Cartwright met zijn grote, glimmende aktetas, en zijn gêne over de stapel wasgoed die naast hem lag te wankelen. Mam had haar weggestuurd, ook al wist ze zich helemaal geen raad met wat die man zei. En nu had Kitty een idee waarom. Ze had niet gewild dat Kitty zou horen dat er een keus was geweest. Ondanks alles was die stomme viool belangrijker voor haar dan het geluk van haar gezin.

Aan Thierry had ze niets.

'Heb jij die berichten gehoord?' had ze de avond tevoren tegen hem gezegd in zijn kamer terwijl hij achter zijn computerspelletje zat en zijn duimen een apocalyptisch taptoe roffelden. 'Wist jij dat mam haar viool had kunnen verkopen?'

Hij had uitdrukkingloos naar het scherm gestaard alsof hij er niets van wilde weten.

'Snap je het dan niet? Als ze wist dat ze de viool had kunnen verkopen, Thierry, hadden wij niet naar dit gat hoeven verhuizen. Dan hadden we ons huis misschien wel kunnen houden.'

Thierry bleef strak voor zich uitkijken.

'Heb je me gehoord? Kan het je dan helemaal niks schelen dat mam tegen ons gelogen heeft?'

Mam had gemerkt dat er iets aan de hand was. Ze was Kitty tijdens het avondeten blijven vragen of alles goed ging op school, of het wel goed ging met haar. Kitty was zo kwaad dat ze haar amper kon aankijken. Het enige wat ze kon denken, was: we hadden nog steeds in ons huis in Maida Vale kunnen zitten. We hadden in dezelfde straat kunnen blijven, met de buren die we kenden, en onze oude school en misschien zelfs Mary, als de viool genoeg waard was geweest.

Haar moeder had het er maar steeds over gehad dat ze besloten had om wat lessen te gaan geven om aan meer geld te komen. Ze had een briefje in de winkel van de Neven gehangen. Ze zei zo vaak: 'Het zal wel meevallen', dat Kitty zeker wist dat ze er vreselijk tegenop zag. Toch kon ze zich niet dankbaar voelen of met haar meeleven. Als haar moeder het over lessen had, moest ze steeds weer aan violen denken.

'Hou je van ons?' had Kitty haar op de man af gevraagd.

Haar moeder was geschokt geweest. 'Hoe kun je dat vragen? Natuurlijk hou ik van jullie!' Zelfs Kitty had zich schuldig gevoeld dat ze er zo van over haar toeren was geraakt. 'Waarom?' had Isabel gevraagd. 'Waarom vraag je dat?'

'Meer dan wat ook?'

'Meer dan je je kunt voorstellen,' zei haar moeder, hartstochtelijk en emotioneel. Ze had haar geknuffeld nadat ze gegeten hadden, alsof ze haar wilde geruststellen, maar Kitty kon haar niet terugknuffelen zoals ze normaal gesproken zou doen. Het waren maar woorden, hè? Het was duidelijk waarvan ze het meest hield. Als die viool niet hun enige hoop op wat ook geweest was, zou ze hem uit een raam op de bovenste verdieping hebben gegooid.

Die middag liep ze met Anthony naar huis. Ze had de schoolbus gemist en Anthony ook. Pas toen ze thuis was, realiseerde ze zich dat hij het misschien wel met opzet had gedaan. Ze liepen nu vrij vaak samen op, en Kitty was stukken minder verlegen tegen hem. Hij was echt leuk om mee te praten, en ze voelde zich veilig als ze door het bos liep en hij erbij was. Als ze alleen was, verbeeldde ze zich altijd dat iemand haar vanachter de bomen begluurde.

'Wat zou jij doen als je ouders tegen je logen?' vroeg ze terwijl ze over het weggetje slenterden. Ze liepen 's middags altijd tamelijk langzaam, alsof ze geen van beiden haast hadden om thuis te komen.

'Waarover?' Anthony stak haar een plakje kauwgum toe. Ze nam het aan en haalde onder het lopen het zilverpapier eraf.

Kitty wist niet goed of ze het hem wel wilde vertellen. 'Iets groots,' zei ze ten slotte. 'Iets wat invloed op het hele gezin heeft gehad.'

Anthony snoof. 'Mijn vader liegt de hele tijd.'

'Zeg je er nooit iets van?'

Hij maakte een tuttend geluid. 'Het punt met ouders,' zei hij, 'is dat er een regel voor jou is en een andere regel voor hen.'

'Mijn vader was niet zo,' zei Kitty. Ze stapte op een omgevallen boomstam en liep er tot aan het eind overheen. 'Hij praatte tegen me alsof ik gelijk was aan hem. Zelfs als hij me een standje gaf... dan was het nog net alsof hij iets uitlegde.' Ze kon niets meer over hem zeggen, anders zouden de tranen komen.

Ze gingen opzij toen er een auto over het pad aankwam, die bijna voetstaps langs hen reed. De bestuurder, een man in een pak, stak zijn hand op terwijl hij langsreed.

Anthony keek hem na en ging toen weer midden op het pad lopen terwijl hij zijn schooltas ophees die over zijn schouder hing. 'Mijn pa liegt tegen iedereen en hij komt er altijd mee weg,' zei hij verbitterd. Toen veranderde hij van onderwerp. 'Zaterdag,' zei hij, 'ga ik met een paar anderen naar de bioscoop. Je mag wel mee als je wilt. Als je daar zin in hebt.'

De viool werd even vergeten.

Kitty keek vanonder haar pony naar hem op.

Hij keek recht voor zich uit alsof er verderop op het pad iets heel belangrijks was waarop hij zich moest concentreren. 'Het is niks bijzonders, hoor. Gewoon met een paar mensen een beetje lol trappen.'

De brok was uit Kitty's keel verdwenen. 'Oké,' zei ze.

Nicholas Trent knipperde met zijn ogen tegen het felle zonlicht toen hij het bos uitkwam, reed naar het eind van het karrenspoor en gaf rechts aan om weer bij de hoofdweg te komen. Gezien de tijd die het hem had gekost om er te komen en zijn onverwacht lange lunchpauze, had hij rechtstreeks naar de makelaars moeten rijden, zoals gepland. Maar hij reed afwezig terug naar de snelweg. Zijn hoofd zat te vol, zijn gedachten tolden te hard om helder te kunnen denken.

En ditmaal had het niets met huizen te maken.

12

De jongen lag op zijn rug en giechelde terwijl de jonge hondjes over hem heen klauterden met hun dikke buikjes en hun pootjes die tastten naar houvast aan zijn trui. Jongens van die leeftijd waren zelf net puppy's, dacht Byron terwijl hij nog een kartonnen doos met plakband dichtmaakte. Het kind had het grootste deel van de ochtend in de kleine tuin rondgerend en wedstrijdjes gedaan met de terriër die opgewonden keffend om zijn voeten liep. Hij was anders hier, bij zijn moeder vandaan. Hij was heel leergierig – hij wilde leren hoe Byron afrasteringen aanbracht, de jonge fazanten opkweekte, welke paddenstoelen veilig waren om te eten, en hij wierp zo'n stortvloed van emoties over de honden uit dat de beide teefjes hun eerdere, exclusieve trouw naar hem hadden uitgebreid. Hij zei niet veel – het viel al niet mee om een eenvoudig 'ja' of 'nee' uit hem te krijgen –, maar hij had zijn waakzame houding wel een beetje laten varen.

Het leek hem niet goed voor een jongen van zijn leeftijd, zoals hij deed. Als Byron hem vergeleek met zijn nichtje Lily, met haar luidruchtige gebabbel, haar ongecompliceerde aanspraak op ieders tijd en aandacht, voelde hij zich verdrietig. Ze zeiden dat het begrijpelijk was bij een jongen die zijn vader net had verloren, dat alle kinderen anders reageerden op een dergelijk trauma. Hij had de weduwe aan de telefoon met school gehoord en had haar psychiaters en dergelijke die een leraar haar wilde opdringen, horen afwijzen. 'Ik heb er met hem over gepraat en hij wil niet. Voorlopig wil ik mijn zoon alles op zijn eigen manier laten verwerken,' had ze gezegd. Het was hem opgevallen dat, hoewel haar stem rustig klonk, haar knokkels die de handgreep van de lade omklemden wit zagen. 'Nee – daarvan ben ik me zeer wel bewust. Ik zal het u zeker laten weten als ik het idee krijg dat hij specialistische hulp nodig heeft.' Hij had haar in stilte geprezen, want ook hij had een intuïtieve behoefte aan privacy, aan vrijwaring van bemoeizucht en toezicht. Toch kon je je niet anders dan afvragen wat er in vredesnaam achter dat gesloten gezicht van de jongen schuilging.

Hij boog zich over de halve deur van de keuken. 'Red je het even in je eentje hier, Thierry? Ik moet nog wat spullen van boven halen.'

De jongen, die hem nauwelijks zag, knikte en Byron boog uit gewoonte zijn hoofd toen hij de smalle trap opliep naar zijn kamer. Twee koffers, vier grote dozen en een aanhangwagentje vol spullen, plus een kofferbak vol puppy's. Niet veel om trots op te zijn, niet veel om een huis voor te vinden. Hij liet zich moeizaam op zijn bed zakken en luisterde naar het geblaf beneden. Het was niet de mooiste of meest luxueuze slaapkamer, maar hij was er de afgelopen paar jaar gelukkig geweest, met zijn zus en met Lily. Hij had nooit vrouwen meegenomen – bij de enkele gelegenheden dat hij behoefte had gehad aan vrouwelijk gezelschap was hij expres naar hen toegegaan – en als gevolg daarvan had de kamer, zonder enige vrouwelijke inbreng, het neutrale, praktische voorkomen van een hotelkamer. Zijn zus had per se gordijnen en een bijpassende sprei willen maken – een poging om hem het gevoel te geven dat hij weer een thuis had. Hij had tegen haar gezegd dat ze niet al die moeite hoefde te doen. Hij was toch het grootste deel van de tijd buiten. Evengoed was het een thuis geweest en hij realiseerde zich dat het hem aan het hart ging dat hij er weg moest.

Huisbazen wilden geen huurders met honden. De enige die gezegd had dat hij Byrons honden met alle liefde wilde opnemen had een vooruitbetaling van een halfjaar geëist, 'voor het geval de dieren iets kapotmaken'. Het was een idioot bedrag. De andere eventuele huisbaas had de honden niet binnen gewild. Byron had uitgelegd dat, als de puppy's eenmaal weg waren, zijn honden graag in zijn auto wilden slapen, maar daar wilde de huisbaas niet aan. 'Hoe weet ik dat je ze niet binnenlaat zodra ik me heb omgedraaid?'

De weken waren verstreken, zijn zus was weg en nu was het

slechts een kwestie van dagen voor de huurperiode formeel ten einde kwam. Hij had overwogen Matt om een lening te vragen, maar zelfs als hij erin toegestemd had, zou Byron ervoor teruggeschrokken zijn om hem nog meer verschuldigd te zijn.

'Wat moeten we doen, meid?' Hij aaide de kop van de collie. 'Ik ben tweeëndertig, ik heb geen gezin, een baan waarmee ik minder dan het minimumloon verdien en ik sta op het punt om dakloos te raken.'

De hond keek treurig alsof ook zij zich bewust was van de onzekerheid van hun toekomst. Byron glimlachte en dwong zich op te staan terwijl hij probeerde niet te denken aan wat hij zojuist gezegd had en hoe drukkend stil het huis aanvoelde, nu hij alleen was. Hij deed zijn best om zijn vastberadenheid niet te laten overstemmen door de stem van de wanhoop. Hij wist nog van een andere tijd hoe gemakkelijk je dergelijke gedachten de boventoon liet voeren.

Het leven was niet eerlijk, en daarmee was alles gezegd. De jonge Thierry beneden wist het, en hij had het op een pijnlijk jonge leeftijd veel erger voor zijn kiezen gehad dan Byron.

Byron liep naar beneden. Het was bijna tijd om de jongen naar huis te brengen. De plaatselijke krant kwam vanmiddag uit. Hij hoopte er iets in te vinden. Hij keek naar het kind, zag hoe hij het naar zijn zin had en was ineens dankbaar voor de afleiding.

'Nou, ga je mee?' zei hij tegen Thierry, vrolijker dan hij zich voelde. 'Als je je gedraagt, vragen we aan je moeder of je in Steves graafmachine mag zitten als we die akker verderop vrijmaken.'

Isabel hoorde het zachte gefluit toen ze de trap afkwam en merkte dat haar hand automatisch naar haar borst kroop om de beide zijden van haar kraag naar elkaar toe te trekken. Matt was aan de andere kant van de hal bezig elektriciteitsdraad in een gapend gat te stoppen, met zijn gereedschapsriem laag om zijn heupen. Hij werd geflankeerd door twee andere jongemannen die ze een paar keer eerder had gezien. Hij glimlachte naar haar. 'Wat ziet u er mooi uit, mevrouw D. Gaat u uit?'

Isabel bloosde en vervloekte zichzelf erom. 'O... nee,' stamelde ze. 'Het is gewoon een oude blouse die ik ergens opgeduikeld heb.'

'Staat je goed,' zei Matt. 'Je zou die kleur vaker moeten dragen.' Hij vestigde zijn aandacht weer op de elektriciteitsdraad terwijl een van de mannen iets tegen hem mompelde. Hij begon zachtjes in zichzelf te zingen. Na een tijdje herkende ze de melodie. 'Hé, eenzaam meisje... eenzaam meisje...'

Ze bedwong de neiging om zich om te draaien en liep de salon binnen, met haar hand nog tegen haar hals. Dit was al de derde keer deze week dat Matt een opmerking over haar uiterlijk maakte, maar het leek haar sterk dat haar blouse die aandacht waard was. Hij was van donkerblauw linnen en zo oud dat hij flinterdun was geworden. Laurent had hem haar heel lang geleden tijdens een tochtje naar Parijs gegeven – het was een van die oude kledingstukken die haar de laatste tijd weer waren gaan passen. Eerlijk gezegd slobberde het grootste deel van haar garderobe nu om haar heen. Ze had niet meer zo'n trek sinds Laurents overlijden. Ze had wel eens het gevoel dat, als ze de kinderen niet had gehad, ze op koekjes en fruit geleefd zou hebben. En er was niemand om mee over de kinderen te praten, over Kitty's slechte humeur, het voortdurende zwijgen van haar zoon. Ze praatte waarschijnlijk meer met Matt dan met enig ander levend wezen.

'Die badkamer,' zei hij terwijl hij in de deuropening verscheen. 'Heb je al een beslissing genomen over het verplaatsen ervan? Hij kan veel beter in de derde slaapkamer.'

Ze probeerde zich hun vorige bespreking te herinneren. 'Zei je niet dat dat duurder zou worden?' zei ze.

'Nou, wel een beetje, maar je zou hem vervolgens kunnen indelen in een kleedkamer en een badkamer bij jouw eigen kamer en zo moeilijk zou het ook weer niet zijn om de leidingen te verleggen. Het zou veel beter zijn dan hem in die hoek frommelen.'

Ze dacht even na en schudde haar hoofd. Sinds dat plafond naar beneden was gekomen, kostte het haar moeite om niet tijdens elk gesprek een blik naar boven te werpen. 'Dat kan niet, Matt. Ik denk dat we ons gewoon moeten houden aan het plaatsen van een bruikbaar bad.'

'Ik meen het, Isabel, het zou echt veel beter zijn. Een badkamer van behoorlijke afmetingen en een kleedkamer maken je huis meer waard.'

Hij had iets heel overtuigends en ze hoorde duidelijk aan zijn toon dat hij meestal zijn zin kreeg.

'Ik weet dat je er goed over nagedacht hebt,' zei ze, 'maar ik wilde dit maar niet doen. Waar ik het trouwens echt met je over wilde hebben, is een stopcontact in de keuken. Ik moet de koelkast kunnen aansluiten voordat het te warm wordt.'

'O ja, het stopcontact. Het is niet zo simpel als het klinkt vanwege de manier waarop de bedrading daar is aangelegd.' Hij grinnikte. 'Ik bedenk wel iets. Maak je geen zorgen. Wat zit je haar trouwens leuk.'

Ze ving een glimp van zichzelf op in de spiegel en probeerde te ontdekken of ze er die dag anders uitzag. Hij had nu al twee keer een opmerking gemaakt. Toen keerde ze zich af, bang dat hij zou zien hoe ze zichzelf bekeek. Er waren dagen waarop hij alom aanwezig leek – dan dook hij op in kamers die ze net wilde binnengaan, neuriede wanneer ze aan het vioolspelen was, nam zijn koffiepauze in de keuken terwijl ze aan het koken was en gaf commentaar op wat er die dag in de krant had gestaan. Soms vond ze het niet erg.

'Ik moet je waarschuwen. Ik heb nog meer rattenkeutels gevonden toen ik de plinten weghaalde. Ze zijn misschien gestoord door de bouwwerkzaamheden.'

Ze huiverde. Ze had sinds de rat al nauwelijks een oog dichtgedaan. 'Zal ik de ongediertebestrijding bellen?'

'Dat heeft geen zin. Er zijn te veel plekken waar ze zich kunnen verstoppen terwijl de vloeren open liggen. Ze kunnen wel van buitenaf komen. Ik zou er maar mee wachten tot we klaar zijn.'

Isabel verdrong het beeld van ratten die midden in de nacht door het huis scharrelden. Ze slaakte een diepe zucht en pakte toen haar sleutels en portemonnee. 'Matt, ik ga boodschappen doen. Tot zo,' riep ze. Ze wist eigenlijk niet waarom ze hem op de hoogte moest houden van wat ze ging doen. Als hij het huis in of uit moest, gebruikte hij de sleutel die onder de deurmat lag. Hij was degene die hun dat een paar weken daarvoor verteld had. Ze was geschrokken van het idee dat zij en de kinderen maandenlang in een huis hadden geslapen waarvan iedereen wist hoe hij er moest binnenkomen.

'Matt?'

Hij hoorde haar niet. Toen ze de voordeur dichtdeed, hoorde ze hem ergens boven fluiten.

Het had bijna tien minuten gekost om voor in de rij bij de geldautomaat te komen, voornamelijk dankzij de oudere man voor haar die per se elke keuze die hem door het flikkerende scherm geboden werd hardop wilde voorlezen. 'Tien pond, twintig pond, vijftig pond, ander bedrag...' had hij gemompeld, ''ns kijken, hoeveel wil ik?'

Isabel had geen ongeduldige geluiden laten horen, zoals de vrouw achter haar, ook al regende het en was ze vergeten een paraplu mee te nemen. Ze wist uit recente ervaringen hoe gemakkelijk je je liet intimideren door taken die voor andere mensen simpel waren. In plaats daarvan tikte ze hem op zijn schouder toen hij zijn geld in de automaat liet zitten en nam zijn dankbaarheid met een glimlach in ontvangst.

Omdat ze aan de oude man dacht en aan hoe gemakkelijk je afgeleid werd, duurde het nadat ze haar eigen pincode en het bedrag had ingetoetst, een paar seconden voor ze de boodschap zag die op het scherm verschenen was. 'Uw saldo is ontoereikend,' stond er. 'Neem contact op met uw bank.'

Ze verliet de rij en stapte de bank binnen. De vrouw achter de balie had de pas bekeken, iets ingetikt en vervolgens bevestigd wat de automaat Isabel had verteld. 'Er staat onvoldoende saldo op uw privérekening,' zei ze.

'Kunt u me vertellen wat ik nog heb?' vroeg Isabel zachtjes.

De vrouw tikte een paar toetsten aan, krabbelde iets op een papiertje en schoof het naar haar toe. 'U staat rood. Als u nog verder rood komt te staan dan dit,' krabbelde ze er nog een bedrag bij, 'moet u kosten betalen omdat het rood staan dan automatisch ongeautoriseerd is.'

Isabel probeerde zich wanhopig te herinneren wat ze onlangs nog betaald had en dacht aan de onverwachte bestelling van dakpannen, de nieuwe afvoer en de fittingen die twee keer zo duur waren als ze verwacht had.

'Kunt u wat geld van mijn spaarrekening overmaken? Er zou nog iets op moeten staan. Om me uit de rode cijfers te halen?'

De vrouw voerde haar verzoek met onpersoonlijke doeltreffendheid uit en gaf Isabel nog een papiertje met het totaal van haar spaartegoeden. Het bedrag was veel lager dan wat Isabel had gedacht, maar de vrouw, die het scherm naar haar toekeerde alsof ze haar een bijzonder cadeau overhandigde, wees op alle transacties die de afgelopen maand plaatsgevonden hadden.

'O... mijn huis wordt verbouwd,' zei Isabel beverig.

De vrouw glimlachte naar haar alsof ze met haar meevoelde. 'Dat doet pijn, hè?' zei ze.

Isabel reed ontmoedigd naar huis, met aardappelen en een blik bonen in plaats van de kip en salade die ze van plan was geweest. Om zichzelf op te vrolijken zette ze een bandje van Händel op dat nog steeds in het dashboardkastje lag. Ze had nooit eerder bij de kosten van zaken als eten stilgestaan. Nu, geconfronteerd met haar snel slinkende voorraad spaargeld, begreep ze dat ze moest bezuinigen. Door vlees en vis van het boodschappenlijstje te schrappen kon ze bijna twintig pond besparen, en vruchtendrank was aanzienlijk goedkoper dan puur sap. Ze had de vorige avond Thierry's sokken zitten stoppen die ze vroeger zonder meer weggegooid zou hebben en waarvoor ze nieuwe zou hebben gekocht. Het had wel iets aangenaam meditatiefs gehad om bij de open haard te zitten met haar handwerk als bewijs van huishoudelijke efficiëntie.

Ze had bijna een halve kilometer over het karrenspoor afgelegd toen Dolores met een onberispelijk gevoel voor timing besloot om elk eventueel restje optimisme de nek om te draaien. De motor, die de afgelopen dagen al moeizaam aangeslagen was – een feit dat Isabel verkozen had te negeren – kwam sputterend tot stilstand nadat de onderkant van het chassis in een grote plas in het midden van het pad was gedoken. Daar zat Isabel – met de ruitenwissers halverwege de voorruit en de muziek keihard aan. Ze zette de muziek zachter en probeerde vergeefs weer te starten.

'O, rótding!' riep ze uit. Ze stapte uit de auto, vloekte toen haar voet in koud modderwater wegzakte, liep vervolgens soppend naar de motorkap en maakte hem open. Half beschut tegen de regen staarde ze naar de tikkende motor zonder een idee te hebben wat ze zocht.

'Waarom?' zei ze hardop. 'Waarom nu? Waarom heb je me niet

naar huis gebracht?' Ze schopte tegen een wiel en pakte de oliepeilstok – het enige voorwerp in de motor dat ze kende. Toen ze het oliepeil gecontroleerd had, wist ze niets anders meer te doen. De regen bleef met bakken uit een loodgrijze hemel vallen en ze moest de neiging onderdrukken om tegen de elementen tekeer te gaan.

Ze wist niet eens of ze wel naar het huis terug wilde. Soms voelde ze zich erdoor opgeslokt alsof het haar hele wezen tot slaaf had gemaakt, alsof al haar energie gewijd was aan het eindeloze onderhoud ervan. Haar eens vrije gedachten werden nu in beslag genomen door een oneindig aantal beslissingen – waar moest dit stopcontact komen, wat voor kwaliteit hout moest daar gebruikt worden, hoe hoog moesten de plinten worden?

Ze probeerde niet te denken aan wat er gebeurd zou zijn als Laurent nog had geleefd. Het waren eerder de kleine dingen dan haar verlies die haar de das omdeden: de auto die niet wilde starten, het bankafschrift dat ze niet snapte, het schoolrapport dat ze met niemand kon bespreken. 'Het kan me geen bal schelen,' wilde ze uitroepen als de bouwvakkers voor de vijftiende keer naar haar toekwamen. 'Ik wil gewoon een huis dat het doet, een huis waarover ik niet hoef na te denken. Ik wil aan adagio's denken, niet aan isolatie.'

'En ik wil een auto die naar de winkel rijdt en weer terug!' schreeuwde ze. 'Is dat zoveel gevraagd?' Ze gaf een schop tegen het voorwiel en genoot bijna van de pijn in haar voet. 'Ik wil dit soort dingen helemaal niet! Ik wil mijn oude leven terug!'

Ze stapte weer in de auto terwijl het water uit haar haar op haar schouders drupte. Ze kneep haar ogen dicht en haalde een paar keer diep adem. Ze probeerde uit te rekenen wat langer zou duren: terug naar de winkel lopen en een sleepwagen regelen of naar huis lopen. Ze had haar mobiele telefoon die ochtend aan Kitty gegeven in een poging haar humeurige dochter wat op te vrolijken, en na wat rekenen kwam ze tot de conclusie dat het een wandeling van een kwartier door de regen zou worden, welke kant ze ook op ging. Isabel deed haar ogen weer dicht en liet de muziek haar eraan herinneren dat ook dit voorbij zou gaan, dat het voor haar ook anders kon zijn.

Toen ze haar ogen opendeed, kon ze door het watergordijn op

de voorruit net een rode vorm ontwaren die over het weggetje op haar af gehobbeld kwam. Het was Matts bestelwagen.

Een paar meter voor haar stopte hij en stapte uit. 'Motorpech?'

'Hij is er net mee opgehouden.' Ze kon haar opluchting om zijn aanwezigheid niet verbloemen. 'Ik weet niet wat er aan de hand is.'

Hij liep erheen, deed de motorkap omhoog en tuurde eronder. De muziek knalde uit het openstaande portier aan de bestuurderskant. 'Je houdt ook nooit op, hè?' zei hij. Hij stak zijn hand erin en tastte behendig langs de motoronderdelen. Hij trok zijn hand terug. 'Start eens.'

Ze ging in de auto zitten en probeerde te starten.

Hij luisterde en gebaarde dat ze de muziek moest uitzetten zodat hij het beter kon horen. 'Nog eens,' beval hij. En toen: 'Wacht eens even.'

'Wat kun je horen?' vroeg ze geïntrigeerd. 'Wat kun je horen dat ik niet kan horen?'

Ze stapte uit de auto. Het voelde toch wat raar om droog te zitten terwijl hij al het werk deed. Toen hij haar zag, trok hij zijn jack uit en gebaarde dat ze eronder moest schuilen. Vervolgens liep hij terug naar zijn bestelwagen, boog zich voorover en pakte een lap. Hij kwam terug, haalde een stuk rubber tevoorschijn en wreef dat zorgvuldig droog. Vervolgens poetste hij verschillende koperen dingetjes schoon. Tegen de tijd dat hij klaar was, was zijn grijze T-shirt doorweekt en glinsterde zijn haar.

'Probeer het nu eens,' zei hij. Isabel stapte in. Haar natte vingers gleden uit over de sleutel toen ze probeerde te starten. De motor sloeg gehoorzaam aan. 'O!' riep ze verrukt uit. Ze schrok toen Matts gezicht voor het raampje verscheen, zijn huid glimmend in de regen.

'Verdeelkap,' zei hij terwijl hij zijn ogen tot spleetjes kneep tegen het water dat over zijn gezicht liep. 'Die raken doorweekt bij lage auto's als deze, met al die plassen. Je moet er WD-40 op spuiten. Weet je wat, ik ga wel met je mee en dan vraag ik aan de mannen of ze ons achternarijden naar het huis. Zodat ik zeker weet dat je veilig thuiskomt.'

Voor ze kon protesteren, was hij op de passagiersstoel gaan zitten en gebaarde dat ze de auto langs zijn bestelwagen moest manoeuvreren. Ze voelde de ogen van de mannen op zich terwijl ze langsreed, zich bewust van haar natte blouse en de nabijheid van de man naast zich.

'Je mag je muziek nu wel weer opzetten,' zei hij. Ze zette de radio wat harder en liet het triomfantelijke geluid van het klavecimbel over zich heen komen. 'Händel,' zei ze toen ze hem naar het cassettedoosje zag kijken.

'Toch niet –'

Ze giechelde. 'Ja. Jawel. Zijn *Water Music*.' En ze hoorde zijn bulderende lach als antwoord.

Ze wist niet of het opluchting om de auto was, wanhoop over haar financiën of domweg een lang onderdrukte emotie die een uitweg zocht, maar terwijl haar onbetrouwbare, oude auto terughobbelde naar haar eenzame, lekkende, dure huis, nam Isabels lach in volume toe. Ze lachte zo hard dat de tranen haar in de ogen sprongen en ze was bang dat haar vrolijkheid zou overgaan in iets anders.

Ze reed de oprijlaan op, zette de motor af en hield op met lachen. De afwezigheid van beweging en muziek maakte dat de stilte binnen de auto ineens beladen werd.

Ze keek naar haar handen, naar de donkere vlekken die de regen in haar lange rok had gemaakt en naar de duidelijke contouren van haar borsten door haar natte blouse. Ze voelde meer dan dat ze zag dat hij naar haar keek, en probeerde een neutraal gezicht te trekken.

'Het is goed je te zien lachen,' zei Matt zachtjes. Hij keek haar aan, zijn ogen intens en blauw en zonder die sluwe blik die er gewoonlijk in lag. Hij legde zijn hand op haar schouder.

Er ging een schokje door haar heen, maar hij deed het portier open en stapte uit. Hij liep door de regen naar zijn wachtende bestelwagen terwijl Isabel haar hand naar de warmte bracht die de zijne had achtergelaten.

Er was niets – nog niet eens voor iemand die twee keer zo veel verdiende als hij mee naar huis nam. Niets voor een man die binnen een redelijke afstand wilde wonen van de plaats waar hij het grootste deel van zijn leven had doorgebracht. Byron zat in zijn auto terwijl de regen tegen zijn voorruit zwiepte en de puppy's achterin jankten en naar elkaar gromden, en speurde in de plaatselijke kranten naar die paar regels die hem mogelijk een thuis zouden bieden. Er waren villa's, flats met twee slaapkamers, arbeidershuisjes waar niet langer arbeiders in woonden. Maar niets voor een man met een laag inkomen en nauwelijks spaargeld.

Wanneer Byron de rauwe werkelijkheid van zijn situatie overzag, kon hij het bijna niet geloven. Het was iets waarvan je dacht dat het anderen overkwam. Maar ja, een aantal jaren geleden leefde hij ineens onder omstandigheden die hij zich nooit had kunnen voorstellen. Hoe ging dat gezegde ook alweer over waarmee je God aan het lachen maakte? Hem vertellen wat je van plan was?

Byron had niet langer plannen, behalve dan om een tijdelijke plek te vinden waar hij kon verblijven. In zijn wanhoop had hij erover gedacht om de puppy's naar een asiel te brengen zodat hij gemakkelijker iets voor zichzelf zou kunnen vinden. Ze waren nog zo jong dat dit betekend zou hebben dat hij het teefje bij hen had moeten achterlaten en hij kon de gedachte niet verdragen dat hij Meg of Elsie zou kwijtraken. Ze waren zo'n beetje alles wat hij had.

Hij had zijn zus kunnen vragen of hij een paar weken bij haar op de bank mocht slapen, maar dat leek niet eerlijk. Ze was aan een nieuw leven begonnen en hij was te trots om haar eerste paar weken als echt gezin in de war te sturen. Hij had vrienden in het dorp, maar kende niemand van hen zo goed dat hij om een dergelijke gunst kon vragen. Hij was erachter gekomen dat er een hele groep mensen was die in een soortgelijke positie verkeerde – geen van hen zou zichzelf als dakloos gekwalificeerd hebben, maar op de een of andere manier bevonden ze zich altijd tussen huizen in, sliepen bij vrienden op de bank, in tijdelijk onbeslapen bedden, in stacaravans, en moesten telkens om een gunst vragen om zich te verzekeren van weer een week met een dak boven hun hoofd. Hij had natuurlijk ook driehonderd kilometer kunnen rijden naar het bejaardenbungalowtje van zijn ouders aan de kust, maar wat zou dat oplossen? Hij zou geen werk hebben en hun huis, met zijn smetteloze vloerbedekking en eindeloze frutsels, was geen plek waar hij en de honden gemakkelijk in pasten. Hij kon hun niet om geld vragen omdat hij wist van hoe weinig ze moesten rondkomen.

Bovendien was de gedachte dat hij zou moeten bekennen hoe diep hij was gezonken – en hen voor een tweede maal teleurstellen – ondraaglijk. Niemand wilde zichzelf als dakloos beschrijven; hij wilde niet dat anderen hem als zodanig zouden zien. Er verscheen een wanhopige uitdrukking op Byrons gezicht. Hij dacht na tot het donker werd en de honden jankten van frustratie om hun gevangenschap.

Eindelijk startte hij de auto en begon te rijden.

Het was donker tegen de tijd dat hij zijn oude Land Rover parkeerde op de open plek bij het omheinde stuk waar de fazanten werden gehouden. Hij had die plek uitgekozen omdat hij op het land van Matt lag. De aanwezigheid van zijn auto zou geen commentaar oproepen, geen nieuwsgierigheid wekken. Het was bijna acht uur. Hij zette de puppy's in een doos, hees een tas over zijn schouder en ging toen met zijn twee volwassen honden op weg.

Byron kende het land zo goed dat hij geen zaklamp nodig had. Hij had het stuk jarenlang bijna dagelijks gelopen aangezien hij in de buurt opgegroeid was, zodat hij elke geul en gevallen tak zonder erbij na te denken en met de vaste tred van een berggeit kon omzeilen. Hij liep door de dichte duisternis, onder het bladerdak van de bomen, vergezeld door de roep van uilen in de verte, het wanhopige gegil van een konijn dat door een roofdier werd gegrepen, maar hij hoorde niets anders dan de fluistering van de regen, de gestage tred van zijn met modder besmeurde laarzen.

Eindelijk zag hij de lichten. Hij bleef even aan de rand van de akker staan en terwijl hij vanaf die afstand naar het raam opkeek, stapte de vrouw naar voren om de lange gordijnen dicht te doen. Ze vormde een vloeiend silhouet tegen het licht van de kamer dat langzaam weer uit beeld verdween. Achteraf besefte hij dat dit het dieptepunt was geweest: toen hij naar dat huiselijke gebaar keek, voelde hij zich meer buitengesloten en eenzamer dan hij zich ooit had gevoeld.

De puppy's wriemelden in de vochtige kartonnen doos. Het duurt niet lang meer, hield hij zichzelf voor, terwijl hij zijn gezicht met zijn vrije hand afveegde. Alleen maar tot dit clubje van de tiet is en ik ze kan verkopen. Alleen maar tot ik weer boven Jan ben. Hij hees de doos onder zijn arm en, nadat hij zijn honden gemaand had om stil te zijn, liep hij langs de zwarte rand van de akker tot hij de deur vond die zijn bestemming was. Het was de deur van een aanbouwtje van steen en hout dat tegen het huis stond.

Het slot was al kapot zolang hij zich kon herinneren, het hout eromheen rot en nauwelijks in staat om de gietijzeren grendel te houden. Hij deed de deur zachtjes open terwijl hij in de verte het geluid van een viool en de zich even verheffende stem van een kind hoorde. Hij glipte door de kier naar binnen en liep de stenen treden af. Het rook naar olie en vaag naar zwavel onder het huis, maar het was er in ieder geval droog en een aantal graden warmer dan de avondlucht buiten, die nog steeds wat fris was. In de verte hoorde hij het geloei van de ketel, maar pas toen de deur achter hem dicht was, durfde hij zijn zaklamp aan te doen.

Het was zoals hij het zich herinnerde – de L-vorm van de ketelruimte onder het huis, het vervallen apparaat in de verst afgelegen hoek, de oude houtstapel bij de deur, groot genoeg om hem tegen een toevallige blik te beschermen. De smerige oude gootsteen voor leveranciers en de deur die via de achtertrap naar de keuken leidde en die met een hangslot dichtzat. Het risico bestond niet dat een van de kinderen deze kant uit zou komen, er was geen enkele reden waarom iemand hier zou komen. Het was heel goed mogelijk dat de weduwe niet eens wist dat deze ruimte bestond.

Byron zette de doos op de vloer en rolde zijn slaapzak uit. Meg ging liggen en begon met een air van tevreden uitputting haar jongen te zogen. Hij zou de rest van zijn bezittingen morgen halen. Hij zette eten voor Elsie en haar neer, vulde een kom met water en probeerde zich in het gootsteentje te wassen. Ten slotte deed hij zijn zaklamp uit en ging in de hoek zitten, naast een rooster waardoor je een stuk van de avondhemel kon zien. Daar luisterde hij naar de honden en probeerde niet aan zijn omgeving te denken. Hij probeerde aan niets te denken. Dat was een trucje dat hij lang geleden had geleerd.

Hij wilde net in zijn slaapzak schuiven toen hij de schittering van metaal opving. Helder, nieuw metaal, een contrast met de doffe, roestende grendels en sloten die het oude huis kenmerkten. Byron pakte zijn zaklamp, deed hem aan en scheen hem in de richting van waar hij het gezien had. Er stond een dierenkooi op de vloer in de hoek bij de deur naar de keuken. Een nieuwe dierenkooi, gemaakt van metaaldraad, maar met een stevige bodem, het soort dat je voor een kleine kat zou gebruiken.

Toen Byron hem optilde, zag hij keutels in de hoek liggen. De kooi was niet gebruikt voor een kat.

Het slot naar de keuken was kapot.

Byron ging zitten en vergat zijn ellendige situatie even. Hij dacht aan een onverwachte bezoeker aan de keuken boven hem.

13

Er was haar verteld dat een huis zo groot, zo vervallen, zo geïsoleerd, een beproeving zou zijn in de wintermaanden. Dat de eindeloze kou, de lekkages en tocht zouden dringen door wat er van het dak over was en dat het vocht vanuit het meer door de bodem zou optrekken. Nu de zomer er met rasse schreden aankwam, ontdekte ze dat het warme weer een eigen soort rebellie in haar huis teweegbracht. Het leek wel alsof de natuur doorhad dat de laatste Pottisworth dood was, dat er een indringer in zijn plaats gekomen was en besloten had het Spaanse Huis voor zichzelf op te eisen, steen voor steen, centimeter voor centimeter. Grasklokjes, tulpen en hyacinten, hun bollen verkleefd en vermenigvuldigd, waren opgedoken, maar tussen de flagstones die om het huis lagen, liet onkruid zich korte tijd zien als groene scheuten die vervolgens uitschoten tot onvriendelijke distels, rozetten van het giftige kruiskruid of woekerende muur. De weken van regen lieten mosafzetting op het pleisterwerk achter terwijl de heggen uitdijden, verstrengeld met braamstruiken en klimop. Het gras, een armoedig, versleten tapijt, werd lang en weelderig, bezaaid met paardenbloemen en boterbloemen, dat paden en grind overwoekerde. Een stel bejaarde fruitbomen viel zomaar om en bleef roerloos liggen, een stille beschuldigende vinger naar haar onvermogen om de tuin onder controle te krijgen. Als reactie op de lokroep van de natuur groeven konijnen gangenstelsels, waarvan de enkelverstuikende holen schuilgingen in het gras, terwijl mollen her en der hopen vers opgegraven aarde achterlieten – enorme uitroeptekens van biologische subversiviteit.

Binnen stonden de zaken er amper beter voor. Matt en zijn handlangers kwamen en gingen elke dag, hakten gaten in muren en stopten ze weer dicht. Op sommige plekken kon ze verbetering zien: het dak was nu in orde en de schoorsteen leunde niet langer vervaarlijk naar één kant. Ze had een afvoer die het afval uit de wc wegvoerde zonder dat ze het risico liepen tyfus op te lopen, wat nieuwe vloerdelen en een behoorlijke gootsteen in de keuken. Er zat een aantal nieuwe ramen in, er was zo nu dan warm water en een gedeeltelijk geïnstalleerd verwarmingssysteem dat voor de volgende winter warmte beloofde, maar voorlopig water op de nieuwe vloerdelen morste.

Ze had geen functionerende badkamer, geen stopcontact in de keuken, ondanks haar herhaalde verzoeken. En, wat nog belangrijker was, ze had een stapel bankafschriften die bijzonderheden gaven over de scherp oplopende kosten, en een boekje waarin ze alles noteerde waarvan Matt McCarthy gezegd had dat het moest gebeuren, met de bedragen die hij ertegenover gekrabbeld had. Het totaal met de vele nullen joeg haar dagelijks schrik aan.

Ze zat de hele ochtend aan de keukentafel om haar administratie op orde te krijgen en zag de realiteit van haar financiële situatie zwart op wit staan. Ze viel bijna om van wat ze zag, alsof ze gevaarlijk op de rand van een klif balanceerde. Dit is het enige wat over is, dacht ze. En ik ben maar alleen. Ik ben voor alles verantwoordelijk. De kinderen zijn afhankelijk van me. Ze hadden geen rekening gehouden met de mogelijkheid dat zij tegen dit alles niet opgewassen zou zijn.

Op dat moment kwam Matt de keuken binnen met een zak croissants van de bakker. Hij ging tegenover haar zitten. 'Toe maar,' zei hij terwijl hij er een tegen haar mond hield. 'Heerlijk. Neem een hapje.' Ze voelde zich vreemd verlegen, zich ervan bewust dat hij naar haar mond keek terwijl ze hem opendeed. Hij grinnikte. 'Lekker, hè?' Hij had grote handen met vierkante vingers, de huid geschaafd en droog, ruw van jaren zwaar werk. En terwijl ze al etend knikte, glimlachte hij weer alsof hij iets voor zichzelf bevestigd zag. Hij bracht tegenwoordig veel dingen voor haar mee: echte koffie zodat ze die voor hem kon zetten, eieren die hij bij een vorige klus gekregen had, chocoladecakejes en gebakjes als een van zijn mannen naar de stad verdween. Ze wist nooit of ze nu blij moest zijn met zijn aanwezigheid, aangezien ze dan niet alleen was met de kans op ratten, lekkages of een fornuis dat kapotging, of ertegenop zag omdat hij haar huis altijd beter onder controle leek te hebben dan zij. Hij had charisma, waardoor ze steeds met zijn handelwijze instemde, ook al was ze oorspronkelijk het tegenovergestelde van plan geweest.

'Kijk eens naar je handen,' riep hij uit toen ze de croissant weer pakte. Byron stond in de deuropening. 'Kijk toch eens, Byron. Heb je ooit zulke vingers gezien?' Ze bloosde toen hij er een pakte.

'Ze zijn altijd beschermd geweest,' zei ze. 'Ze hebben nooit veel gedaan, behalve vioolspelen.'

'Volledig gaaf. Zo glad. Het zijn net...' Hij keerde zich naar Byron. 'Net de handen van een beeld, vind je niet?'

Byron mompelde instemmend en ze voelde zich voor gek staan. Matt dronk zijn koffie op en kwam overeind. 'Niet allemaal in één keer opeten, hè?' riep hij over zijn schouder terwijl hij de keuken uitliep.

Isabel staarde naar haar uitgedunde chequeboekje en de verfrommelde zak ernaast. Ze vond dat zelfs het genot van een croissant deze dag niet meer goed kon maken. Haar afschriften hadden haar de onherroepelijke waarheid verteld. Ze veegde ze op een hoop. Buiten zag ze Matt die de man op de graafmachine aanwijzingen gaf. Ze legden een secundaire leiding aan naar de hoofdleiding buiten.

Het moest ophouden, hield ze zichzelf voor. Het maakte niet uit hoe slecht het huis was, er was bijna niets meer over.

Isabel sjokte door het gras bij het huis vandaan. Ze droeg een wijde rok en een groot wollen vest. Haar haar hing los over haar schouders en verdwaalde lokken zwiepten om haar gezicht in de harde wind. Matt liep naar de graafmachine en legde Svens tekeningen binnen.

'Ik kom jullie een kop thee brengen,' zei ze terwijl ze hun twee bekers toestak.

Matt grijnsde naar Byron. 'Die mevrouw D. zorgt toch maar goed voor ons. In tegenstelling tot sommige anderen, hè, Byron?'

'Dank je.' Hij keek hoe Byron de beker van haar aannam, zijn vingers nog zwart van de aarde.

'We hadden het er net over, er lag hier vroeger een moestuin voordat die muur omviel.' Matt wees naar een ruimte die aan twee zijden omringd werd door zachte rode baksteen. Hij zag het nog voor zich en herinnerde zich de leiappelbomen met namen als Gascoyne's Scarlet, D'Arcy Spice en Enneth's Early. 'Er staan nog een paar fruitbomen. Die kunnen deze herfst nog een aardige oogst opleveren.' *Als je er dan nog bent.*

Byron liet zijn beker zakken. 'Er liggen achterin nog wat bedden. Waar de groente werd verbouwd. Misschien vindt Thierry het wel leuk om het een en ander te zaaien. Mijn nichtje vindt dat ook zo leuk.'

Het was een van de langste uitspraken die Matt hem ooit uit zichzelf had horen doen.

'Ik zal hem laten zien hoe je dat doet, als u het goedvindt,' vervolgde hij. 'Siererwten zijn gemakkelijk genoeg.'

'Dat zal hij wel leuk vinden,' zei Isabel terwijl ze haar haar naar achteren streek. 'Dankjewel.'

Byron stapte naar voren en schuifelde met zijn laarzen die dik onder de modder zaten. 'Ik wilde ook nog zeggen dat het me spijt van dat gedoe met die rat. Ik heb het geweer op zolder gelegd waar niemand er bij kan.'

'Dank je,' zei ze nogmaals.

'Ik denk niet dat u nog last van ratten zult hebben.'

'Dat kun je niet met zekerheid zeggen,' viel Matt hem in de rede.

'Ik denk het wel,' zei Byron resoluut, zijn ogen gericht op het stukje grond vlak voor Matts voeten. 'Ik denk dat ik veilig kan zeggen dat het eenmalig is geweest.'

'Nou... dat is een hele opluchting,' gaf Isabel toe. 'Ik heb nachtmerries van die rat gehad. Ik heb nachten niet kunnen slapen...

Trouwens,' wendde ze zich tot Matt, 'kan ik je even spreken? Ik moet het met je over het werk hebben.'

Zonder iets te zeggen ging Byron zich bezighouden met de graafmachine.

Isabel deed haar mond open om iets te zeggen en deed hem weer dicht. Ten slotte keek ze naar hem op terwijl ze met één hand haar haar uit haar gezicht hield. Haar gezicht stond verontschuldigend en enigszins uitdagend. 'Ik moet er een punt achter zetten.'

Matt trok een wenkbrauw op.

'De verbouwing,' zei ze. 'Wat je tot dusver gedaan hebt, is fantastisch, maar ik kan er niet mee verder. Voorlopig niet, tenminste.'

'Je kunt niet zomaar ophouden,' zei hij. 'We zijn halverwege allerlei klussen. Je kunt die niet half afgemaakt laten.'

'Toch moet het maar. Ik heb eens zitten rekenen en het heeft geen zin om door te gaan, voorlopig niet. Ik waardeer bijzonder wat je gedaan hebt, Matt, echt waar, maar ik moet denken aan wat verstandig is.' Ze bloosde terwijl ze sprak.

'Het is niet verstandig om nu te stoppen.' Hij gebaarde naar de graafmachine. 'De klussen die we nu doen, zijn overwegend basisdingen. Je komt niet erg ver zonder een nieuwe hoofdleiding. En we zijn pas halverwege met die badkamer. Ik denk dat je de komende paar maanden wel zonder verwarming in de bovenste kamers kunt, maar ik zou je adviseren om het af te maken – je krijgt niemand meer te pakken als het tegen de winter loopt en als ik eenmaal weg ben, zit ik helemaal vol.' Hij zag ineens hoe bleek ze zag.

'Je begrijpt het niet, Matt.'

'Leg het me dan eens uit.' Ze rook vaag naar citrus.

'Oké. Het heeft allemaal veel duurder uitgepakt dan ik verwacht had en we kunnen het ons niet veroorloven om door te gaan. Ik kan je niet meer betalen.'

Ze was bijna in tranen. De wimpers aan de buitenste randen van haar ogen fonkelden als kleine zwarte sterretjes. 'Juist,' zei hij terwijl hij een beetje met zijn voeten schuifelde. Er lagen hopen aarde rond de pas gegraven geul, met leidingen die er nog ingelegd moesten worden. De nieuwe badkamerset stond nog in de verpakking tegen de veranda aan de achterkant. Hij had hem een paar maanden daarvoor uitgekozen: een antiek, victoriaans bad van gietijzer met klauwenpoten en een grote wastafel. Het was precies wat Laura had gewild. Tegenwoordig vergat hij dikwijls dat het Isabels huis was.

'Geloof me,' zei ze stilletjes, 'als ik het me kon veroorloven om door te gaan, dan zou ik het doen.'

'Is het zo erg?' vroeg hij.

'Ja.' Ze keek hem niet aan.
Ze luisterden naar de kraaien die in de verte krasten.
'Gaat het, Isabel?'
Ze knikte terwijl ze op haar lip beet.
'Nou, laten we ons voorlopig niet al te veel zorgen maken. Ik zal de jongens de klussen waarmee we bezig zijn laten afmaken en dan laten we het liggen.' Ze wilde hem in de rede vallen, maar hij stak zijn hand op. 'Maak je geen zorgen. Je hoeft me niet meteen voor alles te betalen. We komen wel tot een schikking.'
Achteraf kwam hij tot de conclusie dat hij zijn woorden niet zorgvuldig genoeg gekozen had. Eerlijk gezegd had hij amper nagedacht over wat hij zei. Hoewel hij dit moment al maandenlang had zien aankomen – bijna vanaf het moment dat hij doorhad hoe wereldvreemd de bewoners waren –, putte Matt er geen voldoening uit. Hij was afgeleid door Byron – door de toon van de jongere man toen hij het over de rat had. Door de manier waarop hij naar Isabel had gekeken toen hij de beker thee van haar aannam.
Matt McCarthy voelde zich uit zijn evenwicht gebracht.
Terwijl Isabel met gebogen hoofd en opgetrokken schouders tegen de wind wegliep, slenterde hij naar de andere man toe. 'Ik wil even met je praten,' zei hij tussen neus en lippen door.
Byron keek op.
'De weduwe,' zei hij. 'Laat je niet te veel met haar in.'
Tot zijn verrassing protesteerde Byron niet. Hij veinsde niet eens te begrijpen waar Matt het over had. Hij ging rechtop staan zodat hij ruim een halve kop groter was dan Matt en ze keken elkaar recht aan, langer dan Matt verwacht had. Byrons ogen waren ondoorgrondelijk.
'Je ontzegt me de toegang,' zei hij zacht en gelijkmatig. Toen liep hij weg, maar op zijn gezicht had duidelijk te lezen gelegen wat hij niet hardop had gezegd: *Zelfs jij kan iemand alleen maar de toegang ontzeggen tot iets wat je daadwerkelijk bezit.*

Achter in de middag wakkerde de wind aan en Matt en de mannen, doorweekt van de regen en worstelend met de steeds modderiger wordende grond, gingen vroeg weg. De graafmachine stond roerloos op het gazon in een aanzwellende zee van modder. Zo nu en dan keek Isabel ernaar, maar wendde zich weer af omdat ze door die knalgele verschijning aan haar financiële positie werd herinnerd. Om wat op te vrolijken had ze koekjes gebakken, maar het was onmogelijk te zien of ze gaar waren in dat oude fornuis en afgeleid door een symfonie van Schubert had ze ze vergeten. Tegen de tijd dat de kinderen thuiskwamen, hadden ze de kleur van gelooid leer, met een geur die daar ook sterk aan deed denken.

Thierry zwiepte zijn schooltas met een zwaai over een keukenstoel, pakte er een van het bakrooster, rook eraan en legde hem terug. Kitty keek er alleen naar en trok haar wenkbrauwen op.

'Fijne dag gehad, schat?' vroeg Isabel.

Thierry haalde zijn schouders op. Kitty zocht in haar tas.

'Kitty? Heb je een fijne dag gehad?'

'Net als elke andere dag,' zei ze onverschillig.

Isabel fronste haar voorhoofd. 'Wat wil je daar precies mee zeggen?'

Kitty draaide haar scherpe gezichtje met een ruk naar haar toe. 'Daarmee wil ik zeggen dat op een nieuwe school waar ik helemaal geen vriendinnen heb, in een huis dat ik haat, in een streek die ik niet ken, de ene dag net zo waardeloos is als elke andere. Oké?'

Isabel had het gevoel alsof ze een stomp in haar maag had gekregen. Kitty had haar nooit eerder zo toegesproken. 'Wat is er aan de hand?' vroeg ze. 'Kitty, wat is er in hemelsnaam in je gevaren?'

Er lag een minachtende blik in Kitty's ogen. 'Doe maar niet net alsof je dat niet weet,' zei ze.

'Maar ik wéét het niet.' Isabel verhief haar stem. Ze kon dit vandaag niet hebben, niet boven op al het andere.

'Leugenaar!'

Isabel pakte een stoel en ging tegenover haar dochter zitten. Ze zag dat Thierry zijn lippen op elkaar geklemd hield terwijl zijn grote, donkere ogen van zijn zus naar haar flitsten. 'Kitty, vertel me waarom je zo kwaad bent. Ik kan je niet helpen als ik niet weet wat er gaande is.'

'Jij!' zei Kitty op giftige toon. 'Je gaat maar door over hoeveel je van ons houdt, maar als het erop aankomt, hou je helemaal niet van ons. Zelfs nu pap dood is, komen we nog op de tweede plaats na die rottige viool.'

'Hoe kun je dat nou zeggen? Ik heb mijn carrière opgegeven om bij jullie te zijn. Ik zit hier elke ochtend, elke middag te wachten tot jullie thuiskomen. Ik heb niet meer gewerkt sinds we hier zijn.'

'Daar gaat het niet om!'

'Daar gaat het wél om! Thierry en jij komen in alles op de eerste plaats!' Je hebt geen idee wat het me kost om hier te zijn, om mijn carrière opgeofferd te hebben, wilde ze eraan toevoegen, maar ze kon haar dochter niet met die last opzadelen.

'Ik wéét het!' schreeuwde Kitty. 'Ik weet van meneer Cartwright. Ik weet dat je de Guarneri had kunnen verkopen en dat we in ons huis hadden kunnen blijven!'

Isabel verschoot van kleur. Ze was het bijna vergeten, zo was ze in het Spaanse Huis opgegaan.

'Je hebt tegen ons gelogen! Je hebt tegen ons gezegd dat we het ons niet konden veroorloven om in ons huis te blijven, het huis waarvan we hielden, met al onze vrienden en Mary. Je zei dat we hierheen moesten verhuizen – en al die tijd had je die viool kunnen verkopen en hadden we thuis kunnen blijven bij de mensen van wie we hielden. Je hebt gelogen!' Ze ademde diep in en haalde toen vernietigend naar Isabel uit. 'Pap zou niet tegen ons gelogen hebben!'

Thierry schoof zijn stoel achteruit en vloog de keuken uit.

'Thierry – Kitty – ik weet niet eens of –'

'Hou op! Ik heb gehoord wat meneer Cartwright heeft gezegd!'

'Maar ik –'

'Dit is verdomme helemaal geen thuis voor je! Dat is het nooit geweest! Het was alleen maar een manier om die dierbare viool van je te kunnen houden!'

'Kitty, dat is –'

'O, blijf van me af!' Kitty smeet haar schooltas op de tafel en wreef met haar mouw over haar gezicht terwijl ze met grote stappen wegliep. Isabel wilde haar kinderen achternagaan om het uit te leggen, maar ze zag wel in dat dit geen zin had. Kitty had namelijk gelijk. En er was bitter weinig dat ze ter verdediging kon aanvoeren.

Het avondeten was een bedrukte aangelegenheid. Thierry zei niets, maar at wel de macaroni, weigerde een appel en verdween toen naar zijn kamer. Kitty hield haar hoofd gebogen en beantwoordde Isabels vragen alleen met eenlettergrepige woorden.

'Het spijt me,' zei Isabel. 'Echt, Kitty, het spijt me zo verschrikkelijk. Maar je moet weten dat er niets belangrijker voor me is dan je broertje en jij.'

'Het zal wel.' Kitty schoof haar bord weg.

Thierry en zij gingen zonder tegenstribbelen naar bed, wat op zich al verontrustend was, en Isabel zat alleen in de salon, terwijl de lichten flikkerden en de wind door het struikgewas suisde.

Ze maakte de open haard aan, dronk te snel een halve fles rode wijn en merkte dat zelfs de hoog oplaaiende vlammen weinig troost boden. Ze zag tot haar opluchting dat er een comedy op televisie was. Toen de titelrol verscheen, klonk er ineens een plofje. Het in pixels uiteenvallende beeld verschrompelde tot een witte stip en verdween. Tegelijkertijd vielen de lichten uit zodat ze in stilte en duisternis gehuld was. Het voelde bijna als een belediging, alsof het huis zelf haar uitlachte. Isabel bleef roerloos op de bank zitten, verlicht door de gloeiende houtblokken op het vuur. Toen vertrok haar gezicht en barstte ze in snikken uit.

'Kuthuis!' gilde ze. 'Stom kuthuis!' Ze stond op en zocht naar lucifers, waarna ze al vloekend op zoek ging naar de kaarsen die ze verzuimd had op een speciale plek te leggen, haar stem gesmoord door de wind en radeloosheid.

Matt had de avond in de Long Whistle doorgebracht. Hij had Theresa genegeerd die met fijn afgestemde voelhoorns zijn gebrek aan belangstelling oppikte, geïrriteerd raakte en opstandig werd. Ze liep ongeduldig achter de bar heen en weer en wierp betekenisvolle blikken in zijn richting. Hij had haar brandende ogen en pogingen tot intimiteit beantwoord met onverschilligheid. Er was niets waaraan hij een grotere hekel had dan aan een wanhopige vrouw die het maar niet snapte.

Bovendien was hij met zijn gedachten bij andere dingen.

Hij was naar de pub gegaan in plaats van naar huis omdat hij wist dat Laura, hoewel ze veel verkoos te negeren, zijn overduidelijke en toenemende rusteloosheid niet zomaar kon wegwuiven. Hij voelde zich geheel tegen zijn aard in uit zijn evenwicht gebracht. Elke keer dat hij zijn ogen dichtdeed, zag hij Byrons gezicht voor zich zoals hij naar Isabel had gekeken. Hij had er iets onverholen primitiefs in gelezen, en het was langzaam tot hem doorgedrongen dat het een weerspiegeling was van iets in hemzelf. Als hij zijn ogen dichtdeed, zag hij niet Theresa of zijn vrouw, maar de bleke sleutelbeenderen van Isabel Delancey, met her en der sproeten waar haar borst blootgesteld was geweest aan de zon. Hij zag haar glimlachend en heupwiegend op hem af lopen, haar verlegenheid vergetend in zinnenstrelende erkenning van haar muziek.

Byrons reactie was terecht geweest. Ze behoorde niemand toe. Ze was niet gebonden, zoals hij. De gedachte dat Byron bij haar in de buurt kwam, gaf zijn bier een zure smaak. De gedachte aan iemand anders bij haar in dat huis, het huis met zíjn stempel op elk vloerdeel, zorgde ervoor dat hij zijn kaken op elkaar klemde.

'Het wordt een onrustige nacht,' zei de kroegbaas, met zijn ogen op zijn kruiswoordpuzzel gericht.

'Ja.' Matt dronk zijn glas leeg en zette het op de toog. 'Daar zou je wel eens gelijk in kunnen krijgen.'

Hij negeerde Theresa's dappere pogingen om zijn aandacht te trekken. Hij bedacht wat voor excuus hij zou aanvoeren om te verklaren waarom hij zo laat was.

Gedreven door iets wat hij niet helemaal begreep, zat Matt een kwartier voor sluitingstijd in zijn bestelwagen op weg naar Little Barton.

Beneden in het ketelhuis zorgde Byron voor de honden, zette zijn radio uit en maakte zich klaar om zijn boek te lezen bij het licht van de kaarsen die hij die ochtend had gekocht. Het was gek hoe snel je je aan je omgeving aanpaste zolang je maar het minimum aan huiselijk comfort had. Hij had nu een stoel, zijn transistorradio, de hondenmanden en een kampeerkookstelletje naar zijn nieuwe huis onder het huis overgebracht. Nadat hij zich in de schoongemaakte gootsteen had gewassen, een behoorlijke maaltijd achter de kiezen had en een kop thee had gedronken, voelde hij zich weliswaar allesbehalve vrolijk, maar toch wat gelijkmatiger gestemd over zijn lot. Het duurde nog maar drie weken voordat de puppy's vast voedsel zouden gaan eten. Een van de boeren aan de andere kant van de kerk had hem al een paar honderd geboden voor de brutaalste. Als ze allemaal zo veel opleverden, zat hij al een redelijk eind in de richting van een aanbetaling.

Zodra zijn financiële situatie stabieler was, zou hij ander werk gaan zoeken. Hij ging zich steeds onbehaaglijker voelen over Matts bemoeienis met dit huis. Er was niet iets waarop hij de vinger kon leggen, maar hij voelde dat er iets niet deugde, dat Matt zijn claim op het Spaanse Huis nog niet opgegeven had. Op een gegeven moment zou het uitkomen, of mevrouw Delancey zou gedwongen worden om te verhuizen. Byron wilde niet in de buurt zijn als een van de twee gebeurde.

Het was tien voor elf toen hij de boiler met een klik hoorde uitgaan. Hij keek verwonderd op zijn horloge. Het tijdmechanisme stond op halftwaalf. Hij negeerde de hoopvolle blikken van zijn honden terwijl hij uit zijn slaapzak kroop, en liep naar de deur.

Alle lichten waren uit.

Enkele minuten later hoorde hij gesnik. 'Kuthuis,' gilde ze. 'Stom kuthuis.'

De stroom was uitgevallen. Hij verstarde. Het was wellicht een zekering, maar misschien wist ze niet waar de zekeringkast was. Hij kon de stroom weer voor haar aanzetten, maar dan zou hij moeten uitleggen hoe hij zo dicht in de buurt van haar huis was gekomen.

Byron bleef stilstaan en Meg, die zijn onbehagen aanvoelde, jankte. Hij zei dat ze stil moest zijn.

Hij luisterde in het donker naar Isabel Delancey die heen en weer liep, en voelde een diepe verontrustheid. Er deugde niets van, maar hij was niet bij machte om er iets aan te doen. Hij hoorde de eerste klanken van haar viool en haar ellende verplaatste zich naar de snaren. Hij was geen muziekkenner, maar zelfs hij vond dat hij nog nooit zoiets triests had gehoord. Hij moest aan haar denken zoals ze eerder die dag met haar beduimelde rekenschriftje op Matt McCarthy was afgestapt, haar gezicht afgetobd door slaapgebrek. Zelfs degenen die rijk leken, konden aan de rand van de financiële afgrond staan. In bepaalde opzichten was ze niet beter af dan hij.

Dat was het idee dat hem het ketelhuis uitdreef – dat en de gedachte dat het zijn zus en Lily konden zijn geweest in plaats van Isabel. Hij kon haar horen, opgaand in haar instrument aan de andere kant van het huis waar ze haar melancholieke melodie in het donker speelde. Hij zou naar de voorkant van het huis lopen, zien of de lichten van het koetshuis aan waren en daarna aankloppen. Hij zou zeggen dat hij toevallig langskwam. Hij zou geruster zijn als hij wist dat de kinderen en zij licht hadden.

Hij deed net de deur dicht toen hij het knerpen van banden op het grind hoorde. Nu zijn auto er niet stond had hij geen overtuigende verklaring voor zijn aanwezigheid. Hij kon het zich zeker niet veroorloven om gezien te worden. Hij deed stilletjes de deur weer open en trok zich terug in de ruimte onder het huis. Daar ging hij in het donker zitten wachten.

Er brandden geen lichten in het huis. Even vermoedde hij dat zij en de kinderen uitgegaan waren en hij voelde iets van teleurstelling. Toen de wind tijdelijk afnam, hoorde hij haar viool en nam aan dat de stroom uitgevallen was. Misschien kwam het omdat hij een aantal borrels ophad, of omdat hij de laatste maanden dit soort muziek meer was gaan waarderen, maar Matt McCarthy bleef zitten waar hij zat en luisterde. Met zijn raampje open en de koele wind op zijn huid, liet hij de muziek in overeenstemming komen met de gekwelde, verscheurde sfeer van het weer dat om hem heen floot. Hij zat voor het huis dat van hem had moeten zijn en stond zichzelf een gevoel toe dat hem vreemd was.

De lichten bleven uit.

Hij wist niet wat hem er na verloop van tijd toe bewoog om naar binnen te gaan. Achteraf dacht hij dat het misschien het verlangen om te helpen was geweest, namelijk om in de zekeringkast te kijken. Het kon ook de muziek zijn geweest. In geen van beide gevallen was hij eerlijk tegenover zichzelf. De voordeur zat zoals gewoonlijk niet op slot. Hij liep naar binnen, deed hem stilletjes achter zich dicht en bleef een ogenblik staan terwijl het huis om hem heen zachtjes kraakte, als een oud schip op hoge golven. Hij vroeg zich af of hij zou roepen, maar ergens had hij het gevoel dat de muziek dan zou ophouden en hij merkte tot zijn verbazing dat hij dat niet wilde. Dus liep hij steels de gang door, de trap af naar de gang naar de keuken en daar, in de deuropening, zag hij haar. Ze speelde met gesloten ogen terwijl de tranen over haar wangen stroomden.

Hij keek naar haar en iets binnen in hem maakte kortsluiting. Haar mond stond een beetje open, haar hoofd hing naar voren en haar schouders waren naar achteren getrokken. Ze ging op in iets wat hij niet kon bezitten. Ze beet op haar onderlip en vertrok haar gezicht toen de muziek een crescendo bereikte alsof de klanken haar pijn deden. Hij kon zijn blik niet van haar losmaken. Hij voelde zich weer een jongen, alsof hij naar iets keek wat hij niet mocht zien, iets buiten zijn bereik, iets wat hij niet voor zichzelf kon krijgen, en hij kreeg een brok in zijn keel. En terwijl hij daar verstard bleef staan, gingen haar ogen open en nog verder open toen ze hem in de schemering zag.

Hij maakte een gebaar alsof hij iets wilde zeggen, maar ze bleef onafgebroken spelen. Ze keek nu naar hem, haar ogen strak op de zijne gericht, haar arm in beweging alsof ze de stroom niet kon stoppen.

'Je hebt geen elektriciteit,' zei hij toen de muziek tijdelijk iets zachter werd.

Ze knikte.

Hij bleef haar strak aankijken. Hij liep naar haar toe, aangetrokken door het zwoegen van haar borst, de schokkende bewegingen van haar lichaam. Haar volkomen beheersing, afgezet tegen wat hij ineens in haar ogen zag – een primitieve behoefte, een lichamelijk verlies.

Ze liet haar handen zakken en maakte een zwak geluid, alsof ze zich overgaf. Hij legde zijn armen om haar middel, drukte haar lichaam half achterover zodat ze tegen hem aangeperst werd, en duwde haar door de deuropening de keuken in. Ze legde haastig haar viool op de tafel, en toen stak ze haar bleke, koude handen in zijn haar, haar mond open tegen de zijne. Hij hoorde haar naar adem snakken, voelde haar handen op zijn huid, de verrassende warmte van haar dijen toen hij zijn handen langs de binnenkant van haar rok omhoog liet gaan, de zoete, bevredigende versmelting van haar lichaam met het zijne. Iets binnen in Matt McCarthy zong luid en doordringend en werd oorverdovend toen ze zich tegen hem aan drukte. Een diep keelgeluid ontsnapte hem.

Ze lieten zich onelegant op de vloer zakken en hij had haar onder zich, precies waar hij haar wilde, waar hij haar al wilde sinds hij haar voor het eerst had gezien. En hij wist dat hij wilde bezitten – niet alleen het huis, maar ook deze vrouw. Hij beet in haar hals, dwong haar tot overgave en voelde haar sterke vingers aan zijn huid klauwen. Zijn laatste gedachte, terwijl de wind de ramen deed rammelen en het huis als een levend wezen om hen heen kreunde, was een lichte verbazing dat haar ogen stijf dicht waren terwijl de zijne open waren, wijd open, alsof hij voor het eerst een heel universum zag.

Hij had geen idee hoe lang hij had geslapen, misschien uren, misschien minuten. Toen hij zijn ogen opendeed, lag er een sprei half over hem heen en bevonden zich verschillende kledingstukken onder zijn hoofd. De ramen waren gehuld in de inktzwarte duisternis van de vroege uurtjes en zijn blote huid protesteerde tegen de kou van de plavuizenvloer. Hij probeerde te ontdekken waar hij was, wat hij daar deed en toen zag hij haar op een stoel zitten, haar kleding op zijn plaats alsof er niets was gebeurd. Ze keek naar hem, haar silhouet zwart in het schemerlicht.

Hij kwam een eindje omhoog terwijl hij haar vage geur op zijn huid rook en hij raakte meteen weer opgewonden. Hij werd overspoeld door beelden, de sensatie van haar op hem, om hem heen, haar kreten in zijn oren. Hij stak zijn hand uit. 'Kom hier,' fluisterde hij, 'zodat ik je gezicht kan zien.'

'Het is bijna twee uur,' zei ze. 'Je moet naar huis.'

Huis. O, jezus, hoe moest hij dat uitleggen?

Matt stond op en liet de sprei op de vloer glijden. Hij ritste zijn spijkerbroek dicht en maakte zijn riem vast. Het was koud, maar hij voelde het nauwelijks. Er stroomde iets ongelooflijks door hem heen, alsof zijn eigen bloed gezuiverd, vernieuwd was. Hij liep naar haar toe, omdat hij nog steeds haar gezicht niet duidelijk kon zien. Hij raakte het haar aan dat hij eerder had vastgegrepen.

Alles was veranderd. En hij accepteerde dit en voelde zich vreemd blij.

'Dank je,' zei hij. Hij wilde haar vertellen wat het betekende. Hoe het hem had veranderd. Toen realiseerde hij zich, terwijl hij er met zijn duim overheen ging, dat haar jukbeen nat was van de tranen. Hij wist ineens dat hij er iets aan kon doen. 'Je moet niet verdrietig zijn,' zei hij teder. 'Het komt echt wel goed.' Ze gaf geen antwoord.

'Luister,' zei hij omdat hij haar blij wilde maken, haar verdriet wilde wegnemen, 'wat het geld betreft. Vergeet die volgende termijn. We regelen wel iets.' Eén krankzinnig ogenblik lang dacht hij erover om haar te bekennen hoe alles anders zou worden. Daarvoor was zelfs hij niet voldoende in de war. 'Isabel?'

Hij voelde eerder dan hij hoorde hoe de sfeer van de stilte veranderde. Ze was verstard, had zich voor zijn aanraking teruggetrokken.

'Ik heb dit nooit eerder gedaan,' zei ze, en haar stem klonk koud.

'Wat gedaan?' zei hij terwijl hij haar gezicht probeerde te zien.

'Ik zal je alles betalen wat ik je verschuldigd ben.'

Hij was met stomheid geslagen toen tot hem doordrong wat ze bedoelde. 'Luister – ik ben hier vanavond niet gekomen om... Ik... jezus.' Hij lachte half en half, vol ongeloof over wat hij hoorde. 'Ik wilde niet suggereren –' Hij was op het verkeerde been gezet. 'Ik heb er nog nooit van mijn leven voor... betaald.'

'En ik heb het nog nooit van mijn leven aangeboden.' Haar toon was nu ijskoud. 'Ik zou graag willen dat je wegging.'

Matts hoofd tolde terwijl hij door de kou naar zijn bestelwagen liep. Hij moest het haar duidelijk maken. Hij kon niet geloven dat ze had gedacht dat het om geld ging. Terwijl zijn voetstappen over het grind knerpten, hoorde hij het zware, onherroepelijke geluid van een grendel die voor de deur werd geschoven.

Aan de andere kant zakte Isabel met een stille kreet van wanhoop en walging over zichzelf op de vloer. Ze liet haar hoofd op haar knieën rusten, liet haar pijnlijke lippen tegen de zachte stof van haar rok vallen, en verborg haar gezicht voor haar eigen verraad.

Haar hele lichaam schrijnde van eenzaamheid, het verlies van haar man, de ruwe gemeenschap met een man die niet hem was. Ze was ontnuchterd en leeg. Leger dan ze ooit was geweest.

Laurent! Waar heb je me toe aangezet? Wat ben ik geworden? Het huis reageerde met een stilte die oorverdovend was.

14

Er reed om de twee uur een trein tussen haar nieuwe huis en Londen, en Isabel had uitgerekend dat, als deze op tijd aankwam, ze van geluk mocht spreken als ze thuis was voor de schoolbus arriveerde. Gezeten tegenover een man die methodisch de krant doorwerkte en met aan haar rechterkant twee rugzaktoeristen die zaten te kletsen in een taal die hard en Noord-Europees klonk, liet ze haar gedachten door de doffe monotonie van de wielen over het spoor in slaap sussen.

Ze dacht aan Mary met wie ze een afspraak had gemaakt om samen koffie te drinken, en die zich had beklaagd over de tirannie van het naar school brengen en weer ophalen. 'Wees blij dat je het niet in Londen hoeft te doen,' had ze monter gezegd. 'Ik breng mijn halve leven in de auto door.'

Het was fijn geweest om haar te zien, een herinnering dat Isabel ooit deel had uitgemaakt van een ander leven. Mary vroeg gretig naar Kitty en Thierry, zei tegen Isabel dat ze er een stuk beter uitzag (een leugentje om bestwil, vermoedde Isabel) en beloofde snel langs te komen. Het was duidelijk dat ze nu ergens anders thuishoorde, dat ze het middelpunt van een ander gezin was. Ze had een van haar nieuwe kinderen meegenomen, een baby met grote, bruine ogen die ze op haar knie liet dansen met de kalme zelfverzekerdheid die ze ook had getoond in de omgang met Isabels kinderen.

'Bent u niet wezen winkelen?'

Isabel keek het rijtuig door en zag een vrouw die ze herkende. Ze nam de keurige pastelkleurige regenjas, de rare hoed in zich op, en de vrouw glimlachte.

'Linnet. Deirdre Linnet. U kent me uit de winkel van de Neven. U woont in het Spaanse Huis.' Ze vertelde Isabel dit alsof ze haar informatie gaf. Ze gebaarde naar Isabels benen. 'Ik dacht dat u misschien naar Londen was gegaan om te winkelen, maar u hebt geen tassen bij u.'

'Tassen,' zei Isabel.

'Boodschappentassen.'

'Nee,' zei ze. 'Vandaag niet.'

'Ik ben een beetje uit de band gesprongen. Ik ga er maar twee keer per jaar heen en dan geef ik graag geld uit. Mijn feestje.' Ze klopte op de plastic tassen die naast haar op de bank stonden, elk met een merknaam die tegenover de hele wereld verkondigde welke wegen het spaargeld van mevrouw Linnet had genomen. 'Mijn feestje,' herhaalde ze bij zichzelf.

'Ik zit diep in de problemen,' had ze Mary verteld. 'Ik heb het helemaal verkeerd aangepakt. De kinderen zijn verschrikkelijk ongelukkig en het is allemaal mijn schuld.' Mary had naar bijna het hele verhaal geluisterd (er was een deel dat Isabel er met opzet uitgelaten had) en lachte toen ontspannen, alsof niets van dit alles iets was om je zorgen om te maken. 'Ze is een tiener,' had ze gezegd. 'Ze hoort ongelukkig te zijn. Je bent er tot dusver redelijk licht vanaf gekomen. Thierry... Nou, hij zal na verloop van tijd zijn stem wel weer vinden. Ze doen het goed op school. Ze komen elke dag naar huis. Ze eten. Het lijkt mij dat het wel goed met ze gaat, gezien de omstandigheden. Jij bent degene die ongelukkig is.'

'Was het dan werk?'

'Pardon?'

'Werk. Het uitstapje naar Londen.'

Isabel glimlachte flauw. Haar ogen brandden van vermoeidheid. Ze had het grootste deel van de nacht wakker gelegen en de gemiste uren slaap begonnen hun tol te eisen. 'Zoiets, ja.'

'U bent toch musicus? Dat heeft Asad me verteld. Hij is niet zo'n roddelaar, hoor, en Henry ook niet, niet echt, maar u bent er waarschijnlijk al achter dat er niet veel in ons dorp gebeurt dat niet via de winkel loopt.'

Isabel vroeg zich somber af hoe lang het zou duren voor de afgelopen nacht een gespreksonderwerp zou worden.

'Ik heb uw advertentie voor vioollessen gezien. Ik heb vroeger gezongen, weet u. Ik had er mijn beroep van kunnen maken, zegt mijn man altijd. Toen kwamen er kinderen...' Ze zuchtte. 'U weet hoe het gaat.'

Isabel wendde zich naar het raampje. 'Ja, inderdaad.'

'Je moet aan het werk gaan,' had Mary gezegd. Zij had voor de koffie betaald, wat Isabel bijna ondraaglijk vernederend had gevonden. 'Je moet weer bij het orkest gaan, wat geld verdienen, je gemoedsrust hervinden. Je kunt ze best een dagje alleen laten. Kitty is oud genoeg om voor haar broertje te zorgen.' Ze had Isabel omhelsd en was er toen achter de kinderwagen vandoor gegaan, terug om het leven van een ander gezin gemakkelijker te maken.

Ze waren het laatste station voor Long Barton gepasseerd. Ze zag hoe mevrouw Linnet haar tassen pakte en tegen zich aan klemde, al een tijd voor de trein aankwam klaar om uit te stappen. Haar oog viel op de nu vertrouwde herkenningspunten van kerken en huizen, de glimp van de dorpsstraat door de bomen, de bermen en heggen weer groen van de nieuwe blaadjes en ze vroeg zich af hoe lang het duurde voor een plek als thuis aanvoelde.

Pas toen de trein het station van Long Barton binnenreed, stond Isabel op en deed wat ze gezworen had niet te zullen doen. Ze stak haar hand uit en omklemde het handvat van een vioolkist die er niet meer was.

Toen ze thuiskwam, hingen ze voor de televisie. Kitty met haar kousenvoeten op een tafeltje voor de bank en een zak chips in haar handen. Thierry, die over een oude leunstoel hing, met zijn schooldas als een bal opgerold op de vloer.

'Je was er niet toen we thuiskwamen,' zei Kitty beschuldigend. 'Zelfs Matt was er niet. We moesten de sleutel onder de mat bij de achterdeur gebruiken.'

Isabel legde haar schoudertas op een bijzettafeltje neer. 'Thierry, heb je vandaag je lunch opgegeten?'

Haar zoon knikte zonder zijn blik van de tv af te wenden.

'De hele boterham?'

Zijn ogen flitsten naar haar en hij knikte nogmaals. Het was ongewoon rustig in de kamer en ze realiseerde zich dat het kwam omdat er geen bouwvakkers waren. Zelfs als ze niet timmerden of sloopten, bracht hun aanwezigheid een rimpeling in de sfeer teweeg. Of was dat alleen Matt McCarthy? Isabel wreef in haar ogen. 'Ik ga een kop thee zetten,' zei ze.

'Waar ben je geweest?'

Kitty's natuurlijke nieuwsgierigheid won het duidelijk van haar voornemen om niet tegen haar moeder te praten. Ze zag dat haar dochter haar vermoeidheid registreerde en voelde dat ze bloosde, alsof de reden voor haar uitputting overduidelijk was.

'Londen,' zei ze. 'Ik zal het straks uitleggen.'

Toen ze terugkwam met haar thee, was de tv uit en zaten ze allebei rechtop. Ze sprongen uit elkaar alsof er een fluistergesprek had plaatsgevonden dat niet voor haar oren bestemd was. Behalve dan dat het een eenzijdig gesprek moest zijn geweest, dacht ze. Haar zoon praatte immers niet.

Isabel keek hen aan en vertelde hun het nieuws. 'We kunnen terug naar Londen,' zei ze.

Achteraf wist ze niet wat ze precies verwacht had, misschien geen donderend applaus, maar wel een soort van opwinding, misschien gelach, een vreugdesprongetje. Ze bleven haar maar aangapen.

'Wat betekent dat?' vroeg Kitty, nog steeds een beetje agressief.

'Wat ik zei,' zei Isabel. 'We kunnen terug naar Londen. We gaan ervoor zorgen dat dit huis opgekalefaterd wordt, zodanig dat het te verkopen is, en dan hebben we hopelijk genoeg om een huis in de buurt van ons oude huis te vinden. In de buurt van jullie vrienden,' voegde ze eraan toe.

Ze bleven haar aanstaren.

'Het zal niet zo groot zijn als ons oude huis, maar ik weet zeker dat we iets zullen vinden wat ons bevalt.'

'Maar... hoe kunnen we dat betalen?' Kitty keek fronsend en wikkelde gedachteloos een haarlok om haar vinger.

'Daarover hoef je je hoofd niet te breken,' zei Isabel. 'Ik dacht gewoon dat je het wel zou willen weten.'

Kitty keek haar argwanend aan. 'Ik begrijp het niet,' zei ze. 'Je hebt me verteld dat we geen geld hadden. Je zei dat de verbouwing ons elke cent kostte die we hadden. Wat is er gebeurd?'

'Ik heb onze financiën... georganiseerd. Daarom was ik in Londen.'

'Jij weet helemaal niets van financiën. Ik ken onze financiën en we hebben er geen.'

Ineens drong het tot haar door. Haar ogen dwaalden door de kamer, naar de tafel, naar het bureau. 'O, mijn god,' zei ze zachtjes.

Isabel had een kalme, serene glimlach geoefend. Een glimlach die de kinderen niets liet merken van wat het haar had gekost, van de pijn die ze had gevoeld toen ze haar instrument aan de handelaar overhandigde. Het was alsof ze een van haar kinderen had moeten afstaan.

'Je heb hem toch niet verkocht?'

Isabel knikte.

Kitty barstte in hysterische snikken uit. 'O nee!' riep ze uit. 'O nee! Ik heb je ertoe aangezet!'

Isabels glimlach verdween.

'Het was niet mijn bedoeling dat je hem echt zou verkopen. Ik weet wat hij voor je betekende. Nu word je echt heel ongelukkig en zul je me voor altijd haten. O mam, het spijt me verschrikkelijk.'

Isabel ging moeizaam zitten en trok Kitty tegen zich aan. 'Nee,' zei ze terwijl ze over haar haar streek. 'Je had gelijk. Dat instrument was een luxevoorwerp dat we ons niet konden veroorloven. Bovendien heeft meneer Frobisher een andere viool voor me gevonden – veel goedkoper, maar met een heel mooi geluid. Hij maakt hem in orde en stuurt hem volgende week naar me op.'

'Je zult er een hekel aan krijgen.' Kitty klonk gesmoord.

'Welnee,' zei Isabel, ook al wist ze dat haar dochter gelijk had. 'Kitty, ik heb een grote fout gemaakt en ik ga het goedmaken,' zei ze. 'De muziek gaat naar de achtergrond. Hoe eerder we het geld bij elkaar hebben om dit huis op te knappen, hoe eerder we terug naar huis kunnen.'

Op dat moment zag ze de uitdrukking op Thierry's gezicht. Hij keek helemaal niet blij. 'Jij wilt toch nog wel terug, hè, Thierry? Terug naar Londen?'

Er volgde een korte stilte. Toen schudde haar zoon langzaam zijn hoofd. Isabel keek vol ongeloof naar hem en toen naar Kitty. 'Thierry?' vroeg ze nogmaals.

Zijn stem klonk zacht maar beslist. 'Nee,' zei hij.

Isabel keek naar Kitty, die haar niet recht in de ogen leek te durven kijken.

'Eerlijk gezegd,' zei Kitty, 'vind ik het hier ook... niet zo erg.' Ze keek over haar schouder naar haar broertje. '... Ik bedoel, ik vind het niet erg om nog een tijdje te blijven... als dat is wat Thierry wil.'

Isabel vroeg zich af of ze haar twee dwarse, grillige kinderen ooit zou begrijpen. Ze haalde diep adem. 'Oké,' zei ze, 'we betalen meneer McCarthy wat we hem schuldig zijn en dan zien we wel. We hebben in ieder geval een paar opties. En nu,' zei ze, 'ga ik me eens met de administratie bezighouden.'

De zon ging onder achter het raam van de salon en de kinderen zetten de televisie weer aan. Isabel ging aan tafel zitten, begon de brieven open te maken die ze had genegeerd en lijstjes te maken van dingen die gedaan moesten worden. Ze voelde zich bijna fysiek beroofd van het voorwerp dat ze zo lang gekoesterd had en zag op tegen de maanden die voor haar lagen. Toch voelde ze zich vreemd genoeg beter dan ze in maanden had gedaan.

Hij heeft 'nee' gezegd, hield ze zichzelf voor terwijl ze onder het openen van nog een brief naar haar zoon keek. Dat moest toch wel beter dan niets zijn.

'Ze zag er verschrikkelijk uit,' zei mevrouw Linnet opgewekt. 'Spierwit en met van die enorme zwarte kringen onder haar ogen. Ze zei de laatste twee stations amper iets tegen me.'

Asad en Henry keken elkaar even aan. Het was mogelijk dat de gespreksstof van mevrouw Linnet niet op iedereen die ze tegenkwam dezelfde aantrekkingskracht had.

'Ze krijgt nog eens een zenuwinzinking van dat huis. Wisten jullie dat er nog geen twee weken geleden een plafond naar beneden is gekomen? Er had van alles kunnen gebeuren. Haar kinderen hadden er wel onder kunnen liggen.'

'Dat was niet zo,' zei Henry. 'Er is dus niets aan de hand.'

'Ik begrijp niet waarmee Matt McCarthy bezig is. Een man met zijn ervaring... Je zou toch denken dat hij als eerste zou zorgen dat het veilig was. Vooral met de kinderen.'

'Dat zou je denken,' zei Asad, die de bankbiljetten in de kassa aan het tellen was.

'Ik weet zeker dat het iets eenmaligs was,' bracht Henry naar voren.

'Het zou me niks verbazen als het de geest van Samuel Pottisworth was die is komen spoken.' Mevrouw Linnet huiverde dramatisch.

'O, mevrouw L., u gelooft toch niet in spoken?' zei Henry op verwijtende toon.

'Maar we geloven wel in kwade geesten, hè, Henry?' Asad liet een elastiekje om de biljetten knallen.

'Ik wil eerst bewijs zien voor ik iets geloof, Asad.' Henry keek veelbetekenend naar zijn partner.

'O, sommige verschijningen zijn daarvoor veel te slim.'

'En sommige mensen zien dingen die er niet zijn.'

Mevrouw Linnet werd afgeleid van de lijn van haar eigen gespreksonderwerp en staarde hen aan.

Asad deed de kassa dicht. 'Het is een van je meer innemende karaktertrekken dat je overal iets goeds in ziet, Henry, maar soms maakt het je blind voor wat zich werkelijk om je heen afspeelt.'

'Ik weet precies wat er gaande is, maar ik geloof ook dat je jezelf in bescherming moet nemen.'

'"Opdat het kwaad kan zegevieren, is het voldoende dat brave lieden toekijken en nietsdoen."'

'Je hebt geen bewíjs.'

Mevrouw Linnet zette haar tas neer. 'Heb ik iets gemist?' vroeg ze.

Op dat moment ging de deur met een zwaai open en ze zwegen allemaal toen Anthony McCarthy binnenkwam. Hij praatte in zijn mobiele telefoon, dus zag hij niet de blikken die over en weer flitsten, of de manier waarop de twee mannen achter de toonbank druk in de weer gingen. Mevrouw Linnet herinnerde zich dat ze nog jam moest hebben en ging naar de schappen aan de andere kant.

De jongen beëindigde zijn gesprek en klapte zijn telefoon dicht. Zijn wollen muts was diep over zijn voorhoofd getrokken. Zijn kleren slobberden om hem heen alsof ze verscheidene maten te groot gekocht waren.

'Goeiemiddag, Anthony,' zei Asad glimlachend. 'Kan ik je helpen?'

'O. Ja.' Hij hurkte voor de koelvitrine en beet op zijn lip. 'Mijn moeder heeft gevraagd of ik olijven, gerookte kalkoen en nog iets wilde meenemen.' Hij grinnikte. 'Ik weet niet meer wat dat "nog iets" was.'

'Jullie mannen ook,' zei mevrouw Linnet. 'Jullie zijn allemaal hetzelfde.'

'Kaas?' opperde Asad.

'Fruit?' Henry stak hem een mandje toe. 'We hebben heerlijke druiven.'

'Brood?'

De jongen leek zo op zijn moeder, vond Henry. Dezelfde neus, dezelfde prettige maar gereserveerde manier van doen. Dezelfde typische mengeling van verdediging en trots, alsof het feit dat ze familie waren van Matt reden was voor zowel blijdschap als schaamte.

'Ze wurgt me,' zei hij opgewekt.

'Ik zal de olijven en kalkoen vast pakken,' zei Asad. 'Misschien weet je het dan weer.'

'Is het iets om te eten?' vroeg mevrouw Linnet, die wel genoot van een uitdaging.

'Vruchtencake? Dat vindt ze lekker.' Henry stak een cake omhoog.

Anthony schudde zijn hoofd.

'Melk,' zei mevrouw Linnet. 'Ik vergeet altijd melk. En wc-papier.'

'Waarom bel je haar niet?'

'Dat heb ik net gedaan. Ik kreeg het antwoordapparaat. Ze is zeker weg. Het schiet me vast te binnen als ik weer in de auto zit.'

Asad stopte de twee in papier gewikkelde pakjes in een tas en reikte die over de toonbank aan. 'Help jij je vader nog met het grote huis?' vroeg hij terwijl Anthony hem een bankbiljet toestak.

'Soms.'

'Schiet het een beetje op?' Asad negeerde bewust Henry's frons.

'Ze heeft ons gevraagd om voorlopig even te stoppen,' zei Anthony. 'Het gaat wel goed, geloof ik. Maar ja, ik weet het niet, hoor. Ik doe gewoon wat pa zegt.'

'Dat zal wel,' zei Asad. Hij legde het kleingeld in Anthony's hand. 'En hoe gaat het met onze Kitty?'

De jongen bloosde. '... Goed wel. Voor zover ik weet,' mompelde hij in zijn boord.

Nu onderdrukte Henry een glimlach.

'Het is fijn dat ze een paar vrienden heeft,' zei mevrouw Linnet. 'Het moet zo eenzaam voor een jong meisje zijn in dat grote huis. Ik zei net, haar moeder ziet er vreselijk uit –'

Anthony ving Henry's blik op toen de deur weer openging en Matt binnenstapte. 'Waarom duurt het zo lang? We zouden een kwartier geleden al bij het huis van mevrouw Nixon zijn.'

'Ik weet niet meer wat mam wilde,' zei Anthony.

'Nou, jongen,' grinnikte Matt, 'wat vrouwen willen, is een van de eeuwige mysteries van het leven, hè?' Hij scheen ineens te beseffen tegen wie hij het had en de grijns verdween. 'In ieder geval moeten we gaan.'

Asad glimlachte. 'Meneer McCarthy, ik wilde net tegen Anthony zeggen dat ik gisteravond zo'n interessant programma heb gezien over aannemers.'

'O ja?' Matt wierp een blik in de richting van de deur alsof hij haast had om weg te komen.

'Ze lieten zien wat er gebeurt als aannemers onschuldige huiseigenaren te veel berekenen, of klussen bedenken die helemaal niet gedaan hoeven te worden. Dat is toch iets verschrikkelijks, vindt u niet, meneer McCarthy?'

Het was ineens doodstil. Henry deed zijn ogen dicht.

Matt bleef stokstijf staan. 'Ik begrijp niet goed wat je bedoelt, Asad.'

Asad bleef glimlachen. 'O, ik denk dat u veel meer een man van de wereld bent dan u zelf wel denkt, meneer McCarthy.'

Matt ging dichter bij zijn zoon staan. 'Het is goed dat je het zegt, Asad, maar je zult niets van dien aard in ons dorp tegenkomen. In deze contreien speelt onze reputatie een grote rol, zoals je weet. Dat geldt voor zowel aannemers als voor winkeliers.'

'Inderdaad. We zijn in deze winkel op de hoogte van de reputatie van mensen. Ik ben blij dat u zo'n positieve kijk op de zaak hebt. U zult het er toch wel mee eens zijn dat iedereen die iets af weet van een dergelijke wantoestand zich verplicht moet voelen om zijn mond open te doen.'

Matts glimlach was nu keihard. 'Asad, jongen, als ik enig idee had waarover je het had, zou ik het vast met je eens zijn. Kom, Anthony. We moeten gaan.' De deur ging iets nadrukkelijker dicht dan gebruikelijk en het belletje bleef nog enkele seconden narinkelen.

Matts oren gloeiden terwijl hij het trottoir overstak. Toen hij ingestapt was, kon hij zijn gevoelens niet langer in bedwang houden. 'De brutaliteit! Heb je hem gehoord, Ant? Heb je gehoord wat hij insinueerde?' De angst dat ze achter zijn nacht met Isabel zouden komen, maakte hem agressiever dan zijn bedoeling was. 'Schijnheilige klootzak. Ik zou hem kunnen aanklagen wegens smaad, met dat soort praatjes. Roomser dan de paus – ik krijg altijd de zenuwen van hem.'

Het geraas in Matts hoofd was zo luid dat hij zijn telefoon pas hoorde toen zijn zoon hem van het dashboard pakte en opnam. 'Theresa,' zei hij onomwonden en ook hij keerde zich van zijn vader af.

Het was kort voor zeven uur de volgende ochtend toen Isabel de honden zag. Het was zaterdag, dus het was niet verplicht vroeg opstaan, maar ze sliep heel onrustig en was tot de conclusie gekomen dat uit bed komen de enige manier was om haar hoofd leeg te maken.

Hoe kon ze de tekeningen die ze in de gele graafmachine had gevonden verklaren? Ze sloegen duidelijk op het Spaanse Huis, waren een soort blauwdruk van het werk dat Matt had verricht. De badkamer was aangegeven op de plek waar hij hem voorgesteld had, tegen de achterkant van de nieuwe kleedkamer. Toch had hij nooit architecten of tekeningen genoemd. Ze waren te recent om van Samuel Pottisworth te kunnen zijn geweest – en het leek haar sterk dat haar oudoom een enorme verbouwing had gewild nadat hij het huis tientallen jaren verwaarloosd had.

Als Matt een architect had betaald om de tekeningen voor haar te laten maken, dan zou ze toch wel zeggenschap hebben gehad in wat er voorgesteld werd? De gedachte dat ze dit alles met hem moest bespreken, maakte haar weer doodongelukkig.

En dan was er het geld. Ze had er voor Laurents dood nooit aan gedacht. Het was zijn domein geweest, iets abstracts dat bestond om de genoegens van het leven te faciliteren. Gezinsvakanties, nieuwe kleren, uit eten. Hun nonchalante spilzucht schokte haar nu.

Isabel wist precies hoeveel geld ze zowel in haar portemonnee als op de bank had. Zodra ze Matts meest recente rekening betaald had, konden haar gezin en zij zonder verder inkomen nog drie maanden van het restant leven. Als ze drie of vier vioollessen per week zou geven, zouden ze er langer mee toe kunnen. Als ze minstens één kamer en een behoorlijke badkamer voor elkaar zouden krijgen, dan konden ze die verhuren, wat zo'n veertig pond in het laatje zou brengen. Het was wel een geweldige *als*. Ze wasten zich nog steeds in de keuken en gebruikten nog steeds de garderobe beneden. 'Ik denk niet dat veel huurders dol zijn op een zinken teil,' had Kitty opgemerkt.

Isabel had half wakker voor het raam gestaan, waar ze naar de eenden en ganzen keek die opstegen en naar een onzichtbaar roofdier kwaakten en snaterden, toen ze honden aan de andere kant van het water in vreugdevolle rondjes achter elkaar aan zag rennen.

Bijna in een opwelling trok ze haar ochtendjas aan en rende naar de voordeur. Ze trok haar rubberlaarzen aan en liep half rennend over het grasveld naar het meer, haar armen om zich heen geslagen tegen de kille ochtendlucht.

Ze bleef staan waar de honden waren geweest. Het natte riet streek langs haar benen en haar oren vulden zich met het gezang van vogels. De honden waren verdwenen.

'Byron?' riep ze, haar stem weergalmend over het meer.

Hij was al weg. Hij was zeker op weg naar zijn werk geweest. En toen, een eindje verderop, verscheen er een hoofd boven water. Een glad, donker hoofd, en boven het wateroppervlak verrijzend, een bovenlichaam, naakt tot aan het middel.

Hij stond met zijn rug naar haar toe, dus enkele seconden lang kon Isabel onopgemerkt naar hem kijken. Het viel haar op hoe onverwacht prachtig hij was, met zijn brede, strakke schouders die in een smalle taille overgingen. Hij veegde het water van zijn gezicht en ze werd overspoeld door tegengestelde emoties: ontzag voor zijn fysieke schoonheid, vervolgens schaamte bij de herinnering aan het laatste mannelijke lichaam dat ze vlak bij zich had gehad, en verlies – van ongecompliceerd lichamelijk genot, een hard mannenlijf tegen een meegevend vrouwenlichaam, genoegens waarvan ze vermoedde dat die nooit meer haar deel zouden zijn.

Hij schrok toen hij haar zag, en ze draaide zich met een ruk om, opgelaten over het feit dat ze betrapt was terwijl ze stond te staren.

'Sorry,' zei ze terwijl ze haar haar voor haar gezicht liet vallen. 'Ik... wist niet dat je daar was...'

Hij waadde naar de rand van het meer en leek net zo weinig op zijn gemak als zij. 'Ik kom hier 's ochtends vaak zwemmen,' zei hij. Zijn kleding lag op een hoopje bij een laurier. 'Ik hoop dat je het niet erg vindt.'

'Nee... Natuurlijk niet. Je bent heel dapper,' zei ze. 'Het moet wel ijskoud zijn!'

'Het went,' zei hij. Er volgde een korte stilte waarin de honden met hun tong uit hun bek langs renden. Toen glimlachte hij. 'Eh... Isabel... ik moet eruit...'

Ze realiseerde zich meteen wat hij bedoelde en draaide zich met blozende wangen om. Hoe lang dacht hij dat ze daar al stond? In haar ochtendjas, nota bene. Ze zag zichzelf ineens zoals iemand anders haar zou kunnen zien. Had Matt hem over die nacht laatst verteld? Hoorde ze hier eigenlijk wel te zijn? Isabel voelde zich verpletterd. Ze trok haar ochtendjas om zich heen. 'Hoor eens,' zei ze, 'ik spreek je een andere keer nog wel. Ik moet terug.'

'Isabel, je hoeft niet –'

'Nee. Echt. Ik moet echt –'

Op dat moment zag ze haar zoon. Hij kwam vanonder de bomen vandaan, met de rand van zijn sweatshirt opgetrokken en daarin een hoop paddenstoelen. 'Thierry?' zei ze verbouwereerd. 'Ik dacht dat je in bed lag.'

'Ik dacht dat je het wist,' zei Byron achter haar. 'Hij gaat elke zaterdagochtend met me mee.'

Ze had er geen idee van gehad. Mary zou het geweten hebben als Thierry kort na zonsopgang door de bossen dwaalde. Isabel kreeg het koud. Haar zijden ochtendjas bood geen bescherming tegen de vochtige lucht.

'Sorry,' zei Byron, nog steeds tot aan zijn middel in het water. 'Ik zou hem niet meegenomen hebben als ik het had geweten.'

'Het is prima. Als hij het naar zijn zin heeft...' zei ze met een klein stemmetje. Thierry stapte naar voren en gaf haar de paddenstoelen, die een doordringende, aardeachtige geur afgaven. 'Ze zijn niet giftig,' zei Byron, 'het zijn cantharellen. Ik pluk ze al jaren. Ze komen van het land van Matt, maar dat vindt hij niet erg.'

Toen die naam viel, liet Isabel haar haar nog verder over haar gezicht vallen en bukte zich om de paddenstoelen van Thierry over te nemen. Ze zorgde ervoor dat ze met haar rug naar Byron stond en hoorde gespetter toen hij uit het water kwam. Ze voelde zich heel verlegen bij de gedachte dat hij naakt zo dicht bij haar was, dus mompelde ze iets nietszeggends tegen Thierry, die de paddenstoelen met ervaren vingers doorzocht.

'Eigenlijk wilde ik je een gunst vragen,' zei ze tegen Byron, met haar rug nog naar hem toe.

Hij wachtte.

'Ik moet ons land gebruiken – er zoveel mogelijk van leven. Je zei dat je Thierry kon leren om groente te verbouwen – nou, misschien wil je me laten zien hoe ik het zelf kan doen. Ik weet dat je voor Matt werkt en je zult het wel erg druk hebben, maar ik ben je dankbaar voor alles wat je me kunt vertellen... Er is niemand anders die ik het kan vragen.'

Ze probeerde zijn reactie te peilen en hakkelde verder: 'Ik wil geen koeien of varkens of zo, en ik ga ook geen akkers omploegen. Maar er moet toch íéts zijn wat we kunnen doen om aan onze behoeften tegemoet te komen.'

'Dan krijg je wel vuile handen.'

Toen ze zich omdraaide, was hij gekleed in een T-shirt en spijkerbroek en zijn shirt was nog zichtbaar vochtig. Vervolgens keek ze naar haar vingers die dertig jaar lang beschermd waren geweest tegen de slijtage van het alledaagse en die nu al onder de aarde van de paddenstoelen zaten. 'Ze zullen er wel aan wennen,' zei ze.

Byron wreef met een handdoek over zijn hoofd en liet zijn blik over het land om hem heen dwalen. 'Nou, daar heb je om te beginnen je ontbijt,' zei hij terwijl hij naar de paddenstoelen wees. 'Die kun je tot aan de herfst plukken. En als je niet te kieskeurig bent, kun je je gezin waarschijnlijk maandenlang te eten geven.'

Ze wachtte.

Er speelde een glimlachje om zijn lippen. Wanneer hij glimlachte, leek hij een ander mens. 'Eh,' zei hij ten slotte en hij gebaarde naar haar ochtendjas. 'Daarmee kom je niet erg ver.'

'O!' riep ze uit en ze lachte. 'Vijf minuten. Geef me vijf minuten.'

Overal was voedsel, als je het wilde zien, ontdekte Isabel tijdens haar ochtend met Byron. Terwijl Kitty thuis aan de telefoon hing, volgden Thierry en zij hem door de tuin en langs het meer. Isabel probeerde alles in haar geheugen te prenten wat hij haar vertelde over de mogelijkheden van haar land, dat nu eerder op haar overkwam als voedselleverancier dan als een verpletterend gat in haar begroting. 'De gemakkelijkste groenten voor jou om te verbouwen zijn aardappelen, tomaten, misschien uien en enkele bonensoorten. Die doen het eigenlijk vanzelf op deze grond. Deze hele hoek kan gebruikt worden voor rabarber – die deed het hier altijd goed.'

Thierry trok een gezicht.

'In een taart vind je het wel lekker.' Byron gaf hem een por.

Ik moet er een maken, dacht Isabel, maar ze had Mary nooit om het recept gevraagd.

'Daar bij de stallen is de oude kas. Als je je zaailingen onder glas uitzet om ze een beetje te beschermen, kun je ze na de vorst in de volle grond zetten. Het is het goedkoopst om alles vanuit zaad op te kweken, al ben je er dit jaar waarschijnlijk te laat mee. Als we dit opruimen,' hij trok aan wat onkruid bij de muur van rode baksteen, 'dan vind je misschien zelfs wat frambozenstruiken... Daar zijn ze. Je snoeit ze terug tot ongeveer hier,' hij gaf het met zijn duimen aan, 'en je krijgt nog een mooie oogst. Die braamstruiken kun je het beste laten staan voor de bramen.'

Hij liep met grote stappen verder en werd steeds spraakzamer. Hier, in zijn element, zijn waakzaamheid vergeten, speelde zo nu en dan een glimlach om zijn lippen. Hij praatte zachtjes alsof hij zijn omgeving niet wilde verstoren.

'Hier staan allerlei appelrassen. Die worden rijp in de herfst. Je moet een vrieskist aanschaffen zodat je kunt bewaren wat je niet opeet. Stoof er zo veel mogelijk. De rest wikkel je individueel in kranten,' nu deed hij net alsof hij er een boende, 'en leg je in een van de bijgebouwen op een koude plek – ergens waar de muizen er niet bij kunnen,' voegde hij eraan toe.

'En je hebt Victoria-pruimen, peren, wilde appels, damastpruimen...' Hij zwaaide naar de fruitbomen. Ze kon ze niet uit elkaar houden. 'Hier reine-claudes. Aan deze struik kruisbessen. Kijk uit voor de doorns, hoor, Thierry, als je ze plukt. Je kunt er jam en chutney van maken, en die misschien zelfs verkopen. Er zijn een hoop mensen die dingen langs de weg verkopen.'

'Wie komt er nu deze kant uit om jam te kopen?' zei Isabel.

'Als het lekker genoeg is, kun je de Neven vragen het voor je te verkopen als biologisch. Er is hier nooit gesproeid voor zover ik me kan herinneren.' Hij zweeg even. 'De enige dingen waarmee je problemen zult krijgen, zijn sla en wortelen.'

'De konijnen,' zei Isabel.

'Juist. Maar we kunnen wel iets in elkaar flansen om ze weg te houden. En je zou elke avond konijnenstoofpot kunnen eten als je dat zou willen.'

'Je bedoelt ze dóódmaken?'

'Alsof je op haringen in een ton schiet in deze buurt.'

Ze huiverde om zijn woordkeuze.

'Het is niet moeilijk om een konijn te villen. Thierry heeft het gedaan.'

Ze was met stomheid geslagen, maar Byron leek ineens weinig op zijn gemak. 'Ik ben heel voorzichtig geweest. Ik zat erbij terwijl hij met het mes in de weer was.' Het was niet de ontdekking dat haar zoon met een mes had gespeeld die Isabel overdonderde – het was de uitdrukking van stille trots op zijn gezicht terwijl hij verlegen naar Byron opkeek, zich kennelijk koesterend in zijn goedkeuring.

'En hij is er nog goed in ook, hè, T.? Een natuurtalent, die jongen van je.'

'Vond je het leuk om te doen, Thierry?' Terwijl ze hem zo bezig zag met Byron, dacht ze even dat hij antwoord zou geven. Maar hij knikte alleen. Ze ving Byrons blik op en zag er een erkenning in van wat ze gehoopt had. Hij bleef zachtjes verder praten, alsof hij niets gezien had.

'En er zitten fazanten, herten. Met een paar flinke stukken wild kom je een eind de winter door. Je kunt ze in een van de bijgebouwen ophangen. Het is lekker. Heel mager ook.'

'Ik denk niet dat ik dat al aankan,' zei ze en ze glimlachte.

Ze bleven een ogenblik staan terwijl Thierry achter een van de honden tussen de bomen door rende.

'Je zult nog versteld staan van wat je kunt,' zei Byron, 'als je moet.'

Ze liepen over het pad om het meer en terug in de richting van het huis. De zon verwarmde de aarde en er vlogen een paar bijen om hen heen. Isabels hoofd gonsde van de mogelijkheden. Haar proviand hing buiten aan haken, in onconventionele hangmandjes vol met uien, fruit, een melkpak van doorzichtig plastic. Ze zag ineens voor zich hoe ze vol zouden hangen met haar eigen producten en hoe ze zelf vaardig aan het schillen, villen en koken zou zijn.

'En zou jij het me leren?' zei ze. 'Om te schieten?'

Nu leek hij echt in verlegenheid gebracht. 'Met een luchtbuks, ja. Ik had dat geweer niet moeten gebruiken. Ik heb geen vergunning. Ik ken wel iemand die je kan lesgeven, als je wil.'

'Dat kan ik me niet veroorloven,' zei ze.

'Je kunt konijnen schieten met een luchtbuks,' zei hij. 'Daarvoor hoef je geen vergunning te hebben. Je mag die van mij wel lenen. Ik zal je laten zien hoe je hem moet gebruiken.'

Binnen vierentwintig uur, peinsde Isabel, was ze van eerste violist veranderd in een met een luchtbuks zwaaiende boerin.

Ze zat op de wankele tuinbank bij de veranda achter, met Byrons luchtbuks in haar handen en een rij blikken op de muur voor het open veld zodat ze niet per ongeluk iemand zou verwonden. Hij had tegen haar gezegd dat ze moest blijven oefenen. Ze hief het geweer tegen haar schouder en vond het blik in haar vizier. Je moest ze in de kop raken, had hij gezegd. Op slag dood. Het is wreed om ze te verwonden.

Het zijn geen snoezige, donzige konijntjes, hield ze zich voor. Het is eten voor mijn kinderen. Geld dat uitgespaard is voor dit huis. Onze toekomst.

Knal! Het schot weerklonk over het land en het kogeltje raakte met een bevredigende knal het blikje. Ze hoorde haar zoon naar voren stappen en voelde zijn hand op haar schouder. Ze draaide zich om en hij straalde naar haar. Ze gebaarde naar hem dat hij weer naar achteren moest.

Dit is het, Laurent, zei ze in stilte terwijl haar slanke, blanke vinger zich weer om de trekker krulde. Het is tijd om verder te gaan.

15

Ze dachten dat Anthony het niet kon horen. Omdat de deur van de werkkamer dicht was, schenen ze te denken dat hun stemmen niet door het hele huis te horen waren terwijl ze als kogels tegen de muren ketsten.

'Het lijkt me toch niet te veel gevraagd, Matt. Ik wil alleen maar een idee hebben van wanneer je thuiskomt.'

'Ik heb toch al gezegd dat ik dat niet weet. Je weet dat de ene dag nooit hetzelfde is als de volgende.'

'Je gaf me altijd wel énig idee. En nu je het grootste deel van de tijd je telefoon hebt uitstaan, weet ik niet waar je bent.'

'Waarom zou ik jou in godsnaam moeten vertellen waar ik elke minuut van de dag uithang? Ik ben geen kind meer. Je wilt het Spaanse Huis toch hebben? Nou, laat me dan verdomme het geld verdienen om het te kunnen krijgen.'

Anthony hing in de stoel in de woonkamer en vroeg zich af of hij zijn koptelefoon zou opzetten.

'Ik snap niet waarom je zo agressief doet. Het enige wat ik van je vraag is dat je me laat weten wanneer je ruwweg thuis zult zijn.'

'En ik zeg je, zoals ik al honderd keer gezegd heb, dat ik dat niet kan. Ik kan in het grote huis aan het werk zijn en ineens een probleem tegenkomen. Ik kan door iemand aan de andere kant van de stad opgebeld worden voor een spoedklus. Je weet net zo goed als ik dat ik flexibel moet zijn. Waar ligt verdomme mijn BTW-boekje nou weer?'

Laden die open- en dichtgedaan werden.

'In de blauwe map waar het altijd ligt. Hier.' Stilte. 'Luister, dat begrijp ik, Matt, maar waarom kun je me niet bellen en me een idee geven? Zo kan ik mijn avond ook plannen. En het eten.'

'Schuif mijn hap gewoon in de oven, vrouw. Als ik het niet erg vind om het lauw te eten, waarom zou jij je er dan druk over maken?'

'Omdat je eromheen draait.'

'Nee, jij wilt overal zeggenschap over hebben. Alsof je alles in de hand wilt hebben – dit huis, dat huis, de financiën, Anthony en nu mij. "Je moet dit doen, je moet dat doen," de hele tijd aan het katten!'

'Hoe kun je dat nou zeggen?'

'Omdat het waar is. En het begint me op mijn zenuwen te werken.'

'Ik heb het gevoel, Matt, dat zo'n beetje alles wat ik doe jou op je zenuwen werkt.'

Het was de derde keer deze week. Zijn vader was al bijna tien dagen prikkelbaar en chagrijnig. Om de een of andere reden had hij Anthony's moeder niet verteld dat ze gestopt waren met werken aan het Spaanse Huis, en hij vroeg zich stiekem af of het kwam omdat Kitty's moeder geen geld meer had. Kitty zei de hele tijd dat haar moeder geen geld had. Het was mogelijk dat zijn vader probeerde te bedenken wat hij eraan moest doen voor hij het mam vertelde.

Hoe dan ook, er was iets gaande. Meestal als Matt naar een klus ging, nam hij Anthony na schooltijd mee, zogenaamd om hem te trainen, om hem voor te bereiden op de dag waarop hij het zou overnemen. Dat was tenminste wat hij altijd zei, ook al vermoedde Anthony dat hij gewoon een extra paar handen wilde waarvoor hij niet hoefde te betalen. Maar hij vroeg hem de laatste tijd niet mee. Anthony wist niet eens waar zijn vader aan het werk was – waarschijnlijk in het huis van Theresa, al kon je dat niet bepaald *werken* noemen. Eerlijk gezegd kon het hem niets schelen – het betekende dat hij naar Kitty kon en met haar kon optrekken. Het was gemakkelijker dan hiernaar te moeten luisteren. Hij haalde zijn mobieltje uit zijn zak. 'Denk je dat mijn ouders uit de ouderlijke macht gezet zouden kunnen worden?' tikte hij in en hij stuurde het bericht door naar Kitty.

'Ik wil geen ruzie met je, Matt –'

'Dat verbaast me. Je loopt voortdurend ruzie met me te zoeken.'

'Dat is niet eerlijk. Ik wil alleen maar het gevoel hebben dat ik niet getrouwd ben met een – een vacuüm. Want dat gevoel krijg ik. Zelfs als je hier bent, ben je niet bij ons.'

Anthony's telefoon piepte. Hij keek. 'Zinloos om aan mij te vragen. De mijne loopt met een geweer te zwaaien – K. XX.'

'Je maakt me gek. Ik ga.'

'Matt, ga nou niet –'

'Ik heb geen tijd voor dit gedoe.'

'Je hebt wel tijd voor háár.'

Een lange stilte. Anthony klapte zijn telefoon dicht en ging rechtop in zijn stoel zitten luisteren, als naar het zachte gesis van blauw salpeterpapier.

'Waar heb je het over?'

Zijn moeder, bijna in tranen: 'Ik ben niet achterlijk, Matt. Ik weet het. En ik pik het niet nog een keer.'

Zijn vader, afwijzend, koud: 'Ik weet niet waarover je het hebt.'

'Wie is het ditmaal, Matt? Een winkelmeisje? Barmeisje? Een dankbare klant? Allemachtig – de vrouw aan het andere eind van de weg misschien? Je brengt er wel veel tijd door.'

Zijn vader ontplofte. 'Wie wilde dat ik erheen zou gaan? Wie wilde dat ik het werk zou doen? Wie loopt de afgelopen negen jaar al te zeuren hoe graag ze dat klotehuis wil hebben? Nou moet je me niet gaan lopen afkatten terwijl ik precies datgene doe waarvan je zei dat je het wilde!'

'Verdraai mijn woorden toch niet altijd! Jij wilde dat huis net zo graag als ik!'

'Ik ga hier niet verder naar luisteren,' snauwde zijn vader. 'Ik ga aan het werk.'

Anthony zette gauw zijn koptelefoon op toen de deur van de werkkamer openging en zijn vader met grote stappen naar buiten kwam. 'Ik ben terug als ik terug ben. Oké? Anthony, waarom zit je niet op school in plaats van als een oud wijf te zitten meeluisteren.'

'Doe niet net of ik achterlijk ben, Matt.' Zijn moeder was nu aan het huilen. 'Ik ga niet zitten toekijken hoe jij met de hele streek plat gaat. Matt! Matt?'

De bestelwagen van zijn vader verdween van de oprijlaan in een wolk van opspattend grind, en Anthony zette zijn koptelefoon af toen zijn moeder binnenkwam. Ze schrok toen ze hem zag en veegde over haar ogen terwijl ze zich onder controle probeerde te krijgen. 'Ik wist niet dat je nog thuis was, schat. Wacht je op een lift?'

'Ik heb het eerste uur vrij. Ik hoef pas om tien uur op school te zijn.' Hij speelde met zijn telefoon zodat ze haar haar goed kon doen. Het zat altijd perfect en het maakte haar kwetsbaar als het in de war zat. 'Ik wilde nog even zien of het wel met je gaat.'

Haar ogen waren roodomrand en haar huid was vlekkerig. 'Het gaat wel, hoor. Echt. Je weet hoe je vader kan zijn... een beetje lastig soms.' Toen zei ze, schijnbaar langs haar neus weg: 'Hij heeft zeker niet verteld waar hij aan het werk is, hè?'

'Nee.' Hij voegde eraan toe: 'Hij zit voorlopig niet in het grote huis. Kitty zei dat hij al de hele week niet is geweest.'

'O?'

'Zij kan het weten.'

Zijn moeder zuchtte, alsof ze niet goed wist of ze nu teleurgesteld of opgelucht moest zijn over die informatie. 'Dus daar zit hij niet,' zei ze, bijna in zichzelf. 'Anthony, mag ik je iets vragen? Denk je dat hij... iets met mevrouw Delancey heeft?'

Anthony was blij dat hij niet hoefde te liegen. 'Nee. Niet met haar. Ze is... anders dan wij.' Hij had op het punt gestaan te zeggen dat ze niet zijn vaders type was.

'Hij is de laatste tijd zo...' Er verscheen een glimlach op Laura's gezicht die ze altijd tevoorschijn toverde als ze Anthony ervan probeerde te overtuigen dat alles in orde was. 'Sorry. Ik zou je er niet bij moeten betrekken. Je vindt me vast een sufferd.'

Hij realiseerde zich dat hij zijn vader wilde slaan – hem echt, écht slaan. De woorden waren eruit voor hij het wist. 'We zouden bij hem weg kunnen gaan.'

Zijn moeder zette grote ogen op.

'Ik bedoel, je hoeft voor mij niet bij hem te blijven. Ik zou er niet kapot van zijn of zo, hoor, als we weggingen.'

'Maar, Anthony, hij is je vader.'

Hij pakte zijn schooltas die naast de bank stond en realiseerde zich dat wat hij zei toch geen verschil zou maken. 'Dat maakt hem toch niet tot een goed mens, of wel?'

Eerst dacht ze dat het de Neven waren. Ze kon niet bedenken wie anders twee dozen verse eieren voor haar deur zou zetten – waar ze bijna op was gaan staan. Ze had een doos gepakt, opengemaakt en de gespikkelde, onregelmatig gevormde eieren bekeken, waarvan aan sommige nog een vuil strootje of een veertje kleefde. Toen ze er een in een pan kapotgeslagen had, bleef het bijna rechtop staan in plaats van dat het uitliep. Net een siliconenborstimplantaat, had Kitty geopperd. 'Volgens de Neven betekent dat dat het echt vers is.'

Ze was tussen de middag naar de winkel gegaan en had hen voor hun onverwachte bezorging bedankt. 'Ze waren ongelooflijk lekker,' zei ze. 'Bijna vleesachtig van smaak. Ik had nooit gedacht dat eieren zo konden smaken. En de kleur! Zo fel!'

Henry had haar met een uitgestreken gezicht aangekeken. 'Schat, ik vind het een leuke gedachte dat we een bijdrage aan je eiervoorraad leveren, maar we bezorgen niet. Zelfs niet aan onze aardigste klanten.'

Toen verscheen er een aantal dagen brandhout. Er zat een briefje bij: 'Moet minstens een jaar liggen. Heb de rest in schuur bij boomgaard gelegd.'

Ze was naar buiten gegaan en had een keurige stapel pas gehakt hout aangetroffen, waar de hars in sommige gevallen nog uit liep. Ze had de geur opgesnoven en was met haar hand over de schors gegaan. Een houtstapel had iets elementair bevredigends, het vooruitzicht van warmte.

Twee dagen later arriveerden, uitdrukkingsloos en woedend ineengedoken in een roestige metalen krat, zes kippen. 'Deze zijn bijna aan de leg (eieren komen snel),' stond er op het briefje. 'Hebben maïs of mengvoer nodig, regelmatig voorzien van zand en water. Oud kippenhok bij kas. Doe ze 's nachts naar binnen. Colin van Dorney's Farm komt in ruil ervoor oude pallets van achter in de garage ophalen.'

Thierry en zij hadden een provisorische ren van oude stukken kippengaas en palen gemaakt en keken hoe de kippen al pikkend door de tuin scharrelden. Thierry had genoten van het in de weer zijn met stokken en gaas en had zijn handen met een tevreden gezicht afgeveegd toen ze klaar waren. De eerste keer dat hij een ei vond, was hij naar haar toe gerend om het tegen haar wang te houden zodat ze de warmte nog kon voelen. Ze had gebeden dat dit een keerpunt voor hem zou worden.

En toen waren de konijnen gekomen. Ze was boven haar tanden aan het poetsen in de onafgemaakte badkamer toen ze Kitty hoorde gillen. Ze was in haar ochtendjas naar beneden gerend, haar mond nog vol tandpasta, en zag haar dochter met haar armen om zich heen geslagen bij de achterdeur staan. Ze zag wit van schrik. 'O, mijn god, iemand heeft echt een hekel aan ons!'

'Wat?' had Isabel uitgeroepen. 'Wat is er?'

'Kijk dan!'

Isabel had de achterdeur opengedaan, met Thierry naast zich. Daar, op de stoep, lagen drie dode konijnen, hun achterpoten met touw aan elkaar vastgebonden en een kleine bloedvlek op elke kop, die aangaf waar ze vandaan kwamen. 'Het lijkt *Deliverance* wel.'

'Byron,' zei Thierry blij.

'Wat zei je?' vroeg Isabel. Maar hij zweeg alweer. Hij raapte de konijnen op en bracht ze naar de keukentafel waar hij ze voorzichtig neerlegde.

'Gadver! Je moet ze daar niet neerleggen! Ze zijn dood!' gilde Kitty, die ineengedoken tegen de muur stond alsof de konijnen ineens tot leven konden komen en haar zouden bespringen.

'Rustig maar, schat,' stelde Isabel haar gerust. 'Ze zijn voor ons achtergelaten als cadeautje. Thierry zal ze voor ons klaarmaken.'

'Iemand heeft ons aangereden wíld gegeven?'

'Het is geen aangereden wild. Vroeger aten de mensen altijd konijn.'

'Ja, en ze stuurden vroeger ook kinderen de schoorstenen in. Dat maakt het nog niet goed.' Kitty vond het klaarblijkelijk een walgelijk idee. 'Als jullie denken dat ik dood konijn ga eten, dan zijn jullie knettergek. Gedverdemme! Jullie zijn allebei walgelijk!' Ze stapte driftig de keuken uit.

Thierry grinnikte.

'Laat het me eens zien, schat,' zei Isabel. 'Laat me eens zien wat Byron je geleerd heeft, dan doen we het samen.'

Zo ging het al bijna twee weken. Vroege aardappelen, met jonge scheuten uit hun gerimpelde schil, zakjes zaad met duidelijke instructies, twee zakken mest. Isabel had geprobeerd Byron te vinden om hem te bedanken, maar hij was nooit in de buurt. Afgezien van haarzelf en de kinderen was het huis zelfs verlaten. Matt was niet teruggekomen. De graafmachine stond er nog en zijn gereedschap lag door het hele huis en in de tuin als aangespoelde resten van de *Mary Celeste.*

Thierry legde een plastic zak op tafel en legde het konijn op zijn rug met de kop in zijn richting. Hij pakte het kleine keukenmes, zette het links van de zachte, witte buik, trok aan een plukje vacht en begon te snijden. Isabel bedwong de neiging om hem uit de buurt van scherpe voorwerpen te halen, maar zijn vingers waren zo precies als de hare op snaren, en hij leek volledig op te gaan in zijn werk. En terwijl Isabel toekeek, zich verwonderend over hoe teder hij het deed, legde haar zoon het mes neer en trok de vacht van het konijn weg, bijna alsof hij kleren uittrok, zodat het rauwe, roze vlees eronder zichtbaar werd.

Ze wist niet wat ze over die nacht tegen Matt zou zeggen. Ze kon haar eigen daden niet eens verklaren, laat staan die van hem, en hoewel drank een rol gespeeld kon hebben, wist ze dat het niet genoeg was geweest om het aan de wijn te wijten. Als ze eerlijk was, had ze het gevoel gehad dat ze hem iets schuldig was – al had ze de koude rillingen gekregen van de afzichtelijke waarheid achter zijn aanbod.

Ze was op haar kwetsbaarst geweest toen hij verscheen, een sterke man die altijd het heft in handen nam... en daar, in het donker, opgaand in haar muziek en eenzaamheid, had ze zich ervan overtuigd dat hij geen vreemde was. Dat ze op de een of andere manier Laurent in de duisternis en de wind had opgeroepen. Een soort spookversie van hem.

Ze kon zich niet beroepen op onwilligheid. Ze had het gewild.

Haar zoon had de kop weggehaald. Terwijl Isabel haar best deed om geen gezicht te trekken, sneed hij door de lies van het dier naar boven en haalde de ingewanden los. Hij beet op zijn onderlip van concentratie. Zijn handen, zag ze afwezig, zagen eruit als toen hij als kleuter met rood en bruin aan het vingerverven was.

Ze was beschamend blij geweest om Matts handen op zich te voelen, zijn adem, zijn omhelzing – om zich aan hem over te geven. Om te voelen hoe onverholen begeerte beantwoord werd. Ze herinnerde zich nog de overweldigende lichamelijke vreugde hem binnen in haar te voelen.

En toen was de betovering verbroken. Enkele minuten voor het probleemloos had kunnen gebeuren. Hij was niet haar man. Hij was niet iemand die ze tegen zich aan en in zich wilde. Het was al te ver heen om het nog te kunnen tegenhouden, dus had ze haar ogen dichtgedaan en geprobeerd zich los te maken van wat er met haar lichaam gebeurde dat haar in eerste instantie verraden had. Ze had gedacht aan wie hij was en had zich afgesloten, was veranderd in iemand die koud, gevoelloos en beschaamd was. En het ergste van allemaal was dat hij erna zo blij, zo vol genegenheid was geweest. Hij scheen te denken dat ze het wel wilde rekken, of het zelfs nog een keer wilde.

En nu, boven op al het andere, dat verpletterende schuldgevoel – niet alleen tegenover zijn vrouw, maar dat zij, een vrouw die maar iets langer dan een jaar in de rouw om haar man was geweest en bij alles aan hem dacht, zichzelf zo gemakkelijk aan een andere man aangeboden had. Ze had verraden wat Laurent en zij samen hadden gehad. Ze had het gevoel alsof Matts aanwezigheid alles wat eerder was geweest uitgewist had.

Isabel schrok toen Thierry met een knap de poten van het konijn afbrak. Er was geen vacht meer, geen kop, geen poten, alleen een hoop rauw vlees. Pijnlijk, en ontbloot. Terwijl hij op zijn tenen stond, spoelde Thierry het onder de kraan af en stak het haar vol trots toe. Er zat niets meer binnenin, alleen een schone holte waar het hart had gezeten.

Isabel onderdrukte een huivering. 'Geweldig, schat. Goed gedaan.'

Zijn handen zaten nog onder het bloed en de haren toen hij het volgende konijn op de plastic zak trok.

Isabel legde het karkas in gezouten water, zoals Byron haar verteld had. Hierdoor zou het smakelijker worden.

Ze zag de auto voor ze hem zag – een glimp ervan door de bomen aan de andere kant van het meer. Het was het plekje dat ze hem had laten zien op de dag dat ze elkaar ontmoet hadden. Sindsdien was ze er meer dan eens heen gegaan, vooral op de dagen dat Matt onmogelijk geweest was. De woorden van haar zoon weerklonken in haar oren.

'We zijn getrouwd,' had ze tegen hem gezegd. 'Je kunt het geloven of niet, maar dat betekent iets. Dat betekent dat je niet wegloopt zodra het tegenzit. Dat betekent dat we onze problemen proberen op te lossen.'

'Als jij het zegt,' had Anthony gemompeld.

'Wat bedoel je daarmee?'

'Nou, ik zal nooit trouwen als dat betekent dat ik word zoals jullie. Moet je jullie eens zien,' had hij gezegd. 'Jullie zijn geen vrienden. Jullie lachen nooit samen. Jullie práten niet eens met elkaar over iets.'

'Dat is niet eerlijk.'

'Jullie zijn net een comedy uit de jaren vijftig. Hij maakt je boos. Je vergeeft hem. Hij maakt er een rotzooi van. Jij ruimt het op. Je trekt steeds aan het kortste eind.'

Zijn auto stond een eindje achteraf geparkeerd, net naast het pad, en toen ze langsliep, wierp ze een blik naar binnen op de kaart, de papiertjes die her en der lagen, en wist dat er maar één reden kon zijn waarom hij teruggekomen was. Laura streek haar revers glad, blij dat ze de moeite had genomen om haar make-up bij te werken.

Hij zat op de boomstronk en er verscheen een glimlach op zijn gezicht terwijl hij overeind kwam toen ze er aankwam. Ze glimlachte terug. Het was al een tijdje geleden dat iemand zonder vacht of hoeven blij was geweest haar te zien.

'Je bent het écht!' riep hij uit. 'Dat hoopte ik al.'

Hij had een prettige stem, zwaar, vriendelijk en enigszins afgemeten. Een beetje als de stem van haar vader. Ze voelde zich ineens verlegen. 'Van het uitzicht aan het genieten?' vroeg ze zwakjes.

Hij bukte zich om Bernie te aaien, die hem zonder aarzelen verwelkomde. 'Het is een schitterend plekje. Ik heb elke nacht na... ons laatste gesprek van dit uitzicht gedroomd.'

Het huis was net te zien aan de overkant, gedeeltelijk verscholen achter bomen en heggen, gedeeltelijk weerspiegeld in het gladde wateroppervlak. Er waren tijden geweest dat ze hier had gezeten en haar fantasie de vrije loop had gelaten, zich arm in arm met haar man had voorgesteld, langzaam de stenen trap af lopend naar het meer. De feesten die ze op de gazons zouden geven. De elegante gordijnen die voor de ramen zouden hangen. Er waren andere, meer recentere, tijden geweest dat ze niet langs deze kant van het land kon lopen, dat ze het huis niet kon zien zonder verteerd te worden door jaloezie en frustratie dat het uiteindelijk toch niet van haar was geworden.

Vandaag deed het er, voor het eerst, niet toe. Het was geen voorwerp meer van frustratie of van verlangen, maar gewoon een vervallen, oud huis dat onbewogen over het water uitkeek.

Er viel een korte stilte die verbroken werd door eenden die in het riet aan het vechten waren. Nicholas aaide de oren van de hond. Ze dacht aan de dingen die ze hem de laatste keer verteld had. Misschien was het gemakkelijker om je geheimen aan een vreemde te vertellen.

'Je ziet er... leuk uit,' zei hij.

Ze voelde onwillekeurig aan haar haar. 'Beter dan de vorige keer.'

'Je zag er de vorige keer ook prachtig uit.' Hij stond op. 'Heb je zin in koffie? Ik neem net een kopje. Ik – ik heb een extra kopje meegenomen.' Ze moesten allebei lachen om wat die laatste opmerking inhield.

Laura ging op de boomstronk zitten. 'Dat lijkt me heerlijk,' zei ze.

Ze wist niet wie het was, vertelde ze hem, enige tijd later. Ze wist dat haar man met iemand anders naar bed ging, maar ze wist niet wie. 'Het maakt het leven in een klein plaatsje onmogelijk.' Ze zorgde ervoor dat ze hem niet aankeek terwijl ze dit zei, omdat ze wist dat ze alleen maar verder kon als ze net deed alsof hij er niet was. 'Overal waar ik heen ga, vraag ik me af, ben jij het? Of jij? Het kan vrijwel iedereen zijn. Het meisje in de supermarkt. De vrouw van de stoffenwinkel. De serveerster van het restaurant waar hij me mee naartoe neemt. Hij is altijd aantrekkelijk voor vrouwen geweest.'

Nicholas zei niets. Hij zat naast haar en luisterde.

'Ik kan er met niemand over praten. Niet met mijn vriendinnen of buren – ik weet van minstens één vrouw met wie hij naar bed is geweest, al zou ze het ontkennen. Het heeft geen zin om het hem te vragen. Hij kan je wijsmaken dat zwart wit is en je gelooft het nog ook. Hij heeft het me vaak genoeg aangedaan. Zelfs nu nog wil hij niets toegeven. Hij geeft me het gevoel dat ik stom ben om hem te verdenken.'

Hij keerde zich naar haar toe en bestudeerde haar gezicht. Ze wist wat hij moest denken. *Stommeling.* Aan zijn gezicht was dat niet te zien.

'De laatste keer moest hij het toegeven. Hij stuurde een sms naar mij in plaats van naar haar. Hij was zeker in de war. "Kom naar de Tailor's Arms," stond er. "Heb twee uur voor de avondklok." Dat ben ik nooit vergeten. *Avondklok.* Alsof ik een gevangenbewaarder was.'

'Wat heb je gedaan?'

Ze lachte vreugdeloos. 'Ik ben naar die pub gegaan. Hij trok wit weg toen hij me zag.'

Nicholas glimlachte vol medeleven.

Laura speelde met een manchet. 'Hij biechtte alles op en zei dat het hem speet. We probeerden nog een kind te krijgen, zie je. Ik dacht dat het ons bij elkaar zou brengen, maar hij zei dat hij zich onder druk gezet voelde en dat deze vrouw – dit méísje – daar het gevolg van was. Dat was drie jaar geleden.'

'En nu?'

'Ik weet het niet. Ik praat met de winkelmeisjes en de kapster, mijn vriendinnen en buurvrouwen en... ik heb geen idee wie er met mijn man naar bed gaat.' Ze worstelde om haar stem onder controle te houden. 'Dat is het moeilijkste. Dat ze naar me zou kunnen kijken, me zou kunnen uitlachen. Een van die mooie, jonge meisjes met hun strakke lijven en hun perfecte huid. Dat is wat ik in gedachten zie. Zij met zijn tweeën terwijl ze me uitlachen.' Ze klemde haar kaken op elkaar.

'Het spijt me,' zei ze na een ogenblik. 'Je wilde alleen maar een kopje koffie en van het uitzicht genieten en ik zit maar te zeuren over mijn huwelijk. Je moet me vergeven.' Niet lief doen, zei ze in gedachten tegen hem, anders stort ik in.

Terwijl ze strak naar het huis in de verte staarde, werd er een hand op de hare gelegd. Een hand die warm, stevig en onbekend was. En de stem die tegen haar sprak, was onverwacht ruw.

'Wat een stommeling is die man,' zei hij.

Het had nog twee uur geduurd voor hij op zijn horloge had gekeken. 'Wat een lunchpauze,' had ze gezegd, toen hij zich verbaasde over de tijd. Hij had geglimlacht en geknikt, en er waren rimpeltjes bij zijn ogen gekomen. 'Het was niet echt een lunch, hè?'

Ze hadden naar de wikkel van de chocoladereep gekeken.

Ze hadden het verder niet meer over Matt gehad. Hij was galant van onderwerp veranderd en had haar verteld over een huis dat hij als jongen had gekend, dat wel wat leek op dit, waar hij en zijn broers en zussen eindeloos hadden rondgezworven en hutten hadden gebouwd. Vervolgens hadden ze het gehad over huisdieren uit hun kindertijd en oudere ouders, en hadden relaties of de reden waarom ze alleen aan de rand van een bos zaten gemeden. En toen ze op haar horloge keek, bleken er twee uur te zijn verstreken.

'Misschien wil je het me een keer laten goedmaken,' zei hij. 'Een in culinair opzicht betere offerande.'

Ze had begrepen wat hij wilde zeggen. En haar glimlach was vervaagd. Een echte lunch. Iemand tegenkomen terwijl ze de hond aan het uitlaten was, zelfs gaan zitten en met hem praten was één, maar een lunchafspraak was vooropgezet. Er sprak een voornemen uit.

Dat was vast iets wat Matt met zijn veroveringen deed. Haar gedachten waren kennelijk van haar gezicht te lezen, en ze zag de teleurstelling in zijn ogen. 'Het spijt me,' zei hij. 'Ik besef… dat het nogal ingewikkeld in elkaar zit.'

'Het gaat niet om jou…'

Hij trok een gezicht.

'Je bent… heel fijn gezelschap.'

'Jij ook, Laura.' Hij kwam overeind en gaf haar een hand. 'Echt. Ik heb meer van deze middag genoten dan ik kan zeggen.'

'Het geklets van een zeurende huisvrouw…' Ze trok haar blouse recht.

'Nee,' zei hij. 'Alleen een eerlijke. Ik voel me gevleid.' Hij hield nog steeds haar hand vast. 'Ik ben al lang alleen, gedeeltelijk omdat ik dat graag wilde, maar het was heerlijk om gewoon met iemand te kunnen praten – iemand die intelligent is en lief en –'

'Ik kan maar beter gaan,' zei ze.

Hij liet haar hand los. 'Ja, natuurlijk.'

'Misschien komen we elkaar nog wel eens tegen,' zei ze. Ze kon het niet vragen. Ze kon niet tegenover zichzelf toegeven dat ze dat zou willen.

Hij stak zijn hand in zijn zak, haalde een pen tevoorschijn en krabbelde iets op een papiertje. 'Voor het geval je zin in die lunch krijgt,' zei hij. En terwijl ze naar het pad liep, het papiertje brandend in haar zak, hoorde ze hem roepen: 'Drie gangen of een reep chocola. Mij kan het niet schelen.'

Hij keek haar na terwijl ze over het pad liep, met iets verlegens in haar loop, alsof ze wist dat zijn ogen op haar gericht waren. Ze zou niet omkijken, ook al wilde ze het, dacht hij. Alles aan haar had iets verfijnds, ze had een manier van doen die hij tegenwoordig nauwelijks meer tegenkwam. Zelfs de manier waarop ze haar kopje vasthield, was elegant. Hij had nog uren naar haar kunnen kijken. Hij had zich gedwongen om over het meer naar het huis te kijken, omdat hij bang was dat ze zou schrikken van zijn intensiteit. Maar hij was zich zeer bewust geweest van haar nabijheid en zijn zintuigen werden geprikkeld toen de wind een vleugje van haar parfum naar hem toe blies. Zijn adem stokte in zijn keel toen ze hem met die verdrietige grijze ogen aankeek. Nu hij zich niet meer hoefde in te houden, liet hij zijn blik op haar rusten tot ze opgeslokt werd door de bomen, haar blonde haar even gevlekt in het zonlicht.

Hij vermoedde dat hij haar begreep, die mooie, zachtaardige vrouw die hij amper kende. Hij had niet meer zo compleet, zo vol overgave naar iemand verlangd sinds zijn vrouw bij hem weggegaan was, en hij wist niet eens zeker of hij wel op dezelfde manier naar haar verlangd had.

Terwijl hij naar zijn auto liep, hield hij zich voor dat hij niet moest hopen. Net als met het huis leek het een geval van de lange adem te worden. Hij had misschien niet de zelfkennis om het te herkennen, maar Nicholas Trent was nog steeds, in wezen, iemand die deals sloot. En de wetenschap dat hij een rivaal had, hoe onzichtbaar, hoe onbekend, hoe sterk ook, wakkerde zijn begeerte alleen maar aan.

Die avond kwam Byron eindelijk opdagen. Er werd op de keukendeur geklopt, en omdat Isabel kon zien wie het was, deed ze open. Hij vulde de hele deuropening en droeg een versleten blauw T-shirt tegen de frisse avondlucht.

'Hoi,' zei hij en zijn glimlach was zo onverwacht dat ze teruglachte. 'Ik hoop dat je het niet erg vindt,' zei hij, 'maar ik vroeg me af of ik je even kon spreken.'

'Wil je niet binnenkomen?' vroeg ze terwijl ze naar de keuken gebaarde. Thierry, die zijn huiswerk zat te maken, was al van zijn stoel gesprongen.

'Nee, nee,' zei Byron. 'Buiten lijkt me beter.' Hij knikte in de richting van de tuin en Isabel deed de deur achter zich dicht terwijl ze naar buiten stapte.

O, god, dacht ze. Nu wil hij geld zien voor alles wat hij achtergelaten heeft. 'Is er iets?' vroeg ze.

'Het gaat om Thierry,' zei hij zachtjes.

'Wat?' vroeg ze, bezorgd nu.

'Niks ergs,' zei hij snel. 'Ik heb de meeste van mijn pups verkocht – nou ja, voor mensen gereserveerd – en voor ik de laatste twee wegdoe, vroeg ik me af of jullie er misschien één willen. Thierry is nogal gek op ze geworden, weet je.'

Ze zag dat er twee zwart-witte puppy's met elkaar aan het stoeien waren in een doos die vlak bij hen op de grond stond.

'Ze zijn er al klaar voor om weg te gaan,' vervolgde hij, 'en ik dacht... nou, hij lijkt erg te genieten van de omgang met dieren.' Hij aarzelde alsof hij bang was dat hij misschien te veel zou zeggen. 'Ik laat hem ze roepen.'

'Roepen?'

'Ik zeg tegen hem dat hij ze moet roepen zodat hij ze kan africhten. Ik laat het hem in het bos doen.'

'En dat doet hij ook?'

Byron knikte. 'En hard ook soms.'

Isabel kreeg een brok in haar keel bij de gedachte aan de stem van haar zwijgende zoon die weerklonk. 'Wat zegt hij dan?'

'Niks bijzonders. Hij roept hun naam en "Hier" en "Zit", dat soort dingen. Het leek me een goed idee om hem geluid te laten maken. Ik denk dat hij het gemakkelijker vindt in het bos.'

Ze stonden zwijgend tegenover elkaar.

'Voor hoeveel heb je ze verkocht?' vroeg Isabel.

'O, voor een paar honderd per stuk.' En toen hij Isabels gezicht zag, voegde hij eraan toe: 'Voor jou niet. Voor Thierry. Ik was niet van plan om...'

'Om wat?'

'Iets in rekening te brengen.'

Isabel kreeg een kleur. 'Ik betaal wat iedereen betaalt.'

'Dat is niet wat ik –'

'Het is beter als ik betaal. Dan staan we quitte.' Ze sloeg haar armen over elkaar.

'Ik ben hier niet gekomen om je een puppy te verkopen. Ik kwam vragen of Thierry er één mocht hebben. Een cadeautje. Ik moest eerst aan jou vragen of het goed was.'

Waarom zou je ons iets voor niks geven? wilde Isabel vragen, maar de vraag bleef in haar keel steken.

'Het is de kleinste van het spul,' voegde hij eraan toe terwijl hij naar de donkerste van de twee wees.

Ze vermoedde dat het niet waar was, maar ze durfde hem niet tegen te spreken. Ze bukte zich en tilde hem uit de doos. Hij wriemelde tegen haar aan en probeerde haar hals te likken. 'Je hebt ons al zo veel gegeven,' zei ze somber.

'Niet echt, hoor. Hier in deze contreien helpen de meeste mensen elkaar.'

'Al die spullen,' zei ze. 'Het haardhout, de kippen –'

'– kwamen niet echt van mij. Ik heb tegen Colin gezegd dat je die houten pallets graag zou ruilen voor wat legkippen. Echt. Het is niks om je druk over te maken.' Hij pakte de andere puppy. 'Het is fijn om te zien dat dat kereltje een goed thuis krijgt.'

Ze keek naar hem, die ondoorgrondelijke man wiens ongemak het hare weerspiegelde. Ze realiseerde zich dat hij jonger was dan ze had gedacht, dat zijn lengte, zijn kracht, zijn zelfbeheersing iets van kwetsbaarheid verhulden. En ze deed wat ze kon om spontaan te reageren. 'Dankjewel, dan,' zei ze glimlachend. 'Ik denk – ik weet dat hij dolgraag een eigen hondje wil hebben.'

'Hij is –'

Byron brak zijn zin af toen er een bestelwagen vanuit het bos verscheen. Isabel bloosde toen ze het karakteristieke geluid van zijn diesel herkende. Iets kinderlijks in haar wilde naar binnen rennen en wachten tot hij weer wegging.

Dat gebeurde natuurlijk niet. Matt sprong uit de cabine, slenterde nonchalant naar de achterdeur en zag hen toen. Het viel Isabel vaag op dat Byron een paar stappen bij haar vandaan deed toen de oudere man dichterbij kwam.

'Byron, heb je die isolatie opgehaald?'

'Ja.'

'En ben je klaar met het leeghalen van die afvoer?'

Byron knikte.

Nu zijn vragen beantwoord waren, keerde Matt zich half van hem af, alsof hij verder geen belangstelling voor hem had. Byron, zag Isabel, had zich in zichzelf teruggetrokken, alsof zijn lichaam een schild was. Zijn gezicht was ondoorgrondelijk.

'Sorry dat ik niet eerder langs geweest ben.' Matt ging pontificaal tegenover Isabel staan. 'Ik ben druk bezig geweest met een klus aan de andere kant van de stad.'

'Dat geeft niet, hoor,' zei Isabel. 'Het is prima zo.'

'Ik wilde je laten weten dat ik morgen terugkom. Gebruikelijke tijd.' Hij keek haar intens aan, alsof er een dubbele bodem zat in wat hij zei.

Isabel klemde het hondje steviger tegen haar borst, dankbaar voor het excuus om zich op iets anders te richten dan op zijn ogen. 'Oké,' zei ze.

Hij bleef staan. Ze keek hem aan en rechtte haar schouders. Hij keek haar iets langer aan dan nodig was. Blijkbaar niet in staat iets in haar ogen af te lezen, wendde hij ten slotte zijn blik af.

'Van wie is die pup?' vroeg hij.

'Van mij,' zei Byron.

'Een beetje jong om al bij de moeder weg te zijn hè?'

Byron nam het hondje van Isabel aan en zette het weer in de doos. 'Ik neem ze nu mee naar huis,' zei hij.

Matt scheen niet weg te willen. Zijn blik flitste van de een naar de ander tot hij zich tot Byron wendde. 'O, da's waar ook – vanaf morgen wil ik dat je aan die Dawson-klus werkt. Oké? Ze hebben grond die vrijgemaakt moet worden. O, en ik heb nog iets voor je.' Hij haalde een envelop tevoorschijn en begon de bankbiljetten demonstratief uit te tellen. '... en twintig. Dat is je loon.' Hij grinnikte. 'Maak het niet allemaal in één keer op.'

Byron nam het geld stijfjes aan. Zijn ogen gloeiden.

'Nou, Byron, we willen mevrouw Delancey niet de hele avond ophouden. Wil je een lift terug naar het dorp?'

'Nee,' zei Byron. 'Ik sta aan de andere kant van het meer geparkeerd.' Bij het horen van zijn gefluit verschenen zijn twee honden en sprongen achter hem aan terwijl hij met grote stappen het pad afliep. Isabel bedwong de neiging om hem terug te roepen.

Matt keek hem na en keerde zich toen naar haar. Zijn houding was niet meer zo stoer. 'Isabel,' zei hij zachtjes, 'ik wilde met je praten –'

De keukendeur ging open en Kitty verscheen, met een haarlok in haar mondhoek. 'Kom je me nog met het eten helpen?' vroeg ze, terwijl ze het haar uit haar mond haalde. 'Je staat al een eeuwigheid buiten.'

Isabel keek hem opgelucht aan.

'Sorry, ik kan nu niet praten.'

Kitty hield haar een vergiet voor. 'Er groeien dingen uit de meeste aardappelen.'

'Luister –' zei ze abrupt. 'We hebben... ik heb genoeg om de andere klussen die je hebt voorgesteld te laten uitvoeren.' Ze zag zijn plotseling blije gezicht en realiseerde zich dat hij misschien dacht dat ze een andere reden had om hem daar te houden. 'De leidingen, de verwarming en de badkamer. We hebben de badkamer echt nodig.'

'Ik ben morgen terug,' zei hij.

'Mooi.' Ze glipte langs de keukendeur en deed hem opgelucht achter zich dicht.

16

Byron Firth was een man met weinig verwachtingen, maar zelfs hij moest toegeven dat het huisje in Appleby Lane niet was wat hij zich ervan voorgesteld had. Hij had verwacht dat het klein en half-vrijstaand zou zijn, een beetje zoals het huisje waar zijn zus en hij uit weggegaan waren, of in een hofje uit de jaren zeventig, met een piepklein tuintje voor en achter.

Twee slaapkamers, had zijn zus gezegd, en hij had gedacht dat het misschien zelfs wel een maisonette of een huurflat kon zijn. Dit was een boerenhuisje met een rieten dak aan een rustig weggetje met veertienhonderd vierkante meter eigen grond, bijna een parodie op een ouderwetse Engelse idylle, met zware balken en een bloementuin.

'Wil je nog iets anders, Byron?'

Hij leunde achterover tegen het pluchen comfort van de bank. 'Nee, dank je. Het was heerlijk.'

'Jason is thee aan het zetten. Hij wil je de plannen laten zien die we voor de tuin hebben. Met heggen en zo. Misschien kan je hem wat advies geven.'

Byron wist dat Jason iets dergelijks helemaal niet wilde. De twee mannen hadden nooit goed met elkaar overweg gekund. Byron bekeek Jans vriendjes – elke potentiële stiefvader voor Lily – met argwaan. Hij begreep waarmee ze bezig was en wilde, met het oog op hun gastvrijheid, het spelletje graag meespelen.

'Natuurlijk. Zeg maar wanneer,' zei hij.

De zomer was abrupt in dit hoekje van Engeland gearriveerd. In de bossen betekende dit een drukte van belang, met groene scheuten die uit gesnoeide bomen opschoten en een kleed van bloemen aan de oostkant dat weken was blijven liggen.

Terwijl zijn zuster terugliep naar de smetteloze keuken, liet Byron zijn hoofd tegen de kussens zakken en deed zijn ogen dicht. De rosbief was heerlijk geweest. Maar de bank... Nu hij een aantal weken op een betonnen vloer geslapen had, kon hij zich pas voorstellen hoe comfortabel een bank kon aanvoelen. Hij had een taai gestel, maar nu vroeg hij zich af of hij nog een nacht in het ketelhuis kon doorbrengen.

Het duurde langer dan hij had gehoopt. De oude man in Catton's End had nog niet voor het kleinere teefje betaald en mevrouw Dorney van het tuincentrum wilde haar puppy pas nadat ze verhuisd was.

Hij had een arbeiderswoninkje op zo'n vijf kilometer afstand gevonden, op een enorme zuivelboerderij. Ze hadden geen bezwaar tegen de honden en konden hem misschien zo nu en dan wat werk bezorgen, maar pas als alle hondjes weg waren kon hij de volledige borgsom betalen. Zelfs met de opbrengst van alle verkopen haalde hij niet het bedrag dat de huisbaas vroeg. Hij zou al het overwerk moeten aannemen dat Matt te bieden had.

'Kun je me helpen met die stoel?' Lily klauterde op zijn schoot en gaf hem de onderdelen van het poppenhuismeubilair dat hij meegenomen had. Ze had hem haar kamer laten zien en het poppenhuis dat 'ome Jason' haar gegeven had. Het was bijna één meter hoog, met een rieten dak.

'Hij wilde haar het gevoel geven dat ze welkom was,' had Jan gezegd. 'Hij heeft het zelf gemaakt. Het is een kopie van dit huisje.'

Hij had zich verbaasd over de zwijgzame Jason, en niet voor het eerst die dag. Niets in het voorkomen van de man had erop gewezen dat hij zoiets zou kunnen maken. 'Geef me de lijm eens, Lily.' Hij boog voorzichtig voorover om niets uit het tubetje te morsen.

'Kun je daarna de keukenspullen doen?'

'Ja hoor.'

Ze keek hem met een ondeugend lachje aan.

'Sarah, mama's vriendin, vindt jou leuk. Mama heeft gezegd dat ze je mocht hebben als ze je was dan ook deed.'

Jan had ook iets dergelijks gezegd toen hij haar zijn was overhandigde. 'Jeetje, Byron. Hoe lang is het geleden dat je gewassen hebt?' Ze hield de waszak een eindje van zich af. 'Dit is niks voor jou.'

'De wasmachine van mijn vriend is kapot. Ik ben een beetje achtergeraakt.' Hij deed net of hij afgeleid werd door de tuin. Dat was het ergste van zijn verblijfplaats. De dichtstbijzijnde wasserette was vijfentwintig kilometer verderop, wat hem kostbare ponden aan diesel zou kosten. Als hij spullen in het meer waste, zagen ze er nog steeds vies uit en duurde het dagen voor ze droog waren. Soms, als hij naar Isabels muziek zat te luisteren, stelde hij zich voor hoe hij het washok binnenglipte en stiekem haar wasmachine gebruikte. Maar dat zou hem een achterbaks en akelig gevoel geven. Stel dat ze een verdwaalde sok vond!

Nu luisterde hij tevreden naar het gesnor van die van zijn zus. Een volle maag, een zacht plekje om te zitten en het vooruitzicht van schone kleren. Hij gaf Lily de in elkaar gezette poppenstoel. Als je erbij stilstond, was er maar weinig in het leven voor nodig om een mens gelukkig te maken.

'Ze is best knap,' zei Lily. 'Ze heeft lang haar.'

'Byron.' Jason kwam binnen en ging in een van de leunstoelen zitten.

Byron hees zich een eindje overeind. Er was niets voor nodig om in slaap te vallen. 'Leuk huis, zeg,' zei hij. 'Alles. Het is... echt leuk.'

'Ik heb het meeste werk een paar jaar terug met mijn vader gedaan.'

'Het is beter dan ons oude huis.' Lily was stickers op de houten meubeltjes aan het plakken. 'Ook al vond ik het er leuk.'

Byron glimlachte naar haar terwijl hij tegen Jason zei: 'Er valt voor Matt McCarthy aan jou niets te verdienen.'

'Sorry, hoor, maar ik zou die man niet in mijn huis halen. Met al die verhalen die je over hem hoort.'

Wat voor verhalen? wilde Byron vragen.

Lily was toonloos aan het neuriën terwijl ze haar poppenhuis aan het inrichten was. Na een tijdje zei Jason: 'Lily, liefje, wil je mama even vragen of ze nog wat koekjes voor me heeft?'

Lily krabbelde overeind en liep naar de keuken, verleid door het toverwoord. Toen ze buiten gehoorsafstand was, fluisterde Jason:

'Luister, Byron, ik weet dat je niet zo gelukkig bent met mij en je zus –'

Byron probeerde hem in de rede te vallen, maar Jason stak zijn hand op. 'Nee, laat me uitpraten. Ze heeft me verteld wat jou overkomen is. De gevangenis en zo. En ik wil je iets zeggen.'

Zijn blik was doordringend en oprecht. 'Ik zal je zus of Lily nooit kwaad doen. Ik ben niet… dat soort man. Dat wilde ik je zeggen. En ik wilde je ook zeggen dat, als ik jou geweest was, ik waarschijnlijk hetzelfde had gedaan.'

Byron slikte – moeizaam. 'Het was niet mijn bedoeling…'

'Ja?'

'Hij is ongelukkig terechtgekomen,' zei hij ten slotte. 'Het is al lang geleden.'

'Ja. Dat heeft ze verteld.'

Het 'maar' hing in de lucht. Byron kon door de deur de waterkoker horen en het gerammel van kopjes die uit kastjes gehaald werden.

'In ieder geval vraag ik haar waarschijnlijk ten huwelijk zodra ze een beetje gewend zijn en zo – dat je het maar weet.'

Byron liet zijn hoofd weer tegen de kussens zakken terwijl hij deze nieuwe wending probeerde te verwerken, de nieuwe versie van een man die hij geneigd was geweest niet te mogen. Hij was anders in zijn eigen huis. Misschien waren de meeste mensen dat wel.

Er verstreken verscheidene lange minuten.

'Ik ga eens kijken hoe het met de thee staat,' zei Jason. 'Melk en zonder suiker, hè?'

'Graag,' zei Byron.

Toen kwam zijn zus met een blad de keuken uit. 'Ik weet niet waarom je over koekjes begint,' zei ze en ze gaf Jason een por terwijl ze naast hem ging zitten. 'Je weet best dat we vanochtend de laatste biscuitjes opgegeten hebben.'

Ze schonk een beker in en gaf die aan haar broer. 'Je hebt het me nog steeds niet verteld – ook al heb je me een halve ton aan wasgoed gegeven. Wie is die vriend waar je logeert?'

Thierry wist al drie dagen zeker dat hij het gehoord had. Hij was langs de schuren aan de andere kant van het huis gelopen en daar had hij het gehoord, een grommend, jammerend geluid, maar gesmoord, een beetje alsof het vanonder de grond klonk. 'Waarschijnlijk jonge vosjes,' had Byron gezegd toen hij het tegen hem zei. 'Ze zitten vast ergens in een hol. Kom, we moeten de fazanten gaan voeren.' Byron had hem verteld dat je nooit zomaar wilde dieren moest storen, vooral de jongen niet. Als je een jong oppakte, of een nest verstoorde, werden de ouders misschien bang en kwamen ze nooit meer terug.

Byron was er vandaag niet. Thierry stond doodstil in het zonnetje en hield zijn hoofd schuin terwijl hij probeerde te bepalen waar het geluid vandaan kwam. Hij hoorde muziek boven in Kitty's kamer, waar mam en zij aan het schilderen waren. Mam had gezegd dat Kitty zelf mocht zeggen wat er op haar muren kwam. Hij zou vragen of hij de planeten mocht. Hij vond het een leuke gedachte om het zonnestelsel binnen en buiten zijn raam te hebben.

Hij hoorde het gefluister van de Schotse dennen om zich heen en hun geur werd op de warme wind naar hem meegevoerd. Daar klonk het weer. Thierry haalde zijn handen uit zijn zakken en begon langs de zijkant van het huis te lopen. Hij bleef staan toen hij bij de kapotte oude deur kwam. Byron had hem van alles over sporen geleerd en nu zag hij, toen hij naar de grond keek, dat de deur onlangs opengedaan was.

Er verscheen een rimpel in zijn voorhoofd. Hoe kon een vos een deur openmaken – vooral een zware als deze? Hij stapte naar voren, klemde zijn vingers om de rand van de deur en trok eraan. Hij stapte naar binnen en liet zijn ogen aan het donker wennen. Het gejank was opgehouden.

Thierry kon met moeite de L-vorm van de ruimte onderscheiden. Toen hij de deur achter zich dichtdeed en de trap afliep, begon het gejammer en gegrom weer. Hij liep op het geluid af en zag iets bekends. Hij bukte zich, haalde een van Byrons puppy's uit de doos en hield het stevig tegen zich aan. Hij had ze daar zeker neergezet zodat ze veilig waren terwijl hij aan het werk was.

Thierry ging op de betonnen vloer zitten en liet de hondjes tegen hem opspringen en zijn gezicht likken, wat volgens zijn zus walgelijk was.

Pas toen ze tot bedaren waren gekomen en rondsnuffelden, zag hij dat zij niet het enige in de ruimte waren. Er stond een vouwstoel in de hoek en er lag een slaapzak op een zeildoek, een rugzak en een paar tassen. Hij zag de bakjes van de honden vlakbij staan. Een beker met een tandenborstel en tandpasta balanceerde op de zijkant van een gootsteentje. Thierry kneep een sliert tandpasta in zijn mond. Waarom bivakkeerde Byron hier?

'Thierry!' riep zijn moeder van boven. 'Eten! Thierry!'

Hij legde de tandpasta zorgvuldig terug waar hij hem gevonden had. 'Sst,' zei hij tegen de hondjes. 'Sst.'

Thierry wist alles van geheimen, waarom je sommige dingen beter stil kon houden en hij wilde niet dat Byron het gevoel zou krijgen dat zijn nest verstoord was.

Een hand herinnert zich muziek lang nadat hij gestopt is met spelen. Op dezelfde manier herinnerde Isabels hand zich het gevoel van haar oude viool lang nadat hun wegen zich gescheiden hadden. Ze dacht eraan terwijl ze de Dvořák nabootste en zich de spanning van de snaren, het gevoel van de Guarneri onder haar kin voorstelde. Ze zou waarschijnlijk nooit meer zo'n viool vasthouden, nooit meer het fluwelige timbre horen, de volbloed trilling van de snaren voelen, maar er waren compensaties, hield ze zichzelf voor.

De zomer had een zekere rust gebracht na de roerige weken van het late voorjaar. De moestuin bloeide welig. Ze had een grote vrieskist gekocht en hem in de eetkamer gezet voor alles wat ze overhad. Nu de zomervakantie begonnen was, was Kitty zich gaan bezighouden met de kippen en fokte zwarte cochin-krielkippen, kleine bantammers, enorme lichtbruine Orpingtons waarvan het net was of ze een petticoat aanhadden. De eieren en kuikens leverden haar een klein, maar vast inkomen op. De twee deuren van het huis stonden overdag open en Isabel trof vaak een in een overdadig verenpak gestoken haantje aan dat haar met zijn kraalogen vanaf de bank aankeek, of een broedse kip die zich in een stapel wasgoed genesteld had. Ze kon er moeilijk boos over worden; ze vond het heerlijk om te zien hoe Kitty en Thierry zich over de kuikens ontfermden. Het was goed om ze geïnteresseerd in iets te zien, niet langer treurend om wat ze verloren hadden.

Thierry bracht veel tijd in de bossen met Byron door en nam paddenstoelen mee, bladeren die ze in salades konden verwerken of kruiwagens vol haardhout voor de winter. Isabel stelde zich voor hoe hij het hondje liep te roepen dat Byron hem nu gegeven had. Bij het zien van het gezicht van haar zoon toen het tot hem doordrong dat het echt van hem was, waren de tranen in haar ogen gesprongen. Zeg iets, Thierry, had ze zwijgend aangedrongen. Wees blij. Juich, schreeuw, als de jongen die je bent, maar hij was naar haar toegelopen en had zijn armen om haar middel geslagen. Ze had hem stevig tegen zich aan gedrukt, bang om te laten merken hoe erg ze op meer gehoopt had.

'Hij zal die pup binnenkort moeten africhten,' had Byron opgemerkt waar Thierry bij was, en Isabel bad dat het diertje haar zoon weer aan het praten zou krijgen.

Die ochtend had Byron haar geleerd om haardhout te hakken. Ze had het blijkbaar helemaal fout gedaan. De bijl was bot. Het ene eind van het hout op een stronk zetten en in het midden hakken was gevaarlijk en kon haar blind maken. Ze moest het hout splijten, niet doormidden hakken. Hij liet haar zien hoe ze de bijl uit het hout moest halen door met een moker tegen de achterkant te slaan. Hij gleed er met zijn sterke handen met een welgemikte slag doorheen. 'Het is goed voor je,' zei hij grinnikend toen ze de bijl weer omhoogbracht. 'Het maakt je hoofd helder. Therapeutisch.'

'Zolang ik mijn voeten er niet afhak.'

Isabels eigen handen werden ruw en zaten onder de krassen van het hakken en het trotseren van kruisbesstruiken en frambozen. Ze had er met een mes in gesneden terwijl ze konijnen aan het villen was en er zaten eeltplekken op van het schilderen van de binnenkant van het huis waar het niet in plastic gehuld was. Ze was vastbesloten om het op te fleuren waar ze maar kon. Ze dacht dat Laura McCarthy en haar clubje het waarschijnlijk maar een zootje zouden vinden, met zijn ruw geschilderde houtwerk, de primitieve kleuren, de muurschilderingen van klimop in geel en groen die omhoogslingerden. Het kon haar niets schelen: elk eigen stempel maakte er meer een thuis van in plaats van een plek waar Kitty, Thierry en zij toevallig terechtgekomen waren.

Er was iets raars met het Spaanse Huis, iets wat ze pas tegenover zichzelf kon toegeven nadat Kitty er een opmerking over had gemaakt. 'Ik vind het een leuk huis,' had haar dochter op een avond gezegd. 'Veel meer dan toen we er net waren. Zelfs met alle gaten en rommel. Maar het voelt nooit echt als thuis, vind je wel?'

Isabel had geruststellende geluiden laten horen over dat het nog niet klaar was en dat je er niet over kon oordelen voor het echt helemaal van hen was. Over nieuwe badkamers en ramen die vervangen waren. Maar ze wist dat er waarheid school in wat Kitty gezegd had.

Komt het door jou? vroeg ze Laurent in stilte. Is het onmogelijk voor ons om een thuis te creëren zonder jou?

Deze hele periode had ze Matt gemeden – voor zover het mogelijk was iemand te mijden die elke dag haar huis in- en uitliep. Soms was het makkelijk, zoals wanneer ze weg was om vioollessen te geven, waar ze tegenop zag. Ze had allerlei strategieën ontwikkeld om ervoor te zorgen dat ze nooit alleen met hem was. Ze bleef dicht bij Byron of de andere mannen staan wanneer ze koppen thee bracht, vroeg de kinderen om bij haar te blijven terwijl ze een karweitje afmaakte en bewaarde de noodzakelijke gesprekken voor wanneer zijn zoon met hem meewerkte. Matt speelde het spelletje mee, een beetje minder opgewekt en spraakzaam dan hij was geweest, maar soms overtuigde ze zich ervan dat die nieuwe afstand hem ook wel beviel.

Er leek onenigheid tussen Anthony en hem te bestaan. Ze spraken amper tegen elkaar en Anthony keek met nauw verholen afkeer naar zijn vader. Als de jongen anders dan charmant tegen Isabel was geweest, zou ze bang zijn geweest dat hij achter de waarheid gekomen was. Nu en dan voelde ze Matts ogen in haar rug branden, maar meestal wist ze het van zich af te schudden.

Ze was in de moestuin toen hij haar alleen trof. Het was achter in de middag, Kitty en Thierry waren in het bos met het hondje en ze had besloten wat aardappelen voor hun avondeten op te graven. Omdat ze bang was ze met een spa doormidden te hakken, groef ze ze, geknield op een oude jutezak, uit en gooide ze in een zinken emmer, klaar om gewassen te worden. Het had iets bevredigends om aardappelen uit de grond te halen, de grillig gevormde schat onder de aarde te voelen en blij verrast te zijn door de grootte wanneer hij tevoorschijn kwam. Ze stopte even om haar haar achterover te strijken en keek naar haar vingers. Ze zagen ooit wit, maar waren nu gevlekt en de stompe nagels waren halve maantjes van aarde. O Laurent, wat zou je nu van me vinden? dacht ze glimlachend. En besefte, met een mengeling van opluchting en spijt, dat dit voor het eerst was dat ze aan hem kon denken zonder een steek van verdriet.

Ze haalde de laatste aardappel uit de grond, maakte hem los van zijn wortels en schoof de aarde terug naar waar de plant had gezeten. Vervolgens wreef ze haar handpalmen tegen elkaar om de aarde eraf te krijgen en schrok toen ze de stem hoorde: 'Ze zijn nog steeds prachtig.'

Matt stond achter haar, leunend op de spa. 'Je handen zijn nog steeds mooi.'

Ze probeerde de uitdrukking van zijn gezicht af te lezen, stond op en schudde de zak uit. 'Hoe gaat het met de badkamer?' vroeg ze neutraal. 'Ik dacht dat je hem deze week zou afkrijgen.'

'Daarover wil ik het niet hebben,' zei Matt. 'We draaien al weken om elkaar heen. Ik wil het over ons hebben.'

'Er is geen ons, Matt,' zei Isabel gedecideerd terwijl ze haar emmer optilde.

'Dat kun je niet zeggen.'

Hij ging dichter bij haar staan en Isabel vroeg zich af of de kinderen in de buurt waren – of iemand anders.

'Ik was erbij, Isabel,' zijn stem zacht, intiem, 'en ik voelde hoe je was – hoe *wíj* waren. Wat ik daarna zei... dat was een vergissing, een misverstand. Ik blijf er maar aan denken. Aan ons.'

Isabel liep resoluut naar het huis. 'Laat het, Matt,' zei ze.

'Ik weet wat ik voelde, Isabel.'

Ze draaide zich met een ruk om. 'Het zou misschien het beste zijn als we het werk dat je gedaan hebt afrekenden en het daarbij lieten.'

'Je hebt me hier nodig, Isabel. Niemand kent dit huis beter dan ik.'

'Misschien wel,' riep ze in de wind, 'maar ik geloof niet dat we hier iets aan hebben, dacht je wel? Laten we die badkamer nu maar afmaken en dan...' Ze was bij de keuken aangekomen. 'Ik moet gaan,' zei ze. Ze deed de deur dicht en ging er met haar rug tegenaan staan.

'Isabel? Wat heb ik gedaan dat je zo kwaad bent? Waarom doe je zo?'

Ze hoopte dat hij de deur niet zou openduwen.

'Isabel, ik meende niet wat ik die avond zei. Het kwam er verkeerd uit.'

'Ik ga het er niet over hebben,' zei ze.

Er ging een moment voorbij. Toen hoorde ze zijn stem weer, dicht bij de deur, alsof hij de zijkant van zijn gezicht ertegenaan gelegd had. Het klonk zacht, samenzweerderig. 'Je kunt niet net doen alsof er niets veranderd is.'

Ze wachtte terwijl ze de zwaarte van de stilte buiten voelde, en toen zijn voetstappen zich na verloop van tijd verwijderden en ten slotte verdwenen, slaakte ze een diepe zucht. Ze bracht haar hand naar haar gezicht, een vuile hand die onder de modder zat, zelfs voor haarzelf bijna onherkenbaar. Hij trilde.

Matt reed in zijn eentje de korte afstand naar huis. Byron, die de hele dag amper een woord tegen hem had gezegd, was verdwenen voor hij klaar was, en Anthony had gezegd dat hij nog een poosje bij Kitty wilde blijven.

'Je moeder verwacht je,' zei Matt, die de jongen benijdde om zijn vrijheid om langer in het huis te mogen blijven.

'Nee, hoor. Ik heb tegen haar gezegd dat ik hier zou blijven om naar een film te kijken. Je luistert niet.'

Onder andere omstandigheden zou Matt zo'n brutaal antwoord onmiddellijk afgestraft hebben, maar hij werd afgeleid door het geluid van Isabel die, blijkbaar onbekommerd over hun gesprek, boven haar viool aan het stemmen was. Het was nu niet aangenaam meer voor hem om haar te horen spelen. Het riep beelden bij hem op van die stormachtige nacht, terwijl ze hijgend onder hem lag. Hij begreep niet wat er tussen hen gebeurd was: hij wist hoe ze zich voelde – waarom ontkende ze het?

Hij reed slippend de oprijlaan op en sloeg het portier met een klap dicht. Bernie kwam aangehobbeld om hem te begroeten, maar hij liep langs de oude hond terwijl hij zijn gedachten de kop in probeerde te drukken. *Geen 'ons'*, had ze gezegd. Alsof het een foutje was geweest.

Hij deed de deur van de oven open en zag dat die leeg was. 'Waar is mijn eten?' schreeuwde hij naar boven.

Er kwam geen antwoord, dus liep hij de keuken door en tilde deksels en borden op om te zien waar ze het gelaten had.

'Waar is mijn eten?' vroeg hij nogmaals toen Laura in de deuropening verscheen.

'Dag, schat, fijne dag gehad? Ik ook, dank je,' zei Laura op vlakke toon.

'Dag, lieveling,' zei Matt op overdreven geduldige toon. 'Ik wil alleen maar weten waar mijn avondeten is.'

'Nou... er liggen karbonades in de vriezer, een pak soep of koude kip in de koelkast. Kaas en crackers. Je mag zelf kiezen.'

Hij keek haar vol ongeloof aan.

'Matt, je weigert al weken tegen me te zeggen wanneer en of je thuiskomt,' zei ze, 'dus leek het me gemakkelijker om geen moeite meer te doen. Je mag het voortaan zelf uitzoeken.'

Hij rechtte zijn rug. 'Is dit jouw idee van een grap?'

Ze wierp hem net zo'n onvriendelijke blik toe als hij haar. 'Nee, Matt. Ik vind het helemaal niet grappig, maar ik ben geen veredelde keukenmeid. Als jij niet eens de moeite kunt nemen om me te begroeten als je binnenkomt, waarom zou ik dan moeite doen om eten voor je klaar te maken?'

'Ga nou niet lopen zeuren. Ik wil gewoon iets te eten.'

'En ik vertel je waar je het kunt vinden. Er is eten genoeg. Je hoeft het alleen maar klaar te maken.'

Ze schrok toen Matt met zijn hand op het aanrecht sloeg. 'Is dit je wraak? Je kleinzielige wraak? Waar denk je dat ik de hele dag geweest ben, Laura? Aan de andere kant van de weg, met je zoon, om te doen wat jij wil en dat is ons dichter bij dat klotehuis brengen. Leidingen leggen. Baden installeren. Ramen vervangen. En alleen omdat je niet mijn volledige, onverdeelde aandacht krijgt, vind jij dat je me dat moet laten weten door me te laten verhongeren?'

'Je hoeft me niet te overbluffen, Matt. Je weet donders goed waar het hier om gaat.'

'Ik ga naar de pub. Ik heb hier geen zin in na een hele dag gewerkt te hebben.' Hij drong zich langs haar naar de deur. 'Ik krijg daar wel eten. En een hartelijk welkom.'

'Fijn!' schreeuwde Laura. 'Misschien vind je er ook nog wel een bed!'

Zelfs het dubbele genoegen van lasagne uit de magnetron en een stel biertjes kon Matt niet opvrolijken. Hij zat op zijn kruk en mompelde de kortst mogelijke antwoorden tegen iedereen die een praatje met hem probeerde te maken. Hij was in humeurige gedachten verzonken.

Hij had gezien dat de kroegbaas Theresa een paar keer porde en 'Hou hem in de gaten' mimede. Een paar vaste klanten die normaal gesproken een grapje met hem gemaakt zouden hebben, hadden wat hij uitstraalde opgepikt en hielden zich op een afstand.

'Alles goed, Matt?' Mike, de makelaar, was naast hem komen staan. 'Wil je er nog eentje?'

Matts glas was alweer leeg. 'Een biertje. Dank je.'

'Het is hier vanavond maar stilletjes.' Mike richtte zijn opmerking tot de bar in het algemeen, misschien omdat hij merkte in wat voor bui Matt was.

'Voetbal,' zei de kroegbaas. 'Zo is het altijd. Ze komen rond tienen binnen, als het geen penalty's worden.'

'Ik vind het vreselijk,' zei Theresa. 'Het is saai. Maar ik verveel me ook snel.'

'Hoe gaat het met het huis, Matt?' Mike schoof hem zijn biertje over de toog toe. 'Ik heb gehoord dat je het bijna helemaal onttakeld hebt.'

Matt knikte. 'Je weet in wat voor staat het was,' zei hij.

'Nou en of. Ik zou graag eens een keer willen zien wat je ermee gedaan hebt, als je het goed vindt.'

'Het wordt prachtig,' zei Matt die ineens opkeek. 'Het wordt fantastisch. Een droomhuis. Mooier dan je je kunt voorstellen.'

Mike keek hem onderzoekend aan. 'Nou, ik kijk ernaar uit. Ik bel je later deze week nog wel.'

Theresa wachtte tot de kroegbaas naar achteren was gegaan en liep toen naar Matt. 'Rustig aan,' zei ze. 'Je slaat ze een beetje te snel achterover.'

Zijn blauwe ogen stonden opstandig. 'Ga jij me nu ook al vertellen wat ik moet doen, Theresa?'

Haar gezicht betrok. 'Ik wil niet dat je je moeilijkheden op de hals haalt. Met een slok op rijden, bedoel ik.'

Toen keek hij haar aan alsof hij haar voor het eerst zag. 'Geef je wel een beetje om me?' zei hij met dubbele tong.

Ze legde stiekem haar hand op de zijne en ging met haar vingers over zijn knokkels. 'Dat weet je toch. Meer dan wat ook.'

Hij ging rechtop zitten en liet zijn blik door de halflege pub gaan. 'Kom met me mee naar achteren,' zei hij zachtjes. 'Ik moet even... met je praten.' Hij zag bedenkingen en blijdschap op haar gezicht. Toen trippelde ze naar de kroegbaas en fluisterde hem iets in. 'Vijf minuten,' hoorde hij de man zeggen terwijl hij fronsend een blik in zijn richting wierp.

Toen, met de grond golvend onder zijn voeten, stond Matt in de frisse lucht en liep naar het parkeerterrein.

Ze stond op de achterplaats naast de kratten terwijl motten in het buitenlicht fladderden. Toen hij bij haar kwam staan, sloeg ze haar armen om zijn nek. 'God, ik heb je gemist,' zei ze en ze kuste hem. Ze smaakte naar ademverfrisser, alsof ze in de paar seconden sinds ze buiten was met een spray in haar mond had gespoten. 'Zeg wat je wil zeggen. Ik dacht dat je me beu was.' Ze stak haar handen onder zijn T-shirt. 'Ik vind het vreselijk om je niet te zien. Als je niet langskomt, slepen de avonden zich voort.'

'Geef je dan echt om me?'

Ze duwde haar borst tegen hem aan. Ze rook naar vanille. 'Meer dan wat ook. Wie ook,' fluisterde ze in zijn oor. Haar vingers dwaalden rond zijn nek.

'Trek je rok op,' zei hij hees.

Als hij haar zag weifelen, dan verkoos hij het te negeren. Zijn bewegingen waren zwaar en onbeholpen terwijl hij aan haar blouse trok, haar rok beetpakte en haar tegen de kratten duwde.

'Matt, ik weet niet of ik... Niet hier.'

Hij schonk er geen aandacht aan. Hij sloeg haar been om zich heen, begroef zijn gezicht in haar hals, kuste haar, streelde haar borsten, haar billen, haar haar, tot haar protesten wegstierven. Toen drong hij zich ruw in haar, verloor zichzelf in haar, en hield zijn ogen gesloten terwijl hij de sensaties die hij in het donker van dat huis had gevoeld, háár haar dat om hem heen viel, opnieuw probeerde te beleven. Hij neukte háár, bezat háár, hoorde háár muziek in zijn oren. Het was háár. *Het moest haar wel zijn.* Hij verloor zichzelf in een donkere plek, zijn bewegingen ruw en koortsachtig. Het kon hem niet schelen wie het zag of wie het wist. Hij was zich er vaag van bewust dat Theresa's kreten flauw en passief werden alsof hij alleen maar lucht uit haar perste. Toen, met een gesmoorde brul, kwam hij klaar en zakte tegen haar aan. Leeg. Laakbaar.

Het had geen zin. Het was erger dan zinloos. Matt slaakte een diepe zucht, deed een stap achteruit en hield zich met één arm staande.

Hij deed zijn spijkerbroek goed en zag dat Theresa hem behoedzaam aankeek terwijl ze haar blouse fatsoeneerde, haar vingers worstelend met de uitgerekte stof. 'Sorry,' zei hij toen hij zag dat er knopen af waren.

Hij had verwacht dat ze haar armen om hem heen zou slaan, hem aanbiddend in zijn ogen zou kijken op die sentimentele manier van haar. Dat ze zou zeggen dat het niet gaf. Dat ze alles goedvond wat hij deed. Maar ze leek in de war en schudde zijn hand van zich af.

'Theresa –'

'Ik moet naar binnen,' zei ze en ze rende, nadat ze haar schoen weer aan haar voet geschoven had, naar binnen.

Laura lag in bed toen hij thuiskwam. Hij liep het stille huis binnen en zag de dichte gordijnen en het licht op de overloop. Het was smetteloos, verwelkomend, vredig. Het was helemaal fout. Hij was er niet klaar voor om naar boven te gaan, hij wist niet eens waar hij zou gaan slapen.

Hij schopte zijn laarzen uit, zette de televisie aan, schonk een glas whisky in en dronk het in één keer leeg. Hij voelde zich er niet beter door, dus schonk hij er nog een in terwijl zijn gedachten door zijn hoofd tolden.

Eindelijk, om kwart over twaalf, pakte hij de telefoon en toetste het nummer in. 'Met mij,' zei hij.

Boven lag Laura in het grote tweepersoonsbed en luisterde hoe haar man beneden rondstommelde. Hij was duidelijk dronken. Dat had ze al vermoed toen hij na sluitingstijd niet thuiskwam. Ze had in een zeldzame opwelling, omdat ze zich afvroeg of ze het goed moest maken, naar de Long Whistle gebeld. Een meisje had opgenomen. 'Is Matt McCarthy vanavond langs geweest?' had ze gevraagd en er bijna aan toegevoegd: 'U spreekt met zijn vrouw.' Maar ze kon het niet verdragen om de rol van echtgenote met de deegroller op zich te nemen. 'Avondklok,' had hij gezegd. Alsof ze zijn cipier was.

Het was even stil. Ze nam aan dat dit de natuurlijke diplomatie was van iemand die in een café werkte.

'Ja,' zei het meisje, 'maar nu is hij er niet meer.'

Tien minuten later had ze banden op het grind gehoord. Laura wist niet of ze opgelucht moest zijn dat hij alleen maar naar de pub was gegaan en weer teruggekomen, of ongerust omdat hij niet naar boven kwam. Ze wist niet wat ze zou doen als hij dat deed. Ze wist eigenlijk niets meer. Ze dacht aan Nicholas die haar hand vasthield en tegen haar zei dat haar man een stommeling was. Ze had zich opgelaten gevoeld en haar hand teruggetrokken. Ze hoorde haar stem de meest intieme geheimen van haar huwelijk onthullen, en voelde zich een verraadster. Er had intensiteit gelegen in de manier waarop Nicholas naar haar keek. Het enige wat ze hoefde te doen, wist ze, was hem een teken geven. Ze had hem te veel verteld, maar verder had ze niets gedaan.

Het papiertje waarop hij zijn nummer gekrabbeld had, zat in haar tuiniersbroek. Ze zou het weggooien, zei ze bij zichzelf. Toch maakte dit haar huwelijk er niet gemakkelijker op, want Matt wist niet hoe ze zich inhield. Hij schreeuwde alleen maar tegen haar, ging naar de pub en kwam dronken thuis.

Laura ging rechtop in bed zitten en begroef haar hoofd in haar handen. Het was zo'n zootje en ze moest er iets aan doen. Wat had haar vriendin tegen haar gezegd? Wil je gelijk hebben of wil je gelukkig zijn? Ze zou haar verontschuldigingen aanbieden. Ze zou proberen dingen in beweging te krijgen.

Ze wilde net haar slaapkamerdeur opendoen toen ze zich realiseerde dat Matt aan het bellen was. Het moest met zijn mobieltje zijn, want het toestel naast haar bed had niet geklikt. Laura deed stilletjes de deur open en stapte de overloop op, haar tenen gekruld op het beige tapijt.

'Met mij.' Matts stem kwam de trap op gezweefd. 'Ik moet je iets zeggen. Neem op. Ik heb me iets gerealiseerd.' Hij zweeg even en ze spande zich in om te horen of er aan de andere kant van de lijn iets gezegd werd. 'Je moet opnemen,' zei hij. 'Neem alsjeblieft op... Luister, ik moet je vertellen hoe ik me voel. Alles wat we na die nacht gezegd hebben – het is allemaal een stomme vergissing geweest. Ik weet namelijk waarom je zo boos doet. En dat is vanwege Laura. Je bent niet zoals... Je bent niet zoals een van die vrouwen. Zo heb ik je ook nooit gezien – begrijp je? Niet als een vluggertje... We kunnen samen gelukkig worden, jij en ik, in dat huis. Jij bent het, Isabel. Jij bent het...'

Laura's bestaan gleed onder haar weg. Ze dacht even dat ze zou flauwvallen.

'Bel me dus,' klonk de stem van haar man met dubbele tong, 'ik wacht de hele nacht bij de telefoon als het moet. Ik weet...'

Blijkbaar was hij in slaap gevallen. Boven hem liep Laura McCarthy, als in trance, haar slaapkamer in en deed de deur dicht. Ze trok haar ochtendjas uit, legde hem netjes gevouwen aan het voeteneind, liep naar het raam en deed het gordijn open. Ze kon net het silhouet van het Spaanse Huis door de bomen zien, een enkel verlicht raam boven. Laura keek ernaar en hoorde een zweem van muziek. De roep van de sirene, dacht ze terwijl haar hele wezen van pijn vervuld raakte. De roep van de sirene.

17

Het was niet iets wat ze hardop gezegd zou hebben, maar het bos rond het Spaanse Huis deed Isabel aan de zee denken, met dezelfde subtiele veranderingen in stemming en verschijning, een bron van dreiging, spanning of vermaak. Nu ze er enkele maanden woonde, was ze tot de ontdekking gekomen dat wat ze uit dat bos haalde een weerspiegeling was van wat ze voelde. 's Nachts, wanneer ze op haar slechtst was, was het donker en afschrikwekkend, vol van het onbekende, van onzichtbaar kwaad. Wanneer haar kinderen joelend en lachend tussen de bomen door renden met het hondje blaffend naast hen, was het een sprookjesbos, een veilige haven waar onschuld en verwondering de boventoon voerden. Wanneer ze aan Thierry dacht die diep in de bossen liep te roepen, beschouwde ze het als een welwillende verschijning, een veilige plek, een barrière die hen beschermde tegen de veel woestere buitenwereld.

Nu, in het uur vlak na zonsopkomst, was het een vredestichter die het malen in haar hoofd met vogelgezang tot rust bracht. Helend, kalmerend. Een plek waar ze kon vergeten.

'Kijk uit voor die wortel.' Byron, die naast haar liep, gebaarde naar een dik uitsteeksel dat vanuit de aarde omhoogkrulde.

Ze verschoof de mand met paddenstoelen op haar heup en ging langzamer lopen terwijl ze de riem van het geweer wat hoger op haar schouder hees. 'Ik begrijp het niet. Ik kan nu goed richten – ik heb vaak genoeg met blikjes geoefend. Maar elke keer dat ik op pad ga, zijn ze al verdwenen voor ik mijn geweer heb aangelegd.'

Byron dacht erover na. 'Maak je geluid? Misschien alarmeer je ze meer dan je denkt.'

Ze stapte om wat brandnetels heen. 'Ik geloof het niet. Ik ben me wel bewust van geluid.'

'Ga je wel op de juiste momenten? Ik bedoel, zie je er een hoop in de buurt?'

''s Avonds laat, zoals je zei. Of 's ochtends vroeg. Er is geen tekort aan ze, Byron, ik zie ze overal.'

Hij stak zijn arm uit toen ze over een greppel moesten. Isabel pakte hem even beet, al was het niet echt meer nodig. Haar tred was de afgelopen paar maanden zekerder geworden, haar spieren hard en pezig van het lopen over ongelijkmatig terrein, van het hijsen, schilderen en tillen. Ze was zich nooit eerder bewust geweest van haar lichaam behalve in verband met haar viool, en ze genoot van dit nieuwe gevoel van fitheid.

'En je hebt je felblauwe jas niet aan,' zei hij.

Ze grinnikte. 'Nee, ik heb mijn felblauwe jas niet aan.'

'Uit welke hoek komt de wind?' vroeg hij. 'Als je wind mee hebt, ruiken ze je lang voor ze je zien. Hoe voorzichtig je ook bent.'

'Waar is die voor?' vroeg ze, terwijl ze naar de dunne groene sjaal wees die hij haar om haar nek had laten knopen.

'Om je gezicht mee te bedekken,' zei hij. 'Als je hem optrekt, kan het konijn het niet zien.'

Ze lachte. 'Zodat hij me niet herkent? Zoiets als een beulskap?'

'Je kunt er wel om lachen, maar konijnen zijn slim. Geen enkel ander dier is beter ingesteld op het bespeuren van roofdieren.'

Isabel volgde hem naar de rand van het bos. 'Ik heb mezelf nooit eerder als een roofdier gezien,' zei ze.

Hij had vandaag zijn honden niet meegenomen. Te opgewonden zo vroeg in de ochtend, had hij gezegd toen ze, nog half slapend, uit de achterdeur kwam gestapt. Ze zouden elk levend wezen binnen een omtrek van tien kilometer waarschuwen. Hij had vast op haar staan wachten, ook al had ze gezegd dat hij haar even na halfzes moest komen halen.

Het was al de derde keer dat hij met haar meeging, altijd vroeg, voor hij bij Matt ging werken. Kort na zonsopkomst was het beste deel van de dag, had hij gezegd. Ze hadden jonge herten gezien, dassen, een vossenvrouwtje met haar bijna volgroeide welpen. Hij had haar de fazanten laten zien die hij opkweekte voor een plaatselijke boer, hun felgekleurde verendos afstekend tegen het minder levendige bruin en groen van het Engelse platteland – flanerende Indiase radja's, overgebracht naar een sober landschap. Hij had klaverzuring en kleine veldkers uit de grond getrokken en haagdoornbladeren uit de heggen geplukt en haar verteld hoe hij ze als kind op weg naar school had lopen eten. Hij hield ze niet tegen haar lippen, zoals Matt gedaan zou hebben, maar legde ze voorzichtig in haar hand. Ze probeerde niet naar zijn handen te kijken. Ze wilde hem niet op die manier zien. Ze wilde niet iets bederven wat dierbaar geworden was.

Hij had verteld dat hij een lerarenopleiding gevolgd had, en glimlachte om haar verbazing. 'Had je niet gedacht dat ik er het type voor was?' vroeg hij.

'Nee. Ik heb zo'n hekel aan het geven van vioollessen dat het me verbaast dat er mensen zijn die het zouden *willen* doen.' Ze keek even naar hem op. 'Je bent wel goed met kinderen,' peinsde ze, 'met Thierry. Je zou een goede leraar zijn geweest.'

'Ja.' Hij zweeg even. 'Nou ja, dit bevalt me ook wel.'

Hij vertelde niet waarom hij van gedachten veranderd was over lesgeven en ze vroeg niet naar een verklaring. Als je hier kon leven, vrij van de onbeduidende beperkingen en frustraties van het moderne leven, was het niet zo moeilijk te raden waarom hij hiervoor gekozen had. Ze had het gevoel dat Byron het prettig vond om alleen met haar te zijn – zijn bewegingen werden losser, zijn spraak minder horterig. Misschien omdat hij minder verlegen was of omdat ze zo weinig mensen had om mee te praten, had ze hem de waarheid over het huis verteld.

'Het valt niet mee,' zei ze, 'omdat ik het nu fijn vind om hier te wonen. Ik kan me niet goed meer voorstellen hoe het is om weer in de stad te wonen. Maar ik ben wel eens bang dat het huis ons zal ruïneren.'

Byron leek in te slikken wat hij van plan was geweest te zeggen. Niet echt verrassend, dacht ze. Hij werkt voor Matt. En toen: 'Het is een groot huis,' zei hij voorzichtig.

'Het is een bodemloze put,' zei ze. 'Het vreet letterlijk alles op wat ik heb. En ik wil graag dat Matt het afmaakt. Ik weet dat je voor hem werkt, Byron, maar ik vind zijn aanwezigheid... een beetje vervelend. Ik zou het huis best willen verkopen en in een huis gaan wonen dat wat hanteerbaarder is, maar hij heeft zo veel gesloopt – er is geen kamer die hij intact heeft gelaten. We hebben nog steeds geen functionerende badkamer. En ik kan het niet verkopen zoals het nu is – niet als ik voldoende geld wil overhouden om iets behoorlijks te kopen.

Het echt vervelende is dat ik me niet kan veroorloven hem te laten doorgaan. Zelfs met dit alles,' ze gebaarde naar de paddenstoelen, 'al onze bezuinigingen, is er amper genoeg om hem te betalen voor het werk dat hij gedaan heeft.' Ze dacht aan het vreselijke bericht op haar voicemail waarmee ze de dag ervóór gewekt was. Ze had het snel gewist, vol afschuw bij de gedachte dat de kinderen het hadden kunnen horen. *We kunnen samen gelukkig worden,* had hij gezegd – alsof hij iets van haar af wist.

'Maar goed, ik denk dat ik er wel uitkom.' Ze glimlachte en hoopte dat hij niet de tranen zag die in haar ogen prikten. 'Misschien leer ik ook nog wel loodgietersklusjes, dan installeer ik mijn badkamer zelf wel.'

Het was een wrang grapje en Byron lachte niet. Ze liepen door zonder iets te zeggen. Isabel vroeg zich af of zijn zwijgen betekende dat ze hem in verlegenheid had gebracht. Hij had zijn kaken op elkaar geklemd.

'Wat een heerlijke ochtend,' zei ze na een poosje, zich bewust van het feit dat het oneerlijk van haar was om zich tegenover hem over zijn werkgever te beklagen. 'Ik heb wel eens het gevoel dat ik voor altijd in het bos zou kunnen blijven.'

Hij knikte. 'Ik vind vaak,' zei hij, 'dat als je hier bij het krieken van de dag bent, je kunt doen alsof je de enige mens op aarde bent.'

Het bos gaf ook haar dat gevoel, concludeerde ze. Soms, op ochtenden als deze, genoot ze van het gevoel om van de beschaving afgesloten te zijn, koesterde ze het oeroude gevoel van tevredenheid om met voedsel voor haar gezin terug te keren. Als je uit het niets eten kon toveren, leek het leven hier een stuk minder zwaar.

Byron stak zijn arm op. 'Daar,' zei hij zachtjes.

Ze zette de mand stilletjes neer en hurkte samen met hem achter de boom. Vóór hen maakte het bos ruimte voor een akker van zo'n dertien hectare, waar de tarwe hoog stond.

'Grote burcht aan de rand,' fluisterde hij. Hij maakte zijn vinger nat en stak hem in de lucht. 'De wind komt uit de gunstige hoek. Blijf stil zitten en leg aan.'

Ze trok de sjaal over haar gezicht, zette het geweer tegen haar schouder en wachtte zo beweginglоos mogelijk. Byron had haar verteld dat ze hier buitengewoon goed in was, en dat schreef ze aan haar spelen toe. Ze was sterk, en zich bijzonder bewust van de bewegingen van haar bovenlichaam, dus vond ze het een fluitje van een cent om ervoor te zorgen dat haar spieren niet bewogen.

'Daar,' fluisterde hij.

Ze kon de konijnen op zo'n tien meter afstand door het vizier zien, drie of vier, een dofgrijze aan de rand van het ruiterpad. Ze huppelden in het rond en tuurden zo nu en dan behoedzaam de horizon af.

'Laat ze een meter of vijf van de holen komen,' fluisterde Byron. 'Denk eraan dat je wil doden, niet verwonden. Je moet ze in de kop raken.' Ze mocht blij zijn als ze al één kans kreeg, had hij gezegd.

Het konijn dat ze in haar metalen cirkeltje had, was klaarblijkelijk tot de conclusie gekomen dat er weinig te vrezen viel. Hij knabbelde aan wat gras, schoot achter een pluk onkruid en kwam weer tevoorschijn. 'Je moet ze niet zien als een lekker donzig diertje,' had hij tegen haar gezegd. 'Beschouw ze als groenterovers. Beschouw ze als eten voor Kitty en Thierry. Konijn en wilde champignons in een romige knoflooksaus.'

'Doe jij het maar,' zei ze en ze probeerde hem het geweer te geven.

Hij duwde het naar haar terug. 'Nee.'

'En als ik mis?' Ze was bang om vreselijke pijn te veroorzaken.

Ze voelde zijn aanwezigheid achter zich terwijl ze het geweer weer tegen haar schouder legde en richtte. Hij rook mosachtig en zoet, als zomeraarde. Hij raakte haar niet aan. 'Je zult niet missen,' zei hij zachtjes.

Isabel kneep haar ogen dicht, deed ze weer open en vuurde.

Het was al een tijd geleden sinds ze in Londen geweest was, en nog langer sinds ze in een restaurant als dit was geweest. Thuis zouden

Laura's linnen broek en platte instappers als chic hebben gegolden, maar hier drukten ze het stempel van provinciaaltje op haar. Ik zie eruit als iemand die zich opgetut heeft om naar de stad te gaan, dacht ze.

'Hebt u gereserveerd?' vroeg een verveeld kijkend meisje vanonder haar strak geknipte pony.

'Ik heb een afspraak met iemand,' antwoordde Laura.

Het restaurant zat vol mannen met donkere pakken, monochroom tegen muren van grijs graniet.

'Naam?' spoorde het meisje haar aan.

Laura aarzelde, alsof het als bewijs kon worden gebruikt als ze hem hardop zei. 'Trent. Nicholas Trent.'

Hij was zo aandoenlijk blij geweest van haar te horen. Zo blij om van haar onverwachte tochtje naar Londen te horen, er zo op gebrand om zijn dag zodanig te organiseren dat hij tijd voor een lunch zou hebben.

'Heb je geen werk?' had ze gevraagd terwijl ze zich probeerde te herinneren wat hij gezegd had dat hij deed.

'Ik heb net mijn ontslag ingediend,' zei hij opgewekt, 'wat wil zeggen dat ik zo lang lunchpauze kan houden als ik maar wil. Wat kunnen ze doen? Me ontslaan?'

Het meisje ging resoluut op weg naar de tafeltjes in het atrium, blijkbaar in de verwachting dat Laura haar zou volgen. Iedereen in Londen leek zo jong, vond ze, zo modieus en goedverzorgd. Hoewel ze haar best had gedaan om er chic uit te zien en ervoor te zorgen dat haar haar goed zat, voelde ze zich van middelbare leeftijd en niet op haar plaats. Tegenwoordig had ze geen idee meer hoe anderen haar zagen. Niet oud, maar ook niet langer jong. Bemind, onbemind. Begeerd... niet begeerd. Laura haalde diep adem en vergat uit te ademen toen ze hem van een tafeltje op zag staan met een glimlach op zijn gezicht.

Hij was knap in deze omgeving, alsof die iets van hemzelf weerspiegelde. Hij leek vooral opgewekter, minder terneergeslagen. Misschien ook wel jonger. Of misschien was dat altijd iets geweest wat ze maar gedacht had in hem gezien te hebben – vergeleken met de tomeloze kracht van haar man leken alle mannen minder vitaal.

'Je bent gekomen,' zei hij terwijl hij haar hand pakte.

'Ja,' zei ze. En dat woord, wist ze, gaf min of meer aan dat ze met hem naar bed zou gaan. Dat ze een grens overschreden had. Het aandoenlijke was dat hij het zo niet scheen te zien. Hij nam niets van haar als vanzelfsprekend aan.

'Ik wist niet of je het wel zou doen. Ik dacht dat de vorige keer wellicht...' Zijn stem stierf weg.

'Hij houdt niet meer van me,' zei ze terwijl ze ging zitten. Het was een zin die ze zo vaak in haar hoofd geoefend had dat ze het nu kon zeggen alsof het niets te betekenen had. 'Ik heb hem aan de telefoon gehoord. Ik weet wie het is. Dus,' ze klonk gemaakt opgewekt, 'is er niets meer om me ervan te weerhouden te doen wat ik wil.'

Toen de tranen in haar ogen sprongen, pakte ze de menukaart. Ze hoorde hoe Nicholas iets te drinken voor haar bestelde en aan de ober vroeg of hij hun nog een paar minuten wilde geven. Tegen de tijd dat haar gin-tonic er was, had ze zich weer onder controle.

'Ik zal je precies vertellen hoe het zit en dan hebben we het er niet meer over,' zei ze kalm. 'Ik wil dat we genieten van onze lunch en er niet aan denken.' Haar stem klonk haar onherkenbaar in de oren, zakelijk en afgemeten. Zijn hand lag op tafel alsof hij de hare wilde pakken, maar bang was dat het te vrijpostig zou zijn.

'Het is de vrouw die eigenares van het grote huis is,' zei ze. 'Het huis aan de andere kant van het meer, het huis dat je mooi vond.' Ze meende hem te zien schrikken en was ontroerd over zijn onbewuste vertoon van solidariteit.

'Mijn man is daar druk bezig met de renovatie, dus ik neem aan dat –'

'Jóúw man?' Het was raar zoals hij het zei, maar ze ging door. Als ze nu ophield, zou ze de woorden er misschien nooit meer uitkrijgen.

'Al die tijd heeft hij me voorgehouden dat hij voor óns aan het werk was in het huis. We wilden het graag hebben, zie je. Het was ons praktisch beloofd door de oude man die er woonde. We hadden lange tijd voor hem gezorgd. Toen de weduwe er ging wonen, bood Matt haar aan om de renovatie op zich te nemen. Hij zei – onder vier ogen – dat ze er nooit gelukkig zou worden, dat ze zich het werk dat er gedaan moest worden niet kon veroorloven, dat ze voor Kerstmis weg zou zijn. Hij liet me in de waan dat hij het allemaal voor ons deed.' Ze zweeg even om een slokje te nemen.

'Ik ving toevallig een gesprek op. En wat dacht je? Hij is van plan om bij haar in te trekken. Dus krijgt die vrouw niet alleen mijn huis, maar ook nog eens mijn man.' Ze lachte, een schril, ongelukkig geluid. 'Hij heeft de tekeningen gebruikt die wij samen opgesteld hebben. Alle speciale dingetjes die ik bedacht heb. Hij wilde zelfs dat ik vriendschap met haar zou sluiten. Dat is toch niet te geloven?'

Ze had verwacht dat Nicholas op dat moment haar hand zou pakken, dat hij haar woorden van troost zou bieden, nogmaals zou zeggen dat haar man een stommeling was. Maar hij was kennelijk in gedachten verzonken.

O, god, ik verveel hem, dacht ze paniekerig. Hij dacht dat hij zou gaan lunchen met een levendige vrouw en ik heb hem een verbitterde, bedrogen echtgenote voorgetoverd.

'Het spijt me –' begon ze.

'Nee, Laura, het spijt *míj*. Er is iets wat ik je moet vertellen. Iets wat je moet weten... Toe, kijk niet zo bang. Ik wil alleen... O, in vredesnaam.' Hij wuifde de ober weg die naast hun tafeltje was komen staan.

'Nee,' zei Laura, die het moment graag wilde uitstellen. Ze riep de ober terug. 'Zullen we bestellen? Ik wil graag de brasem.'

'Voor mij ook,' zei Nicholas.

'En water,' zei Laura. 'Zonder koolzuur, alstublieft. Geen ijs.' Nu was ze bang voor wat Nicholas zou gaan zeggen. Hij was toch getrouwd. Hij was van gedachten veranderd over haar. Hij had nooit belangstelling voor haar gehad, niet op die manier. Hij leed aan een dodelijke ziekte.

Ze keerde zich weer naar hem toe. Zijn ogen hadden haar gezicht geen moment verlaten. 'Je zei?' zei ze beleefd.

'Ik wil niet dat er geheimen tussen ons bestaan, geen misverstanden. Het is belangrijk voor me dat we open tegen elkaar zijn.'

Laura nam nog een slok van haar borrel.

'Die dag dat we elkaar voor het eerst op het weggetje ontmoetten, was ik niet verdwaald.'

Ze fronste haar voorhoofd.

'Ik wilde nog een keer naar het Spaanse Huis kijken. Ik was het bij toeval een paar weken daarvoor tegengekomen, ik had over de geschiedenis ervan gehoord en ik vond dat het een werkelijk buitengewoon project zou zijn.'

'Project?'

'Dat is mijn werk. Dat wás mijn werk. Ik ben projectontwikkelaar. Ik koop – eh, een omgeving eigenlijk en probeer er iets moois van te maken.' Hij leunde achterover. 'En, als ik eerlijk ben, iets wat een hoop geld oplevert. Ik meende dat het huis potentieel had.'

'Maar het is niet te koop.'

'Dat weet ik. Ik had gehoord dat het in slechte staat verkeerde en dat de eigenaar weinig geld had en ik dacht erover om een bod uit te brengen.'

Laura vouwde haar servet en rolde het weer uit. Het was een mooi, zwaar ding, gesteven linnen. Dat op het punt stond vuilgemaakt te worden. 'En waarom heb je het niet gedaan?'

'Timing, denk ik. Ik wilde me verzekeren van een goed moment. En ik wilde zo veel mogelijk over dat huis te weten komen. Ik dacht dat, als ik zou wachten tot het water haar aan de lippen stond, ze de laagste prijs zou accepteren. Het klinkt niet fraai, maar zo werken projectontwikkelaars nu eenmaal.'

'Wat handig dat je mij toen net ontmoette,' zei Laura afgemeten. 'Iemand die er zo veel van af wist.'

'Nee,' zei hij nadrukkelijk. 'Jij hebt me ervan afgeleid. Denk eens terug – we hebben het nooit over dat huis gehad, Laura. Je hebt er nooit iets over gezegd. Ik wist niet dat je er iets mee te maken had. Ik vond je gewoon een – een visioen in het bos.'

Ze was zo wantrouwig geworden, realiseerde ze zich, dat ze amper kon geloven dat iemand oprecht belangstelling voor haar had.

Hij stak zijn hand uit naar de hare en ze pakte hem. Het was niet zo'n grote sprong. Zijn vingers sloten zich om de hare, zachte, elegante handen met perfecte nagels. Zo heel anders dan die van haar man.

'Mijn hele volwassen leven heb ik dat huis willen hebben,' zei ze.

'We zijn nooit een echt gezin geweest, en ik dacht dat het beter zou worden als we daar woonden.'

'Ik zal een kapitaal voor ons verdienen. We kunnen een nog mooier huis bouwen.'

Ze keek met een ruk op.

'Sorry,' zei hij. 'Dat was een beetje te overhaast. Het komt omdat ik me niet meer zo heb gevoeld sinds ik mijn vrouw ontmoette, mijn ex-vrouw, en dat is al lang geleden. Ik wilde dat je de waarheid zou weten.'

Een ex-vrouw. Dat probeerde ze te verwerken. Waarom zou het een verrassing zijn dat hij getrouwd was geweest? 'Ik weet niet veel van je, hè?' zei ze.

'Je mag alles van me weten,' zei hij terwijl hij achteroverleunde in zijn stoel. 'Vraag me maar wat je wil. Ik ben een man van middelbare leeftijd die jaren in de put heeft gezeten en meende dat hij een volslagen mislukking was, en die ineens het gevoel heeft alsof er grootse dingen te gebeuren staan. Mijn carrière staat weer op de rails, ik voel me beter dan ik me in lange tijd heb gevoeld, ik heb geld op de bank staan en ik heb een prachtige, ondergewaardeerde vrouw ontmoet die niet weet hoe absoluut geweldig ze is.'

Het duurde een tel voor Laura doorhad dat hij het over haar had.

'Je bent ongelooflijk, Laura,' zei hij terwijl hij haar hand naar zijn lippen bracht. 'Je bent slim en zacht en je verdient zo veel meer. Van alles.'

Hun handen gingen uit elkaar toen het eten met een dramatische zwaai voor hun neus werd gezet. Laura staarde naar de vis, geroosterd op een bedje van felgroene spinazie in een eindeloos ingedikte saus. Ze realiseerde zich dat het vage gevoel van leegte dat ze voelde niet door honger veroorzaakt werd. Ze miste de zachte druk van Nicholas' hand. Ze keek naar hem terwijl hij de ober bedankte en nam het arendsprofiel, de zelfkennis in zijn gezicht, op. En toen de man wegliep, stak ze haar hand weer naar de zijne uit.

'Hoe laat zei je dat je weer aan het werk moest?' vroeg ze terwijl zijn vingers zich om de hare sloten. Ditmaal klonk haar stem zelfverzekerd, vertrouwd.

'Dat heb ik niet gedaan. Ik blijf hier zo lang als je wil.'
Ze keek naar haar vis en toen weer naar Nicholas. Ze liet haar ogen in de zijne rusten. 'Ik heb geen trek,' zei ze.

Ze was zo opgewonden toen ze hem raakte. 'Heb je dat gezien?' zei ze. 'O, mijn god! Heb je dat gezien?' Ze had zijn arm omklemd, vervolgens de sjaal van haar gezicht getrokken en was overeind gekrabbeld.
Byron was opgestaan. 'Loepzuiver,' zei hij terwijl hij naar het konijn liep. 'Ik had het niet beter kunnen doen. Daar is je eten.' Hij hield het dier dat nog warm was omhoog. 'Nu moeten we nog wat knoflook uit de grond halen.' Hij controleerde of het dood was en bracht het toen naar haar toe terwijl hij het bij de achterpoten vasthield. Ze wilde het van hem overnemen, maar trok haar hand terug toen ze de warmte van de vacht voelde. Haar gezicht betrok. 'Hij is zo mooi,' zei ze.
'Zo zie ik ze niet,' zei hij.
'Maar die arme oogjes...' Ze probeerde de oogleden naar beneden te doen. 'O, lieve hemel, ik heb hem echt doodgemaakt.'
Byron fronste zijn voorhoofd.
'Ik weet het... Maar het is zo'n raar idee, te weten dat het leefde en dat het nu door mij dood is. Ik heb nooit eerder iets doodgemaakt.'
Het was inderdaad schokkend om iets pijn te doen. Om de loop van een leven te veranderen. Byron zocht naar een verklaring die haar een beter gevoel zou geven. 'Denk aan een legbatterijkip,' zei hij, 'en denk dan aan dit konijn, dat zijn hele leven heeft gedaan wat de bedoeling was, alles heeft beleefd zoals het hoorde. Welk van de twee zou jij liever zijn?'
'Ik weet dat het stom klinkt. Ik heb alleen zo'n moeite met het idee dat ik iemand pijn doe.'
'Het einde was zo snel,' zei hij, 'dat het helemaal niets heeft gemerkt.' Hij zag hoe ze ineenkromp. 'Gaat het?' vroeg hij toen ze roerloos bleef staan. 'Isabel?'
'Dat was wat ze over mijn man zeiden,' zei ze, met haar ogen op het dode konijn gericht. 'Terwijl hij de snelweg opreed, zich verheugend op de uitvoering van zijn zoon op school. Hij was waar-

schijnlijk aan het zingen.' Ze glimlachte. 'Hij kon absoluut niet zingen.'

Om hen heen waren de vogels weer aan het zingen geslagen. Byron hoorde in de verte een merel en de nadrukkelijke, ritmische roep van een houtduif. En de woorden van Isabel, diep en zacht: 'Een vrachtwagen schoot door de middenberm en botste frontaal op hem. Dat was wat ze zeiden toen ze het me kwamen vertellen. *Hij heeft er niets van gemerkt.*'

Byron hoorde de zwaarmoedigheid in haar stem. Hij wilde iets zeggen, maar soms had hij het gevoel dat hij dingen zo lang voor zich gehouden had dat hij de woorden niet meer wist.

Ze probeerde weer te glimlachen. 'Hij had naar het *Requiem* van Fauré zitten luisteren. De ambulancebroeder zei dat niemand zijn stereo uit kon krijgen toen ze hem uit het wrak zaagden. Het is het laatste geweest wat hij gehoord heeft toen hij stierf... Ik weet niet waarom me dat een beter gevoel gaf, maar het was wel zo.'

Ze slaakte een diepe zucht. 'Wij zijn degenen die alles gevoeld hebben. Hij heeft van niets geweten.'

'Wat erg,' zei hij.

Toen keek ze hem aan en hij kon niet zien of ze hem stom vond. Haar ogen stonden bijna vragend, alsof ze iets zocht. Ze was zo vreemd: het ene moment lachend, voortvarend, levendig, het volgende als iets wat hij nooit eerder gezien had. Het ene moment een treurende weduwe, het volgende een vrouw die Matt in het holst van de nacht naar haar huis liet komen...

Ze leek zich terug naar het heden te slepen. Ze schopte iets van haar schoen. 'Weet je? Ik weet niet of ik wel zo'n roofdier ben. Ik ben je heel dankbaar, Byron, maar ik beperk me misschien toch maar tot het executeren van aardappelen.' Ze gaf hem plechtig, met beide handen, het geweer terug. Hij zag dat er verfspatten op haar handpalmen zaten en eeltplekken op de plekken waar haar vingers begonnen. Hij wilde zijn duim erover halen.

'We moesten maar eens teruggaan. Jij moet weer aan het werk.' Ze raakte even zijn mouw aan, schoof langs hem en stapte zelfverzekerd terug zoals ze gekomen waren. 'Kom. Dan kun je samen met ons ontbijten voordat Matt komt.'

Bemoei je nergens mee, had Jan hem gewaarschuwd, toen hij

zijn verdenkingen tegenover haar uitte. Je kunt elke cent gebruiken en bazen groeien niet aan de bomen. *Niet als je een strafblad hebt*, bleef ongezegd maar was duidelijk te horen. Byron keek naar Isabel die voor hem uit stapte, zachtjes neuriënd terwijl ze voorzichtig een weg tussen de bomen zocht. Dat was wat de gevangenis met je deed: het beperkte je mogelijkheden, ontnam je tot lang erna het vermogen om je als een normaal mens te gedragen. Hij zou zijn hele leven zijn gevoelens onderdrukken, het gedrag van mensen als Matt McCarthy moeten negeren, om ze geen gelijk te geven in wat ze dachten dat hij was.

'Slaap je nog, Byron?' Hij liep al de hele ochtend te suffen, zijn gezicht gesloten alsof hij met zijn gedachten ver weg was. 'Ik vroeg of je me die leiding even wilde geven. Nee, niet die, die plastic. En zet dat bad aan de zijkant. Waar is Anthony heen?' Om de een of andere reden wilde zijn zoon niet met hem praten. Hij liep elk vertrek uit waar Matt binnenkwam.

Matt riep hem terwijl hij aan het bezoek van Isabel aan de juwelier in Long Barton de vorige dag dacht. Hij was niet van plan geweest haar te volgen. Toen hij uit de bank kwam, had hij haar zien parkeren en omdat zijn nieuwsgierigheid gewekt was, was hij van koers veranderd om te zien waar ze naartoe ging. Het was niet moeilijk haar te volgen: ze viel op in het stadje, met haar felgekleurde kleren, haar warrige haardos. Hij zag haar snel oversteken met een rol fluweel in haar hand en bleef staan terwijl hij probeerde te bedenken wat ze ging doen. Hij was er wat later naar binnen gegaan. De man had het fluweel uitgerold en stond iets door een loep te bekijken. 'Is dat te koop?' had hij gevraagd terwijl hij zijn best had gedaan om nonchalant te klinken. Hij zag een parelsnoer en een flits van iets roods.

'Op termijn,' zei de juwelier. Matt had het kaartje van de man aangenomen en was in zijn wagen gaan zitten. Ze had haar sieraden niet verkocht vanwege zijn rekeningen. Het was niet zijn schuld. Ze deed het om zichzelf een nieuw begin te geven, zich te bevrijden van de herinnering aan haar man, hield hij zich verscheidene malen voor. Toch had hij zich onrustig en chagrijnig gevoeld.

Matt had ervoor gezorgd dat Byron het grootste deel van de ochtend bezig was geweest puin uit de oude salon naar de stort te brengen. De aanwezigheid van de andere man stoorde hem op het moment, al kon hij niet zeggen waarom. Het was gemakkelijker als hij ergens anders bezig was. Matt en Anthony waren aan de badkamer begonnen. Ze had er zo over doorgezanikt dat hij wel moest doen alsof ze er iets aan deden. Ze waren met zijn vieren een uur bezig geweest om het gietijzeren bad boven te krijgen, waarover Matt stilletjes de pest in had. Over een paar maanden, als het huis eindelijk van hem was, zouden ze het weer moeten weghalen. 'Als je de vloerdelen teruglegt, let dan op dat je de spijkers in de balken slaat en niet in de leidingen, anders gaat het van je loon af,' waarschuwde hij Anthony die die stomme wollen muts weer ophad.

Anthony kwam net overeind toen Matt hem riep om te helpen het bad weer te verplaatsen. 'Daar,' zei hij grommend van inspanning. 'Waar de twee leidingen uitkomen.'

Zijn zoon begon aan het gietijzeren gevaarte te sjorren en stopte. 'Wacht even, pa. Je kunt het daar niet neerzetten.'

'Wat?'

'De balken. Je hebt de leidingen eronderdoor laten lopen. Ze zijn maar een paar centimeter dik waar het bad komt te staan.'

'Nou, de badkamer blijft hier toch niet,' mompelde hij.

Anthony trok een vragend gezicht en Matt realiseerde zich dat hij hardop had gezegd wat hij dacht. 'Ik begrijp het niet,' zei zijn zoon.

'Dat hoeft ook niet,' zei Matt. 'Ik betaal je niet om te begrijpen. Schiet nou maar op.'

Anthony begon er weer aan te sjorren en stopte. 'Ik loop niet te dollen, pa, maar als mevrouw Delancey het bad hier wil, dan moeten we de leidingen toch langs de zijkanten laten lopen?'

'Heb jij net je loodgietersdiploma gehaald?'

'Nee, maar je hoeft geen loodgieter te zijn om te zien dat –'

'Heb ik jouw mening gevraagd? Heb je promotie gekregen waarvan ik me niet bewust ben? Het laatste wat ik heb gehoord, Anthony, is dat ik Byron en jou aangenomen heb voor het zware sjouwwerk. Opruimen. Hersenloos werk.'

Anthony haalde diep adem. 'Ik denk niet dat mevrouw Delancey erg blij zou zijn als ze wist dat je het werk niet volgens de regels doet.'

'O nee?'

'Nee.'

Er stroomde iets witheets door Matts aderen. Laura had Anthony tegen hem opgezet. Steeds die grote mond –

'Ik wil dit niet meer doen.'

'Je doet verdomme wat ik zeg.' Hij ging midden in het vertrek staan zodat hij de uitgang blokkeerde. Hij zag onzekerheid in de ogen van de jongen, een teken dat hij wist wie de baas was.

'Matt?'

Byron. Die kwam altijd op het verkeerde moment opduiken. 'Wat is er?'

'Ik geloof dat deze van jou is.'

Matt had de kooi aangepakt voor hij wist wat hij deed. De woorden, en hun betekenis, hingen zwaar in de stilte.

'Ik heb hem op de verste stortplaats gevonden,' zei Byron. 'De tweede die ik hier gevonden heb. Mevrouw Delancey zal niet nog meer onverwacht bezoek willen.'

Matt keek even naar Anthony en zag dat de betekenis van wat Byron gezegd had nog niet tot hem doorgedrongen was. De jongen was bezig in de richting van de deur te schuifelen, klaar om te ontsnappen.

'Ik ga naar huis,' zei Anthony, die zijn gereedschapsriem afdeed en op de grond liet vallen.

Matt negeerde hem. 'Mevrouw Delancey, mevrouw Delancey. Iedereen hier schijnt gedachten te kunnen lezen als het op haar aankomt. Nou, ik denk niet dat mevrouw Delancey het leuk zou vinden als ze jouw verhaal zou horen, hè? Er zijn genoeg mensen in de buurt die jou niet de kansen zouden hebben gegeven die ik je gegeven heb – ze zouden je niet eens aangenomen hebben.'

Hij keek de ander strak aan. 'Jouw probleem, Byron, is dat je niet weet hoe erg je geboft hebt.'

'Matt, ik wil geen ruzie met je, maar ik kan niet zomaar toekijken en –'

Isabel was in de deuropening verschenen. 'Ik kom jullie thee brengen,' zei ze terwijl ze zich om de deur perste. Ze had haar haar vastgebonden en een korte broek aangetrokken die haar lange, bruine benen toonde. 'Anthony, voor jou heb ik fris. Ik weet dat je niet van thee houdt. O, en Byron, je hebt je sleutels vanochtend op de keukentafel laten liggen. Ik zou ze maar meenemen. Ik had ze bijna met de kruimels weggegooid.'

'Ontbijt?' zei Matt en zijn hoofd tolde van die nieuwe informatie. 'Ontbijten met de Delanceys, hè? Wat knus.'

Isabel zette het blad op een krat.

'Je hebt jezelf er lekker ingewurmd, hè, Byron?' vervolgde Matt.

'Hij heeft me geholpen. Thee en toast was het minste wat ik hem kon aanbieden,' zei Isabel.

Bloosde ze? Of was dat zijn verbeelding?

Zijn zoon drong zich met een minachtend gezicht langs hem.

Matt voelde zich licht in zijn hoofd. 'Ik geloof niet dat je zo gastvrij zou zijn geweest als je het geweten had.'

Dat deed de deur dicht. Byron deed even zijn ogen dicht en zijn schouders zakten.

'Wat geweten had?'

'Wil je zeggen dat hij het je niet verteld heeft?'

'Het is goed, ik ben al weg,' zei Byron stilletjes. 'Ik kan hier niet meer tegen.'

'Wat is er aan de hand?' wilde Isabel weten.

Byron wilde zijn sleutels pakken, maar Matt was hem te snel af. 'Isabel – je weet dat ik altijd voor je gezorgd heb, hè? Waar of niet?'

'Eh, ja,' zei ze behoedzaam.

'Ik had het je wel eerder willen vertellen, maar ik wilde Byron een kans geven. Maar ik vind het niet eerlijk dat jij de enige bent die niet de waarheid kent, vooral omdat je nogal eens alleen met hem bent. Vind je het een prettige gedachte om een veroordeelde bij je gezinnetje aan tafel te hebben, of alleen in de bossen met je zoon?'

Hij zag een flikkering van twijfel over haar gezicht trekken. Hij was er altijd goed in geweest om iemand op zijn zwakke plek treffen.

'Wist je niet dat Byron in de gevangenis heeft gezeten? Ik dacht dat hij het je wel verteld zou hebben tijdens een van jullie gezellige uitstapjes. Wat heb je uiteindelijk gekregen, Byron? Bijna achttien maanden, hè, voor zware mishandeling? Ik meen me te herinneren dat je die ander flink te grazen hebt genomen. Hij zit nu toch in een rolstoel?'

Ze vroeg niet of het waar was. Dat hoefde ook niet: het stond op Byrons gezicht te lezen. Matt merkte het plotselinge verlies van vertrouwen, de ogenblikkelijke hertaxatie van Byron, en voelde de triomf van een overwinnaar. 'Ik dacht dat je het mevrouw Delancey verteld had...'

'Het is goed,' zei Byron. 'Ik ga al.' Terwijl hij zijn sleutels pakte, keek hij Isabel niet aan. Zijn gezicht leek uit steen gehouwen.

'Ja, ga maar. En blijf uit dit huis weg.' Er klonk triomf in Matts stem door. Hij keerde zich naar Isabel in het lege vertrek. Ergens onder hen ging de voordeur dicht.

'Zo,' zei hij.

Isabel keek naar hem alsof de schellen van haar ogen vielen. 'Het is jouw huis niet,' zei ze.

18

Het was tamelijk simpel als je erover nadacht. Een bijna perfecte oplossing. Matt zette de nieuwe ruit zorgvuldig in de lijst en begon de stopverf met zijn duim en vingers te kneden tot het warm en bruikbaar was. Hij drukte het nauwkeurig op de zijkant van het glas met een precisie die voortkwam uit jarenlange ervaring – de stopverf glad, de rand duidelijk afgebakend. Het licht weerkaatste tegen de ruit en in het bos was het een drukte van belang met vogels en andere dieren. Soms kwam je zo dicht bij iets dat je door de bomen het bos niet meer zag. Hij moest om zijn eigen grapje lachen.

Terwijl de stopverf droogde, hing Matt zijn gereedschapsriem recht en liep met het speciaal bewerkte hout naar het andere raam. Dit zou de mooiste kamer worden die hij ooit had gemaakt. Hij had nog nooit zo veel van zichzelf in iets gestopt. Ze hadden aan twee kanten uitzicht, zodat ze bij het wakker worden als eerste het meer zagen, waar 's ochtends vroeg een nevel boven hing, en vogels die tussen de bomen door vlogen. Hij had het sierstucwerk bij een gespecialiseerd Italiaans bedrijf besteld en vervolgens elk stuk zo gesneden en gevormd dat ze als een ingewikkelde driedimensionale legpuzzel in elkaar pasten. Hij had het plafond zo deskundig gestuukt dat er nog geen vingerafdruk op het oppervlak te zien was. Het was bijna de moeite waard geweest om het oorspronkelijke plafond naar beneden te halen voor het creëren van zoiets moois voor haar. Hij had de vloer opnieuw gelegd, plank voor plank, zodat haar blote voeten nooit een oneffenheidje zouden voelen. Hij zag haar voor zich zoals ze die roodzijden ochtendjas om zich heen trok terwijl ze zich uit hun enorme, overhoopgehaalde bed liet glijden. Hij zag haar duidelijk voor zich, met de zon op haar gezicht terwijl ze de gordijnen opendeed en het licht de contouren van haar lichaam door de zijde heen omlijnde.

Waarom had hij het niet eerder bedacht? Het loste alles op. Hij zou bij haar intrekken en het werk waaraan hij begonnen was voortzetten. Ze hoefde er geen cent voor te betalen als ze eenmaal bij elkaar waren. Haar geldzorgen zouden voorbij zijn. Het was duidelijk dat ze het in haar eentje niet redde. Sinds hij hier was begonnen, had ze zich aan zijn oordeel onderworpen, was ze door hem gerustgesteld. Het huis zou van hen zijn. Hij zou heer en meester zijn van zijn eigen droomhuis. Bezitter van Isabel Delancey. Laura zou prima zitten in het koetshuis met haar koffieochtendjes en haar geklaag. Ze was het net zo beu als hij. Het was ongelooflijk – hij dacht nu amper meer aan haar. Het was alsof ze er helemaal niet meer toe deed. Isabel had al het andere verdrongen. Zij was alles. Alles waarvoor hij ooit gewerkt had, alles wat hem ooit verteld was dat hij niet kon krijgen. Alles wat hij had moeten achterlaten toen zijn vader van het landgoed geschopt werd. Het kostte hem soms moeite om uit te maken waar zij eindigde en het huis begon.

Met hernieuwde energie tikte Matt, zich bewegend op een nieuw soort inwendig ritme, het stuk pleisterwerk op zijn plaats. Misschien had hij er een deel kunnen uithalen en het grootste stuk laten zitten, maar hij had lang geleden geleerd dat het dode hout helemaal wegkappen soms de enige manier was.

Byron werd wakker van het getimmer en zag licht onder de deur. Het duurde een paar seconden voor de betekenis hiervan tot hem doordrong, en toen keek hij op zijn horloge. Het was halfacht. Matt was al aan het werk.

Naast hem zaten de honden stil en verwachtingsvol naar hem te kijken, hun ogen op hem gericht. Hij kwam overeind en wreef over zijn gezicht en zijn haar. Buiten waren de vogels het jubelend enthousiasme kwijt dat ze bij zonsopkomst lieten horen en klonken nu rustiger.

'Jullie hadden me wel eens kunnen waarschuwen,' mompelde hij tegen Meg en Elsie. 'Hoe moeten we er nu in hemelsnaam uit?'

Hij had nauwelijks geslapen. Hij had tot bijna middernacht door het bos gelopen en toen hij terug was in het ketelhuis, had hij nog uren wakker gelegen terwijl hij probeerde te bedenken wat hij nu moest doen. Hij dacht eraan om Jan te bellen, maar hij had gezien hoe de zaken er bij hen voor stonden en vond dat hij zich niet moest opdringen. Hij had nog steeds niet genoeg voor de borgsom voor het boerenhuisje. Hij had zich afgevraagd of hij niet overhaast gehandeld had door ontslag te nemen, maar hij kon niet verdergaan met het bedrog van die man. Hij kon niet langer garanderen dat hij zich na verloop van tijd onder Matts voortdurende getreiter niet zou gaan gedragen op een manier waarvan hij spijt zou krijgen.

Hij dacht opnieuw aan Isabels gezicht toen ze van zijn verleden hoorde. Haar verrassing, gevolgd door onzekerheid. *Maar hij leek zo aardig, zo gewoon.* Byron had het al heel wat keren gezien.

'Jezus.' Hij kroop in de hoek toen de deur open- en weer dichtging achter Thierry en het hondje, dat naar Byron toe rende en boven op hem sprong.

'Sst – sst!' probeerde hij het wanhopig stil te krijgen.

Toen hij weer opkeek, stond Thierry op één been te balanceren. Byron kwam half overeind. 'Jezus, Thierry. Je bezorgt me... Hoe wist je dat ik hier was?'

Thierry knikte naar het hondje dat aan zijn moeder snuffelde.

'Heb je – heb je het iemand verteld?' Hij klauterde uit zijn slaapzak en keek achter de jongen naar de deur.

Thierry schudde zijn hoofd.

'Jezus. Ik dacht dat het...' Hij ging met zijn hand over zijn gezicht terwijl hij probeerde op adem te komen. Thierry scheen niets te merken van de schrik die hij hem bezorgd had. Hij knielde nu bij de honden neer, sloeg zijn armen om hen heen en liet ze zijn gezicht likken.

'Ik – ik heb hier een paar nachten geslapen tot mijn nieuwe huis klaar is. Vertel het niet verder, hoor. Het staat misschien... raar.'

Hij wist niet of Thierry hem gehoord had. 'Ik wilde Meg en Elise niet in de steek laten. Dat begrijp je toch wel, hè?'

Thierry knikte. Een ogenblik later stak hij zijn hand in zijn shirt en haalde een klein vierkant pakje in een wit servet tevoorschijn, dat hij aan Byron gaf. Byron vouwde het open en zag twee sneetjes lauwe toast waarvan een dubbele boterham was gemaakt. Vervolgens haalde Thierry een gedeukt pakje sap uit zijn zak en gaf dat ook aan hem. Toen knielde hij weer bij de honden om Meg over haar buik te aaien.

Byron had sinds de middagpauze de dag ervoor niets meer gegeten. Hij zette zijn tanden in de boterham die besmeerd was met boter en jam. Toen legde hij zijn hand op de schouder van de jongen, ontroerd over dat onverwachte vriendelijke gebaar. 'Dank je,' zei hij, en de jongen grijnsde. 'Dank je, T.'

'Waarom ben je er nog niet? Je zei dat je om drie uur bij me zou zijn.' Kitty lag op een deken aan de rand van het meer naar de krekels te luisteren en staarde naar het oneindige blauw boven zich. Zo nu en dan zoemde er een bij langs haar oor, maar ze gaf geen krimp toen er een op haar T-shirt landde. Het was veel te heet om je te bewegen. Bovendien probeerde ze bruin te worden. Ze had in een tijdschrift gelezen dat je benen er beter uitzagen als ze bruin waren. In Londen lag hun kleine tuintje op het noorden en er was nooit zon gekomen.

'Mijn moeder doet heel raar,' zei Anthony.

Ze kauwde op een grassprietje. 'Ze zijn allemaal raar. Daar zijn het nu eenmaal ouders voor.'

'Nee. Ze is... Ik denk dat er iets raars tussen onze ouders gaande is.'

Kitty gooide het grassprietje weg en wachtte terwijl ze luisterde naar haar moeder die beneden de plinten aan het vastspijkeren was. Het geluid weerklonk over het water en verstoorde de rust van het meer. Ze bedacht dat ze het fijner had gevonden toen haar moeder nog muziek maakte. 'Raar, op wat voor manier?' vroeg ze.

Hij klonk ongemakkelijk. 'Je moet het niet verder vertellen, goed? Ik denk dat mijn vader jouw moeder veel te veel laat betalen.'

'Te veel laat betalen?' Ze keek met toegeknepen ogen naar een wolk en trok aan een pluk haar. 'Hij is aannemer, Ant. Ik dacht dat dat erbij hoorde.'

'Nee, ik bedoel een heleboel. Grote bedragen.'

Anthony dempte zijn stem. 'Ik ging vanochtend naar de werkkamer en daar was mijn moeder. Ze nam alle betalingsbewijzen door die met jullie huis te maken hebben. Ze keek heel vreemd...'

'Praten pa en jij nog steeds niet met elkaar?'

'We schijnen momenteel niet veel te hebben om over te praten,' had ze kalm geantwoord. Ze wierp een blik op de kopieën van rekeningen die aan mevrouw Isabel Delancey gericht waren. Ze had er één gepakt. 'Blijkbaar hebben je vader en ik heel verschillende ideeën over hoe je mensen behandelt.'

'Wat bedoel je, mam?'

Ze keek op, en het was alsof ze hem toen pas zag. 'Niks, schat. Ik praat wat in mezelf.' Ze stond op, streek haar broek glad en plakte die opgewekte glimlach weer op haar gezicht. 'Weet je wat, ik ga ijsthee maken. Wil jij ook?'

Anthony's stem klonk zacht en gejaagd. 'Ik denk dat ze erachter is gekomen dat pa veel te veel vraagt. Ze is best ouderwets, mijn moeder. Ze houdt helemaal niet van dat soort dingen. Toen ze naar beneden ging, heb ik eens naar een stel van die rekeningen gekeken. Die heetwatertank – ik weet zeker dat hij je moeder er twee keer zo veel voor heeft gevraagd als hij er zelf voor heeft betaald.'

'Is dat niet het arbeidsloon?' Daarover had haar moeder het de hele tijd. 'Ik bedoel, mijn moeder schijnt niet te vinden dat er veel aan de hand is. Ze zegt wel dat het een kapitaal kost, maar als je kijkt naar wat hij gedaan heeft...'

'Je begrijpt het niet.'

'Het huis valt zowat uit elkaar.'

Nu werd Anthony ongeduldig. 'Luister, Kitty, mijn vader is een klootzak. Hij doet wat hij wil en het kan hem verder niets schelen. Hij wil jullie huis al jaren en ik denk dat dat de reden is dat hij je moeder te veel laat betalen. Om haar te dwingen het te verkopen.'

Kttiy ging nu zitten. Ze trok haar knieën op. Ze had het ineens koud, ondanks de zwoele warmte. 'Wilde hij ons huis?'

'Voor jullie kwamen, ja. Mam en hij. Toen jullie er eenmaal gingen wonen, dacht ik dat ze er wel overheen waren. Het is tenslotte maar een huis, toch?'

'Ja,' zei Kitty onzeker.

'Bovendien let ik nooit zo op wat mijn vader doet. Je leert in ons gezin wel dat je je gedeisd moet houden. Maar ik heb die rekening gezien, en het gezicht van mam, en ik geloof niet dat hij zijn werk goed doet. En ik heb ook wat gekke dingen opgevangen. Dingen die Asad laatst tegen hem zei.'

'Asád?'

Het was net of hij bedacht dat hij te veel gezegd had. 'Luister – niks tegen je moeder zeggen, hoor. Nog even niet. Ik denk dat de mijne hem wel een deel zal laten terugbetalen zodat het uiteindelijk klopt. Hij heeft op het moment wat bij haar goed te maken –' Ze hoorde hem een gedempte reactie geven. 'Ik moet gaan. Luister – kom je straks naar de pub? Ze geven vanavond een barbecue en iedereen is welkom.' Hij voegde eraan toe: 'Ik trakteer.'

Het water was troebel aan de randen en er bleef een modderig laagje op de oever achter. 'Oké,' zei ze.

Isabel zat geknield op de vloer en smeerde scherp ruikende lichtgrijze verf op de planken. 'Niet te dichtbij komen,' zei ze terwijl Kitty vanuit de keuken het trapje op rende. 'Ik heb niet op voetafdrukken gerekend.' Ze ging rechtop zitten en keek naar wat ze gedaan had. Er zat een grijs vlekje op haar jukbeen en haar witte shirt viel ruim om haar heen. 'Wat vind je ervan?' vroeg ze.

'Mooi,' zei Kitty.

'Ik wilde ze eigenlijk niet schilderen, maar het was zo'n verschrikkelijke combinatie van kleuren en ze zagen er zo smerig uit. Ik dacht dat de boel hiermee een beetje zou oplichten.'

'Ik ga uit,' zei Kitty. 'Er wordt een barbecue bij de pub gehouden en ik heb met Anthony afgesproken.'

'Dat is leuk, schat. Heb je Thierry gezien?'

'Hij zat bij de kippen.' Hij praatte tegen ze en gaf de grotere op hun kop omdat ze de andere pestten, maar toen hij haar zag, deed hij zijn mond dicht.

'Ik ben hier nog wel even bezig,' zei Isabel. 'Deze kant moet eerst drogen voor ik aan de andere kan beginnen. Denk je dat verf sneller droogt als het warm is?' Ze hoorden voetstappen op de trap en Matt verscheen, met zijn gereedschapsriem om zijn middel en zijn

T-shirt dat aan zijn bovenlichaam plakte. Hij bleef onder aan de trap staan. 'Ik ben klaar. Misschien kunnen we iets gaan drinken als –' Hij schrok toen hij Kitty zag, maar herstelde zich snel. 'Als de dames zin hebben.'

'Nee, dank je,' zei Isabel. 'Ik heb nog het een en ander te doen. Kan de badkamer worden gebruikt?'

'Ik heb de ouderslaapkamer gedaan. Je moet even gaan kijken.'

Isabel keek naar hem op. 'Ik had je gevraagd om de badkamer te doen. We hebben een badkamer nodig, Matt. We hadden afgesproken dat je je daarop zou richten.'

'Die doe ik morgen wel,' zei hij. 'Je moet even naar die slaapkamer komen kijken.' Het was alsof hij haar niet gehoord had. 'Je zult er weg van zijn. Hij is prachtig. Toe, vooruit – ga even kijken.'

Kitty zag hoe haar moeder haar kaken op elkaar klemde. Ze wilde iets zeggen, maar ze had Anthony beloofd dat ze haar mond zou houden. 'Ik ben die zinken teil zo spuugzat,' zei ze in plaats daarvan. 'Het moet toch niet zo moeilijk zijn om een badkamer te installeren.'

Matt scheen het niet te merken. 'Je kunt absoluut niet zien dat het plafond naar beneden gekomen is. Eerlijk gezegd vind ik dit stucwerk mooier dan het oorspronkelijke. Vooruit – ik wil dat je het ziet.'

Haar moeder zuchtte en streek een bezwete pluk haar uit haar gezicht. Het kostte haar duidelijk moeite om haar frustratie de baas te worden. 'Matt, kun jij even doorlopen zodat ik die vloer kan afmaken? Kitty, schat, ik wil wel dat je voor het donker thuis bent.'

'Oké,' zei Kitty, die naar Matt staarde.

'Anthony loopt toch met je terug, hè?'

'Ja.'

'Ga je naar de barbecue? Wil je een lift tot aan de weg?' vroeg Matt.

'Nee.' Ze keek hem boos aan en voegde er toen, onder de veelbetekenende blik van haar moeder, aan toe: 'Dank u.'

'Wat je wil,' zei hij. 'Weet je zeker dat ik je er niet toe kan verleiden, Isabel?'

Kitty wachtte tot Matts remlichten verdwenen waren en liep

toen gedecideerd naar de weg via het bos waar de schaduw een welkome verlichting bood van de hitte die zelfs aan het begin van de avond nog laag en plakkerig over de vallei hing. Ze zag niet langer denkbeeldige boemannen achter bomen, of gekken met bijlen in de verte. Ze wist nu dat de echte dreiging veel dichter bij huis lag. Ze dacht aan Matt, aan zijn grapjes en geklets, zijn zakken met croissants, de manier waarop hij veinsde hun vriend te zijn. Hoe ze allemáál veinsden hun vriend te zijn. Hoeveel mensen wisten waarmee hij bezig was?

Toen ze uit het bos kwam, tolde haar hoofd. Ze had Anthony beloofd er om zes uur te zijn, maar het licht was nog aan in de winkel en ze zag er mensen binnen. Op het laatste moment veranderde Kitty Delancey van koers.

'Dus hij zegt: "Hoe dúrf je?"' zei Henry terwijl hij probeerde zijn lachen in te houden. '"Mijn naam is *Hucker.* Rudolph Hucker."' Hij sloeg met zijn hand op de toonbank en brulde van het lachen.

'Schei uit,' zei Asad, die bezig was rolletjes kleingeld in de kassa te stoppen, naar adem snakkend. 'Straks ga ik weer piepen.'

'Ik snap het nog steeds niet,' zei mevrouw Linnet. 'Vertel het nog eens.'

'Misschien had je hem aan Tansy Hyde moeten voorstellen.'

Mevrouw Linnet zet haar kopje thee neer. 'Wat? Is dat een van de Hydes uit Warburton?'

De deur ging open en Kitty stapte naar binnen. Ze nam een vlaag warme lucht en muziek uit de pubtuin aan de overkant met zich mee.

'Onze lievelingstiener,' zei Henry. 'O, wat zou ik graag weer jong zijn.'

'Welnee,' zei Asad. 'Je hebt me wel eens verteld dat het de akeligste tijd van je leven was.'

'Dan zou ik graag mijn tienerlichaam terug willen hebben. Als ik geweten had hoe knap en rimpelloos ik was, zou ik in plaats van te lopen tobben over een paar niet-bestaande vlekjes de hele dag in een zwembroek hebben rondgelopen.'

'Als je zo oud bent als ik,' zei mevrouw Linnet, 'ben je al blij dat alles het nog doet.'

'Je zou nu in een zwembroek kunnen rondlopen,' zei Asad. 'We zouden er een terugkerend thema van kunnen maken. Een bordje ophangen: "Donderdag is zwembroekdag."'

Henry zwaaide met zijn vinger. 'Ik heb het nooit stijlvol voor een winkelier gevonden om zijn damastpruimen uit te stallen.'

'Gedroogde pruimen, toch?' Asad moest weer giechelen.

Henry moest moeite doen om zijn lachen in te houden. 'Ik denk dat ik dankbaar mag zijn dat je niet met rozijnen begonnen bent.'

'Mevrouw Linnet, u hebt een slechte invloed,' zei Asad. 'U moet echt ophouden.'

'Ja, houd u alstublieft op, mevrouw Linnet. We hebben een ontvankelijk jong meisje in ons midden. Wat kan ik voor je doen, Kitty? Of kom je ons nog meer eieren brengen? Die je de laatste keer gebracht hebt, zijn bijna op.' Henry boog zich over de toonbank.

'Hoe lang weten jullie al dat Matt McCarthy ons uit ons huis probeert te krijgen?'

De winkel viel stil. Henry wierp Asad een blik toe.

Kitty zag het. 'Mag ik dat opvatten als "een stuk langer dan nu"?' vroeg ze verbitterd.

'Jullie uit jullie huis proberen te krijgen?' vroeg mevrouw Linnet.

'Kennelijk door ons veel te veel in rekening te brengen,' zei Kitty op zakelijke toon. 'Blijkbaar zijn wij de laatsten die het horen.'

Asad klapte het deurtje naast de toonbank open en kwam de winkel in. 'Ga zitten, Kitty,' zei hij. 'Laten we een kopje thee nemen en eens praten.'

'Nee, dank u.' Ze sloeg haar armen over elkaar. 'Ik heb een afspraak. Ik wilde alleen maar weten hoeveel mensen ons achter onze rug hebben uitgelachen. Stomme stadslui, hè, die dachten dat ze dat grote, oude huis konden opknappen.'

'Zo was het niet,' zei Asad. 'Ik had een vermoeden dat er iets niet klopte, maar ik had geen bewijs.'

'Asad wilde er iets over zeggen,' viel Henry hem in de rede, 'maar ik heb tegen hem gezegd dat hij niet in het wilde weg met beschuldigingen kon komen. We hadden geen idee wat er in jullie huis gaande was, wat hij aan het doen was.'

'Jullie wisten wel dat hij het huis wilde hebben. Voordat wij kwamen.'

Ze keken elkaar hulpeloos aan. 'Eh, ja. Dat was algemeen bekend.'

'Maar wij wisten het niet,' zei Kitty. 'Het zou wel geholpen hebben als iemand ons gewaarschuwd had dat de man die ons huis aan het slopen was en ons er zwaar voor liet betalen, dezelfde man was die het huis zelf had willen hebben. Goed, ik denk dat we nu wel weten wie onze vrienden zijn.' Ze draaide zich om om weg te lopen.

'Kitty!' riep Asad haar terug. 'Weet je moeder het? Heb je er met haar over gepraat?'

Henry hoorde het gepiep in zijn stem, een teken dat hij overstuur was.

'Ik weet niet wat ze weet,' zei Kitty. 'Ik wil niet nog meer problemen veroorzaken.' Ineens werd ze een kind voor wie de last te zwaar was. 'Ik weet niet wat ik moet doen. Ik denk dat het er niet meer toe doet, omdat hij binnenkort toch zal moeten stoppen. Ons geld is op. We zullen in ons halfgesloopte huis blijven zitten, uitrekenen hoeveel we kwijt zijn en proberen verder te gaan met ons leven.'

Haar voordracht bevatte een vleugje drama, maar Henry kon haar dat niet kwalijk nemen. 'Kitty, wacht nou eens even. Laat me het uitleggen –'

De bel rinkelde weer en de deur ging achter haar dicht.

'Nou ja!' riep mevrouw Linnet in de stilte uit. En toen niemand iets zei, nogmaals: 'Nou já.'

'Ze trekt wel weer bij,' zei Henry. 'Als ze erover nagedacht heeft. Joost mag weten wat die man allemaal met dat huis heeft gedaan. Het spijt me, Asad,' zei hij terwijl hij door de winkel liep en de jaloezieën liet zakken. 'Kom maar op met je "ik heb het je toch gezegd". We hadden er iets van moeten zeggen, al was het maar een vermoeden.'

'Wisten jullie dan dat hij kwaad in de zin had?' vroeg mevrouw Linnet.

'Nou nee,' zei Henry handenwringend. 'Dat was het probleem. We wisten het gewoon niet. En wat kun je eraan doen? Ik bedoel, je wil toch geen ongegronde geruchten verspreiden? Zeker niet als het iemand als hij betreft.'

'Hij zit in de pub,' zei mevrouw Linnet. 'Ik zag hem er nog geen tien minuten geleden binnenstappen, zo onschuldig als wat.'

Asad maakte zijn schort los.

'Weet je?' vervolgde ze. 'Ik heb altijd al gedacht dat er iets niet aan hem deugde. Toen hij de aanbouw van mevrouw Barker had gemaakt, zei ze dat hij de deurknoppen te dicht bij de deurposten had gezet. De keren dat ze haar knokkels heeft geschaafd...'

'Waar ga je naartoe?' vroeg Henry. Asad deed zijn schort af.

'Ik heb me nog nooit zo geschaamd. Nooit.' Er klonk iets gepassioneerds, nauwelijks ingehouden, in zijn woorden. 'Dat kind had gelijk, Henry. Alles wat ze zei, klopte. We hebben ons allemaal schandelijk gedragen.'

'Maar waar ga je naartoe?'

'Met meneer McCarthy praten,' zei Asad, 'voordat mevrouw Delancey hoort wat er gaande is. Ik ga hem vragen zich als een eerzaam mens te gedragen. En ik ga hem precies vertellen wat ik van hem denk.'

'Asad, niet doen,' zei Henry die hem de weg naar de deur versperde. 'Bemoei je er niet mee. Het is onze zaak niet.'

'Het is onze zaak wél. Het is onze plicht als vrienden, als goede buren.'

'Onze plicht? Wie is er ooit voor ons opgekomen, Asad?' schreeuwde Henry nu, zich niets aantrekkend van wie het mocht horen. 'Wie heeft het voor ons opgenomen toen we hier pas waren en met die kwezels geconfronteerd werden? Wie heeft ons geholpen toen ze dingen door onze ramen naar binnen gooiden? Dingen op onze deur kalkten?'

'Ze is alleen, Henry.'

'Dat waren wíj ook.'

'Dat is heel wat jaren geleden.' Asad schudde niet-begrijpend zijn hoofd. 'Waar ben je bang voor?' vroeg hij en toen was hij weg.

De man achter de barbecue droeg een schort met namaakborsten en een kanten slipje op de voorkant gedrukt. Van tijd tot tijd sloeg hij zijn handen om de borsten, of hield een worstje in zijn tang omhoog en tuitte zijn lippen alsof hij iets onbetamelijks wilde doen. Soms wiegde hij met zijn heupen op de muziek die uit een stereo schalde die iemand op een tafeltje bij de deur had gezet. Kitty had het maar half in de gaten. Ze was op van de zenuwen. De

Neven waren zo geschokt geweest, zo over hun toeren van wat ze tegen hen had gezegd, maar ze hadden het duidelijk geweten. Waarom hadden ze niets gezegd?

'Dat is ze,' zei Anthony toen een vrouw achter de barbecue ging staan om iets tegen de man te zeggen. Er liepen brede blonde en rode strepen door haar haar, dat in een opzettelijk slordige knot gebonden was. 'Dat is de vrouw die mijn vader neukt.'

Kitty's blikje hield stil bij haar lippen. 'Wat?' zei ze, niet zeker of ze het wel goed gehoord had.

'Theresa Dillon. De barmeid. Mijn vader neukt haar al maanden.' Hij zei het op zo'n vanzelfsprekende toon, alsof het half en half te verwachten was dat je vader met iemand anders dan je moeder naar bed ging.

Kitty liet haar cola zakken. 'Weet je dat zeker?'

'Natuurlijk.' Hij keek vol minachting naar de vrouw. 'En ze is niet de eerste.'

Kitty had in het afgelopen jaar wel eens het gevoel gehad dat ze de oudste tiener ter wereld was. De enige in haar huishouden die in staat was om verstandige beslissingen te nemen, rekeningen te betalen, de boel te organiseren te midden van mams chaos. Er waren nog steeds momenten, zoals vandaag, dat ze het gevoel had dat ze door een landschap reisde waarvan ze geen flauw benul had. Matt was naar hen toe komen slenteren toen ze met Anthony was gaan zitten. Hij had als grapje gezegd dat ze de drankjes binnen had kunnen halen als ze was ingegaan op zijn aanbod om mee te rijden. Anthony had hem amper een blik waardig gekeurd, zij was sprakeloos van woede, en uiteindelijk was hij al mopperend op tieners in het algemeen naar de plek gegaan waar hij nu met wat mensen zat.

'Als je het zeker weet,' zei ze voorzichtig, 'waarom vertel je het je moeder dan niet?'

Hij keek haar aan alsof ze onnozel was, en ze herinnerde zich dat ze hem verteld had hoe gelukkig haar vader en moeder waren geweest, hoe haar moeder bijna ingestort was nadat haar vader was verongelukt.

Hij bood haar een chip aan. 'Je kent mijn vader niet,' zei hij afwijzend. Ze zaten een tijd op het bankje waar de warmte van de laagstaande zon door de stof van Kitty's jurk drong.

‘Wil je nog wat chips? Ik zal nog wat paprikachips halen voor ze op zijn.’ Anthony zocht in zijn zakken naar kleingeld. Toen stopte hij. ‘O jee. Wat is daar aan de hand?’

Asad stond tegenover Matt die op de bank van een van de picknicktafels aan de andere kant van de tuin zat. Ze kon niet alles horen wat er gezegd werd, maar ze zag wel aan Matts strakke gezicht en aan Asads houding dat het niet goed zat.

‘Je weet niet waarover je het hebt, Asad, dus ik zou me er maar buiten houden voor je jezelf voor gek zet.’ Matts stem klonk in de stille lucht boven de muziek uit.

‘U bent een schaamteloze man. U vertrouwt op het feit dat mensen bang voor u zijn. Nou, ik ben niet bang voor u. En ik ben niet bang om de waarheid te spreken.’

Naarmate meer mensen in de gaten kregen dat er iets aan de hand was, werd het steeds stiller in de tuin.

‘De waarheid?’ zei Matt. ‘Dorpsroddel. Jullie zitten daar in jullie achterlijke winkeltje als oude wijven roddels te verspreiden. Met zijn tweetjes. Jullie zijn een lachertje.’ Hij lachte.

Kitty’s hart stond bijna stil. Ze keek even naar Anthony, die zijn hoofd schudde. ‘O nee,’ mompelde hij.

Matt stond op en Kitty wilde naar voren lopen, maar Anthony’s arm hield haar op haar plaats.

Henry, die net met mevrouw Linnet de biertuin binnenstapte, keek om zich heen of hij Asad kon vinden en haastte zich naar hem toe terwijl hij iets mompelde wat Kitty niet kon verstaan.

Asad leek het niet te merken. ‘Ik vraag u alleen maar datgene te doen wat fatsoenlijk is,’ zei hij kalm.

‘En wie ben jij? Een of andere moraalridder?’

‘Iemand die niet bereid is om toe te kijken terwijl een fatsoenlijke vrouw bedrogen wordt.’

Toen Matt sprak, klonk zijn stem gespannen. ‘Asad, een welgemeend advies. Ga met je erwten in blik spelen.’

Asad klonk nu luider. ‘Al dat geld – en ze is nog weduwe ook. Schaamt u zich niet?’

‘Mevrouw Delancey is heel blij met het werk dat ik in haar huis doe,’ zei Matt. ‘Vraag het haar maar. Oké? Vraag haar maar hoe blij ze is.’

'Dat komt omdat ze de waarheid niet kent.'
'Asad, laat me met rust.' Matt zwaaide met zijn hand en nam een flinke slok bier. 'Je begint me te vervelen.'
'Ze weet niet dat u haar systematisch te veel in rekening hebt gebracht, haar in het ongeluk hebt gestort –'
Henry trok aan zijn arm. 'Asad, kom mee.'
'Ja, Asad. Ga weg – voor je iets zegt waarvan je spijt krijgt.'
'Het enige waarvan ik spijt heb, is dat ik er niet eerder iets van gezegd heb,' zei Asad. 'U weet heel goed wat ik –'
'Wat heeft dat verdomme nou weer te betekenen?'
'Ik ga het haar vertellen,' zei Asad, die nu piepte. 'Ik ga naar mevrouw Delancey om haar te vertellen wat u gedaan hebt.'
Ineens veranderde de houding van Matt McCarthy. Hij sprong op en boog zich dreigend over de oudere man. 'Ga naar huis,' beet hij hem toe, zijn gezicht op slechts een centimeter afstand van dat van Asad. 'Je maakt me pissig.'
'U moet niets hebben van het idee dat iemand haar de waarheid vertelt?'
Matt priemde nu met zijn vinger naar hem. 'Nee. Ik moet niets hebben van jóú. Ik zou maar gauw opdonderen en me met mijn eigen zaken bemoeien.'
'Matt –'
Een andere man legde een hand op zijn arm, maar Matt schudde hem af. 'Nee! Die idioot hier loopt me al weken te klieren, dingen te insinueren, steken onder water te geven. Ik waarschuw je, Asad. Bemoei je met je eigen zaken, anders komt er rotzooi van.'
Kitty's hart ging tekeer. In de buurt van de barbecue pakte een moeder haar jonge kind bij de hand en liep naar de poort.
Henry trok nu aan Asad. 'Laten we alsjeblieft gaan, Asad. Denk aan je longen.'
Asad weigerde te wijken. 'Ik heb dwingelanden als u mijn hele leven gekend,' zei hij ademloos. 'En jullie zijn allemaal hetzelfde. Jullie rekenen allemaal op het feit dat mensen te bang zijn om zich ermee te bemoeien.'
Matt sloeg Asad met zijn vlakke hand op zijn borst. 'Je weet van geen ophouden, hè? Stomme ouwe vent – je weet niet wanneer je moet ophouden!' Hij duwde Asad naar achteren zodat hij wankelde.

'Matt!' De barmeid met de strepen in het haar trok aan zijn shirt. 'Hou op –'

'Je steekt altijd je neus in zaken waar dat niet gewenst is en je loopt maar te dreigen. En je weet níéts, hoor je me?' schreeuwde Matt in Asads gezicht. 'Níéts.'

Kitty trilde en Anthony rende op zijn vader af. Maar Matt leek niet langer de protesten van wie dan ook te horen.

'Je houdt je kop en je dondert op, heb je me gehoord?' *Duw.* 'Je houdt op met je smerige roddels, stomme ouwe lul.' *Duw.* 'Oké? Je houdt je kop en je gaat weg.' *Duw.*

Hierop wankelde Asad en snakte hoorbaar naar adem. 'U – maakt – mij – niet – bang,' zei hij.

Kitty huiverde toen ze de uitdrukking in Matts ogen zag. 'Ga niet te ver, Asad,' zei hij.

'Matt, hou op. Hij is een oude man.' De barbecuekok stond nu voor Matt, met zijn tang in zijn hand. 'Henry, neem Asad mee. Matt – ik denk dat we allemaal rustig moeten worden.'

Matt stapte om hem heen en priemde in Asads borst. 'Je zegt één woord tegen Isabel Delancey en je bent dood, heb je dat goed begrepen?'

'Nu is het genoeg geweest.' De barbecueman had gezelschap van verscheidene anderen gekregen die Matt allemaal uit de buurt van Asad dreven. 'Beheers je, McCarthy. Ga naar huis en koel af.'

'Dood, hoor je me?' Hij wrong zich uit de handen die hem vasthielden. 'Ik ben al weg. Laat me met rust. Hij is degene die jullie eruit moeten gooien.'

'O, jezus!'

Omringd door een halve cirkel van omstanders zeeg Asad ineen, zijn lange benen elegant onder hem weggezakt terwijl hij een gebalde bruine hand naar zijn borst hief.

'Haal zijn inhaler!' riep Henry. 'Laat iemand zijn inhaler gaan halen.' Hij boog zijn hoofd. 'Diep ademhalen, schat.'

Asads ogen waren dichtgeknepen. Kitty ving een glimp op van zijn teint die vreemd paars was en de mensen gingen in een nauwere kring om hem heen staan. Iemand mompelde iets over astma. Mevrouw Linnet morrelde aan een sleutelbos. 'Ik weet niet welke!'

jammerde ze. ‘Ik weet niet met welke sleutel je de deur van de winkel openmaakt!’

Anthony stond bij de poort heftig tegen zijn vader te praten.

Er lag iets te branden op de barbecue en er stegen wolkjes bijtende rook op in de zwoele avondlucht. Kitty zag hoe het tafereel zich van haar verwijderde, alsof ze er niet langer deel van uitmaakte, maar vanuit de verte door een glazen wand toekeek. De vogels, hoorde ze afwezig, zongen nog steeds.

‘Wil iemand hem voor me vasthouden? Hou hem alsjeblieft voor me vast. Alsjeblieft… Bel een ambulance! Wil iemand een ambulance bellen?’ En terwijl Henry langs haar naar de winkel vloog, hoorde ze hem zeggen, als tegen zichzelf: ‘Dít, Asad…’ Hij was bijna in tranen en zijn gezicht zag rood van inspanning terwijl hij zelf hijgde. ‘Dít was waarvoor ik bang was.’

19

Andreas Stephanides had de meest onberispelijke nagels die Nicholas ooit bij een man had gezien – gelijkmatig, volkomen regelmatig, een glanzend schelproze. Hij moest wel gemanicuurd zijn, dacht hij afwezig. Bij het idee dat hij Andreas Stephanides zou vragen of hij zich inderdaad met een zekere regelmaat liet manicuren, steeg er een nerveus lachje achter in zijn keel op en Nicholas hoestte om het te verbergen.

'Gaat het?'

'Ja, hoor.' Nicholas wuifde zijn bezorgdheid weg. 'Airconditioning. Mijn keel...'

De oudere man leunde achterover en gebaarde naar de papieren die voor hem lagen. 'Weet je? Je hebt me een groot plezier gedaan. Mijn vrouw, ze is op die leeftijd... ze heeft een project nodig.'

Hij pakte een van de vellen. 'Dat is wat ze tegenwoordig allemaal doen, hè? De kinderen de deur uit en vroeger gingen ze dan gordijnen maken. Kleurenschema's voor elkaars huis. Misschien een beetje liefdadigheidswerk. Nu wil ze hele huizen verbouwen.' Hij haalde zijn schouders op. 'Mij kan het niet schelen. Als ze er gelukkig van wordt. En dit huis bevalt haar. Het bevalt haar heel erg.'

'Het heeft veel mogelijkheden.' Nicholas sloeg zijn benen over elkaar, zich bewust van zijn nieuwe pak. Het was jaren geleden sinds hij zichzelf op een pak van dergelijke kwaliteit had kunnen trakteren, maar toen hij de fijne wol tegen zijn huid voelde, herinnerde hij zich weer dat maatkleding je mannelijker deed voelen – je mannelijker liet overkomen zelfs. Het leek nu ondenkbaar dat hij in dit kantoor in iets minders zou hebben durven verschijnen. Het was gefinancierd door Andreas' eerste betaling.

Andreas knikte. 'Ze is het met je eens. Zoals ik zei, ze is heel gelukkig. En als zij gelukkig is...'

Nicholas wachtte. Hij wist uit ervaring dat het bij Andreas verstandig was om niet te veel te zeggen. De man was een pokeraar, en hij nam je serieuzer als hij dacht dat er dingen ongezegd waren gebleven. 'Alleen een sufferd laat al zijn kaarten zien,' zei hij graag. Terwijl hij wachtte, keek Nicholas naar het uitzicht op Hyde Park. Het was opnieuw een warme dag en kantoormensen zaten op het gras vroeg van hun lunchpauze te genieten, met opgerolde mouwen en rokken tot boven de knie opgetrokken. Het verkeer stokte in een dikke verkeersader om hen heen – de auto's trokken op en remden weer af in korte, nijdige salvo's. Nicholas kon maar een vage zweem van claxons en motoren horen. In dit kantoor, met zijn geïsoleerde muren en dikke glas, zat je afgezonderd van lawaai, uitlaatgassen, de rommel van het dagelijkse leven. Geld kon je tegen bijna alles beschermen.

'Wil je een aanbetaling?'

Nicholas glimlachte. 'Vijf procent is prima.'

'Denk je dat je er meer als dit te pakken kunt krijgen?'

Nicholas richtte zijn aandacht weer op het bureau. 'Andreas, je weet net zo goed als ik dat dergelijk onroerend goed niet voor het oprapen ligt, zeker niet in dat deel van Londen. Maar ik zal mijn oren gespitst houden.' Hij had ze laag getaxeerd voor een snelle verkoop en als een soort onzichtbare bemiddelaar provisie van zowel de koper als de verkoper opgestreken. Het was niet volgens de letter van de wet, maar zo veel van wat er in vastgoed omging bevond zich in een schemergebied. De verkoper, de zoon van de overleden eigenaar, was al lang blij dat hij geen makelaarscourtage hoefde te betalen.

'En jij – red jij het hiermee een beetje?'

'Het is geen vetpot, als je de waarheid wilt weten.'

Andreas was een knappe man, zijn haar dik en zwart hoewel hij al een eindje in de zestig was. Zijn onberispelijke kleding en bedrieglijk ontspannen voorkomen deden denken aan een nachtclubzanger uit de jaren vijftig. Zijn manchetknopen waren bezaaid met kleine diamantjes. Alles aan hem en zijn kantoor ademden grootkapitaal uit waarmee kwistig gestrooid werd.

Hij pakte zijn telefoon en belde zijn secretaresse. 'Shoula, breng ons iets te eten en te drinken, alsjeblieft.' Hij trok een wenkbrauw naar Nicholas op. 'Heb je tijd?'

Nicholas haalde zijn schouders op, alsof tijd geen enkele rol speelde.

Andreas hing op en stak een sigaret op. 'Wat schiet jij er eigenlijk mee op? Dit is al het tweede pand dat je ver onder de marktwaarde voor me gevonden hebt. Je bent geen domme man, Nicholas. Jij bent zelf projectontwikkelaar. Waarom bewijs je me een dienst?'

Nicholas had gehoopt dat die vraag pas na een borrel aan de orde zou komen. Hij haalde diep adem en hoopte dat hij er onbekommerd uitzag. 'Nou... ik dacht dat jij me misschien zou kunnen helpen met een projectje... Er is grond,' zei hij voorzichtig, 'en het is iets bijzonders. Ik wil het zelf ontwikkelen, maar ik heb financiële steun nodig.'

'Waarom heb je deze twee niet ontwikkeld?' Andreas gebaarde naar de details van het vastgoed op zijn bureau. 'Je had vijf nullen kunnen pakken, al had je ze alleen maar doorverkocht. Een goede aannemer, een paar maanden, misschien twee keer zo veel.'

'Ik wilde niet afgeleid worden. Dit vereist een hoop aandacht. En ik wil er snel aan beginnen.'

'En je wilt niet dat ik je meehelp dat "bijzondere project" van jou te ontwikkelen? Als partners?'

Nicholas legde zijn handen op het bureau. 'Ik wil een lening. Ik kan je een percentage van de winst geven als dat het aantrekkelijker maakt. Dit is persoonlijk, Andreas.'

'Persoonlijk?'

'Er is een vrouw in het spel...'

'Ha! Er is altijd een vrouw in het spel.'

De mannen braken hun gesprek af toen de secretaresse met een dienblad binnenkwam. Er stonden zes bordjes op met allerlei lekkere hapjes: reepjes pitabrood, hummus, tzatziki, olijven en halloumi. Ze schonk wijn in, legde twee servetten neer en liep het kantoor uit.

'Ga je gang.' Andreas maakte een uitnodigend gebaar naar de

hapjes. Nicholas was te gespannen om te eten, maar hij dwong zich om een paar olijven te pakken.

Andreas nam een slokje van zijn wijn en draaide zijn stoel zodat hij met zijn gezicht naar het raam zat. 'Het mooiste uitzicht van Londen,' verkondigde hij over het uitgestrekte groen beneden.

'Het is heel mooi,' zei Nicholas instemmend terwijl hij zich afvroeg waar hij zijn olijvenpitten zou laten.

'Die grond. Is die van jou?'

'Nee.'

'Is er een bouwvergunning voor verstrekt?'

'Nee.'

'Geen eigendom, geen bouwvergunning,' merkte Andreas op, op een toon alsof hij zich toegeeflijk opstelde tegenover iemand die niet goed snik was.

'Ik kan beide krijgen. Ik weet waarmee ik bezig ben.'

Ze namen de daaropvolgende paar minuten zo nu en dan een hapje en toen sprak Andreas weer. 'Weet je, Nicholas? Ik was verbaasd toen je me belde. Heel verbaasd. Toen je zaak naar de bliksem ging, zeiden een hoop mensen dat het afgelopen met je was. Je was je lef kwijt. Ze zeiden dat je niets was zonder het geld van je vrouw.' Toen Nicholas bleef zwijgen, vervolgde hij: 'Ik zal eerlijk tegen je zijn. Er zijn nog steeds mensen die jou als een verkeerde gok beschouwen. Wat moet ik tegen hen zeggen?'

Nicholas klemde zijn servet vast. De banken wilden hem bij lange na niet lenen wat hij nodig had. Weinig investeerders wilden hem zelfs maar spreektijd geven. Andreas wist dat allemaal. Hij dacht een ogenblik na. 'Jouw mensen hebben gelijk. Op papier ben ik geen goed risico.'

De oudere man tuitte zijn lippen.

'Ik ga je tijd niet verdoen met een poging je te overtuigen van iets waarover je misschien al een beslissing genomen hebt, maar je weet net zo goed als ik, Andreas, dat je aan de grootste risico's het meeste geld verdient.'

Het leek uren later dat de man glimlachte – in ieder geval zo lang dat, ondanks de airconditioning, het zweet Nicholas uitbrak.

'Ha!' zei Andreas. 'Het doet me goed te zien dat die ex-vrouw van jou niet ook je *arhidia* meegenomen heeft... Oké, Nicholas.

Ik hou wel van een goed comebackverhaal. Vertel me eens wat meer over dat project. En daarna hebben we het over geld.'

De telefoon ging een paar keer over voor ze opnam. Toen ze dat deed, klonk ze gehaast alsof ze had moeten rennen om op tijd te komen.

'Met mij,' zei hij.

'Dat weet ik.'

'Heb je me in je telefoon gezet?' Hij verbaasde zich over haar roekeloosheid.

'Niet bepaald. Jij bent Sheila.'

Hij stond op straat terwijl het Londense verkeer voorbij denderde en rook uitbraakte, en de geur van vuil en snelle happen uit de zaakjes om hem heen opsteeg. Als hij de telefoon stevig genoeg tegen zijn oor drukte en zijn hand op zijn andere legde, kon hij vaag vogelzang op de achtergrond horen, haar staand in de akker bij het bos voor zich zien en de honingachtige geur van haar haar tegen zijn huid ruiken.

'Ik moest het je vertellen,' zei hij. 'Ik heb het geld.' Hij had het gevoel alsof hij voor een soort examen geslaagd was, alsof het de laatste stap naar zijn wederopstanding was geweest. Hij voelde zich weer iemand. Al die dingen wilde hij haar vertellen, in de wetenschap dat ze het zou begrijpen. Hij wilde het voor haar doen. Ze had hem een reden gegeven om zichzelf te bewijzen.

'O.'

'Ik kom waarschijnlijk na het weekend jouw kant uit om die vrouw te spreken. Ik vroeg me af of ik jou dan kon zien.'

'Ga je een bod uitbrengen?'

'Zoiets ja.'

Haar stilte duurde zo lang dat hij er ongemakkelijk van werd. 'Gaat het?' De remmen van een vrachtwagen gierden naast hem en hij moest zich inspannen om haar te horen.

'Het is gek. Het idee dat er opnieuw iets met dat huis gaat gebeuren.'

'Heb je dan liever dat zij er gaan samenwonen?'

Dat was onder de gordel en hij schaamde zich zodra hij het gezegd had. 'Sorry,' schreeuwde hij boven het verkeer uit. 'Dat had ik niet moeten zeggen.'

Hij bespeurde een hapering in haar stem toen ze zei: 'Nee, je hebt volkomen gelijk. Het zou ondraaglijk zijn. Dan kan het beter naar iemand anders gaan.'

'Luister,' zei hij, zonder zich iets aan te trekken van de nieuwsgierige blikken van voorbijgangers, 'wij vinden wel iets beters. Een plek zonder slechte herinneringen.'

Hij kon haar antwoord niet verstaan.

'Laura, ik hou van je.' Het was jaren geleden dat hij die woorden had gezegd. Hij zei het nogmaals. 'Ik hou van je.'

Er volgde een korte stilte. 'Ik van jou,' zei ze.

Laura zette haar telefoon uit en haalde een paar keer diep adem voor ze naar binnen ging om de kleur van haar wangen te laten wegtrekken. Ze vond het de afgelopen dagen moeilijk te geloven dat Matt niet kon zien wat er van haar gezicht te lezen viel, wat zo duidelijk te bespeuren was in haar loop. Ze zag het bij hem altijd meteen.

Ze droeg Nicholas' aanraking op haar huid. Zijn kooswoordjes zweefden door haar hoofd. Ze hieven de pijn niet op, maar ze verzachtten hem wel, verminderden het effect van Matts sloopwerk van haar gevoel voor eigenwaarde. Deze man hield van haar. Deze aardige, beschaafde man hield van haar. Ze was niet alleen met hem naar bed geweest, slechts uren nadat ze hem ontmoet had, maar ze had tegen hem gezegd dat ze van hem hield. Laura McCarthy was bijna veertig, een saaie hoeksteen van de plaatselijke samenleving, van wie de linnenkast met militaire efficiëntie ingericht was en die altijd genoeg eten in de vriezer had om een maaltijd voor twaalf personen in elkaar te draaien. Ze vroeg zich ineens af wie ze aan het worden was.

Matt was in zijn werkkamer. 'Ik ga boodschappen doen. Ga je vandaag niet aan het werk?' vroeg ze beleefd. Ze bood hem niet langer een kop thee aan, want ook al zei hij tegenwoordig ja, hij liet hem toch maar koud worden. Ze vond de thee onaangeroerd en met geklonterde melk erin op kastjes en tafeltjes. 'Ik dacht dat je aan de overkant zou gaan werken.'

'Ik wacht op materialen.'

'Kon je in plaats daarvan niet naar de Dawsons?'

'Ze hebben afgebeld.'

'Waarom? Ik dacht dat ze blij waren met de offerte.'

'Weet ik niet. Ze hebben gewoon afgezegd.'

'Matt, heeft dit iets te maken met wat er in de pub is gebeurd?' Hij hield zijn blik op het bureau gericht, tilde papieren op en legde ze weer neer.

'Anthony heeft wat verteld, maar misschien zou jij me willen vertellen wat er precies gebeurd is.' Ze hield haar stem neutraal. Ze wilde geen ruzie uitlokken. Ze vertelde hem niet over de buren die haar in de supermarkt niet meer wilden aankijken, of dat mevrouw Linnet met een streng gezicht had gemompeld dat Matt zich moest doodschamen toen ze haar op het parkeerterrein voorbijliep.

'Gewoon een hoop geroddel, zoals de rest,' zei hij afwijzend.

'Asad ligt in het ziekenhuis, Matt.'

'Het is maar astma. Het komt wel weer goed.'

'Het is nooit "maar astma". Hij is een oude man, Matt, en je had zijn dood wel kunnen worden. Wat is er toch?'

Hij drong langs haar naar de dossierkast en begon laden open te trekken, dossiers eruit te halen en weer terug te stoppen. 'Hij werkte me op mijn zenuwen, nou goed? We kregen ruzie. Hij kreeg een astma-aanval. Dat is alles.'

'Dat is alles? En waarom halen we Byron van de loonlijst? Nog maar een paar weken geleden wilde je hem in de boeken hebben.'

Hij leek naar iets op zoek. Ineens besefte ze dat de facturen door elkaar lagen. Alle administratie die met de verschillende karweien te maken had, lag her en der in chaotische hoopjes waar ze op het bureau terechtgekomen waren. Matt was altijd uiterst precies met zijn administratie. Hij wilde graag precies weten hoe hij er voor stond en elke penny kunnen verantwoorden. Ze had nooit eerder gezien dat zijn administratie zo'n rommeltje was. Het kan me niet schelen, hield ze zich resoluut voor. Straks is dit het probleem van iemand anders. Straks ben ik met iemand die me waardeert. *Heb je dan liever dat ze er gaan samenwonen?*

'Matt?' Die afstandelijke, vijandige man was haar man. Ze kon maar niet begrijpen hoe ze zo volledig, zo snel, van elkaar verwijderd waren geraakt. Weet je dan niet waar dit op uitloopt? vroeg ze hem in stilte. Een andere man heeft zojuist tegen me gezegd dat hij van me houdt. Een man die vorige week in een Londense hotelkamer mijn naakte lichaam urenlang heeft aanbeden. Een man die zegt dat zijn idee van het paradijs zou zijn om elke ochtend naast mij, mij alleen, wakker te worden. Een man die zegt dat ik alles voor hem ben. *Alles.*

Het kon Matt niets schelen. Hij hield van Isabel Delancey. Laura wiste alle emotie van haar gezicht. 'Matt? Ik moet weten waar hij is, zodat we de administratie in orde kunnen maken.'

'Ik wil niet over Byron praten,' zei hij terwijl hij een ordner doorbladerde. Hij keek niet eens op.

Ze bleef nog een ogenblik langer staan, draaide zich om en liep de trap af.

Weer een lange, warme dag ging over in de avond. Op de open plek in het bos klonken nieuwe lagen van geluid – de klanken van een viool nadat het kletterende eetgerei opgeruimd was, het keffen van een opgewonden puppy, in de verte de overpeinzingen van een tienermeisje aan de telefoon – die uit de openstaande ramen van een vermoeid oud huis gesijpeld kwamen, en zo nu en dan het doordringende gezoem van een mug, gevolgd door een ferme klap.

Byron zat in zijn stoel in het ketelhuis, zijn blik gericht op niets. Die geluiden waren hem de afgelopen twee maanden vertrouwd geworden, de achtergrond voor het eind van zijn dag. Nu probeerde hij te raden wat voor geluiden er in zijn toekomstige leven door zouden komen sijpelen, en geen van die geluiden was welkom: het onophoudelijk gebrom van verkeer, een blèrende televisie door papierdunne muren, het eindeloze gerinkel van met elkaar wedijverende mobieltjes. De geluiden van te veel mensen in een te kleine ruimte.

Toen hij hier net zat, had hij zich doodgeschaamd. Nu voelde hij zich op een vreemde manier thuis in wat in wezen een donker, vuil bijgebouw was. Hij werd nog steeds achtervolgd door de geluiden van de gevangenis: het eindeloze gekletter en geschuif van metalen deuren, de dreunende muziek uit andere vleugels, een stem verheven in woede of protest, en, onder dat alles, het gegons van dreiging, van angst, woede en spijt. Daarmee vergeleken getuigde deze spartaanse omgeving niet van dakloosheid, maar van een vreemd soort vrijheid, met iets beschaafds en warms bij de hand. Een andere manier van leven. Het betekende dicht bij Thierry, Isabel en Kitty zijn, Isabels gulle lach horen terwijl ze even na zonsopkomst door het bos stapte – te horen hoe ze opging in klanken, te zien terwijl hij probeerde het niet te zien hoe de flauwe schaduwen van ongerustheid nooit ver van haar gezicht waren. Als zijn situatie en zijn verleden anders waren geweest, zou hij misschien meer gegeven hebben dan eetbare planten en haardhout.

Byron dwong zichzelf op te staan. Nadenken was de weg naar somberheid. Zijn gespierde gestalte bewoog zich vlot in de schemering terwijl hij door de ruimte liep en keurige stapeltjes van zijn schamele bezittingen maakte. Hij hoorde de deur opengaan en zag Thierry naar binnen glippen met het hondje op zijn hielen. De jongen stak hem een schaaltje vol frambozen en wilde aardbeien, room en een zelfgemaakte koek toe.

'Heb je tegen je moeder gezegd dat je dit buiten zou opeten?'

Thierry grijnsde.

Byron keek naar hem, naar dat goedaardige, zwijgende kind en voelde zich ineens schuldig over wat hij hem te vertellen had. 'Kom,' zei hij terwijl hij naar de deur gebaarde. 'Je kunt toch niet zonder je toetje? We zullen het delen.'

Ze had deze zomer geboft met het weer, dacht Byron terwijl Thierry en hij daarna een potje kaartten en het hondje ervan probeerden te weerhouden de kaarten van het krat te stelen dat als tafel diende. De smaak van de aardbeien en frambozen bleef in zijn mond hangen. Misschien was ze een natuurtalent op het gebied van dingen verbouwen. Sommige mensen waren dat.

'Uit,' verkondigde hij. Thierry wilde het nog steeds niet hardop zeggen. In plaats daarvan gromde hij en sloeg nadrukkelijk op tafel. Byron pakte de kaarten en glimlachte om de spijtige grijns van de jongen. Thierry was gegroeid sinds hij in het huis was komen wonen, zijn trieste bleekheid vervangen door sproeten, een vlotte glimlach en een gezonde kleur. Waarom wilde hij ondanks zijn overgang van verdriet naar het geluk dat hij uitstraalde als hij op avontuur was of met zijn hond speelde, nog steeds niets zeggen?

Byron kuchte zachtjes en schraapte zijn keel. Vervolgens deelde hij uit. Hij keek niet naar de jongen terwijl hij sprak. 'Ik moet je iets vertellen, Thierry. Ik, eh… ik moet weg.'

De jongen keek met een ruk op.

'Er is hier geen werk voor me,' legde Byron voorzichtig uit, 'en geen behoorlijke plek om te wonen. Er zit niets anders op dan dat ik mijn spullen pak en ergens anders heen ga.'

Thierry keek hem vol ongeloof aan.

'Als het niet moest, dan deed ik het niet. Dat is het rottige van volwassen zijn. Je hebt werk nodig en een dak boven je hoofd.'

Thierry wees naar boven.

'Ik kan me hier niet voor altijd blijven verstoppen. Ik moet een behoorlijk huis hebben, vooral voor als het weer koud wordt.'

De jongen deed zijn uiterste best om het niet te tonen, maar Byron zag zijn intense verdriet en wist dat het een weerspiegeling was van het zijne. 'Het spijt me, T. Ik heb genoten van je gezelschap.' Hij was gewend geraakt aan Thierry die aan boomtakken hing, achter de honden aan rende, zijn voorhoofd fronste van concentratie terwijl hij de honingraat van een morielje onderzocht op insecten. Byron kreeg een brok in zijn keel en hij was blij dat het nog steeds tamelijk donker was in de kleine ruimte. 'Sorry,' zei hij nogmaals.

Hij stak zijn hand naar achteren om Meg over haar kop te aaien als een excuus om zich om te draaien. Toen liep Thierry om de tafel heen en ging naast hem zitten. Hij legde zijn hoofd tegen Byrons arm. Ze bleven zo een aantal minuten zitten. Isabels muziek kwam tot een crescendo en stopte. Hij hoorde hoe dezelfde noot keer op keer herhaald werd, alsof het een vraag was.

'Ik zal je laten weten waar ik ben,' zei Byron zachtjes. 'Dan kun je een brief schrijven als je wil. Je kunt bij me op bezoek komen.'

Er was geen beweging.

'Je bent me niet kwijt. Je hebt Pepper en ik heb zijn moeder, dus we blijven op die manier met elkaar verbonden. En dan hebben we altijd de telefoon nog.'

De telefoon. Een hopeloos apparaat. Byron keek neer op de donkere haardos. Hij wachtte enkele ogenblikken. 'Waarom praat je niet, Thierry? Ik weet dat je het kunt. Wat is er zo moeilijk om te zeggen?' Byron kon zijn gezicht niet zien, maar iets in het intense zwijgen van het kind bracht hem op een idee. 'Thierry, is er iets akeligs gebeurd?'

Er volgde een nauwelijks merkbare knik. Hij voelde het tegen zijn arm.

'Iets anders dan wat er met je vader gebeurd is?'

Weer een knik.

'Je wilt het niet zeggen.'

De jongen schudde zijn hoofd.

Byron wachtte. Toen zei hij zachtjes: 'Weet je wat ik doe als er iets akeligs gebeurt? Dan vertel ik het Meg of Elsie.' Hij liet dit in stilte bezinken. 'Honden zijn heel handig. Je vertelt ze iets en ze luisteren altijd. En ze vertellen het nooit verder. Wat dacht je ervan om het Pepper te vertellen terwijl ik hier zit en niet luister?'

Geen beweging. Een vogel die gestoord werd, sloeg buiten luidruchtig met zijn vleugels.

'Vooruit, T. Je zult je er een stuk beter door voelen. Je zult het zien.'

Byron staarde naar de muur terwijl hij in stilte wachtte en net toen hij op het punt stond het op te geven, hoorde hij een aarzelend gefluister en het geschraap van de nagels van het hondje dat in de armen van de jongen wriemelde. En terwijl Thierry's stem verderging, deed Byron zijn ogen dicht.

De zon zakte als een vurige rode bal achter de bomen en zond felgekleurde strepen uit die alleen als een vage glimp door het bladerdak te zien waren. Isabel wandelde eronderdoor terwijl ze onzichtbare snaren beroerde en haar best deed om de melodie in haar hoofd te houden. Ooit had muziek als een continuüm door haar hoofd gespeeld, nauwelijks onderbroken door de behoeften van haar kinderen, een gesprek met haar man. Nu werd zij regelmatig onderbroken, verstoord door de realiteit van het dagelijkse leven.

Vandaag, zoals op de meeste dagen, ging het om geld. Matts meest recente rekening was nog niet binnengekomen, maar volgens haar boekje was ze hem duizenden verschuldigd voor de huur van apparaten en nieuwe ramen. Ze had gedacht dat de verkoop van haar viool een buffer zou zijn voor haar en de kinderen, een bedrag waarmee ze het zou redden tot de verbouwing af was, maar die was nog niet klaar en nu had meneer Cartwright het over vermogensbelasting. 'Waarom zou ik belasting betalen over de verkoop van iets wat van mij is?' had ze hem ontzet gevraagd toen hij het onderwerp telefonisch ter sprake bracht. 'Ik probeer alleen maar te overleven.' Hij had geen antwoord. Ze had haar sieraden verkocht, alles behalve haar trouwring. En ze zag haar spaargeld met de week slinken.

'Brahms,' zei ze. 'Tweede deel. Vooruit, concentreer je.'

Het was ijdele hoop die avond, maar ze had gemerkt dat het wel hielp om door het bos te lopen. Het was niet alleen het constante lawaai thuis: de televisie, Thierry en het hondje. Kitty's telefoon. Het echte lawaai was stil en veel indringender. Het huis voelde niet langer als een veilige haven: het stond voor een serie problemen, een herinnering aan klussen die nog steeds niet gedaan waren, werk dat nog steeds niet betaald was.

Ze aarzelde terwijl ze door de bomen in de richting van het meer keek. Het was op dit moment van de dag op zijn mooist, de laatste zonnestralen een helder pad over het water, de vogels bijna stil terwijl ze hun slaapplaats opzochten. Ze kon vragen om opschorting van de betalingen tot het huis verkocht was. Ze kon proberen te lenen. Ze kon Matt betalen van al het geld dat ze nog overhad en hopen dat ze zich zouden kunnen bedruipen tot ze nog meer werk kreeg. Isabel liet zich moeizaam op een boomstam zakken. Ze zou zich hier kunnen oprollen en alles vergeten.

'Isabel?'

Byron was een silhouet tegen de zon, zijn grote lijf zwart tegen de bomen. Ze sprong overeind en probeerde niet te laten merken dat ze geschrokken was.

Maar hij had het gezien.

'Ik had je niet gehoord,' zei ze. Ze kon zijn gezicht niet zien.

'Ik heb wel geroepen.'

'Het geeft niet,' zei ze, een beetje te monter. Hij had zulke brede schouders – zijn hele lichaam straalde kracht, soliditeit uit. Nu moest ze onwillekeurig denken aan de schade die zo veel kracht kon toebrengen, de dreiging die erin lag. Sinds hij enkele dagen geleden uit het huis was weggelopen, was Byron, haar zachtaardige, onbeholpen handlanger, een vreemde voor haar geworden. De dingen waarvan ze gedacht had dat ze die kende waren weggevaagd door Matts woorden.

'Ik was op weg terug naar het huis,' zei ze, vastberaden vrolijk. 'Is er iets?' Ze merkte dat ze in de richting van het meer liep, alsof het in het daglicht, weg uit de schaduwen van het bos, veiliger was.

Toen hij zich omdraaide, leek hij nog zenuwachtiger dan zij zich voelde. Het was op dat moment dat ze zag dat hij haar brieven toestak. Ze nam ze aan en zag iets bekends aan het handschrift. Beide enveloppen waren geopend. 'Ik heb ze niet gelezen,' zei Byron, 'maar Thierry wel. Ik moet je vertellen… Hij denkt… dat het niet veilig is om te praten.'

Isabel las de eerste veertien regels van het mooie, krullerige handschrift. Ze staarde naar de woorden die geschreven waren door de onbekende vrouw. De vrouw die niet wist dat Laurent verongelukt was, dat hij haar niet aan het mijden was. Ze las het briefje nogmaals om het tot zich te laten doordringen, zich te dwingen de waarheid te erkennen. Dit moest een grap zijn, zei ze bij zichzelf en ze begon half te lachen. Toen las ze het nog eens.

Het was de brief die Kitty haar al die maanden geleden had willen laten lezen toen meneer Cartwright haar beschaamd naar de Stapel had laten kijken. Een van de eerste brieven die ze ontvangen had, amper een week na zijn overlijden. Ze had hem niet opengemaakt – ze had maandenlang niets opengemaakt. Waarom had Thierry hem gepakt?

Het kon niet waar zijn. De tweede was doorgestuurd vanuit Laurents kantoor en terwijl ze de dringende woorden las, zakte haar hart, of wat er voor haar gevoel nog van over was, in een afgrond.

Nee, zei ze in stilte. En de muziek was weg. Het enige wat over was, was de oorverdovende stilte van haar eigen opzettelijke onwetendheid. *Nee. Nee. Nee. Nee.* Byron stond er nog steeds en keek naar haar. En ze besefte dat hij geweten had wat er in de brieven stond. Wat had hij ook alweer gezegd? *Hij denkt dat het niet veilig is om te praten.* Niet haar man. Haar zoon. En haar gevoel van verraad werd overschaduwd door een andere emotie. 'Hij wist het?' wilde ze met trillende stem weten terwijl ze de brieven omhooghield. 'Thierry wist hiervan? Heeft hij dit de hele tijd met zich meegedragen?'

Byron knikte. 'De vrouw kwam de eerste persoonlijk brengen. Hij herkende haar. En later zag hij de andere in een stapel brieven.'

'*Herkende* haar? O, god.' Nu werd het allemaal duidelijk. Ze werd overspoeld door het verraad van haar man, haar eigen onbewuste verraad aan haar zoon die niet durfde te praten omdat hij te veel wist. Nu was er niets meer over van het gezinnetje dat eens in een warm huis in Maida Vale had gewoond. Omdat er geen herinneringen waren, geen onschuld, niets dat ze uit dat auto-ongeluk kon redden. Isabel liet zich weer op een boomstam zakken. Er was niemand die kon helpen, niemand die dit beter kon maken. En ze kon niet eens meer treuren om de liefde van de man die ze verloren had, omdat ze nu wist dat ze hem al lang daarvoor verloren had.

'Isabel? Gaat het?' De vraag die tussen hen bleef hangen, klonk zo stom.

Thierry, dacht ze verwilderd. Ze moest naar Thierry.

Ze stond een beetje trillerig op. 'Dank je,' zei ze beleefd, niet wetend hoe het kwam dat ze haar stem zo normaal kon laten klinken. 'Dank je dat je het me hebt laten weten.'

Ze liep kordaat naar het huis, struikelend over de oneffen grond, nu het licht begon af te nemen. Het bos danste om haar heen, vervagend aan de randen. Byron kwam naast haar lopen. 'Het spijt me,' zei hij.

Ze draaide zich met een ruk om. 'Hoezo? Ben jij met mijn man naar bed geweest? Reed jij in die vrachtwagen die hem doodgereden heeft? Heb jij mijn zoon tot zwijgen getraumatiseerd? Nee. Dus doe niet zo bespottelijk. Het heeft niets met jou te maken.' Ze was een beetje buiten adem en de woorden klonken schril en hard.

'Het spijt me dat ik je slecht nieuws heb moeten brengen,' zei hij. 'Ik vond dat je het moest weten ter wille van Thierry.'

'Nou, goed van je.' Ze sprong over een omgevallen boomstam.

'Isabel, ik –'

'Wie weet het verder nog? Misschien moet je even bij de Neven langs, om het hun als eerste te vertellen. Het zal morgen trouwens toch al de ronde door het hele dorp hebben gedaan.'

'Niemand weet ervan.'

Ze kon het huis zien. Haar zoon zat binnen. Boven misschien, stilletjes opgaand in een computerspelletje. *Hoe heb ik het niet kunnen zien? Hoe heb ik hem zo kunnen laten lijden?*

'Isabel. Rustig. Gun jezelf een ogenblik de tijd voor je naar hem toegaat.'

Hij legde zijn hand op haar schouder, maar Isabel schudde hem af.

'Raak me niet aan!'

Hij deed een stap achteruit alsof hij gestoken was. Er volgde een korte stilte. 'Ik zou ze verbrand hebben als het had gekund. Ik probeerde alleen Thierry te helpen.'

'Nou, je hoeft hem niet te helpen,' snauwde ze. 'We hebben jouw hulp noch die van iemand anders nodig.'

Hij keek haar onderzoekend aan en liep toen met opeengeklemde kaken bij haar vandaan.

Isabel keek hem na. 'Ik kan hem zelf beschermen!' gilde ze.

Hij was zo'n vijftien meter bij haar vandaan toen ze eraan toevoegde: 'Ik kan ze allebei beschermen!'

Hij bleef in hetzelfde tempo doorlopen.

Er ontsnapte haar een enorme snik. 'Goed dan,' zei ze terwijl haar stem het begon te begeven. 'Byron, wil je me vertellen waarom?'

Hij bleef staan en draaide zich om. Ze stond naast een omgevallen eik en het meer achter haar was net te zien. Ze hield haar handen op haar heupen en haar wangen zagen rood.

'Waarom heeft hij jou dit allemaal verteld en mij niet? Waarom kon hij het me niet vertellen? Ik ben toch zijn moeder? Ik ben misschien niet altijd een erg goede moeder geweest, maar ik hou al zijn hele leven van hem. Ik ben alles wat hij nog heeft. Waarom heeft hij het jou verteld en niet mij?'

Hij zag de pijn op haar gezicht, de schrik en het verdriet onder dat felle uiterlijk. Een gewond dier valt naar iedereen uit.

'Hij was bang,' zei hij.

Toen leek ze een beetje in te zakken. Ze hief haar ogen naar de hemel en deed ze even dicht. Als hij iemand anders was geweest, dacht Byron ineens, wie dan ook, dan zou hij naar haar toegelopen zijn en zijn armen om haar heen geslagen hebben. Hij had die gewonde vrouw een beetje troost kunnen bieden.

'Met zijn zwijgen wilde hij jou beschermen.'

Hij wachtte tot ze zich had omgedraaid en begon toen vastberaden naar de weg te lopen.

Hij was wakker toen ze terug was. Zelfs in het halfduister van zijn kamer zag ze zijn ogen op haar gericht. Ze vermoedde dat hij al een tijdje wachtte. Hij moest geraden hebben wat Byron zou zeggen. Nu ze bij hem was, wist ze niet goed wat ze tegen hem moest zeggen. Ze wist wel dat ze hem van zijn last moest verlossen. Ze legde haar hand op zijn hoofd en voelde het vertrouwde zachte haar. 'Ik weet alles,' fluisterde ze, 'en het is goed.' Ze concentreerde zich op het rustig houden van haar stem. 'Mensen... doen niet altijd wat ze zouden moeten doen, maar dat geeft niet. Ik hou nog steeds van papa en ik weet dat hij van mij hield.'

Er verscheen een handje vanonder het dekbed dat haar hand pakte en ze streelde zijn vingers.

'Wat je in die brieven gezien hebt, Thierry, is niet belangrijk. Het verandert niets aan hoeveel we van papa gehouden hebben of hoeveel hij van ons hield. Je moet je er geen zorgen over maken.'

Ze deed nu haar ogen dicht. 'En je moet nog iets anders weten, iets heel belangrijks. Niets is ooit zo erg dat je het me niet kunt vertellen. Begrijp je dat, Thierry? Je hoeft iets als dit niet voor je te houden. Daar ben ik voor.'

Er volgde een lange stilte. Het was nu volkomen donker buiten en Isabel ging naast haar zoon op bed liggen. Door het raam waren de sterren lichte speldenprikjes tegen de avondhemel, als getuigen van een groter licht erachter.

Wat voor slechte moeder was ze geweest dat haar jongste kind het gevoel had gehad dat hij niet op haar kon steunen? Hoe breekbaar, egocentrisch en egoïstisch moest ze geleken hebben dat ze zich allebei verplicht hadden gevoeld om háár te beschermen.

'Je kunt me alles vertellen,' zei ze, bijna tegen zichzelf nu. Ze was uitgeput van verdriet en shock en vroeg zich even af of ze hier zou blijven slapen. Naar boven gaan leek een onmogelijke opgave.

Thierry's stem verbrak de stilte. 'Ik heb het tegen hem gezegd,' fluisterde hij. 'Ik heb tegen hem gezegd dat ik hem haatte.'

Isabel was onmiddellijk wakker. 'Dat geeft niet,' zei ze na een tel.

'Je mag zeggen wat je wil. Ik weet zeker dat papa het begrepen heeft. Echt, ik –'

'Nee.'

'Thierry, schat, je kunt niet –'

'De dag dat ik hen zag. Vóór het concert. Ze kwam naar het huis en ik zag ze… en papa deed net alsof het niets was. Maar ik ben niet gek. En ik zei tegen hem… ik zei tegen hem dat ik wou dat hij dóód was.'

Hij begon tegen haar borst te snikken terwijl zijn vuisten haar shirt omklemden. Isabel kneep haar ogen dicht tegen het donker, tegen die zwarte plek waar haar kind maandenlang had gezeten. Ze slikte de kreet in die in haar keel opwelde en sloeg haar armen stevig om hem heen.

20

Die dag was ze twee keer het huis uitgegaan, één keer om bladeren uit haar moestuin te plukken. Ze had met gebogen hoofd over het pad gelopen met een vergiet in haar hand. Ze droeg een verschoten T-shirt en een afgeknipte broek, en haar haar was slordig vastgestoken met een speld van waaruit het een warrige poging deed om te ontsnappen. Door de warmte plakten haar kleren aan haar lijf. De hitte hing de hele dag boven het meer, smoorde elk geluid en elke beweging, met alleen een zuchtje wind dat verlichting bracht.

In het bos was het iets koeler, maar achter de bomen trilde het huis in de hitte. De leistenen pannen die gerepareerd waren glommen, ontdaan van het mos dat op hun buren lag. Het beschotwerk dat vervangen was, vormde een schril contrast met het oudere hout. Na verloop van tijd zou het één kleur worden, maar zelfs nu was het duidelijk dat er kwaliteitswerk gedaan was. Met de renovatie zou het hele gebouw een gedaantewisseling ondergaan.

Zolang hij met zijn eigen bouwkundige plannen bezig was, raffelde Matt McCarthy niets af. Hij begreep de schoonheid van echt vakmanschap, en had in de loop der jaren genoeg ervaring opgedaan om te weten dat de dingen waarop je probeerde te beknibbelen – goedkopere fittings, vloerdelen in de aanbieding – je op het laatst bleven achtervolgen. Als je iets er mooi wilde laten uitzien, bezuinigde je niet. Zijn huis zou perfect worden.

Als zijn goede smaak en oog voor detail Isabel Delancey meer hadden gekost dan ze zich kon veroorloven, dan had hij dat niet als iets slechts beschouwd. Het was simpelweg een snellere weg naar het moment waarop hij met zijn gezin in het Spaanse Huis kon trekken en zij met het hare terug naar Londen kon gaan. De dingen die ze hem gevraagd had te doen, de paar verzoeken die ze had gedaan, had hij provisorisch gedaan, omdat hij wist dat het weinig zin had om te veel aandacht te besteden aan een klus die hij binnen een paar maanden toch weer anders moest doen. Toen ze zich niet liet weerhouden door zijn hoge rekeningen, door de duidelijke gevaren van het huis, of het nu een rat was of een rotte vloer, had hij nog meer klussen bedacht. Een muur die doorgebroken moest worden, balken die vervangen moesten worden. Hij had zich er stiekem over verbaasd dat het zo lang duurde voor ze in twijfel trok wat hij deed.

Matt sloeg naar een vlieg die door het open raam naar binnen zoemde. Ze was kort na het middageten een tweede keer naar buiten gegaan, wrijvend in haar ogen alsof ze net wakker was. Hij had overwogen naar haar toe te gaan om een praatje met haar te maken, maar de jongen was haar achterna gekomen met het hondje keffend achter zich aan. Ze had zich voorovergebogen en het kind een kus gegeven, en hij moest denken aan hoe haar lippen zich aan de zijne hadden overgegeven, hoe haar lichaam zich om het zijne gewikkeld had.

Hij was even weggedoezeld, met de rugleuning van de stoel in zijn bestelwagen achterover om zijn ogen wat rust te geven. Hij had momenteel zo'n moeite met slapen. Zijn eigen huis was een vijandige plek geworden. Laura's beschuldigende blikken volgden hem overal en haar vragen waren bitter beleefd. Het was gemakkelijker om er zo weinig mogelijk te komen. Hij vermoedde dat ze naar de logeerkamer was gegaan: de deur had stevig op slot gezeten toen hij de laatste keer naar boven was gelopen. Dat was ook het geval met de deur van hun slaapkamer.

De afgelopen weken hadden een vreemde vorm aangenomen. De dagen waren doordrenkt van de hitte zodat hij op de vreemdste momenten wegdoezelde en wakker werd, en zich beurtelings uitgeput of bijna manisch van energie voelde. Zijn zoon ontweek hem. Byron was weg. Hij was vergeten dat hij hem ontslagen had en toen hij hem belde om te horen waar hij uithing, was hij geschrokken toen Byron hem er kortaf aan herinnerde. Het kwam door de hitte, had Matt uitgelegd, die deed rare dingen met zijn hersenen. Byron had niet gereageerd. Matt had nog een tijdje doorgepraat voordat het tot hem doordrong dat er niemand meer aan de andere kant van de lijn was.

Hij was naar de Long Whistle gegaan. Hij kon zich niet herinneren wanneer hij voor het laatst een behoorlijke maaltijd had gehad. Theresa zou wel iets voor hem klaarmaken, hem vriendelijk toelachen. In plaats daarvan had ze hem keihard te verstaan gegeven dat de keuken gesloten was en toen hij had gesmeekt, had ze hem een oudbakken broodje ham gegeven. Ze wilde niet met hem praten, ook niet toen hij een grapje over de lengte van haar rok maakte. Ze stond aan het einde van de bar met haar armen over elkaar geslagen en keek naar hem alsof hij een stuk vuil was. Hij zat er een tijdje voordat hij zich realiseerde dat niemand in de pub tegen hem praatte.

'Heb ik er ineens een hoofd bij gekregen?' zei hij geïrriteerd toen de kritische blikken hem te veel werden.

'Je moet dat ene hoofd dat je hebt eens laten nakijken, maat. Eet dat broodje op en ga dan weg. Ik wil geen problemen.' De kroegbaas pakte zijn krant van de toog en liep naar achteren.

'Je kunt beter naar huis gaan, Matt.' Mike Todd was naar hem toegekomen en had zijn stem gedempt zodat niemand hem kon horen. Hij klopte hem op zijn rug. Er lag een vreemde blik in zijn ogen die op medelijden leek. 'Ga naar huis en rust eens lekker uit.'

'Wanneer kom je nou eens naar dat huis van me kijken?' vroeg hij, maar Mike leek hem niet te horen.

'Ga naar huis, Matt,' zei hij.

Het was gemakkelijker geweest om in de bestelwagen te zitten. Hij wist niet precies hoe lang hij er al zat, maar het was al een tijdje. Hij had vergeten zijn mobiele telefoon op te laden, maar dat gaf niet, want er was toch niemand die hij wilde spreken. Matt staarde naar de gevel van het huis en zag niet de steiger aan de achterkant, de overvolle stort, het raam met het klapperende zeildoek, maar zijn huis. Het grote huis, in zijn vroegere glorie hersteld, en hij die over het gazon naar het meer slenterde. Hij herinnerde zich hoe hij als jongen schrijlings op zijn fiets zat, precies op deze plek, en zwoer dat hij zich zou wreken. Ze hadden zijn vader ervan beschuldigd twee reservebanden van de klassieke auto's te hebben gestolen en waren te gegeneerd – of te lui – geweest om hun verontschuldigingen aan te bieden toen de aanstootgevende voorwerpen in de garage opdoken, ook al werkte George McCarthy al bijna vijftien jaar zonder problemen voor de familie. Tegen die tijd was het te laat geweest: Matt en zijn zusje waren van hun huis op het landgoed naar het huurhuis in Little Barton verhuisd en de familienaam was bezoedeld door de slordigheid van de Pottisworths. Sinds die dag had hij geweten dat het huis van hem moest worden. Hij zou die grijns van het gezicht van Pottisworth vegen. Hij zou Laura's familie, die met beleefde weerzin naar zijn schoenen had gekeken en naar de manier waarop hij zijn mes en vork vasthield, een poepie laten ruiken.

Hij zou het huis voor de McCarthy's in bezit nemen. Hij zou iedereen in de omgeving laten zien dat het er niet om ging waar je vandaan kwam, maar wat je kon bereiken. Hij zou het huis en de reputatie van zijn familie herstellen.

Het zou redelijk simpel zijn geweest ervoor te zorgen dat de weduwe, de indringster, hem niet lang in de weg zou staan. Maar op een winderige voorjaarsavond was de weduwe Isabel geworden, ademende, kloppende Isabel die zijn hoofd vulde met muziek en zijn leven saai, grijs en stil deed lijken. Isabel, die ongrijpbaar tussen de bomen door zweefde, haar heupen wiegend op de muziek. Die hem aankeek met schuine, uitdagende ogen, die hem deed beseffen waar hij heen wilde, wat er al die tijd had ontbroken terwijl hij bezig was met praktische zaken en vierkante meters. De enige vrouw die ooit een uitdaging had gevormd. Hij wilde het huis nog steeds – o, hij wist dat het van hem was. Maar dat was niet langer genoeg.

Matt McCarthy sloot zijn ogen en deed ze weer open om het lawaai uit zijn hoofd weg te krijgen. Hij frunnikte aan de cd-speler in het dashboard tot *Water Music* van Händel begon. Hij zette hem harder. Terwijl de strijkers hem kalmeerden, herstelden, pakte hij zijn notitieboekje uit het dashboardkastje en begon methodisch een lijst te maken van alle dingen die hij nog moest doen – van het afsluiten van leidingen tot het installeren van het laatste raam. Hij herinnerde zich elke spijker, elk stuk pleisterwerk. Niemand kende dat huis beter dan hij. Hij zat en schreef, en negeerde de donkerder wordende pagina's die op de vloer dwarrelden terwijl de zon achter het Spaanse Huis zakte.

Isabel sliep drie dagen en nachten niet. Ze lag wakker, verwikkeld in een miljoen stille confrontaties met haar overleden man. Ze ging tegen hem tekeer over zijn ontrouw en verweet zichzelf dat ze hem zo veel alleen had gelaten dat hij de behoefte had gevoeld en van de gelegenheid gebruik had gemaakt. Ze liet alle familiegebeurtenissen, vakanties, haar tournees, de revue passeren en paste die vrouw in in wat ze als hun herinneringen had beschouwd. De excessieve uitgaven, zijn frequentere zakenreizen vorig jaar: het werd allemaal duidelijk en viel in een bedenkelijk patroon op zijn plaats. Niets was nu meer van haar, niets exclusief van hen. Zijn verhouding had alles bezoedeld. En ze haatte zichzelf omdat ze zo op zichzelf gericht was geweest dat ze niet in de gaten had gehad wat er gaande was, te zelfvoldaan om bankrekeningen en creditcardafschriften te controleren.

Ze had bij middernacht haar trouwring in het meer gesmeten en wist niet of ze nu moest lachen of huilen toen ze de plons niet hoorde. Het meest moest ze huilen om wat hij door zijn gedrag hun zoon had aangedaan. Diezelfde ochtend bij het ontbijt, herinnerde ze zich, had Laurent Thierry een kus op zijn hoofd gegeven en een opmerking gemaakt over hoe groot hij al was. Was dat een gecodeerde boodschap geweest? Was dat Laurents manier geweest om Thierry te waarschuwen dat hij niets moest zeggen? Had het verbergen van zijn ontrouw meer voor hem betekend dan de gemoedsrust van zijn zoon? Of had hij domweg gezegd dat Thierry al groot was omdat dat zo was?

Het bezoedelde alles, deze wetenschap. Haar hoofd tolde ervan.

Matt was de ochtend na haar ontdekking gekomen en toen ze zijn bestelwagen hoorde en de klop op de achterdeur – ze had de reservesleutels vanonder de mat gehaald – had ze opengedaan en hem verteld dat het niet uitkwam.

'Maar de badkamer moet worden gedaan,' had hij gezegd. 'Je loopt er al weken om te vragen. Ik heb alle spullen in mijn wagen.' Hij zag er verschrikkelijk uit. Hij had een baard van een paar dagen en zijn T-shirt was smerig. Niet smerig van zijn werk, maar gekreukt, grauw, alsof hij erin geslapen had.

'Nee,' had ze gezegd. 'Het komt nu niet uit.'

'Maar je zei dat je wilde –'

'We gaan nu al maanden in die zinken teil. Het maakt nu niets meer uit, hè?' En ze had de deur dichtgedaan. Het kon haar niets schelen dat ze onbeleefd klonk of dat Kitty weer zou gaan jammeren dat ze onder prehistorische omstandigheden leefden. Ze haatte Matt vanwege het feit dat hij een man was. Vanwege het feit dat hij met haar naar bed gegaan was terwijl hij ook getrouwd was en nog niet eens het fatsoen had om te doen alsof hij bedenkingen had. Ze kromp ineen toen ze aan haar eigen gedachteloze dubbelhartigheid dacht. Had ze Laura niet aangedaan waarvan ze zelf zo over haar toeren was?

Niemand anders kwam naar het huis. Ze negeerde de paar telefoontjes. Naar de buitenwereld toe gaf ze een virtuoos optreden ten beste. Ze kookte, ze bewonderde de nieuwe kuikens en luisterde aandachtig toen Kitty met Anthony terugkeerde van het ziekenhuis waar Asad goed aan het herstellen was van de astma-aanval. Ze luisterde tevreden naar de stem van haar zoon. Hij klonk in eerste instantie aarzelend en verlegen, maar hij vroeg om ontbijt in plaats van dat hij zelf zwijgend cornflakes nam. Hij riep zijn hondje en later die middag hoorde ze hem lachen toen het dier in de buurt van het meer achter een konijn aan rende.

Ze was blij dat de kinderen niet langer terug wilden naar Londen: het huis in Maida Vale was in één klap van een verloren idylle, een huis vol troost, veranderd in een plek vol bedrog en geheimen.

's Avonds, wanneer de kinderen sliepen, liep ze, omdat ze geen viool kon spelen, door haar onafgemaakte huis, vergezeld van de muggen die hun weg naar binnen hadden gevonden door de ramen die nog loszaten en het gescharrel van nachtdiertjes onder de vloerdelen of onder het dak. Ze zag de kale gipsplaat niet langer. Dat het op sommige plekken een skelet was, maakte het niet meer of minder een thuis dan die zogenaamde veilige haven in Londen. Het ging niet om inrichting of kussentjes en frutsels, of het aantal vloerdelen dat ontbrak. Het ging niet om weelde of veiligheid.

Ze wist niet langer wat iets tot een thuis maakte. Behalve dan dat het ging om twee rustig slapende lichamen boven.

Kleine veldkers. Wilde tijm en cantharellen. Byron liep om de rand van het bos, waar de oude stammen keurig overgingen in bouwland, ingesloten door jaren van opeenvolgende boeren, en plukte in het schemerlicht een maaltijd van de plekken die hij al kende sinds hij klein was. Hij was afgevallen, maar vermoedde dat het minder te maken had met het feit dat hij moest foerageren dan met zijn gebrek aan eetlust.

Hij had zich de afgelopen paar dagen overdag schuilgehouden. Hij sliep tijdens de hitte en zwierf 's nachts door de bossen terwijl hij probeerde te bedenken wat hij moest gaan doen.

Ze was nu op haar hoede voor hem. Zoveel was wel duidelijk. Hij had het gezien aan de manier waarop ze geschrokken was toen ze hem door de bomen zag aankomen, aan de manier waarop ze een glimlach had geforceerd, te breed, te opgewekt. Hij had het gehoord aan de vastberaden aard van haar begroeting, alsof ze hem niet wilde laten merken hoe bang ze was. Hij kende die reactie: hij had het bij de dorpelingen gezien die hem alleen van naam en niet persoonlijk kenden.

Wanneer Byron dacht aan Isabel die bang voor hem was, aan haar gezin dat dacht dat hij hun kwaad zou kunnen doen, viel er iets zwaars als een lijkwade over hem heen.

Hij wist dat het weinig zin had om in de Bartons te blijven. Zijn verleden, hoe verkeerd weergegeven ook, zou als een smerige putlucht om hem heen blijven hangen zolang er mensen als Matt waren. En met het inkrimpen van het land, opgeslokt door 'unieke' nieuwe woningbouwprojecten, industrieterreinen of bouwgrond, waren er in de buurt maar weinig mensen die hem werk te bieden hadden. Hij had de nieuwe carrièremogelijkheden voor mensen als hij gezien: vakkenvuller, bewakingsbeambte, taxichauffeur. Er stierf iets in Byron als hij de advertenties zag en zichzelf voorstelde in een betonnen parkeergarage waar een baas hem vertelde wanneer hij zijn kwartiertje pauze mocht nemen en, met tegenzin, het minimumloon betaald kreeg.

Ik had niet tegen Matt moeten ingaan, zei hij voor de honderdste keer bij zichzelf. Ik had mijn mond moeten houden. Maar hij geloofde het niet.

'Hallo?'

Ze had de eerste regel van haar adres boven aan de brief gezet: 32 Beaufort House, Witchtree Gardens. Wat vreemd voor een minnares, dacht Isabel. Zo specifiek. Alsof hij je met iemand anders kon verwarren.

Achtenveertig uur nadat ze de brieven had ontvangen, had ze inlichtingen gebeld en ontdekt dat er maar één Karen op dat adres woonde. Karen Traynor, vernietiger van huwelijken en herinneringen. Wie had kunnen denken dat die twee woorden zo'n impact op het leven van zo veel mensen zouden hebben? Isabel stelde zich haar voor als lang, blond, atletisch, misschien achter in de twintig. Ze zou perfect opgemaakt zijn – vrouwen zonder kinderen waren dat altijd: ze hadden tijd om zich met zichzelf bezig te houden. Speelde ze een instrument? Of wilde Laurent liever iemand hebben die met haar gedachten niet altijd ergens anders was?

Ze wist niet wat ze zou gaan zeggen, al had ze in gedachten wel honderd ruzies, duizend schampere opmerkingen gemaakt. Ze vermoedde dat ze misschien tegen haar zou schreeuwen of gillen. Ze zou willen weten waaraan al hun geld was opgegaan. Waar had Laurent haar mee naartoe genomen? Hoeveel hotels, weekendjes Parijs, dure cadeautjes waren er geweest terwijl Isabel had aangenomen dat hij op zakenreis was? Ze zou die vrouw laten zien wat ze gedaan had, haar uitleggen dat in tegenstelling tot wat Laurent gezegd had (wat hád hij gezegd?) ze een indringster was geweest in een huwelijk dat nog steeds vol hartstocht was, nog steeds kloppend, nog steeds levend. Ze zou haar uit de droom helpen, dat onnadenkende, egoïstische meisje. Ze zou het haar laten zien.

En toen stopte het rinkelen en zei een vrouwenstem – beschaafd, onopmerkelijk, waarschijnlijk niet zo heel verschillend van de hare: 'Hallo?' En na een korte stilte: 'Hallo?'

Isabel, een vrouw die haar leven als leeg beschouwde als haar eigen hoofd niet vol was van heerlijke klanken, merkte dat ze alleen maar in stilte kon toehoren.

Op de derde avond kwam er een einde aan de hittegolf. De hemel werd abrupt donker, er klonk gerommel in de verte als pauken die zich opwarmden voor de grootse finale, en toen kwamen er zwarte wolken die in ongeduldige haast een tropische regenbui hun kant uit schoven. Alle levende wezens op het terrein renden weg om te schuilen en hele rivieren stroomden gorgelend naar sloten.

Byron zat onder het huis en luisterde, eerst naar de kreten van Isabel en Kitty die naar de waslijn renden, gillend en spetterend terwijl ze de was binnenhaalden, en toen naar Thierry, die terwijl hij langs het ketelhuis rende, heerlijk ongedwongen zong: 'Het regent! Het regent! De pannetjes worden nat!' De honden kwamen ook alert overeind en hun ogen vlogen van de deur naar Byron, wachtend op een teken, willekeurig wat voor teken, dat ook zij buiten mochten rennen, maar hij stak zijn hand op en ze gingen met een kreun weer liggen.

'Er kwamen drie boerinnetjes aan die vielen op hun gat!'

Toen de voetstappen wegstierven, stond Byron langzaam op. Hij had zijn bezittingen keurig in twee tassen gestopt. Zodra de regen enigszins afnam, zou hij door het bos naar de plek lopen waar hij zijn auto had staan en weggaan.

Een deur sloeg dicht. Boven hem werd het huis ineens overspoeld door muziek. Een heel orkest – iets dramatisch wat hij eerder gehoord had. Hij hoorde Kitty's stem, smekend: 'O nee, niet dít,' en vervolgens werd het geluid gedempt toen iemand een raam dichtdeed. Hij kon net wervelende violen en stemmen horen die tot een uitzinnig hoogtepunt kwamen.

Byron haalde een pen tevoorschijn, schreef een kort briefje, vouwde het netjes op en legde het boven op de ketel. Toen ging hij in het naderende donker zitten en wachtte.

'Nicholas?'

'Heb je ze gekregen?' Hij vroeg niet wie het was.

'Ze zijn prachtig,' zei ze zachtjes. 'Gewoonweg schitterend. Ze kwamen net voor het eten.'

'Ik maakte me zorgen. Ik dacht dat hij misschien zou willen weten waar ze vandaan kwamen. Maar je zei –'

'Hij is er niet. Ik weet niet waar hij heen gaat, maar hij is er zelden nog.' Ze vertelde hem niet dat ze de auto van haar man in het bos geparkeerd had zien staan toen ze de hond uitliet. Waarom zet je hem niet voor het huis van de weduwe? had ze hem in stilte gevraagd. Dan ben je tenminste eerlijk.

'Ik wilde rozen sturen, maar dat vond ik er wel heel dik bovenop liggen.'

'De meeste rozen ruiken tegenwoordig toch niet meer.'

'Die vrouw raadde me lelies aan. Zijn die niet een beetje overweldigend? En begrafenisachtig?'

Hij wilde haar laten merken hoe diep hij nagedacht had over wat voor bloemen hij haar zou sturen. Ze was er geroerd door. 'Pioenrozen zijn mijn lievelingsbloemen,' zei ze. 'Dat heb je goed gezien.'

'Zoiets vermoedde ik al. Ik wilde je laten weten... dat ik de hele tijd aan je denk. Ik wil geen druk op je uitoefenen, maar...'

'Ik zal een beslissing nemen, Nicholas.'

'Dat weet ik –'

'Het gaat alleen zo snel. Ik beloof je dat het niet te lang zal duren.'

Ze zat op de rand van het bed en staarde naar haar linkerhand, naar de ring met het groepje diamanten die haar moeder vulgair had gevonden. Was een vulgaire ring te verkiezen boven een overspelige dochter? 'Het is ingewikkeld. Met mijn zoon en zo.'

'Neem alle tijd die je nodig hebt.'

Ze wou dat hij er was. Ze voelde zich zeker van alles als hij bij haar was, wanneer ze zijn handen op haar voelde en de oprechtheid van zijn gezicht kon lezen. Als ze alleen was, met Matts afwezigheid die een schaduw over haar huis wierp en het Spaanse Huis dat haar fantasie alle kanten op liet gaan, voelde ze zich ongelukkig. Was hij daar nu? Lachte hij haar uit? Was hij met die vrouw aan het vrijen?

Ze kon haar gezicht amper in het dorp vertonen. De winkel van de Neven was nog steeds dicht. Sinds Matts ruzie met Asad keken de mensen haar nauwelijks aan, alsof zij medeschuldig was. Ze wilde haar vriendinnen niet spreken; ze was er nog niet klaar voor om anderen te vertellen wat er met haar huwelijk gebeurde. Over wat er met haar huwelijk gebeurd was. Ze woonde er lang genoeg om te weten dat haar leven binnen de kortste keren over de tong zou gaan.

Er viel onverwacht een traan en die liet een donkere vlek op haar broek achter die snel groter werd.

'Mag ik nog steeds dinsdag komen?'

'O Nicholas,' zei ze terwijl ze haar gezicht afveegde. 'Moet je dat nog vragen?'

Het was voor het eerst dat het regende en dat er niets lekte en Isabel, voor wie dat soort dingen niet langer vanzelfsprekend was, beschouwde het als een wondertje. Misschien had Matt toch zijn nut. De bui had iets opgeheven, een ander perspectief gebracht, zodat ze rekeningen, verraad, Laurent, even kon vergeten en in plaats daarvan kon genieten van het krankzinnige gekrijs van de kinderen in de regen en het regenwater op haar huid na dagen van plakkerige hitte. Ze had die avond naar hun gebabbel geluisterd en niet gemopperd toen ze natte sokken naar elkaar gooiden waardoor het hondje ging keffen. Ze had die middag op haar onopgemaakte bed geslapen en was kalm en koel wakker geworden, alsof er een koorts was verdreven. Ze waren allemaal opgekikkerd door de bui.

Ze ging naar Thierry's kamer. Hij lag nu in bed, met het hondje op het dekbed. Ze zou hem geen standje geven; een paar modderpoten waren het wel waard. Isabel hoorde de donder in de verte en zag, terwijl ze de gordijnen dichtdeed, het vreemde blauwe halflicht toen het onweer naar het oosten wegdreef. Toen ze zich bukte om hem een kus te geven, sloeg hij zijn armen om haar nek. 'Ik hou van je, mam,' zei hij en de woorden zongen in haar hoofd.

'Ik van jou, Thierry,' zei ze.

'En ik hou van Pepper,' zei hij.

'O, ik ook,' zei ze gedecideerd.

'Ik wou dat Byron niet wegging.'

'Waarheen?' Ze stopte hem in, met één oog op de kaart met de sterrenbeelden die een gat in het pleisterwerk bedekte. Nog een klus die niet afgemaakt was.

'Hij heeft geen plek om te wonen,' zei hij. 'Hij moet verhuizen om een andere baan te vinden.'

Ze herinnerde zich beschaamd hoe ze tegen Byron tekeer was gegaan. Ze herinnerde zich de brieven in haar hand, de geur van warme schimmel die uit de rottende boomstam opsteeg. De ziekmakende adrenalinestoot waarmee de ongewenste ontdekking gepaard was gegaan.

Ze was zo kwaad geworden dat ze zich niet meer helemaal kon herinneren wat ze tegen hem gezegd had.

'Kun jij hem een baan geven? Hij zou voor ons land kunnen zorgen.'

Ze gaf hem nog een kus. 'O schat, als we het geld hadden dan zou ik...' Ze zou haar verontschuldigingen gaan aanbieden, bedacht ze. Ze wilde niet dat Byron op die manier wegging. Na alles wat hij voor haar, voor Thierry, had gedaan. 'We hebben jouw bescherming niet nodig,' had ze tegen hem gesnauwd.

'Ik ga met hem praten. Waar logeert hij?'

Sommige stiltes zijn zwaarder dan andere. Hij keek naar haar alsof hij iets afwoog, en ze realiseerde zich enigszins geschrokken dat haar zoon meer dan één geheim had gekoesterd. 'Alles, Thierry. Weet je nog? Je kunt me alles vertellen. Het is goed.' Ze stak haar hand naar de zijne uit terwijl ze haar best deed haar ongerustheid niet in haar stem te laten doorklinken.

Een heel korte aarzeling. Een lichte druk op haar hand. 'Hij zit onder het huis,' zei hij.

Isabel liep zwijgend de trap af, met haar blote voeten spattend op de stenen. Ze had zo versteld gestaan van wat Thierry haar had verteld dat ze pas merkte dat ze geen schoenen aanhad toen haar voeten in aanraking kwamen met nat grind. En toen deed het er niet meer toe. Het begon donker te worden en er bleef een milde regen vallen, lang nadat de bui overgetrokken was. Ze liep om het huis, bukkend om niet tegen de steiger op te lopen en voorzichtig lopend op plaatsen waarvan ze wist dat er nog glasscherven tussen de stenen konden liggen. Eindelijk kwam ze bij de trap die naar het ketelhuis leidde. Ze had er nooit aan gedacht hem te gebruiken.

Ze zag een vaag schijnsel en aarzelde even. Toen hoorde ze een hond grommen. De deur kraakte toen ze hem opendeed en eerst zag ze geen hand voor ogen, maar haar oren, die afgestemd waren op verschillen in geluid, pikten een beweging op.

Haar hart ging tekeer. En toen kwam de maan vanachter een wolk tevoorschijn en verlichtte gedeeltelijk de man achter in het vertrek. Ze liet haar ogen aan het donker wennen, zich vaag bewust van zijn honden aan zijn voeten.

'Hoe lang woon je hier al?' vroeg ze.

'Een paar maanden,' zei hij vanuit de schaduwen. En terwijl ze dit verwerkte: 'Het spijt me. Ik ben morgenochtend vroeg weg. Ik heb een paar mogelijkheden bij...' Zijn stem stierf weg, alsof hij zichzelf niet eens wist te overtuigen.

Buiten viel de regen, een zacht gesis in de bomen, geruis in de verte waar het overtollige water van de akkers in de sloten terechtkwam. Ze rook de natte aarde en de vochtige geuren van de warmte die in de stille lucht hingen.

Al die tijd, dacht ze, is hij hier geweest, onder ons.

'Ik weet dat het vreemd moet lijken... Ik had een dak boven mijn hoofd nodig.'

'Waarom heb je het me niet gevraagd? Waarom heb je me niet verteld dat je geen plek had om naartoe te gaan?'

'Om wat Matt heeft verteld. Ik wil niet dat je denkt dat ik hier beneden heb gezeten en dat...' Hij zocht naar woorden. 'Jezus. Luister, Isabel, het... spijt me.'

Ze liet de deur openstaan en liep de ruimte onder haar huis in, niet met een onveilig gevoel, maar met een gevoel van onverwachte troost dat ze die afgelopen ellendige dagen niet alleen was geweest.

'Nee,' zei ze. 'Ik had niet naar Matt moeten luisteren. Wat hij ook heeft gezegd, het doet er niet toe.' Ze schudde haar hoofd.

'Ik moet het met je over hem hebben.'

'Nee,' zei ze gedecideerd. 'Ik wil het niet over hem hebben.'

'Dan wil ik je laten weten,' zei hij, 'dat ik geen agressieveling ben. Die man – de man over wie Matt het had – hij had mijn zus in elkaar geslagen. Zij had het me niet verteld, maar Lily, mijn nichtje, wel. En toen hij erachter kwam dat Lily het me verteld had, nam hij haar te grazen.' Zijn stem verhardde. 'Ze was vier.'

Ze kromp ineen. 'Byron, hou op. Je hoeft niet –'

'Het was een ongeluk. Echt waar.'

Ze hoorde de pijn in zijn stem.

'Ik ben alles kwijtgeraakt,' zei hij. 'Mijn huis. Mijn toekomst. Mijn reputatie.'

Ze herinnerde zich iets wat hij haar ooit had verteld. 'Je kon geen leraar worden.'

'Ik heb nooit iemand op zo'n manier geslagen. Van mijn hele leven niet.' Zijn stem ging over in een fluistering: 'Niets is meer hetzelfde na zoiets, Isabel. Niets. Het is niet alleen het schuldgevoel. Het gaat om hoe de dingen eruitzien. Hoe je er zelf uitziet.' Hij zweeg even. 'Je begint jezelf te zien zoals andere mensen je zien.'

Ze keek hem aan.

'Ik niet,' zei ze.

Ze stonden in het donker, niet echt in staat om de ander te zien. Twee silhouetten. Twee schaduwen van mensen. Maandenlang had ze Laurent overal gezien, in elke man. Ze had de vorm van zijn schouders gezien in die van vreemden en zijn lach gehoord in drukke straten. Ze had in haar slaap tegen hem gefluisterd en gehuild wanneer ze hem niet tot leven kon wekken. In een vlaag van waanzin had ze hem in Matt gezien. Nu wist ze dat hij weg was. Er was een gevoel van afwezigheid in plaats van verlies. Laurent bestond niet langer.

Maar wie was deze man?

'Byron?' fluisterde ze en ze stak haar hand uit, niet goed wetend wat ze deed. Wat wisten die vingers helemaal? De muziek die ze tevoorschijn hadden getoverd, was vals, een afleidingsmanoeuvre. Ze had haar vertrouwen gelegd in iets waarvan ze nu wist dat het een illusie was geweest. 'Byron?'

Ze strekte haar arm tot ze zijn hand vond die zich om de hare klemde. De huid was ruw, warm in de avondlucht. De wereld zwom. Haar gedachten sloten zich af voor de vochtige lucht, de geur van de teunisbloem, de zwavelgeur van de ketel. Een hond jankte en Isabel staarde in het donker tot ze wist dat hij zijn ogen naar de hare had geheven.

'Je hoeft hier niet beneden te blijven,' fluisterde ze. 'Kom naar boven. Kom bij ons wonen.'

Hij hief zijn hand en veegde langzaam, zachtjes het vocht van haar gezicht. Ze legde haar gezicht tegen zijn hand terwijl ze haar andere hand uitstak om hem tegen haar huid te drukken. En toen ze een stap dichterbij deed, fluisterde een stem: 'Isabel... Ik kan niet –'

Overspoeld door schaamte bij de herinnering aan Matts handen op haar en haar eigen ingewikkelde houding, deinsde Isabel achteruit. 'Nee,' zei ze snel. 'Sorry.' Ze draaide zich om, glipte de trap op en de deur uit, te snel om zijn gestamelde verontschuldiging te horen.

21

Elf eieren, en één nog warm. Kitty legde het tegen haar wang, met haar hand om de breekbare schaal. Er zouden er genoeg voor het ontbijt zijn, en nog eens zes om naar de Neven te brengen. Asad zou die ochtend weer aan het werk gaan, en de afgelopen paar dagen had ze vier dozen met eieren voor hem klaargezet. 'Straks komen jullie voorraad tekort,' had ze gezegd toen ze twee dagen geleden naast zijn bed zat, met het pastelkleurige bloemetjesgordijn in haar rug.

'Dan gaan we alleen open om te kletsen, niet voor boodschappen,' zei Asad. Hij zag er nog steeds moe uit. Zijn inzinking had hem donkere schaduwen onder zijn ogen bezorgd en maakte dat zijn hoekige gezicht er skeletachtig uitzag. Pas sinds een paar dagen, had Henry gemopperd, was hij weer behoorlijk aan het eten.

Ze was bang geweest dat geen van de mannen nog met haar zou willen praten, gezien haar aandeel in die vreselijke middag, maar toen ze haar excuses aanbood, met Anthony verlegen achter zich, had Asad haar hand tussen zijn lange, leerachtige handpalmen genomen. 'Nee, vergeef *míj*, Kitty. Ik had je eerder op de hoogte moeten stellen van mijn vermoedens. Ik heb mijn lesje geleerd. Het is goed om erachter te komen dat ik niet te oud ben om te leren.'

'Ik heb geleerd om een grote stok mee te nemen. En een reserve-inhaler.' Henry probeerde Asads kussen goed te leggen. 'Hij zal niets kunnen tillen, weet je. Die man…'

'Is hij nog in jullie huis aan het werk?'

'Ik heb hem niet gezien.'

'Ik weet niet waar hij is,' zei Anthony. 'Mam heeft hem onlangs gezien, maar ze zei dat hij niet veel zei.'

'Ik denk niet dat hij zich nog ergens kan vertonen.' Henry gaf het kussen een laatste, iets te harde stomp. 'Hij houdt zich waarschijnlijk ergens anders op. Met een beetje geluk zal je moeder niets meer hoeven betalen.'

Asad had naar Anthony gekeken. 'Het spijt me verschrikkelijk dat je ons op die manier over je vader moet horen praten.'

'Het is niets dat ik niet eerder gehoord heb.' Anthony haalde zijn schouders op, alsof het er niet toe deed. Kitty wist dat het er wél toe deed, en later toen ze op de plastic stoelen voor het bezoek zaten, had ze in zijn hand geknepen om hem duidelijk te maken dat ze het begreep.

Thierry kwam nu door de achterdeur binnen en gluurde over haar schouder terwijl ze de eieren in de dozen deed. 'Hoeveel?'

'Elf. Het hadden er twaalf kunnen zijn, maar ik heb er één laten vallen.'

'Dat weet ik. Op de trap. Pepper heeft het opgegeten. Raad eens wie er in de slaapkamer is?'

Ze deed de deksels voorzichtig dicht. 'Welke?'

'De grote slaapkamer. De kamer die Matt opgeknapt heeft.' Hij grinnikte. 'Byron.'

'Wat? Aan het werk?'

Thierry schudde zijn hoofd. 'Aan het slapen.'

'Waarom logeert hij bij ons?'

Thierry maakte een geïrriteerd gebaar met zijn hoofd. 'Het is maar tijdelijk,' zei hij. 'Tot hij alles op een rijtje heeft.'

Kitty's gedachten maakten een sprongetje vooruit. Huur! Zo zou er misschien meer geld binnenkomen. Ze dacht aan haar verjaardagslunch over een paar dagen waarvoor ze Asad, Henry en bijna het halve dorp had uitgenodigd. Ze had haar moeder nog niet verteld hoeveel er zouden komen.

Het zou nuttig zijn om Byron erbij te hebben – hij kon helpen met de zware spullen neerzetten, misschien meubelen buiten zetten. Omdat er nog steeds gaten in de eetkamer zaten en de weersverwachting goed was, hadden mam en zij besloten dat ze het feestje het beste buiten konden houden. Ze zag het helemaal voor zich, een wapperend wit tafellaken vol met alle dingen die ze hadden gemaakt en hun gasten die het uitzicht over het meer bewonderden. Ze konden zwemmen als ze dat wilden. Ze zou tegen haar vrienden van school zeggen dat ze hun zwemspullen moesten meenemen. Kitty sloeg haar armen om zich heen, ineens blij om in dit vreemde huis te wonen. Op de een of andere manier leken de chaos van de verbouwing, de steigers en de stoffige vloeren er in de warmte en de zon niet meer toe te doen. Als er een behoorlijk bad in had gezeten, zou ze waarschijnlijk altijd zo hebben willen leven. Haar mobiele telefoon ging.

'Kitty?'

'Ja?'

'Met Henry. Jij weet zeker niet waar ik Byron zou kunnen vinden, hè? We hebben wat dingen die gemaakt moeten worden en we gaan het natuurlijk niet aan je-weet-wel vragen.'

Kitty hoorde onbekende voetstappen boven haar hoofd. 'Gek genoeg weet ik dat wél.'

Byron lag in het zachte tweepersoonsbed en staarde naar het smetteloze witte plafond. Twee maanden lang was hij wakker geworden op een vuile vloer, met het gesis en gebonk van de ketel wanneer die aansloeg. Vanochtend werd hij wakker met stilte, licht dat door de herstelde ramen naar binnen viel, het gezang van vogels – ergens beneden, de geur van koffie. Hij liep op zijn blote voeten over de geschuurde vloer en rekte zich uit voor het raam terwijl hij het spectaculaire uitzicht op het meer bewonderde.

Zijn honden lagen uitgeteld op het kleed, niet van zins om op te staan. Toen hij zich bukte om Meg een aai over haar kop te geven, sloeg ze loom met haar staart.

Isabel had hem de avond tevoren naar deze kamer gebracht, nog steeds een beetje verlegen tegenover hem na hun bijna-confrontatie in het donker. 'Hij is klaar,' zei ze. 'Ik zal het bed voor je opmaken.'

'Dat kan ik zelf wel.' Hij had de keurige stapel beddengoed aangenomen en was even geschrokken toen hun handen elkaar raakten.

'Eh... beschouw dit maar als je thuis,' zei ze. 'Neem wat je wat wilt. Je weet waar alles staat.'

'Ik zal je betalen. Zodra ik werk heb.'

'Zorg nu maar eerst dat je je leven weer op de rails krijgt voor we het over geld hebben.' Als ze zich opgelaten voelde, had ze de neiging om snel met haar ogen te knipperen. 'Je kunt me helpen met het eten. Op Thierry passen als ik weg moet om les te geven. Dat is wel genoeg.' Ze glimlachte ironisch toen ze eindelijk naar hem opkeek. 'Er zijn tenslotte genoeg dingen te doen hier.'

Het was alsof ze hem volkomen vertrouwde. Byron ging op het bed zitten terwijl hij zich over zijn geluk verwonderde. Isabel had alle recht om hem ervan te beschuldigen dat hij zich op verboden terrein bevond of erger. Ieder ander zou dat gedaan hebben.

In plaats daarvan had ze haar huis voor hem opengesteld, hem uitgenodigd om bij haar aan tafel plaats te nemen, hem haar kinderen toevertrouwd. Hij streek over zijn haar en rekte zich weer uit. Terwijl hij naar Matts handwerk om zich heen keek, vroeg hij zich af wat er tussen hen tweeën had plaatsgevonden, maar hij verdrong de gedachte meteen. Isabel had hem van de last van zijn verleden bevrijd; het minste wat ze kon verwachten, was dat hij voor haar hetzelfde zou doen.

Bovendien gaf de gedachte aan hen samen hem een onaangenaam gevoel. Het idee dat Matt misbruik van haar maakte, zoals hij dat bij iedereen deed, bracht gevoelens bij hem naar boven die hij lang geleden onderdrukt had. Hoeveel schade mocht één man berokkenen?

Terwijl hij naar het plafond staarde, werd hij ineens niet zozeer getroffen door de schoonheid, maar door de enorme kloof die bestond tussen dit huis, de eigenares en zijn eigen leven. Ze had hem binnengelaten, ja, maar dit was een tijdelijke maatregel. In dit huis, in deze kamer verblijven was niet hetzelfde als er thuishoren.

Zijn sombere gedachten werden onderbroken door een klop op de deur. Thierry's gezicht kwam om de hoek en hij grijnsde breed. Hij leek, merkte Byron tot zijn zeldzame genoegen op, dolgelukkig hem daar aan te treffen. 'Mam zegt dat het ontbijt beneden klaarstaat.' Hij haalde zijn mouw langs zijn neus. 'En Kitty heeft gevraagd of je de Neven even wil bellen. Ze hebben werk voor je.'

Hij had niets gemerkt. Laura liep gracieus door haar slaapkamer en zocht kleren uit – die zou ze meenemen, die zou ze achterlaten –

en verbaasde zich over het talent van haar man om na bijna drie dagen afwezigheid thuis te komen en vervolgens domweg in slaap te vallen. Hij had zich kort voor zonsopkomst binnengelaten en omdat ze elk geluidje in het huis hoorde, nu ze praktisch alleen was, was ze rechtovereind gekomen. Misschien was hij gekomen omdat hij het wist. Ze had zichzelf voorbereid op de confrontatie. Maar hij was naar boven gelopen, langs haar slaapkamerdeur, en ze had hem door de muur heen moeizaam in bed horen kruipen. Binnen enkele minuten lag hij te snurken.

Hij lag nog steeds te slapen. Het was nu bijna twaalf uur.

Laura pakte een mantelpakje dat ze vorig jaar naar een bruiloft had aangehad, een lichtgekleurd pakje van een ontwerper, schuin geknipt. Degelijk, niet te veel onthullend, zoals Matt haar graag gekleed zag. Ze had alles gedaan zoals hij het wilde, dacht ze terwijl ze luisterde of ze iets in de kamer naast zich hoorde. Hun eten, haar kleding, Anthony's school, de inrichting van het huis. En waarvoor? Voor een man die drie dagen verdween en vervolgens naar huis kwam om te slapen en net deed of het de gewoonste zaak van de wereld was. Voor een man die onder haar neus met een buurvrouw naar bed ging en daarin kennelijk niets kwalijks zag.

Ze deed wat juist was. Ze had het nu al zo vaak bij zichzelf gezegd, en bij de gelegenheden dat de twijfel had toegeslagen, had Nicholas het voor haar gezegd. Nicholas, die altijd aan de andere kant van de telefoon was. Nicholas, die altijd alleen maar dolgelukkig klonk om haar stem te horen. Nicholas, die haar in zijn armen hield en haar naam uitsprak alsof hij een fata morgana in de woestijn was.

Nicholas zou haar nooit ontrouw zijn. Hij was niet dat soort man. Hij droeg zijn hernieuwde geluk als een eremedaille waarvoor hij hard had moeten knokken, en was er duidelijk dankbaar voor. Waarom kon jíj niet dankbaar zijn dat je mij had? vroeg ze in stilte aan Matt door de slaapkamerdeur. Waarom kon ik nooit genoeg voor je zijn?

Ze dacht aan de honderden keren in de loop der jaren dat Matts gedrag ertoe geleid had dat ze zich terugtrok in de logeerkamer, haar stille protest tegen zijn afwezigheid, zijn onnadenkende wreedheid, zijn ontrouw. Hij had haar altijd teruggewonnen. Hij liep haar domweg achterna, stapte naast haar in bed en vrijde met haar tot ze zich weer gewonnen had gegeven. Alsof het er niet toe deed. Alsof het niet uitmaakte bij wie hij in bed lag.

Ze wierp een blik door het raam naar het Spaanse Huis en verachtte het ineens voor wat het hun aangedaan had. Als de weduwe er niet was gaan wonen... als Matt niet zijn zinnen erop gezet had... als Samuel Pottisworth er niet zo van genoten had om al die jaren misbruik van haar zorg te maken... als ze nooit gedacht had dat het het antwoord op al hun problemen zou zijn als ze daar zouden wonen...

Laura hing het trouwpakje terug in de kast. Maar het is het Spaanse Huis dat me Nicholas gebracht heeft, hield ze zichzelf voor. En een huis kan voor niets verantwoordelijk worden gehouden. Mensen creëren hun eigen lot.

Ze vroeg zich af wanneer Anthony zou thuiskomen. Hij was degene geweest die geopperd had dat ze bij Matt weg zou gaan. Nu zette ze zijn idee in daden om.

Isabel zat aan het hoofdeind van de tafel en keek naar Byron en Thierry die een konijnenpastei aan het klaarmaken waren. Byron hakte uien fijn en dopte tuinbonen terwijl Thierry het karkas deskundig aan het ontleden was. Buiten wierp de zon een gouden gloed over de tuin, en vanaf het dressoir stond de radio gezellig te kwetteren. Zo nu en dan werden de witte mousselinen gordijnen opgetild door de wind die een vlieg of een bij mee naar binnen voerde, die zijn weg naar buiten weer vond. Byrons honden lagen naast de Aga, blij de extra warmte te kunnen opnemen. De sfeer was huiselijk, vredig. Zelfs Kitty maakte zich niet druk meer om de bereiding van vlees en gebruikte het aanrecht om koekjes te maken voor haar verjaardagsfeestje.

Byron was een halfuur ervoor teruggekomen van het aanbrengen van extra sloten voor de Neven. Hij was de keuken binnengekomen met twee zware boodschappentassen vol eten. 'Ik wilde hun niets vragen voor die sloten, maar ze zeiden dat dit spul voor het grootste deel bijna aan de uiterste verkoopdatum zat en dat wij het mochten hebben.' Hij zette zijn buit met de stille tevredenheid van een jager-verzamelaar op het dressoir.

'Chocoladekoekjes!' riep Thierry uit, die in de tassen gluurde.

'Die bewaar ik voor het feestje. En de kaasstengels ook. Olijfolie! Risottorijst! Chips!' Kitty viel op de tassen aan.

Toen Isabel naar de data op de blikken soep en pakken luxekoekjes keek, zag ze dat ze nog wel een paar weken goed zouden blijven. Ze zag wel in dat zowel de Neven als Byron iets opgeschoten waren met de overeenkomst. Blij met het vooruitzicht van volle kasten zei ze er niets over.

'O... denk je dat we genoeg zullen hebben? Ik wou dat we meer geld hadden. Dan zouden we iets met zalm kunnen doen of gebraden varkensvlees of zo.' Ineens bloosde Kitty. 'Maar eigenlijk – hebben we zoveel. We doen er vast langer mee dan we denken.' Ze glimlachte naar Isabel en Isabel, ontroerd over de gevoeligheid van haar dochter, glimlachte terug. Ze wilde dat ze haar iets voor haar zestiende verjaardag kon geven wat niet bezoedeld werd door geldgebrek. Nu keek ze hoe haar dochter deeg uitrolde, haar haar achter haar oren gestopt en met een roze gloed over haar huid omdat ze zo veel tijd buiten doorbracht. Ze had Kitty niet verteld wat ze wist. Thierry zou het er niet over hebben. Ze zou Kitty's herinneringen aan haar vader beschermen. Dat was een soort verjaardagsgeschenk.

Aan het andere eind van de oude grenen tafel was Byrons donkere hoofd diep gebogen terwijl hij luisterde naar Thierry die het over de nieuwste wapenfeiten van Pepper had. Pepper had blijkbaar superhondenvaardigheden opgedaan met Thierry in het bos – hij kon in bomen klimmen, sneller dan hazen rennen en herten op kilometers afstand ruiken. Byron luisterde naar al dat visserslatijn met een bemoedigend gemompel.

Even voelde ze een lichte steek toen ze haar zoon met Byron zag, waar zijn vader naast hem had moeten zitten. Maar Thierry was weer open geworden. Hij was niet langer dat ineengedoken jongetje. Ze wist dat ze alleen maar dankbaar kon zijn.

De paar keren dat ze merkte dat ze naar Byron staarde, dwong ze zich terug naar de cijfers in het rekeningenboek. Hij had haar impulsieve toenaderingspoging zachtjes afgewezen. Hij zou binnen een paar weken bij hen weggaan. Hij was een vriend. Ze vervloekte zichzelf om haar behoefte aan intimiteit. Het zou het simpelst voor iedereen zijn, vooral voor de kinderen, als ze hem alleen op die manier zou zien.

Het telefoontje kwam na de lunch. Ze hadden binnen voor buiten verruild en lagen in versleten dekstoelen die uit een van de bijgebouwen opgeduikeld waren en op het gras op een paar meter van de steiger waren gezet. Een oude golfparasol stond schuin tegen een trap en bood enige schaduw. Thierry, die languit in het gras lag, las voor uit een moppenboek voor kinderen en ontlokte nogal eens een kreun terwijl ze van hun vlierbessenlimonade dronken. Byron hoorde de telefoon door het open raam en verdween naar binnen.

'Isabel?' Byron kwam naast haar staan. Hij keek ingetogen blij. 'Er is me werk aangeboden in de buurt van Brancaster. Er moet gekapt worden in een bos. Een man met wie ik een paar jaar geleden gewerkt heb, heeft het pas gekocht en wil er vorm in aanbrengen.' Hij voegde eraan toe: 'Het betaalt goed.'

'O,' zei Isabel, vreemd in verwarring gebracht. 'Hoe ver is het naar Brancaster?' Ze hield haar hand boven haar ogen tegen de zon, om zijn gezicht beter te kunnen zien.

'Een paar uur rijden. Maar hij wil dat ik er overnacht. Hij denkt dat het een dag of twee, misschien drie zal kosten. Het is een hoop werk.'

Isabel forceerde een glimlach. 'Wanneer ga je?'

'Nu meteen. Hij wil me daar zo snel mogelijk hebben.' Ze zag dat hij met zijn gedachten al bij het werk was. Waarom zou ze in vredesnaam twijfels voelen?

'Mag ik mee?' Thierry stond op en het boek kwam opengeslagen aan zijn voeten te liggen.

'Ditmaal niet, T.'

'Je moet ons met het feestje helpen, Thierry,' zei Isabel. 'Voor die tijd ben je toch wel terug, hè, Byron? Voor Kitty's lunch?' Ze probeerde de vraag nonchalant te laten klinken.

'Ik doe mijn best, maar het zal van het werk afhangen. Kitty, ik zal je een lijstje geven met dingen die je voor je feestje kunt doen. Je zou misschien vlierbessensorbet kunnen maken. Dat kan makkelijk met de vrieskist.' Hij begon instructies op te schrijven en, ondanks zichzelf, was Isabel blij voor hem. Het moest niet meevallen voor hem om afhankelijk te zijn van anderen. Het vooruitzicht van werk, van nodig zijn, had zijn houding veranderd.

'Zal het lukken? In je eentje?' Hij gaf Kitty het papiertje en keek naar Isabel.

'O, we zullen ons wel redden, hoor.'

'Ik wilde dit nog tegen je zeggen. Bel de gemeente. Vraag of de ambtenaar voor bouwtoezicht wil komen kijken. Het is hun werk om dat soort dingen te controleren. Laat je vertellen dat je tevreden kunt zijn met wat Matt gedaan heeft.'

Ze trok een gezicht. 'Moet ik vandaag aan het huis denken?' Het kwam altijd weer op het huis neer. 'Het is zo heerlijk buiten...'

'Het geeft je een stok achter de deur voor als je met Matt over geld gaat praten. Weet je wat, ik zal ze onderweg wel voor je bellen.'

'Dan maak ik wat brood voor je klaar,' zei ze terwijl ze opstond en haar korte broek afklopte. 'En iets voor vanavond.'

Byron was al op weg naar het huis. 'Dat hoeft niet,' zei hij terwijl hij bij wijze van afscheidsgroet zijn hand opstak. 'Ik neem daar wel iets. Fijne middag verder.'

'Ik begrijp niet waarom je zo geschokt bent.'

Laura's glimlach was weifelend. Ze had haar moment zorgvuldig uitgekozen, gewacht tot ze Matt de deur uit had horen gaan en Anthony zijn middageten ophad. Ze had gebraden kip en aardappelsalade voor hem klaargemaakt, zijn lievelingsmaaltijd, maar had zelf weinig trek gehad.

Ze had het hem voorzichtig verteld, het niet als een voldongen feit gebracht, maar als een mogelijkheid. Een gelukkig toeval. Iets wat het leven voor hen allebei beter zou maken. Ze had haar best gedaan om niet te zeer te laten merken hoe gelukkig ze was en had met haar haar gespeeld om haar blos te verbergen toen ze Nicholas' naam noemde.

Anthony was duidelijk vervuld van afschuw.

Toen de stilte ongemakkelijk lang begon te duren, begon ze weer te praten terwijl ze de vaatjes met zout en peper op de tafel verplaatste. 'Jij was degene, Anthony, die zei dat ik bij hem weg moest. Jij drong erop aan, weet je nog?'

'Ik bedoelde niet dat je hem voor iemand anders moest verlaten.'

Ze stak haar hand naar hem uit.

Hij trok zijn handen weg. 'Ik kan het niet geloven. Ik ben gewoon... De hele tijd dat je op pa afgeeft, neuk je iemand anders.'

'Ik wil niet dat je dat woord gebruikt, Anthony. Het is... lelijk.'

'Wat jij doet is mooi, zeker?'

'Jij hebt het gezégd, Anthony. Je bent degene die zei dat ik bij hem weg moest gaan.'

'Ik bedoelde niet voor iemand anders.'

'Wat zeg je dan? Dat ik voor altijd alleen moet blijven?'

Hij haalde zijn schouders op.

'Dus hij mag doen waarin hij zin heeft, maar als ik de kans krijg op echt geluk, een echte relatie, ben ik de slechterik?'

Hij wilde haar niet aankijken.

'Weet je hoe lang ik al alleen ben, Anthony? Zelfs als je vader zich hier onder dit dak ophoudt? Weet je hoe vaak hij vreemdgegaan is? Hoe vaak ik op mijn lip heb moeten bijten als ik door het dorp liep, in de wetenschap dat ik waarschijnlijk met iemand aan het praten was die net bij hem uit bed was gestapt?' Door het gevoel dat haar onrecht werd aangedaan, zei ze dingen waarvan ze wist dat ze die niet moest zeggen. Maar waarom moest zij degene zijn die beschuldigd werd?

Anthony trok zijn slungelige benen op tot aan zijn borst. 'Ik weet het niet,' zei hij. 'Ik kan alleen... ik kan het gewoon niet bevatten.'

De klok in de hal sloeg. Ze bleven een paar minuten tegenover elkaar zitten en keken ieder naar de tafel. Er zaten krassen in, zag ze terwijl ze met haar vinger over het blad ging. Het was haar niet eerder opgevallen.

Ten slotte stak Laura haar hand weer naar hem uit. Ditmaal stond hij toe dat ze zijn hand pakte. Zijn mond was een dunne streep van ellende. 'Maak kennis met hem, Anthony,' smeekte ze met zachte stem. 'Hij is een goede man. Een lieve man. Geef het een kans. Geef míj een kans. Alsjeblieft.'

'Dus je wilt dat ik kennis met hem maak en dat ik met jullie samen in je nieuwe huis ga wonen?'

'Nou... ik denk dat je het zo zou kunnen stellen...'

Hij keek naar haar op en in zijn uitdrukking, in de kilte in zijn ogen, zag ze voor het eerst in jaren zijn vader.

'Jezus,' zei hij. 'Je bent al net zo erg als hij.'

Ze probeerde al drie kwartier lang de Bruckner te spelen, maar nu liet ze haar hand zakken. Haar hart lag er niet in en haar hoofd stond er niet naar. Kitty was naar het dorp verdwenen, na een dringende oproep van Anthony. Thierry was in het bos, vanwaar ze hem regelmatig zijn hond hoorde roepen. Byron was al meer dan een uur geleden vertrokken.

Hij had maar één nacht in hun huis geslapen. Ze wist niet waardoor zijn afwezigheid haar zo van haar stuk bracht.

Ze legde de viool weer onder haar kin, en bracht het bevochtigingsmiddel op het instrument aan dat zou voorkomen dat er krimpscheurtjes in zouden ontstaan. *De Romantische,* heette deze vierde symfonie. Het tweede deel was door de componist beschreven als 'een rustieke liefdesscène'. Ze moest lachen om de ironie. 'Kom op,' sprak ze zichzelf vermanend toe. 'Concentreer je.'

Het had geen zin. De romantiek ontging haar. Het was de schuld van de nieuwe viool waarvan ze maar niet kon houden. Misschien kwam het door gebrek aan oefening. Isabel ging aan haar lege keukentafel zitten en staarde naar het grasveld.

Ze wist niet hoe lang ze er al zat toen ze de deurklopper hoorde. Ze sprong op om open te doen. Hij was van gedachten veranderd.

Toen ze de deur met een zwaai openmaakte, stond Matt daar met zijn gereedschaptas in zijn hand.

'O.' Ze was niet in staat haar teleurstelling te verbergen.

Zijn haar stond aan één kant omhoog alsof hij erop geslapen had, maar hij leek kalm, minder uitgeput dan de laatste keer dat ze hem zag, meer als de oude Matt. 'Ik verwachtte je vandaag niet,' zei ze, opgelaten over de doorzichtigheid van haar reactie.

'Zal ik dan maar verdergaan? Stuken, plinten in de eetkamer en de badkamer, als ik me goed herinner.' Hij keek op een vodje papier.

Isabel wilde hem daar niet hebben. Ze wilde niet de weerklank van hun nacht samen die hij uitstraalde. Ze zou nu zo afrekenen als het moest. Ze had er genoeg van.

Hij scheen haar aarzeling op te merken. 'Je wil de leidingen in de badkamer toch nog wel aangesloten hebben? Voor Kitty?'

Kitty, dacht ze, zou het het mooiste verjaardagscadeau ooit vinden. Een lang, luxueus bad in een heuse badkuip. Ze zou lekkere badolie voor haar kopen. 'Ga je echt de badkamer doen? Vandaag?'

'Ik kan het meeste tegen de middag af hebben. Dat zou Kitty fijn vinden, hè?'

'Die drie dingen,' zei ze met tegenzin, 'en dan maken we de eindrekening op. Ik heb het geld voor je klaarliggen.'

'O, daarover kunnen we het later wel hebben,' zei hij en hij ging fluitend op weg naar de eetkamer. 'Ik graag twee klontjes. Weet je nog?'

Hij kon zich ontspannen, nu hij hier weer was. De afgelopen paar dagen toen hij weggebleven was, had hij zich uit zijn doen gevoeld – hij had gewoon heimwee gehad. Nu, terug in het Spaanse Huis, met Isabel die thee voor hem zette, was hij kalm. Het tumult dat binnen in hem had gewoed, was bedaard. Hij had geslapen en gegeten en was weer waar hij hoorde.

Hij ging aan de slag met de plinten in de eetkamer; hij spijkerde elk stuk vast en vulde de kieren aan de bovenkant. Lichtgrijs zou er een mooie kleur voor zijn, dacht hij. Misschien een soort poederig blauw op de muren. Het was een vertrek dat op het zuiden lag en kon de koele kleur waarschijnlijk wel hebben.

Beneden was Isabel viool aan het spelen en hij stopte met zijn werk om te luisteren. Hij herinnerde zich die nacht, toen hij haar op de overloop zag staan, het instrument tegen haar schouder geklemd, opgaand in haar muziek. Hij was naar haar toegelopen en ze had hem aangekeken, en het was alsof ze geweten had dat hij zou komen. Ze hadden helemaal niets hoeven zeggen. Het was een ontmoeting van geesten geweest. En toen van lichamen. Dat woeste haar rond zijn gezicht. Die lange, elegante vingers die hem beetpakten.

De waterketel floot en de muziek hield op. Hij legde de laatste hand aan de plinten en deed een stap achteruit om zijn handwerk te bewonderen. Een kamer zag er nooit helemaal af uit zonder mooie plinten. In de ouderslaapkamer had hij de hoogste, duurste, bewerkte plinten gebruikt die er maar waren, die pasten bij de hoogte van het plafond, bij de elegante afmetingen van de kamer. Het was haar niet opgevallen, maar dat kon ze niet helpen. Ze had geen verstand van bouwen, van architectuur, net zo goed als hij geen verstand van muziek had. Je wist het intuïtief wanneer iets goed was. Hij hoorde een vaag geluid buiten de kamer, liep naar de deur en zag tot zijn teleurstelling dat ze zijn thee in de hal gezet had. Hij had half en half gehoopt dat ze zou binnenkomen en hem zou prijzen om wat hij gedaan had, er misschien met hem over praten. Hij zou graag hebben uitgelegd hoe belangrijk het was dat de strategische elementen van een kamer op elkaar waren afgestemd. Mensen konden zich niet voorstellen dat een bouwvakker van dergelijke dingen af wist.

Ze moest ook werken, hield hij zichzelf voor. Ze had haar muziek om zich mee bezig te houden. Het was waarschijnlijk maar het beste ook. Hij snoof de damp van de warme thee diep op. En ze leidde te veel af. Met Isabel in het huis wist hij niet hoe hij het werk moest afkrijgen. Eerlijk gezegd wist hij niet of hij, met het vooruitzicht van Isabel de hele dag in huis, nog wel wilde werken.

Isabel was in de keuken, waar ze Matt kon horen timmeren. Hij deed eindelijk eens wat hij zei dat hij zou doen. Hij leek kalm. Zodra Kitty het geïnstalleerde bad zag, zou ze gaan stralen. Waarom had ze dan zo'n knoop in haar maag?

Dat komt omdat je al weken niet meer gespeeld hebt, hield ze zichzelf voor. Een tijdje niet spelen gaf haar altijd een bijna lichamelijk gevoel van onbehagen. En het was gemakkelijk om je fantasie de vrije loop te laten in een huis dat zo afgezonderd lag als dit, zonder voortdurend verkeer, slaande deuren en voorbijgangers die je met beide benen op de grond zetten. Ze zou zich op het scherzo concentreren en tegen de tijd dat ze het goed had, zou Matt klaar zijn en voor altijd uit hun leven verdwijnen. Hij zou een buurman worden naar wie ze in het voorbijgaan knikte, die ze misschien zelfs zou bellen als er weer eens een klusje gedaan moest worden. Een verre kennis.

Matt was even uit de badkamer gelopen om naar het herstelde pleisterwerk in Thierry's kamer te kijken. Hij liet zijn vingertoppen licht over het roze oppervlak glijden om zich ervan te verzekeren dat er geen bobbels in zaten. Het pleister was zo koel als albast. Om hem heen lagen Thierry's kleren en speelgoed alsof er een wervelwind doorheen getrokken was. Stukjes lego in pyjamabroeken. Onderbroeken, sokken, boeken in hoeken gesmeten.

Het deed hem denken aan Anthony's kamer toen hij klein was. Matt had een houten garage voor hem gebouwd, een prachtig ding met een lift die werkte en kleine bolletjes om parkeerplaatsen aan te geven. Maar Anthony had er niet mee willen spelen; hij maakte liever dingen van klei en plasticine waarvan Laura zei dat het 'opvoedkundig' was, waarvan hij vervolgens minuscule stukjes in het beige tapijt trapte.

Hij pakte de poster die hij van de muur had gehaald om het pleisterwerk te kunnen doen en legde hem op het bed. Toen haalde hij een stoflaken van de vloer en liep ermee naar de overloop om het uit te kloppen en op te vouwen. Terwijl hij met de ruwe stof in de weer was, gluurde hij in de ouderslaapkamer. Het bed was opgemaakt.

Matt staarde naar het grote vlak van wit beddengoed. Ze was eindelijk in de kamer getrokken die hij voor haar gemaakt had – voor hen. Waarom had ze het hem niet verteld? Het was een gedenkwaardig moment. Ze was hier, in zijn kamer.

Beneden liep haar muziek beter; ze stopte minder vaak en het ging vlotter. Een lange, dromerige passage kwam naar boven gezweefd, en hij vroeg zich af of er een boodschap voor hem in verborgen lag. Muziek was tenslotte haar manier om zich te uiten. Matt liet het stoflaken op de grond vallen en liep de slaapkamer binnen, langzaam alsof hij onder invloed van het tempo van de muziek was. Hij zag het zonlicht, de glans van nieuwe lak op de vloerdelen, het strakke blauw van de hemel door de erkerramen. Het was zo mooi als hij geweten had dat het zou worden.

Toen viel zijn blik op de werklaarzen aan het voeteneinde. Twee grote, vuile laarzen waaraan opgedroogde aarde zat, de zolen nog vol met de resten van een recent uitstapje.

Mannenlaarzen.

Byrons laarzen.

Matt staarde er vol ongeloof naar, keek vervolgens om zich heen en zag de tassen in de hoek. De handdoek die over de radiator hing die hij geïnstalleerd had. De tandenborstel die keurig op de vensterbank lag. Iets in hem klapte dicht en verschrompelde, en er bleef niets anders over dan een enorm zwart gat, een vacuüm waar zijn gevoel had gezeten.

Byron en Isabel in de ouderslaapkamer. Zijn slaapkamer.

Zijn bed.

Matt schudde twee keer zijn hoofd alsof hij het leeg wilde schudden. Hij bleef doodstil staan. Het luide geruis dat hij hoorde, was zijn eigen ademhaling. Hij liep de kamer uit, de overloop over, en ging toen langzaam en doelbewust de trap af. In de richting van de muziek.

Er waren zo veel dingen die ze heerlijk had gevonden aan het spelen in een orkest, dacht Isabel, terwijl ze de laatste noten van de finale inzette. Ze kende musici die het een fabriek vonden en de strijksectie meer beschouwden als een muzikale worstmachine die op bevel speelde, instructies volgde. Maar ze was dol op de kameraadschap, op de opwinding van het bouwen van een muur van geluid, op de manier waarop zelfs de harmonie van het stemmen voor een goed publiek je de adem kon benemen. En dan waren er de zeldzame momenten van inspiratie door een genie ingegeven, die van een geweldige dirigent kwamen. Als ze ernaar kon ontsnappen, al was het maar een paar keer per maand, dan zou haar dat goed doen. Het zou haar herinneren aan wie ze was buiten dit huis.

Ze was net haar strijkstok met hars aan het insmeren toen ze iets hoorde. 'Matt?' riep ze, omdat ze meende dat ze hem op de trap had gehoord. Er kwam geen antwoord.

Isabel hief haar viool weer naar haar kin en controleerde de snaren, waarbij ze de hoogte iets bijstelde. Deze viool, dacht ze afwezig, zou nooit als de Guarneri klinken. Iemand anders was hem waarschijnlijk op dit moment aan het bespelen, genietend van de warme noten van de G-snaar, de trillende zuiverheid van de A. En wat heb ik? dacht ze bijna lachend. Twaalf vierkante meter afgedankte dakpannen en een nieuwe septic tank.

Ze wilde haar spel hervatten toen ze een zwaar gebonk hoorde, gestaag en herhaald. Ze bleef heel stil staan terwijl ze in gedachten naging wat ze Matt gevraagd had te doen. Hij was klaar met de plinten. Stuken maakte geen lawaai. De badkamer hoefde naar haar weten alleen maar aangesloten te worden. En het ging maar door, bonk, bonk, bonk tot een klap en het geruis van neerdwarrelend pleisterwerk van het plafond haar naar de deur deed lopen.

'Matt?'

Niets. Toen weer – bonk, bonk, bonk. Een onheilspellend geluid.

'Matt?'

Ze legde haar viool op de keukentafel en liep het trapje op naar de hal. Hij was op de eerste verdieping. Ze liep naar boven. Het geluid was nu duidelijk herkenbaar – iets hards dat tegen iets massiefs kwam.

Ze liep langzaam naar de ouderslaapkamer – en daar stond hij, enigszins zwetend van de inspanning, met een moker ritmisch tegen de muur te slaan. Er was al een gat ontstaan van ruim een meter bij anderhalve meter naar de onafgemaakte badkamer toe.

Isabel keek naar de concentratie op zijn gezicht, naar zijn spierkracht terwijl hij zijn hamer naar achteren en vervolgens boven zijn hoofd zwaaide. Naar het grote gat in haar muur. 'Wat doe je?' vroeg ze.

Hij scheen haar niet gehoord te hebben. Hij zwaaide weer met zijn hamer en sloeg er een aantal stenen uit. Brokken stucwerk kwamen op het witte beddengoed terecht.

'Matt!' gilde ze. 'Wat ben je aan het doen?'

Hij stopte. Zijn gezicht was ondoorgrondelijk. Zijn ogen, felblauw, leken haar te doorboren. 'Hij is niet goed,' zei hij, zijn stem vervaarlijk kalm. 'Hij is niet goed, deze kamer.'

'Maar het – het is een prachtige kamer,' stamelde ze. 'Ik begrijp het niet.'

'Nee,' zei hij, met zijn lippen opeengeklemd. 'Jij hebt hem verpest. Nu moet ik dit eruit slopen.'

'Matt, je heb zo veel –'

'Er zit niets anders op.'

Op dat moment had Isabel door dat ze probeerde te redeneren met iemand die geen rede meer zag. Ze was alleen in haar huis met een man die met een moker zwaaide. Haar gedachten tolden door haar hoofd terwijl ze probeerde te bedenken hoe ze hem kon laten ophouden, of hij straks aan een ander vertrek zou beginnen. In haar achterhoofd probeerde ze ook de mate van gevaar in te schatten. Wees resoluut, zei ze bij zichzelf. Laat niet merken dat je bang bent. Ze keek uit het raam en zag Thierry over het grasveld naar het huis komen lopen. Haar hart begon te bonken. 'Matt!' riep ze opnieuw. 'Matt – luister, je hebt gelijk,' zei ze terwijl ze haar handen hief. 'Je hebt volkomen gelijk.'

Hij keek haar vol ongeloof aan, alsof dit iets was wat hij niet had verwacht.

'Ik moet er weer eens goed over nadenken.'

'Het deugt van geen kanten,' zei hij.

'Nee. Nee, inderdaad,' beaamde ze. 'Ik heb fouten gemaakt. O, een heleboel fouten.'

'Ik wilde alleen maar dat het mooi zou zijn,' zei hij terwijl hij naar het plafond opkeek, met iets in zijn gezicht wat haar hoop gaf. Ze liet haar blik naar het raam dwalen. Thierry was verdwenen. Hij was vast op weg naar de achterdeur.

'We moeten eens praten,' zei ze.

'Dat is alles wat ik wilde. Met jou praten.'

'Dat weet ik. Maar niet nu. Laten we eerst nadenken en dan praten we morgen.'

'Alleen jij en ik?' Het stuk uit de muur was een gapend gat achter hem.

'Alleen jij en ik,' zei ze instemmend. Ze legde haar hand op zijn arm, half geruststellend, half om hem op een afstand te houden. 'Maar niet nu, goed?'

Zijn ogen zochten in de hare naar de waarheid. Ze bleef hem recht aankijken terwijl haar adem in haar keel stokte. 'Ik moet gaan, Matt. Ik moet spelen. Je weet wel...'

Het was alsof ze hem uit een droom wakker maakte. Hij maakte zijn blik van haar los, wreef over zijn achterhoofd en knikte. 'Oké,' zei hij. Hij scheen niets te merken van de puinhoop die hij had gemaakt. 'Ga jij maar spelen, dan praten we later. Je vergeet het toch niet, hè?'

Ze schudde zwijgend haar hoofd.

Toen liep hij eindelijk naar de deur, met de moker losjes in zijn hand.

Ze toetste veertien keer Byrons nummer in zonder dat ze hem daadwerkelijk belde. Hoe kon ze? Hij had er gelukkiger uitgezien dan ze hem ooit had gezien, met het vooruitzicht van betaald werk, een warme maaltijd bij een oude vriend, in een huis waar hij voor de kost werkte. Wat kon ze tegen hem zeggen? Ik ben bang? Ik voel me bedreigd? Om dat uit te leggen moest ze hem iets vertellen over wat er tussen Matt en haar had plaatsgevonden. En ze wilde niet dat Byron wist wat ze al die weken geleden gedaan had. Ze dacht aan zijn hand die de hare de avond tevoren omsloten had, en aan zijn zachte afwijzing die haar duidelijk had gemaakt dat hij haar niet dichter bij zich wilde. Ze had het recht niet om hem iets te vragen.

Ze had verschillende keren overwogen om Laura te bellen, maar had het niet gedaan omdat ze niet wist wat ze tegen haar moest zeggen. Hoe kon ze tegen een vrouw zeggen met wier man ze naar bed was geweest dat ze zich nu door hem geterroriseerd voelde, dat ze vermoedde dat hij een inzinking had? Ze kon niet bepaald op een meelevende reactie rekenen.

Bovendien was het mogelijk dat Laura het al wist. Misschien had ze hem de deur uitgezet en hem daarmee over de rooie gejaagd. Misschien had Matt haar verteld wat er tussen hen was gebeurd. Het was onmogelijk te weten wat er zich binnen die muren afspeelde.

Ze probeerde zich voor te stellen dat Byron nog onder het huis woonde. Kom terug, zei ze in stilte tegen hem. En toen, voor ze wist wat ze zei: kom naar huis.

Die avond liet Isabel de kinderen na het donker niet meer buiten blijven. Ze riep hen binnen met een smoes – haalde Kitty over om nog meer koekjes voor het feestje te bakken en Thierry om nog wat voor te lezen. Ze was opgewekt, vol aandacht. Ze gaf als verklaring voor haar neurotische controleren van raam- en deurgrendels dat Matt dure apparatuur boven had liggen en haar gevraagd had er extra goed op te letten.

Toen ze eindelijk met tegenzin in bed lagen, wachtte Isabel nog een uur en ging toen naar haar slaapkamer. Ze haalde een koperen sleuteltje uit haar bijna lege sieradenkistje en stopte het in haar zak. Hij had hem op de vliering gezet, ver uit de buurt van nieuwsgierige kinderen. Nu klauterde ze omhoog en haalde hem puffend van inspanning – de kist was van massief hout – langs de wankele ladder naar beneden en sleepte hem de slaapkamer in.

Ze keek niet naar het gat in de muur: de betekenis, de dreiging leek 's avonds zo veel groter. Ze maakte de kist open, haalde het geweer eruit en laadde het. Het jachtgeweer van Pottisworth, dat Byron boven op de keukenkast gevonden had.

Ze vergewiste zich ervan dat de veiligheidspal erop zat en keek door het vizier. Toen liep ze om het huis, controleerde de sloten nog een keer en liet Pepper uit zijn normale slaapplaats in de keuken zodat hij ook kon surveilleren.

Ze controleerde haar telefoon of Byron niet gebeld had. En toen het licht vervaagde en de vogels buiten eindelijk stil waren geworden, ging ze boven aan de trap zitten waarvandaan ze de voordeur kon zien, met het geweer losjes op haar knieën.

Isabel luisterde en wachtte.

22

Ze werd wakker van het geluid van iemand die floot. Ze deed haar ogen open en registreerde met één blik dat het kwart voor zeven was en dat Matt in de badkamer bezig was. Ze hoorde het water lopen en het geluid van een scheermesje over een ruwe huid. Laura herinnerde zich dat ze vergeten had nieuwe mesjes voor hem te kopen. Matt had een hekel aan botte.

Ze kwam overeind en vroeg zich af of hij hierbinnen was geweest terwijl ze sliep. Of hij de twee koffers had zien staan. Als dat zo was, zou hij nu niet fluiten.

Laura stapte uit bed, liep de slaapkamer uit, bleef bij de badkamerdeur staan en keek naar het nu ongewone gezicht van haar man die daar met ontbloot bovenlijf stond.

'Hallo,' zei hij toen hij haar in de spiegel zag. Het was een vreemd nonchalante groet, zoals je een buurman gedag zegt.

Ze trok haar ochtendjas om zich heen en leunde tegen de deur. Ze was in weken niet meer zo dicht bij Matt geweest. Zijn lichaam, halfnaakt, leek even vertrouwd als het hare, maar tegelijkertijd vreemd, alsof het niet langer iets was waarnaar ze hoorde te kijken.

Ze streek een haarlok van haar voorhoofd. Ze had dit gesprek al vele malen gerepeteerd. 'Matt, we moeten praten.'

Hij bleef strak naar zijn spiegelbeeld kijken. 'Ik heb geen tijd. Belangrijke vergadering.' Hij hief zijn kin om de stoppels eronder beter te kunnen bekijken.

Ze hield haar stem neutraal. 'Ik vrees dat het belangrijk is. Ik moet je iets vertellen.'

'Ik moet weg. Ik moet over...' hij keek op zijn horloge, '... over twintig minuten de deur uit zijn. Op zijn laatst.'

'Matt, we –'

Hij draaide zich hoofdschuddend om.

'Je luistert ook nooit, hè, Laura? Je luister nooit naar wat ik zeg. Ik kan nu niet met je praten. Ik heb dingen te doen.'

De manier waarop hij dit zei, had iets vreemds en zijn stem klonk een beetje te nadrukkelijk. Maar je kon onmogelijk weten wat er in Matts hoofd omging. Ze koos ervoor om niets te zeggen. Ze slaakte een diepe, sidderende zucht. 'Oké. Hoe laat ben je terug?'

Hij schudde zijn hoofd terwijl hij met zijn scheermes over zijn kin schraapte.

Is dit de manier waarop het eindigt? vroeg ze zich af. Geen behoorlijk gesprek? Geen ruzie? Geen vuurwerk? Alleen ik als degene die een tijdstip uitpikt om de meest elementaire zaken door te spreken terwijl ik kijk hoe jij je scheert voor iemand anders? Ben ik dit, die op haar eigen bespottelijke, damesachtige manier beleefd probeert je te laten toegeven dat dit het einde van ons huwelijk is?

De woorden kwamen er stroef uit, alsof haar keel opgezet was. 'We moeten dit uitpraten, Matt. Wat er aan de hand is. Met ons.'

Hij zei niets.

'Kunnen we vanavond praten? Kom je weer hierheen?'

'Waarschijnlijk niet.'

'Kun je me vertellen waar je zult zijn? In het Spaanse Huis misschien?' Ze kon de gekwelde klank niet uit haar stem houden.

Hij schoof langs haar en was weg, de hal door alsof ze net zo belangrijk was als de melkboer. Laura hoorde hem fluiten en deed haar ogen dicht. Toen ze ze weer opendeed, zag ze dat de zachte witte handdoek die hij terug op het rekje gepropt had onder het bloed zat.

'Servetten. We hebben servetten nodig. Tenzij je van die mooie damasten hebt.'

'Hebben we die echt nodig als we buiten zitten?'

Henry gaf richting naar links aan en zwenkte naar de andere baan. Kitty zat achterin en maakte nog een aantekening op haar steeds langer wordende lijst. Ze had nooit eerder een feest gegeven. Ze had niet geweten dat er zo'n organisatie bij kwam kijken.

'Vroeger hadden we mooie,' zei ze, 'maar die zijn tijdens de verhuizing verdwenen.'

'Mijn rolschaatsen ook,' zei Thierry, die naast haar zat. 'Die hebben we ook nooit meer gevonden.'

'Je zult de servetten over twee jaar terugvinden. Waarschijnlijk net nadat je nieuwe gekocht hebt. Ze zitten vast ergens in een kartonnen doos,' zei Henry.

'Ik wil geen twee jaar op mijn rolschaatsen wachten.' Thierry tilde zijn voet op tot hij tegen Henry's rugleuning rustte. 'Dan zijn ze te klein. Krijgen we ontbijt als we er zijn?'

Ze was niet van plan geweest om Thierry mee te nemen, maar toen ze beneden kwam, zag ze haar moeder slapend op de bank liggen, met haar kleren van de dag ervoor nog aan. Ze was de hele nacht opgebleven om te oefenen. Dat zou niet voor het eerst zijn. Als ze Thierry en Pepper achterliet, redeneerde ze, zou mam binnen vijf minuten wakker worden, en ze had eruitgezien alsof ze wel wat slaap kon gebruiken.

'Cola. Alle jonge mensen drinken cola. Ze hebben goedkope aanbiedingen bij de cash-and-carry,' peinsde Henry. 'En vruchtensap. Die kun je mengen met bronwater.'

'Ik denk niet dat ik me vruchtensap kan veroorloven. Ik maak wel wat meer vlierbes.'

Asad zat mee te neuriën met de autoradio en trommelde met zijn hand het ritme mee op het dashboard. 'IJsblokjes,' zei hij. 'Een grote zak.'

'En wie gaat ze dragen?' vroeg Henry. 'Ze wegen een ton.'

'Wij,' zei Thierry. 'Ik ben in zes weken vier centimeter gegroeid. Mam heeft het op de deur aangetekend.'

'Je moet een begroting opstellen,' zei Henry. 'Je zult merken dat je hier veel meer voor je geld kunt kopen, maar het blijft een feit dat je een hoop monden te voeden hebt. Hoeveel heb je?'

'Tweeëntachtig pond,' zei ze. Het was oorspronkelijk tweeënzestig pond geweest, maar haar Franse oma had haar die ochtend een verjaardagscheque gestuurd.

'Barbecue,' zei Henry. 'Wat vind jij, Asad?'

'Te duur. Alleen hotdogs,' zei hij. 'En een heleboel rijst- en pastasalade voor de vegetariërs. Die kan ik voor je maken. Doet je moeder nog steeds iets met rood fruit voor het dessert?'

Dit ging het beste feest ooit worden, dacht Kitty. Bijna iedereen uit haar klas zou komen. Toen ze hun over het meer had verteld, waren ze uit hun dak gegaan. Een van Anthony's vrienden zou een opblaasbare boot meenemen en Anthony had een luchtbed. 'We hebben wat oude vlaggen in de voorraadkamer liggen,' zei Henry. 'Die zouden we om de steigers kunnen binden om ze te verdoezelen.'

'Het is zo lang geleden dat we die voorraadkamer opgeruimd hebben dat er waarschijnlijk "Zilveren Jubileum" op staat,' zei Asad.

'En waxinelichtjes,' zei Henry, 'om langs het pad naar het meer te zetten voor als het donker wordt. We zouden ze in oude jampotjes kunnen zetten. Je hebt er honderd voor een paar pond.'

Het had even geduurd, maar terwijl ze in de auto achter de twee kletsende mannen zat, kwam Kitty tot de conclusie dat ze geen heimwee meer had. Als iemand haar een halfjaar geleden had verteld dat ze hier nog steeds zou zijn, dat haar idee van gezellig was om met twee oudere homoseksuele mannen een bezoek aan een cash-and-carry te brengen, zou ze een weeklang gehuild hebben. Nu dacht ze dat ze waarschijnlijk niet meer terug naar Londen wilde. Ze miste pap nog steeds – ze dacht niet dat er ooit een tijd zou komen waarin ze aan hem dacht zonder een brok in haar keel te krijgen – maar misschien had mam gelijk gehad. Misschien was het beter geweest om hier met een schone lei te beginnen, weg van al die dingen die aan hem deden denken.

'Een of ander roomtoetje of vlaflip. Met aardbeien of kruisbessen.'

'Hoe laat je vla flippen?' vroeg Asad.

'Door 'm bij twee ouwe nichten in een auto te zetten, gek,' zei Henry en hij barstte in lachen uit terwijl de kinderen op de achterbank uitdrukkingloos voor zich uit staarden.

'Wat zei hij precies?' Hij klemde zijn telefoon tussen oor en schouder. 'Wacht even, ik zet de auto aan de kant.' Hij maakte een verontschuldigend gebaar naar de bestuurder die hij per ongeluk gesneden had en die zijn ongenoegen met een klap op de claxon kenbaar maakte.

'Wat was dat voor geluid? Waar ben je?'

Laura had hem verteld dat ze achter in de tuin stond. Hij zag haar voor zich, haar haar wapperend in de wind, een hand tegen haar ene oor. 'Ik sta op de snelweg, afslag twaalf.'

'Matt is hier,' fluisterde ze.

'Ik kom jou ook niet opzoeken,' zei hij terwijl hij even in zijn spiegel keek. God, wat was er vanochtend een hoop verkeer. 'Hoe graag ik ook zou willen.'

'Ga je vandaag met haar praten?'

Nicholas remde om iemand de gelegenheid te geven van baan te veranderen en kwam toen op de vluchtstrook tot stilstand. Hij liet zijn motor draaien. 'Ik kan niet langer wachten, Laura. Ik heb het geld... Laura?'

'Ja?'

De duur van haar stilte verontrustte hem. 'Gaat het?'

'Ja, ik geloof het wel. Het is alleen zo... raar. Een raar gevoel. Dat het nu eindelijk allemaal gaat gebeuren.'

Zijn auto schudde toen er een vrachtwagen voorbijreed. 'Moet je horen, verandering is altijd...'

'Dat weet ik.'

'Ik begrijp het, Laura. Heus. Ik heb het zelf meegemaakt.'

Ze aarzelde iets te lang.

'Je wilt nog steeds dat huis. Is dat het?'

'Het gaat niet om –'

'Dan schrap ik het Spaanse Huis-project.'

'Wat?'

Het was eruit voor hij zich realiseerde wat hij had gezegd. 'Dan schrap ik het,' herhaalde hij, 'als je dat huis echt wilt.'

'Maar het is jouw grootse project. Hoe kun je verder zonder? Je hebt me verteld –'

'Ik red me wel.'

'Maar al die plannen. Je sponsors –'

'Laura! Luister naar me!' Hij schreeuwde nu in de telefoon om boven de herrie van de snelweg uit te komen. 'Als je dat huis echt wilt, zal ik ervoor zorgen dat je het krijgt. We kunnen er nog steeds je droomhuis van maken.'

Ditmaal had haar stilte een andere teneur. 'Zou je dat voor me doen?'

'Moet je dat nog vragen?'

'O, Nicholas.' Er klonk dankbaarheid in haar stem door, maar hij wist niet goed waarvoor ze hem bedankte.

Ze zwegen enkele ogenblikken.

'Hij is daar misschien, weet je. Je zegt toch niets, hè?'

'Over ons?'

'Ik vind dat het van mij moet komen.'

'Je bedoelt dat ik niet mag zeggen: "Meneer McCarthy, ik heb een verhouding met uw vrouw. En trouwens, ze heeft billen als een verse perzik."'

Ze moest erom lachen. 'Toe,' zei ze. 'Laat mij het hem later vertellen.'

'Je man, Laura, is een stommeling en ik zou hem dat heel graag willen vertellen. Maar op het tijdstip dat jij uitkiest. Luister, ik moet gaan. Ik bel je nadat ik die mevrouw Delancey gesproken heb.' Hij beëindigde het gesprek en bleef even zitten terwijl het verkeer voorbijraasde. Hij hoopte dat ze niet had bedoeld dat hij de keuze moest maken die hij had beloofd.

Matt haalde het leren doosje uit zijn binnenzak en maakte het open, zodat de robijnen ring met de pareltjes in het zonlicht fonkelde. Het was zo gemakkelijk geweest om te zien wat van haar was geweest. 'Mooie ring,' had de juwelier gezegd. 'Victoriaans. Ongewoon.' Hij had in het winkeltje liggen fonkelen, opvallend tussen de andere sieraden. Net als zij.

Matt vermoedde dat hij er twee keer zo veel voor had betaald als zij ervoor gekregen had, maar dat kon hem niet schelen. Hij wilde haar gezicht zien als ze het doosje openmaakte. Hij wilde haar dankbaarheid zien als ze zag wat hij voor haar gedaan had.

Wat deed het geld er nu toe? Laura en hij hadden al jaren geld op de bank staan en wat hadden ze eraan gehad? Het was hem nog niet gelukt om Isabel duidelijk te maken wat hij voelde. De ring zou een bewijs zijn dat hij begreep wat ze wilde en wat ze kwijtgeraakt was. Hij vond het een leuk idee dat niemand anders van haar ring af wist dan hij. Een robijn: de kleur van de hartstocht, van begeerte, van seks. Terwijl hij hem in zijn hand hield, was het net alsof hij een deel van haar vasthield.

Hij wilde net het bos uitrijden en haar oprijlaan op gaan toen hij een andere auto voor zag rijden. Een man in een pak stapte uit.

Matt zag hem naar het huis opkijken. Een oude vriend misschien. Of een ambtenaar. Zijn gevoel van verwachting verdween als sneeuw voor de zon. Hij had zijn moment zorgvuldig willen uitkiezen, ervoor zorgen dat de kinderen er niet waren. Het werkte alleen als ze met zijn tweeën waren.

Hij stopte de ring weer in zijn zak. Hij was een geduldig man. Hij had alle tijd van de wereld.

'Ja?'

Een ogenblik lang was hij met stomheid geslagen. Hij had bijna tien minuten op de deur staan kloppen en was toen tot de conclusie gekomen dat er niemand thuis was. Dus had hij een paar stappen achteruit gedaan om een uitgebreid beeld van het huis te krijgen dat zijn gedachten nu al zo veel weken bezighield.

Er liep een lange scheur vanaf het bovenste raam diagonaal naar beneden – verzakking of zo, wat niet zo gek was bij een huis dat aan een meer en bossen lag. Een nieuw raam dat slecht was ingezet – het daglicht moest zichtbaar zijn door de kier tussen hout en steen die niemand opgevuld had. Een stuk blauw plastic wapperde lusteloos voor de ruit. Het dak was onafgemaakt, de plastic goot lag los. De muren gingen gedeeltelijk schuil achter steigers waarvan het doel niet direct duidelijk was.

Hij deed nog een stap achteruit. Een zeer diverse verzameling wankele tuinmeubelen stond op het gazon, maar zelfs die konden de schoonheid van de plek niet bederven. Het meer maakte alles goed. Deze prachtige, vredige plek had een sfeer die hij maar zelden was tegengekomen, het soort ambiance dat je om een Schotse loch tegenkwam of ergens nog dieper de wildernis in. Dit deel van Norfolk was te bereizen – dat had Mike Todd hem verteld. *In Londen werken en midden op het platteland wonen.* Hij zag de glossy brochure al voor zich. Misschien zouden Laura en hij een van de huizen nemen – de plek had zoiets verleidelijks.

Toen zag hij haar: een verfomfaaide vrouw met een gekreukte linnen blouse die met toegeknepen ogen naar hem keek: 'Ja?'

Hij vergat een ogenblik wat hij had willen zeggen. Hij had zijn openingszin zo lang voorbereid en was nu van zijn stuk gebracht door haar onverwachte verschijning. Dit was de vrouw die Laura zo ongelukkig gemaakt had.

'Het spijt me u te moeten storen,' zei hij terwijl hij met uitgestoken hand naar voren liep. Ze liet hem de hare schudden. 'Misschien had ik eerst moeten bellen. Ik kom voor het huis.'

'O. Jeetje. Dat is snel,' zei ze. 'Hoe laat is het?'

Hij trok zijn manchet iets omhoog. 'Kwart voor tien.'

Dat leek haar te verbazen. Toen ze iets zei, was het tegen zichzelf. 'Ik herinner me niet eens dat ik in slaap ben gevallen... Luister, ik moet even een kop koffie zetten. Wilt u er ook een?'

Hij volgde haar naar binnen. Ze liep een paar stappen voor hem uit de keuken in. Hij probeerde zijn intuïtieve afkeer te verbergen. Hij wist niet goed wat hij verwacht had – iets minder chaotisch misschien, iets meer berekenend.

'Hierheen,' mompelde ze. 'Gaat u toch zitten. Dit klinkt misschien raar, maar hebt u mijn kinderen ergens gezien?'

De keuken moest nodig gemoderniseerd worden. Er was al tientallen jaren niets aan gedaan. Nicholas keek naar het gescheurde zeil, de verschoten verf die nu versierd was met hier en daar een foto, droogbloemen en een stukje beschilderde klei – een poging om huiselijkheid te brengen in een omgeving die hij eerlijk gezegd als onbewoonbaar beschouwde. Aan de buitenkant van het huis, zichtbaar door de ramen, hingen fruit en groenten in oranje netjes als veelkleurige tranen in de schaduw van de dakranden.

Ze liet water in de ketel lopen en zette hem op het vuur. Ze deed de voorraadkast open, pakte een pak melk en rook eraan. Nog goed. Net aan. 'We hebben geen koelkast.'

'Ik drink mijn koffie zwart, dank u,' zei Nicholas stijfjes.

'Waarschijnlijk heel verstandig,' gaf ze toe en ze zette het pak terug. Ze reikte hem de koffie aan en zag toen zijn verbazing over zijn omgeving. 'Dit is het enige vertrek waar helemaal niets aan gedaan is. Ik denk niet dat het verschilt van toen mijn oudoom hier nog woonde. Wilt u even rondkijken?'

'Vindt u dat niet vervelend?'

'Ik neem aan dat u alles zult moeten zien.'

Wie had haar over zijn komst verteld? Hij had verwacht dat ze verdedigend, of zelfs argwanend zou zijn, maar ze scheen voorbereid op wat hij te zeggen had.

Ze pakte een papier van tafel en bestudeerde een ogenblik wat erop geschreven stond. Toen keek ze door het raam naar het meer. 'Ga gerust uw gang,' zei ze terwijl ze een slok koffie nam. 'Ik kom u zo achterna. Ik moet alles even op een rijtje zetten.' Ze glimlachte verontschuldigend en gebaarde naar een trapje. 'Ga maar. Er is niemand die u kunt storen.'

Ze hoefde het hem niet nog een keer te zeggen. Nicholas pakte zijn beker en ging het huis dat zijn toekomst zou worden opnieuw bekijken.

Het duurde bijna twintig minuten voor ze weer verscheen. Ze had andere kleren aangetrokken: een schoon T-shirt en een wijde rok. Ze had haar haar opgestoken.

Hij keek van zijn aantekeningen op. Hij stond vanaf de overloop door de deur te kijken van wat de ouderslaapkamer moest zijn. 'Bent u deze kamers aan het doorbreken?' vroeg hij. Er lag puin en gruis op het beddengoed.

'Dat,' zei ze voorzichtig, 'is een lang verhaal. Maar nee. We gaan niet doorbreken.'

'U moet dat gat snel repareren, of iemand een T-balk laten aanbrengen. Het is een groot gat in een dragende muur.' Hij inspecteerde een scheur in de hoek, maar toen hij zich naar haar toe keerde, stond ze uit het raam te staren. 'Mevrouw Delancey?'

'Ja? O, het spijt me. Ik... heb niet veel geslapen. Misschien kunnen we dit later bespreken.'

'Vindt u het goed als we naar buiten gaan? Ik heb alles hierbinnen gezien wat ik wilde zien.'

Hij had inderdaad genoeg gezien om alles op een rijtje te zetten. Laura's man was een beunhaas. Het huis was een bizarre mengeling van bijzonder vakmanschap en sloopwerk, alsof twee verschillende aannemers het werk hadden uitgevoerd, bijna lijnrecht tegenover elkaar. Duidelijk was dat het herstel van het huis een veel grotere uitdaging zou zijn dan zelfs Laura had kunnen bevroeden. Toen hij er de laatste keer was geweest, had het alleen maar vermoeid geleken, een reeks karweien die uitgevoerd moesten worden. Wat hij vandaag had gezien, bevestigde zijn idee dat het het beste was om het huis helemaal te slopen en het opnieuw op te bouwen. Hoe moest hij dat Laura vertellen?

Hij volgde haar de trap af en de zon in. De zon was warm en toen ze een stap buiten de deur zetten, had hij er onmiddellijk spijt van dat hij een colbertje aanhad.

Hij volgde haar naar de steigers terwijl hij vergeefs naar de vliegen sloeg.

'Die schoorsteen krijgt een nieuwe kap,' zei ze wijzend. 'Tenminste, ik geloof dat het die is. En er ligt nieuwe riolering hier... of misschien daar...' Ze noemde nog wat andere klussen op, waarvan de meeste onmogelijk nader te definiëren waren.

Hij kreeg ineens medelijden met haar. Haar huis werd om haar heen afgebroken en ze zat er middenin, zich niet bewust van wat er gaande was.

'En, wat denkt u?' zei ze, misschien omdat ze zijn ernstige gezicht zag.

'Mevrouw Delancey,' begon hij. 'Ik...' Hij wist niet wat hij moest zeggen.

Ze staarden naar de scheuren in de stenen muren, de bergen puin en zakken cement.

Ze keek hem vorsend aan. 'U vindt het verschrikkelijk, hè?' Ze wachtte niet op zijn antwoord. 'O, god, ik weet dat het een puinhoop is. Ik denk... ik denk dat als je erin leeft, je niet goed meer ziet wat een ramp het is.'

Ze keek terneergeslagen en Nicholas moest de neiging onderdrukken om haar te troosten. Hij zag in haar wat Laura's man zo aangetrokken had. Ze was een kindvrouwtje met een air van kwetsbaarheid die eiste dat hij haar beschermde. Ze gaf onbewust iedere man de glans van een ridder op het witte paard.

'Goed, wat moet ik doen?' Er was een dappere glimlach op haar gezicht verschenen.

'Ik denk,' zei hij, 'dat het misschien zou helpen als ik aangeef wat er volgens mij niet goed is. Als u dat echt wilt.'

'Ja,' zei ze resoluut. 'Ik moet het weten.'

'Goed. Laten we met het dak beginnen...'

Matt keek door zijn voorruit toe hoe de man Isabel zijn schrijfblok liet zien en toen langs de steiger aan de achterkant naar het punt wees waar de dakpannen om het groepje schoorstenen lagen. Hij had in eerste instantie gedacht dat hij een musicus was, toen een leraar – er liepen hier zo weinig mannen in een pak rond – maar nu was hij blijkbaar Matts huis, Matts werk, aan het bespreken. En aan zijn hoofdschudden en Isabels gespannen gezicht te oordelen, was wat hij zei niet complimenteus.

Matt stopte het juwelendoosje in zijn zak en stapte uit de bestelwagen. Hij deed het portier zachtjes dicht en liep naar hen toe, waarbij hij ervoor zorgde dat hij gedeeltelijk achter de bomen verscholen bleef. Het was niet iemand van de gemeente. Hij kende bijna iedereen van bouwtoezicht. Deze man was welbespraakt, onbekend. Hij had iets van een boekenwurm, iets professorachtigs.

'Structureel gezien is hier iets verzwakt,' zei de man terwijl hij naar de muur gebaarde. 'We hebben geen bijzonder droge zomer of natte winter gehad, en de scheur ziet er tamelijk nieuw uit, dus ik neem aan dat hij door de bouwwerkzaamheden is veroorzaakt.'

'De bouwwerkzaamheden?' Isabel klonk geschokt.

'Ik vrees van wel. Is er binnen veel gesloopt? Het ziet eruit alsof er flink tekeergegaan is.'

Ze lachte min of meer, een vreugdeloos geluid. 'Nou, u hebt het allemaal gezien. Er is binnen zo veel gebeurd en ik heb het niet altijd bijgehouden.'

Matts hart begon onaangenaam hard te roffelen. Waarmee was die vent in godsnaam bezig?

'Ik kan niet veel zeggen over de afvoer en riolering, maar de badkamer is duidelijk onafgemaakt. De keuken is volkomen verouderd. Maar dat is allemaal cosmetisch. De ouderslaapkamer is het enige vertrek dat kwalitatief goed gerenoveerd lijkt, maar u zit met die beschadigde muur... Er zijn tekenen van vocht en mogelijk huiszwam in de oostelijke vleugel. Ik ben zo vrij geweest om een stuk plint weg te halen en ik vrees dat dat nader onderzocht moet worden. Ik vermoed de aanwezigheid van houtworm onder de trap. En u lijkt maar de helft van een warmwatersysteem te hebben – de aanleg van een deel van het leidingwerk is onbegrijpelijk.'

'Wilt u zeggen dat dit allemaal door onze aannemer komt?'

De man in het pak leek over zijn antwoord na te denken. Hij stopte zijn schrijfblok onder zijn arm. 'Nee. Ik denk dat het huis al in een verschrikkelijke staat verkeerde. Maar het verkeert nog steeds in een verschrikkelijke staat en uw aannemer kan dat, al dan niet opzettelijk, verergerd hebben.'

Isabel zette grote ogen op. 'Opzettelijk?' herhaalde ze.

Matt kon het niet langer verdragen. Hij kwam met grote stappen uit het bos en liep recht op de man af. 'Wat ben je haar verdomme aan het wijsmaken? Wie ben jij verdomme?' schreeuwde hij. 'Wat voor leugens vertel je haar?'

Hij voelde Isabels hand op zijn arm. 'Matt, toe –' Ze trok een gezicht naar de lange man, maar die zag het niet.

Hij keek naar Matt alsof hij hem taxeerde. Alsof hij superieur aan hem was. 'U bent Matt McCarthy?'

'Wie ben jij verdomme?'

De man gaf geen antwoord, keek alleen maar naar hem waardoor Matt nog razender werd. 'Wie denk je wel dat je bent dat je hier zomaar naartoe komt en Isabel leugens vertelt? Hè? Ik heb je wel gehoord! Ik heb elke verdomde leugen gehoord! Je weet geen bal van dit huis of van wat ik hier gedaan heb! Geen donder!'

De man leek niet onder de indruk. In plaats daarvan keek hij met onmiskenbare minachting naar Matt. 'Ik heb mevrouw Delancey de waarheid verteld over wat er met dit huis is gebeurd. En ik kan u vertellen, meneer McCarthy, dat ik verhalen heb gehoord over wat u hier aangericht hebt lang voordat ik het gezien had.'

'Verhalen over wat hij hier aangericht heeft?' echode Isabel. 'Wat bedoelt u?'

Er verscheen een waas voor zijn ogen en Matt begon nu te brullen. Hij hief zijn vuist, klaar om die opgeblazen indringer in zijn nette pak een kaakslag te verkopen. 'Jij dacht dat je het wist, hè? Jij dacht dat je dit huis kende?'

Isabel smeekte hem om rustig te worden. Hij rook haar parfum terwijl ze hem naar achteren probeerde te trekken – maar zelfs dat kon hem niet tegenhouden.

Laura was in de tuin bezig de dode bloemen uit de rozen te knippen toen ze Matt tekeer hoorde gaan, een hard, akelig geluid. Toen de stem van een andere man, rustiger. En de kreet van een vrouw, angstig. Laura's maag kromp ineen. Nicholas had het hem verteld.

'Mam?' Anthony's gezicht, nog wit van de slaap, verscheen bij het raam. 'Wat is er aan de hand?'

Laura keek hem uitdrukkingloos aan. Toen liet ze haar snoeischaar vallen en begon met de hond achter zich aan naar het Spaanse Huis te lopen en vervolgens te hollen.

Die vrouw van Delancey stond tussen hen in, gespannen, alsof ze nog een klap verwachtte. Nicholas hield zijn zakdoek tegen zijn neus gedrukt. Er drupte bloed op zijn lichtblauwe overhemd. Matt stond tegen hem te razen, met het schuim op zijn mond, zijn woorden vrijwel onverstaanbaar. Om hen heen vormde het liefelijke landschap een scherp contrast met hun afschuwelijke daden en stemmen. O jee, dacht Laura. Wat heb ik gedaan?

'We willen je hier niet hebben,' brulde Matt. 'Ga weg voor ik je echt iets aandoe!'

'Matt?'

Hij deed een stap achteruit toen Laura dichterbij kwam en draaide zich naar haar om.

'O, god, het spijt me zo,' zei ze. 'Ik heb nooit gewild dat je er op deze manier achter zou komen.'

Haar man was onherkenbaar als de koele, afstandelijke figuur van vanochtend: zijn ogen stonden woest en hij straalde een soort ongeremde energie uit. 'Waarover heb je het in godsnaam?' zei hij.

'Laura, niet –' begon Nicholas.

Hij werd in de rede gevallen door Isabel Delancey. 'Is dit waar? Wat hij heeft gezegd?' vroeg ze aan Matt. 'Dat je al die tijd het huis voor jezelf hebt willen hebben? Heb je het daarom opzettelijk vernield?'

Het was voor het eerst dat Laura Matt oprecht ontzet zag kijken.

'Nee,' protesteerde hij. 'Nee – zo was het niet. Ik wilde dat het huis mooi zou zijn.'

'Huh! Je hebt het helemaal gesloopt,' zei Nicholas verontwaardigd. 'Je hebt er gehakt van gemaakt.'

'Ik was het aan het renoveren!'

'Er is praktisch niets meer over om te renoveren! Ik snap niet dat dat verrekte huis nog overeind staat!'

'Al die tijd?' Isabels stem galmde van de schok. 'Je grapjes en je advies en je hulp en je zakken met croissants... en al die tijd wilde je ons alleen maar weg hebben?'

Matt was wit weggetrokken. 'Nee, Isabel.' Laura kromp ineen toen haar man naar de vrouw toe stapte. 'Nee... zo was het niet. Niet op het laatst.' Hij keek om zich heen alsof hij bewijs zocht. 'De ouderslaapkamer was een daad van liefde. Er ligt waarheid, schoonheid in die kamer. Je hebt gezien hoe ik mijn best erop gedaan heb.'

'Hoe kun je dat nu zeggen? Je hebt er een groot gat in geslagen! Als een woesteling!' Ze deed het voor hen na. 'Ik kon je niet tegenhouden.'

'Dat was vanwege Byron,' gilde hij. 'Byron hoort niet in die kamer.'

Het kostte Laura moeite het te begrijpen. Het sloeg allemaal nergens op.

'Oké,' kwam Nicholas tussenbeide. 'Laten we spijkers met koppen slaan.' Hij was weer een en al zelfbeheersing. Hij depte zijn gezicht met de bebloede zakdoek. 'Dit is duidelijk een ongewone situatie. Ik stel voor, mevrouw Delancey, dat u met enige spoed gaat bedenken wat u aan het huis gaat doen.'

'We hebben niets meer. Hij heeft al ons geld ingepikt.'

'Ik was niet de enige,' smeekte Matt. 'Ik was in het begin niet eerlijk tegen je, maar ik heb mijn best gedaan om het goed te maken.'

'Mevrouw Delancey, ik stel voor –'

'Luister niet naar hem, Isabel. Alles wat ik verkeerd heb gedaan, zal ik weer goedmaken. Heb ik niet altijd voor je klaargestaan?'

Er volgde een lange stilte. Laura keek naar Isabel die het toonbeeld van ellende was.

'Je hebt ons geruïneerd,' zei ze stilletjes. 'Ik vertrouwde je en je hebt dit huis geruïneerd.'

Voordat ze wist wat ze deed, stapte Laura naar voren. 'Ik zal er iets aan doen.' Haar stem klonk scherp. 'Ik zal alle schade vergoeden die Matt heeft toegebracht. Ik zal persoonlijk alles betalen wat er nodig is om het weer in orde te maken.' Ze kon zich er niet toe zetten om die vrouw haar excuses aan te bieden, maar ze wilde ook niet bij haar in het krijt staan.

'Er is een alternatief,' viel Nicholas haar in de rede. 'U zou het aan mij kunnen verkopen. De staat van het huis is geen punt voor mij.'

'Verkopen?' Er verscheen een rimpel in het voorhoofd van Isabel Delancey.

'Ja,' zei hij. 'Ik zou graag de kans krijgen er met u over te praten.'

'Waarom zou de gemeente dit huis willen kopen?' Ze begreep er niets van.

'De gemeente?'

Niemand zei iets. Toen zei ze: 'Bedoelt u dat Byron u niet gebeld heeft?'

'Wie is Byron?' vroeg Nicholas uitdrukkingloos. 'Mijn naam is Nicholas Trent. Ik ben projectontwikkelaar.'

Isabel Delancey keek hem vol ongeloof aan. 'Projectontwikkelaar? Dus u bent hier vandaag gekomen omdat u dit huis wilde.' Ineens drong het tot haar door. 'O, mijn god – jullie willen dit huis allemáál hebben.' Ze liep achteruit bij hen vandaan, met haar hand voor haar mond. 'Al die tijd...' zei ze, bijna lachend nu. 'Is er nog iemand anders? Iemand in het dorp misschien? De Neven? De melkboer? Al die tijd wilden jullie allemaal dit huis!'

'Nou, eerlijk gezegd niet,' zei Laura langzaam terwijl ze naar Matt keek. En toen, met stelligheid: 'Ik wil het niet meer.'

Matt draaide zich met een ruk om. Ze zag hem verwerken wat ze had gezegd en vervolgens zijn frons van onbegrip toen Nicholas naar haar glimlachte, een glimlach met een geschiedenis. Ze zag dat Matt zich haar verontschuldiging herinnerde, Nicholas' gebruik van haar naam. Haar man keek naar haar en omdat ze die intense blik niet aankon, wendde ze zich af. Anthony, die achter haar stond, keek met een ondoorgrondelijk gezicht naar Nicholas.

Dit is het, dacht Laura. Er is geen weg terug meer.

'Hier is mijn kaartje,' zei Nicholas hoffelijk terwijl hij er een uit zijn binnenzak haalde. Hij gaf het aan Isabel Delancey en ging dichter bij Laura staan. 'Ik begrijp dat dit een vreemde ochtend geweest is. Denk erover na over wat ik gezegd heb, mevrouw Delancey. Ik weet zeker dat we tot een overeenkomst zullen kunnen komen waarbij we allebei baat hebben.'

23

De dunne hazelaarstammetjes waren niet meer dan zeven jaar oud – je kon ze voor een hek of daksparren gebruiken. Hij zou de oudere, stevigere bewaren voor wandelstokken of heggenpalen. Hij had kastanjehout verzameld voor hekken en palen, maar hazelaars brachten meer op en Byron had erin toegestemd om dit eeuwenoude bos vrijwel helemaal aan de hazelaars terug te geven. Hij stapte voorzichtig rond en controleerde jonge scheuten op ongedierte. Mensen dachten dat hij alleen maar dingen omhakte, vernietigde, maar inheemse hardhoutbomen en struiken die op die manier gesnoeid werden, konden scheuten voortbrengen die meer dan dertig centimeter per week groeiden. Een boom die tot op de stronk gekapt was, leefde vele malen langer dan een boom waarbij dat niet was gebeurd. Byron wist zeker dat er een levenswijsheid in school, maar verdomd als hij het doorzag.

Hij liep met vaste tred met nog een lading tussen de bomen door tot waar het bos aan de weg grensde. Mensen keerden vaak terug naar oude gebruiken en met hakhout was het niet anders. Tuinmeubelen leverden veel geld op, had Frank eerder die ochtend verteld toen hij Byron aan het werk zag. Of rustieke hekken. Daarop waren ze dol in de tuincentra. De restjes kon je gebruiken voor houtskool. Er was subsidie beschikbaar voor het in ere herstellen van hakhout. Alle natuurbeschermingsinstanties drongen er bij landeigenaren op aan dat ze het deden.

Zo nu en dan dacht hij aan Matt – dan kroop de spanning in zijn nek en schouders, klemde hij zijn kaken op elkaar en moest hij diep ademhalen. Matt McCarthy had hem uit zijn huis verdreven en Isabel bijna uit het hare. Hij had zich verscheidene keren afgevraagd of hij haar over de rat zou vertellen, over Matts meedogenloosheid als hij ergens zijn zinnen op had gezet. Maar ze was de dag daarvoor zo gelukkig geweest, alsof ze eindelijk durfde te geloven in iets goeds. Hij wilde dat niet bederven. Zijn mobieltje ging.

'Met Isabel.'

'Hoi,' zei hij, niet in staat zijn blijdschap te verbloemen bij het horen van haar stem. En toen opnieuw, in een poging het af te zwakken: 'Hoi.'

'Ik vroeg me af hoe het ging. Met je werk, bedoel ik.' Ze zweeg even. 'Thierry had me gevraagd om te bellen.'

'Het gaat goed.' Hij keek even naar het gebied met braamstruiken dat hij leeggehaald had. 'Het is hard werken, maar... goed.' Zijn handen zaten onder de krassen.

'Ja.'

'Het is hier mooi. Vlak bij zee. Het lijkt meer vakantie dan werk.'

'Dat zal wel.'

'En Frank, de eigenaar, is geweldig. Hij heeft me nog meer werk aangeboden.'

'O... Mooi.'

'Ja. Ik was er wel blij mee. Hoe gaat het met jou?'

Pas op dat moment realiseerde hij zich dat ze gespannen klonk. Hij had drie auto's zien voorbijgaan voordat ze weer iets zei.

'Ik weet niet of ik je dit moet vertellen, maar we – we hebben nogal een scène hier gehad. Er kwam een man, een of andere projectontwikkelaar, die het huis wil kopen. Matt dook onverwachts op en begon ruzie met hem te maken.'

'Gaat het een beetje?'

'Ja, hoor. Die projectontwikkelaar kreeg een klap in zijn gezicht, maar toen kwam Laura en de boel werd gesust.' Vervolgens voegde ze er zachtjes aan toe: 'Byron, ik ben bang dat Matt een inzinking heeft.'

'Matt McCárthy?'

'Hij – hij is niet zichzelf.'

Byron zei niets.

'Hij lijkt nogal... gestoord.'

Ja, dat zal wel, dacht Byron verbitterd. Het idee dat iemand anders hem het huis afneemt. 'Maak je over hem maar geen zorgen,' zei hij, op scherpere toon dan zijn bedoeling was. 'Hij zal altijd voor zichzelf zorgen.'

Ze zuchtte. 'Dat zei die man ook zo ongeveer.'

Hij begon langzaam naar de rand van het bos te lopen, zich niet meer bewust van zijn omgeving. 'Wat heb je tegen die projectontwikkelaar gezegd?'

'Ik wist niet wat ik moest zeggen. Ik weet niet meer wat ik moet zeggen. Hij vertelde me... dat Matt het huis heeft beschadigd, om mij eruit te krijgen.'

Byron deed zijn ogen dicht.

'Nadat jij weg was, heeft hij een groot gat in de slaapkamermuur geslagen. De kamer waarin jij geslapen hebt.'

Hij kreeg een strak gevoel in zijn borst. Hij had hen niet alleen moeten laten. Hij had haar moeten waarschuwen, haar moeten laten luisteren. Hij had Matt moeten tegenhouden. Hij voelde zich verpletterd door een intens schuldgevoel, door het gewicht van dingen die niet uitgesproken waren.

'Byron, ik weet niet wat ik moet doen.'

'Moet je iets doen?' zei hij. 'Je hoeft niet meteen te beslissen.'

'Ik kan zo niet meer leven.'

Hij hoorde het in haar stem. Ze had al een beslissing genomen. 'Je gaat het huis verkopen,' zei hij.

'Wat vind jij dat ik moet doen?'

Hij wist niet hoe hij moest reageren. Hij had werkeloos toegekeken terwijl Matt haar in de ellende stortte. Hij zou altijd bij haar in het krijt staan, ook al wilde ze dat niet inzien. En wat kon hij haar bieden? Terugkomen en houthakken? Konijnen villen? Onder haar dak wonen? Als hij dat deed, zou hij nooit op gelijke voet met haar komen te staan, kon hij haar nooit iets anders geven dan erkentelijkheid.

Hij slikte moeizaam. 'Ik denk dat het verstandig is om er weg te zijn voor het winter wordt.'

Er viel een lange stilte.

'O.'

'Als dat is wat je vindt dat je moet doen.'

'Ik denk dat je gelijk hebt.' Ze kuchte. 'Hoe lang denk je dat je wegblijft?'

'Ik weet het niet. Luister – ik had het je willen vertellen zodra ik terug was, maar Frank zegt dat hij mogelijk een baan voor me heeft.'

'Daar? Een fulltimebaan?'

De subsidie was voldoende om loon uit te betalen, had Frank gezegd. En er was nog ander werk naast het bos. Byron had hem aan zijn strafblad herinnerd. 'Weerhoudt dat je ervan om met een zaag om te gaan?' had hij droog geantwoord.

'Er staat een fatsoenlijke stacaravan waarin ik kan wonen. Hij heeft het over minstens een halfjaar. Het is een goed aanbod.'

'Ja. Weet je... je kunt altijd bij ons logeren. Zolang je maar wilt. Je hoeft niet te denken dat je zo snel mogelijk weg moet.'

'Ik moet mezelf onderhouden, Isabel. Werk als dit ligt niet voor het oprapen.' Hij schopte tegen een steentje. 'En als je toch gaat verhuizen...'

Er viel opnieuw een stilte.

'Je gaat die baan dus definitief aannemen?'

'Ik denk het wel. Ik kan toch bij jullie langskomen. Thierry eens een weekend meenemen. Als je dat zou willen.' Hij probeerde de stilte te peilen.

'Ik weet zeker dat hij je dolgraag wil zien.'

Byron ging op een boomstronk zitten, vlak bij de vuurstenen muur die langs de kustweg liep. Er hing veel zout in de lucht door de zee; zijn ogen begonnen er ineens van te prikken.

'Lukt het je om terug te komen voor Kitty's feestje?'

'Ik heb nog aardig wat te doen, maar ik zal mijn best doen.'

Ze hing op.

Byron pakte zijn bijl en slingerde hem met een grom van woede het veld in.

Isabel legde de telefoon neer. Beneden waren de kinderen teruggekeerd van hun strooptocht en hadden versieringen gemaakt. Nu renden ze het grasveld op met slierten vlaggetjes achter zich aan en lachten toen Pepper er met stukken vandoor ging in het gouden licht van de ondergaande zon.

Ze konden weer gelukkig zijn, waren zelfs vrolijker dan ze in

Londen waren geweest. Voor hen had een onverantwoordelijke beslissing goed uitgepakt. Isabel kon niet zo dicht bij Matt en Laura blijven, nu ze wist dat elke blik die ze in de richting van het huis wierpen er een van hebzucht was, en dat de aanwezigheid van haar gezin altijd bezoedeld zou blijven met wat de McCarthy's meenden verloren te hebben.

Matt had overal zijn stempel op gedrukt. De paar delen van het huis die de Delanceys voor zichzelf opgeëist hadden, voelden niet langer meer aan als van hen.

Het hoefde niet zo erg te zijn, hield ze zichzelf voor. Ze konden verhuizen naar een huis in de buurt, zodat Kitty en Thierry op hun school konden blijven. Ze kon een stap terug doen en een huisje in een van de dorpen nemen. Het zou fijn zijn om zonder schulden te leven, zonder in de aarde te moeten wroeten voor hun eten. Ze moest wel eens lachen als ze mensen vertelde wat haar adres was en zag hoe ze haar opnieuw taxeerden, soms bijna eerbiedig werden. Wonen in het Grote Huis verleende je status. Zou je nog steeds zo aardig tegen me zijn als je me onkruid zag plukken voor het eten van de kinderen? vroeg ze hun in stilte. Als je mijn dochter eieren zag verkopen om de elektriciteitsrekening te betalen? In een nieuw, kleiner huis was het verbouwen van groenten misschien wel een aangenaam tijdverdrijf in plaats van een noodzaak. Ze zou nooit meer tegen een stuk gipsplaat hoeven aan te kijken.

Isabel zag Thierry in een boom klimmen om vlaggetjes aan een tak te hangen. Hij zou het er moeilijk mee hebben hier weg te moeten. Gebrek aan een badkamer was voor hem geen ramp geweest, maar de vrijheid van de bossen en Byrons vriendschap moeten missen zou een heel andere kwestie zijn.

Misschien zou Byron langs blijven komen, al vroeg ze het zich af. Hij had anders geklonken, nu hij hen niet langer nodig had, zelfverzekerder, afstandelijk, alsof hij al van hen vervreemd was. Doe alsjeblieft mijn zoon geen pijn, dwong ze hem in gedachten, en ze negeerde de mogelijkheid dat het misschien wel op haarzelf sloeg.

Ze draaide zich om en keek naar het gat in de muur van de ouderslaapkamer, een lelijk gapend gat. Dat grote stuk joeg haar meer angst aan dan bijna al het andere dat in het huis was gebeurd. De symboliek ervan overweldigde haar: het vooruitzicht van een toekomst met niets, een gat waar eens haar gezin en veiligheid waren geweest.

'O godallemachtig, het is maar een huis – een rothuis,' zei Isabel in de lege kamer en ze hoorde haar stem weerklinken tegen de gelakte vloerdelen. Het was tijd dat ze zichzelf eens flink onder handen nam. Het was hun huis niet. En als ze eerlijk tegenover zichzelf was, was het dat ook nooit geweest.

Ze sleepte een groot stuk gipsplaat voor het gat tussen de slaapkamer en de badkamer tot bijna het hele gat bedekt was. Ze haalde een boor van beneden en schroefde hem netjes op zijn plaats. Toen vond ze een oude ingelijste print, een lijntekening van José Carreras naar aanleiding van een Spaans muziekfestival en zette hem tegen de muur zodat alles bedekt was. Aan de kant van de badkamer hing ze een oud wit laken dat ze mooi drapeerde om de suggestie te wekken dat er iets fraais achter schuilging.

Ze zou de projectontwikkelaar bellen en hem naar zijn hoogste bod vragen. Daarna zou ze plaatselijke makelaars bellen voor een tweede en derde mening. Ze zouden ergens in een gewoon huis gaan wonen en hun tijd in het Spaanse Huis zou niet meer dan een eigenaardig intermezzo in hun leven worden. En ze zou ervoor zorgen dat hun laatste weken hier perfect zouden zijn. Kitty's zestiende verjaardag zou een sprookje worden. Het was een goede beslissing. Een verstandige.

Isabel bekeek haar inspanning met iets wat grensde aan tevredenheid. Toen liep ze met lichte tred de trap af naar de keuken, naar de doe-het-zelfboeken die ze enkele weken geleden uit de beperkte bibliotheekcollectie van Little Barton had geleend. Ze moest een bad installeren.

Niet ver van haar verwijderd nam Laura in haar garage ook besluiten over haar toekomst. Ze was er gekomen voor de grote koffer, maar werd afgeleid door de onverwachte chaos van Matts reservegereedschap. Ze was gaan opruimen. Het kon de macht der gewoonte zijn. Het kon ook zijn dat een deel van haar niet uit het huis weg wilde zonder dat het op orde was.

Ze duwde een hogedrukreiniger in de hoek en rolde twee lege

gastanks bij het bureau vandaan dat meneer Pottisworth hun beloofd had. Ze verzamelde het afval en gooide dat in een kruiwagen, klaar om verbrand te worden. Laura wist dat huishoudelijke karweitjes de meest doeltreffende manier waren om mentale chaos te lijf te gaan. Het kostte haar bijna twee uur om de ergste rommel op te ruimen. Toen stopte ze om de schappen met de keurige stapels te bekijken en de blikken verf met het etiket waarop stond in welke kamers ze gebruikt waren voor het geval er later nog iets bijgewerkt moest worden. Matt was er natuurlijk niet. Hij was weggelopen, had haar geroep genegeerd en zelfs Anthony, hoe kwaad hij ook op haar was, keek wel uit om hem achterna te gaan.

'Geef hem de tijd voor je met hem praat,' had Nicholas gezegd. Zijn zakdoek was doorweekt van het bloed, al was zijn neus nauwelijks gekneusd. 'Hij heeft een hoop te verwerken.'

Ze had niet geprobeerd hem te bellen. Ze was er al weken achter dat Matt toch niet opnam.

Nicholas was een uur daarvoor weggegaan. Ze hadden in de auto op het weggetje gezeten en hij had haar verteld hoe trots hij op haar was. Hij vertelde haar hoe hun leven eruit zou zien, over het geluk dat vóór hen lag. Het huis zou hun fortuin worden.

'Nicholas?' Ze concentreerde zich op haar handen die keurig gevouwen in haar schoot lagen. 'Je hebt me toch niet gebruikt, hè, om je rechtstreeks met de transactie te kunnen bezighouden?'

Hij was ontzet geweest. Ze hadden elkaar aangekeken en op dat moment zag ze de argwaan, het wederzijdse bedrog en wantrouwen dat hen had gebracht waar ze nu waren. Ze zag een huis vol pijn.

'Als ik van mijn leven iets eerlijks gedaan heb, dan ben jij dat wel,' zei hij.

Laura trok haar rubberhandschoenen uit, veegde haar handen aan een stuk keukenpapier af en liep de garage uit. Ze was nog niet klaar om het huis binnen te gaan. Daar zou ze herinnerd worden aan alles wat ze op het punt stond achter te laten, het gezin dat ze het punt stond op te breken, de beloften die ze op het punt stond te verbreken. Stomme dingen hielden haar bezig: wat moest ze doen met de familieschilderijen? Het zilver dat van haar tante was geweest? Zou ze de kostbaarste voorwerpen morgen meenemen, voor het geval Matt ze in een driftbui kapot zou maken? Wat zou Nicholas denken als ze met dozen vol erfstukken aan kwam zetten? Zou het op zich al een provocerende handeling zijn als ze ze weghaalde? Matt was zo helemaal zichzelf niet geweest. Hij was zo koel, zo afstandelijk geweest toen hij wegging. Nu hij wist dat ze iemand anders had, kon ze niet op zijn reactie anticiperen. En wat zou haar familie ervan vinden? Ze wilde Nicholas vragen waar ze zouden wonen tot hun nieuwe huis klaar was, maar als ze te veel vragen over zijn huis stelde, zou ze misschien kieskeurig klinken, alsof hijzelf niet genoeg voor haar was. Ze was niet eens in zijn Londense huis geweest. Stel je voor dat ze het vreselijk vond. Stel je voor dat ze erachter kwam dat ze niet in Londen kon wonen. En wat moest ze in vredesnaam met Bernie doen? Hij was te oud om zich aan het Londense leven aan te passen, maar ze kon niet van Matt verwachten dat hij voor hem zou zorgen. Hij was bijna nooit thuis. Moest ze Bernie laten inslapen ten gerieve van haar liefdesleven? Wat voor mens zou dat van haar maken? Toen Nicholas haar vroeg om bij hem te komen wonen, vermoedde ze dat hij het had gezien als een groots romantisch gebaar. Zo had zij het ook gezien. Als je een moeder van bijna veertig was met een thuis, een hond, een kind dat naar school moest en een plaats in het comité van het dorpshuis, kon je jezelf niet zomaar uit je leven losmaken door met een koffer in je hand de deur uit te lopen.

Terwijl ze daarover liep te tobben, merkte ze dat ze verbitterd dacht: dit is de reden dat Matt me niet aantrekkelijk meer vindt. Omdat ik me nooit overgeef aan hartstocht. Ik zal altijd degene zijn die zich op de achtergrond houdt en zich tobberig afvraagt of iemand die arme oude hond al eten gegeven heeft.

Laura ging de garage weer in. Ze stopte de juiste spullen in de recycledozen. Ze veegde de vloer van de garage en toen bleef haar blik rusten op het bureau van meneer Pottisworth. Het was een sneu oud meubelstuk van verschoten notenhout, met fineer waaruit stukjes waren en handvatten die verre van origineel leken. Ze zou het een houtwormbehandeling geven, boenen en naar binnen brengen. Dan kon ze haar eigen secretaire weghalen – die haar ouders haar voor haar achttiende verjaardag gegeven hadden – zonder zich al te schuldig te voelen. Matt had trouwens toch geen belangstelling voor meubelen, tenzij ze te zacht of niet zacht genoeg waren.

Ze trok haar rubberhandschoenen aan en liet haar blik over de planken gaan. Vervolgens haalde Laura bijna een uur lang met de grondigheid waar ze onder haar vriendinnen en buren om bekendstond, het victoriaanse bureau uit elkaar. Ze haalde elke lade er apart uit, maakte hem tot in de verste hoekjes schoon en bracht zorgvuldig de houtwormbehandeling aan tot het hout verzadigd was. Pas toen ze de laatste lade eruit haalde, hem omdraaide en ondersteboven op het bureaublad legde, zag ze het. Twee papieren, een paar keer gevouwen en willekeurig aan de onderkant geplakt.

Laura trok haar handschoenen uit en draaide voorzichtig de dop op het blik houtwormbehandeling om het giftige spul niet op haar vingers te morsen. Ze peuterde het plakband langzaam van de randen los, vouwde de papieren open en las ze met toegeknepen ogen in het gedempte licht van de garage.

Laura las het eerste document een keer en toen nog een keer, en keek naar het officiële stempel en het adres van de onbekende notaris. Toen las ze het nogmaals en het duplicaat ook nog eens. Ze keek even naar het vuur buiten. Als laatste las ze de aanvulling, die er met een blauwe balpen later was bijgeschreven. Het handschrift was van meneer Pottisworth – even houterig en onleesbaar als hijzelf was geweest.

Eens zien wat voor dame je werkelijk bent, mevrouw M.
Noblesse oblige, *nietwaar?*

24

Een boor, een werkbank, een tas met verschillende metalen gereedschappen die voor één mens bijna niet te tillen was – een decoupeerzaag, een elektrische zaag, twee waterpassen en een meetlint. Een schrijfblok, met de vellen vol afdrukken van gekrabbelde figuren, een transistorradio waaruit de batterijen ontbraken en een sweatshirt waarvan de vage geur haar herinnerde aan iets wat ze liever wilde vergeten. Isabel zette de laatste van die spullen in de hal en veegde haar stoffige handen aan haar korte broek af. Ze wilde geen spoor meer van hem in dit huis tegenkomen. Zodra het feest voorbij was, zou ze de spullen in een van de bijgebouwen zetten en een briefje bij zijn vrouw achterlaten dat hij ze daar kon komen ophalen.

Eén grote ham op een houten plank, acht stokbroden, een kaasplank en twee bladen van aluminiumfolie met fruit. Een kartonnen doos met de ingrediënten voor verschillende salades, twee zorgvuldig afgesloten dozen met gemarineerd vlees en vis, twee grote schalen rijst- en pastasalade. Eén krat met verschillende vruchtensappen en twee flessen champagne.

'O, mijn god,' fluisterde Kitty toen de Neven hun auto uitlaadden. 'Is dat allemaal voor ons?'

'Wacht even met je mooiste complimenten, schat. Je hebt het *pièce de résistance* nog niet gezien,' zei Henry. Hij bukte zich en haalde van de hoedenplank een vierkante zilveren voet met een enorme taart. Een figuurtje van marsepein met een pagekapsel stond in het midden en deelde zilveren snoepballetjes aan kippetjes uit. 'Van harte gefeliciteerd, meiske.' Hij straalde.

'Dit,' fluisterde Kitty, 'is vet ziek.'

'Is dat het hedendaagse taalgebruik van een jongere?'

'Ik geloof warempel dat ze hem mooi vindt,' zei Asad.

'Ik kan niet geloven dat jullie dit voor mij gedaan hebben!'

'Tja,' zei Henry terwijl hij voorzichtig over het gras naar de schragentafel liep, 'iedereen hoort een fantastische zestiende verjaardag te hebben. Vanaf hier gaat het allemaal bergafwaarts, weet je.'

Twee mooie pakjes, twee spijkerbroeken, een cocktailjurk en verschillende setjes gloednieuwe lingerie van La Perla, een paar degelijke warenhuisonderbroeken voor dagelijks gebruik. Laarzen, schoenen, sportschoenen, een zijden nachtjapon en een nieuwe pyjama. Een waszak, een föhn met hulpstukken, een fotoalbum en vier sepiakleurige familiefoto's in zilveren lijstjes. Een sieradenrol. Een zilveren theepot. Een geboortebeker en een porseleinen potje met Anthony's eerste tandje. Een map met investeringspapieren, bankafschriften, deelcertificaten, haar paspoort en rijbewijs. De aktes van het huis, voor het geval dat. Verder was er geen ruimte meer geweest. Dat was het: haar leven in een Samsonite-koffer van één twintig bij één vijftig.

Laura ging er in de hal bovenop zitten, haar jasje op haar schoot, en speelde met haar horlogebandje terwijl ze voor de honderdste keer naar de wijzers keek. De hond lag vredig snurkend aan het eind van zijn riem aan haar voeten, zich niet bewust van de radicale verandering die zijn leven zou ondergaan. Ze bukte zich en aaide hem over zijn fluwelige vacht terwijl ze de tranen wegknipperde die erop dreigden te vallen.

Anthony ging niet mee. Hij ging bij zijn oma logeren, had hij die ochtend aangekondigd.

'Maar ik dacht dat je met mij meeging.'

'Nee, dat was wat jij dacht. Niet wat ik dacht.'

'Je zou Londen geweldig vinden. Ik heb je al verteld dat het fantastisch zal zijn. Je krijgt je eigen kamer en –'

'En ik ga uit mijn eigen huis weg? Bij al mijn maten vandaan? Nee, mam. Je hebt het over jóúw leven. Ik ben oud genoeg om mijn eigen keuzes te maken. En ik heb besloten om hier te blijven.'

'Je kunt niet altijd bij oma blijven. Daar word je gek.'

'Dan ga ik naar mevrouw Delancey. Ze zei dat ik best in haar logeerkamer mag slapen, als ik een beetje rommel op de koop toe neem. Ze hebben blijkbaar onverwacht een kamer over.'

Het huis van Isabel Delancey? 'Waarom zou je daar willen logeren?' Bij het idee alleen al viel ze bijna om.

'Omdat ze het niemand moeilijk maakt,' had haar zoon geantwoord. Hij had zijn wollen muts op, al was het buiten bijna zesentwintig graden. 'Ze gaat gewoon haar gang. Ze zeurt Kitty niet aan haar hoofd. Ze leidt haar eigen leven.'

Als dat bedoeld was om te kwetsen, dan was het raak geweest. Laura wist nu hoe erg ze die vrouw haatte. Ze had haar niet alleen moeiteloos haar man afgepakt, maar ook haar zoon.

'Je weet toch dat ze een verhouding met je vader heeft?' had ze gesputterd toen ze het oneerlijke ervan niet langer kon verdragen.

Zijn geringschatting was verpletterend geweest. 'O, doe niet zo stom,' sneerde hij. 'Jij was er zelf bij. Je hebt gehoord wat hij met haar huis gedaan heeft. Ze haat pa.' Hij lachte vreugdeloos. 'Je zou in zekere zin kunnen zeggen dat hij haar genaaid heeft.'

'Anthony!'

'Ik vond het altijd rot als pa zei dat je paranoïde was,' had hij gezegd. 'Nu denk ik dat hij misschien gelijk had.' Hij had zijn hand opgestoken toen ze protesteerde, was langs haar geschoven en naar buiten gegaan. 'Bel me als je deze kant weer eens op komt. Ik denk niet dat ik binnen afzienbare tijd naar Londen zal gaan.'

Ze had zijn voetstappen op het grind van de oprijlaan horen wegsterven en had geprobeerd om de snik die in haar opwelde in te slikken.

Hij zou wel weer bijtrekken, hield ze zichzelf resoluut voor terwijl ze de overgebleven foto's op het haltafeltje rechtzette. Een paar weken bij zijn oma en zijn vader en hij zou wel anders piepen. Ze moest er niet aan denken dat hij in het Spaanse Huis zou gaan wonen. Als ze dat wel had gedaan, zou ze haar koffer de bossen in hebben geslingerd en hem gillend achterna zijn gegaan.

De hond hief zijn kop toen de bel ging. Ze deed de deur open terwijl ze probeerde Nicholas niet de roodheid van haar ogen te laten zien. 'Ben je klaar?' Hij kuste haar en keek naar de koffer. 'Is dat alles?'

'Voorlopig,' zei ze. 'En... de hond. Als je het niet erg vindt. Ik weet dat we het niet over hem hebben gehad.'

'Al nam je de paarden mee,' zei hij luchtig. 'Ik denk dat we er nog wel twee op het terras kunnen persen als we ons best doen.'

Ze begon te lachen, maar het ging over in een snik. Ze liet haar hoofd in haar handen zakken.

'Hé... hé... sorry. Het is goed.'

'Nee,' zei ze tegen zijn borst. 'Dat is het niet. Mijn zoon haat me. Hij gaat bij die vrouw wonen. Ik kan niet geloven dat hij bij die vrouw gaat wonen.'

Nicholas sloeg zijn armen om haar heen. 'Nou, het zal niet voor lang zijn,' zei hij na een tijdje.

'Wat bedoel je?'

'Hopelijk zijn we binnenkort eigenaar van dat huis. Dus in theorie woont hij dan nog steeds onder jouw dak. Ons dak.' Hij bood haar een zakdoek aan. Ze nam hem aan en veegde ermee over haar ogen. 'Linnen... dezelfde?'

'Mijn gelukszakdoek.'

Ze vouwde hem netjes op. Probeerde met vaste stem te praten. 'Heeft ze dan ja gezegd?'

'Niet direct...' Hij keek haar onderzoekend aan. 'Ik heb haar vanochtend gesproken en toen ik zei dat ik deze kant uit kwam, zei ze dat ik maar eens moest komen praten.'

'Je denkt dat ze het wil verkopen?'

'Ik kan geen andere reden bedenken waarom ze me zou willen spreken, jij wel?'

'Ze wil jou vast ook verleiden.' Ze snoof.

Nicholas streek haar haar uit haar gezicht. 'Ik denk dat ik immuun ben voor haar charmes. Je mag mee, als je dat wil. Om ervoor te zorgen dat ik me gedraag.'

Hij tilde haar koffer op en zette hem achter in de auto. Laura deed de deur achter zich dicht en probeerde niet te denken aan wat dat betekende. Ze spoorde Bernie aan om op de achterbank te springen en ging zelf voorin zitten. Het was een andere auto dan die oude die hij had, chiquer. De portieren sloeg met een deftig gedempte klap dicht.

'Toch maar niet,' zei ze.

'Wat niet?'

'Ik denk niet dat ik meega. Ik wil haar niet zien. Ik wil hen niet zien. Ik wil dat verdomde huis niet eens zien.' Ze staarde ongelukkig naar het dashboard. 'Praat jij maar met haar. Ik wacht wel in de auto.'

Nicholas pakte haar hand. Hij zag eruit, vond ze, alsof niets hem van zijn stuk kon brengen. 'Het komt allemaal goed.' Hij kuste haar vingertoppen. 'Vandaag zou het sowieso de ellendigste dag zijn geworden. Anthony trekt wel bij.'

Ze hield haar andere hand in haar zak, met daarin het papier dat door haar gevoel van wat juist was, van wie ze was, heen was gebrand.

Laura beet op haar lip toen de auto van de oprijlaan naar de afslag naar het Spaanse Huis reed. Ze was dankbaar voor Nicholas' zekerheid. Dat wilde niet zeggen dat hij gelijk had.

Wie had kunnen denken dat je zo kon genieten van iets simpels als koffiezetten in je eigen keuken? Byron pakte een beker uit het kastje en liet tevreden zijn blik door de stacaravan dwalen. Hij was niet bepaald luxueus, maar ook niet benauwd. Hij was licht en schoon en, het allerbelangrijkste, hij was van hem. Zijn kleren in de laden, zijn wasspullen in de badkamer. Zijn krant die hij van precies dezelfde plaats kon pakken als hij terugkwam van zijn werk. Het was een plek die hij 'thuis' kon noemen, al was het maar voor even.

Zijn honden lagen uitgeput op hun zij. Hij wreef in zijn ogen en probeerde zijn eigen vermoeidheid met behulp van wilskracht te verdringen. Hij had overwogen om een dutje te doen, maar wist uit ervaring dat het wakker worden zo zwaar zou zijn dat het makkelijker was om het helemaal zonder slaap te doen.

Twee scheppen koffie zouden het 'm moeten flikken. Hij moest zo veel mogelijk cafeïne in zich hebben. Hij deed er ook nog eens een hoop suiker in.

Net toen hij wilde gaan zitten, werd er nijdig op zijn deur geroffeld. Hij stond vermoeid op en deed open. Frank zwaaide met een papier, zijn verweerde gezicht paars van woede. 'Wat betekent dit?'

'Ik wilde je niet storen,' zei Byron. 'Je zei dat je de administratie aan het doen was.'

'Je bent hier nog maar vijf minuten. Dacht je nou echt dat je er zomaar weer vandoor kon?'

'Frank –'

'Hou op met je gefrank. Ik geef je een kans, een plek om te wonen, laat je mee-eten en nu al maak je misbruik van me. Ik ben niet van gisteren, Byron Firth.'

'Luister –'

'Nee, jíj moet luisteren. Ik neem je aan om dat hele bos zo snel mogelijk tot op de stronk te kappen. Als je dacht dat je me een beetje kon dollen door elke keer achter de meiden aan te gaan en zo, dan heb je het goed mis.'

Hij keerde zich af en schoof zijn pet op zijn achterhoofd. 'Misschien had ik moeten luisteren naar wat iedereen zei. "O nee," zei Muriel. "Geef die jongen een kans. Hij was altijd zo'n goeie knul voor..." Afijn, ik vind wel iemand anders,' mopperde hij en hij stapte kwaad weg.

'Maar ik heb het gedaan,' zei Byron.

'Wat gedaan?'

'Het bos.'

Frank bleef abrupt staan. 'Al die zes hectaren?'

'Ja. Het hazelaarshout ligt achter de boerenschuur opgestapeld. Zoals we afgesproken hadden.'

Frank droeg altijd dezelfde stofjas of het nu min tien of plus dertig graden was. Nu gingen de versleten schouders vol ongeloof omhoog. 'Maar –'

'Ik heb de hele nacht doorgewerkt.' Hij gebaarde naar het papier. 'Je hebt het niet tot het eind toe gelezen. Ik heb iemand beloofd dat ik er op haar verjaardag zou zijn. Doorwerken was de enige manier waarop dat kon. Ik ben gisteren na het eten teruggegaan.'

'Je hebt het allemaal vannacht gedaan? In het donker?'

Byron grinnikte.

Frank las het briefje nog een keer en begon geleidelijk te glimlachen. 'Schiet mij maar lek. Jij bent altijd een verhaal apart geweest, Byron Firth. En je bent geen greintje veranderd. Jezusmina. De hele nacht doorgewerkt.' Hij liet een hard 'Ha!' horen.

'Dus je vindt het goed dat ik ga? Ik ben maandagochtend terug.

Om aan dat stuk van negen hectare te beginnen.' Byron nam een slok van zijn koffie.

'Je kunt zelf je tijd indelen, jongen. Als je maar niet verwacht dat ik opdraai voor de batterijen van je zaklamp. Ha! De hele nacht doorgewerkt, hè? Wacht maar tot ik het Muriel vertel. Ik denk dat ze wel iets in de oven heeft staan.'

Ze kwamen vroeg opdagen, zoals Kitty al verwacht had. Haar nieuwe vrienden die uit auto's kwamen geduikeld die op de oprijlaan keerden, of in giechelende groepjes vanachter de bomen aan het eind van het weggetje tevoorschijn kwamen. Ze zwaaide uitnodigend naar hen, blij om er eindelijk bij te horen. Ze schaamde zich niet langer voor de staat van het huis, nu iedereen zich concentreerde op het meer en hoe snel ze erin konden springen. Haar moeder had haar de avond tevoren verteld dat ze waarschijnlijk weer zouden verhuizen. Toen ze eraan toegevoegd had dat ze wel in het dorp zouden blijven, dat Kitty niet van school hoefde te veranderen, had Kitty zich bijzonder opgelucht gevoeld. Ze voelde zich hier nu op haar plaats. Dit was thuis.

'Gaat het een beetje?' vroeg ze aan Anthony, die met een afgewend gezicht lusteloos tegen een rubberbootje duwde.

'Ze komt wel terug,' zei ze en ze sloeg haar arm om zijn schouders. 'Ze zal niet zonder jou kunnen.'

'Ik heb haar gezien,' zei hij. 'Ze had haar koffer in de hal staan.'

Kitty wist hoe het was om een ouder kwijt te raken. Ze wist niet hoe het zou voelen als er een vrijwillig bij je wegging, en Anthony was zo ongelukkig dat ze bang was om het verkeerde te zeggen.

Ze bleven een tijdje zo zitten, met hun voeten bungelend in het water. Om hen heen fladderden koolwitjes op een nauwelijks merkbaar zuchtje wind en een iriserende libel zweefde maar een paar centimeter van hun voeten terwijl de uitpuilende ogen elk detail van de mensen op de oever in zich opnamen.

Hij fladderde weg en Kitty keek Anthony aan. 'Het wordt beter,' zei ze en hij keek haar vanonder zijn wollen muts aan. 'Het leven. Het kan soms heel erg klote zijn, en net als je denkt dat het altijd zo zal blijven, verandert het.'

'Wat hebben we hier?' zei hij. '*Het Kleine Huis op de Prairie*?'

'Vorig jaar rond deze tijd,' zei ze, 'dacht ik dat mam, Thierry en ik nooit meer gelukkig zouden worden.'

Hij keek naar haar ogen – en naar haar moeder die met de man in het pak aan het praten was en een ketting van verlepte madeliefjes om haar nek had, en naar haar broertje dat stokken in het meer gooide zodat de hond ze kon ophalen.

Ze sloeg haar armen om zijn middel, omdat ze het gevoel had dat de aanraking van een ander mens zijn ellende kon verzachten. Ze glimlachte en na een tijdje glimlachte hij terug – alsof ze hem iets liet doen wat hij niet wilde. Toen lachte ze. Ze kon hem aan het lachen maken. Ze was zestien. Ze kon alles.

'Kom,' zei ze terwijl ze zich van hem losmaakte en zijn muts van zijn hoofd trok. 'Laten we gaan zwemmen.'

Het was weer net als met meneer Cartwright, vond Isabel. Ze zat stilletjes te luisteren terwijl een man haar geduldig dingen uitlegde alsof hij niet verwachtte dat ze het zou begrijpen.

'Het nieuwe project wordt helemaal in overeenstemming met de omgeving gebouwd. Idealiter zou ik de ommuurde tuin willen laten zoals hij is en de huizen met uitzicht op het meer neerzetten. Het wordt nieuwbouw, maar overeenkomstig de omgeving.'

'U zou het huis en het land wel meteen willen kopen. We zouden hier helemaal weg moeten.'

'Niet noodzakelijkerwijs. Als u geïnteresseerd zou zijn in een van de huizen van het project, dan kunnen we dat in de overeenkomst opnemen als een voorkeursrecht.' Het schrijfblok met de cijfers lag op de oude tafel voor haar terwijl ze naast meneer Trent zat, zijn lichte linnen pak misplaatst naast de oude dekstoelen en de roestige steigers. Hij stak een hand in zijn zak. 'Ik weet niet hoe goed u op de hoogte bent van de plaatselijke vastgoedmarkt, dus ik heb een paar andere nieuwbouwprojecten opgezocht om u een idee te geven van de globale bedragen.' Hij gaf haar nog een papier.

'En dit is wat het land in al die gevallen waard was?' vroeg ze.

'Daar komt het wel op neer. Dat is wat de eigenaren voor het huis en het land gekregen zouden hebben, en in de meeste gevallen zijn de gebouwen die erop stonden gesloopt.'

'Als dit landgoed uniek is, zoals u zegt, dan is dit geen goede richtlijn.'

'Het valt niet mee om aan nuttige vergelijkingen te komen.'

'U denkt dat er vraag zal zijn naar huizen in een streek als deze? Op een zo afgezonderde plek?'

'De Bartons en omgeving beginnen een aantrekkelijke streek voor forenzen te worden. Dankzij het meer zijn kopers die op zoek zijn naar een tweede huis wellicht ook geïnteresseerd. Ik beschouw dit als een weloverwogen risico.'

Isabel keek achterom naar het huis dat minzaam achter de steigers stond, de rode baksteen warm in de ochtendhitte. Om hen heen zong een lijster een lome toonladder en eenden doken naar iets achter het riet. Op het gras waren tieners zwemkleding aan het aantrekken of opgewonden commentaar aan het leveren op Kitty's cadeaus. Het was mogelijk dat hij aarzeling, misschien zelfs spijt, van haar gezicht las, want hij legde zijn hand op haar elleboog en sprak op dringende toon.

'Mevrouw Delancey, ik zal openhartig zijn op een manier die niet noodzakelijkerwijs verstandig is voor een man in mijn positie. Dit huis, deze omgeving zijn heel bijzonder voor me.' Hij leek nu weinig op zijn gemak, alsof eerlijkheid iets nieuws voor hem was. 'Ik kan aan niets anders meer denken sinds ik het gezien heb. Maar zoals het er nu bij staat, geloof ik niet dat het het waard is om nog meer geld in het huis te steken.'

'Waarom zou ik u geloven, meneer Trent, terwijl ik kennelijk onverstandig genoeg ben om anderen te geloven?'

Hij aarzelde een ogenblik. 'Omdat het geld lonkt. Als u aan mij verkoopt, dan garandeer ik dat u financieel veilig zult zijn en ook de optie krijgt om in deze omgeving te blijven wonen, als u dat wilt.'

'Meneer Trent, u zult begrijpen dat ik als... alleenstaande ouder mijn best moet doen om voor mijn kinderen te zorgen.'

'Natuurlijk.' Hij glimlachte.

'Dus dacht ik aan een bedrag in deze richting.' Isabel krabbelde wat op het schrijfblok en leunde achterover terwijl meneer Trent ernaar staarde.

'Dat... dat is nogal een bedrag.'

'Dat is mijn vraagprijs. Zoals u zelf zegt, meneer Trent, het is een heel bijzondere omgeving.'

Hij was overdonderd, maar het kon haar niets schelen.

Thierry verscheen bij haar schouder. 'Mam.'

'Een momentje, T.'

'Mag ik een hol in huis maken?'

Ze trok hem naar zich toe.

De afgelopen paar dagen was hij bezig geweest Byrons aanwezigheid in huis na te doen. Hij was hakhout aan het sprokkelen geweest, had eten en haardhout verzameld, en nu natuurlijk het hol. Ze begreep het. Ze voelde Byrons afwezigheid ook. 'Wil je niet met de anderen gaan zwemmen?'

'Straks.'

'Nou, vooruit dan maar,' zei ze. 'Als je er een in het ketelhuis wil maken, neem dan niet al mijn goede bekers en borden mee, hè?'

Terwijl hij wegrende, wendde ze zich weer tot meneer Trent. 'Dat is het, meneer Trent. Dat is wat ik nodig heb om weg te gaan. Dat is de prijs voor het opnieuw uit hun vertrouwde omgeving halen van mijn kinderen.'

Hij begon te hakkelen: 'Mevrouw Delancey, u beseft toch wel dat dit huis u een kapitaal kost om te renoveren?'

'We leven nu al maanden in een puinhoop. We trekken ons er niets meer van aan.' Ze dacht aan het bad waaraan ze vanochtend de laatste hand had gelegd. Ze had de laatste moer aangedraaid, de kranen opengedraaid en gekeken hoe het aanvankelijk roestkleurige water helder werd en gorgelend door de afvoer wegliep. Het had haar net zo tevreden gestemd als het onder de knie krijgen van een ingewikkelde symfonie.

Hij staarde naar het papier. 'Dit is beduidend hoger dan de marktwaarde.'

'Zoals ik begrepen heb, is de marktwaarde domweg wat iemand bereid is ervoor te betalen.'

Ze zag dat hij van slag was. Hij wilde het huis. En zij had haar rekenwerk gedaan. Ze had berekend wat het absolute minimum was dat ze nodig had om iets behoorlijks te kunnen kopen, en om haar gezin een buffer te geven.

En toen had ze er nog een beetje bij gedaan.

'Dat is het bedrag. Als u me nu wilt verontschuldigen, ik moet met het feest gaan helpen.'

Het was weer net als met meneer Cartwright, dacht ze, alleen begreep ze nu wat er gaande was. Beter dan iemand zich had kunnen voorstellen.

'Ik kijk nog één keertje rond, als u het goedvindt,' zei Nicholas Trent, die pufte terwijl hij zijn papieren bij elkaar pakte. 'Dan kom ik terug en laat het u weten.'

Kitty had het amper kunnen geloven toen mam haar vertelde wat ze gedaan had.

'Heb je dat zelf gedaan? En alles doet het?'

Isabel had haar handen opgestoken. 'Loodgietershanden,' had ze gezegd en haar dochter geknuffeld die onder het kroos in een oude handdoek gewikkeld was. Ze vertelde haar niet over de uren die ze vloekend over onbegrijpelijke tekeningen gebogen had gezeten, draaiend aan moeren die te strak aangedraaid waren, het water dat regelmatig ontsnapte en haar doorweekt had. 'Gefeliciteerd, schat. Ik heb ook nog lekker badschuim voor je.'

'O, mijn god, een heus bad. Mag ik er nu in? Hebben we warm water en zo?'

'Nu?' zei Isabel. 'Maar je feest is in volle gang.'

Kitty keek rillend achterom naar haar vrienden die bezig waren elkaar uit bootjes te duwen. 'Ze merken het niet als ik een halfuurtje weg ben. En dan kan ik meteen dat groene spul afspoelen. O, mijn god, een bad! Een echt bad!' Ze sprong op en neer van blijdschap, haar zestienjarige dochter die haar kinderlijke vreugde niet kon inhouden.

'Ga dan maar,' zei Isabel. 'Dan dek ik de tafel wel voor de lunch.'

Kitty rende het huis in en nam de trap met twee treden tegelijk. Ze zou snel een bad nemen, haar haar wassen en heerlijk ruikend en mooi aan de lunch zitten terwijl iedereen uit het water kwam. Ze deed de badkamerdeur open en glimlachte toen ze zag wat haar moeder had gedaan. Er stonden gloednieuwe flessen van haar favoriete dure shampoo en conditioner op de rand van het bad. Ze hadden maandenlang spul uit de supermarkt gebruikt. Op de vloer stond een fles Frans badschuim met een rode strik eromheen, en daarnaast lag een zachte witte handdoek. Er lag keurig een badmat op de vloer. Kitty pakte de fles, draaide de dop los, snoof en liet de dure geur diep in haar neus dringen.

Toen deed ze de glimmende koperen stopper in het afvoerputje en draaide de kranen open. Het water kwam er in een donderende straal uit zodat de spiegel van het kastje erboven meteen besloeg. Kitty deed de badkamerdeur op de grendel, trok haar badpak uit en wikkelde zich in de handdoek die ze vanuit de tuin had meegenomen. Ze wilde niet dat er groen slijm op de nieuwe handdoek kwam. Terwijl ze wachtte tot het bad vol was, liep ze naar het raam.

Buiten was haar moeder borden op de schragentafel aan het zetten terwijl ze met Asad kletste die een salade aan het maken was. Henry nam een slokje wijn en riep iets naar een groep meisjes in het water waarom ze allemaal moesten lachen. Hij gooide een bal in het water en mompelde toen iets tegen haar moeder die ook lachte. Zo'n echte schaterlach, zoals ze vroeger liet horen toen Kitty's vader nog leefde.

Kitty voelde de bekende tranen prikken en veegde ze weg. Het zou goed komen. Voor het eerst sinds het overlijden van haar vader had ze het gevoel dat het goed zou komen. Mam nam tegenwoordig het heft in handen, zodat Kitty zestien kon zijn. Alleen maar zestien.

Ze zag Thierry stiekem een bord volladen met eten en naar het ketelhuis wegglippen. Ze bonkte op de ruit om hem te laten weten dat ze wist wat hij aan het doen was. Hij stak zijn tong uit en ze lachte, een geluid dat maar net boven het geraas van het water uitkwam.

Toen hoorde ze een wrikkend geluid en ze deinsde achteruit.

Kitty draaide zich om en zag nog net het witte gordijn achter het bad wapperen toen erachter een klap klonk. Ze slaakte een kreet toen Matt McCarthy het gordijn opzij deed.

'Wat – wat doe jíj hier?' gilde ze terwijl ze de handdoek steviger om zich heen trok.

Hij bukte zich om door het gat te klauteren en streek toen hij in de badkamer stond met een stoffige hand over zijn hoofd. 'Ik ga dit gat maken,' verkondigde hij kalm. Hij was ongeschoren en had zijn gereedschapsriem om zijn middel vastgemaakt.

Kitty deed een onwillekeurige stap naar achteren. 'Matt, je kunt hier niet blijven. Ik wil net in bad gaan.'

'Ik moet het in orde maken. Die kamer was prachtig. Hij kan zo niet blijven.'

Haar hart ging zo tekeer dat het geluid van het stromende water werd overstemd. Ze zag haar badpak op de vloer liggen en wou dat ze iets onder haar handdoek aanhad.

'Ga alsjeblieft weg, Matt.'

'Ik ben zo klaar.' Hij hurkte en ging met zijn vingers over de rand van het gat. 'Ik hoef dit alleen maar op te vullen. Ik zou geen beste bouwvakker zijn als ik hier een groot gat liet zitten, hè?'

Kitty schuifelde naar de deur.

Hij kwam ineens overeind. 'Wees maar niet bang, hoor, Kitty. Ik zal je niet in de weg lopen,' zei hij. En glimlachte.

Kitty's onderlip trilde. Ze dwong in gedachten haar moeder om boven te komen, of Anthony – of wie ook. Iemand moest hem naar binnen hebben zien gaan. De muren van het vertrek leken haar in te sluiten, de vage echo van de stemmen buiten een miljoen kilometer ver weg.

'Matt,' zei ze rustig terwijl ze de trilling in haar stem probeerde te onderdrukken. 'Ik wil nu echt dat je gaat.'

Hij scheen haar niet te horen.

'Matt,' zei ze nogmaals, 'ga alsjeblieft weg.'

'Weet je,' zei hij, 'je lijkt zo op je moeder.'

Toen hij zijn hand uitstak om haar gezicht aan te raken, vloog Kitty naar de deur. Ze drong zich langs hem, worstelde met de grendel en rende met een gesmoorde kreet de trap af naar de hal, zonder te weten of hij haar achterna kwam. Ze wrikte aan het slot van de voordeur en was buiten. Ze rende over het gras, een snik nog in haar keel.

'Het heeft geen zin om het mij te vragen,' zei Henry. 'Ik ben een cultuurbarbaar op muziekgebied. Als het op het eind niet iets droevigs heeft, hoeft het voor mij niet.'

'Hij is maar een heel klein genetisch stapje van Judy Garland verwijderd,' zei Asad, die huishoudfolie van een andere schaal haalde. Enkelen van Kitty's vrienden waren uit het water gekomen en droogden zich af of hingen hoopvol bij de tafel met eten rond.

'Ik geloof niet dat ik een liedje van Judy Garland kan spelen,' zei ze. 'Er liggen daar nog meer handdoeken als iemand er een nodig heeft.'

'Speel je alleen maar klassieke muziek?' Asad legde de opscheplepels in het midden van de tafel en stak een olijf in zijn mond.

'Ja. Maar het hoeft niet somber te zijn.'

'Ik geloof niet dat klassieke muziek dezelfde soort muzikale dramatiek heeft die je bij een musicalliedje hoort,' zei Henry. 'Ik bedoel, ik denk niet dat ik er ook maar een traan om zal moeten laten.'

'Emotionele dramatiek? Meneer Ross, u bent slecht op de hoogte.'

'Denk je dat je mij aan het huilen krijgt? Met je viool?'

Isabel lachte. 'Stoerdere mannen dan jij zijn omgegaan,' zei ze.

'Nou, vooruit dan.' Henry pakte een theedoek. 'Ik daag u uit. Doe uw best, mevrouw D. Wring me uit.'

'O, maar ik ben er helemaal uit. Ik heb al maanden niet meer behoorlijk gespeeld.'

'Dat kan ons niets schelen.'

'Mijn viool ligt in de keuken.'

'Niet meer.'

'Ik krijg het gevoel dat er een spelletje met me wordt gespeeld,' zei ze.

De twee mannen gniffelden.

'We moesten ons ervan verzekeren dat we onze eigen privévoorstelling zouden krijgen,' zei Henry. 'Je hebt nou niet bepaald met kaartjes lopen zwaaien. Vooruit. Een vluggertje. Anders zou het onbeleefd zijn, gezien het feit dat je dochter jarig is en zo.'

Isabel legde de viool onder haar kin. Toen haalde ze haar strijkstok over de snaren en liet de eerste noten van Elgars Vioolconcert in B-mineur de middagzon in zweven.

Ze ving een glimp op van de verrukte gezichten van Asad en Henry, en toen deed ze haar ogen dicht om zich te concentreren, om zich de muziek te herinneren. Ze speelde en ineens leek haar viool niet meer zo inferieur. Hij bezong haar verdriet om uit het huis weg te moeten, om de afwezigheid van haar man, om de man die ze dacht dat hij was. Hij bezong de pijn van het moeten missen van iemand van wie je niet geweten had dat je hem zou missen.

Ze deed haar ogen open en zag dat Kitty's gasten uit het water waren gekomen en op het gras waren gaan zitten. Ze waren stil en luisterden, kennelijk gebiologeerd. Ze ging anders staan en toen ze het eerste deel afsloot, zag ze hem tussen de bomen en vroeg zich af of ze het zich ingebeeld had. Hij stak zijn hand op en ze glimlachte, een brede, spontane, stralende lach.

Henry en Asad draaiden zich om om te zien naar wie ze glimlachte en gaven elkaar stiekem een por.

Hij glimlachte naar haar terug. Hij was niet haar man, maar dat gaf niet.

'Je bent gekomen,' zei ze en ze liet de viool zakken. Hij zag er moe uit, vond ze, maar tevreden. Zijn baan had iets goedgemaakt.

'Ik kom Kitty een cadeautje brengen,' zei hij. 'Mijn zus heeft het uitgekozen. Ik kan niet zeggen dat ik veel weet van wat meisjes leuk vinden.'

'Ze zal het geweldig vinden,' zei Isabel. Ze bleef maar naar hem kijken. 'Ik ben zo blij dat het je gelukt is. Echt.'

Alle oude onbeholpenheid was verdwenen. Hij stond weer kaarsrecht. 'Ik ook,' zei hij. Ze realiseerde zich dat hij imposant was, nu hij uit Matts schaduw gestapt was.

Ze bleven tegenover elkaar staan en merkten niets van de nieuwsgierige blikken.

'Zo is het wel mooi, hoor,' zei Henry terwijl hij met zijn hand naar Isabel wapperde. 'Ga zitten, Byron. Je hoeft haar niet te laten stoppen. Ik was me net zo heerlijk droevig aan het voelen.'

Byron grinnikte. 'Sorry,' zei hij. 'Waar is Thierry?' Hij was Isabel blijven aankijken en ze realiseerde zich dat ze bloosde.

Ze hief haar viool naar haar schouder. 'De keuken of het ketelhuis of zo. Hij is bezig een... een hol te maken.' Hij trok een wenkbrauw op. Het was nu een grapje tussen hen tweeën, bedacht ze. Geen bron van spanning meer.

Hij liet zich op het gras zakken en strekte zijn lange benen. Zij richtte haar blik op de Neven en hervatte haar spel. Ze probeerde zich op de muziek te concentreren en niet te denken aan wat zijn terugkeer kon betekenen. Het kan me niet schelen wie hij is, wat hij heeft gedaan toen hij iemand anders was, dacht ze. Ik ben gewoon blij dat hij er is. Ze deed haar ogen dicht en liet zich onderdompelen in de muziek, bang dat, als ze de noten niet had om haar gevoelens achter te verbergen, ze al te doorzichtig zou blijken, al te zichtbaar voor haar publiek.

Ze hield van het tweede deel, van het warme aanzwellen en wegvloeien van de klanken, van de mijmerende, melodieuze toon. Het was nu, met de hartverscheurende lage tonen naar het einde toe, dat ze begreep waarom ze onbewust dit stuk had uitgekozen. Die frase, de gepassioneerde bitterzoete tonen voor het eind van het deel, suggereerde een nieuw besef dat er geen terugkeer naar het verleden was. Elgar zelf had gezegd dat het 'te emotioneel' was, maar ook dat hij het mooi vond.

Ze deed haar ogen open. Daar zaten Asad, zijn hoofd mijmerend in zijn nek, en Henry, naast hem, die stiekem zijn hand over zijn ogen haalde. Ze liet de laatste noten zweven om het moment zo lang mogelijk te rekken.

'Zo,' zei ze terwijl ze haar viool liet zakken. 'Ik zei toch al dat ik je –'

De lucht werd bijna uit haar longen geperst toen haar dochter zich tegen haar aan liet vallen en Isabel met één hand naar zich toetrok terwijl ze met de ander haar handdoek vasthield. Ze snikte zo hard dat ze nauwelijks uit haar woorden kon komen.

'Kitty!' Isabel stapte iets naar achteren en keek haar dochter recht aan. 'Wat is er?'

'Hij.' Kitty worstelde om tussen haar snikken door te spreken. 'Matt McCarthy. Hij is in het huis.'

'Wat?' Byron sprong overeind.

Isabel keek naar het huis. En toen ze zich realiseerde dat haar dochter naakt was onder haar handdoek: 'Heeft hij je aangeraakt?'

'Nee...' zei Kitty. 'Hij was alleen... Hij was in de grote slaapkamer... Hij kwam door dat gat... Ik was bang voor hem.'

Isabel dacht razendsnel na. Byron en zij keken elkaar aan.

'Hij deed heel raar. Ik kon hem niet weg krijgen...' Kitty bleef zich aan haar vastklampen.

'Wat zullen we doen?' Asad was naast haar komen staan.

'Ik weet het niet,' zei ze.

'Wat speelt hij voor spelletje?' Er verhardde iets in Byrons gezicht en zijn lichaam spande zich. Ineens was ze bang, niet vanwege zijn verleden, maar om wat hij ter wille van haar zou doen.

'Hij zei dat hij het huis wilde repareren,' zei Kitty. 'Het gat. Hij was niet normaal, mam. Hij was –'

'Thierry,' zei Byron en hij rende over het gras naar het huis.

Boven in de badkamer wreef Matt met een vinger over de ruit en gluurde naar het groepje mensen beneden. Hij zag Isabel naar boven kijken en had durven zweren dat ze zijn blik opgevangen had. Nu zou ze komen.

Misschien konden ze nu praten.

Hij lette niet op het waterpeil in het gietijzeren bad dat was blijven stijgen nadat Kitty gevlucht was. Hij hoorde niet het gekraak van de zwakker geworden balken die een onverwachte druk ondergingen door het gewicht van het water.

Matt McCarthy klauterde terug door het gat, liep langzaam de ouderslaapkamer in, ging op de rand van het bed zitten en –

Byron ging langzaam de trap op en keek in elke kamer waar hij langsliep of de jongen daar soms was. Jaren van sporen volgen hadden ervoor gezorgd dat zijn bewegingen bijna onhoorbaar waren, en er kraakten nog maar weinig treden, nu de vloerdelen opnieuw gelegd waren.

Hij kwam op de overloop en hoorde kranen lopen. De badkamerdeur stond op een kier en blijkbaar was er niemand in. Hij duwde tegen de deur van de ouderslaapkamer en daar zat Matt op het bed. Hij staarde recht voor zich uit naar het gat. Matt keek op en knipperde met zijn ogen.

Hij verwachtte iemand anders, realiseerde Byron zich. Hij bleef in de deuropening staan. Hij was niet langer bang voor wat Matt McCarthy kon aanrichten.

'Waar is Isabel?' vroeg Matt. Zijn huid zag grauw onder het bruin, op twee rode vlekken op zijn wangen na.

'Je moet weg,' zei Byron, zijn stem zacht en vast. Het kloppen van zijn bloed dat door zijn lichaam pompte, was zo luid dat hij zeker wist dat het te horen moest zijn.

'Waar is Isabel?' herhaalde Matt. 'Ze hoort naar me toe te komen en met me te praten.'

'Je hebt Kitty de stuipen op het lijf gejaagd,' zei Byron. 'Ga weg. Nu.'

'Weg uit dit huis? Wie ben jij dat je me kunt wegsturen?'

'Je probeert iedereen te intimideren, hè?' Byron voelde een oude woede in zich opkomen, een woede die hij jarenlang had binnengehouden. 'Je zou een jong meisje nog koeioneren als je daarmee dit huis zou kunnen krijgen. Nou, ik kan je vertellen, Matt, dat het voorbij is.'

Terwijl Byron aan het woord was, staarde Matt weer door het gat en keek naar het water dat naar de rand van het bad stroomde en er toen overheen. Het was alsof hij hem niet gehoord had.

'Ga weg,' zei Byron, zijn schouders gespannen voor de kracht die hij nodig zou hebben om Matt de deur uit te zetten. 'Ik meen het –'

Matt keek hem aan. 'Want anders? Dan dwing je me? Eén woord, Byron.' Matt lachte, alsof hij een binnenpretje had. 'Eén woord. Als je het kunt spellen. R-E-C-I-D-I-V-E...'

Het geraas in Byrons oren werd ondraaglijk. Hij zag Matts spottende lachje, de doodsheid achter zijn ogen, en merkte dat de consequenties hem niets meer konden schelen. Die man tegenhouden, hem laten zien dat hij niet langer mensen kon bang maken en bedriegen, niet langer misbruik kon maken van Isabel, was het enige wat er nog toe deed. Hij hief zijn vuist, bracht hem naar achteren –

En de lucht werd uit zijn longen gezogen toen de badkamervloer met een vreselijk gekraak en gepiep begon in te zakken –

Byron, dacht Isabel terwijl ze haar viool pakte en probeerde iets vrolijks te bedenken. Alles zou goed komen omdat hij er was. Hij zou ervoor zorgen dat er niets gebeurde... Ze hoorde een scheurend, splinterend geluid, liet haar viool zakken en draaide zich met een ruk om –

De klap doorsneed de stilte als een kanonschot, een vreselijk geluid, vol dreiging – het zoog de atmosfeer in een vacuüm en er klonk een zacht gerommel, een kreun, een oorverdovende geraas van hout en tegels vergezeld van een angstaanjagend geknal van springende ruiten. Het Spaanse Huis stortte vanuit het midden in, alsof er een enorme scheur in de aarde tussen de twee vleugels was ontstaan. De aarde trilde, eenden stegen krijsend uit het riet op terwijl de twee zijden inzakten. Isabel, Kitty en de gasten keken toe terwijl hun verschrikte kreten in hun keel bleven steken en zagen het hele huis instorten. Een grote stofwolk steeg op en vulde de ruimte waar ooit het huis had gestaan. En toen verdween het stof en daar, tegen de hemel, staken twee half overeind staande uiteinden van een huis omhoog, de gesplinterde balken priemend als gebroken botten, de vloeren, de muren, zo veel bergen puin, en in het midden een straaltje water dat uit een kapotte leiding sijpelde, als een feestelijke fontein.

Niemand zei iets. Geluid en tijd waren weggezogen. Isabel, met haar handen voor haar mond, liet een geschrokken 'o' horen. Kitty begon te jammeren, een schril, onaards geluid. Haar lichaam schokte heftig en haar ogen waren gericht op de plek waar haar huis had gestaan. En toen ze eindelijk de woorden kon vormen: 'Waar is Thierry?'

Laura staarde vol ongeloof door de voorruit naar wat ze zojuist had zien gebeuren. De omvang van het gebeuren en de onwaarschijnlijkheid ervan maakten dat ze als versteend in haar stoel bleef zitten. Er was geen huis waar enkele momenten tevoren een huis was geweest. Er waren alleen dit afschuwelijke skelet, met twee uiteinden die nog overeind stonden, en het inwendige van kamers dat te zien was – behang, een schilderij dat vrolijk scheef was komen te hangen. Een halve slaapkamer, met posters nog aan de muren geprikt.

Op de achterbank jankte haar oude hond.

Ze slaagde erin met trillende vingers het portier open te maken en stapte uit. Op de oprijlaan stonden tieners geschrokken bij elkaar, hun handdoek nog in hun hand geklemd. Isabel staarde naar het huis met haar handen voor haar mond. Toen stonden de Neven achter haar. Henry hield zijn mobiel tegen zijn oor geklemd terwijl hij instructies schreeuwde. Pottisworth, dacht ze afwezig; ze voelde zijn kwaadaardige hand hierin, hoorde zijn onaangename, piepende giechellachje in het versplinteren van het hout, het verlate barsten van een ruit.

Toen kwam Nicholas met grote stappen op haar af, zijn gezicht asgrauw, zijn map tegen zijn borst geklemd.

'Wat krijgen we nou?' zei hij. 'Ik was in de garage. Wat is er in godsnaam aan de hand?'

Ze kon alleen maar haar hoofd schudden. Ze gingen op weg naar de tuin.

'Thierry!'

Ze gingen de hoek om en Laura's hart sprong in haar keel.

'Thierry!' Isabel stond een paar meter verderop op het gras. Haar haar zat woest en toen ze probeerde een stap te zetten, zakten haar benen onder haar weg en ze viel op de grond.

'O... o, nee,' fluisterde Laura. 'Niet het kind...'

Nicholas stak zijn hand naar haar uit, maar ze was zo bang dat ze hem niet kon pakken.

'Het komt door Matt,' zei Nicholas. 'Hij moet de structuur verzwakt hebben. Ik zweer dat het in orde was toen ik het de eerste keer zag.'

Laura kon haar blik niet afwenden van die vrouw van Delancey. Ze zag wit van angst, haar ogen zwart van schok.

Achter haar snikte haar dochter.

'Mam?' Iemand riep. En nogmaals: 'Mam?'

Isabel draaide zich om en Laura dacht dat ze nooit haar gezicht zou vergeten. De jongen kwam tussen de bomen door, met zijn hond achter zich aan. 'Mam?'

Ze sprong overeind en rende op haar blote voeten zo hard ze kon over het gras, langs iedereen heen. Toen nam ze hem in haar armen en begon zo hard te snikken dat Laura merkte dat zij ook was gaan huilen. Laura keek naar haar, hoorde haar snikken. Zag verdriet en pijn, die deels door haar eigen verlangen waren veroorzaakt.

Ze voelde zich ineens een voyeur en keerde zich naar het huis, een gapend, versplinterd gat midden in het bos. De voorgevel was nu een masker van rode baksteen, met twee lege ramen als ogen, de deuropening een open mond van wanhoop.

Het was door die deuropening dat ze haar man naar buiten zag wankelen, zijn hoofd onder het bloed en zijn ene arm raar langs zijn zij bungelend. Hij leek nauwelijks uit zijn doen, alsof hij niet meer dan de omvang van een klus had bepaald.

'Jezus christus,' mompelde Nicholas.

Laura zag ineens hoe ernstig gestoord Matt was.

'Laura?' zei Matt die over stenen kwam gestapt, en ze realiseerde zich dat Matt, op enkele tientallen meters van zijn huis, de weg volledig was kwijtgeraakt.

'Dank u,' zei Isabel, die haar zoon niet kon loslaten, tegen een onbekende godheid. 'O, dank u. O, god, ik dacht... ik kon het niet verdragen. Ik kon het niet verdragen.' Terwijl haar tranen op zijn huid drupten, snoof ze zijn geur op en weigerde hem los te laten.

'We hebben iedereen geteld, alle kinderen,' zei Henry. 'Niemand is gewond.'

'Laat ze op een afstand blijven,' zei Asad. Hij stopte even om zijn inhaler te gebruiken. 'We moeten ze allemaal bij het meer laten staan.'

Er klonk weer een zwaar gerommel. 'Wat is dat?' zei Kitty.

Terwijl ze vol afschuw toekeken, wankelde de achterste muur van de westelijke vleugel met de overgebleven helft van de ouderslaapkamer en zakte toen als in slow motion in een regen van stenen en glas in. De jonge mensen op het grasveld schreeuwden en sommigen renden naar het meer. Isabel had haar twee kinderen omklemd en probeerde met haar handen hun ogen af te schermen. 'Het is goed,' fluisterde ze. 'Het is goed. Jullie zijn veilig.'

'Waar is Byron?' vroeg Kitty.

'Byron?' zei Thierry niet-begrijpend.

'Hij was Thierry gaan zoeken,' zei Kitty op doffe toon en ze keek naar de plek waar het ketelhuis was geweest.

'O, lieve hemel,' zei Henry.

Isabel rende het gras over naar de puinhopen, liet zich op haar knieën vallen en begon stenen achter zich te gooien. 'Niet weer,' mompelde ze, haar stem verstikt van angst. 'Niet weer. Niet jij ook.' Naarmate het alarmerende bericht zich verspreidde, kwamen ze allemaal naast haar staan en trokken aan stukken puin. De slanke armen en benen van de tieners zagen rood van het stof en Isabels handen lagen open. 'Byron!' gilde ze. 'Byron!'

De Neven bekommerden zich om Kitty en Thierry en sloegen ondanks de warmte handdoeken om hen heen. Thierry trilde, zijn gezicht spierwit van schrik. Henry schonk iets zoets voor hem in. 'Is het mijn schuld?' hoorde Isabel haar zoon vragen en ze voelde hoe als reactie haar kin weer begon te trillen.

Ze trokken met zijn zessen aan een houten balk en hijgden toen hij eindelijk losliet. Kitty's vrienden riepen naar elkaar om te waarschuwen voor glas of uitstekende spijkers. Twee meisjes huilden en eentje stond vlakbij in een mobiele telefoon te praten.

'Ze komen zo,' zei Henry, alsof hij zichzelf wilde geruststellen. 'De brandweer en de ambulance. Ze zullen hem wel vinden.'

Isabel ploeterde verder en haar lichaam nam een zeker ritme aan. Ze gooide stenen achter zich, één, twee, drie, keek of er een ruimte onder lag, één, twee, drie, opnieuw roepen. Haar ademhaling was ongelijkmatig, haar hart bonkte tegen haar ribben.

'Laat ze nergens overheen lopen,' riep Asad. 'Als hij daaronder ligt, valt er misschien iets anders op hem.' Als om zijn woorden te bevestigen, gilden twee tieners toen er een stuk hout onder hen bezweek. Ze werden door hun vrienden in veiligheid getrokken.

'Haal ze daar weg,' schreeuwde Asad. 'Mensen, weg daar. De andere kant kan ook nog naar beneden komen.'

Het was hopeloos, dacht Isabel terwijl ze overeind ging zitten. Ze keek op haar horloge en zag dat er bijna twintig minuten verstreken waren, maar ze hadden nog steeds geen idee waar hij was. Er begon een gevoel van chaos, van uitgestelde hysterie, te ontstaan. Achter haar stonden twee mensen te kibbelen over wat de beste manier was om een balk op te tillen. Henry en Asad zeiden tegen de tieners dat ze moesten ophouden met waar ze mee bezig waren en uit de buurt van de puinhopen moesten gaan. Bij dat alles hoorde ze de pogingen van haar dochter om Thierry gerust te stellen door te zeggen dat het goed zou komen.

Maar het was niet goed. Byron lag daar ergens onder de resten van het huis. En elke minuut die verstreek, telde. Help me, zei ze in stilte tegen hem, en het zweet verzamelde zich tussen haar schouderbladen terwijl ze aan een stuk puin trok. Help me je te vinden. Ik kan het niet verdragen om ook jou te verliezen. Toen ging ze op haar hurken zitten, met de onderkant van haar handen tegen haar ogen gedrukt.

Zo bleef ze een minuut doodstil zitten. Toen keek ze achter zich. 'Stil eens!' gilde ze. 'Wees allemaal eens stil!'

Dat was het moment dat ze het hoorde – het geluid van verwoed geblaf in de verte. 'Thierry!' riep ze. 'Waar zijn Byrons honden? Haal zijn honden eens!'

Zijn gezicht lichtte even op. Terwijl de verwonderde omstanders toekeken, rende Thierry om het meer naar de auto van Byron om Meg en Elsie te bevrijden. Ze vlogen het grasveld over, recht op het verst verwijderde deel van het huis af.

'Stil! Laat iedereen zijn mond houden!' riep Isabel, en het werd stil, een stilte die zwaarder was dan de klap die eraan voorafgegaan was. Kitty, met Henry's armen om zich heen, smoorde haar snikken terwijl Isabel zich naast de honden liet zakken en nogmaals 'Byron!' schreeuwde, haar stem dwingend, formidabel, vreemd in haar eigen oren. 'Byron!'

De stilte leek wel duizend jaar te duren, lang genoeg om Isabels hart te laten stilstaan van angst, intens genoeg om het klapperen van de tanden van haar dochter te horen. Zelfs de vogels waren stil, de fluistering van de naaldbomen afwezig. In een klein hoekje van het land kromp de tijd ineen en stond stil.

En toen, terwijl de sirenes in de verte klonken en de honden weer begonnen te blaffen – eerst een zacht gejank dat toenam tot een hysterisch geblaf terwijl ze aan een hoop hout schraapten – hoorden ze het.

Zijn schreeuw.

Haar naam.

De mooiste muziek die Isabel ooit gehoord had.

Hij bleek er achteraf gezien nog redelijk mild vanaf te zijn gekomen, zeiden de broeders van de ambulance. Vermoedelijk een gebroken sleutelbeen, een jaap in zijn been en zware kneuzingen. Ze zouden hem een nacht in het ziekenhuis houden om te kijken of er geen inwendige verwondingen waren. Terwijl hij op de brancard lag, te midden van het overleg tussen de broeders en het abrupte gesis van de politieradio's, zag Laura McCarthy de jongen van Delancey naar hem toe lopen. Zonder iets te zeggen, zonder dat de volwassenen iets merkten, legde hij zijn hoofd op Byrons hand terwijl hij zijn eigen hand op het met een deken bedekte bovenlichaam van de man liet rusten. Byron keek op toen hij het gewicht voelde en stak met knipperende ogen een gewonde hand uit om de wang van de jongen aan te raken. 'Het is goed, Thierry,' zei hij, zo zachtjes dat Laura hem amper hoorde. 'Ik ben er nog.'

Op het moment dat hij in de ambulance geschoven werd, stapte ze naar voren. Ze haalde een brief uit haar tas en stopte die in Byrons verbonden vingers. 'Ik weet niet wat dit nu nog waard is, maar ik geef het toch maar aan je,' zei ze gedecideerd en ze liep weg voor hij iets kon zeggen.

'Laura?' zei Matt. Dik in het verband en geflankeerd door politie, met een deken om zijn schouders, was hij net een klein kind, hulpeloos, kwetsbaar. Er is niets meer van hem over, dacht ze. Hij is gesloopt, net als het huis.

Uiteindelijk was het zo simpel. Ze wendde zich naar Nicholas en legde haar hand tegen zijn wang, voelde zijn huid onder haar vingertoppen, de verborgen kracht van zijn kaken. Een goede man. Een man die zichzelf gerehabiliteerd had. 'Het spijt me verschrikkelijk,' zei ze zachtjes. Toen gaf ze haar versufte man een arm en liep met hem naar de politiewagen.

25

Ze hadden de eerste nacht in Byrons ziekenhuiskamer doorgebracht. Thierry wilde niet bij hem weg en ze hadden geen andere plek om naartoe te gaan. Toen de verpleegsters hoorden wat er gebeurd was, kregen ze een zaaltje tot hun beschikking. Terwijl Kitty en Thierry in de twee reservebedden kropen, hun gezicht gespannen van de gebeurtenissen van die dag, zat Isabel tussen hen in en probeerde niet te denken aan wat er had kunnen gebeuren.

Ze hoorde om zich heen de tijdloze geluiden van een ziekenhuis 's avonds laat – zolen die zachtjes piepten op linoleumvloeren, gefluisterde gesprekken, een sporadische piep die een kreet om hulp weergaf. In de uren waarin ze wegdoezelde, weerklonk er een krakend, kletterend geluid door haar dromen, samen met het zachte gejammer van haar dochter en Thierry's verwonderde 'Mam?' dat haar steeds wakker deed schrikken.

Een halfjaar geleden toen ze nog op zoek was naar signalen, zou ze gezegd hebben dat Laurent hen gered had, dat hij hen op de een of andere manier beschermd had. Maar nu, terwijl ze keek naar de man die in het bed tegenover hen lag, wist ze dat dat niet zo was. Er zat nergens een reden achter, er zat nergens logica in. Je had geluk of niet. Je ging dood of niet.

Even voor vijven kwam de zon op. Een kil blauw licht verscheen achter de lichtgrijze jaloezieën en verlichtte geleidelijk de donkere kamer. Ze rekte zich uit en voelde de spanningspijn in haar nek en schouders. Met de zekerheid dat haar kinderen sliepen, liep ze naar de stoel naast Byrons bed en ging zitten. Slapend was hij zijn waakzaamheid kwijt. Zijn gezicht was zachter en zijn huid vertoonde alleen de invloed van het weer op iemand die buiten werkt. Geen spoor van twijfel, boosheid of waakzaamheid.

Ze dacht aan hoe hij zonder aarzeling naar de plek was gerend waar hij dacht dat Thierry gevaar zou kunnen lopen. Ze dacht aan zijn vlotte, zelfverzekerde glimlach toen hij de dag tevoren naar het huis teruggekomen was. Zijn blik was zo direct geweest, zo vol van iets waarvan ze vermoedde dat hij het niet kon verbergen. En Isabel zag een toekomst, misschien voor het eerst sinds het overlijden van Laurent. Ze zag haar zoon lachen, hoorde zijn stem weergalmen. Ze zag haar dochter bevrijd van een te vroege volwassenheid. Ze zag misschien niet direct geluk, maar toch wel een nieuwe kans daarop.

Hij had hetzelfde gevoeld als zij, dat wist ze zeker. Dit is geen opwelling, hield ze zichzelf voor. Ik heb nog nooit iets zo weloverwogen gedaan als dit. Langzaam boog ze haar hoofd voorover en kuste zijn lippen – die onverwacht zacht waren en smaakten naar ziekenhuizen, desinfecterende middelen en, daaronder, iets van het bos.

'Byron,' fluisterde ze en ze kuste hem weer. Ze liet zich door zijn gewonde handen vinden, liet zich tegen hem aangedrukt houden toen hij wakker werd en haar naam fluisterde. Ze liet zich tegen hem aan zakken en toen kwamen de tranen, van dankbaarheid dat hij er was, dat ze misschien weer omhelsd, bemind en gewenst zou worden. Ze was blij dat Laurent niet langer als een spook tussen hen in stond, dat ze geen echo's van verwijten of schuldgevoelens voelde. Hij was er niet meer, zoals hij er bij Matt was geweest.

Het was Byron. Alleen Byron.

Je kon ervoor kiezen om gelukkig te worden of niet.

Toen ze een tijdje later haar hoofd hief om naar hem te kijken, zag ze tot haar schrik dat hij ongelukkig keek. 'Heb je pijn?' vroeg ze terwijl ze haar vinger over de zijkant van zijn voorhoofd liet gaan, genietend van de luxe iemand te kunnen aanraken.

Hij gaf geen antwoord. Een blauwe plek op zijn slaap was in de loop van de nacht een regenboog van felle kleuren geworden.

'Ik pak wel wat pijnstillers.' Ze probeerde zich te herinneren waar de verpleegster ze gelegd had.

'Het spijt me,' zei hij zachtjes.

'Het spijt je?'

Hij schudde zijn hoofd.

Ze trok zich terug. 'Wat spijt je?'

'Ik kan dit niet. Het spijt me.'

Er volgde een lange, geladen stilte.

'Ik begrijp het niet.' Ze ging rechtop zitten.

Het duurde heel even voor hij sprak, zachtjes en stamelend. Aan de andere kant van de deur ging een telefoon, schril, ongehoord.

'Het wordt toch niets.'

Ik weet heus wel wat ik voel, wilde ze zeggen. Ik weet wat jij net voelde. Maar die woorden waren een echo van Matts tegenwerpingen. 'Dit is raar.' Ze probeerde te glimlachen. 'Kunnen we niet gewoon... zien hoe het uitpakt?'

'Zou jij dat echt kunnen? Erin stappen en het beste er maar van hopen?' Zoals hij het zei, klonk het als zorgeloosheid.

'Zo bedoelde ik het niet.'

'Isabel, we zijn te verschillend. Dat weet je ook wel.'

Ze keek naar hem, naar de koppige trek om zijn mond. Naar de manier waarop hij haar niet wilde aankijken. En ze dempte haar stem. 'Je weet het, hè?'

'Wat weet ik?'

De kinderen sliepen nog.

'Van Matt.'

Hij trok een gezicht, zoals ze al gevreesd had.

'Ik wist het. Dit is alleen maar een excuus. Nou, ik zal je over Matt vertellen. Het was de avond dat de stroom uitviel. Ik was dronken en ik was eenzaam en ik was op het ergste dieptepunt sinds Laurents overlijden en als ik heel eerlijk ben, dacht iets heel kleins en stoms in me dat dit iets was wat ik wilde.'

'Je hoeft me niet te vertellen –'

Ze klonk fel. 'Jawel. Omdat het gebeurd is en het een vreselijke vergissing was. Er is nog geen dag voorbijgegaan dat ik er geen spijt van had. Maar wat ik gedaan heb, heeft niets te maken met wat ik voor jou voel.'

'Ik hoef niet te horen –'

'Jawel. Want zo ben ik niet. Ik ga niet slordig met mijn gevoelens om.'

'Ik heb niet –'

'Daarvóór was ik nooit met iemand anders naar bed geweest dan met Laurent! Ik was vierendertig en ik was maar met één man naar bed geweest... Ik lachte mezelf er wel eens om uit. Matt –'

'Het heeft niets met Matt te maken!' Zijn stem knalde door het kamertje. Kitty bewoog onrustig en Byron dempte zijn stem. 'Ik wéét dat hij die avond naar je toe is gegaan. Ik was er ook, weet je nog? Ik heb je nooit veroordeeld. Ik heb je nóóit veroordeeld. Matt en al dat gedoe met het huis, het heeft alleen maar de waarheid verdoezeld.'

'De waarheid?'

Hij slaakte een diepe zucht. 'Dat het toch niets zou worden.'

'Hoe kun je dat zeggen? Hoe wéét je dat?'

'Isabel...'

'Waarom wil je het niet proberen?'

'Ik heb je niets te bieden. Geen huis. Geen zekerheid.'

'Dat vind ik allemaal niet belangrijk.'

'Omdat je het hebt. Het is gemakkelijk om dat te zeggen als je het hebt.' Hij wilde haar niet aankijken.

Ze wachtte.

'Ik wil niet dat je over een jaar naar me kijkt en andere... gevoelens hebt. Vanwege datgene wat ik niet heb.'

Ze bleven een paar minuten zwijgen. Ten slotte zei Isabel: 'Je weet wat daar gisteren is gebeurd, hè, Byron? Het verschrikkelijkste wat ik ooit heb gezien. Thierry en jij hadden allebei dood kunnen zijn.' Ze bracht haar gezicht dicht bij het zijne. 'Dat is niet gebeurd. Iedereen leeft nog. *Iedereen leeft nog.* En als er één ding is dat ik weet, één ding dat ik het afgelopen jaar geleerd heb, dan is het wel dat je elke kans om gelukkig te zijn moet aangrijpen.'

Ze hoorde Thierry in het bed achter zich murmelen, maar ze trok zich er niets van aan. 'Jij hebt ons op de been gehouden,' zei ze. 'Thierry, de kinderen... Je hebt hun iets teruggegeven.' Ze was bijna in tranen. 'Iets wat ze nodig hadden. Iets wat ik nodig had. Doe dit niet, Byron. Wijs me niet af. Niets anders is belangrijk.'

Hij klemde zijn kaken op elkaar. 'Isabel... ik ben een realist. Ik kan de dingen niet veranderen,' zei hij, in de ruimte bij haar vandaan. 'Dit is het beste. Geloof me.'

Ze wachtte tot hij nog iets zou zeggen. Maar er kwam niets. Ten slotte stond ze op, een beetje wankel, misschien van slaapgebrek, misschien omdat ze duizelig was van de schok. 'Dit is het dus? Na alles? Na alles wat we meegemaakt hebben? Je gaat me veroordelen omdat ik een húís heb?'

Hij schudde zijn hoofd. En toen draaide hij zich met een van pijn vertrokken gezicht op zijn zij en deed zijn ogen dicht.

De Neven hadden hun de kamers boven de winkel aangeboden. Vrienden en buren hadden ook aangeboden te helpen, maar dit was de enige plek waar ze bij elkaar konden blijven. Isabel wilde niet in de buurt van het Spaanse Huis verblijven, maar er ook niet te ver vandaan zijn. De verzekeringspapieren lagen nog tussen het puin, net als al haar andere belangrijke papieren.

Asad had haar de sleutels van het appartementje overhandigd. 'Jullie mogen zo lang blijven als jullie willen,' had hij gezegd. 'Het is primitief, maar jullie kunnen er in ieder geval eten en er is een badkamer.'

Isabel had zich moeizaam op de slaapbank laten zakken, met Kitty en Thierry ineengedoken naast zich, en lachte – een raar soort hiklachje. Een badkamer. Ze hadden eindelijk een badkamer. Thierry had verwachtingsvol naar haar opgekeken, alsof zij alles weer in orde zou maken. Ze voelde zich wankelen en vermande zich glimlachend. Dat was haar taak.

Ze waren die ochtend met niets uit het ziekenhuis weggegaan, geen weekendtassen, geen portefeuille, alleen een viool. Het deed er niet toe, had ze tegen Asad gezegd. 'Het zijn maar spullen. En we zijn een gezin dat van planten en konijnen kan leven.' Ze bleef monter klinken.

'Je hebt misschien niet zo weinig als je dacht,' zei Henry. Naarmate het nieuws de ronde deed, kwamen de hele dag door dorpelingen langs met spullen waarvan ze dachten dat ze die wel konden gebruiken – tandenborstels, pannen, dekens. Hij wees naar de zakken en dozen in een hoek. 'We hebben eens gekeken, maar er is genoeg om het mee te redden tot de verzekering over de brug komt.'

Isabel had aangenomen dat het voorraad van de Neven was. Nu

zag ze dat het huishoudspullen waren, schoon, soms nieuw, allemaal zorgvuldig ingepakt en naar hen toe gebracht.

'Ik geloof dat er wel eens te veel op het dorpsleven afgegeven wordt,' zei Henry. 'Er zijn hier goede mensen, ook al zie je ze niet altijd. Gulle mensen. Ze zijn niet allemaal zoals...'

Kitty pakte een tas en liep ermee naar de bank. Ze begon erin te snuffelen en hield dingen omhoog die ze ontdekte. Sommige dingen waren zo attent dat Isabel bang was dat ze weer zou gaan huilen: een kleine beautycase met make-up en handcrème, verschillende soorten cornflakes, voor elke smaak wat, tupperwaredozen vol eten. Een cake. Er waren verschillende stapeltjes gewassen en gestreken kleren, blijkbaar op de juiste maat voor elk van hen uitgekozen. Thierry hield met onverwachte blijdschap een skateboardshirt omhoog. Er waren kaartjes met telefoonnummers, hulp, medeleven.

'De politie heeft je handtas met je portefeuille gevonden,' zei Asad, 'en je sleutels – van de auto,' voegde hij er snel aan toe.

'Dan denk ik dat we achteraf nog geboft hebben,' zei Isabel. 'We hebben tenslotte elkaar nog, hè? De rest is allemaal spullen. Gewoon spullen.'

Toen ze in tranen uitbarstte, legde Asad zijn hand op haar schouder en mompelde iets over verlate shock. Hij zette de waterkoker aan en zei tegen de kinderen dat ze naar koekjes moesten gaan zoeken. Ze liet hen om zich heen redderen. Isabel, met haar gezicht in haar handen begraven, kon hem niet vertellen dat ze niet huilde om het verlies van haar bezittingen, maar om een man van wie ze nog maar net ontdekt had dat ze van hem hield, en die niet genoeg van haar hield om bij haar te willen zijn.

De auto stond op de open plek, een beetje slordig geparkeerd. Hij was zo'n zesendertig uur geleden haastig naast het meer achtergelaten door een man die op weg was naar een verjaardagsfeestje. Hij had hem niet op slot gedaan in zijn haast om zich bij de mensen op het grasveld te voegen.

Hij gooide zijn tas op de passagiersstoel. Een buurman had onder zijn ruitenwisser een nummer achtergelaten dat hij kon bellen als hij hulp nodig had, en hij had het voorzichtig weggehaald, beduusd over het gebaar. Hij had net zijn honden opgehaald van een boer die voor hen had gezorgd en stond nu naast zijn jeep te kijken hoe ze rond het meer renden, dankbaar voor de terugkeer naar hun dagelijkse routine.

Aan de overkant van het water was politielint gehangen tussen wat de voorkant en de achterkant van het huis waren geweest. Het wapperde in de wind als een trieste echo van de her en der verspreide vlaggetjes die verfomfaaid op het gras lagen. De rit naar het feest, op het gras zitten, naar de muziek luisteren – het leek allemaal alsof het verschillende levens geleden had plaatsgevonden. Hij kon maar moeilijk bevatten dat het huis en de levens die zich erin hadden afgespeeld binnen seconden zo volkomen veranderd konden zijn. Hij was zich ervan bewust dat de instorting hem niet in gevaar had gebracht, zoals iedereen leek aan te nemen, maar hem juist had gered.

Van zichzelf.

Er daalde een intense vermoeidheid over hem neer en Byron zag op tegen de lange rit terug naar Frank. Zijn zus, Jan, die tussen de middag naar het ziekenhuis was gekomen, had erop aangedrongen dat hij bij Jason en haar zou blijven. 'Je ziet er niet uit,' had ze gezegd. 'Je hebt verzorging nodig.' Maar Byron had geen zin omringd te zijn door mensen. Hij wilde niet in een huis vertoeven waar hij geconfronteerd werd met het dagelijkse geluk van hun leven samen. 'Ik ga terug naar Brancaster,' zei hij.

'Jij,' zei ze, 'bent soms je ergste vijand.'

Byron liep langzaam naar het verwoeste huis om er nog een laatste blik op te werpen voor hij wegging. Hij had er vierentwintig uur legitiem in gewoond. Hij kon zich amper herinneren hoe licht hij zich had gevoeld toen hij in die kamer wakker was geworden. Maar hij had niet kunnen blijven. En door te weigeren dat in te zien hield ze zichzelf voor de gek.

Byron bleef bij de meest oostelijke punt van het huis staan en pakte een wit kannetje waarvan het oor afgebroken was. Er lagen hier zo veel dingen begraven. De resten van Isabels gezinsleven, nu aan de aarde toevertrouwd, misschien ook aan een toekomstige stortplaats. Hij hield het kannetje in zijn hand en stelde het zich in de keuken voor terwijl hij het beeld van haar gezicht uit zijn gedachten probeerde te bannen. Ze had net zo terneergeslagen gekeken als toen het huis instortte. Maar hij had haar niets te bieden. Het zou oneindig veel pijnlijker zijn om haar te krijgen en vervolgens te verliezen, om te ervaren hoe haar liefde overging in irritatie als de zoveelste baan niet doorging of hij niet genoeg op tafel kon leggen, om haar waakzaamheid te zien als haar weer een roddel uit het dorp ter ore kwam, om haar hartstocht te zien wegebben dan die helemaal nooit bezeten te hebben.

Hij zou alleen met zijn honden blijven. Dat was veel gemakkelijker.

Meg en Elsie moesten nog eten en zijn loon lag in Brancaster. Hij voelde in zijn zak, in de hoop dat hij nog wat kleingeld had om hondenvoer te kopen, en haalde een opgevouwen papier tevoorschijn. Een brief in duplo. Hij probeerde zich te herinneren waar die vandaan gekomen was en kreeg een vage herinnering aan Laura McCarthy die hem in zijn handen had gedrukt vlak voor hij met de ambulance vertrok.

Zijn ontslagbrief, dacht hij. Allemachtig, de McCarthy's hadden wel gevoel voor timing. Hij vouwde de brief open, keek naar de gedrukte woorden en bleef doodstil staan. Hij las de regels, zag de handtekeningen van de getuigen en het gekrabbelde briefje aan Laura McCarthy in Pottisworths eigen handschrift. Hij las hem nog eens, omdat hij zich niet kon voorstellen dat zijn naam er echt stond. Hij vroeg zich af of het een grap was en herinnerde zich ineens haar gezicht toen ze hem de brief toestopte, grimmig, maar tegelijkertijd vreemd opgelucht. Hij dacht weer aan Pottisworth die op de McCarthy's mopperde vanwege hun hebberigheid, hun stoutmoedigheid. 'Ze kunnen niet wachten tot ze dit huis in hun klauwen krijgen,' mopperde hij vaak. 'Hun soort denkt altijd dat ze overal recht op hebben.' Byron had er nauwelijks aandacht aan besteed. Pottisworth had hem nooit de minste genegenheid getoond, had nooit laten merken dat hij hem mocht. Waarom zou hij ook? Dit testament had niets te maken met hém iets geven, maar alles met het dwarsbomen van de McCarthy's. Het was een laatste, vrolijke test voor Laura: de oude man had haar beide kopieën gegeven, zodat ze, als ze dat wilde, het bewijs kon vernietigen. Het was een laatste opgestoken middelvinger naar Matt.

Al die tijd, peinsde hij terwijl de openbaring als een warme golf door hem heen sloeg, heb ik me verontschuldigd voor het betreden van verboden terrein terwijl ik als kraker in mijn eigen ketelhuis zat. Al die tijd was het van mij. Hij moest om de absurditeit ervan lachen en de honden spitsten hun oren. Het idee dat hij iets van die omvang bezat, duizelde hem. Hij, Byron, heer en meester van dit alles.

Vervolgens dacht hij aan Isabel. Zij zou alles kwijtraken. Niet alleen het huis, maar alles wat erin zat. Haar spaargeld. Alles wat ze ooit bezeten had, was in die muren gestopt. Zijn winst zou haar verlies zijn.

Byron ging op een omgevallen boomstam zitten met het papier in zijn hand. Hij staarde vanaf die plek over het meer. Een man die ten slotte toch niet met lege handen stond.

Ze had de laatste honderd meter tussen de bomen gelopen en bleef nu staan, een eindje voor het weggetje op de open plek uitkwam. Ze keek naar het huis, haar armen stijf over elkaar geslagen. Ze had Kitty en Thierry in de flat bij de Neven achtergelaten, zogenaamd omdat ze boodschappen moest doen. In plaats van naar de bank of de supermarkt te gaan, had ze zomaar de afslag bij de varkensfokkerij genomen en was over het hobbelige karrenspoor naar het bordje gereden dat haar nog steeds te laat waarschuwde: 'LAGE DOORGANG!'

Ze had gedacht dat ze nooit meer naar het huis zou gaan kijken. Maar ze moest erheen. Ze moest het zien. Terwijl ze door het bos reed, was het twee keer bij haar opgekomen dat dit een vergissing was en ze had willen keren en terugrijden. Dat was het punt met het karrenspoor: als je eenmaal op weg was naar het huis, was er geen weg terug meer.

Het was onverwacht licht toen ze dichter bij de open plek kwam. Ze realiseerde zich verbouwereerd en met een schok dat er nu natuurlijk geen groot roodstenen huis meer stond dat het licht tegenhield. Ze minderde vaart en stopte op de oprijlaan bij de berg puin en hout die ooit haar huis was geweest.

Ze huiverde ondanks de zwoele avond. Hoe vaak ze zich ook voorgehouden had dat het nooit hun thuis was geweest, dat het maar een tijdelijke woonplek was geweest, was het Spaanse Huis een verlengstuk van haar gezin geweest, de muren doordrenkt van hun hoop, hun ambities, genegenheden en geschiedenis. Het gesloopt te zien was alsof ze henzelf neergehaald zag – de schade een persoonlijke pijn.

Isabel huilde, niet langer meer zeker waarom of voor wie, maar ze voelde een groot verdriet om het huis. Om de schok dat er niets meer was waar ooit iets had gestaan. Om een eind en een mislukt begin.

Ze wist niet hoe lang ze daar stond. Of het kwam door de rust van het meer, of de geluiden van de bossen, maar haar schrik en afschuw begonnen af te nemen en maakten plaats voor berusting. Een huis was maar een huis, en nergens kwam dat meer tot uiting dan in zijn gesloopte staat. Het had geen waarde, geen achterliggende betekenis. Ze hoefde niet een onheilspellende boodschap in de instorting te lezen. Het was een triest, onbemind gebouw geweest, alleen maar stenen, specie, hout en glas. Niets dat niet, uiteindelijk, vervangen kon worden.

'U mag het hebben,' had ze tegen Nicholas Trent gezegd toen hij die middag belde. Hij had gebeld om te vragen hoe het met hen ging na die vreselijke schok. En toen had hij eraan toegevoegd: 'Ik meende het toen ik zei dat de toestand van het huis er voor mij niet toe deed –'

'U mag het hebben voor wat u aangeboden hebt,' viel ze hem in de rede. 'Zolang we het maar snel regelen. Ik wil verder.'

Ze stond aan dit gesprek te denken toen een hond zijn natte neus in haar hand stopte.

Ze draaide zich met een ruk om en daar stond hij, een paar meter verderop op een berg stenen. De blauwe plekken in zijn gezicht en op zijn armen hadden een blauwgroene tint aangenomen.

Ze wist niet wat ze moest zeggen. Hij zag er zo anders uit, zo ver verwijderd van de man bij wie ze die ochtend weggegaan was. Ze waren door het ongeluk als door een magneet naar elkaar getrokken en onmiddellijk daarna weer afgestoten. Ze wou dat hij weggegaan was voor ze hierheen kwam. Maar ze was ook blij. 'Ik moest het zien,' zei ze toen haar aanwezigheid een verklaring leek te behoeven.

Hij knikte.

'Het is... het is niet zo erg als ik had gedacht.' Ze moest ineens lachen om de absurditeit van wat ze zei. 'Ik bedoel – ik bedoel, het is niet griezelig meer.'

'We hebben geluk gehad,' zei hij.

'In sommige opzichten.' Ze kon de bitterheid van die woorden niet verbergen.

Ze bukte zich en liep langzaam langs de rand van het gebouw. Ze haalde er hier en daar een foto, een haarborstel, uit en probeerde niet te treuren om het beeld van hun spullen die tussen het puin verpletterd waren. De brandweer had op de dag van de instorting geprobeerd alles van waarde eruit te halen. 'Ik zou me niet al te veel zorgen over plunderaars maken, hoor,' had een van de mannen gezegd. 'De meeste mensen weten waarschijnlijk niet eens dat hier een huis staat.'

Het was een onnadenkende opmerking. Er stond geen huis. Het kon haar echt niets schelen, hield ze zichzelf voor. Ze had vrijwel niets meer van waarde over. En ze zou zich niet druk maken over Byron. Ze wist nu dat ze in haar eentje kon overleven. Het was een heel nieuw begin. Ze keek achterom en zag dat hij nog steeds naar haar keek. Hij leek op het punt te staan om iets te zeggen, maar hij zei niets. Ze baande zich een weg tussen de overblijfselen van haar oude leven en een stille woede steeg in haar op terwijl zijn ogen in haar huid brandden.

Byron keek hoe ze tussen de voorwerpen dwaalde die her en der op het gras lagen en hoe het slecht passende T-shirt om haar middel bewoog. Hij zag de krassen op haar armen en handen, de littekens van niet alleen de dag ervoor, maar van het hele jaar dat eraan voorafging. Hij wist niet wat hij tegen haar moest zeggen, hoe hij zijn excuses moest aanbieden voor wat hij had gedaan. Hij wist niet wat hij haar moest vertellen van de dingen die hem overkomen waren, hoe één klein leven gesloopt kon worden en tegelijkertijd kon herrijzen. Ten slotte draaide ze naar hem om, met een paar dingen tegen haar borst geklemd, en kleurde toen ze zag dat hij nog steeds naar haar stond te kijken.

'Ik moet naar de kinderen. Ik kom een andere keer wel terug.'

Hij bleef doodstil staan.

Ze bleef staan, alsof ze wachtte tot hij iets zou zeggen en toen zei ze met een stroef glimlachje: 'Nou, dag, hoor.' Ze stopte een lok haar achter haar oor.

Het was alsof ze bijna-vreemden waren die elkaar tegenkwamen op straat.

'Isabel,' zei hij, zijn stem onnatuurlijk hard in de stilte.

Ze hield haar hand boven haar ogen, zodat ze hem beter kon zien tegen de stralen van de ondergaande zon.

'Ik heb deze gevonden,' zei hij. Hij stak haar de verkreukte papieren toe.

Ze liep naar hem toe en bleef op een meter afstand staan. Ze nam ze zwijgend van hem aan. 'Mijn partituren,' zei ze.

Hij kon zijn blik niet van haar afwenden. 'Ik weet hoeveel ze voor je betekenen.'

'Je hebt geen idee wát veel voor me betekent,' zei ze nijdig.

Hij schrok van wat hij van haar gezicht kon lezen, de pijn die hij haar had gedaan. Er was niets zorgeloos daar, realiseerde hij zich. Niets verhulds. In haar ellende, haar woede zag hij wat hij had gevoeld, wat hij weken – maanden – voor zichzelf verborgen had. Binnen enkele ogenblikken zou ze voor altijd uit zijn leven verdwenen zijn. Wat moet ik doen? vroeg hij zich af. Ik dacht dat ik dagen de tijd had om tot een conclusie te komen.

'Succes in Brancaster,' zei ze stijfjes, en ze liep bij hem vandaan naar haar auto. Zijn lichaam leek te verstijven van pijn – van nood. Het was zo intens, hem zo vreemd, dat hij het ondraaglijk vond. En toen nam hij zijn beslissing. 'Isabel!' riep hij. Ze draaide zich niet om. 'Isabel!'

Ze bleef staan.

'Luister… ik had ongelijk,' zei hij.

Ze hield haar hoofd schuin. Een vraag.

'Jij had gelijk.' Hij liep naar haar toe terwijl hij voorzichtig over losse stenen stapte en uitkeek dat hij niet over de vlaggetjes struikelde.

Ze gingen tegenover elkaar staan. Hij wachtte, wetend dat wat ze nu zou zeggen, beslissend zou zijn. 'Je moet eerlijk tegen me zijn,' zei hij ten slotte. 'Geloof je echt wat je zei? Dat het niet belangrijk is wie wat bezit?'

Isabel keek hem aan. Je begrijpt het niet, hè? dacht ze. Ik ben de realist. Ik ben degene die de harde waarheid heeft moeten leren van wat belangrijk is. Ik zou je nog willen als je voor de rest van je leven niets had. Zijn mooie gezicht was ineens kwetsbaar, en ze herinnerde zich hoe hij haar naam geroepen had toen hij onder het puin begraven lag. Ze had de enorme subtiliteit in zijn toon gehoord en de waarheid erin, ook al had hij dat niet. Isabel, had hij gezegd, en de opluchting in zijn stem had niets te maken met waar hij was.

Zijn gezicht vertrok van inspanning toen hij zijn hand hief. Ze keek ernaar en toen naar hem.

'En?' zei hij.

'Het is maar een húís, Byron.'

Zijn hand bleef hangen. Ze hief haar eigen hand en legde haar slanke handpalm tegen zijn brede, sterke hand. Zeg nooit meer nee tegen me, zei ze in stilte tegen hem terwijl haar gezicht, haar ogen, haar hand hem haar wil oplegden. Als ik dit risico kan nemen, dan kan jij dat ook. 'Het is – maar – een – húís.'

Zijn ogen boorden zich in de hare, donker en serieus, en ze voelde zich slap van angst. En toen: 'Weet je?' terwijl er een glimlach op zijn gezicht verscheen. 'Dat vind ik ook.'

Hij trok haar naar zich toe en eindelijk, na een heel korte aarzeling, kuste hij haar. Aanvankelijk aarzelend, toen steeds hartstochtelijker. Eindelijk kon ze de geur van zijn huid opsnuiven, zich overgeven aan het genot om in zijn armen te liggen. Hij kuste haar opnieuw, de kus van een man die de hele wereld bezat. Isabel sloeg haar armen om zijn nek en moest lachen terwijl ze hem terugkuste. Ze stonden lange tijd genietend naast het puin met hun armen om elkaar heen, en lieten de schaduwen langer worden terwijl de bladmuziek uit haar hand viel en wegwaaide, op grillige luchtstromen de verte in.

De zon was al achter de bomen toen ze naar haar auto terugliepen. Hij zou morgen weer naar zijn werk gaan. Vannacht zou hij bij de Delanceys in het flatje boven de winkel slapen. Op de bank. Of misschien beneden. Hij wist dat alles in de natuur een tijd en een plaats had.

Pas toen ze vlak bij de auto waren, dacht hij eraan. Hij haalde zijn arm van Isabels schouder en bukte zich om een stok op te rapen. Hij pakte de twee verfrommelde papieren, wikkelde ze eromheen en smeet hem na een korte aarzeling in het meer.

'Wat was dat?' zei ze verrast toen ze de plons hoorde.

Hij keek hoe de golfjes zich in een steeds groter wordende kring verspreidden en vervolgens verdwenen. 'Niks,' zei hij terwijl hij zijn handen afklopte. 'Helemaal niks.'

Epiloog

Matt McCarthy zou nooit meer naar de Bartons terugkeren. Zijn vrouw en hij gingen in een dorp vlak bij haar ouders wonen. We hoorden er een paar dagen na de instorting voor het eerst van toen Anthony bij de winkel langskwam om te zeggen dat ze gingen verhuizen. Er kwam een bord met TE KOOP *naast hun huis te staan en het was binnen een week verkocht. Dat is ook niet zo gek; met dat huis is nooit iets mis geweest.*

Anthony volgt een praktijkopleiding, iets met autotechniek, en ik zie hem niet veel. Hij is een tijdje ontzettend kwaad op zijn ouders geweest, maar wat later vertelde hij me dat zijn vader een zenuwinzinking had gehad en dat zijn moeder had gezegd dat het geen zin had om mensen te straffen voor het feit dat ze maar mensen waren. Een jong gezin uit Suffolk woont nu in hun huis. Ze hebben twee kinderen van wie Thierry wel eens speelgoed in het bos vindt. Hij brengt het graag 's ochtends vroeg terug en legt het op de vensterbank en op het hek, zodat ze denken dat er elfjes in de bomen wonen.

Nicholas – we zijn hem Nicholas gaan noemen omdat we hem uiteindelijk zo'n beetje elke dag zagen naarmate het project vorderde – wilde het huis van Anthony's ouders niet kopen, al had meneer Todd, de makelaar, gezegd dat hij er een enorme slag mee kon slaan. Hij deed een beetje raar als iemand de McCarthy's noemde, maar dat gold voor een hoop mensen. Hij houdt zich nu bezig met andere bouwprojecten in Londen. De nieuwe buren zijn best aardig. We zien ze niet veel.

Niemand is vervolgd voor wat er met het Spaanse Huis is gebeurd. De onderzoekers zeiden dat het lastig te zeggen was wat precies de oorzaak van de instorting is geweest, omdat het huis al zo lang verwaarloosd was. Ze hebben sporen van houtworm en bruinrot in de balken gevonden en tegen ons gezegd dat je iemand niet kunt vervolgen wegens slordig renovatiewerk. Mam is er verder niet op doorgegaan. Ze zei dat ze de hele ellendige episode achter zich wilde laten in het verleden, waar het thuishoorde.

Het gaat goed met haar. Ze gaat twee keer in de week naar Londen om met het orkest te spelen en ze verbouwt geen groenten meer. Ze koopt ze van de Neven en zegt dat ze daarin veel genoegen schept.

Byron is vorig voorjaar uit zijn stacaravan vertrokken. Hij woont in een boerenhuisje dat bij zijn nieuwe baan hoort als beheerder van een landgoed een paar kilometer aan de andere kant van Long Barton. Op donderdag en vrijdag verzorgt hij het terrein rond het Spaanse Huis-project en hij slaapt in het weekend meestal bij ons. Ik heb tegen mam gezegd dat ik het niet erg zou vinden als hij bij ons zou intrekken (het is niet zo dat Thierry en ik het niet in de gaten hadden – we zijn niet achterlijk) en bovendien ga ik waarschijnlijk volgend jaar studeren, maar ze zeiden dat ze gelukkig met deze situatie zijn. Bovendien, zei ze, heeft iedereen de ruimte nodig en Byron meer dan de meesten. Als hij niet werkt, leert hij mensen over bomen, hoe je ze moet snoeien om ze te laten groeien, welke planten je kunt eten, dat soort dingen. Thierry en hij zijn altijd buiten, dingen aan het opgraven of aan het planten.

Je kunt helemaal niets meer van het Spaanse Huis zien. We wonen nu meer dan een jaar in een van de nieuwe huizen aan het meer, één van acht, allemaal van elkaar gescheiden door een flink stuk land en een zielige ligusterhaag die nooit helemaal is gaan groeien zoals de tekeningen van de architect beloofden. Het is geen bijzonder huis. Het heeft vier slaapkamers en een aardige tuin, die behoorlijk aangetast is door Thierry en Pepper met hun gevoetbal. Binnen is er geen enkele versiering te vinden – geen balken, geen krullerig stucwerk. Volgens mijn moeder is het 'een doodgewoon, onderhoudsvriendelijk huis van dertien in een dozijn' en als mensen dan vreemd kijken en zich afvragen waarom ze daar zo blij bij kijkt, terwijl iedereen het over vierkante meters en authentieke kenmerken uit een bepaalde periode heeft, dan verschijnt die blik in haar ogen, die blik die ze krijgt vlak voor ze begint te lachen.

En dan loopt ze weg en gaat iets interessanters doen.

Dankwoord

Dank aan Karin Leishman en Matthew Souter van het Alberni Quartet, die met hun muzikale genialiteit en betoverende huis een inspiratiebron voor dit boek zijn geweest.

Mijn dank gaat als altijd uit naar mijn agent Sheila Crowley en eveneens naar Linda Shaughnessy, Teresa Nicholls en Rob Kraitt van APWatt. Dank aan Carolyn Mays voor haar redactionele gaven en blijvende vriendschap, en aan Lucy Hale, Auriol Bishop, Leni Fostiropolous, Kate Howard, Jamie Hodder-Williams en het voltallige personeel van Hodder, vooral de verkoopafdeling.

Dank voor jullie blijvende vertrouwen in mij. Mijn dankbaarheid gaat ook uit naar Hazel Orme – het scherpste oog in de uitgeverswereld.

Ook dank, in willekeurige volgorde, aan Tony Chapman, Drew Hazell, Barbara Ralph, Fiona Turner, Chris Cheel, Hannah Collins, Jenny Colgan, Cathy Runciman en alle leden van Writersblock.

Dank aan Cambridge University Press voor toestemming om een passage uit *Letter to Lady Cynthia Asquith* van D. H. Lawrence te gebruiken.

Dank aan mijn familie: Lizzie en Brian Sanders, en Jim en Alison Moyes. En met name aan Charles, Saskia, Harry en Lockie, absoluut mijn lievelingsmensen.

Tot slot, dank aan het personeel van het Emmeline Centre, Addenbrookes Hospital Trust, vooral aan Patrick Axon die ons leven tijdens het schrijven van dit boek volkomen veranderd heeft.